國家社科基金重大項目《歷代駢文研究文獻集成》（15ZDB068）資助成果
廣西特聘專家崗專項經費資助成果
灕江學者團隊專項經費資助成果

駢文研究

[第二輯]

莫道才 主編

廣西師范大學出版社
GUANGXI NORMAL UNIVERSITY PRESS
·桂林·

駢文研究
PIANWEN YANJIU

圖書在版編目（CIP）數據

駢文研究. 第二輯 / 莫道才主編. —桂林：廣西師範大學出版社，2018.6
ISBN 978-7-5598-1143-1

Ⅰ. ①駢… Ⅱ. ①莫… Ⅲ. ①駢文－文學研究－中國 Ⅳ. ①I207.22

中國版本圖書館 CIP 數據核字（2018）第 189233 號

廣西師範大學出版社出版發行
（廣西桂林市五里店路 9 號　郵政編碼：541004
網址：http://www.bbtpress.com）
出版人：張藝兵
全國新華書店經銷
衡阳顺地印务有限公司印刷
（湖南省衡阳市雁峰区园艺村 9 号　邮政编码：421008）
開本：787 mm × 1 092 mm　1/16
印張：18.5　　字數：380 千字
2018 年 6 月第 1 版　　2018 年 6 月第 1 次印刷
定價：80. 00 元

目　録

駢文理論與駢文學史研究

1　《滕王閣序》經典化的歷史嬗變　楊穎

13　宋代四六批評的新發展——《新編四六寶苑群公妙語》　曹麗萍

22　沈維材與《四六枝談》考論　李法然

35　洪亮吉的駢文思想與駢文創作——以遊記爲中心　吕雙偉

47　陳耀南駢文學探微　何祥榮

73　論劉麟生"美文"視野下的駢文研究　莫山洪

域外駢文研究

82　論駢文的若干特徵　［美］海陶瑋著　彭勁松譯

92　十七世紀朝鮮文人對駢文的認識與創作實踐
——以南龍翼的《儷評》爲中心　［韓］朴用萬

103　高麗末期稼亭李穀的表箋文研究　［韓］魚江石

112　由《文體論纂要》看蔣伯潛的文體分類觀念　［韓］諸海星

122　越南科舉與駢文創作論　孫福軒

139　美國漢學界的駢文研究　劉城

駢文敘録

155　《忠雅堂評選四六法海》敘録　鍾濤　岳贇贇

163　《八家四六文鈔》敘録　孟偉

169　《國朝駢體正宗》敘録　孟偉

176 《梅亭先生四六標準》叙録 沈如泉 王瓊
195 《南北朝文鈔》叙録 張作楝
200 《駢文類纂》叙録 劉振乾
214 清代駢文話叙録六篇 蔡德龍
227 朝鮮刻《儷文程選》殘本叙録 王瓊

民國駢文研究文獻選刊

231 論六朝駢文(外四篇) 孫德謙著 莫山洪整理
239 駢文研究法 劉麟生著 莫山洪整理
243 駢散之争述評 陳兢著 莫山洪整理

文獻目録與研究索引

251 八十年來日本報刊駢文研究論文索引(1934—2014) 譚家健輯録
259 韓、新、馬、印、泰之駢文論文拾零 譚家健輯録
261 2017年國内駢文研究索引 尹華君整理

學術新視野

265 清代駢文研究的新突破
——評路海洋教授的《清代江南駢文發展研究》 吕雙偉
274 駢文國際學術研討會暨第五届中國駢文學會年會綜述 王正剛
282 駢文學史研究的拓荒之作
——讀莫山洪先生的《駢文學史論稿》 王正剛
286 《省思與突破——第四届駢文國際學術研討會論文集》編後語 曹虹
287 駢文國際學術研討會暨第五届中國駢文學會年會開幕辭 曹虹

《滕王閣序》經典化的歷史嬗變

楊穎

内容摘要:《滕王閣序》作爲被傳頌千年的經典駢文,其經典化過程隨着歷史進程,呈現出動態的變化。初唐時期,該文自寫作之時就已經赢得了高度評價,並因此而揚名,奠定了其作爲經典的基礎;隨着唐宋時期崇古文、貶駢文之風的興起,其内容形式引發文人争議,經典地位不甚穩固;至明清時期,伴隨着筆記小説的流傳、啓蒙讀物的普及,《滕王閣序》成爲人皆可誦的經典篇章;近現代以來,其影響進一步擴大,成爲不可動摇的古代文章經典。《滕王閣序》的經典化嬗變過程正是駢文這一文體在唐代後發展傳播的縮影,展現了駢文發展的歷程和讀者接受的複雜過程。

關鍵詞:《滕王閣序》;駢文;經典化;嬗變

經典文學作品的生成,要經過時代的檢驗,歷時的長久性和傳播的深刻性導致經典産生的過程不可能一成不變,而是伴隨着歷史進程,呈現出動態的變化。有些作品甫一書就便聲名遠播,爲人稱道,但却在歷史的洗禮中漸漸消逝,最終不傳;而有些作品初時不爲人所知,却在後世的不斷解讀中逐漸爲讀者接受,成爲傳世經典。唐代王勃的《滕王閣序》作爲公認的駢文名篇,其經典化歷程也歷經了起伏,經歷了跨越時代的洗禮和不同讀者的考驗,這一嬗變過程,恰可映射出駢文這一文體在唐代後的接受和發展脉絡。

一、唐五代時期: 膾炙人口,經典地位初步奠定

在文學作品成爲經典的過程中,讀者的參與尤爲重要,有了讀者的接受和認可,才有其經典地位的實現。古代文學作品因創作時代久遠,讀者對作品的接受情况只能從文獻資料中得見一二,這就决定了大衆讀者的評價較難保存,只有精英讀者的評論發而爲文,才能爲後世所見。在這些讀者的回饋中,又有史家所載、選家所録、論家所評、作家所和等多種形式的存在,只有綜合考察,才能得見作品經典化之全貌。

王勃作爲初唐文學的領軍人物,在當時便已名滿天下,《新唐書》《舊唐書》均有其傳。《新唐書》較《舊唐書》增補之處,恰是有關《滕王閣序》創作的本事:

初，道出鐘陵，九月九日都督大宴滕王閣，宿命其婿作序以誇客，因出紙筆遍請客，莫敢當，至勃，沆然不辭。都督怒，起更衣，遣吏伺其文輒報。一再報，語益奇，乃矍然曰："天才也！"請遂成文，極歡罷。[1]

由此得見，《滕王閣序》在創作過程中就受到了極大關注，都督閻公作爲該篇的第一讀者，對其給出了極高的評價。這一記載最早見於五代王定保的《唐摭言》，其中所載更爲詳盡生動，尤其提到至"落霞與孤鶩齊飛"一句，閻公驚歎："此真天才，當垂不朽矣！"[2]這一判斷使得"落霞孤鶩"成爲千古名句，而這一事件也與《滕王閣序》一起成爲流傳千古的文壇佳話。《新唐書》所載本事，也應來源於此。值得注意的是，《舊唐書》編於公元 941 年，《唐摭言》成書年份雖不詳，但其作者王定保於 940 年逝世，故其成書應在《舊唐書》編纂之前，可見此事在當時當有史料可循，但並未被寫入《舊唐書》，直至宋代編撰《新唐書》時，才將此事載入其中。由此可以推測，唐五代時期《滕王閣序》雖被廣爲傳頌，但尚未确定爲王勃的代表作，故正史不載，其經典地位尚不明確；及至宋代，其影響日久，方才作爲傳世名篇，被正史所記載，從中可見該篇能成爲經典，史家的評判功不可没。

這一轉變在唐人相關評論中也有迹可循。唐代有關《滕王閣序》的選編因唐代文章選集多已失傳，今已難見其貌；而在唐人對王勃的評論中，可以推測該篇在唐代文人群體中評價不一。

一方面，該序在唐代就已廣爲傳頌，是膾炙人口的名篇，似乎已爲後人所公認。如宋王觀國在《學林》中提到"勃序頗爲唐人所膾炙"[3]；陳善在《捫虱新話》中云："王勃《滕王閣序》'落霞與孤鶩齊飛，秋水共長天一色'，當時無賢愚皆以爲驚絶。"[4]二者皆宋人所載，去唐不遠，對唐人風尚應有更多了解，二者皆有此説，可見《滕王閣序》在唐代的流傳廣度和讀者美譽度都相當之高，被普遍認爲是絶妙之作。

另一方面，考察唐人自身對王勃的評價，又另有評判。其中最接近其時代的評價來自楊炯的《王勃集序》。楊炯雖曾自稱"耻居王后"，但在這篇序言中，還是給予王勃極高的評價，稱其"西南洪筆，咸出其詞；每有一文，海内驚瞻"[5]。雖不免有誇大之嫌，但從中亦可見王勃文章在當時的傳播之廣。然值得注意的是，序言中盛贊王勃的才情文章，提到的具體篇目只有《九隴縣孔子廟堂碑文》，稱其"宏偉絶人，稀代爲寶，正平之作，不能奪也"，評價頗高，却並未提及《滕王閣序》這一經典名篇。同時序言中還提到王勃"年十有四，時譽斯歸"，後世有王勃"十四歲作《滕王閣序》"一説，或以爲楊炯此説是指王勃因

① 歐陽修、宋祁撰《新唐書》，中華書局 1975 年版，第 5739 頁。
② 王定保《唐摭言》，上海古籍出版社 1978 年版，第 61 頁。
③ 王觀國撰，田瑞娟點校《學林》，中華書局 1988 年版，第 186 頁。
④ 陳善《捫虱新話》，中華書局 1985 年版，第 82 頁。
⑤ 王勃《王子安集》，上海古籍出版社 1992 年版，第 4 頁。

作《滕王閣序》而譽滿天下。但考察史料，王勃作序應在探望父親途中，十四歲作序之説並不準確，故此處所言之“譽”不應指作《滕王閣序》而言。作爲一篇總結王勃生平創作的文章，又對他贊譽有加，本應點出其代表作，以彰其才，但楊炯序言中並未提及這篇作品，這一評判出於楊炯自身好惡，還是當時文壇的公論，不得而知，至少可見在楊炯心中，《滕王閣序》並非王勃的代表作品。

與之相應的還有杜甫的《戲爲六絶句》：“王楊盧駱當時體，輕薄爲文哂未休。爾曹身與名俱滅，不廢江河萬古流。”[①]一句“輕薄爲文哂未休”，點明了當時文人對王勃等人文章的態度，而杜甫對四傑的贊歎，作爲一種對時風的反駁，恰證明了當時文壇普遍的態度，對駢體文章是多有詬病的。在這種態度之下，《滕王閣序》作爲四傑中駢文的代表，是否也爲人所議未有確論，但可想見，應也曾有過争議。

這些評論都只是從側面佐證唐人對王勃文章的態度，反而是古文運動的宣導者韓愈，對《滕王閣序》做出了正面評價。他在《新修滕王閣記》中稱滕王閣瑰偉絶特，“及得三王所爲序、賦、記等，壯其文辭，益欲往一觀而讀之”，並認爲自己能“詞列三王之次，有榮耀焉”[②]。三王所爲序、賦、記，即指王勃的《滕王閣序》、王緒的《滕王閣賦》、王仲舒的《重修滕王閣記》，以王勃之序居首，還對其贊賞有加，可見韓愈雖好爲古文，但同樣認同該篇的文學價值，感歎其文辭之美。同時也可知在中唐時期，王勃之序就銘刻於滕王閣之上，這也爲其傳播提供了一個更爲直接的場所。

總體而言，《滕王閣序》自創作之初就聚焦了文人的視綫，一書就便聲名鵲起，在唐代就成爲膾炙人口的名篇。但在唐代史家和論者心中，其尚非王勃的代表作品，且伴隨着文人對駢文的争論，可能受到争議，其經典地位雖初步確立，但尚不穩固。

二、宋元時期：在備受關注中維持經典地位

宋代文壇在歷經了古文運動和文壇領袖的宣導之後，多崇尚古文，其時的文章選集也多以編選古文居多，故《滕王閣序》在宋代並不受選家青睞。在衆多文章選集中，僅有《文苑英華》選入了該篇，而影響較大的唐代文章選本《唐文粹》却並未將其選入。有關此事，宋人本身也頗多議論。葉大慶在《考古質疑》中提道：“王右軍《蘭亭叙》不入《文選》，王勃《滕王閣序》不入《文粹》，世多疑之。”並認爲“二文之不入《選》《粹》，毋亦蕭統、姚鉉偶意見之不合，故去取之過苛歟！雖然，二子之文不入《選》《粹》而傳至於今，膾炙人口，良金美玉，自有定價，所謂瑕不掩瑜，未足韜其美也”[③]。將此篇不入《唐文粹》與

① 杜甫撰，仇兆鼇注《杜詩詳注》，中華書局 1979 年版，第 899 頁。

② 韓愈著，馬其昶校注，馬茂元整理《韓昌黎文集校注》，上海古籍出版社 2014 年版，第 101 頁。

③ 葉大慶《考古質疑》，上海古籍出版社 1985 年版，第 50 頁。

《蘭亭集序》不入《文選》並提，可見宋人認爲此文地位與《蘭亭集序》相類，且公認此二篇分别有入選《文選》《唐文粹》的資格，故對其未曾入選頗多猜測。而葉大慶的論斷也代表了宋代文人的聲音，認爲未曾入選是編選者要求過於嚴苛。從中可以看出宋人對此二篇評價頗高，雖未曾分别入選《文選》與《唐文粹》，其仍然被宋人所認可。

這種認可更多地體現在宋人的評論當中。宋代文獻中提及王勃的論述條目有百餘處，其中有關《滕王閣序》的就占三分之二。王十朋在《論文説》中提到與朋友論文時的交談："子不見君家名勃者乎？《滕王閣序》最膾炙人口。"[①]雖然後文對該序頗有批評，但仍可知宋人提起王勃時，首先談到的就是《滕王閣序》，可見在宋人心目中，該序是王勃當之無愧的代表作。該序不但可作爲王勃的代表作，甚至可以被稱爲唐人駢文的代表作之一，宋人點評唐人文章，常引此文爲例。如洪邁在《容齋續筆》中討論"詩文當句對"：

> 唐人詩文，或於一句中自成對偶，謂之當句對。蓋起於《楚辭》"蕙烝蘭藉""桂酒椒漿""桂棹蘭枻""斫冰積雪"。自齊、梁以來，江文通、庾子山諸人亦如此。如王勃《宴滕王閣序》一篇皆然，謂若襟三江，帶五湖，控蠻荆，引甌越，龍光牛斗，徐孺陳蕃，騰蛟起鳳，紫電青霜，鶴汀鳧渚，桂殿蘭宫，鐘鳴鼎食之家，青雀黄龍之軸，落霞孤鶩，秋水長天，天高地迥，興盡悲來，宇宙盈虚，邱墟已矣之辭是也。[②]

洪邁將《滕王閣序》作爲唐文的典型加以討論，認爲其繼承了齊、梁駢文的特點，在一句中可自成對偶，且通篇皆然，從中可見唐人駢文之風貌。同樣從該篇中看唐人風尚的，還有對"落霞孤鶩"句的討論。歐陽修《唐德州長壽寺舍利碑》稱："余屢歎文章至陳、隋，不勝其弊，而怪唐家能臻致治之盛，不能遽革文弊，以謂積習成俗，難於驟變。及讀斯碑有云'浮雲共嶺松張蓋，明月與岩桂分叢'，乃知王勃云'落霞與孤鶩齊飛，秋水共長天一色'，當時士無賢愚，以爲警絶，豈非其餘習乎？"[③]由此認爲《滕王閣序》承襲六朝文之弊，類俳而不可取。而王觀國、李復、蔡攸等人則考察出該句是對庾信《馬射賦》的因襲，從而得出"唐人文格如此"[④]，"唐初文章，沿江左餘風，氣格卑弱，殊無古意"[⑤]（李復《回周沚法曹書》），"詩之聲律，至唐始成。然亦多原六朝旨意，而造語功夫，各有微妙"[⑥]（蔡攸《西清詩話》）等結論。宋人在關注唐代駢文時，往往以《滕王閣序》爲代表，並以此推論出這種寫法是當時風尚、一時習俗的結論。由此可見，《滕王閣序》在宋代文論家眼中是唐代駢

---

① 王十朋《王十朋全集》，上海古籍出版社 1998 年版，第 797 頁。
② 洪邁《容齋隨筆》，上海古籍出版社 2015 年版，第 135—136 頁。
③ 歐陽修《歐陽修全集》，中華書局 2001 年版，第 2187 頁。
④ 王觀國撰，田瑞娟點校《學林》，中華書局 1988 年版，第 186 頁。
⑤ 李復《潏水集》卷三，《四庫全書珍本二集》，商務印書館（出版時間不詳）。
⑥ 吴文治《宋詩話全編》，江蘇古籍出版社 1998 年版，第 2493 頁。

文的典型，帶有深刻的時代文壇印記，儘管宋人對這一風格評價不一，但種種評判在事實上增加了該文的傳播廣度和接受程度，都爲其經典地位的穩固增加了砝碼。

同時，宋元時人還對此序的創作本事做了進一步的演繹，宋代的《太平廣記》《古今合璧事類備要》《古今事文類聚》《古今類事》，元朝的《唐才子傳》等影響較大的文事合集中，都提到王勃作序的典故，並在王勃即席作序的基礎上衍生出了神明相助、清風送行的故事。陳元靚《歲時廣記》中更進一步演繹出了閻公婿吴子章復誦以陷王勃，王勃當席創作滕王閣詩的情節，爲這一文壇逸事添上了幾分神秘色彩和傳奇成分。這種生發其實是對王勃作序如有神助的無意識追捧，神明相助、閻公盛贊、吴子章過目成誦之才分别從各個側面襯托出王勃的天才筆墨，充分體現出宋人對《滕王閣序》的高度贊賞。

除評論家的關注之外，宋代文人還多在詩作中使用《滕王閣序》中的典故或意象，如陳蕃下榻、窮途之哭、落霞孤鶩、秋水長天、漁舟唱晚、雁陣驚寒、虹銷雨霽、珠簾翠幕等等，都是宋詩中常見的典故和意象。以蘇軾的《東坡詩集》爲例，用到落霞孤鶩、窮途之哭等意象的就有六處。甚而連王勃作序本身都成爲一個典故，劉過在《題潤州多景樓》中寫道：

> 君不見王勃才名今蓋世，當時未遇庸人爾。琴書落魄豫章城，滕王閣中悲帝子。又不見李白才思真天然，時人未省爲謫仙。一朝放浪金陵去，鳳凰臺上望長安。我今四海行將遍，東歷蘇杭西漢沔。第一江山最上頭，天下無人獨登覽。樓高思遠愁緒多，樓乎樓乎奈汝何！安得李白與王勃，名與此樓長突兀。[①]

其將王勃作《滕王閣序》與李白作《登金陵鳳凰臺》詩並提，將之樹爲題寫名勝的典範，並借二人名滿天下、當時却不爲人所賞的境況，進而抒發自身的落落不遇之感。在這裏，將王勃作序作爲一個典故，承載了詩人對名勝的贊美、對懷才不遇的慨歎以及登臨抒懷的悵然，似乎成了一個文化符號，一經提及便能被讀者所理解，進而引發相關的聯想。由此可見，《滕王閣序》爲宋人提供了豐富的創作素材，而文人借由其中典故、意象的創作對序文進行了再次演繹，擴大了該文的傳播範圍和影響力，爲其經典地位的穩固提供了更多支撑。

三、明清時期：在普及與考據中穩固經典地位

明清時人更加注重文章體裁，在一定程度上强化了古文和駢文的界綫，其編制的文

---

① 劉過《龍洲集》，上海古籍出版社 1978 年版，第 6 頁。

章選集也開始注意將駢散區分,分别編制文集。其中幾部文章選集如《文章辯體》等選録了該文,影響較大的駢文選集更將此文作爲必選篇目,如明王志堅的《四六法海》、清王先謙的《駢文類纂》都選入該文。王先謙還附有評論稱:"文興到落筆,不無機調過熟之病,而英思壯采,如泉源之涌,流離遷謫,哀感駢集,固是名作,不能抹殺。"[①]雖然指出了其過熟之病,但仍對該文評價頗高,認其爲"名作"。

反而是清初吴楚材的《古文觀止》,雖以收録古文爲主,但也將《滕王閣序》收録其中,並成爲該文流傳後世的一個重要版本。《古文觀止》本是作爲私塾教材編選,爲學子啓蒙之用,所選222篇文章大部分爲散文,《滕王閣序》的入選充分顯示了該篇不僅是駢文經典,在古今文章中也是佼佼者。《古文觀止》的編選注重經典性和普及性,在編成後三百年來都影響廣泛,在一定程度上也爲《滕王閣序》的傳播起到了推動作用。以至有清一代,《滕王閣序》幾乎成爲小兒可誦的通識篇目,如《己未詞科録》中載:"乳雪天才敏異,五歲時見王子安《滕王閣序》、元微之《連昌宫詞》,便朗朗成誦,音韻鏗然。"[②]《崇百藥齋文集》也有記載某子"生有夙慧,五歲背誦王勃《滕王閣序》,終篇不遺一字"[③]。《滕王閣序》赫然已成爲童子啓蒙之篇,且已成爲考察學業的一個標準。清末丁丙的《松夢寮詩稿》中還有詩題爲:"歙浦一丐,沿門誦《滕王閣序》,於關山萍水一聯尤聲淚俱下,詩以紀之。"[④]連乞丐都能誦該序,可見清代此文的普及程度。如果説童子成誦顯示了該篇的文彩韻律朗朗上口,適合作爲啓蒙讀物的話,那麽乞丐口中的《滕王閣序》,則充分顯示了該篇的内涵況味意蘊深長,各個層級的人都能從中找到共鳴,這也正是該文流傳千載而不衰的魅力所在。

除文集收録程度較高以外,明清筆記小説中也頻頻看到《滕王閣序》的有關内容,使得該序通過俗文學的方式進入更多讀者的視野。明代馮夢龍的《古今小説》《醒世恒言》中都提到風送滕王閣的典故,前者只是當作典故使用,後者則專門將其事敷衍成《馬當神風送滕王閣》的故事,在前代史料、筆記的基礎上加入更多虚構情節,結尾有詩曰:"從來才子是神仙,風送南昌豈偶然。賦就滕王高閣句,便隨仙仗伴中源。"[⑤]似乎王勃專爲作此序而生,一來爲故事增加了許多神秘色彩,二來也正顯示出明人心中此序的地位之高。另有明末的《西湖二集》、清代的《鏡花緣》,也都提及此典故,將其作爲才子自有神助的代表。這些小説故事的傳播,爲提升《滕王閣序》的知名度,在普通讀者中擴大其經典影響力起到了非常重要的作用。

相較之普通讀者,明清時期的精英讀者對此文的關注度同樣很高,而且在前代解讀

① 王先謙《駢文類纂》,吉林人民出版社1998年版,第239—240頁。
② 秦瀛《己未詞科録》,明文書局1985年版,第26頁。
③ 陸繼輅《崇百藥齋文集》,紀寶成《清代詩文集彙編》第506册,上海古籍出版社2010年版,第217頁。
④ 丁丙《松夢寮詩稿》,紀寶成《清代詩文集彙編》第720册,上海古籍出版社2010年版,第484頁。
⑤ 馮夢龍《醒世恒言》,浙江古籍出版社2010年版,第542頁。

的基礎上,更加注重考據生發,對文中一些細節作了深入的考辨。考辨内容集中在幾個方面,首先是對文章用詞用典的辨析上。其中最爲文人所關注的是對“落霞孤鶩”句的考辨,延續了宋人對句法、用詞的關注,尤其是對霞、鶩的辨别,幾經争論。宋代吴曾在《能改齋漫録》中辯稱,霞非雲霞,乃是飛蛾;鶩是家鴨,不能飛,認爲作文者有失察之處。葉大慶《考古質疑》引《螢雪叢説》辨析“霞”應爲雲霞,非士人所謂霞蛾;鶩應是野鴨,該句是在摹寫遠景。明清時人就此二者所指進行了更多辨析,明王一槐在《玉唾壺》中認爲“霞”是一種類似鷃鴳的鳥;清褚人獲在《堅瓠集》中也提到落霞爲鳥之説。《全唐文紀事》中則記載了清人對這類看法的不同意見:“至謂落霞爲飛蛾,無論其説全無根據,且以登高賦詩,臨秋水、眺長天,而沾沾於野鶩之逐蛾蟲,亦復成何景會? 又謂雲霞之霞則不能飛,尤爲紕繆。……不揣是非,妄生異論,文人陋習之尤也。”[①]爲落霞即雲霞之説作出了正名。而“鶩”的争論則集中在家鴨、野鴨之上,多以家鴨爲鶩,野鴨爲鳧,王勃僅取音韻,未查其意。明李時珍在《本草綱目》中提到“鶩有舒鳧之名,而鳧有野鶩之稱,故王勃可以通用而其義自明”[②],認爲二者可以通用。

文中的用典也爲文人所關注。如“武庫”,明楊慎《升庵集》中辨析:“蕭明《與王僧辯書》:‘……霜戈電戟,無非武庫之兵;龍甲犀渠,皆是雲臺之仗。’唐王勃《滕王閣序》‘紫電清霜,王將軍之武庫’正用此事。以十四歲之童子,胸中萬卷,千載之下宿儒猶不能知其出處,豈非間世奇才? 杜子美、韓退之極其推服之,良有以也。使勃與杜、韓並世對毫,恐地上老驥不能追雲中俊鶻,後生之指點流傳妄哉!”[③]對王勃用典的水準極爲誇贊,認爲其甚至超越了韓杜。在古文當道、韓杜被極爲推崇的明代,來自明代文壇領袖楊慎的這一評價頗具代表意義,可見王勃憑借此文獲得了極高的評價,該文的經典地位也由此可見一斑。正因爲其經典地位,才引起了文人諸多關注,諸如“三江”“五湖”“四美”等所指爲何,潘江陸海、徐孺陳蕃等人物典故,乃至王勃作序時年歲幾何、都督閻公之婿爲何人等,都經過考據辨析。這些考辨無論準確與否,都增加了讀者與文章的深入互動,也在文人的討論中益發增加了該文的傳播度,進而强化了其經典性。

四、近現代:影響力不斷擴大,經典地位不可動摇

進入近現代,駢文、古文之争已經隨着白話文的普及逐漸遠去,對古代作品的賞讀更加突出地集中在歷代經典作品上。在這種態勢下,《滕王閣序》作爲經典篇章的地位更加凸顯,幾乎成爲修習古代作品的必選篇目。近代的文學史如曾毅《中國文學史》、歐陽溥

① 陳鴻墀《全唐文紀事》卷九二《訂謬一》“欽定四庫全書提要”條,中華書局 1959 年版,第 1150 頁。
② 李時珍《本草綱目》,崇文書局 2015 年版,第 199 頁。
③ 楊慎《升庵集》,上海古籍出版社 1993 年版,第 469 頁。

存《中國文學史綱》、胡行之《中國文學史講話》、林庚《中國文學簡史》等，提及王勃必談《滕王閣序》，該序成爲王勃不可動摇的代表作。現代的文學史如袁行霈《中國文學史》、中國社會科學院《中國文學史》、劉大傑《中國文學發展史》、游國恩《中國文學史》等都無一例外地將王勃作爲改變初唐文風的代表人物之一。袁行霈在提及唐代駢文新變時特别提到"自初唐'四傑'始，不少作品已於工整的對偶、華麗的辭藻之外，展示出流走活潑的生氣和注重骨力的剛健風格，如王勃的《滕王閣序》、駱賓王的《代李敬業傳檄天下文》，其落霞孤鶩之景，一抷六尺之情，英思壯彩，珍詞秀句，已爲人千古傳誦"[①]，從文學史的角度肯定了王勃在駢文發展歷程中的革新之功，而滕序不僅是王勃駢文的代表作，更可作爲初唐文章的代表，展現出唐人欲掃六朝之浮華，開唐文之新境的創作實踐。

在選集的編寫上，該序更是受到各層次選本的青睞。以駢文選集而言，在當前所見十多種駢文選本中，譚家健的《歷代駢文名篇注析》、黄均的《歷代駢文選》、許逸民的《古代駢文精華》、殷海國的《歷代駢文精華》、朱洪國的《中國駢文選》、莫道才的《駢文觀止》、趙振鐸的《駢文精華》、吴雲的《歷代駢文精華：注・譯・評》等八種選本都選入了該文，可見此文在駢文編選者心中的分量。以整個文學史而言，所見各版本的《中國古代文學作品選》均入選該文，尤其是人民教育出版社課程教材研究所編著的《高中語文》教材的選入，爲該文的經典化增加了極其重要的砝碼，使其成爲學子必須誦讀、理解的古文篇目，影響力進一步擴大。

同時，該篇更在教學及科研中被不斷研讀，自20世紀70年代至今，公開發表的學術論文有近兩百篇，通過鑒賞、分析、考據、比較等各種方法探討該篇的文體、本事、風格、思想、用詞、用典等各個方面，從理論研究、文化傳播、教學方法等角度深入剖析該文，不斷挖掘其魅力之所在，爲這一經典篇章不斷作出更深入的解讀，在學術層面顯示出經典的無窮生命力。

五、經典形成的原因探析

《滕王閣序》作爲千古名篇，甫一成篇便爲人贊賞，在以後歷代的流傳中，雖歷經波折，但始終未被讀者冷遇，其經典性歷千年而不墮，影響力反而不斷擴大，有諸多方面的原因。

（一）文章本身的藝術魅力，形成經典名句

《滕王閣序》在創作過程中就以其文采征服了當時的讀者，並因閻公之歎，成就了千古流傳的經典名句"落霞與孤鶩齊飛，秋水共長天一色"。名句恰如作品的點睛之筆，在

---

① 袁行霈《中國文學史》第二卷，高等教育出版社1999年版，第364頁。

一定程度上直接影響着作品經典地位的確立,作品因名句而彰,甚至還會有只知其句,不知出處的情況發生。名句之所以成名,往往要辭采意藴俱佳,朗朗上口易於傳誦,“落霞孤鶩”句就具備這樣的特點,對仗工整、摹景精妙、意境悠遠,所以才有時人皆以爲精絶之歎。正因如此,此句也引發了後人的不斷探析,在句法上,認爲它因襲庾信《馬射賦》,但“青出於藍”;在格律上,分析其在句中自成對偶,屬於“當句對”;在用詞上,辨析“霞”“鶩”各爲何指,引發的争論跨越千載。圍繞這一名句有如此多的觀點,其影響之大可見一斑。而名句的魅力還在於能够不斷生發,“落霞孤鶩”成爲一個固定的意象,爲後世文人提供了文學素材。蘇軾詩中就反復運用這一意象:“素琴濁酒容一榻,落霞孤鶩供千里”[①]、“敢請使君重起廢,落霞孤鶩换新銘”[②],落霞孤鶩已不僅僅指景,而代表一種悠遠的意境,更可指代優秀的題寫名勝類作品,充分顯示了該句的豐富内涵,可見其在宋代已成爲文人心中經典作品的代稱,進而可以想見原作的經典地位。就在這樣的討論和生發中,原作的影響力被不斷擴大,經典地位逐步提升。

(二)文章背後的本事效應,引發文人共鳴

文學作品的創作與其背後的創作背景分不開,有關文學作品創作背景的“本事”,不僅能够讓讀者了解作者爲文的原因、狀態,增進對文章的理解,有時更因本事的精彩性,擴大了作品的影響力。《滕王閣序》的創作本事就爲文章的傳播起到了重要的促進作用。該事出自《唐摭言》卷五“以其人不稱才試而後驚”條,其事欲揚先抑,從王勃不知辭讓惹怒閻公,到以筆下文章打動衆人,到閻公驚歎天才不朽之作,一波三折,洋溢着文人以才揚名、一鳴驚人的無限風采,可以説暗和了衆多文人欲以才華名揚天下的夢想;故事中身居高位又能慧眼識才、擊節贊歎的閻公,更是懷才不遇的文人心中求而不得的伯樂典型。正因如此,《滕王閣序》的這段創作本事引發了後世文人的内心共鳴,故事中王勃的精彩應對是文人心中的理想場景,而對《滕王閣序》的傳頌無形中滿足了文人對才華的渴望,故而大大增加了文章的傳播廣度。這種對才華的追捧被不斷擴大,由此而生發了神明相助、風送馬當的傳奇情節,甚至成爲典故,衍生出筆記小説,其事本身已經因其戲劇性成爲經典的一部分,爲《滕王閣序》的傳播起到了不可忽視的作用。

(三)流傳過程中的名人評點,引導讀者欣賞

文學作品要在讀者的解讀中才能實現其價值,而其中名家的評點解讀更具有引導意義,有些作品甚至因爲名家的一句評價爲人所知,樹立經典地位,故在作品的傳播過程中,名家評點所起到的作用相當重要。《滕王閣序》的揚名,就始於閻公的贊歎,稱其將“不朽”。閻公雖在文學史上籍籍無名,但作爲當時的上位者,身邊必定名士環繞,眼光相當獨到,他的評判必定會引發衆人附和,故而他的高度贊歎爲《滕王閣序》打上了“名作”

① 蘇軾《蘇軾詩集》,中華書局 1982 年版,第 1287 頁。

② 蘇軾《蘇軾詩集》,第 288 頁。

的標簽，吸引人傳閲，以至“當時士無賢愚皆以爲警絶”，名家評價的效果由此可見一斑。

閻公的評價只能成其一時，在滕序後世流傳的過程中，不斷有名家對其進行評價，都爲該文添上了更豐富的注脚。如杜甫的“不廢江河萬古流”，韓愈的“詞列三王之次，有榮耀焉”，都成爲該文賴以揚名的重要評判。直至清代，清人俞樾還在《王子安集注序》中提道：“韓文公作《滕王閣記》曰：‘得三王所爲序、賦、記等，壯其文辭。’是韓未嘗薄王也。杜少陵云：‘王楊盧駱當時體，輕薄爲文哂未休。爾曹身與名俱滅，不廢江河萬古流。’是杜未嘗薄王也。”[①]將此二人的評價作爲對崇奉古文貶低駢文者的批駁，進而肯定王勃改六朝遺風、成就初唐駢文的卓然成績。由此可見，名家評點對後世讀者影響之大，《滕王閣序》經典地位的發展與名家的點評分不開。

對《滕王閣序》作出評點的另一位名家是宋代歐陽修，他認爲《滕王閣序》類俳而可鄙，認爲其未能革除六朝之弊，進而批評了初唐沿陳隋餘習的文風。由歐陽修發軔，後世評論者延續這一思路，考察出一系列的此類語句；而針對“類俳”的評價，後人也各有觀點，如邵博《邵氏聞見後録》中説：“王勃滕王閣記‘落霞孤鶩’之句，一時之人共稱之，歐陽公以爲類俳，可鄙也。然‘天高地迥，覺宇宙之無窮；樂極悲來，識盈虚之有數’，亦記其意義甚遠。蓋勃文中子之孫，尚世其學，一時之人不識耳。”[②]反而進一步發掘了該序中更深遠的意藴。歐陽修的一番評價，雖然對該序並不甚認可，但引發了宋至明清延續幾百年的考辨與議論，在事實上對序文的傳播起到了積極作用。

（四）著名建築的文化互動，吸引文人唱和

《滕王閣序》作爲記勝的名篇，它的經典化與其所記之名勝——滕王閣分不開。滕王閣作爲江南三大名樓之一，始建於唐永徽四年，因滕王李元嬰修建而得名，至今已歷經二十九次重建。滕王閣在當時就已經是著名勝地，但其能够流傳後世，歷經多次興廢而盛名不衰，還是仰賴王勃此序之功。而從另一方面講，滕王閣又爲此序提供了一個賴以憑吊的場所，作爲一個文化符號吸引着歷代文人到此遊賞。文人每至滕王閣，都不免登臨唱和，由此書就的詩文作品難計其數，而其中總會有《滕王閣序》的影子，從而使該序呈現出一種動態的鮮活狀態，而擁有長久的生命力。明代徐中行在《王勃滕王閣序跋代作》中評價文與閣之間的關係：“是閣勝聞海内，以子安是序也。其文尚沿六朝習，而詩則爲唐雅音焉，或謂重於江山，或謂得江山助，要之亦有數存焉。……其與江山永麗者而獨在於斯文。嗟乎！今閣益巋然而序獨闕，如非壯觀覽而稱名勝也？余乃爲之重鋟，豈亦偶然者哉？”[③]充分説明了名勝與文章之間相得益彰、不可或缺的關係，正因爲二者之間的文化互動，才使得文章更能引發讀者共鳴，成爲流傳千古的經典名篇。

---

① 俞樾《春在堂雜文》，紀寶成《清代詩文集彙編》第685册，上海古籍出版社2010年版，第503頁。

② 邵博《邵氏聞見後録》，中華書局2006年版，第115頁。

③ 徐中行《明代論著叢刊·徐天目先生集》，偉文出版社1976年版，第843—844頁。

(五)駢文發展中的變革之功,具有文學史意義

經典的形成要經受住歷史的考驗,在文學發展過程中,歷經時代考驗的經典作品必將擁有其文學史意義。王勃作爲初唐四傑之首,在文學創作中有意識地對六朝以降的浮華文風進行變革,直接引領了唐文三變之始。《新唐書·藝文傳序》謂之:"唐有天下三百年,文章無慮三變。高祖、太宗,大難始夷,沿江左餘風,絺句繪章,揣合低卬,故王、楊爲之伯。"[①]即以王勃、楊炯爲一變,其後則是張説、蘇頲爲一變,韓愈、柳宗元爲一變,完成了唐文之變革。《群書備要》也有同樣的論述:"唐之文章,無慮三變。王楊始霸,如麗服靚妝,燕歌趙舞,雖綺麗盈前,而殊乏風骨。"[②]二者之論,皆認爲王、楊文章爲唐文變革之始,但認爲其文沿襲六朝餘風,仍有踵華章句之嫌。實則四傑之作既能稱之爲"變",雖未脱舊習,但已初現出唐人的特點。于景祥在《中國駢文通史》中説到四傑不滿當時文風,"强調爲文要有'骨氣',提倡'剛健'之風,崇尚'氣凌雲漢,字挾風霜'"。並以王勃《滕王閣序》爲例,指出四傑的駢文"開始出現剛健清新之風",《滕王閣序》一文便"不同於六朝的陰柔之美,而多陽剛之氣"[③]。"氣凌雲漢,字挾風霜"正是王勃的文學主張,要求文章有激越的情感,有剛健的骨氣,而他也在自己的創作中踐行着這一主張,《滕王閣序》無疑是其中的佼佼者,于景祥評此文"情感濃烈,氣勢壯大,言隨意遣,清新俊爽"[④],充分體現了該文的豐沛情思和博大氣象,也正是初唐文章新變的典型之作。

正因如此,該文在唐代文章發展歷程中有着典型意義,在整個駢文發展史中也有着重要地位,它將聲律和諧的駢儷句法和真摯充沛的思想情懷完美融合,在形式優美的基礎上,更具有打動人心的力量。張仁青在《中國駢文發展史》中稱王勃"上承六代之餘風,下辟三唐之勝境,規模手創,爐鞲程功,固足領袖群倫,雍容南面已"[⑤],指出了王勃引領的文風變革具備文學史意義,而《滕王閣序》作爲其代表作,更是"英思壯采,如光氣騰涌,不可遏仰,流離遷謫,哀感駢集,洋溢紙上,是駢文名作之最傳誦於世者"[⑥],從文學史的角度對該文作出進一步的定位,指出了其之所以成爲經典的深層原因。

總體而言,《滕王閣序》作爲初唐駢文的代表,在寫作之時就已經贏得了讀者的關注,並因第一讀者的高度評價而揚名,奠定了經典的基礎。但隨着唐宋古文運動,崇古文、貶駢文之風的興起,《滕王閣序》的經典地位不甚穩固。明清時期,隨着對文章體裁的强化,《滕王閣序》成就了其駢文經典的地位;進而伴隨着筆記小説的流傳、啓蒙讀物的普及,《滕王閣序》成爲人皆可誦的經典篇章。近現代以來,其影響進一步擴大,在駢文發展史

---

① 歐陽修、宋祁《新唐書·文藝上》,第 5725 頁。
② 轉引自胡懷琛《中國文學史略》,上海梁溪圖書館 1926 年版,第 67 頁。
③ 于景祥《中國駢文通史》,吉林人民出版社 2002 年版,第 513 頁。
④ 于景祥《中國駢文通史》,第 538 頁。
⑤ 張仁青《中國駢文發展史》,浙江大學出版社 2009 年版,第 327 頁。
⑥ 張仁青《中國駢文發展史》,第 331 頁。

中的影響爲學者所重視,相關研究不輟,已成爲不可動摇的古代文章經典。《滕王閣序》的經典化嬗變過程正是駢文這一文體在唐代後發展傳播的縮影,展現了駢文發展的歷程和讀者接受的複雜過程。

作者簡介:

楊穎(1986—),女,河南開封人,廣西師範大學文學院在讀博士生,廣西師範大學圖書館館員。主要研究方向爲中國古代文學。

宋代四六批評的新發展
——《新編四六寶苑群公妙語》

曹麗萍

内容摘要：宋代四六批評著作中，相較於《四六話》《四六談塵》《辭學指南》等書的屢被提及，祝穆的《新編四六寶苑群公妙語》多年來一直被忽視。實際上其在編選體例、理論構建等方面多有獨到之處。書中對四六批評進行了較爲全面的總結，有着承上啓下的特殊意義，有助於梳理出宋代四六批評的發展脉絡。編者第一次自覺地對四六作法進行系統化的理論提升，初步搭建了較爲獨立完整的四六批評體系，它依托於南宋文章學繁榮的大背景，並大量借鑒融匯了其他文體批評的術語和理論。在某種意義上，《新編四六寶苑群公妙語》的編選方式和所體現的文學觀念代表了宋代四六批評發展的新水準。

關鍵詞：《新編四六寶苑群公妙語》；四六批評；文章學

駢文發展到宋代，成爲公私文翰的通用文體，宋四六的典型風格正式確立，作家作品數量增多。文學批評總是以創作爲風向標，作爲文體學意義上四六批評的開端，宋代四六批評也有着特别的價值。首開先河者是兩宋之交王銍的《四六話》，如自序中所言："又以銍所聞於交遊間四六話事實私自記焉，其詩話、文話、賦話各别見云。"[①]作者開始具有自覺的文體批評意識，從而成爲一般性文章之學到專門性文體批評的轉捩點。時人費衮因此肯定其開創之功："甚新而奇，前未嘗有此。"[②]隨後《四六談麈》《雲莊四六餘話》《辭學指南》等四六批評著作相繼出現，大大豐富了宋代文學批評内容。明清以來，這些批評專著進入學者的研究視野，形成了"駢文批評的批評"。其中《四六話》《四六談麈》《雲莊四六餘話》《容齋四六叢談》《辭學指南》等都常被提及，唯一被忽視的就是《新編四六寶苑群公妙語》。清代孫梅《四六叢話》和彭元瑞《宋四六話》對此書隻字未提，現當代研究者也極少關注到，只有沈如泉發表過一篇論文《被忽略的宋文話：新編四六寶苑群公妙語・議論要訣》。[③] 實際上，該書在編選體例、理論構建等方面多有獨到之處，代

① 王銍《四六話》，王水照《歷代文話》第1册，復旦大學出版社2007年版，第6頁。

② 費衮撰，金圓點校《梁溪漫志》卷五"《四六談麈》差誤"，上海古籍出版社1985版，第57頁。

③ 沈如泉《被忽略的宋文話：新編四六寶苑群公妙語・議論要訣》，王水照、侯體健《中國古代文章學的闡釋與建構——中國古代文章學三集》，復旦大學出版社2017年版，第308—324頁。

表了宋代四六批評的新發展,本文擬對此進行簡要論述。

一、《新編四六寶苑群公妙語》簡介

《新編四六寶苑群公妙語》是宋代祝穆編纂的一部作品,原爲四六總集。祝穆因《方輿勝覽》和《事文類聚》爲人所熟知,他對四六有濃厚興趣且長期研習,所編纂的著作多有備四六之用的意圖,《新編四六寶苑群公妙語》同樣如此。祝穆本人和出版商曾經對其傳播寄予很高的期望,甚至爲此向官府專門申請禁版,成爲古代版權保護的一個典型案例。因其出於一人之手,各書内容難免有些交叉,如《新編四六寶苑群公妙語》和《事文類聚》所選取的名家作品多有重合。又如《新編四六寶苑群公妙語》"包題貴盡"[1]中的内容與《事文類聚》重合。類目名稱與所附的前兩條例證"徽廟以于闐王增八寶爲九寶"(卷一,第 14 頁)、"王荆公在金陵,有中使傳宣撫問並賜銀合茶,令中外各作一表"(卷一,第 15 頁)同《事文類聚》别集卷七文章部"包題貴盡"[2]部分重合,第三條"首聯固貴包盡題意,而中間鋪叙尤貴包括無遺"(卷一,第 15 頁)同"中央亦貴包括"[3]部分重合,可見兩書淵源匪淺。

在流傳過程中,與《方輿勝覽》和《事文類聚》的回應者衆多相比,《新編四六寶苑群公妙語》稍顯寥落,雖有流傳,但少被引用。就現有資料看,主要有卷次差别較大的兩個版本。如明《文淵閣書目》卷九"日字型大小第一厨書目"著録《四六寶苑》一部十册,歸入文集類,狀態爲已缺。清人范邦甸《天一閣書目》卷四之四集部著録了四十二卷紅絲闌鈔本《新編四六寶苑》。由於流傳不廣,祝尚書《宋代總集叙録》和施懿超《宋四六論稿》叙録都未談到此書。中山大學圖書館藏四十三卷明鈔本《新編四六寶苑群公妙語》殘本是目前已知國内該系統唯一現存版本。結合目録和殘卷分析,該書卷一卷二爲"議論要訣",卷三爲"宏詞提綱",卷四至卷二五爲"名公私稿",收録真德秀、洪咨夔等名家作品,卷二六以下爲對語散聯彙編。全書體例清晰,内容豐富,是一部實用性較强的四六寫作工具書。

二卷本《新編四六寶苑群公妙語》始見於清人書目。莫友芝、傅增湘《藏園訂補郘亭知見傳本書目》著録了由祝穆編的《新編四六寶苑群公妙語》二卷。沈德壽《抱經樓藏書志》也記載:"《新編四六寶苑群公妙語》二卷,明人抄本,宋建安祝穆和父編。"[4]沈德壽所

---

① 祝穆《新編四六寶苑群公妙語》卷一,蔡鎮楚《中國詩話珍本叢書》第 3 册,北京圖書館出版社 2004 年版,第 14 頁。按:以下凡引《新編四六寶苑群公妙語》者,只標卷次頁碼。

② 祝穆《事文類聚》别集卷七文章部,《文淵閣四庫全書》本。

③ 祝穆《事文類聚》别集卷七文章部,《文淵閣四庫全書》本。

④ 沈德壽《抱經樓藏書志》卷六三,中華書局 1990 年版,第 744 頁。

見版本至今仍存,臺灣廣文書局《古今詩話叢編》和北京圖書館出版社《中國詩話珍本叢書》中的《新編四六寶苑群公妙語》就使用了這個底本,上面還有“浙江沈德壽家藏之印”。該書篇幅較小,體例明晰,主要内容爲“議論要訣上”和“議論要訣下”,以理論概括和例證的方式對四六作法進行系統總結。

版本對照顯示,與王應麟《辭學指南》系從《玉海》中摘録出來獨立成書類似,二卷本《新編四六寶苑群公妙語》應脱胎於四十三卷本《新編四六寶苑群公妙語》,當爲後人把四十三卷本中的作文法部分完整摘録出來形成,是一部有獨特價值的四六話著作。沈如泉認爲二卷本更準確的書名當爲《新編四六寶苑群公妙語・議論要訣》。本文討論的就是二卷本《新編四六寶苑群公妙語》,爲描述方便,下文沿用原書名,仍稱爲《新編四六寶苑群公妙語》。

二、對四六批評專著的繼承總結

文學接受學研究往往會從兩個維度入手,一是觀察較之前人提供了哪些新内容,二是如何借鑒利用前人成果,因爲對前人的接受同樣能體現出後來者的文學觀念和態度立場。《新編四六寶苑群公妙語》的價值首先在於其編選方式上體現出的集大成性質,借此可以清晰地梳理出宋代四六批評的發展軌迹。

《四六話》和《四六談麈》開啓了文體學意義上駢文批評的新時期。四庫館臣評價《四六話》“較勝負於一聯一字之間”[①],《四六談麈》“論四六多以命意遣詞分工拙,視王銍《四六話》所見較深”[②],但客觀而言,兩書從編選體例和創作意圖上極爲相似,對以往文論、詩話等的借鑒痕迹明顯。王銍自序云:“次先子所謂詩賦法度與前輩話言附家集之末,又以銍所聞於交遊間四六話事實私自記焉。”(《〈四六話〉序》,第 1 頁)謝伋《四六談麈》原序也説:“山居歷年飽食終日,因後生之問可記者輒録之,以資贊學之一事,如古今五七字話,題爲《四六談麈》云。”[③]可見,它們都屬突出個人見聞的評論性文話著作,注重軼事描述,仍帶有以資閑談的味道。作者注重獨創,兩書内容很少重合。

同爲宋代四六話代表性著作,南宋後期楊囦道的《雲莊四六餘話》有很大不同。清人阮元《四庫未收書提要》對《雲莊四六餘話》評價甚高,認爲“持論精審,固習駢體者之所必資也”[④]。但正如施懿超分析,書中基本没有編者個人見解,所有條目基本都能從其他

---

① 永瑢等《四庫全書總目》卷一九五《四六話》提要,中華書局 1965 年版,第 1783 頁。

② 永瑢等《四庫全書總目》卷一九五《四六談麈》提要,第 1786 頁。

③ 謝伋《四六談麈》,王水照《歷代文話》第 1 册,復旦大學出版社 2007 年版,第 6 頁。按:以下凡引《四六談麈》者,只標卷次頁碼。

④ 阮元《四庫未收書提要》卷三,清刻《揅經室外集》本。

典籍中找到出處。[1] 從駢文批評史的角度看,《雲莊四六餘話》的價值在於基本擺脱了個人化的詩話筆記體的閒談雜記色彩,從《玉壺清話》《容齋隨筆》《能改齋漫録》《文章叢説》等衆多宋人筆記雜著中廣採博搜大量四六相關資料彙編成書,體現出更爲自覺的批評總結意識。

《新編四六寶苑群公妙語》的出現標志着宋代四六批評向專門文章學的方向又邁進了重要一步,可謂集此前四六批評之大成。在創作宗旨和編排體例上,它仿效《雲莊四六餘話》,去掉了個人化的閑談色彩,並有意識地對前代四六批評專著本身進行繼承總結和整理提升。

《新編四六寶苑群公妙語》編寫體例爲原創性的類目和摘録性的例證兩部分,其中例證 152 條,全引自他書,與《雲莊四六餘話》類似。如"奪胎換骨"類下附録了 6 條例證,分别爲源自《四六話》的"唐鄭准爲淮南節度使……""宋元憲晚歲有詩云……"以及源自《雲莊四六餘話》的"劉禹錫聽宫人穆氏唱歌詩……""王元之黄州謝表云……""張天覓既相謝表有云……""何文縝謝召還表曰……"(卷二,第 42—44 頁)。不過在資料來源選擇上,《新編四六寶苑群公妙語》另有獨特之處,不再像《雲莊四六餘話》那般費力地從浩繁的宋代筆記雜著中廣採博搜。仔細研究後可發現,152 條例證除少數來自分散的筆記雜著外,大部分内容都直接取材於《四六話》《四六談塵》和《雲莊四六餘話》這三部四六批評專著,且三書最精煉最經典的内容基本都囊括在内。粗略統計,全書 19 條來自《四六話》,包括著名的"生事必對熟事"(卷上,第 8 頁)、"上四字以唤下六字也,此四六之格也"(卷上,第 10 頁)等。有 18 條來自《四六談塵》,包括"四六施於制誥表奏文檄,本以便於宣讀多以四字六字爲句,宣和間多用全文長句爲對"(第 34 頁)等。《新編四六寶苑群公妙語》書中内容更多的還是來自《雲莊四六餘話》,大致統計約 60 條,個别類目中這個趨向尤爲明顯,如議論要訣上"屬對貴巧"後所附録的 8 條例證中有 6 條源自《雲莊四六餘話》,依托之重顯而易見。當然這也與《雲莊四六餘話》本身的彙編輯録性質有關。不僅選擇的數量龐大,編選者祝穆的眼光也很獨到。後代研究者常引用的"本朝四六以劉筠、楊大年爲體,必謹四字六字律令"(第 118 頁),還有四庫館臣特别提到的"皇朝四六荆公謹守法度,東坡雄深浩博,出於準繩之外,由是分爲兩派""大抵制誥箋表貴乎謹嚴,啓疏雜著不妨宏肆"(第 119 頁)等等,已全搜羅在内。

書中多次直接點名《四六談塵》和《雲莊四六餘話》的作者謝伋和楊囦道,説明這種内容重合並非偶然,而是有意爲之的結果。

謝伋云:"先公奏曰當於腦詞下稱皇帝乳母某氏而草云:'早參慈保之嚴謹於燥濕之視。'"(卷一,第 8 頁)

① 施懿超《宋四六論稿》,上海古籍出版社 2005 年版,第 237 頁。

謝伋云："先子嘗言四六須'只當人可用，它處不可使，方爲有工。'"（卷一，第27—28頁）

趙祖潁奇與謝伋同在太學，中秋人作會，啓云："庾亮樓邊，漸覩掛簷之月；楊雄宅畔，蔑無載酒之人。方孤坐以無聊，欲就眠而未可。"（卷二，第65頁）

楊困道《答蔣丞相辭免》曰："未惟萬事之統，知非艱而行惟艱；有不二心之臣，帥以正則罔不正。"（卷一，第10頁）

楊困道《紫宸大宴致語》曰："廟謨先定，百官修輔而厥後惟明；黼座端臨，五帝神聖而其臣莫及。"（卷一，第13頁）

具體引用時，除對前人文字的直接沿用外，《新編四六寶苑群公妙語》中很多内容都經過了認真的整理改編，其中有直接的語序與邏輯調整。如前面所引的《四六談塵》中的著名論斷："宣和間多用全文長句爲對，習尚之久，至今未能全變，前輩無此體也。此起於咸平王相翰苑之作，人多效之。"（第34頁）清代《四六叢話》完全照抄。而在《新編四六寶苑群公妙語》中則改爲"宣和間多用全文長句爲對，此起於咸平王内相翰苑之作，人多效之，習尚之久未能全變，前輩無此體也"（卷一，第5頁），改編後顯然更流暢。也有爲表達更準確完整而對原文本進行的增添精簡。如《雲莊四六餘話》云："《王絢復官制》曰：'聖人之心如權衡之公，法無私者；君子之過如日月之食，人皆見之。衛侯醇謹，初豈有於它腸；顔子庶幾，尚何憂於貳過。'"（第112頁）《新編四六寶苑群公妙語》則在增加例句作者名字並精簡後改編爲："浮溪行《王絢官制》曰：'聖人之心如權衡之公，法無私者；君子之過如日月之食，人皆見之。'"（卷一，第9頁）此類型的改編在書中有多處。又如《四六話》云："文章有彼此相資之事，有彼此相須之對，有彼此相須而曾不及當時事，此所以助發意思也。唐人方有此格，謂之互换格……此又妙矣。"（卷上，第10—11頁）《新編四六寶苑群公妙語》則變爲"文章有借彼明此者，唐人謂之互换格……凡此皆借古人以明當時之事也"（卷二，第41—42頁），根據表達重點不同對原文進行了較大的改動。

從文學接受的角度看，同一内容從《四六談塵》到《雲莊四六餘話》，再到《新編四六寶苑群公妙語》，文本變化本身就清晰地展示出宋代四六批評傳承發展的軌迹。如《四六談塵》《雲莊四六餘話》《新編四六寶苑群公妙語》都引用了汪藻代擬的《謝賜象簡表》，但文本有繼承亦有新變。《四六談塵》云："靖康間京尹程伯起《謝賜出等牙簡表》云：'看山拄頰，敢爲晋士之清狂；上馬設囊，豈有唐賢之風度。'汪彦章詞。"（第42頁）《雲莊四六餘話》注明來源又加上後聯，改爲："程伯起《謝賜牙簡表》曰：'看山拄頰，敢爲晋士之清狂；上馬設囊，豈有唐賢之風度。'此浮溪文也，謝景思已筆之《談塵》。然末聯亦勝，曰：'入趨表著，知文竹之非珍；傳示子孫，庶甘棠之不朽。'"（第109頁）再發展到《新編四六寶苑群公妙語》時，又進行了新的改寫，雖筆墨不多，却更加準確精煉，曰："浮溪《代程大尹謝賜象簡表》曰：'看山拄頰，敢爲晋室之清狂；上馬設囊，豈有唐人之風度。'又曰：'入趣表著，知文竹之非珍；傳示子孫，庶甘棠之不朽。'"（卷二，第 52—53 頁）見微知著，這種文本比較既説明《新編四六寶苑群公妙語》編寫時集大成之功，有較高的文獻校勘價值，又從一個側面體現出宋代四六批評的發展脉絡。因此對《新編四六寶苑群公妙語》的研究在一定程度上有助於突破傳統僅局限於幾部四六話的單個論述方式，延展宋代四六批評的範圍。

三、四六批評理論體系的初步構建

《新編四六寶苑群公妙語》的集大成性質更主要表現在自覺超越了傳統四六話點評閑談式的細碎零散狀態，第一次以述作結合的方式對四六作法自覺地進行理論化和系統化的提升，從而初步構建出一個條理清晰、内容完善的四六批評理論體系。

《新編四六寶苑群公妙語》内容大致分爲原創性的類目和摘録性的例證兩部分，例證主要從歷時性的角度反映出對前代四六批評的繼承發展，在原創性的類目部分，作者首次對四六作法要訣進行了精要系統的概括，集中反映了作者的文學觀念和構建四六批評體系的努力。該書 34 個類目，分在議論要訣上和議論要訣下兩卷中。上卷類目分别爲"總論體制""叙述貴得體""用古書全句""用全句貴善襯""包題貴盡""體題貴切""體物貴工""認意貴明""下字貴審""屬對貴巧""用事貴精""用事貴博""實事貴相等""字面貴换易""時忌貴回互""親語貴相貫"（目録，第 1—2 頁）。"議論要訣下"類目分别有"狀景貴脱灑""借彼明此""奪胎换骨""生事對熟事""古事配今事""逐句自爲對""對字有來歷""造語有典重者""有質實者""有平正者""有奇壯者""有豪放者""有新奇者""有華麗者""有感慨者""有戲用方言者""有當用俳語者""有不可用俳語者"（目録，第 2—3 頁）。類目設置和體系構建皆爲獨創，或可稱爲宋代四六批評史上的首創。雖然每個類目只有寥寥幾字，作者並無專門論述，但 34 個類目提綱挈領，從宏觀的總論體制到具體駢文作文法，從造語用事、認題立意到語言風格等，幾乎涵蓋駢文應用寫作的各個方面，初步搭建了駢文相對獨立的文章學體系。

這種文章學體系的出現不是孤立的文學現象，它依托於南宋文章學繁榮的大背景，並大量借鑒融匯了其他文體批評理論的範疇、術語和觀念理論。相比古代詩學理論的先行一步，古代文章學創立略晚，南宋時期文章學開始進入成熟期，專著、筆記、評點各類文章學著作相繼涌現，古文、時文、四六的作文法研究取得重要進展。這種興盛狀態的出現與當時的社會制度、文化環境密切相關，是特定歷史環境下各種因素綜合的必然結果，其中最重要的影響因素就是科舉制度變化與時文創作程式化。"文章學之所以在這個時期成熟、成立，背景正是南宋初科舉考試的全面程式化；或者説程式化了的科舉考試的需求，既是文章學蓬勃生長發育的肥沃土壤，也是文章學成熟、成立的天然‘接生婆’”①。

與駢文關係最爲直接的是詞科。“自詞科之興，其最貴者四六之文”②。“南宋古文衰而駢文盛，皆出於科舉，若孫覿、滕庾、洪遵、洪適、洪邁、周必大、吕祖謙、真德秀之倫，在博學弘辭，最爲傑出，而有文名”③。它對南宋駢文的風格技法與盛衰變遷、駢文理論形成與發展都有决定性的作用。南渡後尤其南宋中後期經義、律賦、策論等各類科舉文體都出現了程式化的趨勢，“南渡以後，講求漸密，程式漸嚴。試官執定格以待人，人亦循其定格以求合，於是‘雙關’‘三扇’之説興，而場屋之作遂别有軌度”④。“實代王言”的詞科對程式化的要求更加嚴格。“蓋是科之設，紹聖顓取華藻，大觀俶尚淹該，爰暨中興，程式始備”⑤。詞科之文對程式化的重視和過分重視直接體現在宋代四六批評專著中。以往研究者多强調王應麟《辭學指南》作爲一部詞科直接影響下的四六批評專著，總結了程式化背景下四六作法的系統化表達，却忽視了《新編四六寶苑群公妙語》的首創之功。四十三卷本《新編四六寶苑群公妙語》第三卷原爲宏詞提綱，内容包括“總論體制二十六條”“總論編類凡十九條”“總論作文凡八條”。内容雖已佚，但據目録也能斷定其是對詞科作文法的首次總結和理論概括。

從現存二卷本《新編四六寶苑群公妙語》中，我們也能清楚看到詞科對四六批評的影響。書中多次引用南宋文人詞科練習和應試時使用的文字，頻率遠超之前的《四六話》和《四六談塵》。這些例證不限於例句的簡單摘録，大多數還帶有較爲精煉切實的分析點評，從正反兩方面對詞科文字如何四六遣詞造句認題命意進行闡述。其中有對典範作品的贊揚，如“莫沖《詞科高麗謝賜燕樂表》‘登歌下管，天地同流；鼓瑟吹笙，君臣相悦’全用經語而復典麗”（卷一，第 10 頁）、“《詞科代守臣謝賜御書周易尚書表》……此聯尤不費力”（卷一，第 16—17 頁）、“紹興丁丑《詞科代交趾進馴象表》……惟周益公説出象之步趨來之意，遂中首選”（卷一，第 20 頁）。也包含對宋代文人包括名家詞科文字不盡完美之處的點評，如“范同《詞科宰臣謝御制宣德樓上梁文表》曰……此首聯雖見賜宰臣之意而奎畫寶章芝檢不無稠迭”“孫覿《詞科代太尉制》‘眷予哲艾，維國老成’頗似重迭”、“洪文安《詞科代皇叔宗正制》‘周旋中其威儀’，其字恐未安”（卷一，第 23 頁）。《新編四六寶苑群公妙語》中“包題貴盡”“體題貴切”“體物貴工”“認意貴明”幾條更是詞科審題立意時的應有文章，後來《辭學指南》進一步將其延伸細化。

---

① 祝尚書《宋元文章學》，中華書局 2013 年版，第 5 頁。

② 葉適著，劉公純、王孝魚、李哲夫點校《葉適集》，中華書局 1961 年版，第 803 頁。

③ 金秬香《駢文概論》，商務印書館 1934 年版，第 109 頁。

④ 永瑢等《四庫全書總目》卷一八七《論學繩尺》提要，第 1702 頁。

⑤ 王應麟《玉海・辭學指南》卷一，王水照《歷代文話》第 1 册，第 908 頁。

"自紹聖後置詞科,格律謹嚴,一字不苟措。"[①]詞科影響下的南宋四六創作和四六批評都有技巧化、程式化、格律化的趨勢。《新編四六寶苑群公妙語》議論要訣 34 個類目以體制爲核心,以法度爲入手,這正是詞科在四六批評理論體系構建中留下的最重要的思想痕迹。無論是宏觀上的守體,還是微觀造語用事等作文法的"貴工""貴切""貴精""貴審""貴巧"等,真實全面地展示出詞科程式化要求下四六文章學應該有且必須有的基本面貌。

體制是中國古代文學批評中最常見的一個術語,在南宋文章學著作中出現頻率很高,也是當時衡量各類文體創作的通用標準。南宋四六批評尤其重視這點,"文章以體制爲先,精工次之","而王言尤不可以不知體制"[②]。詞科之文,尊體守體是第一要務。《新編四六寶苑群公妙語》所構建的整個四六批評理論體系都是圍繞着"體制"這個核心,以法度爲具體入手點展開。"議論要訣上"開門見山,第一個類目即爲"總論體制",例證部分通過所摘録的《四六談麈》《雲莊四六餘話》等書中關於體制的論述及例句,明確表達出守體謹守法度的觀念。第二個類目爲"叙述貴得體",繼續通過例證説明駢文寫作如何得體,如應切合作者身份,内容表達準確,語言表達典雅得當等。此外作者在其他類别的例證中也摘録了多條關於得體的内容,如"周益公落職判潭州謝表曰……亦得體也"(卷二,第 50—51 頁)、"元祐間立皇后孟氏而梁况之爲翰林學士,其制略曰……一時諸公皆歎其平正得體"(卷二,第 51—52 頁)、"浮溪《賀吕丞相啓》首聯曰……語逞意壯,得啓事之體"(卷二,第 54 頁)等。

《新編四六寶苑群公妙語》對四六法度和體制的重視還表現在對以汪藻爲代表的格律派作家的特别推崇上。雖以作品而不是以作者爲中心,祝穆對四六作者評價的傾向性通過所摘録的例句仍然隱約透露出來。講求製作得體用語精工的宋四六作者中,最具有代表性的當屬汪藻。"表章工夫最宜用力,先要識體制。前輩之文,惟汪龍溪集中諸表皆精緻典雅,可爲矜式"[③],"龍溪、益公號爲得體制"[④]。《新編四六寶苑群公妙語》共收録了近二十條與汪藻相關的四六資料,這個數量從縱向上遠勝《四六話》和《四六談麈》,從横向作者比較來看也是宋代四六作者中數量最多的。内容涉及汪藻所創作的制、表、啓等多種駢文體式,反映的大多是汪藻作品體制、技法上的謹守法度言語精工等情況,從一個特殊的角度展示了祝穆的文學觀念。

《新編四六寶苑群公妙語》批評體系的構建,與其他文體批評理論的借鑒融合起到了重要的作用。宋代詩文創作中尊體破體雖常有相争,但文體創作中的相互借鑒明顯,詩

---

① 陳振孫《直齋書録解題》卷一八《浮溪集》解題,上海世紀出版股份有限公司、上海古籍出版社 2015 年版,第 526 頁。

② 王應麟《玉海·辭學指南》卷二引倪思語,王水照《歷代文話》第 1 册,第 946 頁。

③ 王應麟《玉海·辭學指南》卷三引真德秀語,王水照《歷代文話》第 1 册,第 970 頁。

④ 王應麟《玉海·辭學指南》卷二引倪思語,王水照《歷代文話》第 1 册,第 946 頁。

文理論也多相互融通相互吸收。後來者四六批評從古文作法、詩賦格中汲取了大量的營養,既有成熟的概念、術語,也包括所積澱的文學觀念和理論框架。如前所述,《新編四六寶苑群公妙語》批評體系的核心體制和法度是當時文章學的共同焦點,34 個類目使用的術語和通過術語表達的文學理念絕大多數都在此前或同時的詩學、文章學著作中出現過,如下字貴審、屬對貴巧、用事貴精、用事貴博等都是詩學和文章學中老生常談的話題,此前四六批評著作也早已引入。祝穆的"認意貴明"與陳傅良等古文名家提到的"體認題意"本質並無多大區别。但由於文體批評類型和組織方式的差異,這個批評體系給人一種熟悉而又陌生的感覺。較之《四六話》和《四六談麈》,《新編四六寶苑群公妙語》在批評體系構建時借鑒中仍有突破,如專門設立"奪胎换骨""字有來歷則以來歷字對"兩個類目,第一次把江西詩法中的核心理念引入四六,爲南宋四六批評提供了新的理論内容。

綜上所述,可見《新編四六寶苑群公妙語》在所體現的文學觀念及文學批評理論體系的構建上自有其價值。長期以來,宋代駢文批評是古代文學批評的一個薄弱環節,研究範圍和研究方法都存在一定的局限。現有的研究成果主要集中於《四六話》《四六談麈》《雲莊四六餘話》《辭學指南》《誠齋詩話》等較少的幾部專著,缺少對更廣大批評領域的探討。在研究方法中,通常只進行單部批評著作的孤立分析,較少對這些著作之間影響接受關係的闡釋梳理。另外,出於對創新性的追求,研究者更多地强調批評話語中的原創内容,從而導致輯録性批評著作被冷落。實際上,輯録性文學著作的廣泛存在是中國古代文學批評的一個重要現象,其中同樣反映出編選者本人的文學觀念以及所在時代的文學風尚。《新編四六寶苑群公妙語》作爲宋代有代表性的輯録性批評著作,通過對其的關注和研究,可在一定程度上拓展大家對古代文學批評的認識。

作者簡介:

曹麗萍,文學博士,國家圖書館社會教育部副研究館員。主要研究方向爲駢文及其閱讀推廣。代表著作有《南宋駢文研究》。

沈維材與《四六枝談》考論

李法然

内容摘要:沈維材生於清康熙三十六年,浙江海寧人。其家先世鐘鳴鼎食,富甲一邑。七世祖沈志言,明嘉靖三十二年進士。至五世祖不事生産,祖父早棄舉子業,遂家道中落。少從遊於姻親查慎行、查嗣瑮,長以家貧,應幕爲生。先後依嵇曾筠、高綱、雅爾圖、完顔偉、胡振組等幕主,遊歷梁、楚、粤等地。著有《樗莊文稿》十卷、《詩稿》二卷、《尺牘》一卷及《四六枝談》一卷。《四六枝談》爲説部狹義之文話,紀事上起南朝之沈約,下迄清代沈維材本人。寫法上或摘録與駢文相關的故事,加以發揮引申,因事論文;或以文章爲談柄,因文紀事,因事存人,從而泯滅文話、筆記界限,而以後者爲主。此書在清代駢文復興的背景下,爲駢文正名;强調高超而不露痕迹的技巧與情文相生、陶冶性靈,力圖使駢文的表達明白條暢且具有丰神氣骨;客觀梳理駢文發展史,不持門户之見;從幕客身份實際需要出發,尋求切實可遵的典範和切實可行的技法。

關鍵詞:沈維材;《四六枝談》;駢文;文章學

基金項目:國家重大項目“中國古代文章學著述彙編、整理與研究”(15ZDB66)的階段成果。

駢文於魏晋南北朝達到極盛。在進化論的文學史觀和一代有一代之文學論的關照下,以往的文學史著作,常視駢文爲魏晋南北朝一代之文學。誠如研究者指出:“在習慣力量和思維定式的影響下,傳統文學史對駢文的叙述,除了六朝時期的駢文一專門的叙述,在對‘初唐四傑’、晚唐‘三十六體’隻言片語的介紹之後,通常都以這樣的表述爲駢文的命運作結:韓、柳古文運動和北宋初年的詩文革新使駢文受到了前所未有的重創,從此一蹶不振。”[①]随着研究的深入,這一現象得到了改觀。宋四六的新變和清代駢文的復興得到了充分的重視,相關研究成果頗豐。駢文批評研究也同步展開,明清駢文批評著作遂進入研究視野。縱觀此前研究者關注的明清時期的駢文批評著作,多爲駢文選本,如《文儷》《啓雋類函》《古今濡削選章》《四六類編》《四六法海》《四六儷》《四六采腴》《四六初徵》《四六纂組》《駢體文鈔》等,及輯録性質的著作,如《四六金針》《宋四六話》

① 楊旭輝《清代駢文史》,人民出版社 2013 年版,第 24 頁。

《四六叢話》等。[①] 筆者近於天津圖書館獲見清人沈維材所著《四六枝談》一卷,作者自言:"非採摘四六佳句也","間有一二陳言,録之,正務所以去之也。"[②]可見既非選本,亦非輯録,體例、内容、寫法均迥異於上述著作。遂擬在整理標點的基礎上,對沈維材其人的家世生平加以考述,分析《四六枝談》其書的主要内容、寫法特徵及其中表現出的文章學思想。以期充分使用這一獨特的材料,爲清代駢文批評提供一個案研究,爲清代駢文批評史料和駢文文章學研究提供新的視角。

一、沈維材家世生平考略

沈維材家世生平,已湮没無聞。就筆者管見,有關研究,唯《清代詩文集彙編》作者小傳[③]及《全清詞》作者小傳。[④] 此外,《(光緒)嘉興府志》卷五五《沈廷芳傳》後亦附有"族姪維材"云云。[⑤] 兹以上述三種傳記爲基礎,對其生平家世略加考述。

《全清詞》中作者小傳定沈維材生年爲康熙三十六年(1697),是。按《樗莊文稿》卷一《書初白先生劄後》謂"余年十九始學爲詩。家房仲與余生同甲,先以詩名。椒園小五歲"[⑥]。椒園即沈廷芳,沈維材爲其族兄而非族侄,《(光緒)嘉興府志》誤。沈廷芳生年有兩説,一爲康熙五十年(1711),見汪中所撰《行狀》;[⑦]一爲康熙四十一年(1702),據《清史列傳》謂其享年七十一推知。[⑧] 由此,沈維材生年當在康熙四十五年(1706)或三十六年。但本集卷一《題張叔夏詞後》稱"自乙未(1715)成婚",又錢汝驥序有"年過半百,未得一第",作於乾隆十四年(1749),則應以康熙三十六年爲確。

《四六枝談》第67則自叙家世云:"先七世祖慎齋府君,登嘉靖癸丑進士。"慎齋爲沈志言,見《(乾隆)海寧州志》[⑨],同書卷十有傳。第85則引陸圻爲其祖父詩集作序,有"東海沈玄度先生,所居七里郕。家本世胄,而以貲雄於邑。乃先生少喜讀書,不務生産,其家亦稍稍落"。此則又稱"前一年爲康熙癸卯,辰令公已舉於鄉矣。先曾祖與辰令公,文

---

① 參奚彤雲《中國古代駢文批評史稿》,華東師範大學出版社2006年版;楊旭輝《清代駢文史》,人民出版社2013年版;吕雙偉《清代駢文理論研究》,人民出版社2011年版等。

② 沈維材《四六枝談》,清乾隆四年刻本,天津圖書館藏。以下引用此書均同,隨文標注則數,不出注脚。

③ 紀寶成《清代詩文集彙編》第285册,上海古籍出版社2010年版。

④ 張宏生《全清詞・雍乾卷》第6册,南京大學出版社2012年版,第3078頁。

⑤ 許瑶光《(光緒)嘉興府志》卷五五,清光緒五年刊本。

⑥ 沈維材《樗莊文稿》,紀寶成《清代詩文集彙編》第285册,上海古籍出版社2010年版。以下引用沈維材《樗莊文稿》《詩稿》《尺牘》等均據此書,簡稱"本集",隨文標注卷數或小集名稱,不出注脚。

⑦ 汪中《誥授通議大夫山東提刑按察使司按察使原品致仕恩加一級沈公廷芳行狀》,錢儀吉《碑傳集》第7册,卷八四,中華書局1993年版,第2415—2421頁。

⑧ 佚名《清史列傳》卷七一,中華書局1987年版,第5819頁。

⑨ 戰效曾《(乾隆)海寧州志》卷八,清乾隆修道光重刊本。

壇馳譽，稱重浙西"，蓋其曾叔祖也。按《（乾隆）海寧縣志》卷九："沈煋，字辰令，號近垣。《余姚名宦録》：'公高曾皆登仕籍，學有淵源。少時與兄忙馳譽名場，人稱二沈。'"①沈玄度爲維材五世祖，見第86則。知沈維材先世家資宦績，均稱雄鄉里。然其五世祖不事生産，又遇鬩墻之變（第86則），其祖父早棄舉子業（第85則），又經兵燹，則如本集卷一〇《戒殺文》跋所云："寒家高曾而上，席豐履厚。冠婚喪祭之禮，起居服食之費。踵事增華，甲於一邑。兵燹之餘，蕩然無有。子孫貧困，衣食於奔走者，已三世矣。"沈維材與族兄弟沈心、沈廷芳等交遊甚契。前引《書初白先生劄後》謂"吾三人皆從游於二查先生之門，酒社詞壇，目爲三沈"。《（光緒）重修嘉善縣志》卷二五："沈心，字房仲，仁和人，查少詹升外孫也。少與兄廷櫰、弟廷芳游查慎行之門，詩名藉甚。廷櫰字孟公，與心俱老於諸生。"同卷："沈廷芳，字畹叔，號椒園，仁和監生。"②三人均爲其族伯沈元滄子。

《四六枝談》第83則云："寒家清白相傳，外族亦多禮義之門。"其中尤著者，爲龍山祝氏與海寧查氏。本集卷一《影山樓詩集跋》："龍山祝氏，代有傳人。在前朝推虚齋先生。其後人如比部心齋公，歷官中外，頗有聲望。鼎革時，則孝廉開美先生、文學眉老先生，皆以節義著。先曾王母，心齋公之曾孫女。而五世祖母，則公之女也。"查氏則如《枝談》第67則所云："同鄉查近川先生……官終京兆，子孫世登膴仕。先高祖母，其曾孫女也。村聯紅杏，至今世爲婚姻。"其祖母亦出查氏，《四六枝談》中提及其祖母之兄弟如查昆（第20則）、查昇（第72則）等。上文提及的沈元滄一門亦與查氏世代聯姻，《滋蘭堂集》後附《行述》："贈公喜交遊，與海寧少詹查公昇尤契。公亟賞先君，遂以吾母查孺人字焉。""子三……次子孝心，縣學生……繼娶查氏，内廷供奉翰林院編修慎行孫女，太學生克承女。""女一，廷霞，適候選訓導查昌澄子縣學生奕松。"③

家世姻親，皆爲書香門第。沈維材少時即悠遊沁潤於師友翰墨間。從學於張藹、朱肇貞，並受教於姑父董伯英、姨父鄭重倫。本集卷一《跋胡雅宗營葬陶方平先生紀略》："張子朱子，視余如子，我豈忘志學之時。"（原注：小時從學於朱張兩先生，極蒙愛憐之厚，期望之隆。老大無成，愧負師門，思之歎息。）卷二《董姑父六十壽序》："因憶幼學之年，執經問業。春風絳帳，歲序三回。"本集卷一〇《鄭恒齋先生傳》："余幼時，先生器於衆中，嘗命題作文，極加獎賞。"姻親之中，表叔祖查慎行、查嗣瑮對其影響甚深，已見前引《書初白先生劄後》。本集查岐昌序："吾鄉沈樗莊少以詩詞見重於吾祖……且云：'一瓣心香，傳在敬業。淵源有自，何敢暫忘。'"可見其與查氏一門亦親亦師之交情。

沈維材雖見重於鄉里親黨，然累舉不第，無奈應幕謀生。本集卷一〇《鄭恒齋先生

---

① 金鼇《（乾隆）海寧縣志》卷九，清乾隆三十年刻本。

② 江峰青《（光緒）重修嘉善縣志》卷二五，清光緒十八年刊本。

③ 沈廷櫰等《皇清敕授文林郎廣東瓊州府文昌縣知縣顯考東隅府君行述》，沈元滄《滋蘭堂集》附録，紀寶成《清代詩文集彙編》第218册，上海古籍出版社2010年版，第525—528頁。

傳》:“癸巳(1713)春,余初應闈試……又十餘年,而余以家貧出遊。”雍正三年(1725)初遊大梁,次年歸。本集卷三《致王犀川中丞》:“憶自乙巳遊梁。”卷一《朱荆坡先生詩叙》自注:“丙午春日,歸自汴梁,取道葵城。”其間爲楊守知等接引,本集卷三《復裘定年先生》:“其後出遊翰墨場中,楊致軒觀察、杜雲川庶常引爲忘年交。”五年(1727)再遊大梁,旋入嵇曾筠河使幕府,七年(1729)歸。本集一《題張叔夏詞後》:“丁未夏月重遊大梁,旋爲梁溪嵇公招致河北。”《枝談》第69則:“雍正己酉,余客任城河使院中,迫於試事,將南歸矣。”嵇曾筠雍正二年至七年任南河副總河。[1] 後於九年(1731)至十年(1732)間入高綱漢陽幕府。高綱守漢陽在雍正九年[2],本集卷一《跋雪聲軒詩集》自注:“壬子歲,余自漢陽歸里。”十三(1735)年八月,嵇曾筠總理浙江海塘工,十二月兼浙江巡撫,明年二月改浙江總督。[3] 沈維材與之亦有來往,《四六枝談》第123則:“梁溪總理海塘時,余爲具陳其弊。”乾隆二年(1737),高綱知韶州,[4]又招赴嶺南入幕,五年(1740)北歸。本集卷三《寄家泰叔學使啓》:“近因踰嶺,依門館於高家。”《嫁衣集序》謂“近自粤東歸”,作於乾隆五年。本集卷七有代“雅中丞”作祝文數篇,即雅爾圖,乾隆四年(1739)至八年(1743)任河南巡撫。[5] 知沈離韶州高家幕府後,赴河南幕府。七年(1742)底,完顔偉任河東河道總督,十三年(1748)離任。[6] 沈維材再入河使幕,本集卷三《賀完公内遷副憲》:“維材飲水知源,歷經五載。”後往河北依胡振組,本集卷三《答陳思田》:“自來河朔,幸識尊公,旋從渭陽。(原注:韭溪觀察)”鄭虎文《先室胡宜人墓志銘》:“韭溪諱振組,仕至河南河北水利兵備道。”[7]錢序“適沈子樗莊從河陽幕府郵寄《春草吟》《寒梧集》二卷”云云當指此。

《全清詞》中作者小傳謂沈維材“乾隆十四年尚在世”,當指本集刻成之時。此後其經歷尚有可考者。《(道光)武陟縣志》卷三五:“辛未閏夏之災,山水雨水,併入沁水……或從沁濱拾取斷梗,置之墻角,黑夜光明,投諸水中,倍覺燦爛。一時驚爲怪異。樗莊曰:‘此夜光木也。塞外最多,太行山亦常有之。年深雨浥,則黴爛生光,如腐草之化爲螢。’”[8]知乾隆十六年(1751)尚在河北。《四溟詩話》卷首有沈維材跋,署乾隆甲戌(1754)。[9] 鄭虎文《寄沈楚望二首》自注“余内兄官河北監司,乙亥余至署,贈樗莊詩”[10]

---

① 趙爾巽等《清史稿》第24册,卷一九七,中華書局1977年版,第7167—7174頁。

② 邁柱等《湖廣通志》卷二九,《文淵閣四庫全書》本。

③ 趙爾巽等《清史稿》第3册,卷一〇,中華書局1977年版,第344—348頁。

④ 額哲克《(同治)韶州府志》卷五,清同治十三年刊本。

⑤ 阿思哈《(乾隆)續河南通志》卷四四,清乾隆三十二年刻本。

⑥ 趙爾巽等《清史稿》第24册,卷一九八,中華書局1977年版,第7198—7207頁。

⑦ 鄭虎文《吞松閣集》卷三四,《四庫未收書輯刊》第十輯,第14册,北京出版社2000年版,第339頁。

⑧ 王榮陛《(道光)武陟縣志》卷三五,清道光九年刊本。

⑨ 謝榛《四溟詩話》卷首,丁福保《歷代詩話續編》,中華書局2006年版,第1135頁。

⑩ 鄭虎文《吞松閣集》卷七,《四庫未收書輯刊》第十輯,第14册,北京出版社2000年版,第69頁。

云云，知乾隆二十年(1755)尚在河北。《(乾隆)濟源縣志》卷一六載蕭溍《丁丑重陽邀同沈子檴莊樂餘園讌集賦贈馮子朗仙二十二韻》，卷一四載嵇璜《前任湖南嘉禾縣改補夏邑教諭侯君墓表》：“歲戊寅，余友一沈子檴莊，修輯濟志，寓書於余。”[1]知乾隆二十二年(1757)、二十三年(1758)間在濟源，預修縣志。

沈維材著作之存世者，唯《清代詩文集彙編》所影印之《檴莊文稿》十卷、《詩稿》二卷、《尺牘》一卷，及天津圖書館藏《四六枝談》一卷。不存者有《遊梁草》，本集附録《遊梁草序》，謂“此則自其旅次以迄於今之所作也”，作於雍正三年。知此集爲初遊大梁所作。又有《嫁衣集》，《四六枝談》高綱序：“余既爲檴莊梓《嫁衣集》，復增刊《四六枝談》百餘則。”跋稱：“獨駢體之文，應酬居多，向未編葺……今荷韶陽高太守序而行之。”知專收駢體應酬之作，由高綱刻於韶州，《四六枝談》因而附刻。本集卷三《寄林綺堂》謂《嫁衣集》“棗梨之費出自高家，棄置嶺南，亦不甚惜”。後高家捲入澹歸和尚《遍行堂集》案，《嫁衣集》書版亦罹此厄[2]，遂流傳不廣。本集編刻之緣起，卷三《寄林綺堂》謂“今先刻駢體近稿，繼以詩詞尺牘及零星雜著。不立集名，但稱《檴莊四六》，餘皆仿此。將來刻成，可分可合也”。至乾隆十四年，成傳世本之規模，錢序、查序均作於乾隆十四年。本集《引》稱：“詩稿十卷未曾删定，偶刻《寒梧集》、《春草吟》二種，聊以志朋友昆弟之誼。尺牘一卷，朱丈荆坡所抄録，流光彈指二十餘年，存者亦尚有十餘卷，行將次第雕鐫。詩餘數卷，頗自珍惜，生平所好在此，亦是一癖。金沙王芷岩、錫山顧稼梅皆能書，許爲謄寫，不欲輕付之剞氏也。”此爲本集計畫待刊之規模，今不見成書。唯《直介堂續補匯刻書目》卷一三著録：“《檴莊全集》，《文稿》十卷、文續稿一卷、《詩稿》二卷、《詞》一卷、《尺牘》一卷、《四六枝談》一卷。”[3]未詳所據。

綜上所述，沈維材生於江南望族。家學淵源，師友交遊，早年受過良好的文化薰陶。如本集錢序所云：“數歲即工屬對，十齡已擅文名。且力學最勤，所爲制義，師長以先正諸大家目之。”然數奇不偶，屢試不第。數爲幕客，代人作嫁，培養出非凡的駢文寫作能力。《四六枝談》第105則便自稱：“嘗代草章奏，上動世宗宸覽。”高綱序亦稱：“其《嫁衣集》，妃青配白，别具神工，可謂鴛鴦繡出。”桑調元《答沈檴莊書》亦盛贊：“讀其麗制，信名下之無虚。”“擬沽十千之酒，爲論四六之文。”[4]被高綱視作“度人之金針”的文章學著作《四六枝談》，便是在這一背景下誕生的。

---

① 蕭應植《(乾隆)濟源縣志》卷一四、卷一六，清乾隆二十六年刊本。
② 《清代文字獄檔(增訂本)》，上海書店出版社2011年版，第158頁。
③ 劉聲木《續補匯刻書目》卷一三，《叢書集成三編》第1册，新文豐出版公司1997年版，第272頁。
④ 桑調元《弢甫集》卷二九，《清代詩文集彙編》第277册，上海古籍出版社2010年版，第471頁。

二、《四六枝談》的主要内容與寫作手法

《四六枝談》一書，今僅見天津圖書館藏本。天津圖書館定爲清乾隆四年刻本，[①]蓋據是書序跋。王水照先生將文話分爲四類，其中第二類爲“具有説部性質、隨筆式的著作，即狹義之‘文話’”[②]，《四六枝談》即屬此類。高綱序稱：“而《枝談》又仿詩話、詞話爲之。溯家令之清芬，迄國朝之巨麗。巖廊之上，閨閣之間。嘉言懿行，瑣事奇聞。一經描寫，無不可傳。”跋稱：“《四六枝談》，仿古人詩話、詞話爲之。有觸即書，了無檢擇。牽連附會，亦自寫其意而已。”皆可證。以下擬以此爲基礎，對《四六枝談》的主要内容與寫作手法略加探討。

《四六枝談》既以四六爲談柄，所談之事，如高綱序所稱，上起南朝之沈約，下迄清代沈維材本人。然而所記之事並非憑空而來，且時代距作者愈遠，愈可看出其資料來源。自南朝至元代，多摘自明人蔣一葵《八朝偶雋》，約占全書篇幅的五分之一。多數僅因襲紀事，而加以發揮。亦有全篇摘録者，如第13則，全篇均見於《八朝偶雋》卷三。需要指出的是，宋代部分紀事，多亦見於宋人筆記及宋代文話。如第21則：“劉有《賀五王出閤啓》云：‘芝函曉列，星飛降天上之書；棣萼晨趨，岳立受日中之字。’隱用‘五’字，亦佳。”亦見於《侯鯖録》卷四、《四六話》卷上，但鑒於前後多摘自《八朝偶雋》者，頗具系統性，因而大略可以做出判斷，類似情況應是轉引自《八朝偶雋》。明初紀事亦偶有出自《八朝偶雋》者，如第58則，記楊士奇賀白鵲聯，見《八朝偶雋》卷六小字注。

明代部分紀事來源較爲複雜，其中大宗當屬錢謙益《列朝詩集》作者小傳及朱彝尊《静志居詩話》。如第61則，敘述朱存理事蹟，出《静志居詩話》卷八，[③]對朱性理的評價和對其著述的介紹則出《列朝詩集》丙集卷九。[④] 緊隨其後，第62則有關沈周《化鬚疏》的内容出自《静志居詩話》卷九《姚丞》條，[⑤]而有關沈周的概述則出自《列朝詩集》丙集卷八《石田先生沈周》。[⑥] 值得注意的是，除紀事外，《四六枝談》的部分觀點亦採自朱彝尊著作。如第47則：“然張於李、趙諸公則劾之，汪、秦輩則薦之。好惡已拂人之性。至曲端之誅，與風波之獄何異，喪師誤國，罪何可逃。”及所引明江進之詩，均出自朱彝尊《書宋史張浚傳後》。[⑦] 第60則：“考《唐會要》一百卷，宋建隆二年宰相王溥撰進。《五代會

---

① 天津圖書館《天津圖書館古籍普查登記目録》上册，國家圖書館出版社2014年版，第329頁。

② 王水照《歷代文話》第1册，復旦大學出版社2007年版，前言第3頁。

③ 朱彝尊《静志居詩話》卷八，人民文學出版社1990年版，第207頁。

④ 錢謙益《列朝詩集》丙集卷九，中華書局2007年版，第3383頁。

⑤ 朱彝尊《静志居詩話》卷八，第234—235頁。

⑥ 錢謙益《列朝詩集》丙集卷八，第3205頁。

⑦ 朱彝尊《曝書亭集》卷四五，紀寶成《清代詩文集彙編》第116册，上海古籍出版社2010年版，第369頁。

要》亦溥所進。典章制度，庶幾足徵。正史之外，不可無是書也。"則合鈔《唐會要跋》《五代會要跋》兩篇而來。[①] 沈維材與朱彝尊亦有淵源。本集卷一《題張叔夏詞後》謂："蓋先生（引者按：指岳父尤左巖）家於梅里，其父執如竹垞檢討，及李徵君秋錦坤季，皆以詞馳譽浙西。"又《四六枝談》第20則提及其祖母之族叔韜荒先生查容，《（乾隆）海寧州志》載其與朱彝尊爲表兄弟。[②] 以故，沈維材對朱彝尊著作青睞有加，恐不無緣故。

其他採自明清人著作者，如第23則有關老泉非蘇洵號、考亭非朱子號的辨析，第39則有關劉季高不喜柳詞的記載，以及第51則有關梁灝登第年齡的考證，皆出自魏禮《示兒輩》。[③] 又如第65則有關毛伯温平安南的近千字的記載，幾乎全部出自《毛襄懋先生集》别集所收之《平南録》。[④] 如此種種，在此不詳細列舉。

更加值得注意的是出自沈氏家傳文獻及沈維材親力親爲之事。如第55則談及元至順二年加封孔子父母及顔子、曾子、子思、孟子、二程之制誥，自言："余家藏有石刻一卷，閑中檢閲，因紀其略。"第83則引舜才查公《醵金增建小閣疏》，則稱："公有遺稿一册，曾王父録之。"第86則謂："公及平叔公兩世行略，吾祖所述，有稿藏於家。"第122則叙述其鄉董節婦虞氏事迹，則稱："余童子時，受業於姑夫董伯英先生，聞其事甚悉。"至於第91則而下，遍及其家先世、姻親、交遊及歷任幕主，則多爲耳聞或親歷之事。這一部分約占《四六枝談》全書的一半。所記之事，或當僅見於本書，别無依傍。寫法上也更加自由，在一定程度上泯滅了文話與筆記的界限，文章在一些條目中僅是點綴。但這一部分爲讀者刻畫出鄉紳士大夫詩書傳家之盛事，及幕府中賓主相得的文學生態，因其源自家傳文獻及親力親爲，書寫起來，便覺"莫此親切"。因而，可以斷定，這是本書中最具價值的部分。

如前所述，六朝至元部分，紀事多摘録《八朝偶雋》，而多有引申。引申的方式，或爲因事論文。如第27、28、29則，連續三則，均以簡明扼要的文章學理論領起，如"無性靈不可以言文也""要與其人、其時、其地親切爲佳""文章要有關係"等，之後轉入叙事。叙事之後，再結合領起句提出的觀點加以總結，筆法井然。或就事論事，即對所叙之事加以考證，如第35則紀事之中有"故事换鵝，無復黄庭之字。"之後便討論王羲之换鵝故事中所書究竟是《黄庭經》還是《道德經》。或就所叙之事再加以發揮，如第22則，開篇"歐陽公深嫉楊、劉之體，一變而之率真"。似言駢體流變，而因所舉例文爲《亳州謝上表》，便結合"盗甥"案，痛斥譖人之毁謗。又如上文提及的第23則，因歐陽修之評蘇洵，引出《魏季子文集》中有關老泉非蘇洵號、考亭非朱子號的考辨，最後歸結到古人字號之傳誤，而離"畫家有白描法，詩文亦然"之題旨漸行漸遠。由此觀之，《枝談》雖多有摘録《八朝偶

① 朱彝尊《曝書亭集》卷四五，紀寶成《清代詩文集彙編》第116册，第367—368頁。

② 戰效曾《（乾隆）海寧州志》卷一一，清乾隆修道光重刊本。

③ 魏禮《魏季子文集》卷九，紀寶成《清代詩文集彙編》第114册，上海古籍出版社2010年版，第431—433頁。

④ 毛伯温《毛襄懋先生集》别集卷四，《四庫存目叢書》集部第63册，齊魯書社1997年版，第394—408頁。

雋》,但畢竟所占比重有限。且體例不同,《八朝偶雋》側重輯録四六名句,而附以本事,[1]而《四六枝談》則全然爲説部著作。加之上述發揮與引申,其摘録《八朝偶雋》的行爲並不能掩蓋《四六枝談》自身的獨立價值。而摘録與駢文相關的故事,加以上述發揮、引申,則可以視作《四六枝談》的寫作手法之一。

又如前所述,紀事時代愈接近作者本人,文章在其中的作用愈居次要,僅爲引發紀事的由頭,即《四六枝談》跋中所言:"借四六爲談柄。"如第 82 則言:"有明館閣文章尚多名筆,誥詞亦不落通套。女將軍事尤奇,故記之。"以館閣文章爲由頭,而意在記女將軍之事。所記之事,又常圍繞某人展開,因而可以將這一部分的寫作特徵概括爲因文紀事,因事存人,與上述因事論文正好相反。

所存之人,首先是家族先輩。上文考證作者家世已大量使用相關材料。其餘如第 62 則,以《化鬚疏》引入對沈周的記載,又如第 70 則記述沈思孝上書阻張居正起復事迹,同時述及其同年"先古田公"。按,古田公爲沈志文,沈志言弟,沈維材七世叔祖,知古田縣,見《(乾隆)海寧州志》卷一〇《沈志言傳》。[2] 筆者尚未見證明沈周、沈思孝與沈維材血親關係的材料,當僅爲同姓。但無論是第 62 則引高綱爲沈維材父祝壽詩"竹莊奉母閒居早,綵袖稱觴樂事偏"用沈周典,還是第 70 則"循良之吏,與蹇諤之臣,固可並傳千古也"的比附,均將沈周和沈思孝視作家族前輩進行記述和稱頌。由家族前輩擴展至鄉先賢。如第 63 則記王陽明事,於結尾處感歎:"有明一代,吾浙得三異人,謂劉文成、于忠肅及先生也。猗歟盛哉!"由此又推及鄉邦賢守令,如第 87 則寫道:"本朝李文襄公總督浙閩時,耿精忠反。公聞報,隨檄各路官兵,分守要害,擁重兵於衢州。浙東西得免殘破,公之功也。時三藩同叛,而耿逆底定獨先,亦公掎角之功爲多。"此外又如第 88、96、99、100、101 則等,連篇累牘,記述再爲幕主,並出資刊刻《嫁衣集》及《四六枝談》的高綱。第 69、94、99 則等述及嵇曾筠,第 94、119、120 則提及首度游梁時爲之接引的楊守知。上述諸人,交遊已見上文考述。至於第 101 則言高綱七子,第 126 則言嵇曾筠子婿,謂:"李義山於令狐父子,兩世交歡,東閣重窺,余並致望於東床坦腹者矣。"第 109、110 則更言及閨門之内。其與幕主僚友交契之深,可見一斑。沈維材本人應幕爲生,並無可載史册的豐功偉績。也正因爲此,作者得以以親身經歷,親切生動地描繪了幕府文士的交遊與創作生活。

除因事存人,沈維材也會通過紀事抒發人生感慨。如前所述,其先世亦爲鐘鳴鼎食之家,但家道中落,因而第 44 則,沈維材借寫三蘇、四洪父子,抒發了"一門之盛,古今不多見也。忠宣有祠堂近西湖,其後裔亦式微矣"的慨歎。第 122 則亦稱"善承先志,不墜家聲。蓋非獨能讀父書而已"。又因其長期爲幕僚,因而對前人賓主相得之事特別關注,如第 38 則"古人憐才之切,千載而下,猶令人感激也";第 105 則"然而鋪張盛美,無當高

---

① 奚彤雲《中國古代駢文批評史稿》,華東師範大學出版社 2006 年版,第 91—92 頁。

② 戰效曾《(乾隆)海寧州志》卷一〇,清乾隆修道光重刊本。

深，獨以知遇之隆，令人艷羡耳”；第135則“惟憐才之難，彌覺報德之不易也”；除此之外，第106則至108則闡述經學觀點，第120則至124則闡明有關河務、鹽政、賦税等方面的政治主張，第72、76、81、90則等，討論書法、制義、詞等藝術門類，均由四六文引入，而落脚點却不在論文。上述都體現了此書因文紀事，泯滅文話、筆記界限的寫作手法。

三、《四六枝談》與沈維材的文章學思想

雖如前文所述，《四六枝談》爲説部著作，其落脚點常常不在論文。但高綱序指出：“其《嫁衣集》，妃青配白，别具神工，可謂鴛鴦繡出。而《枝談》則度人之金針也。”第136則亦自稱：“余非敢自誇也。駢體之文既不能廢，則學爲駢體者不可不一究其窔奥也。”如此，則可一探《枝談》所指示的駢體之“窔奥”，以見沈維材的文章學思想。

首先，沈維材在《四六枝談》中，極力爲駢文正名。第136則言：“文之有駢體，猶詩之有近體也。陰陽之理，物各有耦，維文亦然……文章運會，殆有時數存焉。八代之衰，衰以卑靡，不以駢偶也。隋初治書侍御史李諤上書，以爲“連篇累牘，不出月露之形；積案盈箱，盡是風雲之狀。意爲詞掩，何以爲文。文章有丰神氣骨，駢體何獨不然。清新俊逸，跋扈飛揚，豪蕩淋漓，纏綿委曲，正恐李杜之詩、韓柳歐蘇之文，不是過也。”從哲理角度論述了對偶的必要性，並且提出，文格卑靡並非駢體之過，駢文同樣可以具備丰神氣骨。本集卷三《寄家泰叔學使啓》亦表達了相似的觀點。

爲駢體正名的工作是與明末清初駢文復興的進程同步展開的。第145則言道：“國朝前輩，如尤展成、陳其年、錢葆馚、葉元禮、陸拒石、李分虎、汪紫滄、章豈績諸君，皆工於四六。此外名家文集，亦間有駢體。顧寧人先生所著《日知録》，爲不朽之書。其集中駢體數篇，雅潔工秀，真不可及也。今上右文選才，鴻博、玉堂、金馬、著作如林，酬跋燭之諸，而不誤掣鈐之召。聲華赫弈，又豈四十年無聞者所堪比似耶。”歷數近代四六名家，以及清廷文化政策對於駢文發展的促進作用。在此背景下，沈維材家族亦親身參與了駢文復興，《清代駢文史》寫道：“在清初駢文發展進程中，西泠（亦作西陵，今浙江杭州）乃至附近的紹興，儼然成爲能够承雲間風流的駢文創作重鎮，亦可視爲乾嘉時期浙江駢文大興的先聲。就駢文方面的成就和影響來看，十子之中，當數柴詔炳、陸圻、毛先舒三人較爲突出。”①《四六枝談》第85則特别提到柴、陸二人及西泠十子，沈維材祖父嘗受業於陸圻。雖然如此，否定駢文的聲音依然存在。《四六枝談》高綱序稱“或謂文章小技，駢體尤屬卑靡。”第46則引述《八朝偶雋》稱“世之不能四六者，類言雕蟲小技壯夫不爲。孰知前代大儒乃爾”，當不爲無的放矢。直到稍晚於《四六枝談》的《四六叢話》，爲駢體正

① 楊旭輝《清代駢文史》，人民出版社2013年版，第85—86頁。

名仍被視作其“最主要的兩個理論貢獻”之一。[①] 可見,《四六枝談》對於駢文的鼓吹在駢文復興的進程中是有意義的。

清代駢文復興,表現爲駢散對立的觀念。奚彤雲女士在《中國古代駢文批評史稿》中指出:“到了清代,情況有了巨大的變化,駢文逐漸確立了與古文‘平分天下’的地位,文章的幾乎所有種類,都可以用駢體來寫,也可以用散體來寫,理論上已達到兩相對稱。”[②]《四六枝談》中,除常見的駢文文體,如箋啓表奏等外,亦常常論及書、序、跋等“古文運動”以來多以散文寫作的文體。從沈維材的創作實踐來看,本集卷一、卷二序跋類中,包含書序、贈序,乃至向被視爲小品文的書畫題跋,均多有以駢體爲之者。與此相反相成,溝通駢散的思想同樣推動了駢文地位的提升。同上書指出:“清代中期以來,批評界折衷駢散的傾向,與創作界駢散兼行的現狀相呼應,逐漸奠定了駢文與古文同等的地位。”[③]《四六枝談》第140則言“書與啓不同。書以序事言情,貴於條暢。屬對之工,則在運筆之妙也。”其言書、啓之不同,以功能與風格而不以駢散。本集卷三、卷四爲書啓類,除少數題“某某啓”外,多數篇名僅爲“致某某”或“答某某”,不提示文體。體制上或駢或散,亦不加軒輊。

朱剛先生指出,駢文“是把‘對偶’這一修辭手段發展爲通篇行文的基本體式,是這一修辭手段的體制化。”[④]此外,辭藻華麗與用典等,亦是與駢文如影隨形修辭性特徵。可見,駢體與修辭有着不解之緣。以故,《四六枝談》特别强調駢文修辭潤色之重要性。第104則引沈炳震《唐詩金粉》序:“吾人陶冶性靈,恒寄情於吟詠;發揮花月,端托體於風騷。吹影鏤塵,實由心匠;模山范水,豈尚詞華。昔賢每戒夫文煩,往哲深規乎義儉。然而方壺員嶠,以瓊窗瑶柱而增輝;西子南威,得鳳髻鸞釵而更麗。苟非穠采,張、左才窮;不有妍詞,淵、雲氣短。”並總結道:“東甫之意,固欲爲唫詠家調鉛殺粉,以塗糚飾貌耶。”雖言近體詩,但依據第136則提出的“文之有駢體,猶詩之有近體也。”則亦可移諸駢文。

因而,《四六枝談》第138則引王陶“若不協韻,則不爲聲律矣”之言,“稱此論亦似太拘,然既名駢體,對仗自須精工。”强調駢文的體制性特徵。修辭方面,沈維材特别强調語詞的鍛煉,相關言論在《四六枝談》中觸目皆是。如第8則:“文有不嫌蹈襲,正以雕琢愈工。”第9則:“文章貴乎變化。用古作對,别具爐錘。於重見叠出之中,有翻新出奇之妙。”第36則:“極熟語煉成佳句,所謂鉛中煉得銀也。作文須知煉字訣。”儼然江西詩派“點鐵成金”之法。鍛煉的目標在於“化”。第81則言:“夫化物豈易言哉,《易》曰:擬議以成其變化。釀花爲蜜,蜜成而不見花也;釀稻爲酒,酒成而不見稻也。文入化處,自非

---

① 路海洋《清代江南駢文發展研究》,中國社會科學出版社2016年版,第229頁。

② 奚彤雲《中國古代駢文批評史稿》,第103頁。

③ 奚彤雲《中國古代駢文批評史稿》,第138頁。

④ 朱剛《從修辭到體制——扇對與八股文》,王水照、侯體健主編《中國古代文章學的闡釋與建構:中國古代文章學三集》,復旦大學出版社2017年版,第59頁。

精深内融，神光外滿者不能。"不但鍛煉的效果要臻於化境，且鍛煉的痕迹也需儘量削平。第137則謂："昔人有言：'唐律，女工也；六朝文，亦女工也。'宋詞、元曲、明之制藝，皆女工也。細意熨帖，滅盡針綫之痕。"此亦似江西詩派的詩歌主張，追求"人爲的自然"①。而最終達到理想的語言效果，如第23則所言："以駢體叙事，意極條暢，語極工整，此化工之筆也。"

與此同時，沈維材在論文之中强調情文相生與陶冶性靈。如《四六枝談》第142則言道："哀死之文，以朴爲文。然情文相生，無情不可以言文，無文亦不可以言情。但論情之深淺、文之工拙可耳。"並評高綱《祭十六叔父司農公文》，謂"極沉痛，更極清麗。沉痛處一字一淚，清麗處一淚一珠。千古至情，千古至文"。高綱亦在《四六枝談》序中稱沈維材"蓋堆其情重，故叙次之間，一往而深。黄梨洲所謂'情之至者，其文未有不至者也'"。又如第27則："少陵論詩'陶冶性靈'，無性靈不可以言文也。"這樣，沈維材一方面强調高超而不露痕迹的技巧，一方面强調情文相生與陶冶性靈。二者結合，有效解决了第136則所提出的卑靡與意爲詞掩的困境，使駢文可以獲得明白條暢的表達效果和丰神氣骨。

沈維材還對駢文發展的歷史進行了梳理。第136則："見於經史，已多駢儷之句。魏晋而後增美飾華，盛於齊梁可謂盡態極妍矣。徐庾父子，獨擅斯名；唐初四傑，仍沿斯體。雖燕許大手筆，亦不廢也。唐至河東，始麗以則；宋至廬陵，尤清而真。變風氣所以開風氣，變則化，化而工矣。"對宋四六的發展演變又進行了細緻的討論。第20則："宋初四六，率仿楊、劉。謹四字六字格令，其體類俳。"第22則："歐陽公深嫉楊、劉之體，一變而之率真。"第44則："自歐陽公、東坡先生而後，汪浮溪及洪氏父子所爲四六，皆以清真流麗見長。鎔鑄經史，尤極工妙。"第50則引述《八朝偶隽》，對宋四六的兩派進行了介紹："大抵宋人四六，介甫嚴整警拔，子瞻豪邁雄深，由是分爲兩派。後來汪彦章、周益公諸人類介甫，孫仲益、楊誠齋諸人類子瞻。"

其中有兩點值得注意。其一，有研究者指出，"就在世人普遍以六朝徐、庾爲駢文之極則時，孫梅却明確地提出了不同意見，認爲在徐、庾之後，駢文依舊在諸多方面取得長足的發展"②。從上述對駢文史的梳理來看，沈維材的觀點與此一致，且時代愈後，愈爲詳細。其二，張仁青先生在《中國駢文發展史》中，依取法對象將清代駢文分爲六朝派、三唐派和宋四六派。③ 沈維材在梳理駢文史的過程中，對各時期的優劣未加評論，而是更關注於各個時期的特徵和新變，惟稱宋初楊劉"其體類俳"，但同時也强調"然楊、劉自不可廢"。從這種不偏不倚的態度中，可以看出，《四六枝談》並非爲某一批評流派或創作群體背書，而是從駢文創作的歷史經驗中，尋求切實可遵的典範和切實可行的技法。

---

① 周裕鍇《宋代詩學通論》，巴蜀書社1997年版，第420頁。

② 楊旭輝《清代駢文史》，第206頁。

③ 張仁青《中國駢文發展史》，浙江大學出版社2009年版，第419—480頁。

所謂切實可遵的典範和切實可行的技法，與沈維材應幕爲生的實際需求密切相關。代幕主起草文書是幕僚的職責，故沈維材提及駢文創作，每有代人作嫁之感。如本集卷一《邵笠塘孝廉夷白山人行卷序》："咲餘作嫁，粗工駢對於妃青。"卷三《致談月汀明府》："爲他作嫁，寧無上衣下裳。"《答談月汀明府》："頻年之金綫徒勞，常爲他人作嫁。"本集附録《嫁衣集》沈心序言命名之由，亦稱："夫手持刀尺，挫針貫綫，縱能備極工巧，終非己服，嫁者他人。"以故，《四六枝談》亦特别關注代言之文，如第 18 則謂李商隱"其集中牋奏甚多，皆代作也"。又如第 27 則，謂"代人作文，亦須設身處地"。這些代言之作，又可大略分爲上行之表奏與平行之箋啓。[①] 體制不同，寫作要求各異，《四六枝談》中均有論述。前者如第 1 則："章奏之文，貴乎莊重。一落纖巧，便失體裁。然使徒襲陳言，虛行故事。未免草率，非所以敬君也。"第 15 則："凡謝賀表牋，頌德感恩，皆須就題抒寫，映帶有情，乃稱精妙。"第 105 則舉具體一例云："今相國嵇曾筠爲河堤使者時，維材在院中最久。嘗代草章奏，上動世宗宸覽。而《謝賜法製藥錠》有一聯云：'悟奇方於治水，溢者塞而滯者疏；參至理於用人，正則扶而邪則剔。'極邀天獎，以其觸悟引申，實有至理。可以長人識見，爲有關係文章也。"而其中所謂"有關係文章也"，正呼應第 29 則提出的"文章要有關係"。後者如第 2 則："古人寒暄語亦不草草。"第 28 則："贈答迎賀之有啓，祭壽之有文，以及書、序、疏、記，要與其人、其時、其地親切爲佳。"可見，沈維材因事論文之處，亦不作泛泛之言，而時時刻刻凸顯出其幕客身份。

此外，如第 143 則："集腋以爲裘，必狐之皮也；集翠以爲裘，必鳥之羽也。"談駢文語料之選取。第 144 則："《播芳文粹大全》凡二百卷，富哉言矣。然所録不盡醇，著述家要須謝華啓秀，毋取誇多鬬靡。安得删其繁而舉其要也。"强調學習駢文應取法乎上。第 25 則："文章有鋪排處，枯窘題彌覺豐華；有蒴括處，繁冗題偏能潔净。工妙至此，能事畢矣。"顯然使用了時文的批評方式。不一而足，難以枚舉。要之，沈維材在清代駢文復興的背景下，爲駢文正名；强調高超而不露痕迹的技巧與情文相生、陶冶性靈，力圖使駢文的表達明白條暢且具有丰神氣骨；客觀梳理駢文發展史，不持門户之見；從幕客身份實際需要出發，尋求切實可遵的典範和切實可行的技法。

小結

沈維材生於清康熙三十六年，浙江海寧人。其家先世鐘鳴鼎食，富甲一邑。七世祖沈志言，明嘉靖三十二年進士。至五世祖不事生産，祖父早棄舉子業，遂家道中落。少從遊於姻親查慎行、查嗣瑮。長以家貧，應幕爲生。先後依嵇曾筠、高綱、雅爾圖、完顔偉、

---

① 顔建華《清代乾嘉駢文研究》，光明日報出版社 2011 年版，第 133—134 頁。

胡振組等幕主,遊歷梁、楚、粵等地。著有《樗莊文稿》十卷、《詩稿》二卷、《尺牘》一卷、《四六枝談》一卷。《四六枝談》爲説部狹義之文話,紀事上起南朝之沈約,下迄清代沈維材本人。寫法上或摘録與駢文相關的故事,加以發揮引申,因事論文;或以文章爲談柄,因文紀事,因事存人,從而泯滅文話、筆記界限,而以後者爲主。此書在清代駢文復興的背景下,爲駢文正名;强調高超而不露痕迹的技巧與情文相生、陶冶性靈,力圖使駢文的表達明白條暢且具有丰神氣骨;客觀梳理駢文發展史,不持門户之見;從幕客身份實際需要出發,尋求切實可遵的典範和切實可行的技法。

沈維材雖名不見經傳,但是其《四六枝談》,以介乎文話與筆記之間的筆法,爲我們提供了清代駢文復興背景下,一個具有幕客特殊身份的中小文人的駢文閲讀與寫作的鮮活個案,有助於我們更加真切地還原雍乾時期駢文作家創作生活的歷史場景。此外,這種寫作方式和身份特徵,使《四六枝談》在建構其文章學思想時,獲得了較爲獨特的視角,既非提綱挈領的高談闊論,又非瑣碎的文章格法,同時既有駢文復興背景下宏觀的論説,有出於幕府創作實踐的需要,尋求具體的寫作技法,爲清代駢文批評著作提供了一個生動的標本。更爲難能可貴的是,沈維材尚有十卷文集傳世,足可與《四六枝談》對照,相互印證。限於主題和篇幅,在此未能充分展開。將來若有機會進行這一研究,當有助於我們更加深刻地了解其人其書,及雍乾時期的幕府駢文創作。

作者簡介:

李法然(1992—),男,北京人,2015 年畢業於四川大學文學與新聞學院,現爲復旦大學中文系在讀博士生。

洪亮吉的駢文思想與駢文創作
——以遊記爲中心

吕雙偉

内容摘要：洪亮吉是清代駢文寫作的傑出代表，也是常州駢文派的典範作家。他雖没有對駢文進行直接批評，但在他的詩話中提到了駢體文；又具有强烈的駢、散分體意識，是清代少有的將自己的文集分爲甲、乙兩集的作家。他的駢文體類多樣，内容豐富，特别是擺脱了晚唐以來四六文體集中在公牘和應酬領域，體制固化、内容相對狹窄的弊端，在駢體記文上突破了中唐以來主要使用散體的慣例。這些記文多用四言整齊句式，基本不用四六隔對，尚氣愛奇；又多白描寫景，較少隸事、藻飾，情感細膩，從而形成了以“輕倩清新”著稱的洪北江體。這種體裁標志着清人實現了對前代記體文的新變。

關鍵詞：洪亮吉；遊記；輕倩清新；新變

基金項目：國家社科基金項目“晚清駢文研究”(14BZW077)成果。

自民國至今的駢文史或駢文概論中，洪亮吉一直是被研究的重點。他著述等身，跨越儒學、文苑，是乾嘉時代經學、詩歌、駢散文難得兼備的名家。他以其内容的豐富性、文體的創造性和情感的私人化等爲清代駢文的發展開闢了新境，指明了方向，標志着駢文的新變。近年來，洪亮吉的駢文研究成果突出，主要有倪惠穎對洪亮吉的生平、交遊、文學理論、駢文創作和常州駢文派特徵等作了全面論述[①]；楊旭輝對洪亮吉的駢文特徵及洪氏家族的駢文成就作了簡要概括[②]；路海洋對洪亮吉生平、成就，特别是從句雕字琢、工於屬對，人才使典、融化無迹，駢散交融、縱横如意，篇章布局、曲盡抑揚，繡口錦心、擅發妙論；情景相生、表裏渾融，尚氣愛奇、動多振絶七個方面細緻分析了其藝術成就和文學史地位[③]。然而，已有成果多局限於洪亮吉本人的生平與駢文成就分析，多籠統地概述其文學思想和藝術特徵，缺乏宏觀觀照洪亮吉的駢文觀念、創新與常州派駢文的形成的關係，缺乏對其駢文成就進行歷時性的史識判斷。本文擬從洪亮吉的駢文觀念、體類新變來思考其在常州駢文派中的重要地位。

① 曹虹、陳曙雯、倪惠穎《清代常州駢文研究》，江蘇人民出版社 2010 年版，第 144—192 頁。

② 楊旭輝《清代駢文史》，人民出版社 2013 年版，第 344—354 頁。

③ 路海洋《清代江南駢文發展研究》，中國社會科學出版社 2016 年版，第 247—266 頁。

一、洪亮吉的駢文思想

自康熙中期陳維崧的《陳迦陵儷體文集》刊行後，宜興出現了一些以“儷體”命名的別集，如徐瑶《愛古堂儷體》、謝芳連《風華閣儷體》等。加上汪芳藻的《汪蓉洲駢體》、章藻功的《注釋思綺堂四六文集》等問世以及陳維崧、吴綺等人對四六的宣揚，到乾隆前期，駢文的觀念可以説深入人心。這也是四庫館臣爲什麽對“四六”“駢體”評價較多，較爲肯定的時代原因。洪亮吉是乾嘉時代公認的“漢魏六朝文”大家，但駢文理論和批評很少，别集中没有提到“四六”“駢體”“儷體”等，只在《北江詩話》中提到“駢體文”兩次：

> 又有似同而實異者：燕、許並名，而燕之詩勝於許；韋、柳並名，而韋之文不如柳；温、李並名，而李之駢體文常勝於温。此又同中之異也。詩與駢體文俱工，則燕公而外，唯王、楊、盧、駱及義山五人。①

將唐人的詩歌與駢體文對舉，比較作家創作的同異，可見他具有明確的駢文體裁意識。在《上内閣學士彭公書》中，洪亮吉提到“妃青麗白”的駢文特徵：“夫類書行，而不知儷青妃白之外更有經史；選本盛，而不知寸牘尺簡之外更有文章，此讀書者之大病也。”②在給彭元瑞的書信中，他表達了對類書與選本影響讀書人治學作文的憂慮。雖然在詩文别集中没有提到“駢體”，但在經史著述中，洪亮吉還是有所涉及。如在《四史發伏》中解釋《後漢書》“南匈奴傳”時，提到“駢體”：“卷注與他卷迥别，惟詳歷帝元年及改元，余悉從略。又注中時用駢體及議論，疏謬處殊屬三家村學究氣。”③又對於“駢”與“儷”，精通訓詁之學的洪亮吉多次運用。④ 可見，洪亮吉對於“駢體”“駢體文”雖然心中有數，但並不常用。即使對於自己的駢文文集，他也没有用駢體或駢文命名。同籍好友孫星衍，文集中提到“駢體文”幾次。如《章宗源傳》有曰：“又言輯書雖不由性靈，而學問日以進，吾爲此事久之。亦能爲古文，爲駢體文矣。”⑤在《李子(李悝)法經序》中説道：“唐設律學博士，前明至國初試士以判尾，亦欲其通解令甲格式。後以判文駢體，仕宦之由他途者，或

---

① 洪亮吉《北江詩話》卷六，劉德權點校《洪亮吉集》第5册，第2310頁。

② 劉德權點校《洪亮吉集》第1册，第250頁。

③ 洪亮吉《四史發伏》卷八，清光緒八年小石山房刻本。

④ 洪亮吉《曉讀書齋雜録·二録》卷下中解釋：“駢、骿，古字一也。”（清道光二十二年刻本）《漢魏音》卷二解釋“隹部”曰：“離，讀如儷偶之儷。”（清乾隆五十年刻本）《比雅》卷八中也提到：“伉，對也，儷，偶也。韋昭《國語注》。”（清粤雅堂叢書本）專門對並列釋義的角度來解釋儷的含義。其《春秋左傳詁》十一對“婦人曰：鳥獸猶不失儷”中的“儷”也詁曰：“鄭玄《儀禮注》及《廣雅》：儷，偶也。”（清光緒四年授經堂刻本）

⑤ 孫星衍《孫淵如先生全集·五松園文稿》卷一，《四部叢刊》景清嘉慶蘭陵孫氏本。

不解或不能爲，故侵尋廢之。”①但同樣没有以駢體文來命名其文集。吴鼒選録的《八家四六文鈔》，八位名家中，只有吴錫麒用“駢體文”命名其文集，袁枚、曾燠都用“外集”也没有用“駢體”命名。這似乎是乾嘉時代駢文界的普遍現象，即駢文家往往有創作之實但無駢文之名，即作家求實而不求名。

洪亮吉對歷代文體有自己的看法，那就是多以時代、作家文風爲依據，不用駢體、散體對舉的方式論文。在《吕廣文星垣文鈔序》中，他評價同里孫星衍、楊芳燦和吕星垣的文學成就曰：

> 三人者，皆肆力於詩、古文辭，而各有所獨到。孫君能爲説經辨駁之文，以匡稚圭（匡衡）、劉子政（劉向）爲宗。楊君能爲梁、陳、初唐之文，尤以徐孝穆（徐陵）、王子安（王勃）爲宗。君之文則不名一體，其上者則敬通（馮衍）《問交》、士衡（陸機）《辨亡》也；其次則皇甫持正（皇甫湜）之寺碑、孫可之（孫樵）之書壁也；至義關懲勸，旨寓抑揚，則灑灑千萬言不止，此又君之自命，而人亦以此推君者矣。②

皇甫湜爲文得韓愈之奇，爲裴度寫了《福先寺碑》，孫樵爲皇甫湜的嫡傳，爲文追求辭高意新，寫了《書褒城驛壁》。該文爲晚年退居鄉里所寫，“古文辭”的指向明顯包括漢代的説經論辨之文，梁、陳、初唐的駢文以及中晚唐的碑志、雜記之文。有意將漢代説經辨駁之文和梁、陳、初唐駢體區分開來。在1795年爲包士曾所寫的《包文學家傳》中，洪亮吉也提到“古文辭”，則主要是與八股文對舉而言：“先生少開敏，有大志，學務該博，不名一家，居恒諷誦不輟，寒則納履束稿中，至夜分不寢。歲壬戌，補博士弟子員，有聲庠序間。顧七試皆報罷，遂專力詩、古文辭。”③漢魏六朝文最遲在晚明陳子龍那裏，已被視爲“古文辭”。清初至乾嘉年間，“古文辭”包括漢魏、六朝駢體的現象較多出現。正如吴承學先生指出：“‘古文’的内涵也非常複雜。‘古文’在文體上並没有明確的限定與排他性，甚至很難找到古文與駢文在具體文體上的確切差别。……唐宋古文家心目中的古文，主要在於高古的藝術旨趣方面，只要是符合這種旨趣的，都可以稱爲古文。中國古代的各種文體本身，都不帶價值評價，比如説‘詩’‘文’‘辭’‘賦’這些具體的文體，都可能産生優劣作品。但‘古文’却是帶有肯定性價值判斷的概念，即是載古道之文或古雅之文，‘古文’本身並没有明確的文體分類含義，在文體學上具有開放性、含糊性和彈性内涵的特色。”④洪亮吉這裏的“古文辭”，當包括漢魏六朝駢文。

---

① 孫星衍《孫淵如先生全集·嘉穀堂集》卷一，《四部叢刊》景清嘉慶蘭陵孫氏本。

② 劉德權點校《洪亮吉集》第3册，第977頁。

③ 劉德權點校《洪亮吉集》第1册，第214—215頁。

④ 吴承學《中國文章學成立於古文之學的興起》，王水照、侯體健主編《中國古代文章學的衍化與異形——中國古代文章學二集》，復旦大學出版社2014年版，第25—26頁。

洪亮吉還用“六朝文”來指代駢體文。如《北江詩話》卷一中記載:“楊比部夢符,好學六朝文,小詩亦極幽峭。……卒後,其子以比部遺命,乞余爲六朝文格以表其墓。末云:‘訪將軍之巷,大樹猶存;過邗水之橋,溪流半涸,亦足以悽愴傷心者矣!’即指此也。”①該文即《刑部江蘇司員外郎楊君墓表》,所舉例子爲五四言隔對,且使用了典故,節奏點上的軍、巷、樹、存平仄相對,且與下聯對應位置的字也平仄相對,這就是洪亮吉所説的“六朝文格”。洪亮吉創作的駢文,也被袁枚視爲“漢魏六朝之文”。乾隆五十一年(1786),四卷本的《卷施閣文乙集》刊刻,袁枚作序,有曰:

> 君善於漢魏六朝之文,每一篇出,世争傳之,以倦於鈔寫。兹友人爲刊其乙集四卷,以予素嗜其文,因請序於予。……至其文之淵雅,氣質之深厚,世皆能知之,予不贅述云。②

袁枚是洪亮吉的長輩,非常欣賞洪的才華。晚明吴中行彈劾座主張居正奪情,袁枚對此不滿,洪亮吉則贊同,兩人爲此於1776年至少三次寫信往復辯論。這裏,袁枚的正面評價不多,並無溢美之詞,但從中可見洪亮吉駢文淵深高雅、氣質深厚,在乾隆末期就備受歡迎,廣爲流傳。同時,袁枚以“漢魏六朝”文來代指洪亮吉文章的文體特徵,説明《卷施閣文乙集》具備駢文初創期和成熟期的特徵,不名一體。

二、洪亮吉的駢文創作概況

駢文種類,自晚唐出現“四六”之名後,宋元明四六主要指表奏箋啓等公牘、應用文章。南宋博學宏詞科考試雖擴大了四六,但到元代陳繹曾的《文章歐冶·四六附説》中,還是將四六分爲臺閣(詔、誥、表、箋、露布、檄)、通用(青詞、朱表、致語、上梁文、寶瓶文)與應用(啓、疏、劄)③三類十四體。其中没有序、記、書等宋元明時代常用散體的體類。晚清駢文家姚燮(1805—1864)《與陳雲伯明府書》有曰:“燮嘗以駢儷之文,自唐以還,若宋若元若明,非排比平通,墨守制誥之體,即敷衍卑陋,規橅公牘之辭。雖夾有雞群之鶴,棘畝之蘭,然可稱專門名家者,實罕其侣。逮乎國朝,自湖海樓陳氏而下,流爲思綺、林蕙、善卷諸家之觴,已濫而不可爲訓。洎四家(按:胡袁洪彭)作,然後辟重岡之積莽,開九陌之通逵,回數世之狂瀾,轉一時之風氣。人梢梢知兩漢六朝之學,而於是鸞與皇諧奏,

① 劉德權點校《洪亮吉集》第5册,第2252頁。
② 袁枚《卷施閣文乙集序》,劉德權點校《洪亮吉集》第1册,第265頁。
③ 王水照編《歷代文話》,復旦大學出版社2007年版,第1269頁。

圭與璋並陳。"[1]對宋元明駢文主要是制誥及表啓公牘的現象頗爲不滿,指出清代駢文自胡天游、袁枚、洪亮吉和彭兆蓀出現,才開闢新衢,巋然獨立。姚燮推崇的這四位駢文家中,地位最高、影響最大,且得到清人公認的是洪亮吉。他不僅擴大了陳維崧等清初駢文家的創作内容,更推動了清代駢文體類與風格的發展。

洪亮吉駢文數量豐富,品質一流,多被今人視爲與汪中並駕齊驅的清代駢文雙子星座。他的駢文主要集中在《卷施閣文乙集》和《更生齋文乙集》中。《卷施閣文乙集》八卷爲門下吕培、譚正治等校字,乾隆六十年(1795)刊於貴陽節署。《更生齋文乙集》四卷爲其門下譚時治、譚貴治等校字,嘉慶七年(1802)刊於洋川書院。[2] 前集共71篇,根據以題爲名及以類相從的原則,體類、數量如下:叙録1、後叙1、考叙1、集序22,歸爲序跋類25篇;碑1、碑文1、碑記1、墓碣1、墓表6、神誥1、志銘1、墓志銘1、壙志1,歸爲碑志類14篇;書7、啓1、箋1,歸爲書啓類9篇;頌3、贊5,歸爲頌贊類8篇;連珠1、七體1、賦2,歸爲辭賦類4篇;哀誄1、祭文2,歸爲哀祭類3篇;此外,還有贈序3篇;雜記2篇;箴銘2篇;傳狀1篇。[3] 這些文章基本寫於洪亮吉青年至50歲之間,數量最多的是序跋、碑志、書啓和頌贊。宋元明文人四六中常見的詔誥表没有一篇,公牘應用色彩淡化,個體抒情議論功能加强,與詩詞功能相契合。後集共34篇,包括:遊記13、堂與館記2,即雜記類15篇;書4、戒子書1,即書啓類5篇;圖序2、集序2,即序跋類4篇;贊4;銘3;壙志銘1、墓表1,即碑志類2篇;賦1篇。與《卷施閣文乙集》相比,《更生齋文乙集》數量及體類較少,影響也較小。光緒初,洪亮吉曾孫洪用勤以《續集》或《補遺》補刊洪亮吉的遺漏之作,與其他經史之作彙編成《洪北江全集》共二百二十卷,其中也録有駢文。因爲洪亮吉本人並没有以"散體""駢體"來命名其甲、乙文集,文集中也没有提到駢、散之分;同時,甲集中也有標準的駢文,如《卷施閣文甲集》中的《上石經館總裁書》《乾隆府廳州縣圖志序》《漢魏音序》《與朱笥河先生書》等。因此不能籠統地説洪亮吉文甲集爲散體,乙集爲駢體。縱觀全集可知,甲集爲洪亮吉的經史訓詁、論辨之作,多用散體;乙集爲講究駢偶的詩文序跋、雜記和碑志等,幾乎全用漢魏六朝駢體。從内容上説,洪亮吉駢文的最大特色就是"真",情感真摯,涉及的人、事、物、景大多與自己經歷緊密相關,不做無病呻吟之語。從體式上看,洪亮吉擴展了唐宋元明"四六"的文類範圍,寫下了較多的序、書和記類駢體;從風格上看,洪亮吉駢文體格典雅,氣韻高古,自然清新中見渾厚沉鬱。雖然他没有直接評論駢文的話語,但以傑出的創作實踐,奠定了他在清代駢文史以及中國駢文史

---

① 姚燮《復莊駢儷文榷》卷七,《續修四庫全書》第1533册,第418頁。

② 洪亮吉著,劉德權點校《洪亮吉集·前言》,中華書局2001年版,第9頁。但《卷施閣文甲集》卷一〇收録《西溪漁隱詩序》有曰:"亮吉廿年前與先生同舉京兆試……今先生官維揚,與亮吉里居咫尺,而亮吉又遠戍乍歸,一意杜門,感恩省咎。"可以判斷此文作於1800年,與《卷施閣文甲集》刊刻於1795年不符,或爲此後竄入?

③ 以題爲名即以一題爲一篇,如卷一開篇"連珠三十二首"視爲一篇,"淳化縣志叙録十八首"視爲一篇;以類相從,即主要根據清末王先謙《駢文類纂》分體十五類的標準來合併同類項。

上的大家地位,堪稱“桃李不言,下自成蹊”。馬積高先生指出:“清朝一些駢文家既有意與古文家争席乃至争文統,凡六朝已用駢體來寫的體裁固然用駢體來寫;唐宋古文家所開拓的文章領域,他們也試圖用駢體來寫。”①遊記正是唐宋古文家開拓的文章領域,洪亮吉用駢體創作且取得了突出成就。這裹主要以遊記爲例,説明洪亮吉駢文的新變。

三、洪亮吉駢體遊記的突出地位

在中國古代文體中,名實兼備的“記”文成體較晚。元朝潘昂霄曰:“記者,記事之文也。西山先生曰:‘《禹貢》《武成》《金縢》《顧命》,記之屬似之。’《文選》止有奏記,而無此體。《古文苑》載後漢《樊毅修西嶽廟記》,其末有銘,亦碑文之類。至唐始盛,獨孤及《風后八陣圖記》,後擬題彷之。”②可見,後世雜記類而不是奏記類文章,到東漢才出現,唐代才興起,特别是柳宗元以散體遊記成名成家,影響深遠。宋代記文較多,但多不以叙事,而以議論爲主。陳師道指出:“退之作記,記其事爾。今之記,乃論也。”③這與宋代詩文走向議論化的潮流一致。南宋真德秀沿襲之,指出:“記以善叙事爲主。《禹貢》《顧命》,乃記之祖。後人作記,未免雜以議論。”④這裹的“後人”當指宋人。吴訥在前人記文批評的基礎上指出記文“正體”:“叙事之後,略作議論以結之。”⑤不管是唐宋,還是元明,記文主要是散體叙事或議論,很少使用駢體。因此,章學誠《評沈梅村古文》説:“記序之文,因事命篇,理趣自足。然記山水遊宴,形容景物,要使文不入靡,琢不傷樸,大則班氏志地,小則酈氏注水,皆當觀法。最忌辭賦藻麗駢體,工巧字句,破壞古文法度。”⑥儼然將記序視爲古文的固有領地,不容辭賦、駢體侵犯。晚清王先謙將歷代駢文分爲十五類,其“雜記類”序目曰:

> 齊梁文苑,始創記體。樹寺造像,休文有作。孝標《山棲》,亦名曰志。(劉子玄所謂“山棲一志,唯論文章者也”。《法海》選録,標以志名。《文鈔》下加序字,謬矣。)志、記一也。雜記之流,蓋於兹托始。唐代亭、堂、石、瀑,咸被文章。斯則記例宏開,不僅山川能説矣。又或追存曩跡,暢寫今情。逮乎國朝,其流益夥。但遊集之記,恒與序相出入。董子詵《泛月艤舟亭序》,李悉伯《遊龍樹寺記》,即其證也。大抵

① 馬積高《清代學術思想的變遷與文學》,湖南人民出版社 2002 年第 2 版,第 109 頁。
② 潘昂霄《金石例》卷九,清文淵閣四庫全書本。
③ 陳師道《後山詩話》,明津逮秘書本。
④ 吴訥著,淩鬱之疏證《文章辨體序題疏證》,人民文學出版社 2016 年版,第 160 頁。
⑤ 吴訥著,淩鬱之疏證《文章辨體序題疏證》,第 162 頁。
⑥ 倉修良《文史通義新編》外篇一,引自淩鬱之疏證《文章辨體序題疏證》,第 163 頁。

專紀述者，乃登記目；綴吟詠者，方以序稱。此雖流別之至微，所當部居而不雜。[①]

認爲齊梁時代才有“記體”，以沈約的《湘州枳園寺刹下石記》《竟陵王造釋迦像記》、劉峻的《東陽金華山棲志》爲代表。劉峻此文雖以“志”名，實爲記體。[②] 唐代記體拓展，叙述亭堂樓閣的營造始末及描繪自然風景都可以用記體來書寫。但序文内容廣泛，體例多變，常與記文特徵重合。王先謙從專門記述和後綴詩歌的角度來區分記和序之名，言簡意賅。《駢文類纂》共收歷代雜記 3 卷 64 篇，其中南朝至北宋徐鉉共 15 篇，其餘 49 篇全部屬於清代。可見，清代駢體記文在歷代表現最爲突出。南朝只録沈約的《湘州枳園寺刹下石記》、劉峻的《金華山棲志》，唐代收録張説《東山記》、李邕《端州石室記》、達奚珣《遊濟瀆記》、竇公衡《石門山瀑布記》、李遜《遊妙喜寺記》、武少儀《王處士鑿山引瀑布記》、吕温《虢州三堂記》、馮宿《蘭溪縣靈隱寺東峰新亭記》、裴通《金庭觀晋右軍書樓墨池記》各 1 篇，李德裕《易州候臺記》《懷崧樓記》《平泉山居誡子孫記》3 篇，宋代只收徐鉉《昆陵郡公南原亭館記》1 篇。南朝没有遊記，唐宋記文中，有一些是典型的遊記，如達奚珣、竇公衡所作就是。這些遊記篇幅不長，句式整齊而較少四六駢儷，多白描寫景，較少隸事用典，整體風格輕倩。雖然柳宗元山水遊記取得了傑出成就，但因爲是散體，因而一篇都没收。清代記體文占了《駢文類纂》的絶大部分，選録 2 篇以上的情况如下：

作者	篇名	數量
洪亮吉	《城東酒壚記》《鉏月閣記》《南樓贈書圖記》《青芝山下卜鄰圖記》《貞壽堂記》《題襟館記》《東阿尋西楚霸王墓記》《遊京口南山記》《遊消夏灣記》《遊城北清凉山記》《遊幕府山十二洞及泛舟江口記》《琴高溪夜遊記》《自下洋川取道游九華山記》《遊天臺山記》《黄山浴朱砂泉記》《遊廬山記》《青山莊訪古圖記》《遊武夷山記》《遊南湖記》	19
劉開	《遊石鐘山記》《北園記》《雩都行記》《孔城北遊記》《查口記》《藝園記》	6
李慈銘	《三山世隱圖記》《壬申七月北海鄭司農生日集鄭庵記》《極樂寺看海棠記》《重五日遊龍樹寺記》《息茶庵記》《軒翠舫記》	6
周壽昌	《曾滌生侍講求闕齋記》《枌東老屋校書圖記》《嘉梧室記》	3
樂鈞	《芳陰别業記》《白雲寺讀書記》	2
吴錫麒	《航隖山居記》《張船山池南老屋圖記》	2
趙銘	《周氏竺橋丙舍圖記》《守梅别墅雅集記》	2

① 王先謙《駢文類纂序目》，《駢文類纂》，浙江古籍出版社 1998 年版，第 19 頁。

② 王先謙在題目下曰：“此記體也，《文鈔》誤入序，辨見例目。”《駢文類纂》，浙江古籍出版社 1998 年版，第 705 頁。

此外,該書還收録劉嗣綰《頤園讀書記》、查揆《西湖嶽忠武廟合祀流芳、翊忠二祠栗主記》、彭兆蓀《天池記》、董祐誠《游牛頭山記》、梅曾亮《萬松丙舍記》、謝質卿《静樂軒玩月記》、皮錫瑞《遊空靈峽記》、蘇輿《藥庫新修石路碑記》。從上可知,洪亮吉是清代最早大量創作駢體雜記的作家,也是王先謙認爲成就最高的作家。清初陳維崧、吴綺和章藻功當時號稱名家,但駢體記文很少。如《陳迦陵儷體文集》共十卷,收録15類駢體167篇,記文只有《遂安方氏健松齋記》1篇。山水遊記自中唐以來主要用散體,而洪亮吉所選19篇記文中,絶大部分是遊記。流放伊犁之前,其遊記成就主要體現在"序"文中,這裹不論;流放伊犁中及歸家里居之後,其遊記主要體現在以"記"爲題的文章中。

四、洪亮吉駢體遊記的成就

洪亮吉被流放伊犁雖然痛苦,但沿途飽覽了西域風光,欣賞了與江南及中原迥然不同的壯美河山;放還之後,洪亮吉備嘗人間冷暖,看透世事,心態平和,優遊山水,從而寫下了大量名實相副的山水遊記。如《遊消夏灣記》全文如下:

> 余以辛酉(1801)七月來遊東山,月正半圭,花開十里。人定後,自明月灣放舟西行,凉風參差,駭浪曲折。夜四鼓,甫抵西山,泊所爲宵夜灣者。橘柚萬樹,與星斗並垂;樓臺千家,共蛟蜃雜宿。雲同石燕,竟爾回翔;天與白鷗,居然咫尺。舟泊水門,岸來素友。言采菱芡,供其早餐;頻搜魚蝦,酌此春酒。奇石突户,乞題蟲書;怪雲窺人,時現鱗影。相與縱步幽遠,攀躋藤葛。靈區種藥,往往延年;暗牖栽花,時時照夜。晚辭同人,獨俗半舫。蓮葉千幹,遊魚百頭。怪響出波,奇香入夢。蓋至夜光沉壑,湖浪沖霄。悄乎若悲,默爾延佇。此又後夜漁而燕息,先林鳥而遄征者焉。是爲記。①

全文自然是駢文,但乍一看却找不到傳統駢文雕琢辭藻、對偶工整、隸事豐富和格律嚴謹的特徵,感覺到的只是順着遊踪,欣賞一路優美風景,體會作者澄澈襟懷。不管是叙事、寫景還是摹狀物態,抒發悲喜情感,基本使用四言單句對或四言隔句對,夾雜四言散句,因而文章擺脱了四六駢體呆板凝滯的俗格,辭藻清新,文意流暢,是洪亮吉駢文"輕倩清新"風格的典型代表。這種風格,與劉峻(463—521)的《東陽金華山棲志》相似。如該文開頭曰:"夫鳥居山上,層巢木末;魚潛淵下,窟穴泥沙,豈好異哉?蓋性自然也。故有忽白璧而樂垂綸,負玉鼎而要卿相。行藏紛糾,顯晦蹐駁,無異火炎水流,圓動方息。斯則

① 洪亮吉《更生齋文乙集》卷一,劉德權點校《洪亮吉集》,第1061頁。

廟堂之與江海，蓬户之與金閨，並然其所然，悦其所悦。烏足毛羽，瘡疻於其間哉！予生自原野，善畏難狎，心駭雲臺朱屋，望絶高蓋青組。且沾濡霧露，彌願閒逸。每思濯清瀨、息椒丘，寤寐永懷，其來尚矣。蚓專噬壤，民欲天從，爰洎二毛，得居岩穴，所居東陽郡金華山。東陽，實會稽西部。是生竹箭，山川秀麗，皋澤坱鬱。若其群峰叠起，則接漢連霞；喬林布濩，則春青冬緑。回溪映流，則十仞洞底；膚寸雲合，必千里雨散。信卓犖爽塏，神居奥宅，是以帝鴻遊斯鑄鼎，雨師寄此乘煙。故潤勒赤松之名，山貽縉雲之號。"[①]自然爲文，善於描寫，多用四言，不求工整，這是没有駢四儷六化的駢文初期形態。

洪亮吉對駢體遊記的突破，不僅在於句式、格調和風格的新變，還在遊記末尾加入贊文，强化其清新流麗特徵。《遊京口南山記》爲洪亮吉 1801 年和僧人巨超、慧超、恒贊三人同游鎮江南山而作。首先叙述自己從伊犁歸鄉之後，即思屏迹息遊。但杜門思過一年之後，又忍不住爲百里之遊。先是"避暑焦山者，旬有六日"。焦山位於江心，四面遼絶，東觀海門，遠及百里；晴雨昏旦之變，讓人快樂。但是没有奇石峭壁，不能跨凌星辰，隱顯日月之光，且半山以下，濕氣嚴重，蛇虺出入水波，黿魚爬遊上岸，幽翳荒遠，不能久居。於是"初秋復泛太湖，遊洞庭東西山，往返浹日"。這裏"石奇但岩壑殊淺；林邃而奥窔太深。登山則參居半天，覽物易盡；觀水則深入九地，回皇萬端"。確實是縋幽鑿險的好地方，但這不是遐荒歸家不久，驚魂未定之"我"所能養性樂生之境。經過對焦山、太湖洞庭山兩地遊覽的揚抑、鋪墊之後，洪亮吉才轉入正題：

> 若地近而勢阻，跡幽而心逸者，其惟京口南山乎？夾山、招隱、鶴林，皆六朝以前舊刹也。益之以蓮洞之幽奇，獸窟之雄峭，八公之清邃，九灣之曲折，山不甚高，而石脉萬竅；水不甚廣，而泉靈一盂。林壑之美，無心自呈。日夕所需，不求已給。升山采菌，便可盈斛；沿境拾果，先能满懷。故人馳書，時貽京口之酒；同學問字，頻饋新洲之魚。此則京峴左右，實包良積書之岩；漏湖東西，爲龐公上冢之路，不亦去住兩便，心形俱逸哉！夫人生恒幹七尺，有所自來；浮蹤百年，倏焉已往。而必欲於闤闠之中，房闥之内，奄然待盡，識者惜之。此昔人所以寓悲於鐘漏，寄興於駒隙也。[②]

寫景與哲思交融，平淡語句與通脱態度相映。鎮江南山人文底蘊深厚，自然景觀優美，六朝舊刹林立，加上洞窟幽奇、雄峭，山水清邃、曲折，"林壑之美，無心自呈。日夕所需，不求已給"，堪爲畫龍點睛。"去住兩便，心形俱逸"，更是慧根之語。對此，洪亮吉不禁感慨人生來去無踪，忽然而已，不必只呆在市場之中與家庭之内，應該遨遊天地，縱情山水，與造化同盡。王之績在論遊山記時曾引明代學者曹學佺之語曰："曹能始曰'作文爲遊山

① 王先謙《駢文類纂》卷三四，第 705 頁。
② 洪亮吉《更生齋文乙集》卷一，劉德權點校《洪亮吉集》，第 1059 頁。

記最難。未落筆時,搜索傳志,鋪叙程期,洋洋麗麗,堆故實於滿紙。但數别人財寶而已,於一種遊情,了不相關。’”[1]這種遊記具有鋪叙程期,麗藻紛紜和堆砌故實的特徵,當屬駢體。在曹學佺看起來它很難寫作,但到了洪亮吉的筆下,却如行雲流水,意到筆隨中展示了駢儷文采,文質彬彬。同樣,本文用典融化無跡,讓人悄然不覺。最後幾句中,“闤闠”指市場,左思《蜀都賦》:“闤闠之里,伎巧之家。”“房闥”指宫闈或閨房、寢室。《漢書·循吏傳序》:“孝惠垂拱,高后女主,不出房闥,而天下晏然。”“鐘漏”比喻殘年、暮年。徐陵《答李顒之書》:“殘光炯炯,慮在昏明,餘息綿綿,待盡鐘漏。”“駒隙”指時間飛逝,來自《莊子·知北遊》:“人生天地之間,若白駒之過隙,忽然而已。”這些典故的靈活運用,使得洪亮吉駢文具有氣韻高古而不通俗的特徵。記文寫完之後,洪亮吉還在後面附録七篇贊,即《竹林寺贊》《藏經閣贊》《獅子窟贊》《蓮花洞贊》《八公洞贊》《深雲庵贊》《招隱寺贊》。贊文都是四言韻文,主要是精緻的對偶組成,語言流麗。如前面四贊依次爲《竹林寺贊》:“天風動地,水氣漫山。月缺窺牖,星疏掩關。禽聲分樹,蟲響各灘。初芬岩桂,猶芳砌蘭。疲蹤暫歇,獨鶴與閑。”《藏經閣贊》:“前惟竹林,此則經藏。百盤斯陡,八牖以曠。披帷孤眠,攀樹遥望。沙日以飛,江日以漲。金、焦兩丸,如流岸上。”《獅子窟贊》:“松濤驅雲,竹屋披霧。花才破暝,石已斷路。如古畸人,中含盛怒。嶔崟歷落,底蕴悉露。一寸靈臺,湛然可睹。”《蓮花洞贊》:“桑下三宿,松間屢來。崖虧日漏,樹劈門開。花光作鏡,香霧成臺。雲心頓剖,石脅疑摧。人方躑躅,鳥亦徘徊。”[2]這些贊文是對遊覽勝境的補充,偏重於白描寫景,賦體鋪陳,刻畫對象堪稱窮形盡相,惟妙惟肖。在遊記後附録贊體,對遊記内容進行補充或深化,是洪亮吉對遊記文學的重要創新。[3]

洪亮吉善於用贊體文來描繪山水景色,文章結構一般爲兩大部分,前爲序記,後爲贊文。不管是内容還是寫法,都似山水遊記。不過,用贊體來寫,更能顯示洪亮吉喜悦和驚歎的心情。《少寨洞贊》《師子厓贊》《黑神河贊》《白水河贊》《遊京口南山記贊》《遊城北清涼山記贊》《遊幕府山十二洞及泛舟江口記贊》《自下洋川取道遊九華山記贊》《黄山浴朱砂泉記贊》等都是其贊文代表。洪亮吉任貴州學政時,面對奇麗風景,撰寫了系列文章。《洪北江先生年譜》“五十九年甲寅,先生四十九歲條”中有曰:“黎平以歲科並試,留四十日,乃行。中途歷遊南泉山、少寨洞、獅子崖諸勝,奇麗皆目所未睹,先生並有遊記。”[4]他不僅寫了遊記,還寫了系列贊文,如《少寨洞贊》《師子厓贊》《黑神河贊》《白水河贊》等。一般開頭有駢體序文,結尾爲四言韻語贊體,序文的長度超過贊文。如《少寨洞贊》全文曰:

---

① 王之績《鐵立文起》,王水照編《歷代文話》,第3665頁。
② 洪亮吉《更生齋文乙集》卷一,劉德權點校《洪亮吉集》,第1059—1060頁。
③ 關於洪亮吉將遊記與贊體結合成篇的特徵,參曹虹、陳曙雯、倪惠穎《清代常州駢文研究》,第175—183頁。
④ 吕培等《洪北江先生年譜》,劉德權點校《洪亮吉集·附録》,第2342頁。

黎平府西四十里有少寨河，河左數里有洞焉，門險若劈，厓危欲傾。入數十步，則左塗右溪，徑益深邃，陸可乘馬，川能棹舟。土人云：“桃花水時，魚則麕至。”尋源而進，勢及百里，惜未獲窮其勝也。徒觀其積厓萬丈，無一尺之坦；懸瀑百仞，靡暫時之停。荒寒接天，陰翳匝地。雖思狂搜，不覺瑟縮。又未至少寨以前，景亦奇麗。石徑百折，蟠如怒蛇；危橋十尋，襯以鮮羽。繞岸居者，凡數百家。牖接漁艇，樓通鳥巢，花紅上牀，苔緑入竈。人禽俱蠻，莫辨啁哳。土石盡赭，尤淩景光。名花夥於種人，鵜鶖繁於沙石，則又楚南之秀壤，荒外之奇觀云。贊曰：左塗右溪，石作郛郭。魚長於人，陡向厓落。黑盡生白，光如爨煙。呀洞陰杳，疑爲墨天。春波如雷，千尺逆上。樵丁方樵，墮入漁網。①

序文先交代山水名稱和地點，接着叙述遊覽經歷和所見所聞。寫景奇麗，尋幽訪勝之心歷歷可見。在流放伊犁的路上，洪亮吉同樣忘不了新疆的奇山異水，也忍不住對之描寫、評論。其《更生齋文乙集》開篇即爲《天山贊》《瀚海贊》《冰山贊》和《净海贊》四篇贊文。和在貴州所寫山水贊文不同，在那裏，洪亮吉是主動尋幽覽勝，所以重在描寫山水之奇；而流放新疆，經過沙磧之地，雖也寫當地的奇秀景色，但多爲貶謫感傷之作。如《天山贊》主題是“天地之奇，山川之秀”②有待懷奇負異之士發揚。

洪亮吉的遊記類駢體，在遣詞、句式和風格上大多具有濃郁的漢魏風貌。“朱竹君筠督安徽學，賞其文似漢魏，與黄景仁俱延入幕。”③所謂漢魏，即駢文初成時的東漢魏晋時駢散不分的風貌。結合洪亮吉文章，可以説朱筠獨具慧眼，一語中的。王昶《蒲褐山房詩話》也説：

稚存少孤失怙，爲母夫人守節教養而成。是以刻意厲行，確苦自持。每當絲竹長筵，輒徐引退，而於取與尤嚴，蓋古之狷者也。性好奇山水，如天都、華嶽皆登其巔，必縋幽歷險而後已。作文具體魏晋，作詩五言古仿康樂，次仿杜陵。七言古仿太白，然嘔心鏤腎，總不欲襲前人牙慧。至於經史注疏，《説文》地理，靡不參稽鈎貫，蓋非僅以詞章名世者。④

指出了洪亮吉文章“具體魏晋”及其詩歌和經史的不凡成就。對於駢文的對偶句式，嘉道以來，逐漸形成以通篇使用四六隔對或者其他隔對爲非古、俗調的觀點。光緒元年

① 洪亮吉《卷施閣文乙集》卷八，劉德權點校《洪亮吉集》，第374—375頁。
② 洪亮吉《更生齋文乙集》卷一，劉德權點校《洪亮吉集》，第1053頁。
③ 法式善《皇清奉直大夫翰林院編修洪稚存先生行狀》，劉德權點校《洪亮吉集・附録》第5册，第2355頁。
④ 王昶《湖海詩傳》卷四〇引，清嘉慶刻本。

(1875),張之洞《輶軒語》敘述“賦”中“忌每段四六聯太多”條目曰:“多則重膇滯塞。若以唐法論之,每韻中四六隔對,止宜用一聯。今雖如此深論,但不必過多耳。近代名家賦中,一段往往有三四聯四六者,實皆非法。讀書嗜古,洞悉文章流别者,自能知之。”①雖然是談律賦,但對於四六駢文同樣適應。

記體自柳宗元大力創作以來,多用散體。南宋博學鴻詞科考試,加劇了記文的散體化。祝尚書先生認爲“在詞科考試中,規定記、序必須用古文寫作。這大約是因爲古文典雅宜於立言的緣故。正因爲記、序是考試科目,於是與辭賦、四六、策論等一樣,引起文章家們的研究興趣和熱情”②。這導致記文用散體,成爲宋元明時的主流狀態,也成爲今人的一種普遍印象。洪亮吉對駢體遊記的創新,還可以修正當代學人對遊記的某些論述。王立群先生認爲“運用散體,是山水遊記記寫發展的必然選擇。運用散文,更能發揮記體的文體功能,即與詩歌、駢文等音律形式等要求較嚴的文學樣式比較,更能發揮敘寫遊蹤、模山范水、抒情議論的功能”③。將駢體遊記排除在外,這是不符合古代文學發展的實際的。乾嘉時代,以洪亮吉爲首的常州派駢文家改用“漢魏體”駢文來創作遊記,將遊記當作詩歌來寫,重在寫景抒情,體物寫志,拓展和豐富了歷代駢文體類與内容,反映了清代駢文對歷代駢文,包括六朝駢文的超越。

作者簡介:

吕雙偉,湖南師範大學文學院教授,博士生導師。

---

① 張之洞撰,程方平編校《勸學篇》附《輶軒語》,北京師範大學出版社 2014 年版,第 130 頁。

② 祝尚書《宋元文章學》,中華書局 2013 年版,第 357 頁。

③ 王立群《中國古代山水遊記研究》(修訂本),中國社會科學出版社 2008 年版,第 13 頁。

陳耀南駢文學探微

何祥榮

内容摘要：陳耀南教授是香港地區較早研究駢文的學者，其專著《清代駢文通義》於20世紀70年代出版，在香港駢文研究史上，有重大意義。本文旨在通過對其專著的考察，探究陳氏的駢文理論，及其對駢文研究之貢獻。陳教授於書中提出三大綱領：一、歷代駢文發展史觀；二、駢文發生論與風格論；三、清代駢文風格論、發展論與各期流變。陳教授對歷代駢文作了宏觀的考察，從先秦至明代，劃分爲萌芽、形成、全盛、繼盛、衰落等時期。其次，就駢文的發生論與風格論而言，特别標舉"自然"，作爲駢文審美的標準之一。第三，對清代駢文興盛與衰落的原因，作了深細的分析，從政治、文化、教育、地域等多角度，作了綜合考察，又把清代駢文分爲復興、全盛、衰落等不同階段，並就整個清代的駢文作家數目、籍貫、科名、字號、文集名稱等研究資料作了彙編。凡此均爲清代駢文研究奠下良好基礎。

關鍵詞：風格論；發生論；自然論；清代駢文；發展論

一、引論

《清代駢文通義》完稿於1969年，正式出版於1977年，是20世紀60至70年代的著作。在此之前的駢文史著作，有1936年出版的劉麟生著的《中國駢文史》；及後有1956年出版蔣伯潛著的《駢文與散文》；稍後至1970年出版張仁青著的《中國駢文發展史》。故《清代駢文通義》一書，可說是中國駢文研究史上，較早的駢文斷代史研究。故《清代駢文通義》在早期的駢文研究史上，占有重要席位。在香港駢文研究史上，也是第一本駢文研究的專書，地位顯著。陳氏所持的駢文史觀是什麽，其專著在駢文史上應占有何種地位，對中國駢文研究作了哪些貢獻？是本文着力探究的問題。

二、歷代駢文史觀——先秦至明

（一）陳氏的駢文史觀，縱貫先秦至清代，並結合風格論，把各朝代的駢文藝術，作了風格上的歸納

> 中土駢文，萌芽於先秦，成體於炎漢；全盛於六代，繼響於三唐；自宋暨明，由變而衰；有清一代，則麗辭之迴照也。雖文運既遷，返戈實難；而餘霞綺麗，亦一代之盛觀焉。諸賢所製，有變有承：清俊者兒撫唐宋；矜練者規則漢魏；憙博麗者，則步武兩京，追踪燕許；任圓熟者，則窺徐庾、宗四傑、侔義山、下慕宋世之靈變。是故論述近時，先觀歷代。①

他把先秦視爲駢文的"萌芽期"，兩漢爲"成體期"，六朝爲"全盛期"，唐代爲"繼承期"，宋代、元代、明代爲"衰洛期"，清代則爲"迴照期"。他以四個審美名詞概括了歷代駢文的特徵，包括博麗、矜練、圓熟、清俊等。兩漢駢文以"博麗" 爲總體風格特色，漢魏爲"矜練"，唐宋爲"清俊"。個別作家如唐代的張説、蘇頲亦以博麗見勝；六朝的徐陵、庾信，唐代的四傑、李義山等則爲圓熟的代表。

（二）萌芽期——先秦

劉勰的"自然論"成爲陳氏駢文學的重要元素，既可解釋駢文起源、駢散同源，也可作爲駢文審美的重要標準：

> "駢文"一名，殆起清代。文心以"麗辭"名篇，簡文稱曰"今體"；若夫"四六"，啓之者則李義山也。然心生言立，言立文明，麗辭之成，亦出自然；謂與生民同始可也。蓋由類推聯念，人心本有；語意則務其均衡，向法則求其齊整，既增文美，又助記憶。而排偶興矣。禹域文字，獨體單音，凝練是工，屬對見巧，乃有駢文。駢，二馬竝駕也；麗，旅（具）行也；俯寂寞而求友，仰寥廓而慕承，此所以比附而兩行也；彥和所謂"高下相須，自然成對"者，其是之謂乎！然則散體駢文，初非兩物，"或爲繪繡之飾，或爲布帛之温；究竟要歸，終無二致"；善乎孟塗之言，可以明文章之本矣。②

陳氏認爲駢文的起源，是源於漢字單音方塊的天然特徵，容易造成整齊凝練，更在文章傳

---

① 陳耀南《清代駢文通義》，臺灣學生書局 1977 年版，第 1—2 頁。
② 陳耀南《清代駢文通義》，第 2 頁。

意功能上，形成易於記誦；在審美功能上，則可增進文藝之美。從自然論引申，也可論證駢散文同出一源，因二者在先秦文章中，都是自然成文，即使出現偶句，也是出於文章表達的需要，自然而然地形成，非刻意爲之。故陳氏舉出先秦諸子散文、易經等爲例，説明這點：

> 駢散二體，既均出自然，是故兩漢之前，文多兼閉。良由竹帛未便，學傳口耳，事理同異，取類相從；此所以群經諸子，雖主散行，而亦頗有駢句也：易言滿損謙益，詩稱閔多侮少，老子稱美言不信，而柱下之書，泰半儷辭，趨勢如斯，亦不可勝舉矣。戰國相争，辭盛譎誑，抽秘騁妍，駢語益多。及屈宋踵興，騷體以盛；含愁鬱志，爲哀怨之宗；耀艷深華，開明麗之始，是辭賦之前身，亦麗文之先導也。①

《楚辭》出現，繼承了諸子散文的自然成文特點，成爲駢文的重要源流。

（三）形成期——兩漢

兩漢駢文在《楚辭》的基礎上發展。陳氏舉出西漢駢文代表作家，如枚乘、王褒、劉向、晁錯等。陳氏觀察入微，指出馮敬通論辨之疏，成爲兩漢駢文之轉捩。東漢的代表作家則有揚雄、班固、崔駰、蔡邕等。陳氏又從宏觀角度，統覽兩漢駢文藝術特徵，符合其自然論的審美標準，以爲兩漢距詩經、楚辭未遠，其時出現的駢文，都是自然發展而成，並非刻意斧鑿：

> 兩漢辭賦爲盛，蓋拓宇屈宋，而蔚成大國者也。其體寓散於整，譬喻尤饒。盛清比隆天漢，而胡稚威、袁子才之徒，能爲鉅麗之文，其局勢弘張，蓋漢賦之遺也。若乃他體文字，如枚乘七發，王褒聖主得賢臣頌，劉向上封事之類，亦結響多諧，摛藻尚偶；蓋麗辭漸盛之徵也。至如晁错言兵事，中國匈奴，對比長技，亦莫非偶文；觀清賢駢體巨製，多喜分節設論，雙雙對比，固八股之旁迹，而亦師承有自矣。東京篇製，崇盛駢辭……聲律漸巧，刻鏤日華。而馮敬通論辨之疏，廣施駢語，李申耆謂兩漢之轉捩焉。揚、班、崔、蔡以還，暨及魏世，文辭競爽，於是兩語一意，下開四六；偶對整練，聲色相矜；踵事增華，亦自然之勢矣。然其佳者，大抵訓理博通，故碻切精要；不矜隸事，故真意瀰淪，不强對偶，故氣疏以達；詩騷未遠，故諷諭温婉。近世駢體高賢，崇尚矜練，往往溯漢魏而祧齊梁，職此之由也。六代以還，時患文勝，是以返求漢魏之彬彬文質，不遠自然；亦復古而更新之意也。②

---

① 陳耀南《清代駢文通義》，第2–3頁。

② 陳耀南《清代駢文通義》，第3–4頁。

陳氏不僅指出兩漢的駢文特徵,更注意到對清代駢文的影響。他認爲清代胡天游、袁枚能寫出鉅麗的文章,是受漢賦影響。而清人也多以駢體議論,頗受漢人如晁錯之影響。

(四) 全盛期——魏晉南北朝

就魏晉南北朝駢文而言,陳氏對魏晉駢文評論甚少,只指出其時議論文寫作風氣特濃,但以駢體寫議論則甚少:

> 漢季衰亂,易禮以才;世風既放,文章益麗。重以梵典盛譯,音學昌明;奇製新聲,一時扇動。陳思而後,陸海潘江,莫不侈博矜才,領導風氣。"其會意也尚巧,其遣辭也貴妍。暨音聲之迭代,若五色之相宣";是當世之所競也。而思想解放,論議成風;爲之者亦有駢禮,曹冏六代論,阮籍達莊論、嵇康養生論、干寶晋紀總論、劉孝標廣絶交論、陸機五等諸侯論,由此其選也。①

陳氏又標示了南朝駢文三大家,即顔延之、謝靈運、鮑照,對他們三人並無不滿之語,對鮑照特爲推崇,其代表作《蕪城賦》《登大雷岸與妹書》均爲駢文佳作,對清代駢文的影響,頗爲巨大:

> 江左文風麗柔,諧乎時地。及宋帝愛文,顔謝並興,儷采偶字,争價奇句;而山川之辭,代盛老莊。明遠蕪城一賦,以鬱勃蒼涼之氣,寫驚心動魄之詞;登大雷岸與妹書,則秀句白描,侔美化工。清人書簡,描景寫物,每多明遠之遺,以其藻艷調險,足炫心魂也。②

對於齊梁駢文,陳氏則頗多負面批評,認爲過於追逐聲色之美,斧鑿痕過深,遠離陳氏的評文標準——自然,未能達到達詁、辨理和貫注,甚至流於堆砌:

> 自齊暨梁,綺艷益著。其時聲病飛沉之術,大爲時尚;群流遵軌,後進向風;五色相宣,八音協暢;而輕靡側艷,後世亦病之焉。良以裁對調聲之功多,則妙造自然之意少;甚至能隸事而不能辨理,能飾詞而不能達詁,能鋪張而不能貫注;而或堆砌人名,籙同點鬼,屢出青黄,繁而不珍,斯亦當時之病;拙者學步,不能免焉。③

陳氏又特推崇吴均、丘遲,對清人影響亦大;文評方面,則推許蕭統、劉勰,尤其指出《文選

① 陳耀南《清代駢文通義》,第4—5頁。
② 陳耀南《清代駢文通義》,第5頁。
③ 陳耀南《清代駢文通義》,第6頁。

序》中的"踵事增華,變本加厲"一語,是對當時駢文發展的最佳詮釋:

蕭梁作者,有江淹、沈約、任昉;而北方邢(子才)魏(收)優劣,即是任沈臧否,是知河濟文士,服膺江東。若乃吴均與宋元思、顧章諸書,林壑怡情,趣饒濠濮,清人步武之者,正復不少也。丘遲與陳伯之書,以鶯飛草長之妍辭,收魯連食其之偉績;近世吴汝綸、屠寄,皆有擬答之作。報李投桃,直起古人於地下矣。若乃舍人雕龍,論文之圭臬;昭明文選,藝苑之瑰寶;並體大思精,條分縷析;誠可謂揚搉群言,懸衡百代者矣。選序踵事增華,變本加厲一語,文變妙諦,於焉拈出;而亦駢體發達之真詮也。①

對於徐陵、庾信,陳氏作出贊譽,並無負面批評,並概括道出二人主要特點。陳氏認爲徐陵、庾信之文,非一般工匠可達致其造詣,故同爲六朝的經典代表:"然徐庾之文,如小李將軍,徐熙手筆,亦非匠手可到;然則孝穆蘭成,蓋六朝之渤澥,唐代之津梁也。"②徐陵既以書札見稱,故其《與楊遵彦書》可算代表作,影響至清代駢文家亦每每層層設論;其《玉臺新詠序》則聲偶兩佳,開啓了初唐駢文的風氣:

徐陵長於書札;與楊愔求還書,舉北齊扣留理由八端,一一述而駁之,而後申以思親之情,扣押之無益。鎚字堅而難移,立論闢而易達,可謂集中壓卷。清人駢體,每喜層層設論,逐一戡破,以明體旨,蓋亦有得於古人者也。玉臺新詠,聲偶兼練,全用四六,下開初唐,可謂人巧極矣。③

陳氏對庾信的評價,可謂在六朝諸家中最高。他認爲庾信的貢獻,在於開啓四六隔句作對之風,並營造出疏宕空靈、清切的白描秀句,非常難得,堪稱駢文宗匠,較徐陵的成就更大:

自哀江南、小園、枯樹諸賦以下,以至早年綺麗之作,暨乎書、啓、小銘諸體,大抵摛音諧巧,屬對精工;蓋結六朝之俳體,開三唐之律賦者也。四六隔句作對之風,雖徐、庾並始,小山能以虚字散句,參插其間,疏宕空靈;白描秀句,往往清切;是並稱宗匠,庾又視徐爲廣也。④

① 陳耀南《清代駢文通義》,第6頁。
② 陳耀南《清代駢文通義》,第7頁。
③ 陳耀南《清代駢文通義》,第7頁。
④ 陳耀南《清代駢文通義》,第7—8頁。

然而，陳氏也注意到學庾信帶來的流弊，就是徒有形式，文義空虛，過於追逐文辭優美，忽略了藝術内容、情感及意趣：

然風氣所趨，寡情繁采；二賢從衆，未能拔俗；後人學步，其弊益著。大抵刻意求偶對之工，聲律之巧，必致堆砌蹈襲，下筆同於書鈔；因聲害義，臨文如帶枷鎖；獺祭撏撦，其譏宜矣。甚或組織陳言，求巧入纖，熟而近滑，自貶文格，斯又徐庾之罪人矣。清世駢家，如吴錫麒，章藻功輩，此弊最著，簡齋溢才，亦時涉俗調；苟駢文篇篇如是，則恐百十阮元，亦難與古文争席矣。[①]

（五）繼盛期——唐宋

駢文進入唐代繼續盛行，甚至影響流播到日本，故陳氏肯定了唐代駢文的價值和貢獻。他認爲唐代的科舉考試推重《文選》，加以公文章奏多用駢體，遂推動駢文的盛行：

麗文既盛，議其淫靡害俗者遂多。然子野雕蟲，既雜麗辭，李諤上書，亦爲偶體，從知諸賢呰謷，主在内容；蓋中唐古文之先驅也。李唐科舉，既重選體，章奏史贊，亦用駢辭，重以國勢弘張、詞盛鉅麗，六代俳文，遂入三唐而益大矣。今關天彭謂彼邦奈良、平安文風，亦受影響，則可謂源遠流長，化被廣大者也。風氣如斯，賢者不免；故令狐德棻譏子山辭賦罪人，而張天如謂其諱所自來，先縱尋斧；至若鄭毅夫謂太宗雄武，而其文纖麗，學步蘭成，不稱功業，亦可謂書生之見矣。[②]

在初唐駢文中，陳氏推崇魏徵及四傑，而以王勃爲代表："開國之際，魏徵善爲銘檄，而王楊盧駱，並譽文衢，典麗深華，子安實爲冠冕。"[③]駱賓王則在徐庾的基礎上變化，並廣用四六隔對，更能善用虛字對，是其特色，"駱賓王討武曌檄，筆挾雷霆，而虛字對句，俗調以盛。至若多用四六，絶少單行，則由徐庾而再變者也。清人之務華艷圓轉者，每憲章四傑，祖述徐庾，非無故矣。"[④]但是他的鴻篇巨製，却有沈膇的流弊，"至其鴻篇巨製，則務極恢張，譬如乾元殿頌，幾四千言，黎觀主碑，近三千字，既稱弘博，亦病沈膇；是亦近世學步者之所同也"[⑤]。

劉知幾的《史通》以駢體論史，筆力雖不及《文心雕龍》，但畢竟對清人造成影響，故在唐代駢文史上亦占一席之位：

---

① 陳耀南《清代駢文通義》，第 8 頁。
② 陳耀南《清代駢文通義》，第 10 頁。
③ 陳耀南《清代駢文通義》，第 10 頁。
④ 陳耀南《清代駢文通義》，第 11 頁。
⑤ 陳耀南《清代駢文通義》，第 11 頁。

温大雅創業起居注而後，有子玄史通，用駢儷之筆，議南董之事，雖終不若文心之力健筆遒，而論史以駢，其風益暢。清人每喜此體，蓋亦前有所承者也。①

唐玄宗時期，陳氏極爲推許張説、蘇頲，指其氣格高尚，是盛世文章的代表，對清代胡天游、袁枚的影響亦大，促成清代駢文形成"圓熟"的風格，故曰：

開元郅治，繼美貞觀；燕許文章，並稱手筆。雖格沿齊梁，而氣高秦漢，蓋盛世之文也。清賢學此者，自以山陰胡氏爲首；袁、吴諸君，雖務圓熟，亦有博麗之文，而莫不取法蘇張，蓋亦時同而文近也。若乎摩詰六祖一碑，精熟内典，有清胡天游三洞璇華序，玉清宫碑，貫穿道藏，可以後先輝映矣。②

此外，稍後的陸宣公也深得陳氏推重，陸贄善爲奏議，陳氏認爲此等公文難於以駢體書寫，一則容易流於浮靡失實、一則受聲律的限制，難於暢達文意，但陸宣公却能理達詞切，不受拘束，氣勢也盛，得到後人推崇，實至名歸，故曰：

貞元中，宣公陸贄，善爲章疏奏議，制敕詔册之文，而奉天改元大赦制，最爲傳誦。原奏疏一體，上關政本，下係民瘼；論冀見從，浮靡多則失實；理惟共曉，聲律拘而難明，任沈棲毫，徐庾避席，非無故也。宣公受命艱危，君疑將悍，理勝而將之以誠，詞切而出之以婉，乃能策駑登阪，縱横險阻而不失其馳，可謂神矣。其文則原本經術，切於事情；刊落浮辭，言宜氣盛；是故通鑑多録，而新書不棄。③

陸宣公代表着唐代駢文的一大特徵，就是既重情感，也不失文詞的美，對開啓宋代駢文藝術風格，影響也大。宋代駢文有師法唐代者，這在陳其年《四六金箴》中引述元代陳繹曾的評論，早有論斷，故云：

蓋唐文情重而詞麗，宋文理勝而意秀，宣公駢體，固下啓宋風者也。清陳其年《四六金箴》云："元陳繹曾言：四六之法，其要有四：一曰約事、二曰分章、三曰明意、四曰屬辭。務在辭簡而意明。此唐人四六之故規，而蘇子瞻之所取則也。"其是之

① 陳耀南《清代駢文通義》，第 11 頁。
② 陳耀南《清代駢文通義》，第 11 頁。
③ 陳耀南《清代駢文通義》，第 12 頁。

謂乎！①

另一組對清代駢文産生影響的是韓愈、柳宗元。陳氏以爲韓柳雖提倡古文，但也推崇工於寫作的駢體，對晚清作家影響尤爲巨大，如惲敬、劉開、梅曾亮、曾國藩等都是駢散兼善，故曰：

退之、子厚，力昌古文，以兩漢三代，律度當世；而亦工爲駢體。孫松友謂天生斯人，使二體合一，明源流之無二，實不可及（《四六叢話》卷三二）晚清諸賢，如劉開、梅曾亮、曾國藩，以至前此之惲敬，皆兼能駢散，其慕韓柳之風而興者歟！②

陳氏又認爲韓柳的成就，在於能符合其"自然論"的審美標準。中唐時，文風多拘於追逐形式，違背文章的自然之道，但韓柳則仍保持自然流暢的風格，可謂矯正了當時的文風，實屬難能，故曰：

蓋當世文風，聲律務謹，隸事好繁，遠背自然，二子乃以雄詞遠致，矯而正之，號稱復古，蓋亦物極必反，有不得已也。③

晚唐李商隱駢文成就巨大，陳氏雖着墨不多，但也和韓柳一樣，只有贊譽而無負面評價。他認同《四六叢話》對李氏的贊賞，認爲義山駢文的聲韻對偶，均流暢自然，語言没有枯澀之弊，文才不致過於顯露，堪稱駢體中的金科玉律，故曰：

《四六叢話》稱義山駢文，聲切無一字之聱屈，抽對無一語之偏枯，才華斂而不肆，體格超而不空；然則樊南甲乙，蓋今體之玉律也。④

宋初駢文，陳氏認爲上承唐代，較多師法燕許、李義山。此外，陳氏特爲推重宋初的徐鉉，認爲他書寫的碑志，蘊含至深的感情，實屬難能可貴，對清初駢文影響也較大，故云：

宋初承前代之風，肅穆師燕許，而繁麗法義山。宋人稱駢體曰四六亦玉谿之遺也。開國之初，徐鉉最稱作手，後主碑志，處嫌疑之地，爲至情之文，可謂難能可貴。

① 陳耀南《清代駢文通義》，第12頁。
② 陳耀南《清代駢文通義》，第12—13頁。
③ 陳耀南《清代駢文通義》，第13頁。
④ 陳耀南《清代駢文通義》，第13頁。

清初君威熾盛，文網森嚴；駢文諸家，言及勝朝事蹟，尤其崇禎一代，即多斡旋之筆，蓋亦銨之苦心也。[①]

稍後的歐陽修對駢文的貢獻，陳氏以爲其革新了宋初卑弱的文風，"及歐陽永叔出，懲論卑氣弱之失；乃用流轉之筆，運淡雅之辭；散體氣勢，行乎麗辭之間，而格遂大變"[②]。歐陽修以流暢圓轉的筆法，把散文的氣勢，貫注於駢文之中，開啓了北宋駢文革新的面貌。歐陽修以後，駢文文風趨向雅淡，應用文色彩日隆，公文文體的駢化日益廣泛，至少有十二種文體廣用駢文，如制、誥、詔、書、表、露布、檄、箴銘、紀、贊、頌、序等，故曰：

歐蘇而後，益趨雅淡，而少游有作，猶似齊梁。其後四六大盛，考試非此莫通，應酬無此不貴：其爲文體，增至十二，曰：制、誥、詔、書、表、露布、檄、箴銘、紀、贊、頌、序是也。應用既廣，弋譽尤隆，對精事切，至有名擅終身者。[③]

南宋初期尚有汪藻深得陳氏歎賞，至葉適、真德秀以後，駢文便走上中衰之路。汪藻所爲《隆祐皇后告天下詔》，情真懇切，爲南宋駢文代表作，故《鶴林玉露》也推許汪藻爲駢文中興之士，故云：

南渡之初，浮溪特秀。爲隆祐皇后告天下詔，悲壯的切，鶴林玉露推爲中興一助焉。然四六短長，亦至汪藻而益顯，故陳振孫謂其集成，猶愈義山、懿士；孫松友則力訾其短。所尚不同，所論自異矣。[④]

及至葉適、真德秀開始，人工斧鑿漸多，徒有文華，與陳氏所提倡的自然論背離漸遠：應酬文字多恭維敷衍的措詞，浮靡不實，加以程朱理學卑視文采，促成駢文的衰落，故曰：

至葉適、真德秀，各有勝境，而格漸嚴，斧鑿每甚，既踵事而增華，亦每下而愈況也。大抵制誥應酬，彌多彌濫；恭維敷衍，滿紙浮詞，卓犖之才，厭其卑俗。加以程朱之學，漸昌於時，尊崇儒哲，鄙賤文華；苟有述記，多從語録，而駢文衰矣。[⑤]

統觀宋代駢文，陳氏以爲，其佳處在於兼有駢散兩者的優勢，既華實兼備，也融匯了六朝

---

① 陳耀南《清代駢文通義》，第 14 頁。
② 陳耀南《清代駢文通義》，第 15 頁。
③ 陳耀南《清代駢文通義》，第 16—17 頁。
④ 陳耀南《清代駢文通義》，第 17 頁。
⑤ 陳耀南《清代駢文通義》，第 17 頁。

與唐代的優點。陳氏認爲六朝駢文有華而欠實；唐宋散體則樸而不文。宋代的一些佳作，便是能融會華實，故云：

> 蓋漢魏以前，參駢於散，所謂自然之文也；及後二體分塗，短長互見：以之説理，則六代駢文，華而不實，拘而難暢；用之朝廷，則唐宋散體，樸而不文，直而難婉。宋人四六佳者，實兼二長；然劣者亦備二短，而遠謝於自然焉。①

（六）衰落期——元明

陳氏指出元代因爲政治上尚武賤文，以致公府文書只崇尚樸素，不再講究範式格律，是促成駢文衰落的原因。他以爲元代有三位代表作家，虞集、袁桷、揭傒斯等，但表現不盡理想，他們只是繼承南宋的餘波，而南宋駢文自身也不盡理想，更廢棄了唐代的舊調，距離駢體理想越加遥遠，文詞單薄、氣勢卑弱，是衰落的表現，故稱爲衰落期。其言曰：

> 及元人崛興，尚武賤文。公府筆翰，多從朴俗；程式格律，棄等弁髦；而駢體益微。虞集、袁桷、揭傒斯輩，揚南宋之餘波，廢三唐之雅調，詞瘠氣孤，只形剽滑。有作者焉，數人而已。②

陳氏也分析了明代駢文衰落的原因，主要在於大興文字獄，文章容易招致忌諱，甚至殺身之禍，使人不再熱衷於文章創作，故曰：

> 明代文運稍甦，而獨夫威熾，尋常文字，忌諱易招，戲曲而外，類少佳製……而末學疏陋，束書不觀，於是鋪采摛文之事，非獨不爲，亦且不能矣。③

至於明代駢文的藝術表現，除晚明時期外，也不盡人意，即使滲透至通俗文學如戲曲之中，但畢竟偏向庸俗，並非雅製。更低劣者，混入俚語、媚俗語，文辭殊欠潤飾，以致語言生硬、冗堵，助詞成語堆砌。加以其時文多歌功頌德，阿諛奉承，背離自然美的標準甚遠，皆爲衰落的表徵，故屬衰落期，其言曰：

> 雖公文小簡，既有儷句，戲文賓白，亦見駢詞，而庸濫膚廓，終非雅製。最陋者，諢語如優，俚語如市，媚語如娼，祝語如巫。或强用硬語，或多用助語，直用成語而不

① 陳耀南《清代駢文通義》，第15頁。
② 陳耀南《清代駢文通義》，第18頁。
③ 陳耀南《清代駢文通義》，第18頁。

切，疊用冗語而不裁，誠如王志堅所謂，所當澄汰，不留一字者也。……復以體多頌聖，諂媚阿諛，文格益卑。雖麗藻文士，見巧因難，而雕蟲弋祿，亦不足語於方家矣。①

陳氏補充説，及至晚明，駢文已呈復興之勢，爲清代駢文的復興奠定基礎。這也導源於李、何的復古文論，彼等厭棄宋元文風的空疏，故曰："明自李、何倡爲復古，學者漸厭宋元以來之空疏，爬羅剔抉，用力漸勤。洎乎晚葉，復、幾、豫章，各張幟志，人才稱盛。"②

三、清代駢文評論

（一）陳氏一書，並非完全依傍劉麟生及張仁青的著作，而是有較多個人色彩。例如，劉著分清代駢文家爲博麗派、常州派、宋四六派；張仁青則分爲六朝派、三唐派、宋四六派、常州派、儀徵派等。陳氏則不以地域或模倣的朝代區分，而是純粹按藝術風格來歸納，即清俊、矜練、博麗、圓熟等四大類，可見其個人特色。陳氏在原著中解釋了他對作家分類的理念：

近世駢文，作手至衆。尤其乾嘉之際，運值承平，名匠比肩。雖篇章傳誦，多寡或殊；擅美標能，初無二致……又時賢論清代駢體，頗以常州、儀徵、六朝、三唐分派；竊以爲二董洪邵，文異地同；而文家師古，亦不必限於一代，是故今亦不取。③

陳氏所謂"時賢"應是指張仁青教授，上述其《中國駢文發展史》分清代駢文作家群體爲五大派，正是包括常州、儀徵、六朝、三唐等。可知陳氏對張氏之專著，是有所涉獵的，但並沒有依樣葫蘆，人云亦云，而是按個人見解以處理之。他的理據亦合乎文學常理，主要以爲作家師法古代，未必一定局限一個朝代，可能既學三唐，亦學齊梁；又或既學六朝，亦上溯漢魏，故以朝代分派，未必十分確切，故陳氏轉而爲用四種不同藝術風格來劃分，亦有其道理。

陳氏綜觀清代駢文作家風格，概括爲四大類。1.清俊：以邵齊燾、洪亮吉爲代表；2.矜練：以汪中爲代表；3.宏麗：以胡天游爲代表；4.巧練：以陳維崧、吴錫麒爲代表。他又補充這種歸納，只是爲了賞析方便，並不表示，各作家只專屬某種特徵，故曰：

而其風格之近，可分四體：曰清俊、曰矜練、曰博麗、曰圓熟。此四體者，末異本

---

① 陳耀南《清代駢文通義》，第18—19頁。

② 陳耀南《清代駢文通義》，第21頁。

③ 陳耀南《清代駢文通義》，第79頁。

同；良由才性有殊，是故意製相詭。大抵荀慈、江北，文多清俊；容甫、醇甫，每尚矜練；稚威、静山，追宏麗之風；其年、穀人，慕巧練之製；此其大較也。然文非一體，才通則備，是則體格之分，不過取便賞析，非謂汪洪無熟巧之文，而袁吴不能爲博麗之製也。限人以派，其亦不可必矣。兹以體爲綱，廣舉例證，以見一斑。①

1.其中，“清俊”符合陳氏一直推崇的“自然論”，能追步上古自然之音，兼容六朝的遒麗、兩宋的靈巧，格調清新，用典易明、聲情並茂，故曰：

> 清俊之篇，大抵追上古之自然，取六朝之遒麗，酌兩宋之靈巧；格調務其清新，用事求其淺切；無挦撦獺祭之勞，有意到筆隨之樂，往往聲情並茂，兼到天人。②

他舉出洪亮吉的《蔣清容先生冬青樹樂府序》、吴兆騫的《孫赤崖詩序》、李慈銘的《九哀賦序》爲代表作。當中更有氣勢雄健，議論滔滔，使人拜倒的佳作，如毛奇齡的《平滇頌》等，故曰：“或則氣勢駿健，議論崇弘，碧海掣鯨，千人辟易。”也有一些感憤憂鬱、悲涼慷慨、發人深省的，如袁枚的《重修于忠肅廟碑》；或有富於哲理的説理文，如王闓運的《秋醒詞序》；也有對偶自然、不着痕迹的，如邵齊燾的《送顧古湫同年之荆南序》等，均是清代駢文中的“雋品”。

2.所謂“矜練”，意指上承漢魏、齊梁；輕視唐、宋，用字質實有力，音聲凝練，不炫耀典故，故作驚人，如汪中《漢上琴臺之銘》、劉嗣綰《頤園讀書記》、杭世駿《寄所親書》均是，堪稱清代駢文中的清品。故曰：

> 汪容甫、杭大宗、劉芙初輩之爲文也：大抵祖漢魏，祧齊梁，輕三唐，薄兩宋，鎚字堅而難移，結響凝而不滯，吐屬高華，空靈綿渺；不炫奇僻之典，不作驚人之語，而腠理神行，極練竟如不練……若是者，可謂幽秀名貴，若聽空山之琴矣。然此體之用，終以描景爲多……此則可謂清人之清品也。③

3.所謂“博麗”，意指師法唐代燕許，見識廣博，營造雄厚縱横的氣勢，運用莊重典雅的文詞，如胡天游的《擬一統志》、馮譽麒的《賀曾滌生爵相克復金陵啓》；也有筆力雄健、通篇精警的如朱銘盤的《東援紀功碑》；也有專題寫作、博學多聞的如孔廣森《王氏醫治序》；也有狀物寫景如在目前的，如屠寄的《火輪船賦》；也有怨憤沸鬱、不受文詞拘束的，

① 陳耀南《清代駢文通義》，第53頁。
② 陳耀南《清代駢文通義》，第54頁。
③ 陳耀南《清代駢文通義》，第60頁。

如王詒壽的《送譚仲儀之皖序》，堪稱“近世駢文之奇”。故曰：

博麗之篇，大抵步武燕許，局勢弘張，參酌西京，增其奧博。往往能以雄奇排奡之氣，運莊正偉烈之詞。尤善發端，包舉全局……亦常大筆振迅，立一篇之警策……每遇專門題目，則窮奇搜僻，矜學炫博，……又或狀物寫態，直追西京……此誠所謂須師乃讀，難覓賞音矣。間亦有怨憤沸鬱，不以艱棘文詞掩其噴薄者……若此者，訶斥劣吏，鞭辟入裏，可謂近世駢文之奇，而亦非康雍乾嘉之所能有也。[①]

4.所謂“圓熟”，就像丸狀物體，輕熟圓轉，流轉自如，作家多熟練駢體，寫來駕輕就熟，音聲文詞清麗，如陳維崧、袁枚、吴錫麒等，還有張之洞的《李少荃傅相七十壽序》。當中也有缺點，就是造文者多，情韻缺少，流於纖弱，斧鑿痕過多，如袁枚的《與延綏將軍書》、吴錫麒《牀山堂詩集序》等。也有不少争逐對偶之奇，淪爲文字游戲者，如陳維崧、張其淦、郭傳璞等皆有之。

（二）陳著不僅論析了清代駢文的縱向發展，更對清代駢文興盛以至衰落的原因，以及題材狹窄的原因作了深入剖析，也是前此所無。劉著與張著之駢文史，均只對駢文發展作了簡要的概述，並未對其興盛及衰落原因作出分析。陳氏則從政治、國勢、文學背景、文體學等角度，歸納出清駢文興盛原因在於清初文人不滿元明文風疏陋、國勢日盛需借助盛飾之文、政策上獎掖文學以及帝王推動、科舉文及考據學的相互影響等因素。其衰落原因，則從心理學、文體學、駢文自身發展等角度，闡析了清代駢文衰落原因，在於士人心理之轉變、傳統文體之廢棄；駢文之境狹而調腐；排偶、用典之離背自然；科舉之廢除；考據學之衰落等，均見歸納清晰，細緻入微。此後，至1986年出版，姜書閣著的《駢文史論》，其中關於清代駢文的篇幅甚少，並未對清代駢文的興盛及衰落原因作出分析。到了2002年出版于景祥著《中國駢文通史》才有對清代駢文興盛原因有較深入探討，至於清代駢文衰落原因，則仍付闕如。可見，陳氏所論駢文衰落因由，至今仍具重要參考價值。

陳氏分析了清代駢文復興的原因，他認爲：

1.清代初年駢文已呈復興之勢，主要導源於明末的文人，蓄積一定學養，又不滿元明的疏陋，奮而寫出文質兼備的佳作，促成康熙、雍正時期駢文的興盛，故曰：

易代而後，遁迹丘樊者，仍以其憔悴苦槁之音，追嚶鳴求友之好，與風起學，質有其文。是故醞釀功深，乃有康雍文風，若春華之怒振也。宋文曉暢，而漸流於膚庸，明之何（景明）、李（夢陽），一變而求其奧衍；而沈博之極，又返於平實；更替張弛，亦

① 陳耀南《清代駢文通義》，第64頁。

自然之勢也。[1]

當中有巨大貢獻的人物，包括錢謙益、艾南英，繼承了宋文的風尚；陳子龍等則師法兩漢，再加以幾社、復社文人推波助瀾，使漢魏六朝的優秀文風重現於清初，故曰：

漢聲魏采，既與韓歐争長；宋明文運，於是乎變矣。晚明錢（謙益）、艾（南英），準北宋之矩矱；子龍、天如，擷東京之芳華，各引所長，分庭抗禮；而幾（陳子龍、夏允彝）復（張溥、張采）二社，聲應氣和，矜尚選體；百三家集，震耀一時，漢魏六朝之風，遂再扇於江表矣。[2]

再加以王志堅編選《四六法海》，選文上溯漢魏、下至宋元，範圍廣泛豐富，輔以適當的箋注考證，爲士子提供上佳的學習駢文藍本，則又進一步推動了清初駢文的興盛，故云：

又有王志堅選四六法海，上溯魏晋，下及宋元，正變源流，粲然可覩；箋注考證，亦多徵實。雖其凡例，謂爲舉業而作；評點識别，亦染帖括陋習，而六代三唐，佳製以傳，汲古之功，不可没也。[3]

清代乾隆年間，也是駢文鼎盛時期，陳氏分析原因，主要源於國力强盛，氣象恢宏，文章也需要博大夸麗的風格來配合，可説是時勢使然，因而出現如胡稚威的《擬一統志表》、袁枚的《賀平伊里表》、黄之雋的《香屑集序》等，均爲鮮明例子，故曰：

清自定鼎以迄乾隆，武功之盛，軼唐過漢，方内大寧。而夸麗之辭盛。舊感於物者，既休明而壯偉；見於言者，亦雄大而峥嶸。有燕許弘博之風，無宋明局促之態，亦時爲之也。譬如胡稚威擬一統志表，袁子才賀平伊里，金川諸表，實大聲宏，既徵盛才，亦覩休世；然則開寶以來所未有者，蓋不僅文章而已也。他如黄之雋集唐而成香屑集十八卷，序亦組織唐人麗句而成，今日觀之，雖托精神於無用之地，亦以遭時清晏，乃能湛心占畢，成此七寶樓台也。[4]

2.清代帝皇獎掖文學，固然以此固蔽士子，使之埋首文章經術，放棄復明謀反之念，

① 陳耀南《清代駢文通義》，第 21—22 頁。
② 陳耀南《清代駢文通義》，第 22 頁。
③ 陳耀南《清代駢文通義》，第 22 頁。
④ 陳耀南《清代駢文通義》，第 23 頁。

這樣一來，反倒促成清代文人集中精力於詞章之學，包括駢文，也促成駢文興盛，故云：

上有提倡，則下多駿奔；清室崇獎文詞，比之歷代尤異；蓋部族鄙蒙，得天下於馬上，於是範彼文教，用資順守。康雍二代，清剛以柔：食以豐禄，崇以榮名，而鵠踊燕躍者，盡入彀中矣。編刻巨籍，屢徵弘博，其意固在懷輯漢人，用安反側；而樸學、駢文，均隨之而興。①

陳氏具體舉例，就是乾隆愛慕風雅之文，以及經術，在其推動下，使天下從風，競相寫作華美誇飾的文章，以及考究經學，促成清代大家如邵齊燾、洪亮吉、汪中、胡天游、孔廣森、袁枚、吴錫麒等作家的興起，其言曰：

弘曆愛華，務軼其祖；政任高壓，文慕風雅，固以娱己，亦以柔民；徵鴻博以考藝，開四庫以納賢，於是天下翕然，競爲浩博稽核之學，而華美夸飾之文，亦由是而益昌。荀慈、北江，振清俊之音；容甫、大宗，爲矜練之體；稚威、顨軒，追博麗之風；簡齋、穀人，務圓熟之製。馳騁文衢，彬彬稱盛，是清初政術之助長駢文者也。②

3.清代盛行以科舉取士，而科舉採用之文體爲八股文，此文與駢文有共通之處，就是俱以對句爲基本句式，故推崇科舉，無形中也促成士子學習駢文。陳氏更從清代登第名録中統計，九十五個駢文家中，有六十四人登第中舉，爲翰林者更有二十六人，則知投考科舉者，同時兼善駢文，蓋兩者同氣連枝，互相促進，故曰：

自李唐來，左右邦家，取材科目。有明八股，害甚焚書；而清人制藝，則反成斯體。近代駢文名家，類有科名；而翰林清選，尤非少數。本書第三章附表，列作者九十五家，近代以來，名手殆備，而生平可知登第中舉者六十四人，爲翰林者二十六人，此其證也。其時朝野應酬，廣施駢體，官場奏啓，亦有儷文；登仕從政，必習是科；贈答弋名，尤關能藝。是則八股、律股、聯語、駢文，同氣連枝，孳乳共榮。③

陳氏又認爲科舉文對駢文的影響，也在於章法系統建立。律賦、八股文，都是科舉考試採用的文體，其優點在於章法具層次，脉絡分明而具系統。清代駢文能够層層推演，承題、立題、破題均能波瀾起伏，條理分明，不得不歸功於律賦及八股文。故科舉對清代駢文的

① 陳耀南《清代駢文通義》，第23—24頁。
② 陳耀南《清代駢文通義》，第24頁。
③ 陳耀南《清代駢文通義》，第27頁。

影響，不僅在於數量的增長，也在於藝術本質上能建立井然有序的條理。故曰：

律賦八股之類，雖氣格卑陋，久爲世詬；而制度嚴密、章法井然，非無足述。清人駢體，尤其博麗……層層推剥，能立能破，而義藴畢宣。此等波瀾意度，雖出作者才思，亦必觀法有素，而後比對破承，熟能生巧也。①

4.陳氏認爲考據學盛行於乾嘉年間，也促成駢文興盛。清初經學，針對明末疏陋的流弊，轉趨實證考據之學。考據學崇尚資料廣博，與駢文用典講求資料廣博，不無聯繫。故清代不少著名駢文家，同時兼善考據學，皆因二者在本質上有近似之處，在互相影響促進下，故同興盛於乾嘉。故曰：

樸學盛於乾嘉，與駢文同；考證大師，亦多駢文作手。明人疏陋，宗社丘墟，故老遺儒，遂崇實學。其後文獄屢興，又復常徵鴻博，時纂巨籍，而吴皖之學以盛。海内魁儒畸士，崇古尚博，深擯宋明以來之空疏拚陋，流風所被，助長駢體：蓋鉅麗弘深，本四六之常體，而繁稱博證，亦必藉考訓之功也。……然如三百年間毛奇齡、杭世駿、汪中、洪亮吉、孔廣森、孫星衍、阮元、董祐誠、俞樾、李慈銘、王闓運輩，莫不學覃繡虎，文茂雕龍；同時右袒宋學、步武程朱者，則文繼韓歐。道咸而後，國步艱危，樸學駢文，並趨衰替，此中消息，可以知矣。②

陳氏又分析了駢文衰落的原因：

1.士人心理之轉變。他認爲自清中葉以後，國勢日衰，科技落後於西方，當時士人覺醒科技更重於語文，提升科技水平，刻不容緩，較語文發展更有迫切需要，遂使詞章之學，包括駢體文地位日衰，促成駢文的没落，故曰：

及清中葉以來，内憂外患，無歲無之；瓜分豆剖，既堪慮於神州；陸沉魚爛，亦可怵於菲印。加以泰西學術，撼震神州；理化醫工，尤爲時嗜；以爲經國大業，奚待文章，盛事不朽，科技爲急，於是風氣大變。……及世易時移，解人難索，何況賞音？五四而後，即古文亦幾摒棄，遑論駢體哉！③

陳氏又認爲清中葉後，西學盛行於中土，也影響語文方面出現變異，不論辭彙、語法，均與

① 陳耀南《清代駢文通義》，第28—29頁。
② 陳耀南《清代駢文通義》，第31—33頁。
③ 陳耀南《清代駢文通義》，第39頁。

文言日漸有異，以至對文言産生疑問。在新教育及新語文的趨勢下，新體漸次取代舊體，古代散文逐漸息微，駢文更不用説了，故曰：

又金元以來，官話盛行，晚清而還，西飇怒扇，影響所及，辭彙、語法，皆大異前，文言之實用時宜，遂生疑問。新民智在於新教育，新教育務先新語文，變夏用洋，務語文之重合，一呼萬應，惟白話之是求，雖有嚴林之繙譯、梁章之論政，淵學雄才，變以求新，而潮流所趨，亦莫之能阻矣。……此所以今日白話雄飛，而駢體古文，先後俱替也。自齊梁以還，雖世歷八朝，時更千祀，而社會之結構，士民之風尚，迄無大變；故昭明、舍人所舉文體，雖孳乳寖多，亦古今同用。有清中葉以前，國勢弘張，而優游彬蔚之辭盛，及道咸而後，西潮洶湧，激蕩人心，而傳統社會規則、風習，亦隨而劇轉；合肥李氏所謂五千年未有之大變者是也。於是千載以來之應用文體，遂多有變爲無用者。此則駢散皆同，不必麗辭而後然也。①

2.加以用駢體形式寫作的，大多是古代應用文體，發展至民國多已不再應用，例如詔、誥、表、疏、勸進、策命、銘、箴、哀、誄等；只有論辨、序跋、牋牘等，陳氏以爲尚有可爲。但畢竟叙事、説理、寫景、抒情，均不及散體便捷，遂使寫作駢體的人，日益稀少，故曰：

觀明吴訥之文章辨體、徐師曾之文體明辨、清陳維崧之四六金箴、李兆洛之駢體文鈔、姚鼐之古文辭類纂、曾國藩之經史百家雜鈔，雖其條分縷析，或當或否；或繁瑣碎亂，治絲益棼；或洞見源流，昭晰中肯；而今日觀之，十九皆爲無用：其詔、誥、表、疏、勸進、策命之類，既隨君制以共廢；而銘、箴、哀、誄、墓碑、誌狀，以至寶瓶、上梁之類，亦與時俱逝，而爲古人陳迹。惟論辨、序跋、牋牘之類，文言不廢，尚有可爲。然叙事説理，駢文既終遜散體；抒情寫景，亦以散體爲便捷自然，復有詩詞雅妙，小説靈變，於是才士辭人，爲駢文者益寡。是故清季以來，作者既少，賞音尤渺；返戈雖奮，落日難回，魯殿靈光，亦終成絶響矣！②

3.清代駢文題材過於狹窄。清代中葉以前，公文章奏，仍效法唐宋，多用駢體，但中葉以後，則日漸稀少。陳氏又不滿清代駢文大家，如陳維崧、邵齊燾、胡天游、袁枚、吴錫麒等，均少有以駢體論時事，反映題材的狹窄。及至末流更有不少依樣葫蘆，歌功頌聖，如同填充，缺乏生氣。故曰：

---

① 陳耀南《清代駢文通義》，第 41—43 頁。
② 陳耀南《清代駢文通義》，第 43—44 頁。

吾國自近代以前，君威之盛，文禍之慘，殆未有過於清朝；而駢文題材之狹，心靈之梏，亦以清代爲最烈。斯固時勢使然；而説理叙事，終難與散體争勝，亦駢文本質爲之也。譬如詔命、章表、書記之文，唐宋猶用駢體，燕許手筆，宣公奏議，浮溪詔命，皆爲一代鉅製，及有清中葉以後，此體用四六者遂少。譬如清人所輯《三公奏議》，林文忠、曾文正、胡文忠三君，政本民瘼，巨細必陳，而文主散行，不用儷體。豈不以世變既廢，人事紛繁，雖蘇張陸汪再生，亦必改弦更張也哉，……《卷葹閣文甲集》卷一守令云……以至《定盦集》卷中之"西域建行省議"，《更生齋文甲集》卷四書杭檢討遺事之論滿漢歧異，皆痛切深刻，而不聞於洪、龔二子之駢文有之。他如陳其年、邵荀慈、胡稚威、袁簡齋、吴穀人諸君，麗辭繁富，鮮有論時言事，綢繆未雨之文，是或識見限之，而亦駢文境狹之徵也。……至如《四六金箴》所舉目式，則"頌聖""述德"章段，幾於各體皆備，照式填充，浮庸滿紙，宜乎才俊之士，鄙爲小道矣。①

4.對偶，用典背離自然。陳氏評論駢文的一大準則，是崇尚自然。他認爲書寫議論、譬喻題材時，由於行文需要，自然而然地會把要點逐一排列清楚，便自然地形成偶句；駢文末流之弊，在於過度追求形式的美，拘於聲律、字句的多少，語詞的虚實，便有違自然成文的準則，故曰：

駢文之特色爲排偶，駢文之常貌爲用典；二者皆本出自然，已如前述。蓋論譬列舉，其文易偶，記載叙述，其語自奇，此亦莫之爲而爲之者也。然衍爲文章，自無通篇舉譬之理，故散中寓駢，乃爲自然之文。及後世踵事增華，變本加麗，必求字之多寡、聲之平仄，詞之虚實，銖兩悉稱，整齊無爽，則不免牽强刻削而違背於自然，此在聯語、律詩，精雅小巧，其病未著；在乎駢文，其甚佳者如整似散，涵渾自然，誠可貴矣；中材以下，大抵斧鑿堆砌，遂不免與排律、律賦，同其陋病矣！②

陳氏並不反對用典，認爲用典的原意，起着聯類比喻的作用，以增强文章的表達力。但其末流則表現爲炫耀才學、敷衍成文、爲文而造文，如同抄書。一些常用的典故也變得陳腐，欠缺新意，如思舊友必用山陽鄰笛之典故，不但陳陳相因，也損害了文氣的流轉，過於堆砌，故曰：

用事運典，本求聯類比譬，以濟文用；而或矜學炫博，或敷衍足文；矜炫則爲文造文，衍足則言之無物。甚且録同點鬼，文等書鈔，思友懷舊，必曰隣笛山陽；時異地

① 陳耀南《清代駢文通義》，第44—45頁。
② 陳耀南《清代駢文通義》，第48頁。

殊，猶云灞陵折柳；殘羹冷炙，觸鼻腐腥。即或用典靈當，擬於其倫；而衣冠優孟，終非本真；重霧觀花，隔而復隔；不能足言，又安用文爲？且文以氣行；用典足文，自不免蕪累傷氣矣！……思想、意趣、情感，皆所不問，而惟鋪排堆砌之是求，則其文亦下矣。①

5.科舉的廢棄。前述清代駢文興盛之原因之一，是科舉文如律賦、八股文的帶動。但隨着清中葉後，科學考試逐漸息微，駢文也隨之衰落。1901 年，已廢除八股文，改試策論；1905 年，科舉取士正式廢止。故曰：

甲午前後，朝野上下，益知制藝之無用，時文之誤國；光緒二十四年戊戌，詔廢八股，改試策論，雖未及施行，新黨已敗，而大勢所趨，莫能遏止。後三年（一九〇一），卒付施行，又四年，並科舉取士，亦告廢止（光緒三十一年，一九〇五），雖其本意，殆在救一朝之危亡，而本無他用，但以弋禄之八股、律賦，由是永廢。自此妃青麗白，不復爲士子進身之藝，而駢體微矣。②

6.考據學之衰與戰亂之多。前述清代駢文興盛，也得力於考據學的盛行，相輔相成。但中葉以後，考據學也逐漸息微，表現在四方面：(1)考據學末流變得支離破碎，穿鑿附會，背離徵實的本質。(2)考據學本來用以避忌時諱，故埋首於訓詁，但隨着外患日深，士子轉向偏重義理。(3)隨着西學的傳入，士人漸喜新厭舊，使舊學多受衝擊。(4)太平天國後，原本駢文作家興旺的江蘇、安徽文人離散，文物播遷，人才漸次凋零。故曰：

乾嘉之世，駢文與考據並盛；吴皖碩彦，往往能駢，蓋雅言博典，必藉考訓之功也。及道咸而後，樸學漸微，而重大義，輕訓詁之今文經學以起；蓋惠戴而後，精華漸竭；破碎枝離，矯誣穿鑿，以但實而盛，以不能徵實而衰，一也；樸學之興，本由避觸時忌，聊以自藏，而此際積威既弛，外侮日亟，有識之士，漸重義理，二也；西學再入，耳目遂新，掇世弋名，去彼取此，三也；洪楊前後，吴皖騷然，文物散遷，學士蓬轉，泛觀博取，更無餘晷，四也。由是觀之，清駢與考據共榮於乾嘉，俱衰於末葉，非偶然矣。③

（三）陳著也是最先對清代駢文發展作了分期。前此的劉著及張著之駢文史，均只對清代駢文發展作概略的叙述，選取代表作家及作品作簡析，初步揭示清代駢文可分初、

① 陳耀南《清代駢文通義》，第 49—51 頁。

② 陳耀南《清代駢文通義》，第 51—52 頁。

③ 陳耀南《清代駢文通義》，第 52—53 頁。

中、晚三期，如劉著云：清初駢文，以陳維崧爲最有名，所著有《儷體文集》十卷。張著則只在第一節綴語中標出代表作家，並未對縱向發展，作出明確分期，而是側重於以派别區分不同時期之不同作家。

陳氏對清代駢文發展作了清晰的分期，一、復興期，概指清初至雍正年間；二、全盛期，概指乾隆、嘉慶年間；三、衰落期，概指道光、咸豐以後：

> 近代駢文演變，可分三時：清初以迄雍正，斯體復興；乾嘉數十年間，麗辭全盛；道咸而後，由衰而微；民國以還，則魯殿靈光，漸成絶響，雖有妙才，亦生不逢辰矣。彦和有言，文變染乎世情，興廢繫乎時序，原始要終，百世可知；則近代駢體，執此以觀，亦不刊之論也。[1]

陳氏也爲每一時期，找出代表作家，並略論其特徵。

第一期是復興期。陳氏舉出陸圻、吴綺、毛先舒、毛奇齡、陳維崧等爲代表。陸圻、吴綺雖不算大家，但也能開一代風氣之先。毛先舒致力駢體寫作，可惜文中不無繁雜蕪詞。毛奇齡駢散並行，與陳維崧不相伯仲，各有千秋，故曰：

> 鼎革之際，作者有陸圻、吴綺。麗京之氣息腴暢，薗次之詞采丰麗，雖未爲大家，要足開啓風氣。毛先舒亦力尊斯體，而蕪詞弗翦，短長迭見。及毛奇齡出，陳宕道練，整散兼行；雖所作未多，故讓其年獨步；而量長較短，殆在伯仲之間。近賢錢氏基博，謂毛體疏俊，陳文綺密，然則仗氣愛奇，麗典新聲，可謂各擅勝場矣。[2]

陳維崧受六朝影響較深，尤其承襲了庾子山，促成了清代駢文的復興，缺點是寫作數量過濫，反傷真美。他的駢文理論論著《四六金箴》，提出精闢見解，精嚴巧密，只是其創作未能以實踐其理論，故曰：

> 陳維崧濡染六代，追踪子山，沈麗芊綿之風，由是復振；而下筆既濫，蕪音累氣，固亦不能爲賢者諱矣。四六金箴，謂渾成最高，而精嚴尚於巧密；則可謂心知其意，而力有未逮矣。[3]

---

① 陳耀南《清代駢文通義》，第33—34頁。
② 陳耀南《清代駢文通義》，第34頁。
③ 陳耀南《清代駢文通義》，第34頁。

稍後於陳維崧的尚有代表作家如蒲松齡、吴兆騫、陸繁弨、吴農祥、章藻功、胡浚、黄之雋等;雍正、乾隆時期,則有胡天游、杭世駿等。其中,陳氏最爲推崇胡天游、杭世駿的藝術成就,指胡天游學習唐代張説、蘇頲,文氣遒練,文采壯麗,堪稱大家。杭世駿則崇尚魏晋,成爲一代作手,故曰:

> 稍後有蒲松齡、吴兆騫、陸繁弨,皆一時之彦,而吴農祥辭靡氣恭,章藻功纖巧熟滑,胡浚則浮庸靡廓,黄之雋則纂組成文,雖當時皆有盛名,其實難副。……雍乾之際,海内升平,以文鳴盛者遂衆。胡天游追踪燕許,以遒練之氣,運博麗之辭,壯采雄文,卓爾大家。同時杭世駿則希風魏晋,而入雅之機以啓;麗辭作手,遂漸騁文衢矣。①

第二期是乾隆、嘉慶年間的全盛期。代表作家有袁枚、邵齊燾、洪亮吉、汪中、吴錫麒、孔廣森。陳氏以爲,袁枚文筆靈健,少用闢典,圓轉流暢,缺點是有時過於浮滑,流於俗調,故曰:

> 乾隆尚華,美文鬱起,嘉慶繼武,未替宗風,於是作者輩出,佳製如林,隅舉如次,以誌隆盛:袁子才思逸而儁,文健以靈,運常見之典,抒動人之議,圓轉如珠,神氣自王。而下筆既易,時涉熟滑,高者與洪邵比肩,下者乃與陳、章同病。後學刻鵠,其弊益多,亦俗調之累也。②

邵齊燾文筆清麗,故能取代陳維崧成爲推動風氣之人物,受到當世文人推崇,也培養了洪亮吉等後學興起。洪亮吉則繼承邵齊燾,文筆輕倩清麗,自然舒捲,以至天人合一的至高境界,也符合陳氏所推崇的自然美的評文標準,開啓常州一派。陳氏更推許爲"清賢冠冕",故曰:

> 邵齊燾教於常州,其文淡雋夷猶,清新潔麗,於是魏晋風度,遂代迦陵以興,去陳宗邵,蔚成風氣,而孫洪諸子起矣。洪亮吉繼武苟慈,輕倩倩麗,世遂有常州體之稱。其實常州作家既多,面貌亦衆,但以真賞所趨,乃以清俊之作,概斯地之文。北江衆製 ,大抵迭用奇偶,自然舒卷,佳者兼到天人,實清賢之冠冕。梁任公謂邵洪二子,

① 陳耀南《清代駢文通義》,第34—35頁。
② 陳耀南《清代駢文通義》,第35頁。

皆堆垛柔曼無生氣(清代學術概論),未知何所見而云然也。[1]

汪中的駢文有安雅矜練、雋永空靈的優點,原因在於其熟讀四庫典籍,成其文雅,創作數量雖然不多,但足以名垂千古。吴錫麒在當世已深受推崇,成就較大的是與友人交遊及記遊之作,其次爲應酬文章,較爲遜色,一般缺點爲情韻匱乏,流於纖巧。孔廣森文意暢達明晰,是其優點,受六朝影響較大,清新暢練,亦一時名家,故曰:

汪中四庫在胸,安雅矜練,良由洗伐功深,是以游刃腠理。雖所製未多,而雋永空靈,自足千古矣。吴錫麒有正味齋駢文,篇以百計,體貌繁富,無愧專家。復以吴山尊力爲揄揚,一時學者,遂如登岱望洋,贊歎無已。然其縟采有餘,情韻或匱,纖巧庸熟,可謂醇疵雜出矣,集中論史甚多,開闢文境,藉弘駢用。友朋論心之作,範水模山之篇,信有正味,可爲壓卷,至若酬應之製,賡揚之章,當時稱爲巨文,其實大可不作也。錢子泉謂其文秀質羸,機利調靡,是能品,非高格;誠篤論也。孔廣森翩翩聖裔,名重一時,昌達意明事之旨,以期有用。筆驅墨染,依歸六朝,倘天假之年,歸暢練於清新,則可以抗顔洪汪矣。[2]

第三是衰落期。嘉慶、道光年間,駢文開始中衰。原因是駢文發展至此,已偏向爛熟,欠缺情味。加以國勢漸衰,内亂頻生,使文人已無暇致力於耗費需時的雕章琢句之文。太平天國之亂後,江南殘破,杭州、蘇州、紹興、常州等地文人流離遷徙者多。如屠寄輯録《常州駢文》,咸豐以後,所收者甚少,可見一斑。故曰:

嘉道之際,斯文漸墜:良由四六爛調,漸多可厭;而清淡簡樸之文,亦聲希味寡,未盡衆嗜,於是高語秦漢,主合駢散者漸多。加以國步艱難,盛時難再;獨醒之士,太息厝薪;鋪采摛文,奚暇及此。洪楊而後,殘破江南,杭紹蘇常,文人蓬轉。故屠寄輯録常州駢文,謂咸豐干戈時動,弦誦嬖綴,衣冠播散戎馬之足,絲帛割裂縢蓋之用,華篇麗篆,存者什一,不及今褒集,將恐苓落殆盡,後進英絶,益靡所觀放,甚可惜也云云,可以知矣。[3]

此時駢文家不再集中於江浙一帶,湘淮沅楚可謂乘運繼起,而且以短篇取代鴻篇巨製,可

① 陳耀南《清代駢文通義》,第35—36頁。
② 陳耀南《清代駢文通義》,第36—37頁。
③ 陳耀南《清代駢文通義》,第37頁。

説是晚清駢文的一大轉變,故曰:

> 繼而湘淮崛起,沅楚多才,於是駢文名手,亦不復唯出江浙矣。而宏張氣象,漸滅無存,於是短篇多於巨製,輕倩尚於博麗,亦時會爲之也。[①]

(四)陳著的駢文批評,乃在傳統文論發展而來。陳氏在駢文發生論與風格論方面,均特爲强調"自然"。因此,自然論成爲陳氏駢文理論批評中一個重要的審美觀念。在駢文發生學上,他指出駢文的産生,原出於自然,與詩歌及散文的産生一樣,從心出發,以語言表達心聲,很自然便産生文章,包括駢文,故云:"心生言立,言立文明,麗辭之成,亦出自然。"[②]又云:"駢文之特色爲排偶,駢文之常貌爲用典,二者皆本出自然。"故駢文常見的修辭形態——對偶和用典,也是文章發展歷程中,自然演變而來。尤其是散中帶駢,駢中帶散的文章,往往出於行文需要,特别是議論文需列舉多個事例之時,都是自然流露而成的文章,故曰:"蓋論譬列舉,手文易偶,記載叙述,其語自奇,此莫之爲而爲之者也。然衍爲文章,自無通章舉譬之理,故散中帶駢,乃自然之文也。"

駢文風格論方面,往往是陳氏評斷篇章高下的重要審美標準。他解釋近代駢文名家多上溯漢魏而法之,原因在於漢代駢文仍然流露自然美態。兩漢駢文雖逐漸走向形式化,廣用工整偶句,講究音聲、色彩,用典增多,但仍不失自然,不致流於人工斧鑿,故云:

> 東京篇製,崇盛麗辭……聲律漸巧,刻縷日華。而馮敬通論辨之疏,廣施駢語,李申耆謂兩漢之轉捩焉。揚、班、崔、蔡以還,暨及魏世,文辭競爽,於是兩語一意,下開四六;偶對整練,聲色相矜;踵事增華,亦自然之勢矣。然其佳者,大抵訓理博通,故碻切精要;不矜隸事,故真意瀰綸;不强偶對,故氣疏以達;詩騷未遠,故諷諭温婉。近世駢體高賢,崇高矜練,往往溯漢魏而祧齊梁,職此之由也。[③]

他對齊梁駢文頗有微詞,便是因爲其時過於追求形式美,流於矯揉造作,違背自然風貌,故曰:

> 自齊暨梁,綺艷益著。其時聲病飛沉之術,大爲時尚;群流遵軌,後進向風;五色相宣,八音協暢;而輕靡側艷,後世亦病之焉。良以裁對調聲之功多,則妙造自然之

---

① 陳耀南《清代駢文通義》,第37頁。
② 陳耀南《清代駢文通義》,第2頁
③ 陳耀南《清代駢文通義》,第4頁。

意少；甚至能隸事而不能辨理，能飾詞而不能達詁，能鋪張而不能貫注；而或堆砌人名，籙同點鬼。屢出青黄，繁而不珍。[1]

中唐駢文的流弊，也不出這原因，他贊揚韓愈、柳宗元的古文運動，能矯正當時文風流弊，就是拘於嚴謹的聲律，故意用一些煩瑣的典故，違背自然成文之規律，"蓋當世文風，聲律務謹，隸事好繁，遠背自然，二子乃以雄詞遠致，矯而正之，號稱復古，蓋亦物極必反，有不得已也。"在評論宋代駢文時，指出宋代優秀駢文在於兼具六朝的"華"與唐宋的"樸"而成自然之文，而其未流之弊，也在於遠棄自然：

則六代駢文，華而不實，拘而難暢；用之朝廷，則唐宋散體，樸而不文，直而難婉。宋人四六佳者，實兼二長；然劣者亦備二短，而遠謝於自然焉。[2]

他亦以此評論明代駢文的衰落，指出明代文章多歌功頌德，阿諛奉承，文格卑下，背棄純任自然之道，"復以多頌聖，諂媚阿諛，文格日卑。雖藻麗文士，見巧因難，而雕蟲弋禄，亦不足語於方家矣。孫德謙謂駢文宜純任自然，方是高格，一入律賦，不免纖巧，蓋知言也"。在闡釋駢文四大風格之一"清俊"時，也指出自然流暢，無刻意雕琢的痕迹，便是自然清俊，也是駢文中的雋品，故曰："而大抵自然涵渾，無斧鑿之迹，駢儷之製，此爲雋品矣。"

陳氏的自然論，實脱胎於傳統文藝思想，不論文論、畫論、書論、樂論等，均有自然流露的審美觀。《淮南子・齊俗訓》云："且喜怒哀樂，有感而自然者也。"及至劉勰進一步開展了自然論的分析，《文心雕龍・原道》：

文之爲德也大矣，與天地並生者何哉？夫玄黄色雜，方圓體分，日月疊璧，以垂麗天之繁；山川焕綺，以鋪理地之形。此蓋道之文也。仰觀吐曜，俯察含章，高卑定位，故兩儀生矣。唯人參之，性靈所鍾，是謂三才，爲五行之秀，實天地之心。心生而言立，言立而文明，自然之道也。[3]

前述陳氏闡釋駢文發生論，"心生而言立，言立而文明，麗辭之宗成，亦出自然"乃由人之心聲出發，結合語言而成文，此即明顯脱胎自《原道》篇。陳氏又認爲文章即使有雕飾，也

① 陳耀南《清代駢文通義》，第6頁。
② 陳耀南《清代駢文通義》，第15頁。
③ 劉勰著，范文瀾注《文心雕龍注》，香港中華書局1986年版，第1頁。

可以是自然流露，前述他認爲漢魏駢文即使崇飾麗辭，仍不失自然，“偶對整練，聲色相矜，踵事增華，亦自然之勢矣”，此亦本於劉勰文論，《文心雕龍·原道》又云：

旁及萬品，動植皆文，龍鳳以藻繪呈瑞，虎豹以炳蔚凝姿；雲霞雕色，有逾畫工之妙；草木賁華，無待錦匠之奇。夫豈外飾，蓋自然矣。[1]

劉勰認爲文章的外飾，就像大自然的山川風景，雲霞美色，草木秀麗，本是自然生成，不待錦匠的雕飾，便自成形。陳氏理想中的駢文，就如劉勰所論，只要符合自然的原則，雕飾也不一定是壞事。

（五）陳著對清代駢文研究資料，作了細緻歸納，成爲清代駢文研究中，甚有參考價值的文獻。前此之劉著《中國駢文史》及蔣伯潛《駢文與散文》對清代駢文均只作了概略的文字表述，並未有任何統計數字或圖表；張仁青《中國駢文發展史》則在文字敘述之外，也把清代駢文作家共六十五人的名稱、籍貫、著作名稱，作了表格式的排列，爲研究清代駢文的學者，提供了更便捷的資料。陳著則在 原書中的第三章“舉作者”中，網羅合共九十五位清代駢文作家的研究資料，先用文字詳爲介紹其生卒年、生平大略及對作品的評論。然後，又列表概括各作家的姓名、生卒年、籍貫、科名、字號、文集等資料，使人一目了然，對整個清代駢文作家群體，有更深刻而宏觀的了解，較之張仁青整理的資料，更爲詳盡、廣泛，在當時的駢文研究成果中，爲一大突破，也爲清代駢文研究作了巨大貢獻。比較張著與陳著對清代駢文作家群資料的整理，便可説明這點：

	張著《中國駢文發展史》（1970年出版）	陳著《清代駢文通義》（1977年出版）
作家數目	65	95
生卒年	×	√
籍貫	√	√
科名	×	√
字號	×	√
文集名稱	√	√

① 劉勰著，范文瀾注《文心雕龍注》，第1頁。

四、結論

《清代駢文通義》一書，是陳耀南教授研治駢文的成果，處於20世紀70年代，中國駢文研究仍未興盛，專著聊聊無幾，陳教授可說是駢文研究的先驅之一。在歷代駢文發展史的闡析中，他對整個駢文史作了系統地疏理，而且多結合其自然論、文氣論等評論文章的審美標準，具有個人批判色彩，成爲駢文理論與批評的先導之一，起着承前啓後的作用。而在清代駢文的論述中，比對陳著以前的駢文論著，不難發現，陳教授的開創之功，諸如對清代駢文發展的分期，清代駢文興盛、衰落、題材狹窄的原因分析，清代駢文作家群體資料的細緻整理，清代駢文風格的分類等，均爲此後清代駢文研究奠定了基礎，並提供了重要的參考文獻。綜言之，《清代駢文通義》一書，體現了陳耀南教授的駢文理論與批評的思考，雖有未盡善之處，但在香港駢文研究史上，依然占有一席之重要地位。

作者簡介：

何祥榮，1997年取得北京大學文學博士學位，曾師從國學耆宿饒宗頤及袁行霈教授，現爲香港樹仁大學中文系教授。主要研究方向爲駢文學、辭賦學、詩經學、楚辭學、文學批評等。代表著作有《南北朝駢文藝術探賾》《四六叢話研究》《漢魏六朝鄴都詩賦析論》《詩經邶鄘衛風考論》等。

論劉麟生“美文”视野下的駢文研究

莫山洪

内容摘要:劉麟生是民國時期駢文研究的大家,其駢文研究在以駢文爲“美文”的基礎上,主要包括幾個方面:一是對駢文文體地位的認識,認爲駢文是中國語言文字所産生的獨特文體,是“美文”;二是對駢文的研究注重駢文的作法,從作法中把握駢文的“美”;三是以“美文”爲標準,全面梳理了中國駢文的發展演變史。劉麟生的駢文研究確立了駢文的“美文”觀念,奠定了現代駢文研究的基礎。

關鍵詞:駢文研究;美文;劉麟生;民國駢文研究

基金項目:國家社科基金重大項目“歷代駢文研究文獻集成”(項目編號:15ZDB068)成果之一;廣西特聘專家團隊研究成果之一。

劉麟生是民國時期駢文研究專家,其與駢文研究相關的著作有《中國駢文史》《駢文學》《駢文研究法》等,爲駢文研究的現代轉换奠定了基礎。其幾篇駢文研究方面的著作,觀點統一,相互補充,充分體現了其駢文研究的基本觀點。他的《中國文學史》《中國文學 ABC》《中國文學概論》等著作,也在一定程度上體現出其在駢文研究上的觀點。在以駢文爲“美文”觀點的基礎上,劉麟生對駢文進行了比較系統全面地研究。

一

民國是中國傳統文化面臨西方文化衝擊的重要時期。這一時期,西方各種理論被引進中國,中國傳統的文學理論面臨解構的危機。面對西方文化的强勢入侵,如何確立具有中國特色的文化傳統的地位,如何保證中國文學研究的獨立性,這是當時學者面臨的重大問題。

按照西方的文學理論觀點,文學分爲詩歌、散文、戲劇、小説四大類,這種劃分法有其一定的道理。但是將這一劃分方法與中國古代文學相對應,不免有削足適履的感覺。中國古代文學的特點是文史哲不分,很難區分純文學與應用文章。尤其是駢文,作爲具有中國語言文字獨特魅力的文體,如何看待它,成爲一個重要的問題。

同時,隨着新文化運動的興起,傳統文化也受到了新文化的全面衝擊。陳獨秀等人所提出的文學革命,將駢文視爲"貴族"的文學,"桐城謬種""選學妖孽",都在革除之列。面對這樣的挑戰,傳統文化又將如何應對?

劉麟生等民國時期的學者從民族語言文字的角度出發,對駢文的地位作了明確的界定。他認爲,駢文是具有中國語言文字特色的文體,是最能代表中國傳統文化的文學樣式。"中國小説戲劇的發展,容有不逮西洋文學之處,至於駢儷的文字,爲我國所獨擅,也足以揚眉吐氣了"①,"駢文何以能爲吾國文學之特産?一言蔽之,則單詞隻字之語言文字,有以造成之也"②,"中國文字單音隻義,遂造成駢文之絶大機會,蓋單音隻義,易於屬對,且單音之字,説話作文時,有時甚感不便,則複其字以釋之,如名詞中之絲綢,絲即綢也。……中國文字中之六書,亦爲造成駢文之因素。日月爲明,止戈爲武;見其字即會其義,指其事即成諸文"③。從漢語單字單音的角度,分析駢文之所以爲獨具漢語特色的文體,以此體現出駢文在中國古代文學中的獨特性,並由此得出駢文爲中國古代文學中能與西洋文學相抗衡的文體。可以看出,劉麟生特别强調駢文爲中國語言文字的特點所帶來的獨特文體。

文學革命宣導平民的文學,批判駢文等所謂貴族的文學。劉麟生對此大不以爲然。他認爲,首先要界定何爲"貴族文學":"少數人所欣賞的文學,學者以貴族文學稱之。"然而,"少數人所贊成的東西,不見得是壞的","少數人所欣賞的東西,往往後來成爲多數人欣賞的東西。駢文固然不見得有這種趨勢,然而駢文的支流餘裔,如賀聯挽聯以及懸掛的對聯,能够給人欣賞的地方,也着實是不少了。"④説貴族文學爲"少數人"欣賞的文字,顯然並未能真正認識新文化運動所批判的"貴族文學",但他説少數人欣賞的文學後來往往成爲多數人欣賞的文學,有其合理的地方。他的觀點直接説明了駢文之能成爲大家喜歡的文體的原因。而且,劉麟生認爲,文學革命的主將對駢文的批判,並未超過當年反對駢文的那些文人,如梅曾亮對駢文的譏諷,就很有代表性⑤。

正因如此,劉麟生一再强調駢文的"美":"駢文之美者,幾如一幅圖畫,再加以音韻之諧美,造句之整齊,使讀者易於記憶,直能包舉美文中應有之長矣。""單音文字所給與音韻上之美感,蓋有數端:一曰重言,二曰雙聲,三曰叠韻。"⑥"一音一字,易於整潔,這是第一個原因。偏重象形,讀文如讀圖畫,這是第二個原因。"⑦"讀文如讀圖畫,而尤非對

① 劉麟生《駢文研究法》,《出版週刊》新89號,1934年8月11日版。
② 劉麟生《駢文學》,商務印書館1934年版,第9頁。
③ 劉麟生《中國駢文史》,商務印書館1936年版,第3—4頁。
④ 劉麟生《駢文研究法》,《出版週刊》新89號,1934年8月11日版。
⑤ 劉麟生《駢文學》,第6—7頁。
⑥ 劉麟生《中國駢文史》,第4頁。
⑦ 劉麟生《駢文研究法》,《出版週刊》新89號,1934年8月11日版。

偶不爲工也。"[1]劉麟生特别强調駢文的"圖畫"特點,以爲讀駢文如讀圖畫。圖畫是美的,駢文自然也是美的。"圖畫"之美,是劉麟生界定駢文的一個標準,也是其對於駢文認識的一個基本出發點。

駢文是美文,所以駢文有其特定的價值;駢文是美文,所以應當成爲中國文學史中一個值得關注的文體;駢文是美文,所以是可以與西方文化相抗衡的具有中國特色的文學樣式;駢文是美文,所以是可以在文學革命之外得以存在的傳統文學樣式。這就是劉麟生駢文研究的基礎。

二

在當時的社會狀况下,既然要與西方文化抗衡,要針對文學革命做出回應,駢文的創作自然不能不提上議程。劉麟生對於駢文研究的第二個重要方面,就是在探討駢文基本特點的基礎之上,研究駢文的作法。值得注意的是,劉麟生在談論駢文作法的時候,還是不忘駢文的"美"。

劉麟生認爲,結合駢文的基本特點,駢文的作法主要關注以下幾個方面:對偶、用典、煉字、音韻。

"駢文最大之原素爲對偶,此不容有異辭。"[2]駢文之所以稱爲"駢"文,對偶是最基本的要素。"《説文》曰:'駢,駕二馬也。'《莊子》:'駢拇枝指,出乎性哉,而樹於德。'引申之,遂爲駢儷之儷。"[3]因此,學作駢文,對偶是必須掌握的方法。當然,駢文也不都是對偶句,"反對駢文的人,以爲事事求對,句句求偶,是近於矯揉造作的。其實也不盡然"[4]。不過,對偶畢竟是"駢"的基本原素。對偶的方法很多,劉麟生在《駢文學》中也分别作了描述。他總結前人觀點,認爲前人所提對偶的方式一共有言對、事對、反對、正對、傍犯蹉對、假對、借對、避對格、當句對、隔聯與散聯、單對、偶對、借對、巧對、虛實對、流水對、各句自對、成語對等。當然,這些對的方式,是劉麟生總結前人的提法,歸納演繹的。所以他説:"作者愧非專家,不敢以心得欺人,粗陳所知,仍以古人爲權威可也。"[5]話雖如此,相信劉麟生於對之手法,當有一定造詣。

用典是中外文學幾乎都不能避免的一個問題。對於中國文學,錢鍾書曾經説過:"把古典成語鋪張排比雖然不是中國舊詩先天不足而帶來的胎裏病,但是從它的歷史看來,

① 劉麟生《駢文學》,第10頁。
② 劉麟生《駢文學》,第33頁。
③ 劉麟生《駢文學》,第1—2頁。
④ 劉麟生《駢文研究法》,《出版週刊》新89號,1934年8月11日版。
⑤ 劉麟生《駢文學》,第23頁。

可以説是它後天失調而經常發作的老毛病。六朝時,蕭子顯在《南齊書》卷五十二《文學傳論》裏已經不很滿意詩歌'輯事比類……或全借古語,用申今情',鍾嶸在《詩品》裏更反對'補假''經史''故實',换句話説,反對把當時駢文裏'事對'、'事類'的方法應用到詩歌裏去;唐代韓愈無意中爲這種作詩方法立下了一個簡明的公式:'無書不讀,然止用以資爲詩。'或許古代詩人不得不用這種方法,把記誦的豐富來補救和掩飾詩情詩意的貧乏,或者把濃厚的'書卷氣'作爲應付政治和社會勢力的煙幕。"①這樣説確有其道理。駢文最爲人詬病的一個要素,就是用典。駢文之所以被視爲"貴族文學",與這一點也有密切關係。畢竟,一個人要想弄懂文章中使用的典故,必然要讀過一定數量的書籍,能讀書,在大家看來,這似乎是只有貴族才能享受的生活。於是,用典也就成爲駢文的一大罪狀。然而"絶對不用典,是古今中外所難能的事,因爲一個典故,是一段小小有風趣的事,用來覺得形容惟妙惟肖,可以省却無謂的閒話不少"②,所以用典還是有必要的。關鍵在於,如何才能用得更好。這就是駢文寫作需要注意的問題。劉麟生以爲,用典關乎駢文之"美",稱"用之不適當與使用過多,均足以損文章之美"③,"用典爲駢文工具之一種,專恃用典,固非上策;絶對不用,亦可不必"④,"文學上的美麗,不在於有意用典,也不在於有意不用典","我們只要典故用得切當,用得生動,便不妨引用。不過不可以生吞活剥,以致失却文學上的風味。大抵熟典生用,生典熟用,是一個唯一的妙訣"⑤,"作文貴能自然,用典亦不外此","用典如何可以自然曼妙?不外乎融化剪裁"⑥。爲此,劉麟生提出了用典需要注意的幾個方面:一、不可生吞活剥;二、不可飣餖堆砌;三、不可多用生僻之典。這三點,對於其他用典文體來説,同樣適用。當然,要想用好典故,劉麟生强調還是要多讀書、多積累,這樣才能在使用的時候做到"天衣無縫,融化入神"⑦。劉麟生對於用典的問題探討得比較深刻,所提出的注意事項,也符合文學創作的客觀事實及規律。

煉字是文學創作的基本功,不存在各體文學的差異,駢文自然也不例外。對此,劉麟生還是有着比較清醒的認識:"煉字可以使文章不致庸熟,而有清新之妙;同時也不可過於雕琢傷氣,生澀刺目。"⑧"用字貴適當,此古今中外所同。至於常用之字,用時貴能生新;偏僻之字,用之貴不刺眼。"⑨煉字固然重要,但也不可過於講究字句,否則就容易"傷

① 錢鍾書《宋詩選注》,人民文學出版社1989年第2版,第41—42頁。
② 劉麟生《駢文研究法》,《出版週刊》新89號,1934年8月11日版。
③ 劉麟生《駢文學》,第41頁。
④ 劉麟生《駢文學》,第48頁。
⑤ 劉麟生《駢文研究法》,《出版週刊》新89號,1934年8月11日版。
⑥ 劉麟生《駢文學》,第41頁。
⑦ 劉麟生《駢文學》,第46頁。
⑧ 劉麟生《駢文研究法》,《出版週刊》新89號,1934年8月11日版。
⑨ 劉麟生《駢文學》,第50頁。

氣"，"煉字之法至夥，惟以不損氣韻爲上乘"[①]，由此可知，劉麟生强調文章的"氣"，語言表達不能因過度强調雕琢而損傷了文章的"氣"，説得非常中肯。駢文爲人詬病，語言華麗即爲其中之一，柳宗元"眩耀爲文，瑣碎排偶，抽黄對白，啽哢飛走"的提法，就是不滿於駢文的華麗。劉麟生這一提法，强調煉字的"清新"，符合文學發展和人們審美的需要。

劉麟生認爲音韻是構成美文的重要因素，"文章之美者，本身具有音樂之性質"[②]，"音韻的效用，在美文上最爲重要，並且最容易發現"[③]。駢文是美文，自然不可缺少音韻之美。駢文的音韻之美，劉麟生歸結爲以下幾個方面：一、句法整齊；二、平仄協調；三、押韻；四、重言雙聲叠韻之作對。從各種文體來看，音韻之美是都需要講究的，但是，每種文體對音韻的要求又是不一樣的，劉麟生所提出的音韻問題，詩詞中也大多如此。從創作駢文的難易程度考慮，劉麟生以爲，"最重要而最簡易的方法，莫如調平仄"，平仄的界定，一般比較簡單，從此入手，自然能最簡單地作好文章。

要之，劉麟生所提的駢文作法，其前提也仍然是"美文"。駢文是講究形式美的文體，其外在形式的美，一直是駢文爲人詬病之處。但只要在各方面都能運用得好，也就不必擔心其形式僵化的毛病。因此，駢文的作法，只要能不"傷氣"，能抓住其特點，盡可能自然創作，仍可以將駢文作得很美。

三

"美文"是劉麟生研究駢文的出發點，他之贊賞駢文，也正出於對駢文這一基本的認識。"駢文和律詩，雖然有他們的缺陷，確是難能可貴的美文，也是中國文學中的特色。"[④]"駢文的用處甚小，沉迷於駢文，固可以不必；力去打倒，也出之無謂；駢文究竟是我國獨有的美文呢。"[⑤]

建立在駢文爲"美文"基礎上的劉麟生駢文研究，在對駢文演變歷史的描述時，也特别强調駢文之"美"："矧六朝文學，爲駢文之極致，美文至此，斯稱大觀。"[⑥]劉麟生對於歷代的駢文成就，獨推六朝。"六朝的駢文，何以如此之美呢？"這主要是由於六朝駢文的句法更參差、平仄漸協調、刻畫細膩、煉字清新[⑦]。"一意阿諛駢四儷六的文章，與狂呼打倒六朝綺靡文學的人，都是偏於極端。文學是多方面的，以真善美爲歸；只要文筆自然，能

---

① 劉麟生《駢文學》，第 51 頁。

② 劉麟生《駢文學》，第 55 頁。

③ 劉麟生《駢文研究法》，《出版週刊》新 89 號，1934 年 8 月 11 日版。

④ 劉麟生《中國文學 ABC》，世界書局 1929 年版，第 4 頁。

⑤ 劉麟生《中國文學史》，世界書局 1932 年版，第 423 頁。

⑥ 劉麟生《中國駢文史》，第 10 頁。

⑦ 劉麟生《中國文學史》，第 156—157 頁。

描寫事物，能抒發性情，便是真善美的好文學。我們研究六朝美文，也宜具此種目光”①。他以爲，六朝是駢文之所以爲美文的時期，其他時期的駢文，都不能稱爲“美文”。甚至六朝一些膾炙人口的名篇，也不能稱爲“純粹的美文”②。

正是在這樣的觀念指引下，劉麟生對中國駢文史的描述，特别注重六朝駢文，所占篇幅也是最大的。

對於駢文的形成，劉麟生有其獨到的觀點。與多數人一樣，劉麟生認爲駢文形成的關鍵時期是建安，“晋魏儷偶益密，詞藻更甚，駢體始植其基，建安文學，載譽於時，人才輩出，作品亦盛，實爲其樞紐焉”③。劉麟生以爲，東漢末年的文章還不能算是真正的駢文：“東漢和魏的文章，如蔡邕《郭有道碑》、曹丕《與朝哥令吴質書》，措辭整贍，不是真正駢文。”④

劉麟生以爲駢文的興起當自魏晋，“連珠一體，實駢儷文之先鋒。《文選》獨取陸機所作的。當時美文的極軌，自當推潘陸二人”。駢文的“極點”，也就是優秀的駢文，劉麟生以爲是齊永明時期，“美文到了永明時代，可謂達於極點”，推崇這一時期的“美文”。六朝是駢文的興盛時期，這一時期，在文論上還有一個重要的現象，即文筆之分在這一時期得到確定，“有韻者文也，無韻者筆也”。劉麟生不這樣看，他認爲文筆之分，更進一步突出了駢文“美文”的特色：“駢文至六朝，而後美之質素始畢見。重以作者繁興，扢揚風雅，美文於焉稱盛，殆無足奇。然進化之跡，由簡趨繁，乃事之常。駢文盛而駢散文之分亦更著，於是美文號稱文，而散文號稱筆，判若涇渭，不可强同。”⑤不過，他最欣賞的駢文作家，還是徐庾，“駢文至六朝，始稱極盛時期，六朝文至徐庾，駢文始臻極峰，然則徐庾之文，可謂集駢文之大成，達美文之頂點”⑥。“頂點”自然是最高成就，劉麟生認爲，徐庾之所以成爲駢文之集大成者，“以生動之筆出之”，尤其是庾信，“庾信爲美文之大宗師”⑦，“入北周以後，追懷故國，所作更能淒惻動人”⑧。在其《中國駢文史》中，劉麟生專辟一章《庾信與徐陵》，對兩人做專門研究。在研究中，也特别注重對兩人作品的“美”加以分析：“絶對不用典，亦文學中難能可貴之事，然用典能活能化，而不致有生吞活剥之嫌，亦足以增加文學上之美感。徐庾用典，無不神機獨運，妙到毫秋。”⑨評析庾信《哀江南賦》

① 劉麟生《中國文學史》，第 152—153 頁。

② “鮑照《登大雷岸與妹書》（宋），陶弘景《答謝中書書》（梁），邱遲《與陳伯之書》（梁），都是膾炙人口的文章。都是介於文與筆之間的作品，但不是純粹的美文。”（劉麟生《中國文學史》，第 160 頁。）

③ 劉麟生《駢文學》，第 62 頁。

④ 劉麟生《中國文學概論》，世界書局 1934 年版，第 90 頁。

⑤ 劉麟生《中國駢文史》，第 50 頁。

⑥ 劉麟生《中國駢文史》，第 61 頁。

⑦ 劉麟生《駢文學》，第 31 頁。

⑧ 劉麟生《中國文學概論》，第 90 頁。

⑨ 劉麟生《中國駢文史》，第 63 頁。

稱:“感時傷世,且均出之以典雅之筆,精密之思,真可謂美具難並,古今獨絶矣。”[①]在《駢文學》中,劉麟生對徐庾也有這樣的評價:“駢文至徐庾,方登極峰。華實相副,氣韻欲流。一言蔽之,得清新自然之美而已。”[②]無論是何種評價,在劉麟生看來,徐庾都是駢文中集大成的作家,是“美文”的典範。這樣的評價,在一定程度上突出了徐庾在駢文發展史中的地位。

其他時代的駢文,劉麟生則多有否定之意。“駢體多用四六句,盛於唐朝。在音調方面,可以增加美感,可是四六文的體氣就日卑了”,唐代的駢文,自有其獨特之處,不過劉麟生似乎不太欣賞:“唐代的駢文,公正有餘,氣骨不足。”對於唐代駢文大家,劉麟生獨推崇陸贄,“他(陸贄)的文章,實在高過於王勃的《滕王閣序》一流文章。何以呢? 因爲四六文本來是美文,只可以談風月光景,不能言政事”,但陸贄的文章顯然大多是“言政事”的,“他以儷語入章奏中,非常的自然。是後代流水四六的開山祖”,用四六而能言政事,所以他要高明。“當時駢文的名家,如李商隱、温庭筠、段成式(三十六體),都不及他”[③]。這個觀點,還是很有創意的。一般總是以爲李商隱的駢文是美文,劉麟生在這裏突破了“美文”的局限,將“言政事”作爲標準,顯然是想將駢文的品格做一個提升,提高駢文的品位。這樣的評價,多少又有點受到文學正統思想的影響,將文學的社會功用作爲評價文學的標準。

宋代駢文,劉麟生亦多否定,稱宋初駢文“藻麗華贍,風格不高,致有優人撏撦之誚”[④],稱宋代文章“宋文肆,而有獷悍迂腐之病”[⑤]。元代“駢文則闃焉無聞,以四六論,可謂一浩劫也”,明代駢文“粗製濫造,庸廓膚淺,雖有作品,難登大雅之堂”[⑥],評論都不高。

不過,對於清代駢文,劉麟生還是給予了比較大的肯定。他在《中國駢文史》中羅列了一大批清代作家後,稱:“清代駢文作風之盛,殆可想象。而作風之紛歧,更足以徵駢文復興之勝概。綜合言之,則清代作者,漸有追蹤徐庾遠溯漢魏之趨勢,而究其所作,亦未必能陵轢唐宋。要之起衰振弊,能以駢文真面目示人,則清代作者之貢獻,殊足以跨越元明矣。”[⑦]在論述中以徐庾爲標杆,仍可看出他對徐庾的推崇。徐庾的文章,劉麟生本來就尊爲“美文之頂點”。因此,在《中國文學史》中,劉麟生在談到清代駢文復興的同時,還提到了這樣一段話:“總之駢文的用處甚小,沉迷於駢文,固可以不必;力求去打倒,也

① 劉麟生《中國駢文史》,第 64 頁。
② 劉麟生《駢文學》,第 86 頁。
③ 本段引文均見劉麟生《中國文學概論》,第 90 頁。
④ 劉麟生《中國駢文史》,第 95 頁。
⑤ 劉麟生《中國駢文史》,第 98 頁。
⑥ 劉麟生《中國駢文史》,第 111 頁。
⑦ 劉麟生《中國駢文史》,第 124 頁。

出之無謂;駢文究竟是我國獨有之美文呢。”①

在“美文”觀念的引導下,劉麟生對歷代駢文的發展尤其强調“美”,這也在一定程度上加强了其對歷代駢文形式美問題的探索。

四

劉麟生作爲民國階段對駢文研究做出較大貢獻的學者,其在“美文”基礎上的駢文研究有着特殊的意義,其對中國駢文發展演變的歷史性描述,對今天的駢文研究仍然有着一定的指導意義。

首先,駢文之爲“美文”,在一定程度上解决了駢文的形式美問題。歷代對於駢文的批評,集中在駢文外在形式的問題上,或者批評駢文的語言華美,或者批評駢文的句式過於整飭,或者批評駢文用典繁複。不可否認,駢文在形式上確實存在着這些問題。不過,對於駢文的批評,很多學者是在文學功用的基礎上進行的,是將駢文的形式問題與道德層面的問題混合在一起進行批評。如唐代的魏徵、王勃等人,稱“徐庾並馳,不能免周陳之禍”②,將王朝的興亡歸之於文辭的華麗,顯然有矯枉過正之嫌。後來的駢文研究者,爲與古文家抗衡,都試圖從自然的角度,説明對偶本是自然的。可是那樣的證明,還是就句式而論,而且是先設定了駢文存在大問題的前提。將駢文直接定義爲“美文”,就將駢文所存在的形式美問題上升到另一個境界,直接確立了駢文“美”的文學特性。從欣賞的角度,將駢文與其他文學體式相對應,使之成爲具有一定美學特質的文體。這就抓住了駢文的性質。後來譚家健先生在談論到駢文的“美文”問題時説:“那是對其性質的評估,而非科學的定義。”③這個提法是正確的。正因如此,劉麟生的駢文研究,建立在“美文”的基礎上,才使駢文研究真正抓住了駢文的性質。從這一意義上説,劉麟生的駢文研究,是從文學自身的特性進行的研究,具有文學本體研究的意義。少了政治教化的研究,還文學研究以文學的本色,這是文學研究的基本方向。

其實從“美文”的角度研究駢文,民國時期與劉麟生交情不錯的瞿兑之也有類似的做法。瞿兑之在其《中國駢文概論》,也曾經稱:“因爲單音的原故,所以用駢體組成的語句,容易引起聯想和美感。”④又稱:“駢偶是天賦予中國文字的特點,利用這特點,方才有許多美文。”⑤1936 年出版的梁啓超《中國之美文及其歷史》一書,對中國的“美文”作了

---

① 劉麟生《中國文學史》,第 423 頁。

② 王勃著,蔣清翊注《王子安集注》,上海古籍出版社 1995 年版,第 129—130 頁。

③ 譚家健《關於駢文研究的若干問題》,《文學評論》1996 年第 3 期。

④ 瞿兑之《中國駢文概論》,第 1 頁。

⑤ 瞿兑之《中國駢文概論》,第 2 頁。

一番歷史的描述——雖然其所說的“美文”基本上是歌謠，與駢文無關，但其用“美文”一詞，顯然是對文學之“美”的特質的關注[①]。由此可見，“美文”作爲評價駢文的標準，進而成爲評價文學的標準，在民國時期也已經引起了學術界的關注。在這個方面，劉麟生可以說用力最深。

建立在“美文”基礎上的劉麟生駢文研究，在駢文史的描述上，可以說具有了現代專門史的意義。劉麟生的《中國駢文史》，勾勒了中國駢文發展的歷史脉絡，探討了駢文的起源問題，並對各個時期駢文發展的特點及代表作家作品進行了比較全面地描述。劉麟生的《中國文學史》，將駢文作爲重要的組成部分加以論述，也在一定程度上客觀展示了中國駢文的歷史地位。這樣的描述，雖然借鑒了自《四庫全書總目》及《四六叢話》以來學術界對於駢文發展狀況的描述，但是，以專著的形式來描述中國駢文發展的歷史，這對於駢文史作爲專門學術史的建立無疑有着非常重大的意義。民國時期出現這樣的現象，正如筆者所稱：“從學術史的角度來說，這是一個開創現代駢文學的時期。”[②]劉麟生駢文史研究相關著作的出現，是對現代駢文學建設的重大貢獻。

劉麟生對於歷代駢文作家的描述，從“美文”的角度出發，也從駢文自身的美感特徵全面闡釋了歷代駢文作家的優秀作品。這樣的論述，對於重新認識駢文的特質，正確評價歷代駢文優秀作家作品，有着一定的意義。文學史描述，應該客觀地叙述文學史中的現象，對於駢文這樣一個在中國文學發展中占據很大篇幅的文學現象來說，如果不能加以正確認識，自然很難準確反映中國古代文學發展的客觀事實。

駢文研究是古代文學研究的組成部分，對於駢文的研究，是全面認識中國古代文學發展的重要途徑之一。民國時期的駢文研究，由於各種原因，我們目前還不能全面地認識，因此，有必要對民國時期的駢文研究作全面地反思。劉麟生是民國時期的駢文研究大家，對他的駢文研究進行研究，對於當前的駢文研究有着重大的意義。

作者簡介：

莫山洪（1969— ），男，廣西忻城人（壯族），文學博士，廣西師範學院文學院教授。主要研究方向爲駢文學、唐宋文學。

① 詳見梁啓超《中國之美文及其歷史》，中華書局1936年版。

② 莫山洪《駢文學發展史芻議》，《柳州師專學報》1999年第3期。

論駢文的若干特徵*

[美]海陶瑋著　彭勁松譯

内容摘要:駢文作爲一種精美的、崇尚文采的文體,對句是其基本的結構單位,對偶與用典是其最爲重要的特徵之一。駢文的對偶主要分爲韻律類、語法類及聲音類對偶。韻律對偶是駢文區别於散文的重要因素。語法對偶並非中國文學所專有,但中文却是最適合運用這一手法的語言,駢文則將其運用得爐火純青。聲音對偶於駢文寫作中極爲重要,常見於韻脚、頭韻、重複及調式的使用上。駢文精於用典,但典故融入對偶結構的方式却值得深究。另外,對句是駢文的基本結構,其可使駢文具有韻律感,這就讓對偶在駢文中處於首要地位。對偶句的首要效果是加强重複,巧妙的語法對偶和語調對偶創造出相應的效果。駢文和詩一樣不可譯,因爲它們的優點是言語本身,用另一種語言媒介無法彰顯它們的神奇之處。

關鍵詞:駢文;特徵;對偶;典故

駢文是一種崇尚文采、藻飾語言的文體。在漢賦的創作中,駢文逐漸形成,六朝及初唐是其發展的巔峰時期。由於"駢文"這一術語描述的是一種文體而非文學流派,且篇章辭藻華麗程度各異,因此我們很難給出一個令大家都滿意的定義。當然,不是任何一篇散文只要使用了對偶排比都可以稱作"駢文",同時對偶也不是"駢文"的唯一特徵。要想對"駢文"下一個準確的定義,最好的方法就是對中國文學史上詩歌和散文兩者的對偶排比發展進程進行一次從頭到尾的梳理研究。筆者在本文中不會進行過多叙述,只針對幾篇公認爲典範的駢文作品,對它們採用的一些共同行文方式進行闡述。筆者以兩篇名文爲例,分别是孔稚珪(447—501)著的《北山移文》(以下簡稱 PS)①和徐陵(507—583)

---

*本文英文題目爲《Some Characteristics of Parallel Prose》。可參看 Hightouer, James Robert. Some Characteristics of Parallel Prose. In *Studia serica Bernhard Karlgren dedicata. Sinological Studies Dedicated to Bernhard Karlgren on His Seventieth Birthday* 獻給高本漢七十壽辰的論文集, Edited by Sren Egerd. Copenhagen: E. Munksgard, 1959, pp.60-91。

① 孔稚圭《北山移文》,引自《文選》,《四部叢刊》本,43.35b—40b。

編輯的《玉臺新詠》前言節選（以下簡稱 YT）[①]。雖然上至東漢，下至唐朝都可找到類似的文章，但這兩篇文章皆寫於那段以書寫駢文風格作品爲榮甚至有些病態崇拜該風格的南北朝，該時期因對駢文發展做出突出貢獻而爲人們熟知。

爲實現文如其名，駢文必須要使用對偶，其對偶種類多樣，筆者將就此展開論述。在《文鏡秘府論》中，空海（日本真言宗開山祖師）將對偶分爲 29 種[②]，並將互不排斥的部分劃爲一類，共分爲三大類：韻律類、語法類、聲音類。

音律類對偶在聽覺上已十分明顯，但本文通過排版使所選文章的音律對偶在視覺上也變得顯而易見。駢文與中國詩歌一樣，其基本結構單位是對稱句。偶爾也有孤立的單句，用來分隔段落（詳見下文），但不存在三句構成一組、五句構成一組或七句構成一組的現象。爲避免單調，四個小句構成的兩組對偶句通常會變换語法對偶手法，比如《北山移文》中的 53—54 句。但是《北山移文》中也有幾組四行單句的語法結構保持不變，比如 95—98 句、111—114 句、117—120 句。在《北山移文》和《玉臺新詠》序中，結構相同、節拍次數一樣的連續小句不超過五個。這表明所選文章的韻律從頭到尾都是不斷變化的。但這一變化是在上文所陳述的範圍内展開的，這一範圍就是：在每組對偶句中，其前後兩句的韻律重複且這一韻律僅通過這兩句對偶句實現，没有多餘的第三句來呈現這一韻律。

一組對偶的韻律可以有三到七個節拍，但以四、六節拍爲主。有一連幾句都是四個節拍（PS1—4）或六個節拍（PS5—8）的小句，也有每句是 4-4 節拍或 4-6 節拍（YT20—25，1—2）的形式[③]。6-6 節拍、6-4 節拍以及其他節拍變體，還需要在其他文章中尋找例子[④]。在含有"虚字"的長句（有六個或七個節拍）中，韻律變化通常會增多，"虚字"一般是一個弱拍，其位於每句的倒數第二字和倒數第三個字（PS5—6，7—8；YT22—23）。

韻律對偶是駢文的特點，這一特點使其區别於没有對偶現象的散文：駢文韻律感極强，但它的韻律是不斷變化的，即使駢文和詩一樣使用韻脚，也不會與詩混淆[⑤]。

語法對偶不是駢文所特有，也不是中國文學所特有[⑥]，但中文却是最適合運用這一手

---

① 徐陵《玉臺新詠序》。該文有兩個基本文本，一個見於數種版本的《玉臺新詠》之中，另一個存於徐陵文集。紀容舒《玉臺新詠考異》（《叢書集成》本）述有二者相異之處。筆者使用的引文出自吴兆宜注的《徐孝穆全集》（《四部備要》本，4.1a—4a）。

② 小西甚一《文鏡秘府論》，日本講談社 1953 年版，第 89—90 頁。

③ 值得注意的是，這種更複雜的雙句，在《北山移文》中很少被使用，而《玉臺新詠》則數量可觀。

④ 例如王勃《滕王閣序》，引自《王子安集》，《四部叢刊》本，第 51a—3a 頁。

⑤ 賦與駢文的關係頗爲棘手。如果有一個統一正式標準用於區分它們二者的話，那可能就是駢文存在更多的韻律不規則情况。在駢文作爲一種文章風格用於其他目的寫作的時期，賦比駢文更講究規則，這點比其在西漢巔峰時期更甚。

⑥ Lily 在英文中是一個極端的例子。對稱結構的使用對於任何關注平衡句式和文雅對比的作者而言是極其自然的。

法的語言,而駢文則將這種手法運用到爐火純青的程度。語法對偶要求在一組對偶句中,其第一句的每個字在第二句中都要有對應的字,借助語法重複達到韻律重複的目的。以上對語法對偶進行了細緻的解釋。有時很有必要將語法對偶中的"語法"替换爲"詞彙",因爲其形式完全是詞彙上對應。

筆者劃分出六種簡單的語法對偶類别,其中最基本的一類是對偶句中鄰近的小句之間有一個詞或幾個詞的重複:

由余之所未窺
張衡之所曾賦

(《玉臺新詠》1-2 句中的後半行),在本例中,"之所"二字在小句中相同位置重複,突出强調了對偶小句結構的一致性。駢文中的重複十分普遍,但通常僅局限於"之所"這些語法形式。朗讀時,這些形式不重讀。與有意變化相比,重複的效果没有那麼突出。

所有的字詞都可以進行有趣的改變,然而所有文字處理手法中最基本的一種要數同義字的變化,比如《玉臺新詠》中 5—6 句中的"作"和"爲",13—14 句中的"細"和"纖",33—34 句中的"雙"和"兩",95—96 句中的"玆"和"此"。這些近義字都可以相互交换,這種微弱的同義字變化是駢文對偶中的例外。

比同義字出現頻率稍多且更爲明顯的是成對的反義字,比如《北山移文》中 71—72 句的"斷"和"續",85—86 句的"入"和"出",《玉臺新詠序》1—2 句的"未"和"會"。這種簡單的對立詞語在駢文中並不常見,對比往往通過其他手段來實現。

雖然類别相同的對詞與反義詞及可相互交换的近義詞相比出現的較少,但用在對偶中却十分恰當。單看"手"這個字一定不會聯想起"腰"字(TY14—15),但這兩個字十分適合對偶,因爲它們都是身體的一部分。由於對詞的類别各種各樣,數量不一,所以這種對偶通常内容寬泛,定義不明。比如顔色詞("白"和"青",PS7—8);數量詞("五"和"四",YT7—8);化妝品詞彙("黛"和"脂",YT34—35);服飾詞彙("衣"和"帳",YT26—27)。實際上,我們可以讓所有的對偶都一一歸類,只要我們遵循這一原則:創造出足够多的種類名稱來包含同詞類成對詞語。然而同詞類成對詞語也存在搭配程度遠近的關係,如果創建包容極强的類别,將所有對偶都包含在對詞對偶之下也是可能的。但是不同對詞之間,其内部詞與詞之間關係的親密程度不同:比如"笑"和"顰"(YT26—27),"袖"和"裙"(YT 39—40)這兩組同詞類成對詞語的搭配要比"蟬"和"馬"(YT29—30)的搭配更爲貼切。那麽,"香"和"佩"(YT39—40)則需要紐帶將他們聯繫起來。雖然對詞對偶局限於聯繫較明顯的詞,但其供駢文作者選取的詞量較多,駢文作者可借此重複句式,彰顯自身論點,既實現了重複又不會枯燥,至少從增强論述力度來看是十分有效的。《玉臺新詠》的 3—4 句就是個極好的例證:

周王璧臺之上
漢帝金屋之中

在下一種類别中,這些紐帶是破裂的,並且對偶不同於重申、肯定與否定的搭配或裝飾性變化。在這一類中,對詞雖然語法功能相同,但却分屬不同類别,不容易産生相互聯想;例如,“物”和“霞”(PS9—10)或“窺”和“賦”(YT1—2)。通常這一類型的成對詞語會和其他更明顯的成對詞語類型一起出現,似乎是向讀者表明此處確實使用了對偶。例如,“千金”和“萬乘”(PS11—12),數字類的詞“千”和“萬”屬於同一類,但“金”和“乘”却不是同一類。

最後一種對偶較明顯,在這種對偶中,那就是表面上成對的字並没有在語法功能上起着和對偶詞語一致的作用。筆者將這種對偶稱爲形式對仗。在本質上,這種對偶只出現在對偶工整的語境中。這組對句(PS7—8)大部分都是由較簡單的對偶組成:

度白雪以方潔
干青雲而直上

其中,“度”和“干”都是表示簡單的運動動詞,“白”和“青”是顔色對詞,然後是“雪”和“雲”、語法連接以及時間修飾詞,但在時間修飾詞處出現斷裂。“方”通常表示“剛剛”的意思,所以在下句中需要一個動詞與其對照,但在這裏應該指“比較、比作”的意思。這樣一來,“方”字似乎和“直”(馬上,立即)字構成了一種對仗。因此,剩下的“潔”(純潔,純粹)和“上”(上升)構成了搭配。將這些很難聯繫在一起、不可能凑成一對的字詞置於同義詞和反義詞這些類别一樣的字詞中就像和諧中的那一點不和諧,這種特性可以適當地讓駢文簡單的韻律模式不會因爲多次使用而令人産生審美疲勞的感覺。

目前,筆者將對詞分爲六類:同類對詞、同義對詞、反義對詞、相似對詞、非相似對詞和形式對詞,這些都是簡單對仗。以上給出的例子都是單個的字,也有一些兩個字的寬對。兩個字的寬對通常是人名:“由余”和“張衡”(YT1—2)僅在一方面對稱,即同屬人名。“巢父”和“許由”(PS37—38)都是拒絶接受堯禪讓的同時代隱士。與這兩個詞相比,“由余”和“張衡”就是非相似對詞。但是“巢父”和“許由”的這種更進一層的關係並不代表有其他的對稱關係。對寬對的研究仍在進行中。

但是,如果詞彙是由一個以上的字組成,那麽就可能有其他的對稱關係;兩個詞之間除語義平行以外,它們的構成部分可能存在結構平行。“韓掾”和“陳王”相互對稱,不僅都是固有名稱,而且構成成分也平行,即姓對姓,階層對階層。並且對詞彙名稱做出的描述越多,其對稱就越複雜。“驚鸞””和“飛燕”(YT39—40)就是這樣一組對詞。這兩個詞之間形成平行關係,既因它們都被用於指稱皇妃[①],又因二者的成分也相互平行。

一種或多種簡單對偶與另一層面上的對稱意義結合就構成了複雜對偶。複雜對偶更加錯綜複雜,運用典故給對詞之間增加了第三層關係。因構成成分平行且都蘊含明顯的地名之意,“東魯”和“南郭”(《北山移文》)形成對稱關係。但是就典故而言,“東魯”是指該地區一個隱士,“南郭”則完全不是個地方名而是另一個隱士的姓,全名南郭子綦,兩者都出現在《莊子》中。

將這種對偶稱爲複合複雜對偶似乎無法將其完全涵蓋,因爲在筆者所舉的全部例子中是錯誤的,典故呈現的真實解讀改變了。但是這種附加意義本身就存在,並非給粗心大意之人設的陷阱,故意增加難度,玩文字遊戲。如果因爲“西施”與“東鄰”(YT15—16)搭配使“西施”讀起來很奇怪,那麽將“西施”改寫成“西子”與“東鄰”(YT25—26)搭配,會不會也看起來很奇怪?實際上,“東鄰”是個典故,指住在東方的幾位有名的鄰居,她們是外表美麗、思想進步的女性。這樣“東鄰”與“西施”(越國著名的美女)的搭配就十分恰當了。

還有另一種複雜對偶,筆者將之稱爲複雜工對。小句“九日班高”(YT52—53)與“萬年公主”對稱,其中“九日”和“萬年”不僅是説明項,它們可能有其他含義:“九日”並不是表示“九天”或“第九天”(一般而言),而是具體的某個節日日期(像“主顯節的前夕”一樣);“萬年”雖然像祝福或虔誠願景般意義非凡,但它其實是中國一位公主的稱謂。這組對詞語法功能不同,意義也不相容,因此屬於形式對偶,但是他們的各個組成成分則相互聯繫,屬於相似對詞。因爲第二層關係才得以形成形式平行。對比兩個小句中的其他字詞:“班高”和“公主”也僅是韻律相同,没有任何語法平行。

複雜對偶適用於不少於兩個字的詞構成的對詞(例如,兩個字的詞),且這組對詞的平行關係要兩種或兩種以上。這種詞同時和另外兩個詞平行,筆者將其稱之爲雙對偶(Double parallelism)。如果一個詞在自身所在的小句中有平行關係,同時按照駢文對句結構的要求,在下句小句中也存在平行關係,那麽就是雙對偶。雙對偶既不簡單也不複雜。《玉臺新詠》9—10句是簡單雙對偶:

① 這並非一個理想的例子,因爲我並未能確定“驚鸞”一詞,其究竟指代何人?

潁川新市
河間觀津

“潁川”與同一小句的“新市”平行，同時與該對句中第二句的“河間”平行①。下個例子更有趣（YT1—2）：

凌雲概日
萬户千門

“凌雲”和“概日”的構成成分相對，並且都是描述宫殿特點的詞語（在此可能可直接解讀爲宫殿的名字），像這種就是複雜對偶的例子。下個小句中的“萬户”和“千門”有平行關係。

在《北山移文》19—20句中，這種詞與詞的聯繫較弱：

乍回跡以心染
或先貞而後黷

“先貞”與“後黷”相對，是簡單的對立關係；雖然“先貞”與“回跡”的構成成分不平行，但這兩個詞在語義和位置上互相平行。“後黷”和“心染”相似，這使“回跡”和“心染”在意義上構成聯繫，形成對比，並且第二個小句中也有相似的對詞，形成對稱美。

韻律對偶和意義對偶是駢文的基本要素。聲音對偶是這種文風的第三大特點。韻脚、頭韻、重複以及調式等方式都會用到。駢文中偶爾有一些不合時宜的尾韻和頭韻，雖然是作者爲了裝飾而有意爲之，但確切地説，它們並不是舉例説明對偶的例子。在選取的這兩篇文章中都有這種現象（例如，《玉臺新詠》51句中的“連篇”；《北山移文》59句中的“林樂”），但筆者對此不作進一步的論述。爲方便起見，筆者將把尾韻作爲特例研究，然後把押韻、頭韻和重複的兩字詞一起探究，最後在探討語調。

尾韻不是駢文的恒有特徵，但一旦文中出現尾韻，就會像詩一樣，會持續規律的使用。《北山移文》全文押韻，文中對句的下句都會押脚韻。除一處例外（65—82句這一大段有四個不同的韻脚），全文韻脚共變化十八次，雖然這種變化與韻律變化不一致，但通常却與段落中的變化一致。段落之間的韻脚不同，所以韻脚似乎有增强文章邏輯劃分的重要功能。（要了解更多分段方式，請看下文。）

---

① 事實上，它毫無疑問成爲另一個涉及的術語——“複雜雙對偶”的一個很好例證。

在選取的兩篇文章中,《北山移文》9—10 句的對詞“亭亭”和“皎皎”是唯一運用重複手法構成二字詞的例子(《北山移文》45—46 句中的“空空”和“玄玄”只是一種自由組合構成的詞,而非詞彙實體)。押頭韻的雙字詞稍微多一點:《北山移文》5—6 句中的“耿介”和“瀟灑”;押尾韻的雙字詞也較多:“宛轉”和“陰岑”(YT56—57),“綢繆”和“紛綸”(《北山移文》)。也有頭韻雙字詞與尾韻雙字詞相對的例子:“喧囂”和“倥傯”(PS69—70)。自由組合構成的詞也會類似的搭配,比如《北山移文》43—44 句中的“長往”和“不遊”。在對稱結構中,一般把這種雙字詞視爲整體,是駢文作者有意爲之。

人們經常會看到現存有關駢文調式的範疇陳述[①]。幾年前,哈佛大學研究生大衛·法誇爾從這個視角出發對《北山移文》進行了分析。他的第一個重大發現就是句子中的調式可以用術語描述,這種調式不是四個調而是兩類調,即平和仄。這與律詩相似,平就是平調,仄(“斜的”意思)則代表其他的韻調。他還發現了兩類調式:小句中韻調的分佈順序會在下句中重複,例如,《北山移文》25—26 句:xxox/xxox,還有一種情况更常見,即對句下半句的韻調順序與上半句完全相反,例如,《北山移文》38—39 句:oox/xoo,律詩中也存在這種鏡像關係。但在全文六十二組對偶中,他發現只有五組對偶完全符合以上兩種韻調類型。爲了更貼近自己的研究成果,法誇爾建議寬泛地定義韻調對偶:

類型一:對句中一句的韻調與另一句相反。

類型二:對句中一句的韻調與另一句相同。

他説在《北山移文》六十二組對句中,這兩種類型囊括了其中的四十二組對句。

對《玉臺新詠》也有類似的研究,該研究顯示《玉臺新詠》的韻調更齊整。全文四十八組對句中,有十七組是完全對稱的,它們上下句的韻調全部是鏡像關係。還有十二組對句符合第一類,加在一起,《玉臺新詠》中有一半以上的對句屬於韻調對偶。因爲《玉臺新詠》的句子結構更長更複雜,所以它韻調對句的比例比《北山移文》還高。雖然韻律對稱不是通篇都有,但很明顯韻調對偶是這兩篇文章創作過程中特意使用的韻律方式。

在駢文中,除了對偶,其他要素也起了一定的作用。在舉例説明對偶類型時,典故的突出作用就很明顯。爲達到效果,《北山移文》和《玉臺新詠》都使用了典故,尤其是後者,幾乎每句都用了典故手法。除典故爲了加强語法對偶並使語法對偶複雜化而採用的方式外,典故爲了在文章中發揮其他作用而採取的方式没必要羅列出來。但是對典故融入對偶結構的方式進行探究却十分有趣。《北山移文》31—31 句對偶工整嚴謹:

---

① 其中我也間接做過這樣的論述,參看 Hightower, James Robert (1965). *Topics in Chinese Literature*. Cambridge:Harvard University Press, p.38。

竊吹草堂
濫巾北嶽

“草堂”和“北嶽”相搭没有問題,但是“竊吹”和“濫巾”的搭配却令人不解。這個典故來源於《韓非子》濫竽充數的寓言,講述的是齊宣王喜歡聽三百人一起吹笛子,南郭處士也在這三百人當中,但他却不會吹笛。齊宣王死後,他的兒子齊滑王繼承了王位。齊滑王喜歡聽一個一個地獨奏,南郭處士就逃跑了。詞語“竊吹”①與這個故事的内容有關,但與其語言却没有什麽關係,是個很好的自創。

衆所周知,漢語語法不固定,所以如果作者把語言文字放置在未曾見過的新句式中,常常很難確定其正確含義。但是在《北山移文》15—18句的對偶中却有準確的語法標志:

終始參差
蒼黄翻覆
淚翟子之悲
慟朱公之哭

這個典故源於《淮南子》,講述了楊朱因爲道路可向南走也可向北走,不知何去何從而哭泣;墨子因爲練絲可染成黄色也可染成黑色,不知如何是好而哭泣。此處該典故被分爲四部分,兩兩構成對句,兩組對句又相互聯繫,例如,“終始”與楊朱相配,“蒼黄”與墨子相配。第二組對句的句法有些不妥。“慟朱公之哭”不太合乎規範,但“淚翟子之悲”在刻意求新的寫作中更甚②。

駢文的基本結構單位是對句,更高層次的結構單位則是段落。段落的作用至關重要,不僅是主題發展階段的標志,而且在某種程度上還決定了段落中對句的形式。段落的首尾通常由單句、不成對的短語或單詞標識。段落會引入一個新話題(“加以”《玉臺新詠》43/44)或繼續上一個話題(“而乃”《北山移文》52/53)。也有將一系列小句放置在引導詞和總結句之間的情況,《玉臺新詠》開篇句(夫……其中有麗人焉)就是這樣,其中的總結句“其中有麗人焉”適用於中間加入的所有内容,而且就完善段落意義來説不可或缺。《北山移文》第二段、第三段和第四段的行文結構相似,閲讀每一段時只有讀到最

① “竊”,一作“偶”,但此説並無説服力。“偶吹”與“濫巾”並非對仗,它僅簡單地指代這則有趣的典故,於此並不被採納。

② 在賦作中,有能和其匹配及優於它的例子,參看“生貔豹”(司馬相如《上林賦》,《文選》,8.12a)。

後一個單句,才能完全理解其中的意思。這是中文的一個句法特點:中文會首先陳述句子的主題,然後再對這個主題進行描述,句子的主題一般都較長。

這種組織原則(段落)很難在用中國傳統方式排版的文章中一眼看出,但通過朗誦和自身的節奏感,讀者通常可以感知到。如果像《北山移文》一樣再加上韻脚,段落就會更明顯。在附加的原文和譯文中,筆者通過空白和縮格展現了段落的形式。

總之,還是要以這兩篇文章爲例説一説駢文的價值。中文和英文一樣,有許多文學風格:古體的、詩意的、樸素的、絢麗的。也有不同時期的風格、個人風格以及特殊文學流派的風格。風格的本質特點就是比起區分和描述,它更易識别。很顯然,一類風格必須處理詞序和詞彙選擇問題,而創造一種駢文風格的簡單詞序就是巧妙而複雜的詞序。這種巧妙和複雜性讓制車匠都望塵莫及,後悔把自己的秘密手藝授以他人。人們很容易注意到駢文絢麗文風中的各種修飾,筆者在本文中已經對這些修飾展開了論述。綜合運用巧妙又複雜的詞序和修飾性詞語,就可以創作出一種盡可能多的去除一些隨意的言語的文章。這僅僅是用另一種方式表達這類文章是人刻意而爲,但是刻意而爲這個詞帶有一定偏見。任何可以稱作是一種風格的散文都是運用各種技巧的産物,雖然這種散文的結尾可能不會運用藝術手法。

如果説駢文最基本的關鍵因素是對句,那麽這是因爲對句使駢文有韻律感,使對偶在駢文中處於首要地位。對句是一種重複,其他各種對偶句的首要效果就是加强重複。在這種基礎模式或多種模式下,更巧妙的語法對偶和語調對偶創造出相應的效果,可以産生强調和張力。在閲讀這類文章時,這種張力會讓人既興奮又筋疲力盡,是口頭多音節的一個練習。駢文這種文風很適合呈現文字描繪的氛圍和場景——畢竟,平行形式首先在賦中發展起來。它同樣也會用無聊的方式呈現一些學識,構建一些精心設計的難題——因此到唐朝時,駢文聲名日下。作爲一種叙述方式,駢文確實存在一些局限。

在本文所研究的兩篇文章中,筆者對《北山移文》的贊賞之情毫無保留。在筆者看來,《北山移文》是篇仿文,運用了大量技巧,文風始終如一,十分有趣,讓人印象深刻。《玉臺新詠》使用了更多巧妙又複雜的韻律,致力於多次變化;所以,文中看起來不合適的重複其實是刻意精細裝飾而爲,此外,文中至少有一處對句(48—49)特别枯燥。但就個人而言,筆者仍然鍾愛這篇文章,無論如何,它都是駢文繁盛晚期一篇優秀的駢文典範。在駢文繁盛晚期,可能有些極盛轉衰,駢文甚至透露出了些微的衰敗之味。

我堅信駢文和詩一樣是不可譯的,因爲它們的優點是言語本身,用另一種語言媒介無法彰顯它們的神奇之處。在附加的英文版本中,由於中文原文很難,筆者只提供了支援自身觀點的實際論證,但是這些論證仍可以作爲閲讀原文的指導性文本起到抛磚引玉的作用。[1]

作者簡介：

海陶瑋(James Robert Hightower 1915.5—2006.1),美國著名漢學家,哈佛大學教授,美國科學和藝術科學院成員,研究領域爲中國詩歌與文藝批評及其翻譯。其代表作有《中國文學專題:綱要與書目》(*Topics in Chinese Literature: Outlines and Bibliographies*,1950)、《韓詩外傳》(*Han Shih Wai Chuan: Han Ying's Illustrations of the Didactic Application of the Classic of Songs*,1952)、《陶潛詩選》(*The Poetry of Tao Qian*,1970)、《中國詩歌論集》(*Studies in Chinese Poetry*,與葉嘉瑩合著,1998)等。

譯者簡介：

彭勁松(1979—),廣西師範大學外國語學院副教授,碩士生導師,2017 年美國加州州立大學富勒敦分校訪問學者。主要研究方向爲翻譯理論與實踐及文獻典籍譯介。

① 譯者注:原文末附有孔稚圭《北山移文》與徐陵《玉臺新詠序》的英文翻譯,現刪除不録。

十七世紀朝鮮文人對駢文的認識與創作實踐
——以南龍翼的《儷評》爲中心

[韓]朴用萬

内容提要:十六世紀明朝前後七子的復古主義傳入朝鮮,駢文在朝鮮的地位開始動搖,同時朝鮮也出現了論述古文概念的文學批評。到了十七世紀,朝鮮文壇出現了專門的儷文選集,一部分個人文集中也出現了“儷文”條目,南龍翼的《儷評》就是在這一時期出現的。《儷評》簡單概括了中朝駢文的發展史,認可了徐庾體和館閣體駢文各有其文學價值,並對兩種類型駢文的特徵進行了闡述。到了十七世紀後半葉,朝鮮文壇還出現了積極進行駢文創作的文學團體。

關鍵詞:《儷評》;儷文選集;南龍翼;任叔英;李植

一、緒言

朝鮮王朝建國之後,官員與文人們高舉文章報國的旗幟,喜好華美的文風以及詩歌式的修辭技巧。這種風潮使得駢文變爲目的性很强的文學,豐雄高華的贊美成爲其主旋律,使其更加格式化,也更加保守,但是不可否認的是,這種駢文文風在朝鮮與中國的外交以及對新王朝的贊揚方面也頗具效果。雖然當時重視道學的士林派文人也批判雕章琢句的文風,重視文章中的理與道,主張文章出於經術、經術是文章的根本這種“經文一致”的觀點,但是國家政治生活中駢文的主導地位並未被動摇。

壬辰倭亂以後,人們對之前虚幻的黄金時代産生了懷疑,進行了反思,並不斷摸索新的發展道路。打擊外夷,恢復儒學,這些政策都使得這一時期人才輩出,形成了後世所稱的“穆陵盛世”。[①] 朝鮮王朝後期,特别是到了十七世紀以後,涌現出了大量針對文章論和文章形式的文學批評,但是其中大部分都是把古文的概念作爲主要探討對象。這一時期古文的概念並不明確,既包含明代復古派的擬古文,又將其與擬古文派區别開來,定義

① 李家源《韓國漢文學史》,普成文化社 1986 年版,第 215—216 頁。

爲立足於經典的文章或者説"義理之文"[①]這種模糊的概念。然而,即使同是將經典作爲文章的根源,各家對經典的認識也有所不同,尊崇朱子學的學者文人較於六經更重視四書,而重視實用性的學者則認爲六經和四書同爲文章之根源。[②]

對於當時文壇的這種情況,金正喜(1786—1856)作了如下論述:

> 東人駢體,自壬辰以後,忽變以爲宋元後風氣,遂爲一功令之雄,此近今之所不免,而雖文苑大手筆,舉皆如是矣。大抵我國之壬辰,不知是何等百六大運,而上自朝家典章,至於閭巷風俗,無不大變,至今未復舊。文章書畫之小道,亦皆從以遷謝,竟未有挽回。如明宣以上渢渢大雅之風,不可得見,常所嘆惜。[③]

本文將通過對南龍翼(1628—1692)的《儷評》和李植(1584—1647)的《作文模範》提出的"徐庾體"與"館閣體"的定義進行分析,考察十七世紀朝鮮駢文的特徵、當時所流行的文體、創作及鑒賞等。

二、十七世紀朝鮮儷文選集的編纂與流行

在經歷了壬辰倭亂與丙子胡亂兩大戰亂之後,由於表箋創作的需要以及肅宗對駢文的愛好,十七到十八世紀集中出現了一批駢文選集。同時,在個人文集的篇目中也出現了"儷文"這一條目,可以看出這一時期將駢文單獨編選的傾向。對於這一現象,金鎮圭(1658—1716)在《儷文集成序》一文中作了如下闡述:

> 其書之自燕市來者,止翰苑新書、四六全書,而或未該括,或有踳駁。我東則趙典翰仁奎之類編,繁而未精;澤堂程選,失之偏;息庵壺谷所抄,病於略。[④]

1711年《儷文集成》出版之前,主要將由中國傳入的《翰苑新書》和《四六全書》作爲儷文創作的範本。然而,這兩部書過於龐大,又失之精細,並不足以作爲駢文學習的典範。此外,朝鮮時期趙仁奎(主要活動於中宗時期)編纂的《儷語類編》,收録了1802篇作品,其中大部分是宋代作品,也收録部分初唐四傑的文章,但是並未收録六朝駢文。到了十七世紀,由於對駢文的需求增加,以駢文學習爲目的的精選集的出現成了必然。因此,1631

---

① 李植《澤堂别集》卷一四,《作文模範》,《韓國文集叢刊》88,民族文化推進會1996年版。

② 沈慶昊《漢文散文的美學》,高麗大學校出版部1998年版,第145頁。

③ 金正喜《阮堂全集》卷四,《與張兵使》,《韓國文集叢刊》301,民族文化推進會1996年版。

④ 金鎮圭《儷文集成》,《儷文集成序》。

年李植選編出版了《儷文程選》，此外，肅宗時期的金錫胄（1634—1684）編纂了《儷文抄》，1711年柳近（1661—？）和金鎮圭分别編纂了《儷文注釋》和《儷文集成》。[1]

然而，這些選集中收録的大部分都是宋代館閣體的駢文。這是由於編者們認爲六朝和唐代的駢文綺麗有餘而爾雅不足，宋代館閣體的駢文則是辭理具備的最佳選擇。

此外，個人文集中單獨設"儷文"條目，這也能看出當時文人對駢文的認識。僅考察17世紀的文人，也會發現柳根（1549—1627）的《西坰集》、鄭文孚的（1565—1631）《農圃集》、趙纘韓（1572—1631）的《玄洲集》、金得臣（1604—1684）的《柏谷集》、南龍翼（1628—1692）的《壺谷集》、崔錫鼎（1646—1715）的《明谷集》、李玄祚（1654—1710）的《景淵堂集》等都將"儷文"單獨置爲一類。而其他大部分文人們則將駢文看爲應制文和科體文，或者將之按詔、制、表、啓等文體分類收録。柳根、鄭文孚、崔錫鼎、李玄祚等收録的主要爲館閣體，而金得臣、趙纘韓、南龍翼等人文集中收録的則主要是徐庾體的作品。也就是説，當時文人會根據自己喜好的不同，在"儷文"條目下收録不同文體的駢文。

朝鮮時期的儒家文學仍繼承了"文以載道""詩以言志"的傳統，因此，駢文更加被輕視，並因其不立足於經術的浮華文風而受到批判。一般來説，駢文與朝鮮的科舉制度有着密切的關係。因爲與國家政事相關的文章必然用駢文的形式創作，所以從"文章華國"的角度來看的話，作爲公用文書的駢文一直發揮了其價值。這也就意味着，爲了特定目的創作的駢文，不管從形式還是内容來看，其文學性都不甚高。爲達到某種政治目的，用特定形式創作的駢文，所表達的内容也具有官方的性質，並没有多少表達個人思想感情的餘地。而徐庾體駢文科舉文的習氣則較少，文藝價值較高，因此在十七世紀得到了朝鮮文人們的偏愛。任叔英（1576—1623）、趙纘韓（1572—1631）、李植（1584—1647）、南龍翼（1628—1692）等將目光投向文藝性較强的六朝駢文，這在其實際的創作及文學批評方面都有所體現。

三、南龍翼對駢文的認識與《儷評》

南龍翼根據《壺谷漫筆》内容的不同，將其各篇定名爲詩評詩選、唐詩、宋詩、明詩、東詩、詩話、儷評等。南龍翼曾編纂詩選《箕雅》，可見其對詩歌選編的關注。因此他首先論述了詩評和選詩的困難所在，認爲不僅要求編選者具有一定的詩歌鑒賞力，選詩時還要有一定的標準。其次，他還對唐詩、宋詩、明詩的特徵以及各個時代詩人的詩進行了評價。而在論述朝鮮詩歌的"東詩"條目中，他則各以二字評語對二十五位高麗時期詩人和

[1] 此外，19世紀初洪奭周（1774—1842）還編纂了《象藝薈萃》。

五十四位朝鮮時期詩人的詩歌特徵進行了評價,他評價李仁老詩“要妙”、陳澕詩“流麗”,徐居正詩“贍大”。

他認爲,高麗時期的詩人中,李齊賢詩歌色韻最爲精雅,鄭知常詩歌聲律尤其獨特,而李奎報的詩歌則最爲雄壯。朝鮮時期的詩人中,朴誾詩歌格調豪邁,權韠詩歌情境和諧,鄭斗卿詩歌則題材别具一格。

南龍翼的詩歌風格論與中國唐宋以來的詩歌批評家們的觀點相去不遠,但是他的風格論較之中國的詩評家們適用範圍更爲廣泛,分類也更加細化。因此,南龍翼的風格論並非是對中國詩歌風格論的單純模仿,而是有選擇性的吸收,並形成了自己的體系。

南龍翼的詩評可以分爲對詩歌技巧的評價和源流批評,這也是當時詩評家們共有的傾向。《壺谷漫筆》中南龍翼不僅整理了高麗和朝鮮時期的詩話,還收録與同時代的金得臣等親友相關的詩話,内容極爲廣泛。

《壺谷漫筆》集中反映了南龍翼的文學觀,此書成於 1680 年,而作者在 1689 年又再次進行了整理。書中還收録了評價駢文的《儷評》,這是朝鮮時期駢文批評的開端,它脱離了單純的駢文選編,展現了作者文學批評家視角下的駢文評價。而書中對駢文的起源以及中朝駢文史的論述,更是值得注目。

(一)對駢文起源以及中國駢文發展史的認識

相較於前人對駢文零星的評價,南龍翼的《儷評》則對中國和朝鮮的駢文進行了整體性的評價。在《儷評》中,南龍翼以常見於詩歌批評的俊句、驚句、樂句等爲中心,以能否成爲駢文創作的典範,或者説與徐庾體的近似程度評判作品的優劣。

> 文自六朝,流於綺麗,病於偶對,仍變爲駢儷之體。而徐庾昉之,至唐而王楊盧駱振之。蓋其體以格調高華爲宗,以音響清楚爲主,作句轉排,自有程限,隔字高低,有同律詩,此所謂徐庾體也。

南龍翼認爲駢文起源於六朝時期,當時文章流於綺麗,過分强調對偶,由此而發展演變成了駢文。駢文起於徐陵(507—583)和庾信(513—581),盛於並稱爲“初唐四傑”的王勃(650—676)、楊炯(650—692)、盧照鄰(636?—695?)和駱賓王(626?—684)。徐庾體以格調高華爲宗,聲律清楚爲主,句式似排律,各方面限制頗多,隔字平仄高低轉换,與律詩相似。

追求對偶與聲律和諧是爲了便於朗誦,同時也考慮到了辭藻與音律的美感。這種美是能給人以感覺器官的享受的形式美。特别是辭藻之美,在對偶(整齊美)以外,還根據典故(典雅美)與比喻句(華麗美)的使用,其水準各有高下。[1]

南龍翼認爲徐陵的駢文質樸,庾信的駢文華美。而庾信的駢體序《哀江南序》雖然在對偶和音律方面有不精之處,但是却開創了"儷序"之體。[2] 而繼承了徐庾體的"初唐四傑"之中,王勃的成就最高,駱賓王次之。[3]

> 宋朝諸學士,始變體格,以典重記實爲宗,以懇到寫情爲主。表詔則蘇軾汪藻獨步,牒啓則劉(克莊)李(劉)巨擘,此所謂館閣體。

到了宋代,徐庾體出現了新的變化,形成了"以典重記實爲宗、以懇到寫情爲主"的館閣體。館閣體與之前的以格調高華爲宗、以音響清楚爲主的徐庾體有很大的不同。也就是説,徐庾體重視格調與音律,而館閣體則看重莊重典雅的典故、對事實的記録以及對誠摯的情感的描述,兩者之間有着明顯的區别。南龍翼認爲,館閣體的表詔創作中蘇軾與汪藻最爲優秀,劉克莊與李劉則堪稱牒啓創作的大家,而蘇軾更是使駢文文體産生了新的變化。

然而,由於明太祖反對浮華的駢文,主張以唐代韓愈、柳宗元的古文爲法式,到了明朝駢文近於消失。[4] 换言之,南龍翼認爲明太祖將唐代主張古文運動的韓愈和柳宗元的文章作爲文學創作的典範,而古文運動所批判的駢文再無立足之地。南龍翼雖然只是簡單地考察了中國駢文的起源與發展史,但是他作爲朝鮮文人對當時受到批判的駢文有系統的理解,這一點是不容忽視的。同時通過對駢文發展史的考察,也使得其對朝鮮駢文的評價更加合理。

(二)對高麗和朝鮮時期駢文發展史的認識

朝鮮駢文始於新羅的崔致遠,其文集《桂苑筆耕》是朝鮮半島現存最早的文集,而他在唐朝留學的經歷也使其受到了當時晚唐詩風以及駢文的影響:

> 我東自羅迄麗,皆以事大爲重,故表文詞命,皆循繩墨,多有可觀。崔孤雲黄巢檄,固已鳴於天下,而《桂苑筆耕》所載四六,猶有四傑余習,只句法差變。如"人間之要路通津,眼無開處;物外之青山緑水,夢有歸時"之句,好矣,已非徐庾。

渡唐留學生崔致遠的文集《桂苑筆耕》中的駢文中雖然仍能看出初唐四傑的影響,但

---

① 金光燮《17—18 世紀"儷文選集"類的編纂樣相與其響》,《語文論集》54,民族語文學會 2006 年版,第 88 頁。

② 南龍翼《壺谷漫筆》卷三《儷評》:"徐之勸進表,庾之紇豆陵碑,寂是名作。徐猶有質,庾專尚華。哀江南序,雖對偶音律有不精處,即是儷序之祖。"以下引用南龍翼《儷評》時僅標記序號及原文。

③ 四傑儷文,王爲寂,駱次之。

④ 皇明太祖,一禁儷文,只令韓柳之作爲式,明則無儷。

是句法上有所不同,其“人間之要路通津,眼無閒處;物外之青山緑水,夢有歸時”之句,語句優美,但是已經脱離了徐庾體。

南龍翼認爲,崔致遠之後,一直到高麗時期,進行駢文創作的文人才多了起來。其中樸寅亮(?—1096)的作品最佳,此外李齊賢(1287—1367)的表文也頗爲精妙。① 金坵(1211—1278)汪洋奇健,與“初唐四傑”有很大的不同,而林椿(生卒年不詳,主要活動於十二世紀)的文章則又次之。② 也就是説南龍翼認爲高麗時期的文人中朴寅亮和李齊賢的駢文最爲傑出,金坵的駢文與四傑有一定距離,而林椿則又次之。

朝鮮時期駢文作者雖衆多,南龍翼確認爲精工不及高麗時期。③ 朝鮮時期值得關注的駢文作者主要有金安國(1478—1543)、張玉(1493—?)、車天輅(1556—1615)、趙纘韓(1572—1631)、任叔英(1576—1623)、李植(1584—1647)、李明漢(1595—1645)、李再榮(1553—1623)、黄慎(1560—1617)等人。其中金安國的《賀嘉靖皇帝誅内逆表》句式精切,然而音調高低似不甚和諧,這是因爲事大表文不得不精。④ 也就是説,相對於格律的和諧,事大表文更重視形式的精密與工巧。此外,在南龍翼看來,張玉的《逍遥亭序》、車天輅的《公山會序》、趙纘韓的序文和啓文等也有很多膾炙人口的篇章,但是與“初唐四傑”仍有一定的距離;唯有任叔英與四傑相近,其文出於天得。⑤

任叔英是朝鮮時期最傑出的駢文家,南龍翼對這一點也頗爲認同:

> 疏庵《統軍亭序》,流入中國,人多愛慕,有購其全集,贈以書籍者……置之徐庾四傑,何以辨焉?

任叔英的《統軍亭序》流入中國之後,獲得了很多人的喜愛,有人購買他的全集並贈之以書籍的。其作品置於徐陵、庾信以及“初唐四傑”的文集中,也無法區别,南龍翼給予其以極高的評價。對此,李睟光(1563—1628)也頗爲贊同。李睟光認爲任叔英之文奇古,其對策文更是前無古人,其駢文則多仿效六朝文體。當時還有禮部侍郎葉向高求購任叔英文集,並寄贈以書籍的逸話。⑥

---

① 高麗朴寅亮請還强界表曰“歸汶陽之故田,撫存褊邑;回長沙之拙袖,抃舞昌辰”,謝通州守啓曰“望斗極而乘槎,初離海國;指桃園而迷路,誤到仙鄉”等句,見稱於中國。李益齋表文亦精妙。

② 金坵之啓,汪洋奇健,如“孟東野半夜悲歌,驥足白日;莊南華一生大志,鵬背青天”之句,好矣,然去四傑蓋遠。林椿亦其亞匹。

③ 本朝作者,亦非一二,而較其精工,頗讓於勝國。

④ 金慕齋《賀嘉靖皇帝誅内逆表》“天網恢而不漏,既服赤族之誅;日蝕既而無虧,復明黄道之照”一句,極精切而高低似不甚叶,事大表文,不可不精故也。考諸東國通鑒羅麗諸表文,則可知也。

⑤ 張玉《逍遥亭序》、車五山《公山會序》、趙玄洲序啓諸篇,皆膾炙而皆非傑。惟踈庵酷肖,蓋出於天得也。

⑥ 李睟光《芝峯類説》卷八《文章部 1》:“任踈庵叔英文章奇古,其庭對策,乃前代所無,駢偶則專學六朝體。嘗制統軍亭夜宴序,華人膾播於中朝,閣老葉向高見而奇之,購其全集,侍郎孫如游以書籍寄贈,其取重如此。”

可以通過下面這則逸話看出南龍翼對任叔英的駢文的評價：

疏庵與澤堂玄谷諸人，訪友人幽居，各欲寫景言志。疏庵先成儷文，其一句曰："鳴蜩抱葉，秋陰當户牖之前；宿鳥投林，夕景在藩籬之下。"模寫眼前之景如畫，故澤堂以下，皆擱筆。

任叔英與李植、鄭百昌(1588—1635)等人訪問友人居處，想要摹寫景物，各抒己志。任叔英率先寫成駢文一篇，其中有"鳴蜩抱葉，秋陰當户牖之前；宿鳥投林，夕景在藩籬之下"之句，狀眼前之景，如在畫中，李植等人皆擱筆。任叔英這篇文章題爲《友人韓君新居詩序》，文中寫鳴叫了一整個夏天的蟬迎着蕭瑟之氣進入了夢鄉，讓人覺得在忽然之間秋天就到來了；宿鳥還在尋找可以棲息的樹枝，而夕陽已經落到了籬笆上面。通過對籬笆之下這種空間及視覺的意象的描寫，表現出了蕭瑟的秋氣與落日餘暉中的黄昏這種時間的意象。當時，任叔英與李植、鄭百昌三人因光海君廢母論被罷免，過着隱逸生活，被稱爲"三士"，任叔英的這篇駢文反映出的正是當時的情境。

此外，李明漢、李再榮、黄慎等人也是當時的駢文大家。李明漢的《申同樞壽宴序》仿效"初唐四傑"的文體，但是音調高低不盡精，而李再榮的《忠烈録序》則頗得四傑之體。[①]黄慎的《誓海文》也極爲精切，雖是險韻，而無窘態，南龍翼稱自己也曾試以險韻爲文，但却僅寫成四言十餘句。[②]

南龍翼對朝鮮時期的諸駢文家進行了評價，認爲任叔英爲其中翹楚。綜合考察李睟光、李植等當時文人的評價，任叔英確實堪當此名。但是由於南龍翼個人喜好徐庾體，任叔英獲得的原因也是因爲他繼承了徐庾體駢文。

（三）對徐庾體和館閣體的認識

徐庾館閣之體，既岐而爲二。掌詞命者，當取則於蘇汪諸賢，而音律亦不可不精。治散文者，當效法於徐庾四傑，而實際亦不可不顧。如或艷詞於合奏庭麻，則是饗繁聲於宗廟之祀也，典語於别筵華構，則是進傖父於王謝之門也。

雖然徐庾體與館閣體被視爲兩種不同的類型，但是南龍翼認爲兩種類型各有其文學價值，同時也各有其特徵。南龍翼認爲，館閣體掌詞命，創作時當仿效蘇軾和汪藻的文章，但是也不能忽視音律的和諧；而徐庾體治散文，當學習徐陵、庾信和"初唐四傑"的文章，

---

① 近來儷文，白洲《申同樞壽宴序》，法四傑而高低，猶未盡精。惟李再榮《忠烈録序》盡其體。

② 黄秋浦(慎)誓海文，極其精切，少無危急中窘態。余亦曾遭此境，僅構有韻四言十餘句，至若儷文，則决難猝辦，固知藻思之敏鈍有别，而抑或風濤之緩緊不同耶。

但也不可不重視實際内容。同時,兩種類型獨立成體,可以活用,但不可混用。不可將多用艷詞的徐庾體用於表章奏折,也不宜將典雅的館閣體用於離别筵席,兩種文體所適用的場合各有不同。

雖然南龍翼偏愛徐庾體駢文,但是也不否認館閣體的文學價值,他還認爲李植是館閣體駢文大家。作爲朝鮮中期四大文章家之一的李植,精於館閣體駢文創作,其作品堪稱後學典範。南龍翼在編纂駢文精選集時,就將駢文分爲兩類,一類是任叔英所繼承的徐庾體,另一類則是李植所繼承的館閣體。[1] 南龍翼認爲任叔英是朝鮮駢文作家中最傑出的代表,但是有時又將其與李植並稱爲駢文家中的"雙璧"。他認爲當時館閣體駢文家中,李植最爲妙解,而任叔英和李植則各自是徐庾體和館閣體的代表人物。南龍翼並没有比較兩個駢文家孰優孰劣,而是認爲兩者各有其特徵,當時除南龍翼以外很少有人能有如此獨到的見解。

朝鮮前期,古文已經完全爲當時的文人們所接受,但是由於駢文與古文並舉,同時更加重視公用文書的創作,很少有文人進行純粹的文學創作。因此,有人指出從卞季良開始,朝鮮文人們仿效唐宋古文,形成了"軟美"的館閣體文學。[2] 在當時文壇的這種風氣中,南龍翼對駢文的認識以及《儷選兩體》中收録了哪些作家的哪些作品都具有重要價值,但是該書尚未被發現。

雖然南龍翼認可徐庾體與館閣體各有其價值,但是他個人仍偏愛徐庾體優美的語言。因此,他認爲只有仿效朝鮮時期徐庾體駢文家的代表人物任叔英以及"初唐四傑"的作品,才能寫出滿意的文章。

> 余自少時,酷愛徐庾婉語,或於望行之際,多有效颦之作。一日出示同年朴安期,則朴曰:"句法是矣,律法猶未精矣。"余初怪而不信矣,及見疎庵諸作,以溯四傑,則其言果信。自此一遵其聲韻而爲之。如《送耽羅李御史》《梅鶴亭序》《思歸引》《温泉行幸閣序》《磻岩書院上梁文》《箕子廟碑銘序》等作,或不無可觀,而□世既不尚此體,故不敢示人,又不敢摘取樂句再犯續貂之譏爾。

南龍翼詳細敘述了自己駢文創作的學習過程。作者在年少時便喜好徐庾體,對自己的仿作也頗爲自負,甚至對朴安期的批評也不甚服氣。所謂句法工整而格律不精,是批評其只效仿徐庾體的形式,但是格律並未圓滿。南龍翼在學習了任叔英和"初唐四傑"的

---

① 近代館閣之體,澤堂妙解……曲盡人情,雖未盡顧格律,可爲後學模範。故余嘗作儷選兩體二卷,一曰徐庾體,而以疏庵繼之,一曰館閣體,而以澤堂繼之。

② 金尚憲《清陰集》卷三九《月汀先生集跋》:"竊概我朝文苑,自卞春亭以下,率皆規唐藻宋,樂習軟美,號爲館閣體,顧於古文辭,大有徑庭。先生慨然自奮爲詞林倡,手揭赤幟,啓示指南,使後來操觚之徒,知所去就,自是争尚先秦西京之文,幾乎一變。"

駢文之後，之前在格律方面的不足之處才得以提升。

然而，南龍翼雖然認爲自己的駢文頗有可觀之處，但是並未貿然展示給別人看，這主要是因爲當時人們大都對駢文持有否定的態度。當時文壇普遍認爲只有古文才是文章正宗。明朝前後七子的復古主義流入朝鮮之後，古文以外的文體很難得到人們的認可。秦漢也好，唐宋也好，只是學習物件的區别，但是從根本上來説當時只有古文才是真正的文章這一觀點已成爲主流。無論是韓柳的古文運動還是前後七子的復古主義，都把駢文作爲批判的對象，因此在這種情况下，駢文創作是很難得到認可的。雖然當時國家政治及外交生活中的公文仍是駢文，但是這種二元的文章觀一直持續到朝鮮末期。

南龍翼本人謙遜的態度也是另一方面的原因。南龍翼本人偏愛徐庾體，在試圖繼承徐庾體駢文的同時，也意識到自己的作品很容易成爲續貂之作。

南龍翼在進行作品批判之前先進行作品選編這一點也很值得注意。南龍翼在創作《詩評》之前選編了《箕雅》，在寫作《儷評》之前選編了《儷選兩體》，通過這種"先選後評"的行爲可以推測出南龍翼有着獨特而明確的批判意識，因此他的文學批評態度、方法等也更加明晰。南龍翼强調了徐庾體與館閣體之間的不同之處與各自存在的必要性，他重視聲韻、格律、體裁等，將精工、精切的駢文視爲優秀的作品。

南龍翼在評價中國與朝鮮的駢文時，使用頻率最高的評語是"精工"和"精切"。也就是説，南龍翼在評價駢文時，最重視的是作品之"精"。此處"精"，指的應該是駢文句法與格律的精密與嚴謹，然而南龍翼對"精工"和"精切"並没有作具體的闡述。南龍翼認爲徐庾體的特徵是"格調高華"與"音響清楚"，從這之中可以隱約推測出他對"精工"和"精切"的認識，但是這種認識也並不具體。因此，他對句法、律法、高低、叶韻等的論述是有一定的局限性的。但是，他對駢文的美學特徵的關注以及評價仍可以説是具有重大意義的。

四、同時期文人對駢文的認識與創作實踐

被南龍翼評價爲繼承了館閣體風格的李植同樣也創作過關於駢文的文學批評。李植重視唐宋古文，他將駢文分爲古四六和今四六，前者爲徐庾體，後者爲館閣體：

> 四六之文，亦有古有今。古四六，學之難而無所用。欲學制誥之文，須以歐王蘇吕真大家爲主，精采汪（藻）劉（克莊）李（劉）文山數了之作爲准的。古四六，徐庾爲上，四傑次之，取其宏大絶妙者，人各二三篇，以助藻麗之氣，雖學今文，不可廢也。①

① 李植《澤堂别集》卷一四，《作文模範》，《韓國文集叢刊》88，民族文化推進會 1996 年版。

李植認爲徐庾體學起來困難,且没有實際的用途。這是從功利的角度評價徐庾體駢文受對偶和聲律的局限,内容空洞,形式浮華。但是他同時認爲即使是學習更具實用性的館閣體駢文,也應在一定程度上學習徐庾體的"藻麗之氣",不能全面否定。李植强調了徐庾體的文藝特徵與做法,考慮到當時文人們因爲科舉考試而忽略徐庾體,這種認識已經是有了很大進步的。但是,李植的觀點與南龍翼更加重視徐庾體的態度仍有很大區别的。

從重視唐宋古文的李植對徐庾體的認識,可以看出當時文壇對駢文和古文二分法的態度。古文作爲文章正統的地位不可動摇,而在國家政治和外交生活中,駢文——館閣體又有其存在的必要,其價值也得到了一定程度的認可,這是當時最爲普遍的文章觀。

另一方面,到了十七世紀後半葉,朝鮮文壇出現了積極進行駢文創作實踐的文學團體。"東溟派"便是這樣一個文學團體,它以東溟鄭斗卿(1597—1673)爲首,包括了洪錫箕(1606—1680)、金得臣(1604—1684)、朴長遠(1612—1671)、洪萬宗(1643—1725)等文人,共同進行詩文創作。這一文學團體中的文人普遍具有活用駢文的形式進行散文創作的傾向。其中洪錫箕的文章偏向於館閣體駢文,而金得臣的文風則傾向於較爲自由地徐庾體駢文。身處同一文學團體的兩人在駢文創作上表現出不同的傾向,這一方面是由於兩人個性的不同,更爲根本的原因則來自文章學習中的差異。洪錫箕文科狀元及第,精於科舉文,即館閣體駢文;而金得臣則輕視科舉,因此相對於典雅的館閣體駢文,更加偏好適合表達個人情感的徐庾體駢文。雖然在文章創作上兩人各有偏好,但仍然在同一文學團體中共同進行文學創作。

十七世紀朝鮮文壇有着濃厚的批判駢文、重視古文的傾向,在這種文壇風氣中能够形成進行駢文創作的文學團體,這是很值得注意的。當時文壇對古文的重視度有所下降,需要尋找新的替代方案。這與其説是體現了駢文的文體特徵與價值的重視,不如説是由十七世紀的古文觀向十八世紀的個性化的文章觀過渡的重要表現。

到了十八世紀,丁若鏞和金正喜也表現出對駢文創作較爲重視的態度。他們的關注點從徐庾體的格式轉移到宋元以後的科舉文,但是並不能斷言這是受到了十七世紀的駢文家的直接影響。

五、結語

朝鮮時期古文比駢文更爲盛行。雖然對於掌握國家詞命的文臣來説,駢文創作也是必備的能力,但是除此之外的大部分文人並不精於駢文。由於駢文本身的使用頻率並不高,所以對駢文的批判也極爲少見。雖然對駢文進行選編的儷文選集也時有出現,却没有專門的駢文批判。[1]

南龍翼的《儷評》雖然篇幅不長,但却對中國和朝鮮半島駢文的整體情况進行了簡單的論述。從六朝的徐庾體到初唐四傑,再到宋代的館閣體和蘇軾、劉克莊的駢文,從新羅時期的崔致遠,到高麗時期的朴寅亮、李齊賢和金坵,再到朝鮮時期的任叔英、李植等文人,《儷評》中都有所涉及。南龍翼將駢文分爲徐庾體與館閣體,並略述了自己的駢文觀。《儷評》所體現出的,可以説是南龍翼不同於當時其他文學批評家的文章觀與批判意識。南龍翼以其廣博的見識,對幾乎被當時文學批評家們所放棄的駢文發表自己的觀點,這在文學批評史上可以説是不容忽視的功勞。

作者簡介:

朴用萬,韓國學中央研究院責任研究員。

① 朴禹勳《壺谷南龍翼文學論研究》,忠南大學博士論文, 1992 年,第 57—58 頁。

高麗末期稼亭李穀的表箋文研究

［韓］魚江石

内容摘要：本文對高麗末期文人稼亭李穀表箋文的風格進行了考察。稼亭出生於高麗末期的鄉吏家庭，他克服了作爲高麗人的身份界限，最終成爲中原霸主元朝的士大夫。在此過程中，稼亭向元朝的皇帝、皇后和太子撰寫過表箋文。高麗的表箋文，都是以高麗國王的名義呈上的。但稼亭的表箋文，却是以元朝官員的身份呈上的。因此可以説，稼亭所撰寫的這種表箋文是較爲特别。

關鍵詞：稼亭李穀；表箋；私表；元朝

一、緒言

高麗人最初接觸蒙古族時，對其有着相當否定的認識。這是因爲高麗人一直保持着自身獨特的文學傳統，有着很强的文化自豪感。隨着蒙古的入侵，經過長時間的戰亂，高麗最終處在了元朝的政治干涉下。對於在此期間的大部分文人來説，對異民族，特别是對蒙古族的認識，可以説是相當否定和敵對的。

但是對於出生在元朝干涉下的高麗文人來説，他們和直接經歷過戰亂的上一代不同的是，在積極地接受元朝文化的方面發生着變化。一部分的文人開始意識到，在高麗的限定空間内，是不可能擠掉利益階層，步入中央政權的。因此，他們選擇通過元朝的建立，從而形成新的政治勢力。而此時的元朝，已經成爲世界帝國，形成了多樣的文化。高麗的許多文人，爲了達到自身的目的，快速地學習元朝的文化。在這種積極接受元朝文化的氛圍中，元朝的文化也得以在高麗實現傳播。這就是説，生活在元朝干涉初期的高麗文人，爲了參與到政治活動中去，在快速學習元朝文化的同時，也對擁有廣泛多樣文化的元朝，寄予了些許的希望。

隨着决心通過元朝來實現抱負的群體的增加，對於元朝文化的這種嚮往，逐漸轉化爲好感，並出現了以能够融入元朝文化而産生强烈自豪感的傾向。進而認爲，能够在元朝科舉中及第，並獲得官職，是一件非常榮耀的事情。這當中的代表文人，就是稼亭李穀。稼亭李穀出生於忠清道韓山郡的鄉吏家庭。他雖然擁有出衆的才能,但和中央的門閥貴族相比,還是有着巨大的身份差異。所以,他希望在元朝廣闊的世界中被認可,和中原的文士們並駕齊驅,以此突破在高麗的身份限制。

本文對稼亭李穀在元朝的成功經歷和他遺留下來的表箋文風格進行考察,進而探究其在高麗表箋文中,少見的個人表箋文的風格。

二、稼亭在元朝的政治活動

稼亭李穀生於1298年(忠烈王24)7月壬寅日。原名芸伯,字仲父,籍貫韓山。其父李自成,在元朝被賜官爲秘書監丞,在高麗被賜官爲都僉議贊成事。其母興禮李氏,爲李椿年的女兒,在元朝被封爲遼陽縣君,在高麗被封爲三韓夫人。

稼亭從小能力就很出衆,喜歡讀書,曾在益齊李齊賢的門下學習過經書史籍。1317年(忠肅王4)15歲時,在朴孝修擔任監視的舉子科中舉。四年後的1320年(忠肅王7)秋,以第二名的成績,通過了益齊李齊賢擔任知貢舉朴孝修擔任同知貢舉的秀才科。1326年(忠肅王13)秋,以第三名的成績,通過了征東行省鄉試。1327年(忠肅王14),赴元都參加會試,但没能通過。1332年(忠肅王復位1)秋,再次参加征東行省鄉試,以第一名的成績通過後,1333年(忠肅王復位2),會試及第,且在殿試中被選爲第二甲,從而考中進士。在此之前,高麗人即使通過了元朝的殿試,也都只是擔任一些微不足道的小官。但是稼亭在殿試中所作的對策,得到了閲卷官極大的稱贊,被選中爲第二甲,授予了承事郎翰林國史院檢閲官的官職。

> 與中朝文士交遊,講劘所造益深,爲文詞操筆立成,辭簡義奥,典雅高古,當時學士皆嘆服推重,不敢以外國人視也。①

1336年(元順帝至元2,忠肅王復位5),李穀被任命爲儒林郎敬政院管溝兼承發架閣庫。翌年(元順帝至元3,忠肅王復位6),成爲征東行中書省左右司員外郎。這期間,元朝從高麗征收來了大量貢女,對此,稼亭向御史台請求廢止此事,並代替其寫了上疏,即《代言官請罷童女書》②,其内容爲代替言官請求廢除貢女政策。此時,稼亭是以元朝官員的身份上書的。從高麗出身的元朝官員的立場出發,雖然對於元朝無理要求提供貢女的行爲持有批判的觀點,但作爲元朝的官員,直接對中央政策進行批判也是不妥當的。所以,稼亭通過對政策好壞具有評判職責的御史台來上疏。最終,元朝皇帝接受了其意

① 李景在《稼亭先生諱穀神道碑序》。

② 李穀《稼亭集》卷八。

見,廢除了這一政策。“其弊始革,國人爲植三丈木於厨庭,朝夕置清水祈禱先生之多子孫。”①

稼亭的父親李自成,在之後雖然被追封爲都僉議贊成事井邑監務,但到他這一代也只不過是個户長。可以説,李穀和他的兒子李穡,是高麗後期新興士大夫階層的代表人物。因此,李穀也是去到元朝,學習其先進的文化,並對獲得的廣泛見識給予了高度評價。

> 君每詩於酒閑,慨然歎曰:今我皇元,巍巍赫赫,始以武功定天下,今以文理洽海內。……男兒不可守一鄉局一事也。吾將北學於中國。仍誦小雅伐木篇“出於幽谷,遷於喬木”,未嘗不三復也。……僕以負薪之憂,絶往還者有日矣。昨有以君之北轅來告者,壯其言行之相侔,立綴二十字爲别。②

和稼亭同年的金東陽胸懷大志,也把去元朝實現抱負的想法付諸在行動上。在前去元朝之際,稼亭爲表達祝賀之意,給他作詩送別,並附序。從序中,我們可以很清楚地看到當時文人階層對於元朝的認識。他們並没有將元朝作爲一個不同於高麗的個別國家,而是將它與高麗看作一個共同體。並且,對於去到擁有更廣闊世界的元朝持肯定的態度。如《途中吟》(上都作):

我行灤京路九百,
風土雖殊差可樂。
雕窠以南山漸佳,
龍門之北水皆惡。
李老谷深天地窄,
槍竿嶺峻雲霄薄。
皇朝風雅不敢繼,
遇興拙筆無由閣。③

通過上面的詩文可以看出,李穀也和當時的其他知識人一樣,對於元朝並没有持有消極的認識。甚至還能感受到他們對於統一中原的元朝統治的自豪感。並且他們爲了能够在元朝做官,不論路途多麽的艱辛和困苦,都保持着十足的樂觀,對元朝的風俗也表達出

① 李景在《稼亭先生諱穀神道碑序》。
② 李穀《稼亭集》卷八,《送金同年東陽遊上國序》。
③ 李穀《稼亭集》卷一四,《途中吟(上都作)》。

贊美之情。如《用家兄詩韻寄示兒子納懷》:

男兒須宦帝王都,
若欲致身均是勞。
汝識宣尼小天下,
只緣身在泰山高。①

這是身處元朝首都大都的李穀寄給在家的兒子李穡的詩。這首詩寫於1345年(忠穆王元年)。這時的李穀40歲,李穡18歲。在詩中,稼亭跟兒子强調,要擁有遠大的抱負和志向,規勸其要努力讀書。同時也告訴他,即生爲男兒,如果要做官的話,還是應該來到大國。

但是,稼亭在元都的生活,並不是十分舒適。他在外鄉的驛館中獨自生活,周圍又没有可以談心的人。加之,在故鄉又有年邁的母親和妻兒。在這種情况下,稼亭依舊選擇留在元都的唯一理由,就是爲了他的兒子。可以説是爲兒子打通來元都學習的道路。對於稼亭來説,元朝是其能够實現政治抱負和身份躍進的地方。特别是,對於出身韓山寒微家門的稼亭來説,更是如此。

因此,把元都認爲是提升個人和家門地位的地方的認識傾向,不僅是稼亭個人,而且是當時高麗社會的普遍現象。

今高麗得自官人,而其秀民往往已用所設科仕其國矣。顧復不遠數千里來試京師者,蓋以得於其國者不若得諸朝廷者之爲榮,故雖得末第冗官,亦甚榮於其國,况擢高科官華近爲天下之所共榮者乎?②

1334年(忠肅王復位3),稼亭帶着勉勵學校的詔書,準備返回高麗時,位於翰林院核心的元朝文人們,爲其作詩送别。上文是送别人陳旅所作的序文。因陳旅曾作爲讀卷官,參與過稼亭的殿試,所以稼亭把他尊爲座主。在這裏我們可以了解到高麗社會的普遍意識。在根深蒂固的貴族社會的傳統中,對於出身寒微家門的子弟的來説,想要飛黄騰達、光宗耀祖,方法並不是很多。在高麗末期的社會,有用參加元朝科舉的方式和中原文士進行比試,進而測試和認定自身能力的突出傾向。特别是,對於政治基礎薄弱的大部分新進士大夫來説,可以選擇通過元朝科舉來揚名,或成爲元朝官員而衣錦還鄉。在這之中,稼亭和他的兒子牧隱李穡,可以説是成功案例的代表人物。

---

① 李穀《稼亭集》卷一八,《用家兄詩韻寄示兒子納懷》。
② 李穀《稼亭集》"雜録",《送李中父使征東行省序》。

可以説,稼亭是出身於高麗的地方望族,在進入元朝後,自身的能力得以被認可的人物。他根據高麗末期的社會氛圍,不僅承認了元朝的中原霸主地位,也認同了以其文化作爲基礎的高麗内部的地位。因此,可以看到他在元朝科舉及第,並作爲元朝的官員,帶頭解决故鄉高麗困難的樣子。

1343年(元順帝至政3,忠惠王復位4)稼亭被册封爲奉訓大夫中瑞司典簿,1344年(元順帝至政4,忠穆王繼位年)在忠惠王去世、忠穆王繼位後,稼亭决定回到高麗。回高麗前,在元朝的稼亭,作爲判典校寺事,給高麗的宰相寄去了《寓本國宰相書》①。

> 判典校寺事李穀,在元,致書宰相曰:惟吾三韓,國之不國,亦已久矣。風俗敗毁,刑政紊亂,民不聊生,如在塗炭。幸今國王,受命之國,民之望之,若大旱之望甘澍。然,國王以春秋之富,謙恭沖默一國之政,聽於諸公,則其社稷安危,人民利病,士君子之進退,皆出於諸公。……或曰,不必寓書諸公,徒見其怒而無所益也。穀應之曰:社稷苟安,人民苟利,將具本末言之朝廷,達之天子。豈以諸公之怒而便含默耶?是用敢貢狂瞽之言,惟諸公察焉。②

這是以高麗出身的元朝官吏身份寄給本國宰相的文章。稼亭在歎息高麗已不國、風俗敗壞、行政紊亂、生靈塗炭的同時,懇請宰相在新國王繼位後,盡心輔佐,堅守用人的道理。

1345年(元順帝至政5,忠穆王1)稼亭隨元順帝到上都巡行。同年冬,高麗任命其爲判典校寺事藝文館提學同知春秋館事上護軍。在翌年夏,又晋升爲匡靖大夫,秋時,被封爲重大匡韓山君。1374年(元順帝至政7,忠穆王3)冬,高麗任命稼亭爲同知貢舉,選拔了金仁琯等人。在返回元朝時,其子牧隱李穡也隨父一同前往了元都,進入國子監學習。牧隱在翌年(元順帝至政8,忠穆王4)春,正式成爲國子監的生員。在元朝,四品以上的官員子弟,可作爲生員,入學國子監。“戊子,稼亭先生在元朝爲中瑞司典簿,公以例補國子監生員。”③

1348年(元順帝至政8,忠穆王4),稼亭辭去了在元朝的所有官職,回到了高麗。在高麗被任命爲匡靖大夫都僉議贊成事右文館大提學監春秋館事上護軍。在1350年(元順帝至政10,忠定王2),又被任命爲元奉議大夫征東行中書省左右司郎。1351年(元順帝至政10,忠定王2)正月初一日離世,終年54歲,謚號文孝。

綜上所述,稼亭的大部分居官生活都是在元朝度過的。他在元朝科舉及第後,開始

① 李穀《稼亭集》卷八。

②《高麗史節要》卷二五“忠惠王”,《甲申五年》

③ 河崙《浩亭集》卷三,《牧隱李先生墓志銘並書》。

的居官生活，在晋升到元朝士大夫行列後，兒子牧隱也得以進入國子監學習。他作爲高麗出身的元朝官吏，爲高麗社會的安定而努力，爲減少高麗人的痛苦而向元朝皇帝上書等，在政治上可謂盡了全力。

三、稼亭李穀表箋文的風格

在之前看到的《代言官請罷童女書》《寓本國宰相書》，可以説是在《稼亭集》中，以元朝官員的身份所撰寫的代表作。但除此之外，在卷一〇中收録的7篇表箋文中，也存在具備同樣特點的文章，即，在身份上並不是代表高麗王所作，而是以一名元朝官員身份所撰寫。

表1　稼亭李穀表箋文現狀

序號	作者	題目	出處及收録順序		特殊事項
			東文選	個人文集	
1	李穀	皇后賀箋	卷三二	稼亭集 卷一〇-3	
2	李穀	上册后賀表	卷三二	稼亭集 卷一〇-1	
3	李穀	太后上同前表	卷三二	稼亭集 卷一〇-2	
4	李穀	賀正表	卷三二	稼亭集 卷一〇-6	
5	李穀	太后賀正起居表	卷三二	稼亭集 卷一〇-5	
6	李穀	賀表	卷三二	稼亭集 卷一〇-5	與5爲同一作品
7	李穀	謝復弓兵馬匹起居表	卷三七	稼亭集 卷一〇-4	
8	李穀	謝表	卷三七	稼亭集 卷一〇-4	與7爲同一作品
9	李穀	謝恩起居表	卷三七	稼亭集 卷一〇-7	
10	李穀	謝表	卷三七	稼亭集 卷一〇-7	與9爲同一作品

從上表可以看出，稼亭的表箋文在《東文選》卷三二和卷三七中有10篇，在《稼亭集》中收録有7篇。雖然兩個文獻中，在篇數上存在差異，但事實上，是因爲《東文選》在收録中存在着差錯。如上面表格中特殊事項上標注的，在《東文選》卷三二中，將收録的李穀的第5篇《太后賀正起居表》和第6篇《賀表》表箋文區分開來，當作是兩個獨立的作品。但從《稼亭集》卷一〇來看，可以確認它們是同一作品。這樣的差錯，在《東文選》卷三七中收録的第7篇《謝復弓兵馬匹起居表》和第8篇《謝表》，第9篇《謝恩起居表》

中也同樣出現了。因此,可以説在《東文選》和《稼亭集》中收録的表箋文是一致的,作品數同爲 7 篇。

在前近代的東亞國際秩序中,參與外交的主體可以分爲,君主、官府、個人等。這樣,在高麗和中國之間,外交文書發信和收信的主體,如果以君主、官府以及官人來劃分的話,總共可分成四類。第一,君主之間。即,高麗國王和中國皇帝之間的文書。第二,高麗國王和中國的官府、官人之間的文書。第三,中國的皇帝和高麗的官府、官人之間的文書。第四,兩國的官府、官人之間的文書。[①]

這樣,在韓國的歷史學界,根據外交文書發信和收信的主體,可劃分爲四類。但稼亭的表箋文,並不在這四類之列。這是因爲他的表箋文,是用於元朝皇帝和元朝官吏之間的。

寵配至尊,夙著乾坤之序;光膺盛典,益隆宫壼之儀。朝野交歡,神人胥悦云云。

德全純懿,性稟柔嘉。主饋在中,克正長秋之位;推仁逮下,方歌樛木之詩。爰舉彝章,俯頒涣號云云。

叨司徽掖,幸際明時,眤侍文石之班;曷勝蹈舞,遠播關雎之化。共荷生成。[②]

此文,是爲祝賀元朝皇帝册封皇后而作的。既然是爲皇后所作的文章,也應同皇帝一樣用“表”才顯得妥當。但是這裏,稼亭用的是箋文。這樣看來,可以知道這篇文章是在 1340 年(元順帝至政 6,忠惠王 4)撰寫的。在稼亭元朝科舉及第的那一年,元順帝繼位,在位 35 年。在稼亭去世的 1351 年(元順帝至政 11,忠定王 3),元順帝依然在位。並在此後的 27 年間,使用了順帝的至正年號。那麽這裏元順帝册封的皇后,應爲 1340 年 4 月成爲第二位皇后而被册封的奇皇后。[③] 所以,在這裏稼亭用的是箋文。

可以説,稼亭在元朝做官,趕上了太平盛世,進入到士大夫行列,得以近侍皇帝。而這篇箋文並不是代替高麗國王,而是作爲元朝的官員呈上的。在遞上箋文的同時,稼亭也給皇帝和太后呈上了表文。呈給元順帝的是《上册后賀表》,呈給太后的是《太后賀上同前表》。在這兩篇中,也可以看出,稼亭是以一個元朝官員的身份呈上了表文的:

---

① 鄭東勳《高麗時代外交文書研究》,首爾大學博士論文,2016 年,第 24 頁。

② 李穀《稼亭集》卷一〇,《皇后賀箋》。

③《高麗史》卷三六,“世家”36,《忠惠王》復位 1 년 4 月:元封奇氏爲第二皇后。

叨居華秩，獲覩盛儀。竊慕華封，恭上多男之祝；式歌周雅，願延萬壽之期。①

幸叨近列，夙荷洪私。既廣至仁，式叙六宫之政；願輸微懇，對敭萬歲之休。②

在給元順帝和太后的表文中，稼亭以皇帝的近臣自稱。並對能够參加皇后的册封典禮，表達了榮幸之意。而這樣的表達，與接下來的《太后賀正表》《謝復弓兵馬匹表》等表文，存在着很大的差異：

起居

守藩東海之濱，未能趍造；注想内朝之列，徒切瞻依。云云。

三陽協序，肇頒象魏之和；萬國朝元，益衍慈闈之慶。光增日月，喜溢寰區。云云。

道配乾剛，德侔坤順。怡神淵懿，得女中堯舜之名；佑聖憂勤，措天下羲軒之世。式迓佳辰之禝，茂膺諸福之臻。云云。

端遇昌期，獲叨洪造。阻參賀列，邈居東土之封；第貢忠誠，願上南山之壽。③

廓乾坤之量，垂日月之明，謂臣世篤忠貞，憐臣躬修朝覲。皆仍舊貫，曲借洪休。臣敢不謹守封强，恪勤職貢。祗服厘東之命，益輸報上之誠。④

在《太后賀正表》的開頭部分，從稼亭用“守藩東海之濱”的表達來看，可以得知他是站在高麗國王的立場上撰寫的。並對國王因要守護東海藩邦，而没能來賀歲的原因進行了解釋。第二篇《謝復弓兵馬匹表》中，用“敢不謹守封强恪勤職貢祗服厘東之命”，闡述了作爲高麗國王的責任。實際上，從《稼亭集》的内容可以看到，在《太后賀正表》題目的旁邊，標注有“國行”二字，即，表明是用國王的名義呈上的。在《賀正表》中，標注有“權省行”的字樣，這表明是用行省的名義呈上的，即爲稼亭作爲征東行中書省官員時所作。

如此看來，稼亭的表文，有不同於大部分高麗末期文人的風格。由於他的居官生活幾乎以元朝官員的身份度過，所以他寫的表箋文，並不是代替高麗國王，而是以元朝士大夫的身份，直接向皇帝和太后，以及皇后呈上的。稼亭的這種表箋文的風格，在韓國十大表箋文中，作爲個例，具有非常重要的意義。

---

① 李穀《稼亭集》卷一〇，《上册后賀表》。

② 李穀《稼亭集》卷一〇，《太后上同前表》。

③ 李穀《稼亭集》卷一〇，《太后賀正表》。

④ 李穀《稼亭集》卷一〇，《謝復弓兵馬匹表》。

四、結論

在外交上,高麗末期比起其他時期,顯得更爲複雜。在締造了史無前例的大帝國後,元朝也逐漸走向衰落。元朝在政治和社會上面臨的混亂,也直接影響到了高麗社會。隨着元朝出現混亂,在南部的朱元璋逐漸開始了明朝的勢力擴張。在這樣的情况下,高麗朝廷根據元朝和明朝之間的勢力變化,只得採取均衡的外交政策。在這個過程中,作爲外交文書的表箋文,發揮了巨大的作用。

對於大部分人生都是以元朝官員身份度過的稼亭李穀來説,他撰寫的表文在朝鮮半島很難看到,具有個人性質,這是其的一個特點。可以確認的是,稼亭是作爲元朝高官,定期或是根據事件來向元朝的皇帝和皇后,以及皇太子和太后等人呈上表文的。

参考文獻:

《高麗史》

《高麗史節要》

李穀《稼亭集》

魚江石《牧隱李穡的生活和文學》,《韓國學術情報》,2007年,第11—13頁。

이혜순《讀懂高麗》,섬섬,2014年,第145頁。

서정화《高麗時期的外交懸案和文學性對應》,《韓國漢文學研究》51,2013年。

이은영《朝鮮時期的表箋研究(1)》,《韓國漢文學研究》48,2011年。

이은영《朝鮮時期的表箋研究(2)》,《韓國漢文學研究》26,2012年。

鄭東勳《高麗與明朝外交文書形式的確立和背景》,《韓國史論》56, 2010年。

鄭東勳《高麗時期外交文書研究》,首爾大學博士論文,2016年。

沈載權《朝鮮和明朝實務性外交文書"諮文"的分析》,《古文書研究》42, 2013年。

作者簡介:

魚江石,韓國忠北大學校人文大學國語國文學科教授。

由《文體論纂要》看蔣伯潛的文體分類觀念

[韓]諸海星

内容摘要:民國以來,研究中國文體的學者們,一方面繼承和參考中國古代文體分類學的成果,同時也吸收西方文學理論所帶來的現代文學分類法的長處,對於中國文學作品的體裁進行了重新整理、分類和研究。本文特揀選其中一部具有開導性的文體學專著《文體論纂要》,對其著者、論述範圍和主要内容以及著者蔣伯潛的文體分類觀念等相關問題,進行簡略的述評。《文體論纂要》在文體分類上,一方面採取前人的主張,注意於文章的程式和用途,同時也吸收現代文學分類法的長處加以重新整理、分類,並對所分各類文體一一釋名、考訂源流、略述作法,可以説是具備標準條件的文體分類學專著。尤其是對中國古代文體論三個主要流派的命名及歸納,在現當代中國文體學專著中是初次出現。蔣伯潛所提出的中國文體的新分類法貫穿全書,對於理解這部專著的結構和内容十分重要。這些新分類法的提出,體現了他對於中國古今文體研究方法、結構體例及分類觀念的深刻思考和創見。

關鍵詞:蔣伯潛;《文體論纂要》;論述内容;新分類法;文體分類觀念

一、"文體""文體分類""文體分類學"

"體"或"文體"一詞,指的是各種文學作品的體裁、體類、類别(genre)或體式、樣式、風格(style)等。它是文學作品思想内容的外部表現形態,構成文學作品的一種形式方面的要素,由"文體分類",可以進一步認識文學作品内部組織規律的方法。在中國古代,凡獨立成篇的文字,都稱爲文章,包括文學作品在内。因此,中國古代的文體,特别指的是各種文章(比文學的範圍更廣泛)的體裁或類别。中國古代文體的産生,有着漫長的歷史,討其源流,可以追溯到我們今天所見到的最早的典籍文獻。綜觀中國古代文體的産生與發展的過程,足以認識到中國古代的各種文體,都是作者根據反映社會現實生活的需要,在民族思想、習慣以及語言特點的基礎上,逐漸創新、發展和成熟起來的。衆所周知,中國是具有悠久歷史文化的國家,歷代文學作品的累積非常可觀,所以四部分類中,集部的内容最豐碩,可以説是浩如煙海。不僅文學作品的數量多、形式上的體裁各有不同,而且實質上的内容差異更大。在中國文學的發生、發展和流變過程中,隨着時代的遷移、社會生活的發展和文學創作經驗的積累等多方面的因素,文學的各種體裁必然會有産生、演變、發展、盛衰的變易,於是對它們的細緻的觀察和研究,爲不可或缺的一環,這使我們具體認識和了解了中國文學作品體裁的發展規律。中國古代文人早已注意到不同文體的不同特點,並根據這些特點對文學作品進行了分體分類的探討和研究,於是産生了文學理論中的一個重要分支——文體論。所謂"文體論",主要是對各種文體的性質、特點、分類及其源流、發展和演變作專門的分析和論述,中國古代又稱之爲"文章流别論"。至於文體論的名稱,現在從事中國文學研究的學者們,站在中國文學理論批評的立場,大多稱之爲"文學體裁論",或簡稱"文體論"。假使我們换另一個角度,從作者或撰者本身對各種文學作品進行分體分類的立場來看,也可以稱之爲"文體分類學"①。换句話説,即研究文體分類的學問也。

中國古代傳統的文體分類學,初創於東漢(蔡邕《獨斷》對漢代朝廷公文的文體分類與相關論述)一直到魏晋(魏文帝曹丕《典論・論文》、西晋陸機《文賦》、摯虞《文章流别論》、任昉《文章緣起》等),確立於南朝梁劉勰的《文心雕龍》,經過總集(梁以昭明太子蕭統《文選》爲規範,明以吴訥《文章辨體》、徐師曾《文體明辨》爲代表)方面的發展,而定型於近代(清以姚鼐《古文辭類纂》、曾國藩《經史百家雜鈔》爲正宗)。古代文體分類學,成爲中國文學理論批評的不可或缺的一環,也是具有源遠流長的發展歷史的。由東漢一直到清末,其間沿襲兩千年,許多文體分類學者對文體的特點、分類及其源流和演變,作出專門的探討和研究。其中經過他們文體理論與實踐上的創新、變革,又經歷了文體分類上由簡而繁、由繁而簡的發展過程,取得了豐富的學術成果。

宋元以後,小説、戲曲等俗文學有很大的發展,但由於被中國古代傳統的文學觀念排斥於"文學"之外,在文體分類上並未引起多大的變化。晚清以來,隨着西方文學思潮的傳入,外國的小説和戲劇作品逐漸被翻譯、介紹進來,中國的近代小説和戲劇也開始引起人們的重視。民國成立後,隨着文學革命運動的興起,新詩歌、新小説、新戲劇得到迅速的發展,中國古代傳統的文體分類法已不再能説明日益多樣化和現代化的文學樣式的體裁特點。於是,中國古代傳統的"文""筆"分類法便逐漸被現代文學分類法所代替。"五四"新文化運動(1919)以來流行的現代文學(包括詩歌、散文、小説、戲劇等所有文學作品)分類法主要是"三分法"和"四分法"。由歐美美學家、文學理論家主張進入的"三分法",根據文學表情達意、塑造形象的不同方式和特點,將各種文學體裁分爲"叙事""抒情""戲劇"三大類。叙事類作品,以描寫生活事態,刻畫人物性格來塑造藝術形象。這類文學體裁包括叙事詩、小説、寓言、神話等等。抒情類作品,以直接抒發作者感受和情

---

① 王更生《論劉勰文體分類學的基據》,《文心雕龍新論》,文史哲出版社 1991 年版,第 15 頁。

緒的方式塑造藝術形象。這類文學體裁包括抒情詩、抒情散文等。戲劇類作品,主要由作品中人物以自己的語言和行動來完成藝術形象的創造。它不同於叙事類和抒情類文學,又兼有兩者的某些特徵(包括完整的故事情節和人物形象及一些抒情性特徵)。這種"三分法"着眼於文學創作的主要特點和内部規律,具有較强的概括性,但忽視了各類體裁的文學作品在題材、結構、語言等方面的特點,不能够概括中國古今諸體文學作品。

中國文學理論批評研究工作者,受到西方文學理論的影響,在中國古代傳統的文體分類法和歐洲傳統的三分法基礎上,結合中國現代文學體裁的特點而形成的"四分法",根據文學作品的體制、結構、語言特點等外部形態方面的差别,將各種文學體裁分爲"詩歌""散文""小説""戲劇"四大類。在中國文學發展史上,詩歌與散文這兩種文學體裁出現得最早。其中將散文列爲獨立的一個大類,除了尊重中國古代傳統的文體分類習慣外,主要是因爲散文的範圍廣泛、形式多樣,而在反映現實、塑造人物形象以及體制、結構、語言特點等主要方面又有别於詩歌、小説、戲劇文學作品,所以充分肯定了散文[①]在中國文學领域中的獨立地位。

在文學體裁的分類上,無論是三分法,還是四分法,都是採取綜合、歸納的方法,將體制、特點相似的各個文學作品歸爲一類。從中國古代傳統的文體分類法、歐洲傳統的三分法到中國現行的四分法,是一個歷史發展的過程。民國以來,研究中國文體的學者們,一方面繼承和參考中國古代文體分類學的成果,同時也吸收西方文學理論所帶來的現代文學分類法的長處,對於中國文學作品的體裁進行了重新整理、分類和研究。本文特揀選其中一部具有開導性的文體學專著《文體論纂要》,對其著者簡介、論述範圍和主要内容以及著者的文體分類觀念等相關問題,進行簡略的述評。

二、蔣伯潛的生平與著述簡介

據蔣伯潛之子蔣祖怡(杭州大學中文系教授)所撰《先嚴蔣伯潛傳略》的介紹,學者、教育家蔣伯潛(1892—1956)先生,名起龍,又名尹耕,以字伯潛行,清光緒十八年(1892)出生於浙江省富陽縣新關村(今大源鎮)。光緒三十三年(1907)考入杭州府中學堂,1911年畢業後,因家境貧困,在本縣紫閬小學和本村美新小學任教四年。1915年考入北京高等師範學校國文系,在校期間深受錢玄同、馬叙倫等著名學者的影響,又曾問學於國學大師章太炎、梁啓超門下,深研經學。在"五四"新文化運動中,積極參加遊行、示威,並在《新青年》《東方雜志》等刊物上發表文章。1919年畢業後,經系主任陳寶泉介紹,至浙江嘉興省立第二中學任教。以後先後在浙江省杭州第一中學、第一師範、女子中學、杭州

① 這裏所説的"散文",專指帶有文學性的叙事或抒情的文章。

師範、台州省六中學等校任教。在課堂教學中,注重講授漢語基本知識,引導學生閱讀課外書籍;對學生的作文,主張多批少改,以提高其寫作水平。在此期間,他曾有兩次脱離教育界。第一次是 1925 年,國民革命軍由廣東出師北伐,馬叙倫策動浙江省省長夏超起義以響應北伐軍,蔣參與其事,後因事機不密、夏超被殺而失敗。第二次是 1927 年,北伐軍底定浙江後,馬叙倫任浙江省府委員兼民政廳長,蔣出任《三五日報》主編,抨擊時政,文名鵲起。

1938 年春,蔣伯潛應老友蔡丏因、董任堅、周予同等之邀,赴滬到大夏大學及遷滬的無錫國學專修學校等校中文系任教,並兼任世界書局特約館外編審。在此以前,曾爲世界書局編撰初、高中國文課本十二册,世界書局總編輯署曰"蔣氏國文"。此書與當時國內一般中學課本不同,初中國文課本六册,以"記叙""論説"等四種文體分類;高中國文課本六册,前四册以中國文學史爲綱,後兩册以中國學術史爲綱,出版後頗受教育界歡迎。又爲開明書店編選及注釋《開明活葉文選》,注釋精詳。此次到上海後,又和其子蔣祖怡合編一套中學國文的輔導自學讀物。初中六册,均用小説形式編寫:《字與詞》《章與句》《體裁與風格》(均爲上、下册)。高中六册不用小説形式:《駢文與散文》《小説與戲劇》《論詩》《詞曲》《諸子與理學》《經與經學》。其中《體裁與風格》(上、下册)、《諸子與理學》《經與經學》均爲手撰。這一套課本由世界書局於 1939 至 1940 年間陸續出版,至今尚在臺灣流行,有的印刷多至十數次,《論詩》一書於 1986 年由廣東人民出版社重版。此時又爲上海中華書局編寫了一部《中學國文教學法》,1941 年出版。當時中國國內有關中學國文教學法的書籍尚屬少數,此書實開風氣之先。在大夏大學、無錫國學專修學校任教期間,講授"十三經概論"一課,爲配合講課而開始撰寫《十三經概論》。這部書稿,1944 年由上海世界書局出版,1983 年由上海古籍出版社重版,1986 年再版,全書 50 萬字。

上海淪陷後蔣伯潛回鄉,從事著述,一度任富陽縣立中學教員。在富陽,用了一年時間,重新撰寫《校讎目録學纂要》一稿,謄抄一份寄重慶正中書局,一份寄朱自清先生。後來得到朱氏復信,大意是:此稿博採衆搜,時多卓識,總覺大駕不能來昆明,深爲學生惋惜。接着,蔣伯潛又和其子蔣祖怡合力完成《國學匯纂叢書》的其餘幾種。其中,《經學》《諸子學》《文字學》《宋明理學》等七種爲其親自撰寫,《文章學》《史學》《詩歌文學》三種由蔣祖怡撰寫。1945 年,抗日戰争勝利後,應上海市立師範專科學校校長董任堅之邀,赴滬任上海市立師專中文系主任兼教授。在上海市立師專任教期間,撰成《諸子通考》(全書分上、下兩編,上編爲"諸子人物考",下編爲"諸子著述考"),1948 年由上海正中書局出版,1984 年浙江古籍出版社重版,這部書既富於學術價值,又可爲青年讀者研究諸子作入門的嚮導。與此同時蔣伯潛還編撰了《諸子索引》,計有二十二部子書,200 萬字左右,完成後交上海正中書局,惜未出版。1948 年,陳儀主持浙政時,蔣伯潛出任杭州師範學校校長,延聘進步人士袁微子等共襄校務。中華人民共和國成立後,應張宗祥之邀,蔣伯潛任浙江圖書館研究部主任;同時,被選爲省第一届人大代表,此後,連續擔任省、市人大代表。1955年秋,調任浙江文史館研究員。蔣伯潛在經學、文學、校讎目録學等多方面,均有很深造詣,文思敏捷,著述等身。

三、蔣伯潛的文體分類及其觀念

蔣伯潛所編著的《文體論纂要》一書,1942年6月由重慶正中書局初版印行後,1968年由臺灣正中書局重印發行(臺一版),爲《國學匯纂叢書》之一種。全書内容除了"緒論""結論"外,共由二十章組成。在"緒論"中,著者先簡述了文體的起源和中國歷代主要文體論的發展概況。在共二十章的本論中,著者爲了給初學中國文學者提供參閲,集中纂述了中國歷代文體論的大要。綜其論述範圍和主要内容,約可分爲三個部分:

> 第一部,評述以前各派的文體分類,先述舊派,後述新派。舊派中又有三種派别:一是駢文派,以《昭明文選》爲其代表;二是駢散兼宗派,以《文心雕龍》及近人章炳麟的《文學總略》爲其代表;三是散文派,以姚鉉的《唐文粹》及清人姚鼐的《古文辭類纂》、曾國藩的《經史百家雜鈔》爲其代表。舊派的分類比較繁複,新派的分類比較簡單;且二派所分之類,亦截然不同。其實,新舊二派所分之類之所以不同,全由其所采分類的標準之異。舊派以文章的程式與用途爲其分類之標準,新派則以文章的作法與心象爲分類的標準。所采分類的標準既不同,則其所分之類,自難比較評論其優劣。故本書自第一章至第五章,評述各派的文體分類,係就舊派的駢文、散文、駢散兼宗三派及清末至現代各新派,分别評述,不加比較,無所軒輊。但以文體論的性質言,則文體分類,與其以作法心象爲標準,無寧以程式用途爲標準。不過諸舊派的分類,未能一律以所定的標準爲中心,以致參差錯雜而已。
>
> 第二部,自第六章至第十八章,作文體分類的新嘗試,再就所分之類,逐一加以説明。我的分類標準,既仍采舊派的主張,注意於文章的程式與用途,則所分之類,自亦與舊派接近。我以爲無句讀無組織的文章,不能算作文章。文章必須組成章句,方足以表情達意,叙事傳人論理説事的;這是廣義的文章。狹義的文章則與文學當平列爲二大部。前者可分著述、告語、記載三門,又酌分爲十六類;後者可分描寫的、詠歌的、記述的、表演的四類;共計二十類,各類中間有附庸。並於分説各類時,略述其特徵、源流、作法等。這十三章當然是本書中最重要的部分。
>
> 第三部,由文體推論及於文章的風格。從前古文家論文往往僅着眼於文章氣象之陰陽剛柔,且多抽象玄虚之論。本書則分具體方面、抽象方面,論及文辭繁簡,筆

法曲直,意境動静,色味濃淡,以及章句之整齊錯綜,格律之謹嚴疏放,聲調之緩急宏細,即就氣象而論,陽剛陰柔之外,尚有所謂正大精巧之分。此在本書,已爲餘論,故於末二章及之。[①]

值得注意的是,著者在這部文體學專著中,特別介紹和評述了中國古今文體論的四個流派。首先,在第一章"騈文派文體分類述評"中,他指出"我國舊派文體論的三派,以騈文派和騈散兼宗派的發生爲較早,茲以時代爲先後,依次加以評述,騈文派的文體分類,既以昭明太子的《文選》爲宗,則我們評述此派文體論,首應檢討《文選》的分類"[②]。《文選》選文的標準是"綜輯辭采""錯比文華""事出沉思""義歸翰藻",梁代又是騈儷文全盛的時期;而它所選範圍之廣,所分體類之細,又是空前的;所以後來崇尚騈文的一派,都奉《文選》爲圭臬。他認爲騈文派文體分類,由《文選》開創,後世受其影響的,則有四六文的總集等。騈文的格律化之極者爲"四六文"。雖"四六文"之名,始於晚唐[③],而六朝人作騈文,早已注意到四字句、六字句的句法了。[④] 四六文既爲騈文的一枝,所以四六文的總集,也都承這部騈文正宗的《文選》的餘風。例如宋人王銍的《四六話》,李劉與其門人羅逢吉的《四六標準》,明人王志堅的《四六法海》等,雖稍有修正,而淵源所自,皆出於《文選》。他又說"清人孫梅作《四六叢話》,可謂集騈文派分類之大成;不但孫氏以前諸騈文家之説,已被它兼收並蓄,即孫氏以後,阮元諸家也不能越其範圍。真是所謂'四騈六儷,觀其會通;七曜五雲,考其沉博;而且總分十八(類),已括蕭(統)、劉(勰)'了"[⑤]。

其次,在第二章"騈散兼宗派文體分類述評"中,他認爲"騈散兼宗一派,劉勰開其先河,章炳麟爲其後勁"[⑥]。他先以劉勰《文心雕龍》爲騈散兼宗派的正宗,論述了劉勰文體分類的大略情形和得失以及後世影響,並對其與《文選》的文體分類之異同作了比較説明。而後,他還評述了其師章炳麟《國故論衡·文學總略》中"文章分類表"的大概和優劣。章氏文章分類不分騈文、散文,將"文體"分爲"無句讀文""有句讀文"二大類,有句讀文又分爲"有韻文""無韻文"二類;無韻文又分爲"學説""歷史""公牘""典章""雜文""小説"等六類。

再次,在第三章"散文派文體分類述評"中,他指出"宋姚鉉的《唐文粹》,雖可推爲散文派總集的開山;自宋迄清,散文派的總集雖接踵而興;但至今仍爲一般古文家所奉爲圭

① 蔣伯潛《文體論纂要》,正中書局 1968 年版,第 219—220 頁。

② 蔣伯潛《文體論纂要》,第 13 頁。

③ 李商隱《樊南甲集序》:"作二十卷,唤曰《樊南》。""四六"之名始於此。

④《文心雕龍·章句》:"若夫筆句[章句]無常,而字有條數[字數有條],四字密而不促,六字格[裕]而非緩,或變之以三五,蓋應機之權節也。"

⑤ 蔣伯潛《文體論纂要》,第 17 頁。

⑥ 蔣伯潛《文體論纂要》,第 26 頁。

臬的,終當推姚鼐的《古文辭類纂》及曾國藩的《經史百家雜鈔》”①。他先將這三部總集的文體分類,列表對照,首述《唐文粹》分目的詳細;再將《古文辭類纂》及《經史百家雜鈔》二書,比較評述;而後,由這三部總集分類的異同分合來説明了散文派文體分類的研究方法和得失。

最後,他在第四、五章“新派文體分類述評”中,對於清末龍伯純的《文字發凡》、湯若常的《修詞學教科書》和近人高語罕《國文作法》及梁啓超、蔡元培、劉永濟諸氏的文體分類,進行了普遍的考察。而後,他認爲“自清末以來,新派的文體分類,可以説是大同小異的。唯近人施畸作《中國文章論》頗能於上述諸家之外,自樹一幟”②。因此,他特别對於施畸的《中國文章論》和《中國文學史》中“文章演化表”的文體分類及其得失,作了詳盡的批評:

> 施氏論文體,斟酌於新舊各派之間,根據心理學,分析心象,以立其綱;根據文章的流行,以别其類;其用力不可謂不勤。在新派文體論中,確是能自成一家言的。不過文體的分類,須就歷代已有的作品,比較同異,歸納綜合,以明其體制之異;且古今文體之演化孳乳,都爲應當時的需要;故以程式、用途爲分類標準的舊法,實較以作法、心象爲分類標準的新法妥當,就我國已有的作品,紬繹綜合,説它們的作法,有“議論”“説明”“描寫”“記叙”“抒情”……它們所表現的心象,有“理智”“情念”,原無不可;若即以此爲文體的類别,甚且把古今各體詩文的名稱,勉强支配容納於所分之門類中,終是費力多而成功少的事情!③

他一方面肯定了施畸的文體分類法,另一方面進一步闡明了以程式、用途爲分類標準的舊法,較以作法、心象爲分類標準的新法更爲妥當。

至於《文體論纂要》的文體分類,在第六章“文體分類的嘗試——從‘文字’説到‘文學’”中,著者提出了自己文體分類的新設想,並對所分各類文體,一一釋名、考訂源流,最後論及同文體相關的文章風格。爲了認識和理解他的文體分類的新設想及其觀念,先將其文體分類表的綱目④重新做表如下:

---

① 蔣伯潛《文體論纂要》,第31頁。
② 蔣伯潛《文體論纂要》,第58頁。
③ 蔣伯潛《文體論纂要》,第67—68頁。
④ 蔣伯潛《文體論纂要》,第77—78頁。

<table>
<tr><td rowspan="21">文字</td><td>不成句讀的文字</td><td colspan="3"></td></tr>
<tr><td rowspan="20">成句讀成篇段的文字
（廣義的文章）</td><td rowspan="16">文章
（狹義的文章）</td><td rowspan="6">關於學識義理的著述</td><td>1.論説</td></tr>
<tr><td>2.頌贊</td></tr>
<tr><td>3.箴銘</td></tr>
<tr><td>4.序跋</td></tr>
<tr><td>5.注疏</td></tr>
<tr><td>6.考訂（附札記）</td></tr>
<tr><td rowspan="6">關於世事酬應的告語</td><td>1.贈序</td></tr>
<tr><td>2.書牘（附廣告、柬啓）</td></tr>
<tr><td>3.契約</td></tr>
<tr><td>4.公文</td></tr>
<tr><td>5.哀祭</td></tr>
<tr><td>6.對聯</td></tr>
<tr><td rowspan="4">關於人事文化的記載</td><td>1.傳狀</td></tr>
<tr><td>2.碑志</td></tr>
<tr><td>3.敘記（附日記、表譜）</td></tr>
<tr><td>4.典志（附法規、儀注）</td></tr>
<tr><td rowspan="4">文學</td><td colspan="2">1.籀寫的——辭賦（附寓言）</td></tr>
<tr><td colspan="2">2.詠歌的——詩歌</td></tr>
<tr><td colspan="2">3.記述的——小説</td></tr>
<tr><td colspan="2">4.表演的——戲劇</td></tr>
</table>

蔣伯潛的文體分類，就以“文章”和“文學”的區别爲出發點，將文體的分類重新釐定，並先列一表，示其綱目，然後逐類加以説明：

> 狹義的文章，仍依曾國藩説，分作“著述”“告語”“記載”三門。著述門又分六類：“論説”“頌贊”“箴銘”“序跋”，姚鼐已有此四類；“注疏”“考訂”是新增的。告語門亦分六類：“贈序”仍從姚氏列爲一類；“書牘”“哀祭”，原爲姚、曾二氏所同有，僅於“書牘”類附“廣告”“柬啓”而已；“詔令”“奏議”二類，合爲“公文”，至於“契約”“對聯”二類，則係新增。記載門所分四類，幾全同曾氏；所異者，“傳志”仍依姚氏分爲“傳狀”“碑志”二類，删“雜記”一類，分隸“碑志”“敘記”之中，並於“典志”類附入“法規”“儀注”。“辭賦”一類，姚、曾二氏俱有之；惟曾氏並入“頌贊”“箴銘”二類，

今仍從姚氏分出，隸於著述門。而“辭賦”則屬之“文學”之部。“辭賦”爲籀寫的文學，“詩歌”爲詠歌的文學，“小説”爲記述的文學，“戲劇”爲表演的文學。“寓言”雖也和“小説”有關，但其性質近於“辭賦”。話劇雖也是記述的，但終重在表演。——這二部（狹義的“文章”與“文學”）二十類，是我參酌新舊各派文體論所假定的文體分類。[1]

他基本上認爲無句讀、無組織的文章，不能算作文章，只能算作文字而已。（廣義的）文章必須組成章句，才足以表情達意、叙事傳人、論理説事的。他雖以“文章”和“文學”的區别作出發點，將文體分類重新釐定，但他的“（狹義的）文章”分類，還是依照曾國藩《經史百家雜鈔》的“三門”體例，只是將“著述”一門，解釋成爲“關於學識義理的著述”；將“告語”一門，解釋成爲“關於世事酬應的告語”；將“記載”一門，解釋成爲“關於人事文化的記載”而已。至於“文學”的分類，他只分爲“籀寫的——辭賦”“詠歌的——詩歌”“記述的——小説”“表演的——戲劇”四大類，又不包括“（狹義的）文章”中的“散文”“駢文”。由此可見，他的文體分類的基本觀點是將“（狹義的）文章”“文學”二大類當作“成句讀、成篇段的文字——廣義的文章”，不將中國古代傳統的“散文”“駢文”歸於“文學”範疇之内。這些現象，可能是根源於時代與傳統文學觀念的局限性或中國傳統的文體分類習慣，並非出於他缺乏文體分類的科學性和全面性。

四、結語

綜觀蔣伯潛所編著的《文體論纂要》一書，在文體分類上，一方面採取前人的主張，注意文章的程式和用途，同時也吸收現代文學分類法的長處加以重新整理、分類，並對所分各類文體一一釋名、考訂源流、略述作法，可以説是具備標準條件的文體分類學專著。尤其是中國古代文體論三個主要流派的命名及歸納，在民國以後發行的現當代中國文體學專著中初次出現。著者所提出的中國文體的新分類法貫穿全書，對於理解這部專著的結構和内容十分重要。這些新分類法的提出，體現了蔣伯潛對於中國古今文體研究方法、結構體例、分類觀念的深刻思考和創見，以及對於中國文學理論批評的贍博學識和全面把握。正是這種創見和把握，使得這部專著成爲嶄新的一家之説，同時也使一般讀者加强了對中國文體分類學的認識和理解，可以説是一本頗有新意的現當代中國文體學專著。此書問世至今，其間雖已經歷了七十多年，但以短小的篇幅將中國古代傳統的文體

---

① 蔣伯潛《文體論纂要》，第78—79頁。

論知識與中國文體的新分類法能够充分介紹給一般讀者看，相信它必然成爲現當代研究中國文體分類學的一块穩固的基石。

作者簡介：

諸海星（JE HAESUNG），韓國晋州市人。臺灣師範大學國文研究所中國文學理論批評專業碩士畢業，北京師範大學中文系先秦兩漢文學專業博士畢業（文學博士）。現爲韓國啓明大學中文系教授，兼任韓國中國語文學會副會長、韓國中國散文學會副會長、嶺南中國語文學會副會長。主要研究方向爲中國文體學、先秦兩漢史傳文學、韓中文化交流與古籍文獻傳播接受等。專著有《中國文體分類學研究》《中國古代小説探源——論先秦史傳的小説因素》《史記精選》《中國語文學的理解》《常用漢字解説》等；譯著有《形象與諧謔的中國熟語——歇後語》《高級中文閱讀——錢鍾書〈圍城〉》等；另外，在國内外學術刊物上發表過韓文、中文論文數十篇。

越南科舉與駢文創作論

孫福軒

内容摘要：中國的科舉制度始於隋，唐宋沿襲而至於清末。其不僅對古代的政治、思想、文化、學術産生了十分重要的影響，並且東傳至朝鮮、日本，南傳到越南，促成了漢文化圈的科舉取士制度。根據越南相關史料記載，科舉取士中詔、制、表等文體占有重要的地位。相較於同時期的中國科舉試賦，越南課藝駢文與科試駢文的創作特徵，要以更爲突出其應用性，乃是模仿中國唐宋元明之體，綜合中國歷代四六文體，合而成之的一特色文體。而從駢文創作與文集編纂來看越南駢文藝術，其對詞章之學的促進、經史之學的滲融、四六批評體系的構建以及由模擬到自立的變化，均有一定的積極作用。

關鍵詞：越南；科試駢文；四六編纂；駢文創作

基金項目：浙江大學城市學院教師科研"陶崇興學術"基金項目（陶崇興捐贈文學類圖書研究）成果。

一、越南科試駢文制度

中國自漢代以來即有獻賦、獻策的相關記載，但作爲嚴格意義上的科舉制度，正式確立於隋，其後雖然考試的科目和内容有所變化，但却經由唐宋一直延續至清代末年西式教育的引入。作爲古代一項重要的政治和文教制度，自産生以來，就對漢文化圈中的朝鮮、日本和越南有着積極影響。朝鮮和越南都曾摹仿中國實行了長期的科舉考試制度，日本也有試策、試賦的舉措。其中越南科舉考試持續時間最長，據《欽定越史通鑒綱目》[①]記載，開始於李朝仁宗太寧四年（1075），"選明經博學者以三場試之，擢黎文盛首選入侍學。本國科目自此始"。從越南發展的實際情形來看，939 年吴權建立獨立封建王朝之前，長達一千多年的時間越南屬於北化時期，從政治上説，中越同屬於一個政體，文

① 越南科舉考試在《大越史記》《大南實録》等史書中均有記載。其具體情况參見陳文《越南科舉制度研究》（商務印書館 2015 年版）的導論部分，本文對其科舉考試駢文制度的論述多有參考，特此注明。

化上也是逐漸接受漢化和儒學化。[①] 越南從李朝開始實行科舉考試,陳朝因之,至黎朝而至於成熟和繁盛。李朝起初的科目名稱大體有進士科、試文學者、試儒佛道三教、試太學生等名目。[②] 但由於史料闕如,具體考試的内容尚不是十分清楚。[③] 但既然是對中國唐宋科舉制度的繼承,經義、詩賦和駢文應該是不可缺少的内容。

1304 年,陳朝英宗帝設定考試形式爲四場:第一場考暗寫經書,第二場考經義、詩、賦,第三場考詔、制、表,第四場考策文。考試内容明確第三場爲詔、制、表等駢體文。陳順宗光泰九年(1396)四月規定進士科考試:

> 用四場文體,罷暗寫古文法。第一場用本經義一篇,有破題接語,小講原題,大講墩結,五百字以上。第二場,詩賦各一篇,詩用唐律,賦用古體,或騷或選,亦五百字以上。第三場,詔制表各一篇,詔用漢體,制表用唐體四六。第四場,策一篇,用經史世務出題,一千字以上。以前年鄉試,次年會試,中者御試策一篇,定其第。[④]

明確規定科試文詔用漢體,制表用唐體四六。據史載,陳朝的進士科於睿宗隆慶二年(1374)創立,考試取法於元,同時仿照唐朝和明初的試法。雖然考試的具體科目和内容每一代都略有變化,但科試駢文却一直保持下來。

黎朝時期,越南按照中國明朝科舉成式,開設了進士科、東閣科、明經科、宏詞科、制科等科目。明孫緒撰《沙溪集》記載:"余嘗見《安邦鄉試録》一册,安邦者,安南國一道之名,其國凡幾道如中國省藩。然試録題曰洪德二年辛卯……初場,四書義四篇,五經義五篇。二場,制、詔、表各一篇。三場,詩賦各一篇。四場,長策一篇。"[⑤]嚴從簡《殊域周咨録》亦有相似記載,言安南考試,"其第一場則用九經之文,次二場則用詔制表之文,次三場則用詩賦之文,次四場則用對策之文,次五場則入殿庭,在國王面前,又用對策之文"[⑥]。只是多出一場殿試。相較於陳朝而言,詩賦由第二場移至第三場,制、誥、表則提至第二場,這和越南統治者注重文章應用不無關係。

---

① 東漢靈帝、獻帝之時,交州人有李進、阮琴、張重等人入朝就學,分别選爲交州刺史、司隸校尉、金城太守;獻帝又曾以交州茂才、孝廉各一人爲夏陽令和六合令。([越]吴士連等著,[日]陳荆和校合《大越史記全書》外紀卷三)唐代,中原選舉之制流布於安南。高宗上元三年(676),專門設置選拔安南士子任官的"南選使",武宗會昌五年(845),又在安南確立每年選送進士、明經任職的制度。參王小盾、何仟年《越南古代詩學述略》,《文學評論》2002 年第 5 期,第 16—17 頁。

② 陳文《越南科舉制度研究》,商務印書館 2015 年版,第 35 頁。

③ 關於這一時期的科舉考試的科目、科次、中第者去向等情況,參見陳文《越南科舉制度研究》相關介紹,第 33—37 頁。

④ [越]潘清簡《欽定越史通鑒綱目》正編卷一〇,第 25 頁。

⑤ 孫緒撰《沙溪集》卷一四,《景印文淵閣四庫全書》本。

⑥ 嚴從簡著,余思黎點校《殊域周咨録》卷七《南蠻・安南》,第 238 頁。

黎朝科舉考試的内容隨着形勢的變化而略有不同,黎太宗紹平元年(1434)進士科試法規定,鄉試考四場,"第一場,經義一道,四書各一道,並限三百字以上。第二場,制、詔、表。第三場,詩、賦。第四場,策一道,一千字以上。"會試法如鄉試例。黎聖宗光順三年(1462)定鄉試例,先暗寫汰冗一科。第一場,四書經義,共五道;第二場,詔制表,用古體、四六;第三場,詩賦,詩用唐律,賦用古體、騷選,三百字以上;第四場,策一道,經史世務出題,限一千字以外,與紹平元年同。洪德三年(1472)定會試法。《大越史記全書》記載其試法云:

> 洪德三年三月,會試天下舉人,取黎俊彦等二十六人。其試法:第一場,四書八題,舉子自擇四題作四文,《論》四題,《孟》四題。五經每經三題,舉子自擇一題作文,惟《春秋》二題並爲一題,作一文。第二場,則制、詔、表各三題。第三場,詩、賦各二題,賦用李白題。第四場,策問一道,其策題以經書旨意之異同、歷代政事之得失爲問。①

到洪德六年(1475)乙未科會試的考試内容又有所變化,第一場,四書八題,其中《論語》三題,《孟子》四題,《中庸》一題,士人自擇四題作文,不可缺。五經每經各三題,獨《春秋》二題;第二場,詩、賦各一,詩用唐律,賦用李白體;第三場,詔、制、表各一;第四場,策問,以經史同異之旨、將帥韜鈐之蘊爲問。② 把詔、制、表放在了第三場。

阮朝進士科等常科考試基本上沿襲後黎朝之制,並參考中國清朝試法。嘉隆初年開鄉試,沿用黎朝四場文套,世祖嘉隆六年(1807)定鄉、會試法,考四場:第一場制義、經五題,專治一經或兼治亦聽,傳一題;第二場,詔制表各一道;第三場,唐律詩一首,八韻體賦一道;第四場,策問一道;明命初年沿用嘉隆年間四場試法,明命十三年(1832)改四場試爲三場試,第一場用八股制義,五經各一題,傳一題;第二場,用詩賦。鄉試用七言律,會試用五言排律,律賦一首;第三場用策問。嗣德年間又數改試法,主要徘徊在三場和四場之間。如嗣德四年改三場試爲四場試,第三場,詔表論各一題,詔表用四六,論用古文;嗣德八年改四場爲三場,第二場爲詔表論,依舊式,論題除用四六外,還間用古體如漢詔體。嗣德二十七年仍試三場,詔表論改爲七言律詩、六七韻賦各一題。值得注意的是,其間停罷四六數次。但明命十三年鄉試中雖然省却四六文體,但由於詔誥箋表文字與酬應相關,鄉試中增加復核一環節,考四六酬奉體篇;嗣德二十七年停罷四六,復核用詔或表一題補四六之缺。其後福建元年(1884)又停复核四六題,成泰十五年又行复核等③。

① [越]吴士連等著,[日]陳荆和校合《大越史記全書》卷一二,東京興生社,昭和59年(1984)。
② [越]陳文爲撰,陳煇積校删《黎史纂要》卷三,越南漢喃研究院藏手抄本,第44頁。
③ 陳文《越南科舉制度研究》,第336—339頁。

除進士科的鄉試、會試外，廣義的科舉考試還包括制科、雜科等形式。越南一方面仿照中國的科舉制度，另一方面則根據國情而有所變化，李、陳時期，曾舉行過試吏員、試文學者、試三教等科目，後黎朝舉行過士望科、東閣科等科目考試。

關於考試内容，黎朝制科與鄉試、會試基本相同。黎中宗時設制科，考四場：第一場經義；第二場四六駢文；第三場詩、賦；第四場策文。宏詞科的考試内容與唐朝相似，"其試題，或詩賦，或料事，或策論，皆臨辰隨出，亦無一定之式"，"賦、贊、頌、歌，咸無定體"。而"試東閣之制，原自黎初"，其試法爲"御題或五言詩，唐律，或論、辨、判、賦、頌、篇、銘、記、跋，無定式"。黎朝進士科殿試之後，還要舉行新科進士應制考試，從洪德年間(1470—1497)到景興(1740—1786)末年一直如此，考試的内容主要是詩賦、策文及一些雜文。又如"士望科"，《中學越史撮要》秋集云：黎"神宗設士望科，貢士有才望始得預試。試題，詩、賦、贊、頌、歌，咸無定體。"①黎朝學者黎貴惇《見聞小録》亦有記載："士望科亦號宏詞科，惟貢士始得入試。其試詩賦、選頌、歌箴，無定體。中者初授知縣，餘循本資授實任寺丞、知縣、憲副、參議職。"②又如"試官員男孫"，洪德六年乙未科的考試内容是"表一題，算一題"。洪德八年規定"從官應得入流子孫，考試中詩表及書算，許充秀林局孺生及各衙門吏，爲文武子孫試中例"③。此外黎朝還舉行了試天下耆俊、試近侍祇候局等科目的考試，如太和五年(1447)四月，試近侍祇候局，第一場，暗寫古文；第二場，作制、詔、表；第三場，考詩、賦。賜阮璋等人中格，升爲入侍局學生。成爲入侍皇上左右的學者。④ 又如雜科"試教職"：其試法第一場四書各一題，五經各一題；第二場賦一題，用李白體；第三場制、詔、表各一題。⑤相較於常科而言，後黎朝的制科、雜科考試形式不拘，没有固定的科目，但出於簡拔文職的需求，考察的多是士子的文字運用能力，駢體四六成爲不可或缺的内容。

南越阮氏王朝(南北朝時期)統治的南方，開科取士較晚，没有形成正常化的開科。與北方鄭氏政權考試科目名稱不同，開設的科目有正途試、華文試、饒學試、探訪試等。正途試即相當於北方鄭氏政權舉行的進士科。據《大南實録前編》記載：試三日，第一日試四六駢文，第二日試詩、賦，第三日試策問。⑥ 比北方政權少了第一場經義試。到1740年八月，武王阮福濶下令更定試法。第一場試四六，第二場試詩賦，第三場試經義，第四場試策問。體現了阮氏王朝在18世紀中期以後開始重視儒學，重用儒士。又如"文職試"，據《大南實録前編》卷七載，1695年八月，阮福淍試文職三司於庭，考三場，第一場考

---

① [越]吴甲豆《中學越史探要》秋集，1911年刻本，第92頁。
② [越]黎貴惇《見聞小録》卷二《體例》上。
③ [越]吴士連等著，[日]陳荆和校合《大越史記全書》本紀卷一三《黎紀》，第702頁。
④ 陳文《越南科舉制度研究》，第121頁。
⑤ [越]吴士連等著，[日]陳荆和校合《大越史記全書》卷一三。
⑥ [越]阮國史館《大南實録前編》卷三《神宗考昭皇帝實録》，第10—11頁。

四六駢文,第二場考詩賦,第三場考策問。阮朝還曾設置庭試,“阮顯宗孝明帝,初行殿試法,以詩賦、四六、文策試儒臣……以詩一題試相臣司及令史。南朝殿試,此爲起點”。[①]

由上可見,由於受到中國科舉制度影響,駢體文作爲越南科舉考試中的基本文體,受到歷代統治者的重視。從陳朝至黎朝,均有一場考詔、制、表等行政文體,只是陳朝設在第三場,而黎朝設在第二場考(洪德六年在第三場考),与中國元明時期的第二場考試内容相同。至於南北之争時期的阮朝,起始罷經義,第一場爲四六駢文,這和阮朝崇尚武力和佛教而儒學不顯相關,只是後來隨着儒學的滲透和影響,統治者思想有所變化,故第三場增加經義,但仍然以四六駢文爲第一場,表現出强烈的實用目的。後阮福統一全越建立阮朝,改國號爲越南,又沿襲後黎朝試駢文制度(其間有所停廢),一直到阮朝後期法國人進入越南後,才逐漸减少詩賦和詔表制等考試内容,維新六年(1912)壬子科鄉試,各試場一併停罷詩賦,至此,延續數百年之久的越南進士科的駢文考試才最終結束。

緣於科舉駢文試的影響,在越南古代的學校教育中,駢文也成爲重要的日課和考察内容。越南北屬時期即建立起一些學校,至李朝時,中國宋代的學校教育制度傳入越南,開始設立國子監、翰林院等教育機構,黎朝、阮朝時期學校漸趨完備,有中央級學校、地方官辦學校和鄉學、社學和私塾。嚴從簡云:“安南學校之制,則在國都置國子監,則有祭酒、司業、五經博士、教授之官,以教貢士輩。又有崇文館、秀林局,則有翰林院兼掌官,以教官員子孫、崇文、秀林儒生輩。在各府則制學校文廟,有儒學訓導之官,以教生徒輩。”[②]在國子監、太學、崇文館、秀林館中,所授内容主要是儒家經書和與科舉考試有關的書目,如四書、五經、詩、賦以及表、誥、制、行移公文等内容。考課内容也與科舉相關,如明命五年(1824)二月,定國子監監生、員子考課内容,第二期爲四六、詔制表三題等。關於這一點,諸家論述較多,此不贅言。

二、科試駢文與越南駢文創作

越南漢文學的産生較晚,直到公元10世紀,越南才開始出現成文文學,主要以漢語詩歌的誕生爲標志。[③] 由於李朝和陳朝的幾代皇帝都重視漢文,因而促進了漢文學的繁榮。而其中使節往來、士子流動以及選舉和科舉考試則是越南漢文學發展過程中最爲重要的促進因素。唐朝時,安南地區有些士大夫來中原參加科舉考試,唐德宗時“九真姜公輔仕於唐,第進士,補校書郎,以制策異等授右拾遺,翰林學士,兼京兆户曹參軍”(《大越史記全書》卷五);杜審言、劉禹錫曾流寓安南,講學辦教育,傳授儒家經典,著書立説,對

① [越]黄高啓《越史要》卷三,第29—30頁。

② 嚴從簡著,余思黎點校《殊域周咨録》卷七《南蠻·安南》,第237頁。

③ 于在照《越南文學史》,軍事誼文出版社2001年版,第5頁。

越南漢文化的傳播起到了積極的作用。尤其是李朝仁宗泰寧四年(1075)仿中國實行科舉制度,選有文學者入翰林院(1086年)。從此以往,科舉之制經黎朝和阮朝的極盛而延續至於1919年,産生了數量巨大的舉業作品,形成以漢語言文學爲主流的越南語言文學傳統。同時刺激了越南漢文學的發展,以詩、賦爲中心的越南漢文學逐漸由摹仿而至於自立,形成漢文化圈一個獨特的存在。

中國古代的科舉考試,緣於簡拔人才的需要,往往注重的是治國理政之才,漢代的策問即是出於這種目的。隋代開科,中經唐宋兩代的詩賦取士和經義與詩賦之争,以至明清的制義考試,無不是出於統治者的掄才之需。這就既需要雅贍深宏、以觀器識的經義、策論與詩賦,又需要精通文墨的翰閣之文。

越南科舉由於受到中國儒家思想的深遠影響,經義是考試的重要一環,科考中首列經義即是明證,但和中土稍有不同的是,越南科試更爲重視考試文體的應用性。① 僅據《越南漢喃文獻目録提要》1684種的文學書籍來看,這些類目大多是俗文學和應用文體的類目:其中俗文學圖書有近七百種,屬於應用的文體又占去了相當數量。爲了論述的方便,先把越南歷代纂刻主要駢文集(含中國駢文集的翻刻本)列表如下:

文集名	作者(編者)	主要内容	備注
駢儷名編	佚名	詔表及酬應文集,收録越南黎朝至阮朝、中國唐至清的表、啓、奏、詔、諭、策、誥、記、碑、箴、詩、歌、疏、祭文、對聯各文體作品。原目編爲230號。	抄本(應用文體)
駢體	佚名	駢體文集,包括三十七篇表文,用作科舉參考資料。此書分天文、地利、錢幣、器用、農桑、書籍、動物、植物各目,附有典故的注釋。原目編爲231號。	抄本
酬奉駢體	高春育編撰	中越古籍中的駢偶句彙編,此書所載駢偶句包括《大學》中的"在明德,在親民"、《吴家文派·謝表》中的"文熙穆穆,堯思安安"等,按門類和韻部排列。原目編爲3611號。	抄本(類書)

① 至於越南科舉考試中一直保留詩賦一場,似乎又體現出重視文學性的一面,其實這是統治者仿照中土科舉唐宋與明清的矛盾心態的體現,具體論述參見陳文《越南科舉制度研究》。又:應用性文體在發展過程中,由於文體的互滲和自身的發展,往往又表現出不同程度的文學性,如中國六朝時期的駢文,就深具文學性。越南的應用文體的發展亦是如此。

續表

文集名	作者（編者）	主要内容	備注
儷語文集	佚名	喃文文集，收録一篇賦和十七篇祭文，作品有《前軍郡公祭將士文》《暉郡公祭文》《妻祭夫文》《亮如龍賦》等。原目編爲 1931 號。	抄本（總集）
陳四六（又名《陳檢討文集》）	陳維崧	收録二十篇書序、六篇祭文和四篇賦文，有《周櫟園先生尺牘新鈔序》《吳園次林蕙堂全集序》《陸懸圃文集序》《方素北文集序》《璿璣玉衡賦》等。	VHv. 1161 中國重抄重印本
奉删四六酬奉	佚名	駢體酬奉文集，書中收録官員上呈嘉隆、明命、紹治的表文，涉及節慶、升賞、登第、朝貢等内容。附載三台山人余象斗所作《詩林正宗序》以及關於天、日、月、四季等的若干考證文字。原目編爲 2749 號。	抄本 VHv.2083
四六文抄	佚名	黎正和丁丑科(1697)會試的駢體詔、表、制、文選，皆取材於中國史籍，用作科舉範文。原目編爲 4084 號。	抄本
歷科四六	佚名	歷科四六體選集，包括三十一篇詔文、二十八篇制文、三十篇表文，大多取材於中國史籍書中。附有自黎正和甲戌科（1694 年）至黎景興四十年（1779）共二十九科會試的登第者姓名、籍貫和成績。原目編爲 1968 號。	又存抄本一種，有景興三十七年(1776)李陳伯子瓆的序文，有目録
歷科四六	佚名	駢體應試文集，選自昇龍、海陽、山南、山西、清化、乂安、直隸各試場嘉隆丁卯年（1807）、癸酉年（1813）、己卯年(1819)、辛巳年（1821）的鄉試及明命壬午年(1822)的會試。原目編爲 1967 號。	今存印本一種，集文堂印於嗣德四年(1851)

續表

文集名	作者（編者）	主要内容	備注
歷科四六	佚名	詔表文集，含目録一篇。本書含詔文，表文兩部分；其中詔表各四十篇，大部分爲取材於中國史籍的擬作，少部分曾施用於朝廷，如阮述、吴季侗《皇朝閣臣乞印給御制越史總詠詩集表》《皇黎遣將征盆蠻詔》等；八十篇詔表大多不題作者，間有作品注明出處，如武範瑊《擬唐問風度得如九齡否詔》出於嗣德癸丑年的會試、《立政臨民論》爲黎廷延應制之作等。原目編爲 1969 號。	抄本兩種
四六抄	佚名	駢體科舉範文集，收録一百六十九篇取材於經傳與史籍的詔、制、表，選自裴輝碧、范貴適等學場。原目編爲 4080 號。	今存印本一種，多文堂印於嗣德十一年（1858）
四六撰集	阮文超撰	科舉範文集，收録取材於經史傳的詔、表、論、啓。原目編爲 4081 號。	抄本
古四六	佚名	黎景興各科優等文選集，共二十篇詔、制、表，若干篇標有科場及主名。	抄本
海陽四六選	陳公憲編	收録歷代名家所作駢體的若干詔、制、表，書中首篇爲廣義省平山縣人嚴國師的"聖朝喜唐虞、樂商周"。按：書題與内容不符。原目編爲 1306 號。	抄本
四六新譜	佚名	本書内題"四六名家合選卷之一"，則本書原爲多卷所收爲試場上作的詔表，首篇爲督學中正伯所作的《擬漢東駕西都長安詔》，其後有《擬未覆試貢士詔》《逑遺書於天下》《以太牢祠孔子》《皇帝敵勞將軍》《以沛爲湯沐邑》等。原目編爲 4972 號。	今存同刻版印本二種，駢體詔表文集，明命三年（1822）嘉柳堂據雙青正本重刊
四六文集	佚名	雙青學場的駢體範文集，包括詔、制、表等文體，其題材來自中國歷史。原目編爲 4973 號。	抄本

續表

文集名	作者（編者）	主要内容	備注
四六新選	佚名	駢體的科舉範文選。書中作品取材於經傳與史籍，亦取材於時事問題，有賀嘉隆再取富春、明命即位時賀壽皇太后、宫殿落成的賀文、中進士的謝恩表等篇目。原目編爲 4082 號。	今存印本二種，成章堂印於嗣德四年（1851）
録選今古四六今策	張國用編輯	擬作詔表論集，共一百零五篇。此書編選擬漢唐宋元明各代和越南阮朝的詔表、策論、露布等，用爲考會、廷試者的範文，作品有《嘉隆即位詔》《頒示禮樂詔》《正直論》《宋上資治通鑑表》《唐裴度擒元濟露布》《皇朝求遺書詔》等；書前載録張國用的表奏一篇，述本書編輯緣起；並載《詔式》一篇，述詔書格式參見"今文合選"條。	
菊軒四六	黎菊軒	又名《仁睦進士黎菊軒先生場文》，督學黎廷延的門生所撰駢體文集，收録詔、表、論、策文八十一篇，書中各篇具體作者不詳，含目録一篇。原目編爲 607 號。	抄本
四六文抄唐宋詔書略編	佚名	所録皆取材於中國和越南史籍，擬作體裁有詔、制、表、論等體，其内容涉及求學、育人、習武等方面。原目編爲 4085 號。	
歷代四六集	佚名	擬作的詔表文集。書中收録選自各學場和各試場科舉考試的詔、制、表等，大多取材於中國古籍，分《堯舜四六》《周表》《漢文帝詔》等。原目編爲 1956 號。	抄本
四六合選	佚名	駢體科舉範文選集。原目編爲 4079 號。	抄本
四六式	佚名	駢體的科舉範文集。收録取材於中國歷史的詔、表、論等作品。附載水舍、火舍二國國王賀阮朝皇帝及太后壽的賀表、諸將領賀阮知方升職的賀文。原目編爲 4083 號。	抄本
四六文選	佚名	駢體文選，收録取材於中國史籍的制詔、諭、表等，用作科舉的參考資料。原目編爲 4086 號。	印本

續表

文集名	作者（編者）	主要内容	備注
擬古四六式	佚名	本書爲駢體詔表範文集，書中作品取材於中國歷史，附有二篇取材於越南歷史的詔文。原目編爲 2326 號。	抄本
乙未科試録	佚名	舉業文集，存卷五、卷六，以卷五之名作爲書題。卷五題《乙未會試》，收録明命十六年（1835）會試會元黄文收、阮弘義、白冬温等人的及第文章，附有此科的及第名單；卷六題《四六酬應》，收録慶祝明命稱帝、慶祝慈壽宫峻工、明命致謝清帝、各進士致謝皇帝等駢體表文。原目編爲 44 號。	抄本
博學宏詞科文選	佚名	嗣德四年（1851）博學宏詞科應試文集，注有所得成績；另載及第七人的名單、嗣德的諭文和九道題目，武輝翼、陳有翼、黎有筆、陳輝積、阮懿、武惟清（一作武維清）等人撰；附有嗣德四年（1851）殿試題目和榜眼范清、探花黄春治的應試文。按，該年未設狀元。原目編爲 64 號。	今存印本二種，柳文堂印於嗣德四年
制科文選（又名《制科宏材文選》）	佚名	嗣德四年（1851）博學宏材科文選，榜眼武輝翼、探花武惟清（一作武維清）撰，嗣德四年（1851）印此書前附嗣德四年有關博學宏材科的聖諭和九個考題（賦、詩、策文三體），正文爲作者二人的優等考卷，後附二人的謝恩表及此科登第的七人名單。原目編爲 421 號。	今存印本二種：一爲博文堂印本；一爲柳文堂印本

除此之外，《奏表名集》爲紹治朝君臣所撰的二十八篇詔諭、表奏，内容包括紹治即位時所作詔書、爲送贈品給英國國王事所下諭旨、紹治時百官因復職升遷而作的謝恩表、英國朝廷的答謝書等（原目編爲 3230 號）；《翰閣叢談》爲文章總集，收録陳、黎兩朝的詔、表、檄、諭、序、記、碑、志文等，收文頗富，且多越南文學史上的名作，如陳朝有陳興道的《諭諸裨將檄》、阮忠彦的《磨崖紀功文》、張漢超的《開嚴寺碑記》、阮飛卿的《清虚洞記》、莫挺之的《玉井蓮賦》，黎朝有阮廌的《平吴大誥》《冰壺遺事録》、阮夢荀的《藍山佳氣賦》《至靈山賦》、阮秉謙的《中津館碑》、潘孚先的《越音詩集進書表》《瓊苑九歌》等；另附有若干中國詔文（原目編爲 1327 號）；《方亭先生場文選》爲阮文超學場的詔表文

集，包括十四篇詔文、十一篇表文，取材於中國古籍中的典故，其中有擬漢唐時的詔文若干，附載請求反抗法國的表文（原目編爲 2758 號）等。

從以上所列駢文文集可以看出，由於受到科舉駢文試的影響，越南陳朝以來駢文的創作是十分繁盛的。士子從進入私塾和各級官學開始，即要練習各類駢體文的寫作，根據收集黎朝歷科翰閣試題及答卷的《翰閣文體格式》所載，翰閣文體的類型有判、歌、頌、箴、銘、檄、諭、露布、跋、辨、論、説、記等。其中大多都是嚴格意義上的駢體文（或四六文），各代進士科考試亦專門有一場考詔制表論，四六文體，詔制表的創作成爲駢文創作十分重要的體類。

越南駢文的創作内容，由於受到中國駢文的深刻影響，内容也都是大同小異，如以收録陳、黎各代文選的《皇越文選》爲例，涉及駢文的主要有卷三銘，卷四祭文，卷五詔文、制文，卷六謝表啓文，卷八表奏公文等。僅以"表"體爲例，有《該國奏表》《臣耆奏表》《北朝我國謝表》《乾隆歲貢二道表文》，多是"標著事緒使之明白以告乎上也"。沿用唐代以後文例，多尚四六體。其用亦不出"慶賀、辭免、陳謝、進書、貢物"之類。①

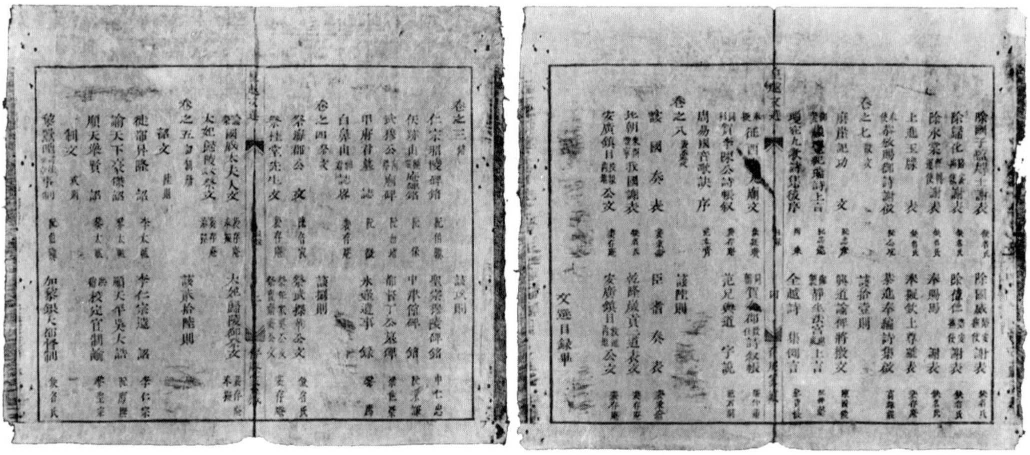

《皇越文選》圖示 1-2

從越南駢文發展史來看，越南科試駢文及其創作還大致經歷了一個風格的變化過程。裴輝璧云："我越有陳與國初（指黎），其氣稍渾，洪德清麗，末流浸弱，中興乃樸拙，永盛、保泰更爲通暢，近年頗尚意格：繼今而作殆將有大雅之遺響歟。"②説到越南漢詩風格變化的過程，其實也表現出越南整個文學創作的風氣轉向。駢文雖然作爲一種行移公文（越南更爲重視應用性，不過在文人的觀念中還是與文學性兼而有之的），但依然會隨着帝王喜尚、時代風氣與文學創作思潮的變化而有所變化。大致而言，作爲一種應制文

① 吳訥著，于北山校點《文章辨體序説》，人民文學出版社 1998 年版，第 37 頁。

② [越]裴輝璧《歷朝詩鈔序》，見潘輝注《歷朝憲章類志》卷四四《文籍志》，第 74 頁。

體,要以典雅爲宗,經歷了由唐體而元明以及綜合各代之體而爲之的傾向嬗轉。陳順宗光泰九年(1396)四月規定進士科考試第三場,詔用漢體,制表四六等用唐體。而生於黎朝景興年間的著名學者、詩人范松年在《雨中隨筆》中說:“我國四六,則因元明之體而雜就之者。”[①]由漢唐而至於元明的變遷,既是對中國科舉不同時代的取法所致,如陳朝取法的是中國唐宋科舉制度,而黎、阮則是以中國元明清科舉制度爲式。同時也是緣於越南四六文創作的流變。范松年接着說:“洪德間,《安邦試録》四六文,曾爲内地所稱,亦見一斑耳。嘗考李、陳、莫四六之文,及國朝制策章表,蓋端慶(後黎朝威穆帝年號)前後,爲淳灕升降一大機。就中端慶之前,警句甚多,而其立言大意、通篇氣魄無可瑕類者亦鮮。端慶以後,涉於疏散輕浮。至於中興,而弊尤甚,蓋或一句一聯,自開門面,語其淳灕浮澆、繁殺斟酌得宜者,不多見焉。”[②]以後黎端慶爲駢文創作一大轉折點。就中國駢文創作與理論而言,有駢散未分時期、胚胎時期、全盛時期、蜕變時期、衰落時期、復興時期之説法。[③] 又有永明體、徐庾體、唐駢體、宋四六等分體論,再有六朝派、三唐派、宋四六派、常州派、儀征派等派系之言。總而論之,對於唐代駢文,特别是初唐駢文,諸家多賞贊有加,而對於元明駢文,則大多以其爲乏善可陳,是駢文創作的極度衰落期。

這裏就有一個問題,陳代取法宋代科舉,駢文創作取法於唐自然好理解,因爲唐代最早試箴表論贊等雜文,宋代進士科第二場試雜文。而李陳兩代受到中國唐代文化影響極深,對唐代也極其仰慕,源於唐代的詩賦取士制度也一直爲越南所繼承。越南學人稱:“唐宋以賦取士,自後講求格律,日益精工,蓋選詞按部,範意就班,則知其得力於聲韵者深也。故歷代試士,靡不以律賦爲正軌。”[④]唐代駢體文貴博富精工,自然引起越南王朝的興趣。但對於中土極度衰落的元明兩代駢文,由何却成爲黎朝統治者取法的對象而登高一呼,應者雲集呢?這除了從科舉取法對象不同而論外,我認爲還有一個至關重要的原因,即是出於應制文體重應用的考慮和文風的變化。

從中國科舉制的發展而言,自宋代出現了詩賦取士與經學取士之争,時而詩賦取士,時而經學取士。元朝進士科雖不廢詩賦,但增加了詔、誥、制、表等行政文體的内容。明朝則完全取消詩賦考試,加大了儒家經典的内容,並逐漸發展到採用八股文體的經學取士,重學識、重才學、重應用的傾向比唐代有了明顯的抬升。這一傾向必然會影響到黎朝統治者的文學政策。黎朝開始,便没有四六用唐體的相關記載。特别是黎聖宗時期所制訂的進士科試法和宣導的文體,被稱爲“洪德試法”和“洪德文體”,爲黎朝歷代統治者所尊崇,雖然間有變化,但最終還是以“洪德文體”和“洪德試法”爲準繩。莫朝亦一依黎朝

---

① 范松年《雨中隨筆》,孫遜等編《越南漢文小説集成》第16册“四六文體”條,第243頁。

② 范松年《雨中隨筆》,第243頁。

③ 參張仁青《中國駢文發展史》緒論“駢文變遷之大勢”,浙江大學出版社2009年版,第35—37頁。

④ [越]善堂門弟編《善堂賦草》,成泰十年(1839)新刊。

制度。黎中興以後,不僅恢復洪德年間三年一比的進士科考試,而且也沿用洪德文體。景治(後黎朝玄宗年號)二年(1664)二月申定會試條例規定,舉人行文,“文體用渾雅,禁用浮薄、險破、難澀之詞對策陳時務,要斟酌得體,適於實用,不得泛爲誇大”。黎朝末年,“文體稍變,漸轉支離。命題者以搜玄索隱爲工,專業者摘句尋章爲務”。鄭氏統治者遂於景興二十年十一月諭天下貢士復用洪德文體,詔曰:“我朝自中興以來,循用洪德文體,家庭之講習,鄉國之論斤,一以典雅雄渾爲尚。”要求“旨趣必究其淵微,文章必取其純,各宜濯磨思奮,砥礪加工,先義理而後詞章,敦操尚而恥浮蕩,溯聖賢之閫奥,爲國家之基光,以副我獎育成才之至意”①。

越南科舉取尚的變化,以及重應制的科場要求和先義理而後辭章的文學風尚的轉向,使得越南的駢體文創作一以實用爲宗,逐漸拋捨唐代的“文辭葩麗”和宋代的“行灝氣於對偶之中”(尤以蘇氏父子爲代表),轉而趨向“含茹不及唐,而渾灝不及宋”的元明之文,想來亦是氣運使然,非一人一時之能爲也。②

三、越南科舉駢文試的影響

駢文創作在越南進士科和應制考試中占有較爲重要的地位(詩賦、策文最爲重要),科舉駢文試的持續進行,則又刺激了越南駢文寫作的熱情,大量駢體文的創作和文集編纂,對越南詞章之學的促進、經史之學的滲融、駢文技法的成熟以及由模擬到自立的變化,漢文文學在越南的傳播和發展産生了積極作用。具體到越南駢文乃至漢文學的發展來看,科試駢文的影響與意義,主要可以從以下幾個方面分疏:

(一)促進了越南詞章之學的發展

越南詞章之學的發展,實得益於北化時期(約公元前111年至938年)幾近千年的漢化與儒學化進程,而漢文化和文學在越南的流傳,相當大程度上又是通過選舉,尤其是科舉實現的,越南讀書人進入中原爲官和越南接受中國的科舉而長期實行的選拔制度,以及相關的教育活動,促進了越南文學的發展。隨着科舉制度的持續推進,越南的漢文辭賦、雜文、策文創作逐漸興盛,影響及於喃文文學,而科試駢文(四六)之於駢體文的影響,主要表現於駢文創製與文集編纂兩端。其中歷科詔制表的創作與編纂,尤爲突出。

---

① [越]吕士連等著,[日]陳荆和校合《大越史記全書》續編卷四《黎紀》,第1147—1148頁。

② 范松年《雨中隨筆》“文體條”言及越南文風變化,似乎也可以作爲駢文創作的一個注脚:中興(指黎朝中興,筆者注)以後,文體的卑弱……余嘗考我國文獻,李(指李朝)文古奥蒼勁,仿佛漢人,如太祖《都龍編詔》、太宗《聲罪王安石檄文》、仕宗遺詔之類是也。陳(指陳朝)文稍遜於李,然典雅葩豔,議論鋪叙,各擅所長,視之漢、唐諸名家之文,多得其形似。……前黎順天以後,文之傳者頗多。唯阮公廌《永陵神道碑》《下嫁衛國長公主制》……雖工力不齊,然體裁氣魄,皆可追蹤古者。……明德、大正之間(莫朝1527—1592,太祖、太宗年號)之間,氣勢日下。騷人文士競趨於輕浮,蓋又視前黎爲尤遜者。

越南駢文的創製比詩歌略晚,現存最早的散文作品爲李朝開國皇帝李公蘊的《遷都詔》,即是用駢文寫成:

> 昔商家至盤庚五遷,周室迨成王三徙。豈三代之數君,徇於己私,妄自遷徙?以其圖大宅中,爲億萬世子孫之計。上謹天命,下因民志,苟有便輒改,故國祚延長,風俗富阜。而丁、黎二家,乃徇己私,忽天命,罔蹈商周之跡,常安厥邑於兹,致世代弗長,算數短促,百姓耗損,萬物失宜。朕甚痛之,不得不徙。況高王故都大羅城,宅天地區域之中,得龍蟠虎踞之勢,正南北東西之位,便江山向背之宜,其地廣而坦平,厥土高而爽塏,民居蔑昏墊之困,萬物極蕃阜之豐,遍覽越邦,斯爲勝地,誠四方輻輳之要會,爲萬世京師之上都。朕欲因此地利,以定厥居,卿等如何?

天命觀及對殷商、武周遷都的引用都表現出中國文化的深刻影響,全文偶對叠出,議論得當,説理明晰。自此以後,陳朝科舉駢試,駢文大量涌現,且多爲科試文,前列數十種駢文總集、選集可以大致反映出越南科試駢文的面貌和風格,此不贅論。具體到駢文賦集的編纂,首先是緣於中土的駢文編纂之例,越南選家編輯匯選了大量的駢文作品集,以名家賦作昭示出越南詞章之學的自立。如《古四六》收録歷代名家所作駢體的若干詔、制、表;《海陽四六選》收録歷代名家所作駢體的詔、制、表等。此外在一些越南文學總集和作家别集中亦多有駢文之選,端慶年間(1505—1509)榜眼黎貴惇編輯的《皇越文海》(十卷),收集自李朝至黎朝前期之詔、册、賦、頌、記、雜著等文章。黎朝末年總集《皇越文選》(八卷)卷一古賦,卷二記,卷三銘,卷四祭文,卷五詔制册,卷六表謝啓,卷七散文,卷八表奏文。内含黎太祖、黎聖宗等黎皇以及阮廌、阮直、阮秉謙、梁世榮、申仁忠、黎貴惇、潘孚先、阮伯驥等黎朝著名文學家的作品。又武幹爲景統年間進士,著有《四六備覽》五卷傳世;阮文超著有《方亭文類》,據編者作於嗣德三十五年(1885)的序,知阮文超共有隨筆録六卷、地志五卷、文集五卷、詩集四卷,本書即收録其文章。卷一爲詔、表、銘、誄;卷二爲制、表、啓,其中有奉撰作品;卷三論、辨、書、説、序、跋、賦、引;卷四爲慶吊、行狀;卷五爲慶吊别録、續集等。

不僅如此,一些士子還將中國宋元明清名表,以及黎、阮鄉會試題目和中格士子答卷編輯成册,刻印發行,作爲舉子學習的範文。《越南漢喃文獻目録提要》專門列有“舉業文”“酬應文”“應用文體”,即多是此類著作。僅漢喃研究院目前所藏即有舉業文314種,如《宋詔表賀》收録中國宋朝太祖至孝宗的468篇詔表,爲中國書重抄手印本;《漢表略抄全集》收録52篇漢代表文;《唐表略抄全集》收録47篇唐朝表文,《宋表略抄全集》收録42篇宋朝表文;[①]嗣德五年刻印的《歷科名表》爲清朝鄉試會試表文選,自康熙二十

① 陳文《越南科舉制度研究》,第91頁。

六年(1687)至雍正二年(1724),收録張尚瑗、石曰淙、姜宸英、顧兹智等人文二十六篇;《騈儷名編》爲詔表及酬應文集,收録越南黎朝至阮朝、中國唐至清的表、啓、奏、詔、諭、策、誥、記、碑、箴、詩、歌、疏、祭文、對聯各文體作品;《博學宏辭文選》專列有"詔表論文體",爲武輝翼、陳有翼、黎有筆、陳輝積、阮懿、武惟清(一作武維清)等人所撰試文;《歷科四六》中收集了阮朝前期的鄉試四六題目中格者答卷等。影響所及,騈文創作成爲越南科試時代的重要文體,雖然越南出於應用之目的,但也不乏一些鋪陳體物、抒情達意之作,而正是這些近於文學體性之作,促成了越南古代辭章學的發展。

(二)促成越南騈體文的文體自立

騈文的生成,緣於漢語文之特質,由先秦的偶對之作進而至於六朝之美文。而騈文生成之後,關於其聲律、騈對、典實的講求與批評,促進了騈文藝術的發展。騈文傳入越南以後,得到廣泛的應用,前揭李朝文學史上現存第一篇文章即爲皇帝《遷都詔》,明顯帶有騈化的色彩。騈體四六於陳朝進入考試文體,雖然有唐宋與元明之别,但作爲一種追求技藝的科試文體,字句、音律、偶對、典實的追求與雕琢自然是題中應有之義,這在中國騈文的發展是如此,其經過了形式與内容,繁詞麗句與潛氣内轉、氣韻沉雄的反覆辯争。越南對騈文的探討,自然没有中土如此深入,其主要是作爲行移公文來對待,考察的目的是要求熟悉政府公文的各種文體格式和寫作技巧。在各式越南騈體文集中,也多是對中國和越南歷代騈體文的彙編,序跋和評點中没有太多的理論評述,只是在一些隨筆和筆記中略有涉及,如前所言范松年談及四六文體和各類考試文體,即秉持貴古賤今的思想,對四六的雕章琢句多有批評,言及黎朝端慶前後的不同特徵,警句甚多而無完篇,疏散輕浮之類,即是對當時騈文創作只講聲對,不論風骨、氣韻的批評。他還借此對中國的四六發展作出評述:"四六文,蓋古詩之變體也。古詩六義比興爲多,故四六文率用騈儷雕琢之工。漢時四六體最渾灝,而未有聲律。唐人聲律稔順,文辭葩麗。宋人因之,然氣力較減。仁宗以後,蘇氏父子始創爲新格,不尚搜刻華艷,行灝氣於對偶之中,自成一家机軸。蓋賦體多而比興少,是又四六體之一變也。元、明以後,含茹不及唐,而渾灝亦不及宋,想亦氣運使然也。"①基本吻合中國古代騈文創作不同時代的風格特徵。越南文人的批評,既是對四六騈體過於束縛於科舉,疲茶不振,風骨不聞的不滿,同時也揭示出當時騈文創作的整體取向,具有十分重要的史料價值和理論意義。

雖然越南的科舉騈文試使得騈文的應用性突顯,但作爲一種文學體裁,特別是文人文集的騈文書寫,由於脱離了科舉的限制,成爲越南文學史上較爲重要的文章體類,既豐富了越南漢文創作的寶庫,而更爲重要的是,隨着創作技巧的成熟,逐漸由模擬走向自立,形成越南騈文的民族特色。越南漢文學雖然多是源於中土文學,但出於歷代統治者

① 范松年《雨中隨筆》,第243頁。

不同的文制主張和文人的創作個性，對源於漢文學的各體文學都進行了改變，從而創作出適應本民族心理的不同於漢文學的獨特篇章，如詩賦，文人們在唐律的基礎上，以民歌等口頭文學爲主要内容創造了一種新的詩體——六八體（又叫“六八六八體”或“翹體”）。賦的創作亦是如此，越南漢賦創作的早期，完全是摹擬中國賦的創作路數，但到了黎朝辭賦創作的繁榮時期，越南文人便不再滿足於單純的摹仿之作，不斷開拓辭賦藝術新的表現領域和藝術技巧，滲融進自己民族的文化精神，形成了越南辭賦獨特的風格特色。如律體賦，起始是唐宋是尚，但相較於唐宋律賦，越南賦作又特别講究篇幅的結構和文章的起承轉合。駢文創作也是由摹擬到創新，由陳朝的仿唐體，至黎阮兩代的因元明之體而雜就融合創新，“雜就”一詞雖然表現出范松年對越南駢文的不滿，但由此也可觀照越南駢文由摹擬走向綜合創造之路，經過後期文人的極富個人特色的書寫，終於由借鑒而走向自立。

（三）經史之學的滲融與共進

科舉駢體雖爲應制之一體，但駢體文經由魏晋發展，典實成爲其必不可少的文體特徵，尤其是一些駢文大家，更是融經史與駢文爲一體；唐代陸贄駢文又成爲議論時政的絶佳代表，宋代以學理入駢，長於説理。“四六經語對經語，史語對史語”（《四六談麈》語），自然使得駢文創作或通過典實，或經由時事、經史的議論，或隱或顯地體現出當時的學術取向，從而表現出駢體創作與經史之學的滲融與共進。駢文的經學傾向，與駢體的議論化、宋代以來的學術轉向以及科舉考試以“經史命題”、經義與詩賦論争且最終占有絶對優勢有關，尤其是明清兩代，以制義取代詩賦，以理學家所釐定的四書五經命題，這自然會影響到駢體文的創作（當然駢文有自己的文學特性，並不完全受經義的影響），又是時代風氣和學術思想使然。越南科舉駢文試所體現出來的學術特徵，與儒學南傳，越南陳、黎時期的儒學興盛、史學發興相關[①]，兩者形成了動態的良性推闡，經義借駢文而宣揚，駢文以經史而涵蘊，兩者相得兼彰。而駢文於經史之學的發動及影響，自然也構成越南駢文和駢文學一個十分重要的方面。

此外，科試駢文也和使節文學互有影響，越南使北使節多爲科考飽學之士。一方面，越南科舉駢文試使得他們通曉各體漢文學的創作，尤其是與行移公文相關的制、詔、表、啓之類，同時使北過程中與北方士子的交流，脱離於科舉的詩文創作又使他們遠離科舉心態與時代氛圍，創作出大量的燕行詩文，尤以詩賦和表啓之類爲主。這也構成越南文學和中越交流史的重要一環，具有重要的文學和史學價值。

---

① 關於越南儒家、史學的發展，可參考何成軒《儒學南傳史》（北京大學出版社 2000 年版）、梁宗華《儒學在越南的傳播及其民族化特徵》《越南文化綜匯》（越南中央文藝委員會 1989 年版）、郭廷以等《中越文化論集》（中華文化出版事業委員會 1956 年版）、李未醉《古代越南史學對中國史學的繼承與創新》（《阜陽師範學院學報》2004 年第 3 期）、梁志明《論越南儒教的源流、特徵和影響》（《北京大學學報（哲學社會科學版）》1995 年第 1 期）等相關論述。

綜上所論,越南不僅在北屬時期受漢文學和文化的薰染,而且在968年建立獨立政權後,仍然繼承中國唐代以來科舉取士的傳統和試法。陳、黎、阮時期,不僅進士科取士駢文考試制度化,而且制科和雜科試均有詔制表等題目。且越南駢文試文體種類繁多,甚至有超越中國文類之勢。科試駢文的發展,對越南的漢文創作産生了十分重要的推動作用,從駢文創作的進程來看,它無疑促成了越南駢文的自立和辭章之學的發展,同時對經史之學在越南的流布,也産生了十分直接的影響。當然,和任何一種科舉文體一樣,發展到最後,都會對文學創作産生一定的消極影響,"而李陳以來,立教作人之意爲之盡變。積習既久,業舉子者,將經傳正文斷截句段,專學小注之文,而尤以史論爲尚。及其當大事、議大禮,苟且迂合以求集事。至於制度,文爲之末,尤鮮可觀者。士習至此,而望其經體贊元,以爲國家之用,其將能乎?"①此又關乎時代,非科舉駢文之試所能獨力承擔者,這又涉及另一重要話題,非本文所要詳論者,不再贅述。

作者簡介:

孫福軒(1971—),浙江大學城市學院教授。主要研究方向爲古代文學與文論。

---

① 范松年《雨中隨筆》,第238頁。

美國漢學界的駢文研究

劉城

内容摘要: 美國漢學界的中國古典散文研究,不論從學者的關注度,還是論著的數量以及質量而言,遠遠不及詩歌研究。駢文研究也不例外,其呈現出以下四個特點:第一,未出現專門的駢文研究專著,其研究成果多以簡論及綜述性介紹爲主,專論性文章只有寥寥數篇。第二,美國漢學家所編譯的作品選集對駢文作品較爲忽視。美國漢學界最重要的三部中國古典文學作品選集,只有梅維恒主編的《哥倫比亞中國古典文學選集》列有"駢文"一類。第三,未有專攻駢文的研究專家出現,現有駢文研究的論著多是作者在各自研究領域耕耘的副産品。不過,由於這些作者均是各領域的翹楚和領軍人物,他們的成果會或多或少吸引學者們的注意,一定程度上有助於提升駢文研究的影響力。第四,多從聲律、字詞、句法等處做微觀分析,少有宏觀闡發,研究視野有待進一步開闊。

關鍵字: 美國;漢學界;駢文研究

海外的漢學研究,美國無疑是重鎮之一,其研究成果頗可作爲國際漢學研究的風向標。廣西師範大學的莫道才教授曾在《駢文研究與歷代四六話》一書的附録《近百年海内外駢文研究著作及論文索引》一文中,通過列舉論著篇目的形式,對百年來海内外的駢文研究進行了一次目録式概觀。其中列有美國學者的研究論文數篇,這也是中國學者第一次試圖將駢文研究的視野擴大到美國漢學界,具有篳路藍縷之功。遺憾的是,該文僅提供論著題目及出處,故還可對其内容做進一步探察。另外,近年來駢文研究在中國持續升温,涌現出一批駢文研究專家及高水準論著,尤其是莫道才教授主持的國家社科基金重大招標項目《歷代駢文研究文獻集成》的開展,預示着駢文研究將進入一個新的歷史時期。這個時候,對國外尤其是美國漢學界的駢文研究重新做一次回顧,有必要且具有一定的借鑒價值。

一

與中國駢文研究的逐漸興盛相比,美國學界的駢文研究似乎顯得不温不火。駢文研究專著至今未見,就連駢文研究的論文也屈指可數。在筆者所見之有限專論中,美國學者更注重駢文句法結構或韻律方面的微觀論述,對具體名篇諸如《北山移文》和《玉臺新詠序》等更爲關注,缺少宏觀研究。駢文在美國受到的冷遇,加州大學聖克魯茲分校的康納瑞(Christopher Leigh Connery)教授曾在《哥倫比亞中國文學史》中提及:

> 本章中涉及的文學體裁(騷、賦和各種駢文)對於普通西方讀者來説,魅力不及詩、哲學作品、文言小説、白話小説、隨筆或者史學作品——這些作品的譯文構成了外國讀者對中國文學的印象。①

康納瑞認爲,相對於駢文而言,外國的讀者對中國的詩歌、哲學作品、小説、隨筆及史學作品表現出更濃厚的興趣。

何以會出現這樣的情況?威斯康星大學麥迪遜分校的倪豪士(William H. Nienhauser)教授所著之《印第安那中國文學指南》似乎可以提供些許答案,其云:

> 把中國古典散文介紹給西方讀者,所面臨的第一個障礙就是"prose(散文)"這個詞語本身。英文"prose"一詞來源於拉丁語"prorsa oratio"(英文意思爲straightrorward talk,直言快語)或者"prorsus"(英文意思爲straightrorward,直截了當;與英文單詞"verse 詩歌"相對,"verse"來自拉丁文"vertere",意爲旋轉),且其最大的特點是清晰明確——正如喬治·歐威爾②(George Orwell)所説:好的散文"就像一塊窗玻璃"。不幸的是,prose 一詞在英語中却有着負面的内涵:一個"單調的"老傢伙,一個"乏味"的問題,或是一個囉嗦了數小時的牧師。這種態度影響着西方的中國文學研究,這也是散文研究的論著如此稀少的一個重要原因。③

倪豪士的這句話道出了或許是由於"散文"(prose)一詞在英語中含有負面消極的内涵而導致了西方學者對中國古典散文不甚感興趣,此論是否在理有待商榷,但西方的中國古典散文研究遠遜於古典詩歌研究,確是一個不争的事實。作爲中國古典散文形式的一種,駢文所獲得的關注則更少,美國學界也不例外。

---

① 梅維恒主編、馬小悟等譯《哥倫比亞中國文學史》,新星出版社 2016 年版,第 241 頁。

② 喬治·歐威爾(George Orwell,1903 年 6 月 25 日—1950 年 1 月 21 日),英國著名小説家、記者和社會評論家。——譯者注。

③ Nienhauser, William H., Jr. "Prose." In *The Indiana Companion to Traditional Chinese Literature*. Vol. 1. Edited by William H. Nienhauser Jr., Bloomington: Indiana University Press, 1986, p.93.

二

美國漢學界的駢文研究,首先體現在漢學家在部分工具書或學術指南中對駢文所做的概述性介紹上,此以海陶瑋(James Robert Hightower)和倪豪士爲代表。

1965年,哈佛大學的海陶瑋教授在其主編的《中國文學專題:概要與書目 *Topics in Chineses Literature:Outlines and Bibliographies*》中撰有《駢文 *Parallel Prose*》[①]一節,篇幅較短,只有兩頁。文中介紹了駢文的文體特點,着重論述漢字單音節的特點對駢文對偶特徵形成的重要性。海陶瑋是卓有成就的賦學研究專家,數次在其論著中提及賦與駢文的關係,此篇也不例外。他認爲對駢文發展影響最大的是賦,駢文的許多特徵,如頻繁用典,傾向用深奥詞語等,以及被視爲駢文最重要的特徵即有意識地通過語言表達來實現一種藝術效果,均可見於漢賦中。駢文已被用於所有類型的文章寫作中,包括一部小説(《燕山外史》),但其更適合於正式的公文及論説文中。他也指出,駢文作爲文學創作中一種十分有效的媒介,只有少數作家能够很好地運用好。其作爲一種高度人工雕琢的文體,其創作如果稍有不慎就會變質爲拙劣的文學模仿。

倪豪士曾在《印第安那中國古典文學指南 *The Indiana Companion to Traditional Chinese Literature*》[②]和《牛津書目 *Oxford Bibliographies*》[③]中對中國古典散文有所介紹。雖然其並非專爲駢文而作,但其中頗多内容涉及駢文。

《印第安那中國古典文學指南》是倪豪士所主編的一部中國古典文學研究的工具書,167名世界著名的漢學家參與了編寫,此書在歐美的漢學界享有盛名。該書除了介紹中國古典文學的雜志期刊、基本研究書目外,主體分爲兩大部分,第一部分是"Essays",即以小論文的形式分章分類介紹中國古典文學主要文學體裁及修辭,包括佛教文學、戲劇、小説、文學批評、詩歌、通俗文學、散文、修辭、道教文學及女性文學,簡介後附有相關中外文研究書目供讀者做進一步閱讀。第二部分是"Entries",即條目,對一些重要的名詞進行解釋,並提供相關研究資料,並附有人名索引、題目索引和主題索引。

"散文"一章由倪豪士親自撰寫,描述中國古典散文的種類和發展歷史,設置以下部分:一、引言;二、文體;三、歷史的發展(其中分述"先秦""漢""分裂時代""隋唐""宋元""明清"時期)。並於本章末尾列舉西方國家以及日本和中國的相關研究資料。

---

① Hightower ,James Robert. "Parallel Prose". In *Topics in Chineses Literature:Outlines and Bibliographies.* 2d ed. By James Robert Hightower, Cambridge,MA:bHarvard University Press,1965,pp.38-41.

② Nienhauser, William H., Jr. "Prose." In *The Indiana Companion to Traditional Chinese Literature*. Vol. 1. Edited by William H. Nienhauser Jr., Bloomington: Indiana University Press, 1986, pp.93-120.

③ 作爲《牛津書目 *Oxford Bibliographies*》的一部分,《中國古典散文 *Traditional Prose*》於2013年4月22日上綫。

在“引言”中，倪豪士在對比英文“prose”一詞的基礎上簡介漢語“散文”之義，並提到“駢文”和“古文”的區别。他强調，把駢文和古文嚴格區分對待是極爲困難的，即便是三位古文大家韓愈、柳宗元和歐陽修的創作中也未完全擯棄駢文。

在“文體”一節中，倪豪士關注姚鼐的《古文辭類纂》的文體分類，認爲姚鼐把中國散文分成十三種主要文體，其中有姚鼐最爲重視的以古文爲本的文體如論辨、書説、贈序、傳狀、雜記，但也包括駢文風格的文體如奏議、詔令、箴銘、頌贊甚至賦在内。

在“歷史的發展”一節中，倪豪士簡論各時期的散文創作及代表作家、作品。在“先秦”部分論及平行結構和韻律在此時的使用以及駢文和宫廷之間的聯繫。在“分裂時期”部分，他指出駢文於此時的盛行並着重點出《登大雷與妹書》及《北山移文》以及庾信、吴均的作品。在“隋唐時期”部分述及駢散之争，並以柳宗元和白居易爲代表指出許多作者皆擅長駢文與散文，並强調駢文在整個朝廷和官府文書中所占據的主要地位。在“宋元時期”部分指出宋代的駢文寫作只保留了韻律，而非聲調及語法，連對偶都了反映宋人所追求的簡明風格，而元代繼續着金人對古文的推崇而忽視駢文，直到清初。在“明清時期”部分點出明代八股文的興盛以及清代的駢文復興之勢，並特别關注了清代黄之雋所寫的《香屑集自序》及阮元在清代駢文史的貢獻。

除此之外，倪豪士還爲《牛津書目 *Oxford Bibliographies*》撰寫了“中國古典散文 *Traditional Prose*”一章。《牛津書目》作爲書目資源精選指南，是一個僅供綫上訪問的資料庫，四十多個學科七千多個學術主題的學術指南均由各領域的頂尖學者撰寫，旨在幫助讀者快速了解各學術主題及其相關的重要作者、研究者及其作品、專著。每篇主題文章都經過嚴格的同行評審，以確保其準確性和客觀性。由倪豪士負責撰寫並於2013年4月上綫的《中國古典散文》是《中國研究 *Chinese studies*》下的一個子目録，簡介中國古代散文及其相關研究論著，包括駢文在内。讀者可大致了解駢文發展中最重要的資訊以及最重要的參考書目。筆者認爲，它實際上是倪豪士所著的《印第安那中國古典文學指南》“散文”一章的姊妹篇，二者多有重合也有互補之處。其論述極爲精簡，但於每部分簡介之後所列舉的書目才是作者的撰寫中心所在。“引言”“六朝裝飾性散文”“唐宋散文：返回古典風格”中的“唐代駢文”以及“清代散文：古文，學術和道德”這幾個部分述及駢文，所論並未超出《印第安那中國古典文學指南》的範圍，但其中不乏新見，如指出清代散文的發展主要體現在駢文復興和桐城派的興盛，駢文與古文的支持者在如何平衡協調風格與内容上引發了許多理論上的論争。

《牛津書目》最出彩之處即是提供某個學術領域中最重要的參考文獻，倪豪士所撰之《中國古典散文》當然要遵循這一體例要求，其所列舉的駢文研究書目，基本上是中國學者所著，而美國學者的研究論文只提及了海陶瑋的《駢文的若干特點 *Some Characteristics of Parallel Prose*》一篇。這也從一個側面反映了美國漢學界的駢文研究成果缺乏。

三

除在工具書及研究指南中對駢文加以介紹之外,美國學者還在一些文學史著作中對駢文進行概述,最爲典型的是由賓夕法尼亞大學梅維恒(Victor H. Mair)教授主編的《哥倫比亞中國文學史 *The Collumbia History of Chinese Literature*》[①]。該書於 2001 年由美國哥倫比亞大學出版社出版,是西方漢學界公認的中國文學史經典讀本。該文學史並未按照歷史發展的單一綫索來書寫,而是設置了詩歌、散文、小説、戲劇、文論等幾大板塊來分别討論其演變歷史。該書有兩章大範圍涉及駢文,一是由康納瑞(Christopher Leigh Connery)教授執筆的第十二章"騷、賦、駢文及其相關文體 *Sao, Fu , Parallel Prose, And Related Genres*",二是由斯坦福大學艾朗諾(Ronald Egan)教授所寫的第二十八章"説明性散文 *Expository Prose*"。

《哥倫比亞中國文學史》的第二編"詩歌",描述了中國詩歌的發展面貌。但值得注意的是,該編分列十四章,其第一章(全書的第十二章),却並非論及詩歌,而是"騷、賦、駢文和相關體裁",其云:

> 將橫跨散文與詩歌的一組文學體裁,作爲我們這部《哥倫比亞中國文學史》以體裁分類部分的首章,這是相當合適的。這意味着一種提醒,即反對過於倚重這樣一種分類,尤其是處理中國文學時更是如此。因爲在中國文學中,詩歌經常混雜於散文,反之亦然。[②]

把騷、賦與駢文置於"詩歌"部分之始來論述,作者意在突出中國古典散文與詩歌的緊密聯繫及駢文在某些方面所具有的詩歌特徵。

康納瑞在"騷、賦、駢文和相關體裁"一章中,對於中國古典文學作品體裁的劃分提出了自己的見解,認爲在中國古典文學中,"文學體裁的邊界並非絶對固定的。像虚構作品和非虚構作品,詩歌和散文,或者原創和模仿這些文學大類,在不同的書寫體系中,或者在同一書寫體系的不同時期,從來都不是一成不變的。……學習中國文學的學生應該時刻牢記,所有的文學體裁都具有文化上的特定適用性。在中國歷史的大部分時間裏,'文學'的疆域遠遠大於現在的文學。在漢代,'文學'包括了戰書、赦令、詔令、表奏和祭文。在中國的唐代以前,歐洲的政治文書和法律文書是幹巴巴的速記,只有歷史學家才有興

① Mair ,Victor H.,ed. *The Collumbia History of Chinese Literature.* New York:Columbia University Press,2001.中國國内有中文譯文,參看馬小悟等譯《哥倫比亞中國文學史》。

② 梅維恒主編,馬小悟等譯《哥倫比亞中國文學史》,第 242 頁。

趣去研讀其中的内容。而在中國,它們却用優雅而用典繁多的駢文寫成"。作者於此把中國古代的一些實用性文體與歐洲的政治、法律文書作對比,認可中國古代採用駢文書寫公文而帶來的效果。

另外,本章分七節,分别是"文體及文體分類""賦體和騷體的原型""漢賦""漢唐之間的駢文及賦""唐宋時期的駢文與律賦""唐宋時期的文賦"以及"明清時期的駢文與賦",其中有三節述及駢文。

在"漢唐之間的駢文及賦"中,作者談及漢末的文體逐漸格律化,越發注重形式,一直到六朝和唐代,駢文在文學中的數量最多,且運用於各種文體。韓愈和柳宗元領導的"古文運動",反對駢文而傾心於簡雅平易的古文且尤重司馬遷和先秦哲學家之文。駢文與古文的分界由此便人爲地變得清晰起來,而選擇特定體裁所表達的審美和意識形態傾向也變得更加清楚。文中對駢文的對偶、用典等特點有較詳細的論述。駢文在漢魏晋六朝發展的特點以及各時期的代表作家及其作品,如晋代的陸機、左思、潘岳,南朝宋的顔延之,齊梁的王融、沈約、徐陵和庾信,均有所涉及。

"唐宋時期的駢文與律賦"部分談道,庾信和徐陵之後,駢文内部的革新主要是通過句式的雜糅和來自"古文"運動的審美而實現的。另一方面,駢文和古文在很多領域都有重叠且相互影響,韓愈作品即如此。古文運動更多的是文字氣質和内容方面的革新,而非形式方面。從唐代一直到清代,駢文及其相關的形式享受着程度不同的官方認同。文中重點提及張説、陸贄、李商隱等幾位爲唐代駢文帶來改變的作家,並簡論宋代四六的特徵。

"明清時期的駢文與賦"一節簡單提到了清代的駢文復興,但對八股文着墨較多。作者認爲八股文具有多種駢文體的初態,因八股文的基本邏輯是對偶,故於此將它包括在駢文中。

《哥倫比亞中國文學史》對於駢文的書寫還見於第二十八章"説明性散文",由艾朗諾執筆。在該章中,艾朗諾首先闡釋本章所指的"説明性散文"是除神話、叙事散文和小説、歷史以及駢文或"四六體"、哲學性散文之外的散文,其最初出現於漢朝,直到唐宋時期才最終成爲完全成熟的文學傳統。他還論述了説明性散文主要存在的領域、主要文體及其整體發展等幾個方面,並且簡述韓愈、柳宗元、歐陽修和蘇軾的文學成就。就"説明性散文"的發展史而言,該章無疑顯得簡略,但也正如作者所説:

> 中國歷史上無數散文作家創作了數量龐大的作品,而明清時代散文的繁榮期這裏幾乎没有提到,要對其進行全面研究恐怕還需要幾本書的篇幅才能完成。[①]

---

① 梅維恒主編,馬小悟等譯《哥倫比亞中國文學史》,第593頁。

不過，在這樣的簡論之中，作者還是不吝筆墨，用了約四分之一的篇幅討論了始自唐代的駢文和古文之争，並對這種駢散衝突表達了自己的見解，指出其不合理之處：

首先，把文學世界分爲兩個敵對陣營，似乎誇大了兩者的不可相容性，太過戲劇化了。事實上，即使古文復興運動的領導者們也常認可駢文應有其地位，而且只要運用恰當，並不會使得辭不達意。其次，這一論述掩蓋了駢文體本身的魅力，正是這種魅力才使得駢文經久不衰，難以替代。只注意對駢文的批評，就會忽視其長盛不衰的原因。①

作者簡述駢文爲何會興起，又緣何遭遇批評的原因。並且認爲：

很少有人承認，其實古文和駢文一樣都是經過雕琢而欠自然的文體，因爲古文也不是當時人使用的口語，……但是，至少在唐代，韓愈的古文肯定完全是一種書面語，刻意模仿那些童蒙教育需熟記的經典用語……但古文體不受駢文對偶句用韻的限制，因此古文作者可以由思維的内在邏輯去決定文字的韻律和節奏……即使在不同古體之間也有重要差異，這些差異與其表現力和適應性有很大關係。②

其中不乏新見。

梅維恒主編的《哥倫比亞中國文學史》可以説給予了駢文一定的重視。但在另外一本享譽國際漢學界的由耶魯大學孫康宜（Kang-i Sun Chang）教授和宇文所安（Stephen Owen）教授共同主編的《劍橋中國文學史 *The Cambrige History of Chinese Literature*》③中，駢文却意外缺席。《劍橋中國文學史》的編寫在《哥倫比亞中國文學史》出版數年之後，其主要目的之一"是要質疑那些長久以來習慣性的範疇，並撰寫出一部既富創造性又有説服力的新的文學史"④。既然有所創新，就具有了一些與衆不同的特點，其中之一就是放棄了作家叙述和文體叙述的系統性和完整性，正如孫康宜所説：

它盡量脱離那種將該領域機械地分割爲文類（genres）的做法，而採取更具整體

① 梅維恒主編，馬小悟等譯《哥倫比亞中國文學史》，第583頁。

② 梅維恒主編，馬小悟等譯《哥倫比亞中國文學史》，第594頁。

③ Chang, Kang-i Sun & Owen, Stephen, ed. *The Cambrige History of Chinese Literature*. Cambridge: Cambridge University Press, 2010.中國有中文譯本，可參看孫康宜、宇文所安主編，劉倩等譯《劍橋中國文學史》，生活·讀書·新知三聯書店2013年版。

④ 孫康宜、宇文所安主編，劉倩等譯《劍橋中國文學史》，孫康宜所寫中文版"序言"第2頁。

性的文化史方法：即一種文學文化史（history of literary culture）。①

這種叙述模式，似乎是對之前所出版的《哥倫比亞中國文學史》在某種程度上的顛覆，兩部文學史風格各異，各有特色，學界多有論析。但不可否認的是，《劍橋中國文學史》没能較系統地對中國古典文學的某種文類進行論述，包括駢文。這點是非常遺憾的。

對於駢文的忽視，在《劍橋中國文學史》主編之一的宇文所安編譯的《諾頓中國文選 *An Anthology of Chinese Literature*，*Beginnings to* 1911》②中也同樣存在。該書比《劍橋中國文學史》早十多年問世，也未關注駢文，關於此，筆者於後會稍加論及，此不贅述。

四

上述的概述及簡論文字，主要反映着學界對於駢文既有研究成果的總結，雖然也間有自己的一些新見，但畢竟會淹没於學界已有之定論中。新見的闡發，更多需依賴於專論的呈現。故而一些美國學者也對駢文的某些問題進行了較爲深入地探究，他們注重微觀研究，多從語言學及修辭學方面多加關照。其中以海陶瑋（James R. Hightower）、馬瑞志（Richard B. Mather）、林德威（David Prager Branner）、馮勝利（Shengli Feng）爲代表。

海陶瑋《駢文的若干特點 *Some Characteristics of Parallel Prose*》③發表於1959年，雖然刊於近六十年前，但其後出的論文或著作，無論是指南性及入門類的中國文學研究工具書，還是研究論文，只要述及駢文，基本上都會提到或引用該文，可見其在美國漢學界影響之大。

該文分兩部分，前半部分主要以孔稚圭的《北山移文》與徐陵的《玉臺新詠》作爲主要案例，分析駢文中的對偶（parallelism）、典故（allusion）以及對句（couplet）的使用情況，後半部分附録作者自己翻譯的孔稚圭《北山移文》及徐陵《玉臺新詠序》英譯文本。

海陶瑋認爲駢文作爲一種精美的、崇尚文采的文體，對句是其基本結構單位，對偶與用典是其最爲重要的特徵之一，並用了最長篇幅分析駢文中三種最重要的對偶類型，即韻律類（Metrical）、語法類（Grammatical）及聲音類（Phonic）對偶。他指出，韻律對偶是駢文區别於散文的重要因素，這一特點使其能區别於無對偶現象的散文，且駢文的韻律感極强，但因其韻律不斷變化，故即便駢文和詩一樣使用韻脚，也不會和詩歌混淆，其對句

---

① 孫康宜、宇文所安主編，劉倩等譯《劍橋中國文學史》，孫康宜所寫中文版"序言"第2—3頁。

② Owen, Stephen. *An Anthology of Chinese Literature*, *Beginnings to* 1911. New York&London: Norton and Company, 1996.

③ Søren Egerod ed. *Studia serica Bernhard Karlgren dedicata. Sinological Studies Dedicated to Bernhard Karlgren on His Seventieth Birthday* 獻給高本漢七十壽辰的論文集，Copenhagen, E. Munksgaard, 1959, pp.60-91.

主要以四或六音步爲主。語法對偶並非中國文學所專有,但中文却是最適合這一手法的語言,駢文則將其運用得爐火純青。文中還對"複雜對偶(Complex Parallelism)"、複合複雜對偶(Compound-Complex Parallelism)及"複雜工對(Formal Complex Parallelism)"這兩個名詞進行了舉例闡釋,並指出聲音對偶在駢文寫作中極爲重要,常見於韻脚(rhyme)、頭韻(alliteration)、重複(repetition)及調式(tonal-pattern)的使用上。作者還提到,駢文精於用典,但典故融入對偶結構的方式却值得深究。另外,對句是駢文的基本結構,其可使駢文具有韻律感,這就讓對偶在駢文中處於首要地位,而對偶句的首要效果是加强重複,巧妙的語法對偶和語調對偶創造出相應的效果。最後,作者堅信,駢文和詩一樣是不可譯的,因爲它們的優點即是言語本身,用另一種語言媒介無法彰顯它們的神奇之處。

明尼蘇達大學馬瑞志教授(Richard B. Mather)的《王巾的〈頭陀寺碑文〉:佛教駢文一例 *Wang Chin's' Dhūta Temple Stele Inscription' as an Example of Buddhist Parallel Prose*》①主要討論南齊作家王巾的《頭陀寺碑文》的駢文書寫與佛教之間的關係。該文先介紹王巾的生平及著作情況,然後指出之所以選擇這些不太著名的文本進行研究,主要有兩個目的,一個是更深入地探索這類文章所具有的明顯"四六"或"駢體"之寫作風格,另一個是爲更好地説明五世紀末期士人如何理解佛教。作者在文末附録了《頭陀寺碑文》英譯文本並對其中難解字詞進行注釋。

該文先簡述《頭陀寺碑文》的層次、内容,接着提到與王巾同時代但稍後的劉勰所著之《文心雕龍》"麗辭"一章列有言對、事對、反對、正對等四種對偶類型。在《頭陀寺碑文》所用對偶手法中,馬瑞志更重視"反對"。他認爲,此碑文中的很多"反對",多以佛教觀念、典故與中國本土儒家、道家思想互相類比。在某種程度上,它屬於"格義"的一種,"格義"這種翻譯技巧在之前早幾代佛經翻譯者中使用得較爲普遍,但至四世紀末期逐漸被棄用,因爲其表達不够精確。但王巾在該文中却多使用了"反對"。馬瑞志隨後舉了三個例子,分别是"是以掩室摩竭,用啓息言之津;杜口毗邪,以通得意之路","然爻系所筌,窮於此域;則稱謂所絶,形乎彼岸矣","祥河輟水,寶樹低枝。通莊九折,安步三危",並分析在這些駢句中,王巾如何以佛教的典故、思想與儒道二家做類比。文章最後指出,王巾與六朝時期的其他佛教作者用這種寫作方式來拓展"反對"類型借以傳達一種類比的觀念。這個時期的駢文寫作受佛教思想影響並不是偶然的現象(尤其是三到六世紀)。儘管這種行文風格在之前的漢賦和楚辭中已經有了先兆,甚至更早時期也偶有出現,但在六朝作家(部分是著名的佛教徒)的手裏才真正發展到極致,直至九世紀呈衰退之勢。因爲當時本土傳統的復興需要尋找一種更簡便、直接風格來重申聖王的厚德,這種風格在佛教未傳入中國時已存在,因此以本國之理義來擬配印度佛教類似觀念此時已不再

① Mather, Richard Burroughs. Wang Chin's 'Dhūta Temple Stele Inscription' as an Example of Buddhist Parallel Prose. *Journal of the American Oriental Society*, 1963, Vol 83(3), pp.338-359.

適合。

馬里蘭大學的林德威副教授有《中國駢文的聲律 *Tonal Prosody in Chinese Parallel Prose*》①一文對駢文的聲律提出了自己的見解。

林德威指出,對仗(Parallelism)在中國源遠流長,至六朝晚期其已有三種不同體式,即平實式(plain)、押韻式(rhyming)和聲調交替式(tonally alteranting),平實式似乎最古老,至六朝時仍然普遍存在於正式的書寫中,包括書信和表。押韻式普遍存在於精美的文學如賦和警示類作品包括贊、銘和碑文中。聲調交替式的創作多存在於形式較爲精簡的"序"和短而正式的"啓"等文體之中。在唐代,序文體(preface style)成爲駢文創作中的主要體式並持續用於官方碑文和其他文類中,直至現代仍然如此。序文體比其他類型晚出,當於詩歌的聲律運動之後。然而,正是在序文體的駢文中,首度確認了平仄韻律對反的存在,這個發現比詩歌中的例子還早。另外,統一的平聲(a unified pyng tone category)這個概念,自八或九世紀以來已經成爲一個文學上的虚構(literary fiction),它無關乎漢語口語的實際音韻使用。

這篇論文的一大特點,就是通過詳細的例子進行分析。如通過引用全文,詳細分析《北山移文》的聲調及押韻情况;引用《南齊書》中王融所作的兩篇表文及李白的《春夜宴從弟桃花園序》説明其聲律特點。

林德威於文中提出不少自己的見解。第一,對海陶瑋《駢文的一些特徵》中的表述錯誤進行了糾正。第二,提出駢文至少有兩種形式,一種是押韻式駢文(rhyming parallel prose)比如賦和銘等雅致的作品;另一種是運用聲律但不押韻的非押韻式駢文(non-rhyming parallel prose);但實際上,還應該有第三種形式,即古老的"對稱式散文(ordered prose)",它不使用押韻和聲律,而且存在大量的對仗,儘管從句法角度而言,這些對仗的形式並不嚴密。作者建議把不押韻但遵守聲調交替規則的作品稱爲駢文,而"對稱式散文"作爲更古老的體式則是在創作中不必遵循聲調交替規則且或多或少地出現句法的對仗。第三,認爲駢文有兩種韻律模式,一個可稱爲"停頓"模式("cæsural"model),另一個可稱爲"雋語"模式("epigraminatic"model),前者比後者更具優越性。

"駢文"得名於文章排句之方式,"四六文"得名於造句之字數。漢魏以降,駢文成爲中國古典文學的一個重要文體。理論上説,文學語言、文體形式均根植於該語言的語法機制。但是,駢文句式爲何逐漸定型爲四六?四六句之美何在?駢文離開"四"和"六"還是不是"駢文"?由馮勝利(Shengli Fng)與 Ash Henson 合撰的《駢文韻律與超時空語法:以〈蕪城賦〉爲例 Parallel Prose and Spatiotemporal Freedom: A Case for Creative Syntax

① Prager Branner, David.Tonal Prosody in Chinese Parallel Prose. *Journal of the American Oriental Society* 2003, Vol 123(1), pp.93-119.該文已譯成中文,可參看林德威著,劉城譯《中國駢文的聲律》,《駢文研究》第1輯,廣西師範大學出版社2017年版,第81—118頁。

in "Wucheng fu"》[①],就嘗試對上述幾個問題進行討論。

在"理論背景"一節中,作者認爲駢文韻律結構的基本屬性是長短律,因此它是"文"而不是"詩";但它又使用了大量的齊整律,因此它有很强的"詩歌"韻味。從這個意義上説,駢文是"詩歌散文(=文)",而不是"散文詩歌"(=詩或詞)。除齊整和長短兩個韻律規則以外,駢文的韻律和詩歌一樣,離不開另一個重要規則,亦即"句末空拍"。作者提醒我們,要關注"相對凸顯原理"和漢語的"自然音步"。"相對凸顯"指韻律上的長短、高低、輕重、停延等對立的概念都是相對,並非獨立存在。换言之,韻律必須依靠兩個相輔相成的單位才能實現。自春秋戰國以來,漢語單音節的形式就無法獨立實現相對凸顯的要求,於是出現雙音節音步,戰國以後漢語越來越傾向使用兩個意義或兩個語素組合的單位來滿足韻律上的需要。這一結果直接導致了戰國以來漢語仂語和駢偶現象。這是駢文所以出現的"内因",而非《文心雕龍・儷詞》所謂"造化賦形,肢體必雙"的自然結果。

在"四六文的機緣——韻律"一節中,作者説明此篇論文乃從韻律原理和文學的對應性角度來思考駢文的韻律與結構。他認爲,劉勰《文心雕龍・章句》"四字密而不促,六字格(裕)而非緩"已指出四字具有"密而不促"的性質以及六字具有"格(裕)而非緩"的特點。"裕"是散文句律的特徵,"密"是詩歌句律的表現。如果説四言既是詩句單位也是構詞單位,而六言只是構語單位的話,駢文的構造就是"詩律+文律"的結果,是詩、文相兼的節律"姻緣"鑄造了中國乃至世界文學史上的千古絶唱:四六文體。劉勰無疑成功地揭示出四六作爲詩句和文句的韻律屬性,但他没有意識到四六具有詩文兩體的彼此兼類屬性,更没有用它們的韻律屬性來透視駢文這一文體。

"駢句的結構特徵"一節指出,駢文那種"以拍組句""以句組聯"的文章作法,則又是用"詩法"來組文的一種特別方式。把造詩的原則用於作文,這也是駢文所以爲駢文的要素之一。詩歌是"單步不成行,單行不成聯,單聯不成段"的,駢文中也用類似的原則來構體。

在"《蕪城賦》四六句分析"一節中,作者指出,駢文的主幹部分有詩律(如四言)、有文律(如六言),而節外和間拍部分一定都是文律(口語性成分),這四者之間的巧妙配合(4+6+間拍+節外)表現出鮑照文學藝術的境界與高度。論文還詳細分析《蕪城賦》各段落句子的節律結構。

"《蕪城賦》四六格舉隅"一節具體分析了《蕪城賦》中幾個典型的四六結構後指出,研究駢文的一個重要任務就是要研究其四六格式(韻律結構)的表意功能,且强調文律是

① Feng, Shengli & Henson , Ash. Parallel Prose and Spatiotemporal Freedom: A Case for Creative Syntax in "Wucheng fu". *Journal of Chinese Literature and Culture*, 2015, Vol.2(2), pp.444-480.該文最早發表於由杜克大學出版社出版的《中國文學與文化》2015 年第 2 卷,第 444—480 頁。其中文版隨後署名爲馮勝利且以《駢文韻律與超時空語法:以〈蕪城賦〉爲例》刊於由香港嶺南大學主辦的《嶺南學報》第 5 輯(2016 年),第 189—219 頁,這一輯的主題是《聲音與意義:中國古典詩文新探》。

駢文之魂。駢文是用“詩”做成的“文”，是以“詩”入“文”的產物，因而在駢文裏既可以看到文句，也可以看到詩句。

在“韻律上的‘實’與‘虛’”一節中，作者强調要把功能詞（虛詞）的韻律屬性、詩體的韻律結構以及詩體中虛詞的韻律表現等三個問題研究清楚後，才能區分詩律結構和文律結構。

在“具時空（動作）與超時空（意象）”一節中，作者解釋什麽是語言的具時空、泛時空和超時空，什麽是超時空語法，並以數例指出《蕪城賦》駢句的超時空表達都還可以根據讀者自己的經驗，想象出比提示中更多、更豐富的“自創之美”。最後作者得出結論：駢文的藝術是綜合的：它有詩律之美、文律之美，也有詩文兼合參差之美和口語詩語相斥相協之美；它有抑揚頓挫之美、迴腸盪氣之美，再加之時空想像之宏之大、之美之樂，駢文不亞於一曲聲韻俱全的交響樂。

六

除了論著的介紹與研究外，學者們還對優秀的駢文經典進行了英譯，以便介紹給英語世界的讀者。這些譯作，有些是附於研究論著之中，如海陶瑋《駢文的若干特點》附有孔稚圭《北山移文》及徐陵《玉臺新詠序》的英譯文，馬瑞志的《王巾的〈頭陀寺碑文〉：佛教駢文一例》附有《頭陀寺碑文》的英譯文。此譯文的出現爲讀者進一步了解駢文提供了語言上的便利，不過其只是偶爾出現且不成系統。故而駢文作品流播的任務，更應由文學選本的編譯來承擔。遺憾的是，美國學界在這方面的工作似乎並不充分。

到目前爲止，在英語世界中，具有重要影響力的綜合性中國古典文學英譯集共有四部，三部出自美國，它們分别是由加州大學伯克利分校白之（Cyril Brich）教授選編的兩卷本中國文學選集，分别是《中國文學選：從早期到十四世紀 *Anthology of Chinese Literature: From Early Times to the Forteenth Century*》[1]和《中國文學選：從十四世紀至今 *Anthology of Chinese Literature: From the Forteenth Century to the Present Day*》[2]，由賓夕法尼亞大學梅維恒教授主編的《哥倫比亞中國古典文學選集 *The Columbia Anthology of Traditional Chinese Literature*》[3]，由哈佛大學宇文所安教授編譯的《諾頓中國文學選集：從先秦至 1911 年*An*

---

① Brich, Cyril & Donald Keene, eds. *Anthology of Chinese Literature: From Early Times to the Forteenth Century*. New York: Grove Press, 1965.

② Brich, Cyril & Donald Keene, eds. *Anthology of Chinese Literature: From Early Times to the Forteenth Century*. New York: Grove Press, 1972.

③ Mair, Victor H, ed. *The Columbia Anthology of Traditional Chinese Literature*. New York: Columbia University Press, 1994.

Anthology of Chinese Literature, Beginnings to 1911》[1]。“白之的兩卷本文選被聯合國教科文組織列入中國文學譯叢系列(Chinese Literature Translations Series),從而確立了該文選作爲譯介範本在西方漢學界的權威地位,20世紀六、七十年代,成爲美國各大學東亞文學和中國文學課程中最常用的教材。梅維恒的《哥倫比亞中國古典文學選集》對中國古典文學做了全面的勾勒,涵蓋了廣義的文學作品,包括嚴格意義上的歷史、宗教、哲學等方面的篇章,選材獨特而新穎,在諸多文選中别具一格。……而宇文所安的《諾頓中國文學》則堪稱中國古典文學選集編譯裏的里程碑之作……系統全面地收録並翻譯了從先秦到20世紀初的文學作品,包括詩歌、古文、傳奇、戲曲、文論等等。選集得到權威的出版機構諾頓公司認可而列入諾頓文選系列,與其他諾頓西方文學經典選集比肩而立……該文選不僅是西方各大學東亞文學研究和漢語言文學研究指定書目,也成爲英語世界研究中國古典文學的權威選本之一。”[2]可以説,上述三部中國古典文學作品選集不論是從編選者的學術聲望,還是選集本身的品質及傳播影響力來看,均可視爲代表之作,以其作爲考察對象,頗可窺見美國漢學界在駢文翻譯及傳播方面的情況。

白之主編的《中國文學選集》按照歷史朝代的發展順序來編排作品,其分爲“周朝”“漢朝”“分裂時期”“唐朝”“宋朝”“元朝”“明朝”“清朝”八個時期,收録作品始自《詩經》止於晚清詩詞,每個階段多包含本時期的代表作家及主要文風之作品。在“唐朝”一章中,有“古文”一節,收韓愈和柳宗元的古文。在“宋朝”一章中,有“宋代兩位古文大家”,包括歐陽修和蘇軾的古文。全書未見駢文作品的英譯。

梅維恒主編的《哥倫比亞中國古典文學選集》收録了400多篇作品,對中國古典文學作品做了比較全面的涵蓋。選集按照文體進行分類,分别是“原典及闡釋”“韻文”“散文”“小説”“説唱文學與表演藝術”,每一部分下面再按照文類進行進一步細緻劃分,在“散文”部分,有“駢文”一章,收録了南朝梁代作家任昉《奏彈劉整》和初唐王勃《滕王閣序》的英譯。

宇文所安獨自編譯的《諾頓中國文學選集》列有“古文”一章,有“表”“論”“書”“序”“遊記”“哀誄”“寓言”“小品文”數類;後列一章譯有數篇“晚明小品文”,遺憾的是並未設有駢文類的譯文。雖然宇文所安選譯了劉勰用駢文寫作的《文心雕龍》中的八章,但却置之於“傳統文論”一章中,似並非有意識地設置“駢文”一類。

上述三部中國文學作品選,編者均注意到了中國古典散文經典,但稍有遺憾的是,只有梅維恒的《哥倫比亞中國古典文學選集》單列“駢文”文類,雖只收録了兩篇駢文,但也可見其考慮之周全,而其餘兩部選集則未見。由此可知駢文作品在文學選集中的尷尬境

---

① Owen, Stephen. *An Anthology of Chinese Literature: Beginnings to* 1911. New York&London: Norton and Company, 1996.

② 陳橙《文選編譯與經典重構——宇文所安的〈諾頓中國文選〉研究》,上海外語教育出版社2012年版,第3頁。

遇，也從側面反映出駢文在美國漢學界所受之冷遇。

七

有些論著並非專論駢文，但其也有涉及之處，雖有程度深淺或内容多少之別，但於此也可了解美國學者對駢文的關注度。

Jenny Tu-li Teng 於 1985 年撰有博士論文《論連珠體 *The Genre of* “*Lien-Chu*”》①，試圖通過提供翻譯、注釋以及歷史的和分析的篇章來使西方讀者了解連珠的起源、特徵及内容，以期促進對於連珠這一文體的重新審視，認識到它在中國文學史中的重要性，而其中述及連珠和駢文的關係。

在引言中，作者雖然認爲連珠與賦有相似之處，但並不贊同把連珠歸屬到賦這一文體中。另外，在内容上，連珠對於政治及道德的關注繼承自中國早期的説明性散文和修辭性散文。在結構上，它所採用的手法，六朝駢文也承襲。連珠與散文、詩歌、賦這些文體有所區别但也雜糅了這些文體的某些特徵，所以劉勰認爲它是一種“雜文”是有道理的。又由於其句型多包含四言或六言的駢句，連珠又被認爲是具有極其嚴格結構的“四六體”的前身。

在論文的第二部分“連珠的内容和結構”中，作者論及“連珠的對偶”時回顧了中國文學使用對偶的歷史，並提到雖然對偶的使用可以追溯至久遠的時代，但其在西漢末年才流行。連珠是第一個以駢體對句貫穿全文的文體。某些學者主張在晋宋之前没有出現全篇使用對偶句式的作品，可事實並非如此，一個明顯的例子就是班固所寫的連珠。因此，連珠應當被視爲駢文發展史上的里程碑。揚雄所寫之作被視爲最早的連珠作品，而其所顯示出的四六體制特徵，也使得一些評論家理所當然地把連珠視作四六文的源頭。

萊斯大學的錢南秀（Nanxiu Qian）教授《以文化禮教加强北朝婦女之地位——庾信墓志銘淺論 *Cultural and Ritual Empowerment of Women in the Northern Courts*：*Yu Xin's Epitaphic Writings*》②一文並非研究駢文之作，其以庾信所寫的十三篇北朝女性墓志爲例，從歷史文化角度談論北朝婦女的精神自由以及較少受到社會束縛的狀態。作者認爲，庾信爲女性所寫的墓志不論在數量還是品質上，均超越同時期的其他作家。他在墓志的寫作中，使用了具有嚴格規則的駢文，用以描寫女性及北朝風俗與景象，這種新的主題迫使作者爲了貼切所述内容而追求修辭與語音的變化。同時，庾信在墓志寫作中引入了大量

① Teng, Jenny Tu-li. *The Genre of* “*Lien-Chu*”. Ph.D. Dissertation, University of Washington ,1985.

② Qian, Nanxiu. *Cultural and Ritual Empowerment of Women in the Northern Courts*: *Yu Xin's Epitaphic Writings*. *Frontiers of Literary Study in China*. Beijing: Higher Education Press and Springer-Verlag, 2011,5(4), pp.511-536.

傾注着人類情感的自然圖景——這是庾信年輕時在南方所擅長的詩歌寫作技巧,這種寫法因詞語的華麗色彩而顯得新鮮。

八

詩歌與散文作爲中國古典文學最主要的文體類型,二者在美國漢學界的境遇截然不同。詩歌一直頗受重視,學者們保持着極高的興趣和研究熱情,涌現出一批享有盛譽的漢學家。古典散文的研究較之似乎稍顯落寞及冷清,駢文研究更是如此。綜觀美國學界對於駢文的研究,具有以下幾個特點:

第一,未有專門的研究著作出現。美國學界的駢文研究成果,主要集中於兩類,一是中國文學概論性著作、入門指導類書籍或中國文學史的綜述介紹性文本,二是少數幾篇專論性文章,研究成果不多。

第二,作爲中國古典文學經典翻譯和傳播的重要媒介,美國漢學家所編譯的作品選集對駢文之作較爲忽視。美國漢學界最重要的三部中國古典文學作品選集,只有梅維恒主編的《哥倫比亞中國古典文學選集》列有"駢文"一類,而且也只有兩篇作品入選。學者編譯選本時對於駢文的冷淡態度,嚴重限制了駢文經典在美國甚至是西方世界的介紹與流播。

第三,未有專攻駢文的研究專家出現。就目前筆者所見的有限研究論著來看,駢文並非是這些作者取得成就最高的研究領域,所涉及的駢文論著也基本上是作者在各自研究領域耕耘的副産品。如《駢文的若干特點》的作者海陶瑋,其研究專長爲中國古典詩歌與文學批評的研究與翻譯;《王巾的〈頭陀寺碑文〉:佛教駢文一例》作者馬瑞志,其專攻佛學及《世説新語》;《騷、賦、駢文及其相關體裁》的作者康瑞納,其研究領域更多集中於中國的現代文化研究;《説明性散文》的作者艾朗諾,其以宋代文學尤其是歐陽修、蘇軾及李清照研究聞名於世;《中國駢文的聲律》的作者林德威,其研究重心爲歷史方言學、聲韻學及文字學;《駢文韻律與超時空語法:以〈蕪城賦〉爲例》的作者馮勝利,其是漢語韻律句法學的權威。相對而言,數人之中,對中國散文有較爲深入研究的要數康達維和倪豪士。康達維是辭賦研究及翻譯的漢學大家,而駢文與賦有着錯綜複雜的關係,故而康達維的賦學研究與駢文研究也會多存交集之處。倪豪士現在的工作重心是主持《史記》全書的英譯,但其早年曾對漢唐文學尤其是散文較爲關注,並撰有柳宗元、韓愈、歐陽詹、皮日休及唐代散文的相關論著多篇(部)。不過雖説如此,但有一點應值得肯定,那就是上述作者毫無疑問都是美國漢學界各自研究領域中的翹楚和領軍人物,他們在其專業研究中關注駢文並著有相關研究論文,這或多或少會吸引學者們的注意,也在一定程度有助於提升駢文研究的影響力。

第四,多微觀分析,少宏觀研究,且視野有待進一步開闊。美國學者多從駢文的聲律、字詞、句法等細微處着手,少有與歷史、文化等大背景相結合的宏觀論述。駢文歷史的演進及規律、駢文與其他文體之關係、駢文理論的總結等方面的研究,也付之闕如。

總而言之,美國學界的駢文研究成果以及研究專家頗爲稀缺。因此,我們期待着作爲世界漢學研究重鎮的美國漢學界,有更多的研究者關注駢文這種獨具魅力的文學形式,涌現出更多的駢文研究專家以及高水準論著。

作者簡介:

劉城(1980—),文學博士,廣西教育學院副教授,美國威斯康星大學麥迪遜分校亞洲語言文化系訪問學者。主要研究方向爲中國古代散文史及韓柳文批評。代表著作有《論韓愈墓志的文體新變》及譯作《中國駢文的聲律》。

《忠雅堂評選四六法海》叙録

鍾濤　岳贇贇

内容摘要：蔣士銓《忠雅堂評選四六法海》是對晚明王志堅《四六法海》的再次選評，在選文和體例方面對王選既有繼承又有發展。最初蔣士銓是閲選手批《四六法海》，最終由其孫蔣立昂將其評選輯録刊行爲《忠雅堂評選四六法海》一書。該書選文精善，評點豐富，在後世備受推崇，翻刻重印不斷。王氏原選收魏晋至元代駢文 610 篇，蔣選擇取了魏晋至宋代駢文 266 篇。王氏原選凡十二卷，文體 42 種，蔣選由十二卷厘爲八卷，文體 37 種。《忠雅堂評選四六法海》圈抹點評極爲豐贍，各種評點形式俱有。評語體現了蔣士銓的駢文主張，探討了駢文理論問題。《忠雅堂評選四六法海》還將所選之文分爲甲、乙、丙、丁、戊、己、庚、辛、壬、癸十個等級，這也是駢文評選體例的創新。

關鍵詞：《評選四六法海》；蔣士銓；成書過程；評選體例

資金項目：本叙録爲作者主持之高校古籍整理委員會項目“歷代駢文集叙録”、作者參與之國家社科基金重大項目“中國古代散文研究文獻集成”前期成果。

清代蔣士銓之《忠雅堂評選四六法海》（以下簡稱《評選四六法海》①）是對晚明王志堅《四六法海》的再次選評。蔣士銓在研閲《四六法海》時寫了大量點勘批語，多年後，由其孫蔣立昂輯刊成《評選四六法海》一書。蔣士銓評選王志堅《四六法海》於乾隆間，正值清代駢文中興時期，駢文創作繁榮，駢文選本頻出，駢文尊體及復古思潮勃興。在這樣的時代風氣下，蔣士銓對王志堅《四六法海》的重新選評，在選文和體例方面對王選既有繼承又有發展。

蔣士銓（1725—1785），字心餘，又字苕生，號清容居士，别署藏園居士，江西鉛山人。乾隆二十二年（1757）進士，入翰林院授編修，主持編纂《續文獻通考》。乾隆二十九年（1764）辭官後先後主講蕺山、崇文、安定三書院。平生交友廣泛，袁枚是其摯友，趙翼、翁方綱、洪亮吉、錢大昕等皆與之過從甚密。《清史稿・列傳・文苑》②和《清代七百名人

① 《忠雅堂評選四六法海》簡稱爲《評選四六法海》，有的版本外封或每卷卷首爲全稱，内封爲簡稱。本文爲了行文的簡潔，皆以《評選四六法海》稱之。

② 趙爾巽等《清史稿》，中華書局 1976 年版，第 13389 頁。

傳》[①]有傳。從蔣士銓晚年自撰《清容居士行年録》、袁枚《翰林院編修候補御史蔣公墓志銘》、阮元《蔣心餘先生傳》、《鉛山縣志》之《蔣士銓傳》，以及蔣氏與友人往來書信、筆記，今人所撰年譜、年表等，皆可見其生平與行迹。蔣士銓在詩、詞、文、曲方面皆成就不凡，頗負盛名。與趙翼、袁枚被譽爲"乾隆三大家"，與彭元瑞被乾隆賜予"江右兩名士"之稱。蔣士銓著述頗豐，有《忠雅堂文集》十二卷，《詩集》二十六卷、補遺二卷，《簪筆集》一卷，《銅弦詞》二卷，雜劇、傳奇十六種，所作戲曲《藏園九種曲》被清人李調元譽爲"近時第一"[②]。蔣士銓還工駢體文，《忠雅堂文集》中有駢文兩卷。

王志堅（1576—1633）《四六法海》是晚明駢文生態的産物。晚明駢文寫作多强調文章的實用功能，"賢科就試必以表，而良吏陳白所尊也，亦必以啓狀"[③]，"書劄競用四六"[④]。除了盛行四六寫作，這一時期駢文選本亦大量刊行，選本編輯刊刻的盛行，也是人們寫作駢文尋求參照的體現。衆多選家爲迎合這種需求，紛紛輯選四六集，但選文重合較多，刊刻亦多粗糙，雖暢銷一時，後世却鮮有人問津。在晚明駢文寫作和選本盛行背景下編選的《四六法海》，秉持爲舉業而作和駢散並用之旨，成爲晚明駢文最重要的選本。王志堅於天啓五年（1625）秋至次年冬選輯《四六法海》，並於天啓七年（1627）付梓成書。"爲舉業而作"[⑤]是王志堅輯選《四六法海》的最初目的，"於舉業不甚切用"[⑥]的騷、賦及詩皆未入選。不過，在《四六法海》凡例中，王志堅也希望人們不管是爲科舉還是應酬交際而作，皆當擯棄那些遵循固定程式而水準不高的文章。認爲只有汲取古人優秀文章之精華，方能寫出好的駢文。王志堅一生共編撰了三種文章選集，即《古文瀾編》《古文瀆編》及《四六法海》。《瀾編》和《瀆編》爲古文選本，《法海》爲四六選本，三書駢散文相互補充，意在表明駢散不應偏廢。四庫館臣評《四六法海》云："大抵皆變體之初，儷語散文相兼而化，其齊梁以至唐人亦多取不甚拘對偶者，俾讀者知四六之文，運意遣詞，與古文不異，於兹體深爲有功。"[⑦]蔣士銓選擇《四六法海》進行再次評選，原因大致有三：首先，《四六法海》選文及刊刻精善。在"凡例"中王志堅説他所選之文皆出自歷代優秀的文章選集，又不盲目因襲，而是參照諸家集和正史野史所載，精心核對，修正錯漏，故而精嚴至極。在明代諸多四六選集中，評選和刊刻精良的《四六法海》在晚明當代雖未受到特別重視，却引起了清人的極大關注，備受好評。在明代衆多駢文選本中，《四庫全書》僅收録

---

① 蔡冠洛《清代七百名人傳》，《清代傳記叢刊》，臺北明文書局 1985 年版，第 1779 頁。

② 李調元《雨村曲話》，《中國古典戲曲論著集成》第 8 册，中國戲劇出版社 1959 年版，第 27 頁。

③ 唐文燦《鑒江集四六匯輯》，北京大學圖書館藏清康熙二十六年（1687）刻本，卷首語。

④ 方弘静《千一録》，《續修四庫全書・子部雜家類》第 1126 册，卷二《客談八》，第 397 頁。

⑤ 蔣士銓《忠雅堂評選四六法海》，王志堅原選凡例，清光緒十年（1884）深柳讀書堂朱墨套印本。本文該書注釋除特別注明者外，均爲此版本。

⑥ 蔣士銓《忠雅堂評選四六法海》，王志堅原選凡例。

⑦ 蔣士銓《忠雅堂評選四六法海》，王志堅原選序。

《四六法海》,肯定其箋注的翔實及其對四六源流梳理的全面。《四庫全書簡明目録》謂其爲"四六中第一善本也"[①]。晚清學者王先謙將此選與李兆洛《駢體文鈔》視爲駢文選本最善者。[②] 其次,清代駢文中興學術氛圍的推動。入清後到蔣士銓之前有大量駢文選本出現,如黄始《聽嚶堂四六新書》、李漁《四六初徵》等,這些選本多延續晚明四六實用之旨。乾隆年間,駢文寫作更加繁富,四六名家輩出,蔣士銓在此風氣下批閲《四六法海》,對其所選文章的優劣得失、藝術技巧進行點評,也是在情理之中。再者,蔣士銓在駢文寫作上頗有造詣。"所著古文十二卷,亦潔練老横,勁氣直達如其詩"[③],"古文十二卷"即指《忠雅堂文集》,其中包含兩卷駢文。其駢文:"典雅不群,圓熟老到,讀來令人有處處妥帖、無懈可擊之感。"[④]蔣士銓不但深於詩,而且邃於文,[⑤]其評選駢文能從自身深刻的寫作體會出發,見解自當不俗,故能於王選取其精華。

蔣氏手批《評選四六法海》具體在何年未見記載。蔣士銓友人及其他學者爲其所作傳記、墓志銘,蔣士銓自撰行年録等,均未提及《評選四六法海》的評選問題。《評選四六法海》卷五,在張説《爲河南郡王武懿宗平冀州賊契丹等露布》文末,蔣士銓評曰:"其詞沉雄……今閲其文,金子之言也,益信。"評語後有小字"庚寅",查閲各版本後,推測這兩字不是後來刊刻者所加,當是蔣士銓批點時所記。今天無法確知蔣氏批點此選具體用了多長時間,幾個月或是幾年,但至少庚寅這年蔣氏應有批閲。蔣士銓生於雍正三年(1725),卒於乾隆四十九年(1784),"庚寅"只能是乾隆庚寅年,即乾隆三十五年(1770),蔣士銓批閲此選或在此時間左右。此時他正擔任蕺山書院主教,這也就不難理解爲何蔣立昂稱其祖父評選的出發點是教授其學生子弟如何賞讀和寫作駢文。蔣士銓識語也主要闡述駢文作法、追溯駢文源流以及寫作應避免的問題,在選文評語中他也反復總結前人駢文寫作之法,這些都是爲了規範後學。蔣立昂跋語還提到蔣士銓認爲王志堅選文仍有不足,期待日後選出被王氏忽略的名家駢文,編輯成更爲完善的選本。蔣士銓並未完成這一願望,而他自己不甚滿意的這一批本,却在後世不斷刊刻,廣泛流傳。

關於《評選四六法海》的成書,蔣立昂跋語記述較詳,兹録如下:

先大父藏書甚富,多以筆閲讀,捐館後頗爲人取去,散失過半。有手批《評選四六法海》本,聞爲李氏子所得,立昂屢向丐還,李氏故秘不與,耿耿於心者蓄二十餘年矣。今歲權守惠陽,學使許信臣先生過郡,云其哲嗣蘭伯携有此書鈔本,系其家滇生大司馬視學吾鄉時得借鈔於李氏,因而轉鈔者。當蒙檢賜,立昂喜不自勝。竊以先

---

① 永瑢等《四庫全書簡明目録》,上海古籍出版社 1985 年版,第 857 頁。

② 王先謙《駢文類纂》,清光緒二十八年(1902)思賢局刻本,王先謙序。

③ 張廷珩等《鉛山縣志》卷一三,清同治十二年(1873)刻本。

④ 徐國華《蔣士銓研究》,上海古籍出版社 2010 年,第 222—223 頁。

⑤ 蔣士銓《忠雅堂評選四六法海》,蔣超伯序。

大父手澤所存，足以規範後學，雖沈晦數十年，終且傳鈔復出，若冥冥之中有陰相於其間者。因就册内所經評騭點勘，注有十干字目者，離而出之，將遵照原墨梓以公世。雖先大父當日評選此書，本以存教家塾子弟，故前無序言，僅條論作法源流十一則，冠於簡首，且欲俟他日於王氏原選外征檢《百三名家》等書，補選所未備，則此仍爲未完之書也。……咸豐元年仲春月孫立昂謹識。①

據蔣立昂跋語，以筆圈點、隨書作評是蔣士銓讀書時的習慣，蔣士銓手批《評選四六法海》後，僅是將其當作教科書來教授家塾弟子，並未想到刊刻成書。因其去世，藏書被人取去，散佚流失很多，手批評選的《四六法海》流落於李氏之子手中。蔣立昂多次乞還，而對方不與，輾轉二十多年，立昂最終從許蘭伯手中得到手批本的鈔本，而後將其祖父評騭點勘的篇目重新編成一書，並於咸豐元年（1851）付梓刊刻，此即《忠雅堂評選四六法海》的最早刊本。《蔣士銓研究資料集》之《蔣士銓著作版本簡表》載："《蔣氏四種》清嘉慶間家刻本。這部叢書收《忠雅堂文集》《忠雅堂詩集》《評選四六法海》《藏園九種曲》四部，署有'男知白率孫立昂、立仁敬輯，年家子廖炳奎、沈淮校字'。"②依此説則在嘉慶年間已有蔣氏家刻本《評選四六法海》，收於《蔣氏四種》本中。此説與蔣立昂跋語矛盾。且其他三種書目確有嘉慶間家刻本，而《評選四六法海》暫未查到嘉慶間家刻本。

又方濬師爲《評選四六法海》所作序言：

是編藏於先生文孫雲樵觀詧篋中數十年。適雲樵來守端州，與濬師共事一方。公暇出以相示，且屬爲排次付梓，不揣固陋，命工録成副本，悉心校對。……憶濬師束髮受書，於文喜廬陵，於詩喜山谷，今又得先生四六選本而讀之，西江一派，蒙雖不敏，心目赴之矣。③

據《鉛山縣志》卷一三載："蔣立昂，號雲樵，蔣士銓孫。由附貢捐縣叢，捐升知縣，分發廣東。後捐升知府，補雷州府知府，調補潮州、高州，欽加道銜。"④方序所説的雲樵即蔣立昂，其與濬師曾同在廣東爲官，交往甚密。立昂得到手批本的鈔本後，未立即刊刻，而是保存了數十年。後去廣東任官，方與好友方濬師一起編排成書。《蔣士銓研究資料集》載："《評選四六法海》清咸豐元年省城龍藏街萃文堂朱墨套印本。"⑤"省城"即指廣州，萃文堂是當時廣州著名的刻書坊，因而可斷定蔣立昂是於廣州龍藏街萃文堂初次刊刻

① 蔣士銓《忠雅堂評選四六法海》，蔣立昂跋。
② 上饒師專中文系歷史作家研究室《蔣士銓研究資料集》，江西人民出版社 1985 年，第 245 頁。
③ 蔣士銓《忠雅堂評選四六法海》，方濬師序。
④ 張廷珩等《鉛山縣志》，清同治十二年（1873）刻本。
⑤ 上饒師專中文系歷史作家研究室《蔣士銓研究資料集》，第 245 頁。

此書。

又任壽昌、屈瑛光識語：

> 己巳(1869)夏，同客端州蔣雲樵太守幕中，適太守以乃祖心餘太史所輯《四六法海》一書，原板散失，重付剞劂。遂初携板返里，粤中嗜古之士咸以不獲案置一部爲憾。爰加讎校，復爲鋟板，以公同好，亦配白儷黄之一助也。番禺任壽昌、屈瑛光謹識。①

又方濬師再序：

> 濬師既校訂蔣苕生先生重選王聞修《四六法海》八卷，屬先生孫雲樵刊於廣州，其體例已見前序中。雲樵假歸，携板而行。粤人士欲睹兹編者，無從購覓。任君香亭、屈君渭卿鳩貲重鐫，俾廣其傳，亦雅舉也。……同治甲戌(1874)秋七月既望定遠方濬師再識。②

據方濬師再序和任壽昌、屈瑛光識語，咸豐元年《評選四六法海》在廣州刊刻成書後，受到了當時廣州學人的極大推崇，但因無法購得此書，且立昂又携板返歸故里，因而任壽昌、屈瑛光兩人又重新校對刊刻，此版即同治十年(1871)萃文堂朱墨套印本，現藏於湖南圖書館。

綜上可知，咸豐元年朱墨套印本《評選四六法海》是由蔣立昂和方濬師等人合力校勘而成，之後任壽昌、屈瑛兩人又重新刻印。兩版皆校對精嚴，刻印精良，加之蔣士銓選評見解不凡，使得這一評本在當時及後世極受推崇，翻刻重印不斷，直至民國間仍有刊刻。《評選四六法海》各種刊本有近二十種，除咸豐元年蔣立昂刻本和同治十年萃文堂朱墨套印本外，主要的有：

1.清同治十年(1871)藏園朱墨套印本，八卷八册，據許蘭伯手抄本刊行，藏國家圖書館、北京師範大學圖書館、天津圖書館、南京圖書館、復旦大學圖書館。

2.清同治年間(1862—1874)步月山房朱墨套印本，八卷八册，藏國家圖書館、四川圖書館、天津圖書館、南京圖書館。

3.清光緒元年(1875)寄螺齋刻本，八卷八册，藏國家圖書館、天津圖書館、四川圖書館。

4.清光緒三年(1877)重刊本，八卷八册，藏國家圖書館。

---

① 蔣士銓《忠雅堂評選四六法海》，清光緒元年(1875)寄螺齋刻本。

② 蔣士銓《忠雅堂評選四六法海》。

5.清光緒八年(1882)藏園朱墨套印重刻本,八卷八册,藏復旦大學圖書館。

6.清光緒十年(1884)深柳讀書堂朱墨套印本,八卷八册,藏國家圖書館、湖南圖書館(存卷一、二、五、七)、浙江圖書館。

7.清光緒十五年(1889)成都雲林閣刻本,藏湖南圖書館、四川圖書館。

8.清光緒十八年(1892)湖南書局刻本,八卷八册,藏湖南圖書館。

9.清光緒二十五年(1899)成都雲林閣重刻本。

10.民國年間(1912—1949)上海文瑞樓石印本,八卷,有八册本和四册本,藏國家圖書館、天津圖書館、湖南圖書館。

11.民國二十五年(1936)上海鴻文書局印行本。

12.民國間(1912—1949)上海鴻章書局石印本,八卷八册,藏湖南圖書館。

蔣士銓《評選四六法海》編選是承繼王志堅《四六法海》,但在選文類别和選文篇目,以及評點形式等編選體例上,蔣選與王氏原選又有很大不同。

《四六法海》原選凡十二卷,共分文體 42 種,蔣評本由原書十二卷厘爲八卷,删去原選赦文、劄子、牒、城山序、哀册文、雜著 6 種文體,將“志銘”改爲“墓志”,增加“誄”,分文體 37 種。蔣選本文體分類上很大程度上保留了王氏原選,但也有變動。在選文總量上,王氏原選收魏晋至元代駢文 610 篇,蔣士銓選取了魏晋至宋代駢文 266 篇,較原選少了很多。王志堅原選六朝駢文 234 篇,唐代駢文 217 篇,宋代駢文 148 篇,元代駢文 11 篇。王志堅原選六朝文最多,唐宋文也比較多。蔣士銓選六朝駢文 160 篇,唐代駢文 93 篇,宋代駢文 13 篇。蔣選以六朝文爲主,選入宋文很少,元文則全不録。王、蔣二人皆很重視六朝文,但蔣選六朝文比重更高於王選。王志堅選文以應用性公文表、啓、書最多,且唐宋表啓占很大比重,照應其爲舉業而作的編選宗旨。蔣士銓對王選表啓書保留較多,但以六朝爲主,唐文較少,宋文則僅保留幾篇。方濬師在蔣選本序中稱贊《四六法海》是駢文選集中的精善之本,並肯定了王志堅選文的宏富和考證的謹嚴①。方氏則評價蔣選本“蓋精而益精,善而益善”②。駢文評點大家譚獻亦認爲蔣選選文更偏於跌宕有致的文章,比王氏原選更爲精嚴③。譚氏又説蔣士銓在評語中“以開合生動論儷體,固不刊之論”④。

王選和蔣選均有評點。王志堅《四六法海》評點側重解讀人物和歷史背景,其評點形式爲文末總評,大多是注釋語,補叙作者及文題人物生平或文題命名之由,多引用文獻典籍的記載,考據與史實結合,亦對前人訛誤進行校勘辨證,或是直接借用他人之語評論。

① 蔣士銓《忠雅堂評選四六法海》,方濬師序。

② 蔣士銓《忠雅堂評選四六法海》,方濬師序。

③ 譚獻《復堂日記》,河北教育出版社 2001 年版,第 65 頁。

④ 譚獻《復堂日記》,第 122 頁。

蔣士銓《評選四六法海》與原選有很大不同,其圈抹點評更爲豐贍,各種評點形式皆有。蔣選有大量圈點。點有頓點"、",用來斷句或標示人物;還有連頓點"、、、",提示文中字句精彩處。圈有單圈"。",起斷句作用;還有連圈"。。。",亦是標注字句精妙處,與連頓點作用相似。此外,還有三角號"▷"標於文末王志堅注釋中,用以斷句。

蔣評有近三百條五千多字評語,夾批、眉批、尾批、注釋皆備。蔣選有對難解的詞語典故的注釋。注釋爲雙行小字注,僅在部分篇目出現,"符逐句之下"①。蔣選的注釋喜歡徵引典籍,與李善注《文選》偏重引證釋事類似。如卷二庾信《爲閻大將軍乞致仕表》"中涓"一詞,注曰:"《漢書》顔師古注:'中涓,官名,居中而涓潔也。'"又卷二庾信《齊王進蒼烏表》"轉司風之翼"句,注曰:"《三輔黄圖》曰:'長安宫南靈台有相風烏,遇風乃動。'"蔣選本注釋引用文獻衆多,有《河圖》《列仙傳》《水經注》《博物志》《禽經》《抱朴子》《西京雜記》《列異傳》《史記》《山海經》《周書》《周禮》《漢高祖功臣頌》等,涉及經、史、子、小説、神話、地理、詩文等各種典籍。徵引如此廣泛,足可見出其箋注的謹嚴精當。蔣士銓有時也採用直注形式,直接注釋而不加引用。如他注解庾信《齊王進蒼烏表》之"駐乘木之精"曰:"東方木帝爲蒼精烏,蒼色,故云乘木之精。"又如注庾信《齊王進赤雀表》之"南陽雉飛"云:"南陽郡雉縣,雌止陳倉爲石,雄止南陽,故名雉縣"等。蔣士銓夾批、眉批以評爲主,兼有注解及校勘語。如卷七沈約《齊故安陸昭王碑文》夾批有"禹之子,官護羌校尉,和帝時人",乃是對"鄧訓"這一歷史人物的注解。眉批是從字句等細微處入手,點評文章風格特點、章法結構等,如"筆端有廣長舌,乃能如此斡旋無跡""用筆曲折""得此頓岩,便有節奏有議論""得此一襯,更覺纖曲欲解,用筆者盍學此"等。蔣士銓尾批或稱總評,保留了王志堅批語,並附於王批之後,尾批總評是蔣評的主體與核心。總評或長或短,或對句,或散語,都體現了蔣仕銓的駢文批評觀。如"麗詞不掩其勁氣""排偶中獨饒古致,四六家不可不知此種""華而不滯,秀而不弱,有才而能節,有氣而能制""遒逸之氣,蕩漾行間"等評語,就體現出蔣仕銓以"氣"論駢,重視駢文遒逸之氣的批評特點。

另外,蔣士銓《評選四六法海》還將所選之文分爲甲、乙、丙、丁、戊、己、庚、辛、壬、癸十個等級,標於每篇題目之後,以示對其優劣的總體界定。在266篇文章中,甲類25篇,乙類22篇,丙類52篇,丁類22篇,戊類41篇,己類35篇,庚類14篇,辛類18篇,壬類8篇,癸類29篇。如卷一沈約《梁武帝與謝朏勑》標爲"丙",卷二庾信《齊王進白兔表》標爲"甲"。蔣氏分爲十等可細緻區分每篇文章的優劣,直觀展現其對文章等級的裁定。這是蔣氏新創的評選體例,構成了《評選四六法海》評點體系的一部分。這種作品分等法在宋至清散文和駢文選本中均未見到,蔣士銓或是受鍾嶸《詩品》、謝赫《古畫品録》、庾肩吾《書品》及吕天成《曲品》等品評作品方式的啓發,以品級高低評判駢文作品優劣。譚

① 蔣士銓《忠雅堂評選四六法海》,方濬師序。

獻認爲:“所定十等過繁,何不以上中下目之?”①若依譚獻所説分爲上中下三等,或過於概括,無法具體區分出每篇文章的水準高低。蔣氏的評等是一家之言,帶有强烈個人色彩,部分文章的等級歸屬有時也有失公允,但他不囿於前人體例,根據自己的審美認知對駢文作品進行品評分等,也是駢文批評的一種創新。

《評選四六法海》是一部選評精善、刊刻精良的駢文選本,自成書後不斷刊刻,得到了廣泛傳播,對六朝及唐宋駢文的保存和傳播均發揮了重要作用,並在一定程度上推動了駢文選本的編撰。《評選四六法海》體現了蔣士銓對駢文史和駢文理論的認識,這些見解散落於評語中,雖不及駢文理論著作體系完備,但其探討的問題却極爲豐富,對駢文批評有很大啓發意義和推動作用,值得今天的駢文研究者重視。

作者簡介:

鍾濤,文學博士,中國傳媒大學人文學院教授,博士生導師。主要研究方向爲中國古代散文、駢文和戲曲。代表著作有《六朝駢文形式及其文化意藴》《元雜劇藝術生産論》等。

岳贇贇,中國傳媒大學人文學院研究生。

---

① 譚獻《復堂日記》,第 297 頁。

《八家四六文鈔》叙録

孟偉

内容摘要:《八家四六文鈔》保存了曾燠已佚文集《西溪漁隱外集》的駢文作品,以肯定駢文地位爲編纂目的,提出了"師古"和"去俗"的駢文創作理論。《八家四六文鈔》編成之後,有一些學者對其進行評論,清光緒年間出現了《八家四六文注》以及《後八家四六文鈔》《十家四六文鈔》等續書,這些都可看出《八家四六文鈔》的影響。

關鍵詞:吴鼒;《八家四六文鈔》;駢文

基金項目:本文是教育部人文社會科學研究規劃基金項目"清人所編清代文章選本叙録及序跋整理"(批准號:17YJA751023)的研究成果之一。

《八家四六文鈔》,吴鼒輯,清嘉慶三年(1798)較經堂刻本。吴鼒(1755—1821),字山尊,安徽全椒人,受業於大興朱筠之門,嘉慶四年(1799)進士,選翰林院庶吉士,授編修,終侍講學士。後以母老告歸,主講揚州書院。著有《吴學士文集》。吴鼒擅長駢體文,是乾嘉年間的著名駢文作家。《清史列傳》云:"鼒所作駢體,沉博絶麗。大興朱珪愛其文,謂合任昉、丘遲爲一手。奏御文字多命其屬稿,故其名達於九重。"①晚清著名文人譚獻對吴鼒駢文極爲推崇,稱吴鼒"爲唐人正脉足自名家也"②,"獨於駢偶之篇,奄有唐賢之體。任、沈清英而不疏,齊、梁綺麗而不縟。閎深若張燕公,開闔若杜牧之,所以郎伯齊名(孫伯淵),青藍謝色也(劉圃三)"③,認爲吴鼒擅長駢文,與孫星衍齊名,勝過劉星煒,給予了極高的評價。

一、《八家四六文鈔》的編選

《八家四六文鈔》選録乾嘉時期駢文名家8人,文169篇。分别是:袁枚25篇、邵齊燾18篇、劉星煒12篇、孔廣森19篇、吴錫麒54篇、曾燠15篇、孫星衍7篇、洪亮吉19

---

① 王鍾翰點校《清史列傳》,中華書局1987年版,第5940頁。

② 譚獻著,范旭侖、牟曉朋整理《譚獻日記》,中華書局2013年版,第250頁。

③ 吴鼒《吴學士文集》,《續修四庫全書》本,上海古籍出版社2002年版,第376頁。

篇。其中前四家爲已故作家,後四家爲當世作家。

《八家四六文鈔》從各家文集選録而出,其中選有曾燠《西溪漁隱外集》一卷。曾燠作品現存有《賞雨茅屋詩集》二十二卷、《賞雨茅屋外集》一卷。《賞雨茅屋外集》收録了曾燠的42篇駢文作品。《八家四六文鈔》本《西溪漁隱外集》共有15篇文章。現存收録曾燠駢文作品的《賞雨茅屋外集》有多種刻本,據嘉慶二十四年(1819)重編、咸豐十一年(1861)補刊本《賞雨茅屋外集》李之鼎跋,重編本《外集》所收駢文與嘉慶年間的原編本相比"無所增損"①,可知後來刊刻的各種《賞雨茅屋外集》保存了嘉慶年間原編本的面貌。《八家四六文鈔》本《西溪漁隱外集》所收15篇文章中,有11篇不見於《賞雨茅屋外集》,分别是:《桐城張氏講筵四世詩鈔序》《秋湖觴芰圖序》《聽秋軒詩序》《黟縣葉氏文會序》《紫藤吟榭記》《曹儷生悼亡詩跋》《自題西溪漁隱圖後》《崇甯寺傳宗和尚傳戒引》《秋禊詩序》《請施獄囚寒衣啓》《叔母趙太孺人七十貞壽徵詩啓》。二者重合的篇目只有4篇,分别是:《依巖吴君墓表》《張孝女墓碑》《桃花夫人廟碑》《重修曾襄閔碑文》。《八家四六文鈔》本《西溪漁隱外集》較爲集中地保存了曾燠的駢文作品,具有一定的文獻價值。

吴鼒編選《八家四六文鈔》影響極大,關於八家人選,後人也有所議論,尤其是對於不選汪中,頗爲人所不解。徐珂《清稗類鈔》説:"國朝駢文,以山陰胡稚威爲第一,而江都汪容甫中亦表表者,皆在吴穀人之前,而山尊選本,寧缺不録,又何疏耶?"②吴鼒所選皆爲與自己有交誼或是私淑景慕之人,胡天游年輩較早,與吴鼒没有交集,自然不在所選之列。汪中爲乾隆時期的駢文名家,後人多以其爲乾嘉乃至清代駢文的代表人物,吴鼒在《問字堂外集題詞》中也述及與汪中的交誼,但却没有將其選入《文鈔》。對於不選汪中,吴鼒在《卷葹閣文乙集題詞》中有所説明:"容甫遺文,有《述學》内外篇,經術詞術,並臻絶詣。所爲駢體,哀感頑艷,惜皆不傳。"③吴鼒以汪中駢文失散不傳爲不選理由。筆者認爲,汪中駢文駢散相間,尤其擅長以四字成句,排比而下,絶無齊梁以後駢文四六對句的寫法,其名作《哀鹽船文》《漢上琴臺之銘》《經舊苑吊馬守真》等莫不如是。王念孫論汪中駢文説"至其爲文則合漢魏晋宋作者而鑄成一家之言"④,指出汪中駢文以"漢魏晋宋"爲宗尚,"漢魏晋宋"駢文特點是語句整齊,駢散相間,但並不追求四六對句。而吴鼒爲文宗尚齊梁至唐代的"四六"一派,如前所述,朱珪謂其"合任昉、丘遲爲一手",譚獻謂其"爲唐人正脉",其個人所作文章及所選《八家四六文鈔》皆有四六對句,汪中駢散相間的駢文風格顯然與《文鈔》所録各家駢文風格不相一致,所以也就不爲吴鼒所推崇,這恐

① 曾燠《賞雨茅屋外集》,《續修四庫全書》本,上海古籍出版社2002年版,第262頁。

② 徐珂《清稗類鈔》,中華書局1986年版,第3891頁。

③ 吴鼒在《八家四六文鈔》中,對所選各家均作有《題詞》一篇,叙述生平交誼,談論詞章學術,是了解吴鼒文學批評思想的重要資料。本文所引《題詞》隨文標出,不加注釋。

④ 王念孫《述學序》,見汪中《述學》,《續修四庫全書》本,上海古籍出版社2002年版,第385頁。

怕是他不選汪中的内在原因。

二、《八家四六文鈔》的駢文批評

吴鼒編選《八家四六文鈔》的一個重要目的就是表達他對駢文文體地位的推崇。他説:"夫一奇一偶,數相生而相成;尚質尚文,道日衍而日盛。暘谷、幽都之名,古史工於屬對;覯閔、受侮之句,葩經已有儷言。道其緣起,略見源流。""而必左袒秦、漢,右居韓、歐,排齊、梁於江河之下,指王、楊爲刀圭之誤,不其過與!"①吴鼒從辨析文章源流的角度,認爲駢文偶對、散文單行,駢文華美、散文質樸,好比是數字的奇偶相生、大道的質文相衍,都具有天然的合理性。針對古文家認爲古文源自先秦經典,而駢文産生於六朝的觀點,吴鼒追源溯流,指出"古史工於屬對""葩經已有儷言",在《左傳》和《詩經》中已經有駢偶屬對的表達方式了,從辨析源流的角度,證明駢文與古文均出自先秦經典。又以范曄《後漢書》的"史論"和劉勰《文心雕龍》爲例,説明以"雙詞""偶語"爲特徵的駢文,只要運用得當,一樣能够發揮作用,産生了不起的著作。對社會上尊崇秦、漢古文,重視以韓愈、歐陽修爲代表的唐宋八大家,而鄙視齊、梁駢文,指斥王勃、楊炯的態度,吴鼒直接表達了不滿。吴鼒在《八家四六文鈔序》中,强調駢文的合理性,表達了對駢文文體地位的肯定態度。

吴鼒認爲元明以來,駢文寫作存在徒有華麗辭藻而缺乏思想内涵,一味模擬剽竊、生搬硬套等流弊。因此,他提出"師古"和"去俗"的創作主張。

首先來看"師古"。吴鼒在《八家四六文鈔序》中説"文不師古,則思騖而近謬",明確指出駢文創作師法古人的重要性。在《八家四六文鈔》的《思補堂文集題辭》中,吴鼒認爲劉星煒:"於孟堅、孝穆、子安三家致力最久而才氣書卷足以副之。小儒好議論,以爲入古太淺,非徒刻深,直是孟浪。"劉星煒以班固、徐陵、王勃爲學習對象,這三家是漢、六朝、初唐駢文的代表作家。吴鼒認爲劉星煒的"才氣書卷",也就是個人學養,能够支持其對三家的效法學習,因此其駢文能够取得較高的成就。吴鼒稱贊樸學名家孔廣森"兼有漢魏六朝初唐之盛,嘗從戴氏受經,治《春秋》、三《禮》,故其文托體尊而去古近"(《儀鄭堂遺稿題辭》),認爲孔廣森的駢文有"漢魏六朝初唐"的風貌,而師從戴震,經學修養深厚,是其駢文體貌尊嚴與古人相近的原因。評吴錫麒駢文説:"先生不矜奇,不恃博,詞必擇於經史,體必准乎古初。""合漢魏六朝唐人爲一爐冶之,胎息自深,神采自旺,衆妙畢具,層見迭出。"(《有正味齋續集題辭》)也是贊揚其有經史學養,所作駢文能得古人風貌。《西溪漁隱外集題詞》:"都轉深於《選》學,所作擅六朝唐初之盛。""而於四六之文,則首

① 吴鼒《八家四六文鈔》卷首,清較經堂刻本。

推都轉,以爲其體正而詣深。”曾燠因爲有深厚的《選》學修養,所作駢文具有“六朝唐初”的風格,因此在吴鼒看來,其駢文具有體貌純正、造詣深厚的特點。《卷葹閣乙集題詞》:“余讀《卷葹閣乙集》,樸質若中郎,遒宕若參軍,肅穆若燕公,蓋其素所蓄積,有以舉其詞。”洪亮吉是深通經史考證之學的朴學名家,深厚的學養積累,令其駢文具有蔡邕、鮑照、張説的風格。從吴鼒的這些評論可以看出,他所推崇的駢文作家,都以漢魏六朝、唐代駢文爲取法對象,而深厚的經史學養,是他們能够取得駢文成就的重要因素。

其次來看“去俗”。吴鼒在《八家四六文鈔》中談到對袁枚駢文的選録時説:“凡先生文之稍涉俗調與近於僞體者皆不録。雅音獨奏,真面亦出。”(《小倉山房外集題辭》)不選録袁枚駢文中的“俗調”“僞體”,表明吴鼒認爲駢文創作應“去俗”的態度。如何才能“去俗”?吴鼒認爲“師古”是“去俗”的最好方法。他在《問字堂外集題詞》中謂孫星衍“獨好余所爲四六文,以爲澤於古而無俗調”,駢文創作取法古人,有古人風貌自然就不俗了。“後生末學,入古不深,求工章句,乃日流於淺薄佻巧,於是體制遂卑,不足儷於古文詞,矯之者務爲險字僻義,又怪而不則矣。”(《問字堂外集題詞》)認爲不能“師古”是駢文“流於淺薄佻巧”“體制遂卑”的根本原因。吴鼒在所編選本的序文中,對駢文弊病的揭示,涉及文章寫作的各個方面,而這些弊病實際上都是元明以來駢文逐漸庸俗化的表現,駢文要想獲得“其體尊,其藝傳”(《問字堂外集題詞》)的價值,就必須“去俗”,擺脱俳俗、浮靡的習氣。“去俗”和“師古”作爲吴鼒在所編駢文選本中提出的理論主張,對於挽救駢文衰敝,規範駢文創作都具有較爲重要的意義。

在“師古”和“去俗”的基礎上,吴鼒闡釋了他所理想的駢文境界:“夫排比對偶,易傷於詞。惟叙次明净,鍛煉精純,俾名業志行不掩於填綴,讀者激發性情,與《雅》《頌》同,至於攬物起興,似贈如答,風雲月露,華而不縟。然後其體尊,其藝傳。”(《問字堂外集題詞》)優秀的駢文作品,應該筆法精煉,去除辭藻浮靡、堆砌填綴之病,能够與《雅》《頌》一樣引起讀者情感上的共鳴。在吴鼒看來駢文應該發揮《雅》《頌》激發性情的作用,達到《雅》《頌》所代表的審美理想。吴鼒的目標是讓駢文做到“其體尊,其藝傳”,從而把駢文納入儒家文藝思想的軌範之中。這是吴鼒在推崇駢文、爲駢文樹立準則方面所做的努力。

三、《八家四六文鈔》的相關評論、注本及續書

有關《八家四六文鈔》的評論,以嘉慶年間法式善爲最早。他在所著《陶廬雜録》中,認爲《八家四六文鈔》“駢麗家應奉爲圭臬”。[①]《陶廬雜録》撰成於嘉慶十七年(1812)之

① 法式善《陶廬雜録》,中華書局1959年版,第112頁。

前，而《八家四六文鈔》刊刻於嘉慶三年(1798)，可見《文鈔》刊刻不久即爲學者所矚目。光緒八年(1882)，梁肇煌爲新整理的《吴學士文集》作序，稱譽吴鼒所選《八家四六文鈔》説："學士識洞三微，言貫九變。韋弦之贄，貺於宙合；山斗之譽，溢於甸外。掩一代之雅，成不朽之業。袁、吴博麗而删其濫音；邵、曾清麗而振其弱體。一篇一什，傳之其人。上相傾襟，名流斂手。"[1]稱《八家四六文鈔》爲"不朽之業"，尤其是能够指出《文鈔》對袁、吴文章"删其濫音"，對邵、曾文章"振其弱體"，認爲吴鼒通過去取，使所選文章能够代表各家風格，這是對《文鈔》價值判斷的真知灼見。譚獻在《吴學士文集序》中，論及《八家四六文鈔》説："全椒吴山尊學士，以千秋一二之才，撰八家四六之集。平章衆制，希風建安；品藻群倫，復聞正始。非徒尚友古人，抑亦其中有我，所業在此，來者難誣。"[2]認爲吴鼒所編《八家四六文鈔》是以建安爲宗尚，爲駢文樹立準則，堪稱"正始之音"。又指出其並非盲目崇尚古人，書中所表達的是吴鼒個人對駢文的見解。郭嵩燾在爲王先謙《國朝十家四六文鈔》所作序文中，談到吴鼒的《八家四六文鈔》説："全椒吴氏八家駢文之選，萃一代之俊雄，匯斯文之淵海，牢籠百態，藻繪群倫，鼓鐸以齊聲容，膏馥足資津逮。"[3]對吴鼒所選給予極高評價，認爲能够給駢文作者指示門徑。光緒年間，張壽榮輯《後八家四六文鈔》，其序文曰："昔吴山尊氏手録駢體文，凡八家，刊以問世。世之爲詞章之學者，讀之玩之，咸取資焉，而有以得乎法之所在，至於今且宗尚弗衰。""剖辨乎法，明白曉暢，學者可以得夫指歸矣。"[4]指出吴鼒所編選本自問世以來就成爲人們學習駢文的範本，盛傳不衰，他所標示的駢文法度已經成爲學習駢文者所遵循的準則。清末易宗夔在所著《新世説》中評論《八家四六文鈔》説："(吴鼒)嘗選袁簡齋、邵荀慈、劉圃三、孔巽軒、吴穀人、曾賓谷、孫淵如、洪稚存之駢文，稱爲八大家。——是皆遵循軌範，敷畼厥旨，堪爲一代駢文之正宗。"[5]稱吴鼒所選八家是駢文"八大家"，八大家遵循軌範，是清代駢文的正宗。民初徐珂纂輯《清稗類鈔》有"國朝駢體文家之正宗"條，也稱吴鼒所選爲"駢文八大家"[6]，由此也可看出當時學者對吴鼒所編選本的認可。

光緒十一年(1885)，許貞幹刊成《八家四六文注》。書前有陳寶琛序，對吴鼒所選八家各有簡要評價。後有洪亮吉之孫洪熙跋，稱許貞幹"乃以八家傳流既久，箋注無聞"而撰成此書，"其爲不朽之作，斷可識矣"，[7]給予了極高的評價。從許貞幹的"例言"可知，他對孫、洪、孔、劉、邵、曾六家進行了注釋，袁、吴二家則採用舊注，而有所補益。光緒十

① 吴鼒《吴學士文集》，《續修四庫全書》本，上海古籍出版社2002年版，第376頁。
② 吴鼒《吴學士文集》，《續修四庫全書》本，第376頁。
③ 王先謙《國朝十家文鈔》，清光緒十五年(1889)長沙王氏刻本。
④ 張壽榮《後八家四六文鈔》，清光緒七年(1881)刻本。
⑤ 易宗夔《新世説》，《清代傳記叢刊》本，臺北明文書局1985年版，第276頁。
⑥ 徐珂《清稗類鈔》，中華書局1986年版，第3888頁。
⑦ 許貞幹《八家四六文注》，民國二十三年(1934)上海掃葉山房石印本。

八年(1892),陳衍作《八家四六文補注》八卷,採用摘句條列的形式,不載八家原文,有陳衍自序[①]、蕭穆序。吴鼒所選八家,除袁枚、吴錫麒外,其餘六家都無注。許貞幹和陳衍首次爲這六家作注,使《八家四六文鈔》更加便於閲讀與流傳,也擴大了它的影響。許貞幹《八家四六文注》和陳衍《補注》的合訂本較爲常見,有光緒十八年(1892)上海圖書集成印書局本、民國二十三年(1934)上海掃葉山房石印本等。

光緒年間,繼《八家四六文鈔》而編選的續書有《後八家四六文鈔》和《國朝十家四六文鈔》。

《後八家四六文鈔》八卷,張壽榮輯,光緒辛巳(1881)刻本。卷首有張壽榮序,認爲吴鼒所選《八家四六文鈔》"剖辨乎法,明白曉暢",對於學習駢文有指導作用,他編輯《後八家四六文鈔》"則循是而爲八家文之選,要仍不離乎前八家之法,庶乎其足尚焉"[②],道出了以《八家四六文鈔》爲取法標準的編選宗旨。

《國朝十家四六文鈔》,王先謙輯,光緒十五年(1889)長沙王氏刻本。此書選録清代中後期的駢文作者十人,卷首有郭嵩燾序和王先謙自序。郭序對吴鼒所選《八家四六文鈔》予以極高的評價,又説:"益吾祭酒繼之有十家駢文之刻,以此諸賢,方軌前哲。"[③]指出王選《國朝十家四六文鈔》是對吴選的繼承。王先謙自序説:"網羅衆家,竊附全椒之例;推求正宗,或肖南城之心。"[④]表明《十家四六文鈔》在體例和編選宗旨方面都深受吴鼒、曾燠二家選本的影響。

作者簡介:

孟偉,復旦大學文學博士,上海大學博士後,現爲常熟理工學院人文學院副教授。著有《清人編選的文章選本與文學批評研究》,發表論文多篇。

① 陳衍的《八家四六文補注自序》不載於他的《石遺室文集》。《自序》主要談論注書之難,列舉注書之弊十二條,可資參考。

② 張壽榮《後八家四六文鈔》,清光緒七年(1881)刻本。

③ 王先謙《國朝十家四六文鈔》,清光緒十五年(1889)長沙王氏刻本。

④ 王先謙《國朝十家四六文鈔》,清光緒十五年(1889)長沙王氏刻本。

《國朝駢體正宗》叙録

孟偉

内容摘要:《國朝駢體正宗》選録作家 42 人,文 171 篇。《國朝駢體正宗》具有一定的文本校勘價值。在駢文批評方面,《國朝駢體正宗》肯定駢文地位,以"去俗"爲批評旨趣。後世出現了一些關於《國朝駢體正宗》的評論。清光緒年間,張壽榮刊刻《駢體正宗評本》,此後還陸續出現一些以接續《國朝駢體正宗》爲目的的續書。

關鍵詞: 曾燠;《國朝駢體正宗》;駢文

基金項目:本文是教育部人文社會科學研究規劃基金項目"清人所編清代文章選本叙録及序跋整理"(批准號:17YJA751023)的研究成果之一。

《國朝駢體正宗》十二卷,曾燠輯,清嘉慶十一年(1806)賞雨茅屋刻本。曾燠(1760—1831),字庶蕃,一字賓谷,江西南城人。乾隆四十六年(1781)進士。歷官户部主事、户部員外郎、兩淮鹽運使、湖南按察使、湖北按察使、廣東布政使、貴州巡撫、兩淮鹽政等職。喜吟詩,著有《賞雨茅屋詩集》二十二卷。曾燠亦工駢體文,《國朝先正事略》稱其"文擅六朝初唐之盛"①,譚獻謂其駢文"雖時墮宋調,而清剛可味,固是名家"②。

一、《國朝駢體正宗》的編選

《國朝駢體正宗》選録作家 42 人,文 171 篇。選録作家及選文數量見下表:

① 李元度《國朝先正事略》,《清代傳記叢刊》本,臺北明文書局 1985 年版,第 523 頁。

② 譚獻著,范旭侖、牟曉朋整理《譚獻日記》,中華書局 2013 年版,第 232 頁。

第一卷		第二卷		第三卷		第四卷		第五卷		第六卷	
作者	數量	作者	數量	作者	數量	作者	數量	作者	數量	作者	數量
毛奇齡	5	胡天游	11	杭世駿	3	袁枚	12	王太岳	4	吴錫麒	12
陳維崧	8			胡浚	1			邵齊燾	6		
毛先舒	2			黄之雋	1			劉星煒	2		
陸圻	1							朱珪	2		
吴兆騫	1										
吴農祥	1										

第七卷		第八卷		第九卷		第十卷		第十一卷		第十二卷	
作者	數量	作者	數量	作者	數量	作者	數量	作者	數量	作者	數量
汪中	3	孔廣森	10	洪亮吉	15	淩廷堪	1	查初揆	4	胡敬	1
楊芳燦	5	孫星衍	6			朱文翰	4	彭兆蓀	12	朱爲弼	1
楊揆	1	阮元	4			劉嗣綰	8			郭麐	1
趙懷玉	2	王芑孫	2			吴鼒	2			顧廣圻	1
沈清瑞	1					樂鈞	6			吴慈鶴	4
顧敏恒	2					金式玉	1			汪全德	1
楊夢符	1										

從《國朝駢體正宗》的選録情況來看,第一卷選録清初六位作者,陳維崧 8 篇,毛奇齡 5 篇,毛先舒 2 篇,陸圻、吴兆騫、吴農祥各 1 篇。其餘十一卷均爲乾嘉時代駢文作家。其中,胡天游 11 篇,袁枚 12 篇,吴錫麒 12 篇,洪亮吉 15 篇,彭兆蓀 12 篇,孔廣森 10 篇,劉嗣綰 8 篇,孫星衍、邵齊燾、樂鈞均爲 6 篇,這些是選文數量較多的作者。從選文數量來看,曾燠最推崇的駢文作家是洪亮吉。值得注意的是,《國朝駢體正宗》(以下簡稱《正宗》)所録各家選文只有 1 篇或 2 篇的多達二十二位,可見其搜羅之廣泛,持擇之精審,這也是《正宗》在作品選録方面較爲鮮明的特點。

《正宗》於清初駢文只選 1 卷,包括陳維崧等 6 位作者的 18 篇文章,很多清初名家未予選入,説明在曾燠看來,清初駢文作者大多並非"正宗"。彭兆蓀曾協助曾燠纂輯《正宗》,在與友人書信中,談及《正宗》的選録情況説:"其有新聲滌濫,煩手滔堙,雖在專門,固從芟薙。或乃淺才薄植,學乏本原,齲齒折腰,意圖貌襲,珠礫之似,亦勿容淆。若憮堂集唐一篇,則變例收之。尤、陸、吴、章諸家則别裁汰之。攬翮剔毛,俱存微旨。"[①]表明

① 彭兆蓀《與姚春木書》,《小謨觴館文集》,《續修四庫全書》本,上海古籍出版社 2002 年版,第 646 頁。

《正宗》有明確的去取標準。從其去取標準出發,清初尤侗、陸繁弨、吴綺、章藻功雖爲駢文名家,但曾燠"别裁汰之"。所謂"别裁",顯然暗含杜甫"别裁僞體親風雅"之義。對這四家駢文的摒除,表明曾燠對清初駢文除少數作者以外,多持否定態度。《四庫全書總目》"陳檢討四六條"説:"國朝以四六名者初有維崧及吴綺,次則章藻功,《思綺堂集》亦頗見稱於世。然綺才地稍弱於維崧、藻功,欲以新穎勝二家,又遁爲别調。譬諸明代之詩,維崧導源於庾信,氣脉雄厚如李夢陽之學杜;綺追步於李商隱,風格雅秀如何景明之近中唐;藻功刻意雕鐫,純爲宋格,則三袁、鍾譚之流亞。平心而論,要當以維崧爲冠。"①四庫館臣認爲陳維崧爲清初駢文冠冕,對吴綺、章藻功並不十分推舉。《正宗》對清初駢文的選録,顯然有受《總目》影響的痕迹。

二、《國朝駢體正宗》的文本校勘價值

《正宗》在文本校勘方面具有一定價值。

《正宗》録有王芑孫《詹鱗飛獨繭詩鈔序》一文,與嘉慶九年(1804)刊、嘉慶二十年(1815)重編本王芑孫《惕甫未定稿》對勘,發現二者在字句、行文方面有諸多差異。羅列如下:

《正宗》"長爲諸生",《惕甫未定稿》作"長習諸生家法"。

《正宗》"振奇人也,間好爲詩,有《獨繭詩鈔》一卷",《惕甫未定稿》作"亦一振奇人也,間好爲詩,其詩務在鳴聲躍色,大抵沈休文所謂易誦而賞譽者,此獨繭詩一卷"。

《正宗》"鏤金錯采,措手綦難,屬序再三,予故遲之",《惕甫未定稿》作"鏤金錯采,措手綦難,嗟乎,妙哉!然鱗飛屬序再三,而余若故難之,何也?誠以鱗飛振奇人也"。

《正宗》"少陵有佳句之慚,子雲有少作之悔,予序鱗飛當有待矣",《惕甫未定稿》"予"後有"之"字,"有待矣"下有"而鱗飛請予益勤,無已,則爲君頌所聞乎"。

《正宗》"夫詩之爲事,不在高談,求端晋宋,亦云易誦矣",《惕甫未定稿》無"夫""矣"兩字。

《正宗》"不惟一篇之内逆萌追媵,且復",《惕甫未定稿》"且復"作"而且"。

《正宗》"因先士之茂制,發吾人之本懷",《惕甫未定稿》作"凡先士之茂制,皆以發吾人之本懷"。

細看這些差異,顯然不是由抄寫、刊刻偶然致誤的。與此文的較早刊本《惕甫未定稿》相比,《正宗》删削了一些較爲繁冗的語句,個別用詞也有所增删、改動,顯然《正宗》行文更爲簡潔整飭。《正宗》所録《詹鱗飛獨繭詩鈔序》是藝術水準更高的一種版本。

---

① 永瑢等《四庫全書總目》,中華書局1965年版,第1524頁。

劉嗣綰《尚絅堂集》有駢文二卷，刊刻時間在嘉慶十三年(1808)之後，晚於《正宗》刊刻時間。以《正宗》所録劉嗣綰文章與《尚絅堂集》對勘，在字句方面也有差異。如《貽友人書》"長江帆駛，聞在杪秋，道出鳩兹"，《尚絅堂集》作"足下邗江之棹，竊意道出鳩兹"。《與張皋文書》"足下胸藏鳳毛"，"鳳毛"《尚絅堂集》作"鳳尾"。《與蔡浣霞書》"厭其青壇"，"青壇"《尚絅堂集》作"青氈"。《正宗》本《祭吴季子廟文》自"世紀克修，墟里猶識，故劍去隴，遺碑卧塗。晋吏戒荆榛之除，梁賢表蘩之薦，尚友自昔，清塵在兹"三十八字爲《尚絅堂集》所無，《正宗》可能據初稿本録入。

樂鈞《青芝山館駢體文集》刊刻於嘉慶九年(1804)，早於《正宗》的刊刻時間。《正宗》所收樂鈞《重修朝雲廟碑》自"如廢壘者焉"以下，作"明湖十里，春水猶香，小山四圍，晚霞如繡。立石奠埋香之宅，汀水伊侯；濡毫灑墮淚之碑，臨川樂子"，樂鈞《青芝山館駢體文集》作"客偶滯，冒雨來尋，村釀莫陳，持花申吊，巡愁臺而行，仰徽靈而惻傷。爰告太守伊侯，亟加修葺，遂徵鄙制，將琢貞珉，屬工役未遑，故歲月不具，蓋有待耳。明湖十里，春水猶香，小山四圍，晚霞如繡，埋香之宅，生金之碑，以永斯丘，並念來者"。《正宗》所録與樂鈞原集差異較大，細按文意，《正宗》對原集進行了删削調整，較原集更爲精煉。

胡敬《崇雅堂駢體文鈔》爲道光二十六年刻本，晚於《國朝駢體正宗》的刊刻時間。以《正宗》所録胡敬《重修會稽大禹陵廟碑》與胡敬原集相較，有多處文字差異較大。如《正宗》"風雨連朝，春秋何祀？邑之縉紳"，《崇雅堂駢體文鈔》作"風雨連朝，梁匪梅而亦化；春秋何祀？山有木以宜刊。於是邑之縉紳"。《正宗》"封泥表堠。石泉都遠，耀華廡於巴江；金柳城高，建叢祠於夏邑。湘潭磯上，虹光騰鬺帝之金；嶓塚巖前，珠滴瀉漏池之水。豐碑岌嶫，蛇靈銜岣嶁之文"，《崇雅堂駢體文鈔》作"封泥表堠。湘潭磯上，虹光騰鬺帝之金；嶓塚巖前，珠滴瀉漏池之水。建叢祠於夏邑，金柳城高；耀華廡於巴江，石泉都遠。豐碑岌嶫，蛇靈銜岣嶁之文"，《正宗》所録可視爲胡敬此文的另一版本。

三、《國朝駢體正宗》的駢文批評

肯定駢文地位是曾燠編選《正宗》的重要目的。他説："夫駢體者，齊梁人之學秦漢而變焉者也。後世與古文分而爲二，固已誤矣。"[①]强調駢文的源頭也在秦漢文章，明確反對從古文角度區别駢散的做法，實際上也是從駢散同源觀點出發對駢文地位的肯定。曾燠認爲駢文應"以六朝爲極則"，他最推崇徐陵、庾信、任昉、沈約，説："徐、庾影徂而心在，任、沈文盛而質存。其體約而不蕪，其風清而不雜。蓋有詩人之則，寧曰女工之蠹。"(《國朝駢體正宗序》)認爲六朝駢文作家也具有"詩人之則"，表明曾燠認爲駢文也能够

① 曾燠《國朝駢體正宗序》，《國朝駢體正宗》卷首，《續修四庫全書》本，上海古籍出版社2002年版，第1頁。下引此文隨文標出，不再注釋。

繼承《詩經》的文學傳統，這是對駢文的高度肯定。

《正宗》以“去俗”爲批評旨趣。彭兆蓀在與友人書信中，强調“以遠俗爲工”是《正宗》的選録標準，其編纂目的是“欲以矯俳俗，式浮靡”，[①]“俳俗”“浮靡”是宋代以後駢文創作存在的普遍弊病，曾燠以“正宗”二字命名其所編輯的駢文選本，本身就具有矯正弊病的目的。曾燠在《國朝駢體正宗序》中説：“古文喪真，反遜駢體。駢體脱俗，即是古文。跡似兩歧，道當一貫。”他認爲“俳俗”是駢文最爲致命的弊病，因此特别强調駢文創作要“脱俗”。認爲駢文“脱俗”則具有與古文一樣的價值，可見他是以能否“脱俗”作爲評判駢文好壞的標準。在他看來，駢文只有在語言辭藻、寫作技巧、文章内容、情感表達等方面去除俗調，才能真正獲得自身的藝術品格。

四、《國朝駢體正宗》的相關評論、評本及續書

《正宗》編成之後頗受人矚目。光緒元年（1875）張之洞刊成《輶軒語》，爲諸生指示讀書門徑。關於學習駢體文，他認爲讀曾燠《正宗》“可知駢文指歸”[②]，將《正宗》與王志堅所編《四六法海》、李兆洛所編《駢體文鈔》並提，認爲都是學習駢文的入門之書。光緒年間，繆德芬在《國朝駢體正宗續編序》中説：“南城曾賓谷先生嘗輯《駢體正宗》一書，頽波獨振，峻軌遐企，芟薙浮豔，屏絶淫哇，取則於元嘉、永明，極才於咸亨、調露。鐘釜齊奏，弗淆晋野之聰；瑻玉並耀，特具卞和之識。固已辟途徑於文囿，示模楷於藝林矣。”[③]對於《正宗》挽救駢文衰敝，樹立駢文軌范的意義予以充分肯定。《國朝駢體正宗評本》有馮可鏞序，謂：“曾氏《國朝駢體正宗》一書，錯比華詞，甄綜儷格。删宿莽而滋蕙，屏犿駝而獲麐。集豔馬、班，漱潤潘、陸。酌前修之筆海，録定維摩；搴一代之詞林，集成明遠。承學之士，咸資准的。”[④]又有張壽榮序，謂：“曾賓谷氏揭駢體流弊，宗六代正軌，選國朝文百七十二篇，凡四十三家，其所以示人者殆輪扁之用心與。”[⑤]馮、張二人都認爲《正宗》通過删削去取，去僞存真，爲駢文創作樹立准的，因此給予極高評價。譚獻在所作《續駢體正宗序》中説：“游乎著作之林，判乎淄澠之味，都轉之書，固爲奇作。”[⑥]認爲曾燠所編選本採擇廣泛，判别優劣，堪稱“奇作”。可見，《正宗》宣導駢文“正宗”的編選宗旨，深爲後世推尊駢體者所認可。

光緒十一年，張壽榮將姚燮對《正宗》的評點加以整理，自己又施以眉評，刊成《國朝

---

① 彭兆蓀《與姚春木書》，《小謨觴館文集》，《續修四庫全書》本，上海古籍出版社2002年版，第646頁。

② 張之洞《張之洞全集》，河北人民出版社1998年版，第9810頁。

③ 張鳴珂《國朝駢體正宗續編》，清光緒十四年（1888）寒松閣刻本。

④ 張壽榮《國朝駢體正宗評本》，清花雨樓刻本。

⑤ 張壽榮《國朝駢體正宗評本》，清花雨樓刻本。

⑥ 譚獻《復堂類集》，《叢書集成續編》本，臺灣新文豐出版公司1988年版，第109頁。

駢體正宗評本》十二卷。書前有馮可鏞序，認爲姚、張二人對《正宗》所作評點，辨析源流、評判優劣，能够爲駢文創作指示門徑。又有張壽榮序，謂："至我邑梅伯姚先生出，用知曾氏是選，輪扁其用心尚非輪扁其技。""先生一一爲之點竄品題，不少假借，是言輪扁之言，而復心其心，技其技，意者其所造而至，將不第如曾氏乎！"[①]認爲姚燮所作評點能够指示《正宗》所選文章的優劣得失，爲學習駢文者提供方法、門徑。《國朝駢體正宗評本》有光緒十一年花雨樓朱墨套印刻本，民國時期上海文瑞樓、鴻章書局有石印本，1961年臺灣世界書局有影印花雨樓本。

《正宗》的續書有如下幾種：

光緒十四年(1888)張鳴珂《國朝駢體正宗續編》八卷，寒松閣刻本。卷首有繆德芬序，談到此書的編選情況，説："搜集宏富，持擇謹嚴，約而不濫，華而不靡。風清骨峻者，非專門而亦存；文麗義睽者，即宗匠而必汰。"[②]與曾燠在《正宗》中所闡釋的駢文選録標準是完全一致的。

《同光駢文正軌》不分卷，孫雄編，宣統三年(1911)油印本。孫雄所作序文云："余於壬辰、癸巳間客京師，即有繼續南城曾氏選輯《國朝駢體正宗》之舉，録稿凡六十餘家，爲文四百餘篇，自嘉、道以還，同、光作者略具。"[③]明確表示他編輯此書是對曾燠《正宗》的繼續。

同光年間，謝增輯有《續駢體正宗》。譚獻《復堂類集》有《續駢體正宗叙》一文，徐壽基《酌雅堂駢體文集》也收有此書序文一篇。據譚獻日記，可知此書未曾刊刻。

附録：

《國朝駢體正宗序》：夫《咸》《英》既遥，詩聲俱鄭。籀、斯屢變，草書非古文之衰也，運會爲之哉！然而進取之儒，不隨頹俗；特立之品，必追前修。大壑有宗，迴狂瀾於既倒；朝華方謝，啓夕秀於未振。作者復起，存乎其人。有如駢體之文，以六朝爲極則，乃一變於唐，再壞於宋，元明二代，則等之自鄶，吾無譏焉。原其流弊，蓋可殫述：

夫駢體者，齊梁人之學秦漢而變焉者也。後世與古文分而爲二，固已悮矣。歲曆綿曖，條流遂紛。嘗讀陸機之賦曰："象下管之偏疾，故雖應而不和。""寤《防露》與《桑間》，又雖悲而不雅。"抑聞劉勰之論曰："新奇者，擯古競今，危側趣詭者也；輕靡者，浮文弱植，縹緲附俗者也。"是故執柯伐柯，梓匠必循其則；以繬緣繬，珠鈞豈失其度。乃有飛靡弄巧，瘠義肥詞，援旃、孟爲石交，笑曹、劉爲古拙。於是宋玉《陽春》，亂以《巴人》之和矣；相如典册，雜以方朔之諧矣。若乃苦事蟲鐫，徒工獺祭，莽大夫遐搜奇字，邢子才思讀誤

① 張壽榮《國朝駢體正宗評本》，清花雨樓刻本。
② 張鳴珂《國朝駢體正宗續編》，清光緒十四年(1888)寒松閣刻本。
③ 孫雄《同光駢文正軌》，清宣統三年(1911)油印本。

書，其實樹旆於晋郊，雖衆而無律也；買櫝於楚客，雖麗而非珍也。瑣碎失統，則體類於疥駝；沉腿不飛，詎祥比於鳴鳳。亦有活剥經文，生吞成語，李記室之襴襦，横遭同館之割；孫興公之錦段，付諸負販之裁。擲米成丹，轉自矜其狡獪；煉金躍冶，使人歎其神奇。古意蕩然，新聲彌甚。且夫四字密而不促，六字格而非緩，變以三五，厥有定程，奚取於冗長乎？爾乃吃文爲患，累句不恒，譬如屢舞而無綴兆之位，長嘯而無抗墜之節，亦可謂不善變矣！

夫畫者謹髮，不可以易貌；射者儀毫，不可以失牆。刻鵠類鶩，猶相近也；畫虎類狗，則相遠也。徐、庾影但而心在，任、沈文勝而質存。其體約而不蕪，其風清而不雜。蓋有詩人之則，寧曰女工之蠹。乃染髭鬚而輕前輩，易刀圭以誤後生，其駢體之罪人乎？

國朝雲漢爲章，壁奎應象。人稱片玉，家有聯珠。惟駢體别於古文，相沿既久，或以篆刻太工，爲揚雄之小技；喻言雖妙，類《莊子》之外篇。顓門之業不多，具體之賢遂少。豈知古文喪真，反遜駢體；駢體脱俗，即是古文。跡似兩歧，道當一貫。近者宗工叠出，風氣大開，賦不惟《枯樹》一篇，碑豈僅韓陵片石。康衢既辟，不回墨子之車；正鵠斯懸，以待由基之矢。僕步學邯鄲，目新壁壘，知女子非無正色，願將軍捐其故藝。聊附選文之義，敢云識曲之真。觀者幸恕其愚而諒其隘也。南城曾燠。（《續修四庫全書》影印嘉慶十一年［1806］賞雨茅屋刻本《國朝駢體正宗》卷首）

作者簡介：

孟偉，復旦大學文學博士，上海大學博士後，現爲常熟理工學院人文學院副教授。著有《清人編選的文章選本與文學批評研究》，發表論文多篇。

《梅亭先生四六標準》敘録

沈如泉　王瓊

内容摘要:《梅亭先生四六標準》爲南宋駢文名家李劉的四六文選集,選編者羅逢吉爲李劉門人。選文分類精細,編排次第有序,皆爲其初年館何異家及仕湘蜀期間所作啓文。今傳宋刻本梅亭先生《四六標準》共四十卷,分爲六十六目,共收李劉啓文一千零九十八篇。分類精細,編排次第有序。除宋刻本外,該書尚有多種版本存世。明代孫雲翼曾對《梅亭先生四六標準》加以箋注,唐鯉飛於萬曆四十四年(1616)校刻孫氏注本題爲《箋釋梅亭先生四六標準》,清代收入《四庫全書》中,乃流傳至今的唯一注本。

關鍵詞:梅亭先生四六標準;李劉;駢文;書啓;版本

《梅亭先生四六標準》四十卷,宋李劉撰,羅逢吉選編。

李劉(1179—1249),字公甫,[①]號梅亭,撫州崇仁(今江西省撫州市崇仁縣)人,南宋後期駢文名家。據魏了翁《藏脩先生李公墓銘》載:"王父卒之十七年,劉以貧求仕,始獲齒名於嘉定元年進士籍"[②],則李劉於嘉定元年(1208)中進士。[③] 其後授潭州寧鄉縣主簿。時曹彦約爲知潭州兼湖南安撫使,留之幕府。後董居誼任成都府路安撫使,辟李劉充成都撫幹,秩滿後爲兩浙轉運司幹辦公事。嘉定末除户部架閣、國子録。宋理宗寶慶三年(1227),通判武岡軍。其後再入蜀,守榮州、眉州,知成都府兼四川安撫制置使等職,身兼八印。嘉熙年間,先後除禮部郎中、中書舍人、崇政殿説書、起居舍人權直院,遷吏部侍郎,後奉祠歸。淳祐間,再入朝爲中書舍人直學士院,淳祐九年(1249)進寶章閣待制,卒。其家世及生平事迹散見於魏了翁《藏脩先生李公墓銘》《李次琮墓志銘》、虞集《李梅亭續類稿序》《(弘治)撫州府志》卷二二、《(雍正)江西通志》卷八〇、陸心源《宋史翼》卷

① 其字亦有寫作"功父"者,劉克莊《跋方汝玉行卷》中寫到:"梅亭者,李功父侍郎也。"劉克莊撰,王榮貴、向以鮮校點,《後村先生大全集》卷一〇六《跋方汝玉行卷》,四川大學出版社 2008 年版,第 2749 頁。

② 魏了翁撰,張京華校點《渠陽集》,嶽麓書社 2012 年版,第 240 頁。

③《(雍正)江西通志》卷五〇"選舉"之"宋"亦載:"嘉定元年戊辰鄭自誠榜,李劉,崇仁人,寶章閣待制。"李劉後裔清人李步雲在《重刻四六標準紀事》中記載"吾祖梅亭公,登宋寧宗嘉定七年進士",《四庫全書總目》載"劉字公甫,崇仁人,嘉定七年進士,歷官寶章閣待制",其中"嘉定七年"皆誤。

二九等處，今人辛更儒《李劉傳》對其生平考證稍詳，可參考。[①]

李劉進士及第後，曾有志於詞科。宋代羅大經《鶴林玉露》記載："李公甫謁真西山，丐詞科文字，西山留之小飲書房。"[②]劉克莊於《跋方汝玉行卷》亦談道："梅亭者，李功父侍郎也。憶余少遊都城，於西山先生坐上初識之。時功父新擢第，欲應詞科。"[③]《梅亭先生四六標準》卷二《回李新恩求宏詞文字》中李劉自述："某語力已腐，論才亦庳。所謂博學，所謂宏詞，昔嘗親炙；既傚翰林，既傚相國，今已迷津。"[④]可知李劉曾受到真德秀等詞科名家親授作文方法，而其本人於爲文亦頗爲自負。然李劉之名不在南宋詞科榜中，不知其是否參與過詞科考試，抑或考而未中也。李劉學問文章當時已爲人所稱，尤其是四六文寫作頗負盛名。衛涇《奏舉黄學行劉用行李劉乞賜甄擢狀》稱贊其"學問深粹，器識醇明。更化之初，於貢闈對策，論事剴切"[⑤]。劉克莊《跋方汝玉行卷》記載南宋學作四六文者"多宗梅亭"。李劉亦工詩詞，《全宋詩》收録其詩歌四十五首，多爲詠物、祝壽類；《全宋詞》收録其詞十一首，多爲祝壽詞。李劉著作《語纂》《閉户録》《理語》《梅亭類稿》《續類稿》等今皆亡佚，僅《梅亭先生四六標準》四十卷比較完整的保存下來，流傳至今。此外尚有部分文章散見於《翰苑新書》等類書或選本中。

《梅亭先生四六標準》乃其門人羅逢吉編選，書前羅氏題跋曰："梅亭先生言語妙天下，而四六尤膾炙人口，比眉山所刊《類稿》已盛行於世。客有求逢吉所藏四六，欲鋟之梓，適先生以儀曹召，弗敢請。客求益堅，姑授以先生初年館月湖及湖南、蜀川所作，名曰《四六標準》，繼此當陸續以傳。"[⑥]

從羅逢吉跋中可知，當時李劉的另一部著作《梅亭類稿》已經在眉山刊行並盛行於世。有人看到李劉四六文的價值，欲求其四六文付梓，羅逢吉乃將所藏李劉初年館何異家及仕湘蜀期間所作啓文編排成集。據辛更儒考證大約在嘉熙二年（1238）李劉被授予禮部郎官，按照跋文"適先生以儀曹召"一句推測，此書成集及刊刻時間大約應在嘉熙二年（1238）之後。許應龍《東澗集》卷四《李劉除禮部郎官制》云："儀曹之選，事簡職清。西掖北門，皆繇此而進。以爾高才天賦，奥學海涵，作爲詞章，備雅健渾深之體；迭更麾節，藹寬和正直之稱。僉謂真儒，盍還清著。載念南宫牋奏之職，實資東里潤色之工。惟爾之能，足勝其任。往祗成命，以副朕知。"[⑦]由此可知李劉當時聲名之著，書賈求刊其文不爲無故。羅逢吉題書名爲"標準"，不但如《四庫全書總目》所解"題曰《標準》，蓋門弟

---

① 辛更儒《李劉傳》，見辛更儒主編《宋才子傳箋證》（南宋前期卷），遼海出版社 2011 年版，第 771—781 頁。

② 羅大經撰，王瑞來點校《鶴林玉露》甲編卷四，中華書局 1983 年版，第 64 頁。

③ 劉克莊撰，王榮貴、向以鮮校點《後村先生大全集》卷一〇六《跋方汝玉行卷》，第 2749 頁。

④ 李劉《梅亭先生四六標準》卷二，綫裝書局 2004 年版。

⑤ 衛涇《後樂集》卷一二，《文淵閣四庫全書》本。

⑥ 見《梅亭先生四六標準序》。

⑦ 許應龍《東澗集》卷四，綫裝書局 2004 年版。

子尊師之詞也",事實上還有一種認爲李劉四六文可爲人取法標準的誇耀心態包含其中,而其分類編次的方式,亦有利於此書在臨文作啓之際發揮寫作參考之用。

《梅亭先生四六標準》自宋刊刻之後,元明清幾度重刊,流布不廢。明代有兩次重要重刊,一是萬曆二十五年(1597),馮夢禎門人黄立範、吴世睿進行校刻,此本稱爲"徽本"。另外一次是孫雲翼據"徽本"並參以家藏本等進行箋注,題爲《箋釋梅亭先生四六標準》,唐鯉飛於萬曆四十四年(1616)校刻孫氏注本,此爲箋注本刊刻之始。清乾隆時,李劉後裔李步雲於乾隆五年(1740)重刻明箋釋本,此後亦有翻刻,《四庫全書》所收《四六標準》就是孫雲翼箋注本。故而現存《四六標準》刻本、鈔本大致可分爲白文無注本與孫雲翼注本兩種。明祁承㸁《澹生堂藏書目》著録"《四六標準》四十卷,廿四册,三套,李劉"及"《箋注四六標準》四十卷,廿四册,宋李劉著,明孫雲翼箋"。[①] 清黄虞稷《千頃堂書目》卷二九"别集類"下著録"李劉《梅亭類稿》九十卷;又《四六標準》四十卷"[②]、卷三二"文史類"下著録"孫雲翼注李劉《梅亭四六標準》四十卷"[③]。可見明清有些藏書家對兩種版本都有收藏。

根據《四六標準》刊刻流傳情況,可分爲三個版本系統:

(一)宋刻本《梅亭先生四六標準》四十卷,爲諸版本之源。今中國國家圖書館及日本内閣文庫等處均有收藏。中國國家圖書館所藏宋刻本《梅亭先生四六標準》四十卷,十二册,半頁十行,每行十九字,細黑口,四周雙邊,正文前録羅逢吉序以及總目和詳目,鈐有"天禄琳瑯""乾隆御覽之寶""宧室野人""儒門野客,樂志山林"等印,收啓文 1098 首。宋集珍本叢刊本所收《梅亭先生四六標準》及中華再造善本《梅亭先生四六標準》皆是此宋刻本之影印本與再造本。

《中華再造善本總目提要》提到該本"清時乃天禄琳瑯之物,以其鈐有'五福五代堂寶''八徵耄念之寶''太上皇帝之寶''乾隆御覽之寶''天禄繼鑑'等印記可證"[④]。然《天禄琳瑯書目後編》將其置於卷一一"元版集部"下:"梅亭先生四六標準,二函十二册。宋李劉撰,劉字公甫,崇仁人,嘉定七年進士,官寶章閣待制。書四十卷,分六十六目,凡箋啓千九十六首,前有門人羅逢吉序,謂爲初年館月湖及湖南蜀川所作,名曰'標準',以尊師也。是書坊行明張雲翼箋釋本,此無注初刻爲稀珍也。'昭德後人'乃晁氏印。"[⑤]並羅列書中"洽山書""昭德後人""書史傳家""宧室野人"朱文印及"儒門野客,樂志山林"白文印。[⑥] 該目録所著册數、卷數、目次與國家圖書館所藏宋刻本一致,啓文數量僅相差

① 祁承㸁《澹生堂藏書目》,上海古籍出版社 2015 年版,第 631 頁。

② 黄虞稷撰,瞿鳳起、潘景鄭整理《千頃堂書目》卷二九"别集類",上海古籍出版社 2001 年版,第 708 頁。

③《千頃堂書目》卷三二"文史類",第 782 頁。

④ 中華再造善本工程編纂出版委員會編著《中華再造善本總目提要》,國家圖書館出版社 2013 年版,第 701 頁。

⑤ 彭元瑞等《天禄琳瑯書目後編》卷一一,參見《清人題跋叢刊》十,第 364 頁。

⑥ 彭元瑞等《天禄琳瑯書目後編》卷一一,參見《清人題跋叢刊》十,第 364 頁。

兩篇,或是《天禄琳瑯書目後編》誤數;將國家圖書館所藏宋刻本中朱、白文印與《天禄琳瑯書目後編》著録印記仔細核對,前者覆蓋後者,且鈐有“天禄琳瑯”印,懷疑《天禄琳瑯書目後編》著録的《梅亭先生四六標準》就是國家圖書館所藏宋刻本,編纂時將其誤收入“元版集部”下。該段跋文中還有兩處錯誤:一是李劉“嘉定七年進士”,前文已辨析其誤;二是將明人孫雲翼誤著録爲“張雲翼”。此外,清慶桂《國朝宫史續編》卷八〇所著“元版《梅亭先生四六標準》四十卷”[①],今未見元版,疑已不存,抑或是沿襲《天禄琳瑯書目後編》的錯誤著録。

王重民在《中國善本書提要》中著録國家圖書館(前身爲北京圖書館)藏另一宋刻本:“《梅亭先生四六》一卷,一册,與《格齋四六》同裝一函,宋刻本,十行十九字(19cm×12.4cm),原題:‘臨川李劉公甫。’凡有《賀表》《謝表》《慰表》《賀牋》《謝牋》《慰牋》六類。持較今本《四六標準》,纔得十一,且文字不同,復有删節。欲明其故,固可謂全書或不僅此,此當爲《標準》未刻以前之祖本。然每類之中,所載不全,一表之内,字有删節,余故疑其爲選本節本也。卷内有‘毛奏叔氏’‘叔鄭後裔’等印記。”[②]

日本内閣文庫藏宋刻本,傅增湘《藏園群書經眼録》卷一四曾著録,文曰:“《梅亭先生四六標準》四十卷,宋李劉撰。宋刊本,半頁十行,每行十九字,黑口,左右雙闌。版心陽葉上記字數,下記人名。字體方峭俊麗,是建本之佳者。文分類爲次,如言時政、贄見、薦舉、舉科目、謝座主、賀正、賀冬各門。鈐有‘新宫城書藏’朱文印。”[③]此本共十九册,前無目録,亦未收羅逢吉序,直接從卷一開始,正文按類編次,分目六十六類。今日本内閣文庫藏書電子圖像已經開放閲讀,此本易見。《藏園訂補郘亭知見傳本書目》又記:“《梅亭先生四六標準》四十卷,宋李劉撰。宋末建本,十行,十九字,細黑口,左右雙闌,版心上記字數,下記刊工姓名。文分類爲次。鈐明‘東宫書府’朱文大印,爲洪武間南京懿文太子朱標邸中之書。又鈐‘避暑山莊’大印,則又嘗入清内府矣。袁君克文藏。又一帙,日本内閣文庫藏,近已借印入四部叢刊續編。”[④]《四部叢刊續編》本所收《梅亭先生四六標準》爲上海涵芬樓影印中華學藝社借照日本内閣文庫藏宋刊本,實際也是這個版本。不過内閣文庫藏宋刻本卷八《除兩浙運幹謝丞相》一文開始原書殘缺數頁,《四部叢刊續編》本乃據明刻徽本寫補增入,使之完整。

臺北故宫博物院亦藏有宋版《四六標準》,昌彼得跋文著録:“《梅亭先生四六標準》四十卷,宋李劉撰,宋刊本,每半葉十行,行十九字,小黑口,雙魚尾。版心下記刻工姓名:曹德俊、李方等。每册首尾鈐有‘文瀾閣’‘避暑山莊’諸印記,蓋舊藏清宫……此書舊刻

① 慶桂等撰,左步青校點《國朝宫史續編》卷八〇“書籍”,北京古籍出版社1994年版,第770頁。

② 王重民《中國善本書提要》,上海古籍出版社1983年版,第533頁。

③ 傅增湘《藏園群書經眼録》,中華書局2009年版,第1056頁。

④ 莫友芝撰,傅增湘訂補《藏園訂補郘亭知見傳本書目》,中華書局2009年版,第1242—1243頁。

流傳殊罕,見於著録者,唯《天禄琳瑯後編》之元刊本,宋刻則此尚僅見。今通行者有明萬曆新安黄氏刻本,清乾隆見陳氏本,率皆明張雲翼所箋證者。其書凡分六十一目(清《四庫》著録爲明萬曆刊本,《提要》謂分七十一目,實誤),而此本共分六十五目(《天禄琳瑯後編》謂元本分六十六目,疑亦有誤)。較諸傳本多:舉自代、賀被召、惠詩文、樞屬等四目。又如傳本改致仕曰致政,婚姻曰婚媒,帥守曰撫帥,治中曰倅,教官曰教授,屬官曰諸司屬官,寄居曰寄居官,知縣曰縣宰,縣丞曰丞,主簿曰簿,縣尉曰尉;謝到任,謝解任,謝内除,謝外除,謝辟置諸目,皆去其'謝'字;賀宣賜目去其'賀'字等,其他訛奪之處尚多,蓋經孫氏注釋時所删改者,得此舊本,有足以校其失也。此本避諱不甚謹嚴,大抵槧於南宋季年,其刻寫之佳,當屬初印,誠爲今存宋刻中不易多觀者也。"[①]昌彼得所著版本與《藏園訂補郘亭知見傳本書目》中所記袁克文藏宋末建本版式相同,都有"避暑山莊"印記,疑是同一版本。

(二)明萬曆二十五年(1597)吴士睿、黄立範校刻本《宋李梅亭先生四六標準》四十卷目録四卷,即所謂的徽本。據馮夢禎序文:"宋李梅亭《四六標準》,世未嘗有刻本。歲甲午,客人有迴易市肆,始覯是書,蓋抄帙,凡四十卷,余問爲捐半月俸直,從客購寘齋頭。有識者云:'故相某當軸時,自秘館抄得之。故相殁,是書遂流落人間,成楚弓之失。既而又入爲蔡帳閟者,曆數年所,乃落書師手中。'迨余購得,始念與同志者共之,然頗舛闕不可讀。問取《翰苑新書》《詞致録》等書印證一二,則已不啻燕郢。余初欲稍爲釐正,顧字句參錯,篇章泮涣,開卷即懣然厭之。……蓋又三閲歲,而門人新安黄氏兩生毅然以校刻自任。窮經之暇,繙料故笈,蒐考既勤,質補浸核。其有不可致詰者,稍以意推測,藻飭其所不足,向之謬戾罔次者既條貫彬彬,文從理順。"[②]則該版底本是從秘閣抄録而來,頗多舛闕,字句篇章已非原貌,經吴、黄二人校刻而成。哈佛燕京圖書館、普林斯頓大學圖書館、中國國家社會科學院文學研究所、河北大學圖書館、青海省民族學院圖書館、杭州市圖書館等處有收藏。其中哈佛燕京圖書館藏明刊本已公佈全文圖像,讀者在綫可免費瀏覽。哈佛燕京圖書館藏明刊本共十册,包括目録四卷,正文四十卷,單頁十行二十字,左右雙邊,白口,單魚尾,版心上鐫有"李梅亭四六",版心中鐫卷次,内頁鈐有"木堂"及"哈佛大學燕京圖書館珍藏印"朱文印,正文每卷卷端下有"新安吴士睿聖初甫校",目録前録羅逢吉序、分類總目及詳目四卷。其分目爲六十一類,收啓文一千零五十一首,較之宋刻本少"論事""謝自代""被召""謝惠詩文""編修"類;一些具體分目名稱略有差别,如宋刻本的"婚姻"類與"安撫帥守附"類,明刊本分别稱之爲"婚媒""撫帥"。普林斯頓大學圖書館所藏《宋李梅亭先生四六標準》四十卷,目録四卷,吴世睿校,普林斯頓大學圖書館記載其版式爲"十行二十字,白口,左右雙邊,單黑魚尾,版心上鐫'李梅亭四六',中鐫

---

① 昌彼得《蟫菴論著全集》,臺北故宫博物院 2009 年版,第 810—811 頁。

② 萬曆二十五年新安黄氏校刊本《箋釋梅亭先生四六標準》卷首。

卷次",與哈佛燕京圖書館所藏版本除框寬略有差異,版式幾乎一致。天一閣文物保管所亦藏有四十卷明鈔本。施懿超云:"現存於天一閣文物保管所的《梅亭先生四六標準》四十卷即爲明藍絲欄抄本,筆者親見。八册,十行十九字,無明孫雲翼箋釋,爲白文四十卷。"①

(三)孫雲翼箋注本。孫雲翼《校注橘山四六序》云:"先大父曲水翁,喜藏異書,多宋人抄本,《橘山四六》其一也。"孫雲翼據以作注的《梅亭先生四六標準》底本可能也是其家藏本。孫注本於明萬曆四十四年(1616)由金陵唐鯉飛校刻成《箋釋梅亭先生四六標準》四十卷。該版爲箋釋本刊刻之始,其後多次翻刻。今北京大學圖書館、中國科學院圖書館、北京師範大學圖書館等處有收藏。傅增湘曾藏有該版,在《藏園訂補郘亭知見傳本書目》卷一三下著録:"《箋釋梅亭先生四六標準》四十卷,宋李劉撰,明孫雲翼箋。明萬曆四十四年唐鯉飛刊本,十行二十一字,白口,左右雙闌。有萬曆二十五年馮夢禎舊序及萬曆四十四年孫雲翼序,言箋成未刻,臨川唐季龍爲捐貲梓行云云。本書題'明曲阿孫雲翼禹見箋,金陵唐鯉飛季龍校'。"②

北京大學圖書館藏唐鯉飛刻孫注本,王重民在《中國善本書提要》中著録道:"《箋釋梅亭先生四六標準》四十卷,二十册,明萬曆間刻本,十行二十一字。原題:'宋臨川李劉公甫著,明曲阿孫雲翼禹見箋,金陵唐鯉飛季龍校。'孫雲翼序云:'箋成,未克入梓。會臨川唐君季龍見之,慨然曰:梅亭吾里中先達也,刻他書不若刻是書遂捐貲梓行。'此本後印,紙墨俱惡。馮夢禎序,萬曆二十五年(1597);羅逢吉序;孫雲翼序,萬曆四十四年(1616)。"③該本與傅增湘所藏應是同一版本。王重民又著録北京大學圖書館所藏另一明刻本:"《箋釋梅亭先生四六標準》四十卷,十二册。明萬曆間刻本,十行二十一字。原題:'宋臨川李劉公甫著,明曲阿孫雲翼禹見箋,金陵唐鯉飛季龍校。'封面題:'古吴陳長卿梓',則應是啓、禎間印本矣。卷内有'碧琳瑯館藏書''方功惠藏書印''巴陵方氏珍藏'等印記。馮夢禎序,萬曆二十五年(1597);羅逢吉序。"④

《四庫全書》本《四六標準》四十卷,著録内府藏本,亦爲孫雲翼箋釋本,與"徽本"淵源頗深,張元濟説:"《四庫》著録本,有明人孫雲翼箋注,所據爲徽本,而以家藏本及鄢陵劉氏本校補,篇什略多,出於掇拾,已非羅輯原本。涵芬樓舊藏明刊無注本,略與孫雲翼所據徽本合"⑤,且張元濟曾以宋刻本校箋釋本:"以校孫雲翼箋注本,合處爲多。知雲翼所據以校注之家藏本、鄢陵劉氏本,必要一本與此相合者。注本多論事二十首,其文不盡

---

① 施懿超《宋四六論稿》,上海古籍出版社2005年版,第181頁。

②《藏園訂補郘亭知見傳本書目》卷一三,第1243頁。

③ 王重民《中國善本書提要》,第533頁。

④ 王重民《中國善本書提要》,第533頁。

⑤ 張元濟《張元濟全集》第九卷《古籍研究著作》,商務印書館2010年版,第226頁。

屬於論事,爲此本所不載,不知從何輯得。"[1]《四庫全書》本在編排體例上更爲接近宋刻本,其分目六十五類,較宋刻本僅少"編修"類,然宋刻本"編修"類下僅《代胡尚書回趙編修》一篇,《文淵閣四庫全書》本將其置於"生辰"類下。《代胡尚書回趙編修》一文體現了兩者分類上的差異,宋刻本側重從回啓對象身份分類,《四庫全書》本則側重啓文主題。至於四庫館臣著録其"凡分七十一目",應是誤數。各版本分目大同小異,宋刻本分類最爲精細,宋刻本、徽本及《文淵閣四庫全書》本分目如下:

卷數	宋刻本	明萬曆二十五年(1597)校刻本	《文淵閣四庫全書》本
卷一	言時政、贄見	言時政、贄見	言時政、贄見
卷二	論事	薦舉一	論事
卷三	薦舉	薦舉二	薦舉
卷四	舉科目、謝座主	舉科目、謝座主	舉科目、謝座主
卷五	謝到任、謝解任	到任	謝到任、謝解任
卷六	謝交代	解任、通交代、内除一	通交代
卷七	謝除授内除	内除二	謝除授内除
卷八	謝除授外除	外除一	謝除授外除
卷九	謝辟置、謝自代、宣賜、被召	外除二、辟置、宣賜	謝辟置、舉自代、宣賜、被召
卷十	進職、轉官、改官、宫觀、致政	進職、轉官、改官、宫觀、致政	進職、轉官、改官、宫觀、致仕
卷十〇	雜謝	雜謝一	雜謝
卷一二	謝惠詩文	雜謝二	謝惠詩文
卷一三	及第又見謝座主類、科舉補中附	科舉、及第	謝及第、謝科舉
卷一四	生辰、婚姻	生辰	生辰、婚姻
卷一五	師傅封爵附、宰相	婚媒、師傅封爵附、宰相	師傅封爵附、宰相
卷一六	参政、樞密	參政、樞密、中書、史抗	參政、樞密

① 張元濟《張元濟全集》第九卷《古籍研究著作》,第226頁。

續表

卷數	宋刻本	明萬曆二十五年(1597)校刻本	《文淵閣四庫全書》本
卷一七	中書、史掖、六部、編修、臺諫	六部、臺諫	中堂、史掖、六部、臺諫
卷一八	寺監、學官、宫教	寺監、學官、宫教、六院、架閣	寺監、學官、宫教
卷一九	六院、架閣	制帥、經略	六院、架閣
卷二〇	制帥、經略	撫帥	制帥、經略
卷二一	安撫帥守附	總領、都大、提舶、漕使一	安撫帥守附
卷二二	總領	漕使二	總領
卷二三	都大、提舶	憲使	都大、提舶
卷二四	漕使	倉使、宗正	漕使
卷二五	憲使	太守一	憲使
卷二六	倉使、宗正	太守二	倉使、宗正
卷二七	太守	太守三	太守上
卷二八	太守	太守四	太守下
卷二九	倅	倅、諸司屬官一	倅
卷三〇	諸司屬官	諸司屬官二、教授	諸司屬官
卷三一	教官	州官	教官
卷三二	州官、武臣、寄居官	武官、寄居官、縣宰一	州官、武官、寄居官
卷三三	宰	縣宰二、丞	宰
卷三四	丞	簿	丞
卷三五	溥	尉、監官	簿
卷三六	尉	學職、進士	尉
卷三七	監官	賀正一	監官
卷三八	學職、進士	賀正二	學職、進士
卷三九	賀正	賀冬一	賀正
卷四〇	賀冬	賀冬二	賀冬
分目	六十六類	六十一類	六十五類

孫雲翼箋注本乃《四六標準》流傳至今唯一箋釋本,《(光緒)丹陽縣志》卷二〇"文苑"記載孫氏生平:"孫雲翼,字禹見,萬曆辛卯舉人,知廣東龍川縣,擢知彝陵州。解綬歸,三十年不謁守令,左圖右書,終日披誦。生平撰述甚富,文工齊梁體。"[①]孫氏著作有《清暢齋駢語》《鰲陽漫稿》等。[②] 宋人四六傳世之集多無注,孫氏平生箋注《四六標準》與《橘山四六》二書,洵可謂宋四六功臣。《橘山四六》乃宋人李廷忠文集,與《四六標準》皆爲四六别集,孫雲翼手自箋注,兩書箋釋體例一致。

孫雲翼箋注《四六標準》極爲詳細,啓文中出現的詞彙、典故、名物、事迹等皆從經史子集中鈎沉溯源,也可以看出李劉寫作書啓時對前人語言的化用裁剪情况。如《賀鄭参政清之除右相兼樞密使進光禄大夫》中"三峽避詞源之水"句,孫氏以杜甫詩《醉歌行》"詞源倒流三峽水"注之,準確指明李劉該句用典源頭,有助讀者理解文章意義。不過孫氏箋釋也如四庫館臣所譏有錯訛、冗雜之失:

(一)引文作者張冠李戴。如在《回程監丞準》"雖老子婆娑,自安於橘顆"句,孫雲翼注以曹植文"老萊婆娑於林窟",然該句並非曹植所作,而是郭璞《客傲》中的詩句[③];在《代回朱上舍中有》"失餘子於牛毛"中,孫氏以黄庭堅詩"去來何有校牛毛"注之,然此詩非黄庭堅之作,乃出自陳師道的《次韻寇司户春懷》,原句爲"梦幻更堪追鸟迹,去來何有校牛毛"[④];在《謝蘇秘校丙》"餘事清唫"中,孫氏注以王荆公詩"餘事文章海外傳",這句詩應是出自歐陽修的《晏元獻公挽辭三首》,王荆公亦曾作《晏元獻公挽詞三首》,爲五言律詩,未有"餘事文章海外傳"一句。孫注混淆的作者時代相近且有一些共通之處,曹植與郭璞皆爲魏晋時人,都曾懷才不濟,詩中所抒情感有相似之處;黄庭堅與陳師道作爲北宋著名詩人,且同出江西詩派,兩人詩風有相通之處;王安石與歐陽修也是北宋名家,且王安石師出歐陽修,兩人都曾爲晏殊作挽辭,故孫氏將其混淆也有因可循。

(二)注文脱訛。孫氏箋注引用其他典籍時内容有脱漏甚至訛誤之處,如《代董侍郎賀丞相除少師》"西平有子我有臣,垂光簡册"句,孫雲翼以柳宗元文"蔡人率止,惟西平有子,惟我有臣"注之,然柳文《平淮夷雅》原句爲:"蔡人率止,惟西平有子。西平有子,惟我有臣。"[⑤]孫注脱"西平有子"句。《回陸監鎮子遹惠詩》"今早特勤,古風見畀"句,孫氏以黄庭堅"伯倫酒德無人頌,太白詩名有古風"注之,然黄詩《南康席上贈劉李二君》原句爲:"伯倫酒德無人敵,太白詩名有古風。"[⑥]並無任何版本作"無人頌"。

(三)箋釋錯誤。一些注釋與李劉原文意義相悖,如《賀史丞相除少師》"爲天下得

---

① 姜璘等《(光緒)丹陽縣志》卷二〇"文苑"類,江蘇古籍出版社 1991 年版,第 231 頁。

② 見黄之雋編纂,趙弘恩監修《(乾隆)江南通志(四)》卷一六六"人物志",鳳凰出版社 2011 年版,第 246 頁。

③ 房玄齡等撰《晋書》卷七二列傳第四二之《郭璞傳》,中華書局 1974 年版,第 1906 頁。

④ 陳師道撰,任淵注,冒廣生補箋,冒懷辛整理《後山詩注補箋》,中華書局 1995 年版,第 541 頁。

⑤ 柳宗元《柳宗元集》,中華書局 1979 年版,第 10 頁。

⑥ 黄庭堅撰,任淵、史容、史季温注,劉尚榮校點《黄庭堅詩集注》,中華書局 2003 年版,第 1640 頁。

人，與生民立極”句，此處“立極”應是樹立準則之意，孫氏以柳宗元《塗山銘》中“立極垂統，貽於後裔”句注之，柳文中“立極”爲登帝位之意，兩處詞義有别。

（四）注文蕪雜。孫氏箋釋時喜羅列堆叠，如《代王縣丞上薛檢正極》“開公道於青雲，與叨信賞”句中，注釋“青雲”一詞時，以《史記·范雎傳》、高適《贈縣尉》詩、曹鄴《杏園即席上同年》詩以及楊升菴《丹鉛總録》中“青雲”條注之；注釋“信賞”一詞時，以《韓非子》《管子》《漢宣帝紀贊》《三國志·吴志·潘濬傳》《唐書·陸贄傳》中相關條目注之，注釋冗雜重複。又如《賀史丞相除少師》“用汝作霖雨，身爰佩於安危”中，注釋“安危”一詞時，羅列《史記·陸賈傳》《新唐書·李晟傳》《舊唐書·裴度傳》及《東都事略》中相關條目，連篇累牘，引文語義重複，諸如此類不勝枚舉，以至四庫館臣評價孫注“蕪雜特甚”。

總之，孫氏箋釋瑕不掩瑜，在參閲時需甄别擇取，四庫館臣也肯定“然亦有足備考證者”。

四六發展至宋時，成爲科舉考試的一種文體，因其實用性以及程式化的結撰方式，頗爲常用，正如《四庫全書總目》談道：“自六代以來，箋啓即多駢偶，然其時文體皆然，非以是别爲一格也。至宋而歲時、通候、仕宦、遷除、吉凶、慶吊，無一事不用啓，無一人不用啓，其啓必以四六，遂於四六之内别有專門。”[①]宋代成爲駢文創作的高峰期，尤其是南宋出現大量四六文集，如方大琮《壺山四六》、李廷忠《橘山四六》、王子俊《格齋四六》、危稹《巽齋先生四六》、趙汝談《南塘四六》、李劉《四六標準》等，《五百家播芳大全文粹》《翰苑新書》等書中也收録大量四六文。

李劉被稱爲“制詞爲南渡之冠”，《四六標準》相比其他四六文集，所收啓文數量多至一千餘篇，内容涉及範圍極廣，除官場應制，日常往來亦多使用。李劉寫作對象多爲有官職或功名在身者，從宰相州官至進士學子不等，或爲羅逢吉有意選之，其中史彌遠、魏了翁、衛涇、劉應龍、何異等人至今可考。爲他人代寫之作，多爲早年館何異、佐董居誼、衛涇等期間代而爲之。從李劉啓文的寄贈對象，可考其“初年館月湖及湖南、蜀川”期間的交遊情況。從其四六所記之事，亦可追溯其除授、到任、進職、改官、宣賜等具體事宜。

分類極爲詳細，可參考上表各版本具體分目，其分目編排次第有序乃羅逢吉有意爲之，分目之全且細，現存四六别集未有如此者。以宋刻本分目爲例，如“謝除授”以外除、内除分之；“謝座主”類與“及第”類皆與及第之事有關，前者因酬謝對象乃主試官這一特殊對象，故單獨分爲一目，且又於“及第”下標記“又見謝座主類”加以提示。其門目大體按上啓、謝啓、賀啓順序編排。卷一“言時政”類至卷二“論事”類爲“上某人啓”，寫作對象職位多高於李劉或李劉代爲上啓者，回啓對象職位則較低。卷三“薦舉”類至卷一四之“生辰”類多爲謝啓，乃因除授、辟置、宣賜、詩文交流等答謝而作。卷一四之“婚姻”類較

① 永瑢等《四庫全書總目》卷一六三，中華書局1965年版，第1396頁。

爲特殊，其婚啓收録問名啓、納采啓、請婚書、請期書、定親啓五篇。餘下卷數多爲賀啓，卷一五"師傅"類至卷三八"學職"類按職位高低編排，或祝賀對方除授某職，或回某人之恭賀。卷三九"賀正"類及卷四〇"賀冬"類乃爲祝賀元旦及冬至日，兩門目内具體篇目，亦分別按寫作對象職位高低順序編排，可見當時社會地位對士人交往的影響。將李劉啓文分目編次，具有分類取法應用文字的實用功能。然而其精細的分類和編排體例亦使之具有類書的性質，以至於四庫館臣批評其"沿波不返，遂變爲類書之外編、公牘之副本，而冗濫極矣"。

李劉所作四六，後世對其評價褒貶分化，一如清陸心源於《宋史翼》引用《林志》評價："熟於典墳，以駢儷著稱，制詞爲南渡之冠。"[①]稱贊其文辭典麗，熟於用典。又如清孫梅於《四六叢話》卷三三"宋四六諸家・李劉"下評價道："梅亭四六，雕琢過甚，近於纖冗，排偶雖工，神味全失。駢體至此，發洩太盡，難以復古矣。"[②]批評其過於雕琢，失去四六神韻。《四庫全書總目》總結得較爲切當："南渡之始，古法猶存，孫覿、汪藻諸人，名篇不乏。迨劉晚出，惟以流麗穩貼爲宗，無復前人之典重。沿波不返，遂變爲類書之外編、公牘之副本，而冗濫極矣。然劉之所作，頗爲隸事親切，措詞明暢。在彼法之中，猶爲寸有所長，故舊本流傳至今，猶在録而存之。見文章之中有此一體爲別派，別派之中有此一人爲名家，亦足以觀風會之升降也。"[③]

《梅亭先生四六標準》所收啓文總體風格典雅流麗，文辭秀發明暢，用典頗切中事體，屬對天然，句式駢散結合，既僅守駢體法度，以四六爲對，亦善於變化，總體偏向荆公典雅一派，對"東坡派"亦有學習。其長篇累牘之作，過分雕琢，流麗而失於典重，是其四六之弊。然《梅亭先生四六標準》所收四六僅李劉生平部分作品，難以窺其全貌，且四六文運至此已弱，乃南宋整體趨勢，非李劉所致，亦非其所能挽。《梅亭先生四六標準》作爲南宋四六文集的代表作，總體水平較高，在當時及後世影響甚大，可作爲士人學習寫作四六的典範，亦是駢文研究的重要文本。

附録：

羅逢吉《梅亭先生四六標準序》：梅亭先生言語妙天下，而四六尤膾炙人口。比眉山所刊《類稿》已盛行於世，客有求逢吉所藏四六，欲鋟之梓，適先生以儀曹召，弗敢請。客求益堅，姑授以先生初年館月湖及湖南、蜀川所作，名曰《四六標準》，繼此當陸續以傳。門人羅逢吉謹書。（國家圖書館藏宋刻本《梅亭先生四六標準》卷首）

魏了翁《藏脩先生李公墓銘》：寶慶元年，余待罪太史氏，新通判武岡軍李劉移書言

① 陸心源輯撰《宋史翼》卷二九，中華書局 1991 年版，第 312 頁。

② 孫梅《四六叢話》卷三三，見王水照編《歷代文話》第 5 册，復旦大學出版社 2007 年版，第 4991 頁。

③ 永瑢等《四庫全書總目》卷一六三，第 1396 頁。

曰："劉之王父，年三十築室山中，以'藏脩'名堂，隱居樂道，凡五十有餘年，鄉人號曰'藏脩先生'。以紹熙三年正月日卒，三月日葬於所居十里盧墓之原。取樂安縣進士周光女，有賢德，先四十一年卒。子男四人，琚、瑶、玖、琥。孫男十有四人，師古、萬里、好古、懷古、衷古、學古、復古、振古、希古、劉、存古、從古、博古、曼古。孫女三人，適進士羅邦達、周山父、羅焕。曾孫男女八人。劉於諸孫爲晚出，王父孩提授書，教以孝弟謹信，餘力學文。王父卒之十七年，劉以貧求仕，始獲齒名於嘉定元年進士籍。今又十有八年，墓門之石未識，大懼因循歲月，無以光昭令德。公知我者也，敢徼一言之惠。"嗚呼！余於李君，何敢以它詞爲解？乃爲之銘曰：公諱彦華，仲實其字，李氏之先，世居成紀。唐支十三，曹明在季。黎國公傑，明之次子。傑生三男，曰紹、承、嗣，以犯藝祖諱，下字改曰嗣。武漉其宗，紹流嶺外。嗣歸京師，曹爵濫繼，宣言於人，紹承乏裔。紹實生濟，濟生潁士，踰嶺西歸，仕不得志。南奔豫章，以章名子，昌黎韓公，銘成王志。或亡或微，曹始就事，蓋微其詞，爲奪曹諱。克儉主懋，統承於章，始自豫章，遷撫宜黄。懋生益柔，時允實承，時允生興，興復生英。又遷崇仁，白沙是營，曰嗣務本，爲公高曾。侯爲公祖，持爲公考，考登辟雍，踰冠而夭。從祖曰儀，與從兄浩，言論風旨，前脩是蹈。歐陽公澈，吴澥沆氏，與嚴拙翁，皆公同里。受書於嚴，歐、吴爲友，内外薰蒸，學成行美。歐公上書，請誅六賊，與陳伯陽，隕命權慝。舊交夙好，辟影藏跡，公與同舍，楄柎窀穸。家故藏書，至萬餘軸，矻矻晨夜，銥心劌目。雞初鳴興，奉母飲食，退即危坐，聖賢是即。天文地理，禮樂律歷，兵謀方技，毫分縷析。體習既精，晚而有述，曰《藏脩堂》與《巴谷集》。經傳辨疑，禮樂遺録，合而成書，卷三十六。二吴著書，公與有力，吴吏部曾，編年謏録，亦嘗從公，諮疑辨惑。先疇素薄，母陳好施，養志不違，惟躬是瘁。雖一衣衾，或數十載，然嘗約飭，以教子弟。其言有曰：齋明在内，盛服在外，所以脩己。母陳早嫠，養不遺跬，九十六終，君七十矣，人以爲難，執喪盡禮。晝之所爲，至夕必紀，有不可紀，則如其已。行年九九，盡道而死，士雖不遇，碩蹇亨否。與其徇物，無得於己，嗚呼仲實，又焉取彼！（《渠陽集》，魏了翁撰，張京華校點，嶽麓書社 2012 年版，第 240—241 頁）

魏了翁《李次琮墓志銘》：撫崇仁有隱君子曰藏脩先生李公彦華，余嘗以其孫劉之請銘其竁。厥三年，劉通判武岡軍，走書靖曰："既有以見王父於地矣，雖然，先君之葬，劉與弟博古支綴殘息，僅識歲月於壙，今十有五年矣。劉不佞，蒙寧宗皇帝擢自主管户部架閣，爲國子録，尋以罪斥。今上起之祠官，命之郡貳，會郊祀恩，贈先君承事郎，妣孺人。將以命書告廟，顧未有以銘竁。嗚呼，公其終惠之！"余閲其狀，憮然曰：士之陘阸乃至此邪！國朝以學校育材，以科舉取士，濟時貽後，亦云盛矣。然而篤信好學、守節厲志之士，有不必盡由此選。蓋其敝，上以權謀利禄爲操世之具，下以揣摩迎合爲攫寵之資，以位天地、育萬物之身，顧爲小小得失驅迫嗾使，以終其年。然則無惑乎？李氏累世而不一逢也，乃爲之志曰：君諱琥，字次琮，系見父銘。五年喪母周，父憐之，扶攜卧起授學，至仁義大端，必反覆開説曰："人所爲貴於物者，凡以是耳。"故自幼通大義，不以章句爲能。然性穎悟，援筆成文。家儲書萬餘卷，皆父手澤。君口誦心維，自道德性命之奥，名物度數之詳，象緯山河之廣，靡不究極。國人弟子挾策問疑，豪析縷解，聽之者如瞽得相。惟深疾釋老氏書。於事親從兄，睦族御下，咸叶義盡分，人謂克肖厥考。客有嘆老嗟卑者，君曰："'窮則獨善其身，達則兼善天下。''得志澤加於民，不得志修身見於世。'今窮不得志，則善其身以見於世者，吾儕所當汲汲，而暇憂其非我力者乎？"工部尚書何同叔異聞其言而壯之，引爲上客。嘗從容爲何言："近世諸老講明義理，過漢唐諸儒遠甚。顧曆象鍾律、氏族軍法之學，有講焉而未盡者。吾欲從公借麻姑山房，讀書一二年，證其所見，以備闕文。"何公忻然諾之。會劉迫官期，奉君濟湘，乃去。故何公聞君之歿，爲之出涕，且吊臨甚哀云。君娶吴氏同邑青雲鄉進士諱洪之女，相夫教子，行應儀法，前君十七年卒。子男二人，長劉，次博古。女一人，適進士羅焕。孫男四人，耘、耔、耕、耜。俱早世。劉兄弟幼受義方之教，長以詞賦應舉。君語之曰："科舉累人，汝以貧，故爲之，吾不汝奪。盍自力一經？與其雕蟲篆刻，又舉業之下也。"劉以明《春秋》中嘉定元年進士第，調潭州寧鄉縣主簿，待成五年，始得奉君爲道林嶽麓之遊。參知政事衛清叔涇守長沙，召劉置幕下，因留君東閣。嘉定六年冬，詔以劉幹辦成都府路安撫司，堂帖下州毋辭。七年春，君至江陵，謁湖北帥趙彦仁方，且告之曰："吾觀星象，外難將作。公當訓民練士，以守襄漢。"趙公傾心咨策甚悉。俄感末疾，趙一再挾醫問疾，不克起。爲治衾，且以文哀之。屬纊無他語，惟曰："小子劉，其正學直道，無負吾教。"劉殊州獨哭，跣護還里。以是年七月甲戌得卜，用治命葬於所居梅亭之上。後七年，博古懼梅亭地淺薄，改卜於同里盧墓之原，與藏脩先生兆相望，亦君志也。又爲之銘曰：厥氏孰宗？唐大支兮！厥紹綿綿，弗棄基兮！厥考荒之，若有開兮！厥生而秀，報在兹兮！厥既開之，報則微兮！厥子是似，君何尤兮！（《渠陽集》，魏了翁撰，張京華校點，嶽麓書社 2012 年版，第 241—243 頁）

羅大經"竹夫人制"：李公甫謁真西山，丐詞科文字，西山留之小飲書房。指竹夫人爲題曰："蘄春縣君祝氏，可封衛國夫人。"公甫援筆立成，末聯云："籲戲！保抱攜持，朕不忘兩夜之寢。展轉反側，爾尚形四方之風。"西山擊節。蓋八字用《詩》《書》全語，皆婦人事，而形四方之風，又見竹夫人玲瓏之意。其中頌德云："常居大廈之間，多爲凉德之助。剖心析肝，陳數條之風刺；自頂至踵，無一節之瑕疵。"（《鶴林玉露》甲編卷四，羅大經撰，王瑞來點校，中華書局 1983 年版，第 64—65 頁）

劉克莊《跋方汝玉行卷》：近世學者多宗梅亭，梅亭者，李功父侍郎也。憶余少遊都城，於西山先生坐上初識之。時功父新擢第，欲應詞科，西山指榻上竹夫人戲曰："試爲竹夫人進封制，可乎？"功父須臾成章，末聯云："保抱攜持，朕不安丙夜之枕；輾轉反側，爾尚形四方之風。"西山稱賞。今人但誦其全句對屬以爲警策，功父佳處世所未知也。（《後

村先生大全集》卷一〇六,劉克莊撰,王榮貴、向以鮮校點,四川大學出版社2008年版,第2749頁)

虞集《李梅亭續類稿序》:《梅亭續稿》三十卷者,故宋中書舍人、直學士院、寶章閣待制臨川李公諱劉字公甫之文。梅亭,公自號,而穆陵書以賜之者也。先有《梅亭類稿》三十卷,其家既鋟梓而傳之。及内附國朝,公之孫畯掇拾遺書而彙次之,又得三十卷,曰《續稿》,既成帙而没。後三十年,畯之子積力不及其前人時,猶欲節約次第,勉力以成其志,而求予叙其事云。若積之所爲,猶有前代惓惓文獻之餘意,蓋亦可念可稱者矣。若夫乍起乍滅於尋丈之間、俄忽之頃者,豈復知此之爲重乎?”按龍圖趙公汝騰作公墓志,公初有《語纂》《閉户録》《理語》,書成皆毁於火。然則《續稿》者,亦公既貴之所著也。夫公之在朝,兩爲中書舍人,三入翰林直學士院,故内外制最多,而喬行簡、李宗勉、史嵩之三相之制,爲世所稱道。公始入蜀,佐制司幕府,先曾大父滄江府君時忝議制司,及行興元,實與公偕,軍事之畫諾,文章之往來,極相愛重,二氏家集互可考見。其再入蜀也,歷守榮、眉,進總漕事,並總蜀帥、成都守、本路憲、四川都大賣茶買馬等司,凡八印,軍府僚佐、各禀教令,條治無不得所。公之從容於政,又有如此者。當是時,公所得圖書,輒以八印識之。近時或散失民間,予猶見什百於一二。追憶吾蜀父老之言,而歎其烜赫者矣。且公之文光采赡,文學之士莫不欲盡見以快其心目,何待於區區末學而贊於一言乎!而不敢違積之請者,考公之遺書而切有感焉。嘗辨先丞相雍公采石事,以爲史書但言“采石之功,虞某與焉”,蓋當時繆史有所俟也,不亦欺天罔人乎。又云:魏文靖公了翁所著《滄江府君墓志》,言其孝悌行業可爲至論,而隱德潜美猶多逸遺,嘗欲叙次同行軍秦隴時勝敗大槩,而不及爲也。先雍公之事著在國史,炳如丹青,千載不可誣,而滄江府君經理蜀事,有丞相之風,而卒不得志於時帥,多所遺恨。其行事雖有可考,二百年來,山川邈悠,陳迹無一可見。予嘗使涉其境,瞻望悽愴,豈復可思耶!緬懷故鄉,是以不能忘情於公之言也,故爲積書之如此。仍改至元之五年歲在己卯五月甲申雍虞某書。(《道園學古録》卷三三,虞集撰,《四部叢刊》本)

孫能傳《剡溪漫筆》卷四:李梅亭《四六標準》學問宏博,精熟韓文,《除架閣謝丞相啓》云:“生辰挹斗而揚箕,竟得餘而失少;奴星結柳而送鬼,奈驅去以復還。”上句用《三星行》語,下句用《送窮文》語。《何教授啓》云:“閉蕃於六館之空,舍其亦有施乎識堅也。十年爲故人將賀其鳴已。”上句用太學生何蕃傳語,下句用送何堅序語。屬對天然,有左右逢源之妙。可謂巧於用事。(《剡溪漫筆》卷四,孫能傳撰,《四部叢刊續編》本。)

馮夢禎《梅亭先生四六標準序》:宋李梅亭《四六標準》,世未嘗有刻本。歲甲午,客人有迴易市肆,始覯是書,蓋抄帙,凡四十卷,余問爲捐半月俸直,從客購寘齋頭。有識者云:“故相某當軸時,自秘館抄得之。故相歿,是書遂流落人間,成楚弓之失。既而又入爲蔡帳閟者，曆數年所，乃落書師手中。”迨余購得，始念與同志者共之，然頗舛闕不可讀。問取《翰苑新書》《詞致録》等書印證一二，則已不啻燕郢。余初欲稍爲釐正，顧字句參錯，篇章泮涣，開卷即懣然厭之。意其繕寫出吏人手，吏苦其煩，因任意減落，或故紊其次。語曰：字經三寫，烏焉成馬。所繇攙截失序，非一朝夕，迄晦翳無所發明。數百年而下，不遺憾焉？蓋又三閱歲，而門人新安黄氏兩生毅然以校刻自任。窮經之暇，繙料故笈，蒐考既勤，質補浸核。其有不可致詰者，稍以意推測，藻飭其所不足，向之謬戾罔次者既條貫彬彬，文從理順。剞劂告訖，井然燦然，若闢群玉之府，珪璋璜琮，經緯臚列，風檐杲日，披誦色喜。豈是編之顯晦，故自有時耶？乃因二生之請，而序之如此。萬曆丁酉重九日，南祭酒秀水馮夢楨序。（萬曆二十五年新安黄氏校刊本《箋釋梅亭先生四六標準》卷首）

劉彤《重刻四六標準序》：崇仁多名賢，而文章之工，歷推梅亭公爲最。公著述甚富，今皆無存，惟《四六標準》一刻行世。余癸巳公車索諸燕臺書肆，選購善本藏而珍之。余二十年，自笑懶惰，紙墨猶鮮。歲仲春，梅亭之裔有庠生諱步雲字景龍者過舍，請曰：“先公《四六標準》將鐫板，爲垂遠計，衆芳、斤村兩支願捐工費。聞先生家有藏本，字確而楷，求出爲鐫者式。”余曰：“此書盛行於世，學士家多有之，奚事鐫爲？”景龍曰：“吾固知之。然文章關乎運會，隨時顯晦者也。昔者公之《類稿》《續類稿》及《梅亭四六集》，何嘗不盛行於世哉，至今悉同丘索，僅存其名。以此推之，又不可不聞同邑夢舍吴公、邵庵虞公生平著作不啻等身，久之漸至散亡，幸其後人蒐輯重梓，庶幾猶有存者。吾是以仿而行之。”余快其論，急出篋授之。閲十月，景龍復來，告曰：“工竣矣！更請一言弁之。”予謂公之文舊刻有孫、馮二先生箋之序之，煌煌大椽，絢爛簡編，何事予言？然景龍之志未可没也，一日千古之思，不惜勞，不吝費，卒至有成，其可謂知所重者與。嗟乎！今之侈爲名賢後者多矣，外艷其聲光，内歆其故跡，逢人輒曰某溪吾某先公漁於斯，某山吾某先公墓於斯，某古榭精舍吾某先公游息於斯，施祝於斯；至公世之業，前人嘔心刺血而成之者，則任其沉埋磨滅，不問且不知也。其亦聞景龍之志而面赤汗瀆焉否乎？時乾隆庚申季冬，同邑後學劉彤識。（乾隆五年李氏刻本《四六標準》卷首）

陳象樞《重刻四六標準序》：宋人駢語之工拙，歐陽永叔蓋嘗言之：“往時作四六者，廣引故事以選博學，而不思述事不暢。近時文章變體，如蘇氏以四六述叙，委屈精盡，不減古人。自學者變格爲文，迄今三十年，始得斯人，不惟遲久而後獲，實恐後未有能繼者耳。”觀其言，可以知其意之所歸矣。蓋宋初駢語率謹四字六字律令，獨歐、蘇二公鋭然更之，而非創也。在晋、唐時，名公爲之已多長調，至陸敬輿、韓退之所著奏議箋表，體勢頗俳，而隨時卷舒，精彩自俊。彼其塵垢糠秕，足以陶鑄萬彙，豈屑屑於字句多寡之間，然則二公固以復古爲駢語，而《邵氏聞見録》乃謂四六之法盡亡，非所謂拘於墟而篤於時者耶？

宋季德興汪彦章、崇仁李梅亭，皆以駢體名家者。余讀彦章《浮溪集》，深愛其纂組紛綸，漸近自然，而獨未得梅亭李公之集，嘗以爲憾。余弟上�、姪際會、孫濬勤於輯古，購得《四六標準箋》一册，爲公初年館於月湖何公家及官楚、蜀時之所作也，明時孫禹見箋之。刻本至今流布漸稀，乃力贊公之裔孫步雲復爲刊布。值余歸里，求序其事。夫公文固余昔所懸慕之甚，今得其書，又重以憂思，未遑莊誦而卒業，豈能言公之文章？第志稱其儷語爲南渡之冠，虞公道園又以公文采博瞻，則必其與彦章相伯仲，並以繼歐、蘇復古之體而無疑矣。抑公故久爲侍從，多内外制誥，所爲《類稿》三十卷、《續類稿》三十卷，既嘗行世，今傳此一編於散逸之餘，其他書皆不可得而見矣。嗚呼！巖穴之士，思著書立言以自表見，歷時愈久而俱就泯没者，可勝道哉！時大清乾隆伍年十二月，陳象樞叙。（乾隆五年李氏刻本《四六標準》卷首）

李步雲《重刻四六標準紀事》：讀祖父之書，而不能學祖父之學，則箕裘已零替矣。乃至祖父之書莫讀，而祖父之書又任其湮没弗傳，則其不孝，迨有甚焉。吾祖梅亭公，登宋寧宗嘉定七年進士，受知於吏部侍郎曾公、湖南安撫衛公、蜀帥董公，尤叨理宗皇帝知遇，頻頒御墨，屢賜殊榮，歷遷中書舍人、直學士院、寶章閣待制。考公生平著作，其初有《語纂》《閉户録》《理語》，書成，皆毁於火。及其既貴，有内外制、講義，有《類稿》，有《續類稿》，有《梅亭四六》《四六標準》諸書。其《類稿》則刻於守眉州時，而《續類稿》則爲公孫峻公掇拾成帙。峻公之子積公成志梓鐫，同里道園虞公曾爲之序。顧以時代殷遥，家門消落，不能保持公之遺帙，其未及梓者，固已龍化珠沉；而梓行海内者，復蕩爲荒煙野草。僅《四六標準》一編，原爲鈔本，籍有明馮具區、黄新安二先生之校刻，孫禹見、唐季龍二先生之箋刻，而始流布至今。此歷代祖宗念先人之遺澤，全豹莫窺，每爲長恨。乃今《標準》一集，又復遍地搜羅，頗多殘缺，詢之坊肆，曾無售市，則海内之藏板，存毁俱不可知，及今不圖，又安知代遠時移，不與《類稿》諸編同歸滅没？此雲所爲徘徊先澤，悵望風流，耿耿憂思，不遑假寐者也。今春，吾友陳君青士巨川及甥詹學山輩，謂《標準》全本，同邑縉紳劉培先先生曾自京師購歸，贊雲往借爲式而重刻之。時先生惠然見假，雲不啻驟獲奇珍，因請命諸父懋禨，會弟岀澄糾族長幼捐貲翻刻。自仲春迄季冬，閲十月而功成。劉先生喜先達之書之可以永傳也，樂爲之序。適太史陳慎甫先生歸里，雲懇青士轉乞序弁，陳先生亦慨贈以言。斯役也，玉成賴有群公，亦未必非我祖之默相。今雖未敢謂能讀祖父之書與傳祖父之書，足以附於孝子順孫之列。然道園公有曰："爲人子弟，拳拳先世之書，自非知爲孝之道者不能。"雲其藉此，或差免於不孝也乎！抑雲竊有感焉。玉韞石而山輝，劍埋岳而斗耀，古今來凡有精光雄魄不可磨滅之物，雖歷劫窮塵，瘞幽匿遐，而終出而照耀於人間之世。吾祖文章英華力魄，實與劍氣玉光均之，無可磨滅者。今《標準》之鈔本轉而爲箋刻，箋刻之舊本轉而爲重梓，其光華固將永永弗替，彼《類稿》《續類稿》諸凡著述，雖散亡既久，而光彩常存，吾祖精神氣魄終發越而不可遏。倘吾族子若孫留心采訪，山陬水隘，俱寄遥情，又安見金箱舊卷、玉軸遺文不可再出，而與《四六標準》同炳烺於天地者耶？凡我宗支，仰承祖德，慨慕先型，收散集亡，暴光表景，顧非奢也，務非泛也，尚其戮力而任之！時乾隆庚申季冬，裔孫步雲僅識。裔孫懋禨、步青、世澄、世法、世榮、世汪、世沿、永貞、文明、文盛、仕迎重校。（乾隆五年李氏刻本《四六標準》卷首）

謝旻《（雍正）江西通志》卷八〇："李劉字公甫，崇仁人。"卷四〇《撫州府》："御書閣，《名勝志》：'崇仁縣東舊有御書閣，中藏宋理宗翰墨，曰：藏脩、經訓、竹閣、梅亭，共八字，皆用御璽，其餘制詔尚多。'梅亭者，邑人李劉之別號也。嘉定進士，卒官吏部侍郎。"卷五〇："嘉定元年戊辰鄭自誠榜，李劉，崇仁人，寶章閣待制。"（《（雍正）江西通志》，謝旻撰，《文淵閣四庫全書》本）

孫梅《四六叢話》卷三三：梅亭四六，雕琢過甚，近於纖冗，排偶雖工，神味全失。駢體至此，發洩太盡，難以復古矣。（《四六叢話》卷三三，《歷代文話》第五册，孫梅撰，王水照編，復旦大學出版社 2007 年版，第 4991 頁）

姜璘《（光緒）丹陽縣志》：孫雲翼，字禹見，萬曆辛卯舉人，知廣東龍川縣，擢知彝陵州。解綬歸，三十年不謁守令，左圖右書，終日披誦。生平撰述甚富，文工齊梁體。（《（光緒）丹陽縣志》卷二〇"文苑"，姜璘等纂，江蘇古籍出版社 1991 年版，第 231 頁）

趙宏恩《（乾隆）江南通志》：孫雲翼，字禹僉，丹陽人。萬曆辛卯鄉舉，知彝陵州，文工齊梁體，有《清暢齋駢語》《鰲陽漫稿》《橘山》《梅亭》四六注行世。（《（乾隆）江南通志（四）》卷一六六"人物志・文苑"，黄之雋編纂，趙弘恩監修，鳳凰出版社 2011 年版，第 246 頁）

《四庫全書總目提要》：《四六標準》四十卷（內府藏本），宋李劉撰，明孫雲翼箋釋。劉字公甫，崇仁人，嘉定七年進士，歷官寶章閣待制。雲翼有《橘山四六箋注》，已著録。劉平生無他事可述，惟以儷語爲專門，所著有《類稿》《續類稿》《梅亭四六》，今皆未見。此本乃其門人羅逢吉所編，以劉初年館何異家及在湖南蜀中所作彙爲一集，題曰"標準"，蓋門弟子尊師之詞也。凡分七十一目，共一千九十六首。自六代以來，箋啓即多駢偶，然其時文體皆然，非以是别爲一格也。至宋而歲時、通候、仕宦、遷除、吉凶、慶吊，無一事不用啓，無一人不用啓，其啓必以四六，遂於四六之内别有專門。南渡之始，古法猶存，孫覿、汪藻諸人，名篇不乏。迨劉晚出，惟以流麗穩貼爲宗，無復前人之典重。沿波不返，遂變爲類書之外編、公牘之副本，而冗濫極矣。然劉之所作，頗爲隸事親切，措詞明暢。在彼法之中，猶爲寸有所長，故舊本流傳至今，猶在録而存之。見文章之中有此一體爲别派，别派之中有此一人爲名家，亦足以觀風會之升降也。至雲翼之注，蕪雜特甚，然亦有足備考證者。舊本所載，亦姑附存焉。（《四庫全書總目》卷一六三，永瑢等撰，中華書局

1965 年版，第 1396 頁，與《文淵閣四庫全書》本書前提要一致）

《文津閣四庫全書》本《四六標準》書前提要：《四六標準》四十卷，宋李劉撰，明丹陽孫雲翼箋釋。劉，字公甫，崇仁人。嘉定七年，歷官寶章閣待制。博極群書，尤工儷語。所著有《類稿》《續類稿》《梅亭四六》等書，此本乃其門人羅逢吉以劉初年館何異家及在湖南、蜀川所作。彙梓行世，題曰《標準》，蓋門弟子尊其師之詞也。凡分七十一目，一千九十六首宋時制誥表啓之文，皆用四六。迄於南渡，其風彌盛，孫覿、汪藻等多以此擅名，而劉獨爲晚出，所作專以流麗穩貼爲宗，頗傷冗蔓於前人典重昌博之體，未免去之稍遠，然其隸事親切，措辭曉暢，頗便於學者剽掇模擬之用。故當時盛行，其書録而存之，可以見妃青儷白之詞，其風會亦自有升降耳。至雲翼之注，蕪穢特甚，以其裒綴頗勤，今亦姑存之焉。（《文津閣四庫全書》本《四六標準》卷首）

張元濟《四部叢刊續編》影印宋本《梅亭先生四六標準》跋：《梅亭四六標準》，不著撰人，考《四庫提要》乃宋李劉所撰。劉有《類稿》《續類稿》《梅亭四六》，今皆不傳。此題《梅亭四六標準》，乃門人羅逢吉所輯，皆劉少作及初年在何異家並官湘、蜀時所作，非其全豹。自宋以來，風行不絶，蓋皆仕宦遷除慶吊通候所必用，書記操觚，靡不資爲藍本也。《四庫》著録本，有明人孫雲翼箋注，所據爲徽本，而以家藏本及鄢陵劉氏本校補，篇什略多，出於掇拾，已非羅輯原本。涵芬樓舊藏明刊無注本，略與雲翼所據徽本合。此本世所未見，前後序跋不存，亦不題編輯姓氏。全書四十卷，分若干類，取勘明刻徽本，此多舉自代、宣賜、被召、樞屬四類。編次分卷，頗有出入。以校孫雲翼箋注本，合處爲多。知雲翼所據以校補之家藏本，鄢陵劉氏本，必有一本與此相合者。固不若此原刻之可貴矣。《天禄琳琅》有元刊本，分六十六目，箋啓千九十六首，此則僅六十五目。爲文亦少三首。意者其别一刊本歟？海鹽張元濟。（《張元濟全集》第九卷《古籍研究著作》，張元濟著，商務印書館 2010 年版，第 226 頁）

昌彼得宋版《四六標準》跋：《梅亭先生四六標準》四十卷，宋李劉撰，宋刊本，每半葉十行，行十九字，小黑口，雙魚尾。版心下記刻工姓名：曹德俊、李方等。每册首尾鈐有“文瀾閣”“避暑山莊”諸印記，蓋舊藏清宮，今歸國立中央博物院矣。李劉，字公甫，崇仁人，少從真德秀遊，舉嘉定七年進士，歷官中書舍人、直學士院，寶章閣待制。長於駢儷，所著有《梅亭類稿》九十卷，見《千頃堂書目》，又有《續類稿》《梅亭四六》，今並不傳。此帙乃其門人羅逢吉所編，爲李氏初年館月湖及湖南、川蜀所作，《四庫提要》評其“頗爲隸事親切，措辭明暢，在彼法之中，猶爲寸有所長”。自六朝以來，崇尚駢偶，舉凡箋啓，皆用此體，迨及南宋，漸流於纖弱冗濫，劉後村所謂“堆故事，用全句”者，而李氏之文於冗腐中尚能不失典麗也。此書舊刻流傳殊罕，見於著録者，唯《天禄琳琅後編》之元刊本，宋刻則此尚僅見。今通行者有明萬曆新安黄氏刻本，清乾隆見陳氏本，率皆明張雲翼所箋證者。

其書凡分六十一目(清《四庫全書》著録爲明萬曆刊本,《提要》謂分七十一目,實誤),而此本共分六十五目(《天禄琳瑯後編》謂元本分六十六目,疑亦有誤)。較諸傳本多:舉自代、賀被召、惠詩文、樞屬等四目。又如傳本改致仕曰致政,婚姻曰婚媒,帥守曰撫帥,治中曰倅,教官曰教授,屬官曰諸司屬官,寄居曰寄居官,知縣曰縣宰,縣丞曰丞,主簿曰簿,縣尉曰尉;謝到任,謝解任,謝内除,謝外除,謝辟置諸目,皆去其"謝"字;賀宣賜目去其"賀"字等,其他訛奪之處尚多,蓋經孫氏注釋時所删改者,得此舊本,有足以校其失也。此本避諱不甚謹嚴,大抵槧於南宋季年,其刻寫之佳,當屬初印,誠爲今存宋刻中不易多觀者也。(《蟫菴論著全集》,昌彼得著,臺北故宫博物院 2009 年版,第 810—811 頁)

作者簡介:

沈如泉(1971—),男,西南交通大學人文學院副教授,博士,主要研究方向爲中國古代文學、文體學。

王瓊(1992—),女,西南交通大學人文學院在讀研究生,主要的研究方向爲唐宋文學。

《南北朝文鈔》叙録

張作棟

内容摘要：彭兆蓀爲"復俗歸諸古音"，選輯《南北朝文鈔》，欲"矯厲膚庸，歸諸淵雅"，崇雅反俗，推尊駢文。概而論之，主張有三：一曰推崇"淵雅"，二曰回忌"俳諧"，三曰規避"酬應"。彭兆蓀《南北朝文鈔》於乾嘉之交駢文轉折頗有力焉。《南北朝文鈔》刊刻多次，流布甚廣，影響不可謂之不大。

關鍵詞：彭兆蓀；《南北朝文鈔》；崇雅反俗

《南北朝文鈔》，清彭兆蓀輯。彭兆蓀（1769—1821），字甘亭，一字湘涵，江蘇鎮洋（今太倉）人。諸生，舉孝廉方正。父彭禮知山西寧武，兆蓀從侍。年十五，應順天鄉試，聲滿名場，然竟十餘年無所遇。後隨父宦居穎州。父亡，兆蓀遊幕各地。嘗依兩淮鹽運使曾燠，"佐輯"《國朝駢體正宗》。後入江蘇布政使胡克家幕，爲校元本《通鑑》，成《文選考異》十卷，頗得要領。其間，"兩應京兆、五踏省闈"（彭兆蓀《江寧寓館與樂元淑書》），皆不就，遂絶意仕進。彭兆蓀爲人剛直耿介，客遊以爲養，結交廣泛，與沈欽韓、孫原湘、吴慈鶴、姚椿、樂鈞、劉嗣綰、陸繼輅、洪亮吉、阮元、伊秉綬、趙懷玉、王芑孫、張問陶、顧廣圻、方東樹、孫星衍、陳文述、舒位、楊芳燦遊；諸名士賞其才，傾身交納。兆蓀爲文鴻博沉麗，力追六朝、三唐，尤長於詩，始務綺麗，晚乃澄淡孤夐，深得古人意（《清史列傳》）；亦工詞，著有《小謨觴館詩集》八卷、《詩續集》二卷、《文集》四卷、《文續集》二卷、《詩餘》二卷、《潘瀾筆記》二卷、《懺摩録》一卷，輯《南北朝文鈔》二卷。生平事迹見《清史稿》卷四八五、《清史列傳》卷七三《文苑傳》四、《清詩紀事》乾隆朝卷。

彭兆蓀爲"復俳俗歸諸古音"（《與寧榕塢書》），選輯《南北朝文鈔》，刊刻於嘉慶四年（1799）。《南北朝文鈔》選文凡一百篇，厘爲上下二卷，依體而列。卷上選文敕二、詔二、令三、教二、表十一、謝章一、彈文一、疏二、啓十一、書十四，卷下選文書二十五、移文一、問一、序十一、頌一、論一、説一、銘一、誄一、碑五、哀詞一、墓志銘一，凡一百篇。前有徐達源序、彭兆蓀引，後有伍紹棠跋。選文後多有彭兆蓀按語。《南北朝文鈔》選文"斷自永初，迄於大業"，即始於劉宋武帝永初年間（420—422），止於隋煬帝大業年間（605—616）；爲避免重複，凡《文選》所收及庾信、徐陵文章概不入録，"仿選詩家不收李、杜例也"。

兆蓀選輯《南北朝文鈔》，乃有感於“末流之放失”“僞體之滋繁”（彭兆蓀《荆石山房文序》），欲“矯厲膚庸，歸諸淵雅”（彭兆蓀《答姚春木書》），崇雅反俗，通過矯正駢文膚庸俳俗之弊來改變駢文被“輕詆”“目爲卑濫”局面，推尊駢文。概而論之，主張有三：一曰推崇“淵雅”。其《南北朝文鈔引》云：“六朝文爲偶語之左海。習駢儷而不胎息於此，庸音俗體，與古人固而存之之義何居焉。……攻選體者，欲挽頹波而趨正軌，此編或藥俗之昌陽乎。”欲以六朝之雅藥後世之俗。由其選文、按語推究，其所推崇之“淵雅”，語言則“詞屏乎嘩囂”，甚至“寧蹇澀以違俗，勿軟滑以悖古”；文意則“義歸於淵雅”，選題注重功事、立意遵循儒家思想。二曰回忌“俳諧”。駢體俳諧遊戲之作，歷代有之，深爲論家所惡。兆蓀《南北朝文鈔》於此類之作多不預選，按語亦明確張其論，如評釋真觀《與徐僕射領軍述役僧書》云：“此篇與虞通之《讓昏表》頗爲一種俗調作俑。王志堅云：‘役僧一書，滿紙齋飯酸餡氣，大非雅士所賞。’言之未免太過。玆姑存之，以備一體。婚表更入俳俗，不庸不汰矣。”三曰規避“酬應”。其《答姚春木書》云：“然迦陵佳制多在《湖海樓集》，世傳《檢討四六》本屬外篇，類牽酬應。”對局於應酬之俗調駢文輕視態度可見。《南北朝文鈔》所選書、啓兩體最多，雖屬應用之作，然皆富有情韻，未可以泛泛“酬應”視之。清代以前駢文演變，大體以李商隱爲界分爲兩段：從到魏晋到李商隱之前是一個階段，從李商隱到明代是一個階段。在前一階段，兩漢萌其芽，魏晋發其端，南北朝鼎其盛，隋唐流其風，而以南北朝駢文爲代表；在後一階段，宋定其調，元明等之而下，而以宋四六爲代表。清代駢文則大體呈現出對此前駢文史的倒序演變：從宗尚上就是從接踵宋四六到師法六朝駢文的轉變；語言上從工致切合回歸淵雅自然，應用領域上從公私文翰擴展到抒發情韻之作，審美效果上也從“無復作家風韻”發展到富有“遥情雋致”。在這個演變中駢文地位也相應地由卑而尊。這個演變主要完成於乾嘉之交。彭兆蓀《南北朝文鈔》於此駢文轉折頗有力焉：其一是清代較早直接選輯六朝駢文的總集，處於從接踵宋四六到師法六朝駢文的轉折點上；其二通過書、引與《文鈔》案語針對當時駢文俳俗之弊進行矯正，具有當代意義。《南北朝文鈔》刊刻多次，流布甚廣，影響不可謂之不大。

《南北朝文鈔》有嘉慶四年元和陳氏刊本，光緒元年《粤雅堂叢書》本，光緒二年番禺陳起榮刊本，光緒八年江蘇紫雲室重刊本、《叢書集成初編》本等，中華書局 1985 年據《叢書集成初編》本排印。

附録：

彭兆蓀《南北朝文鈔引》：六朝文爲偶語之左海，習駢儷而不胎息於此，庸音俗體，與古人固而存之之義何居焉。選樓以外，遺珠綦多。降自陳隋，不乏名制。暇時雜曲《南北朝史》《文苑英華》《藝文類聚》《百三家集》《四六法海》諸書擇其文之尤工者，斷自永初，迄於大業。匯爲一集，題曰《南北朝文鈔》。攻選體者，欲挽頹波而趨正軌，此編或藥俗之昌陽乎。至徐庾二集，固與選學同揭日月而行，兹不復列。且仿選詩家不收李杜例也。嘉慶己未仲春上澣婁東彭兆蓀甘亭氏書於吴門寓齋。（光緒元年《粤雅堂叢書》本《南北朝文鈔》）

徐達源《南北朝文鈔序》：夫詩崇正始，賦首麗則。凡厥文辭，貴求初軌。駢儷之制，何獨不然？元熙以前，體裁粗創，未極神明；逭南北瓜分，自永初之元，迄開皇之季，中間世歷數祀，代挺雅才，摛藻敷華，珠零錦粲，夐乎莫之尚已！有唐而降，厥風漸頹，流及天水，古意寖微，幾鄰俳俗。後之作者，欲探源珠海，取法椎輪，舍南北朝其奚適哉！吾友彭子甘亭，少學爲沉博絶麗之文，其持論也，寧蹇澀以違俗，勿軟滑以悖古。投跡高軌，棘棘不阿。間取有宋迄隋數朝文，博觀而慎擇之。除《文選》所已收及徐庾不録外，分體詮次，僅得百首。以爲學駢文者制輪之寸轄，運關之尺樞。廩廩乎其操約而旨嚴也。嘉慶己未夏，聯藝金閶，縱言及此。予因參校一過，並録甘亭原引，授之劂氏。韋莊有云："雖遺妍可惜，而備載斯難。"是編也，聊以樹規植矩，使希雅音者若射之有鵠焉耳。苟謂攬翮剔毛，足翼選學，則是輕塵足嶽而墜露添流也。即謂鴻律蟠采，道在於兹。則又以指測河而曰河盡也。嗚呼，傎矣！吴江徐達源山民氏序。（光緒元年《粤雅堂叢書》本《南北朝文鈔》）

伍紹棠《南北朝文鈔跋》：右《南北朝文鈔》二卷，國朝彭兆蓀輯。兆蓀，字湘涵，號甘亭，陽湖人，貢生，嘗薦舉孝廉方正不就。事迹見《國朝先正事略》。案駢儷之文，自以導源蕭選爲極則，然自奇偶既判，源流遂分，近時陽湖李氏刊《駢體文鈔》，凡蕭選所録，一字不遺。於是賈生《過秦論》、太史公《報任安書》，均指爲駢體，宜爲陸祁孫輩所呰議也。是集托始南北朝，與王志堅《四六法海》、湯顯祖《續文選》體例相同，最爲醇正。每篇間附評騭、考據數語，亦極精評。考甘亭平生論文宗旨，具見集中《荆石山房文序》及《與姚春木書》。於虞通《讓婚表》、釋真觀《役僧書》皆詆毁不遺餘力。然此篇仍録有釋真觀書，豈欲聊備一格耶？至篇中凡徐庾之文及《文選》已有者，概不復列。如劉峻《山棲志》、温子昇《寒陵山寺碑》，亦以習見不收。此與姚鉉《唐文粹》不載昌黎《平淮西碑》，或當别有微旨耳。竊謂南北朝人所著書，多以駢儷行之，亦均質雅可誦，如范蔚宗、沈約之"史論"、劉勰《文心雕龍》、鍾嶸《詩品》、酈道元《水經注》、楊衒之《洛陽伽藍記》，斯皆"篇章之珠澤，文采之鄧林"。誠使勒爲一書，與此編相輔而行，足爲詞章家之圭臬。余向有是志，惜乎抗塵走俗，蓬轉萍浮；頭白有期，汗青何日。擬俟山居稍有餘暇，當補成之。光緒乙亥白露前二日。南海伍紹棠謹跋。（光緒元年《粤雅堂叢書》本《南北朝文鈔》）

彭兆蓀《與寧榕塢書》：課經之餘，頗留意六朝偶體，欲復俳俗歸諸古音。曾選百篇，已付剞劂。（彭兆蓀《小謨觴館詩文集・文集》卷三，《續修四庫全書》第1492册，上海古籍出版社2002年版，第645頁）

彭兆蓀《荆石山房文序》：文章駢格，咸謂肇始東京。然自秦漢以來，李斯、鄒陽、枚乘、王褒之屬，率皆宏麗抒藻，秀錯爲詞，由質趨文，勢有必至。馬、揚而後，益事增華。儷偶之興，實基於此。爰逮魏晋，以迄陳隋，衆制鋒起，雅才彌勁。有唐一代，斯體尤崇：穎達以之叙經，房喬用之論史。其於散體，途異原同，昧者不察，目爲卑濫。是蓋末流之放失，以至僞體之滋繁。若究其椎輪，審其徑遂，義歸於淵雅，詞屏乎嘩囂，侔色於敦彝，含音乎琴瑟，斟酌華實，逖遠淫哇，作者抗行，良無愧矣。（彭兆蓀《小謨觴館續集・文續集》卷一，《續修四庫全書》第 1492 册，上海古籍出版社 2002 年版，第 698—699 頁）

彭兆蓀《與姚春木書》：近佐輯《駢體正宗》一書，欲以矯俳俗，式浮靡。中間進退權衡皆系所主裁斷。僕雖觀成，僅司校勘。且鄙文濫厠，尤不便置喙其間，然旨意所存，蓋可略述：大要立准於元嘉、永明，而極才於咸亨、調露。文匪一格，以遠俗爲工，體無定程，以法古爲尚。其有新聲滌濫，煩手滔堙，雖在專門，固從芟薙。或乃淺才薄植，學乏本原，齲齒折腰，意圖貌襲，珠礫之似，亦勿若容淆。若唐堂《集唐》一首，則變例收之。尤、陸、吴、章諸家，則别裁汰之。攬翮剔毛，具存微旨。至於玉堂淵雲之巨制，名山崔蔡之副墨，或限於見聞，或難於搜采。篇簡遂約，著録無多。要以擠拄哇淫，植立軌範，正無取乎繁富矣。脱遇庸目，不免詆呵。屬在雅材所宜審聽，輒附一分奉塵几席。尊選古文，他日斷手，所謂異音合奏，殊塗同歸者。（彭兆蓀《小謨觴館詩文集・文集》卷三，《續修四庫全書》第 1492 册，上海古籍出版社 2002 年版，第 646—647 頁）

彭兆蓀《答姚春木書》：……君行萬里，我留三吴。……僕自羈丱，思學古文。漸稔其難，逡巡舍去。繼乃探索漢魏，沿洄六朝，下逮三唐，以迄五季。儷偶各體，略悉源流。竊欲矯厲膚庸，歸諸淵雅。藉見古人文筆，無分整散。不使寡學之士，高語起衰，輕詆駢文，謂爲應俗。而涉獵既廣，見聞龐雜；又性喜馳騁，恣筆所指，持擇未精。遂羼雅鄭一篇之中，瑉玉錯見一體之内。真贋迭陳，心非不知。過乃憚改，非盡師友之寡助，亦由持志之不堅耳。間嘗盱衡當代作者數人。迦陵、西河，承接幾社，選學未墜，殊有宗風。然迦陵佳制，多在《湖海樓集》，世傳《檢討四六》，本屬外篇，類牽酬應。西河《平滇頌》《與秦留仙女書》諸首，風格遠過齊梁，而自所矜許乃在《花間集序》，可謂棄周鼎寶康瓠矣。外如漢槎、稚黄、麗京、慶百，體制雖殊，咸有可采。至於西堂、羨門、拒石、園次以及豈績、希張諸君，繁音靡格，古法蕩然，無足論已。竊謂斯道近始大昌，略舉已逝數公，成就各判。稚威以博奥之才，出以淵茂。横絶海内，無可瑕疵。稚存寓奇氣於淳泊，孳新意於古音，選練既精，庶幾齊騖。若叔宀之學魏晋，宗之者空疏；巽軒之學初唐，襲之者肥重。簡齋真力彌滿，而雜糅泥沙。圃三贍采鏗訇，而間涉淺易。是皆並世耆碩，藝林仰鏡，然其支流已多派别，况在輇材末學，妄思别出機杼，其爲紕繆可勝言哉！夫虞通之《讓婚表》，釋真觀《役僧書》，此俗調之肇端也。東京文之引周秦，宋齊文之引漢魏，此用近事之證也。簡棲作《頭陀寺碑》，不得不廣羅梵夾；梁帝作《招真觀碑》，不得不旁及道經。此用雜書稗乘之證也。僕爲此言，非爲解嘲，良以少壯之間，歧路錯出，持守不嚴，自忘漸染。踳駁之弊,實由乎此。(彭兆蓀《小謨觴館續集·文續集》卷一,《續修四庫全書》第1492册,上海古籍出版社2002年版,第701頁)

譚瑩《論駢體文絶句十六首》之"彭甘亭":高語起衰緣俗調,讓昏表與役僧書。膚庸矯厲歸淵雅,馳騁能隨筆所如。(譚瑩《樂志堂詩集》,《續修四庫全書》第1528册,上海古籍出版社2002年版,第544頁)

譚獻《復堂日記》:翻彭甘亭《六朝文鈔》(案:即《南北朝文鈔》),簡而未當,評跋無精旨。版刻尤劣,訛奪滿目。(譚獻著,范旭侖、牟曉朋整理《復堂日記》,河北教育出版社2001年版,第327頁)

作者簡介:

張作棟(1978—),男,山東臨沂人,文學博士,桂林師範高等專科學校中文系副教授。

《駢文類纂》叙録

劉振乾

内容摘要:清光緒二十七年(1901),王先謙主講嶽麓書院,編定《駢文類纂》。《駢文類纂》選文上起先秦,下迄晚清,收録約三百位作家兩千余篇文章。《駢文類纂》前列總序目,分列論説、序跋、表奏、書啓、贈序、詔令、檄移、傳狀、碑志、雜記、箴銘、頌贊、哀吊、雜文、辭賦等十五個門類,概述各類文體流變,評判前人創作得失,選文標準偏重雅潔,論文推重劉勰《文心雕龍》。

關鍵詞:王先謙;《駢文類纂》;叙録

一、編者·緣起

王先謙(1842—1917),字益吾,號葵園,湖南長沙人。清同治四年舉進士,欽點翰林院庶吉士。歷任國史館協修、國史館纂修、實録館協修、翰林院侍講、翰林院侍讀、國子監祭酒、江蘇學政等職。曾主講思賢講舍、城南書院、嶽麓書院。所著書有《尚書孔傳參正》《詩三家義集疏》《漢書補注》《後漢書集解》《荀子集解》《莊子集解》《日本源流考》《續古文辭類纂》《國朝十家四六文鈔》《駢文類纂》。

《清史稿》卷四八二"王先謙傳"云:

> 王先謙,字益吾,長沙人。同治四年進士,選庶吉士,授編修。光緒元年,大考二等,擢中允,充日講起居注官。歷上疏言言路防弊,請籌東三省防務,並劾雲南巡撫徐之銘。六年,晋國子監祭酒。八年,丁憂歸,服闋,仍故官。疏請三海停工。出爲江蘇學政。十四年,以太監李蓮英招摇,疏請懲戒。略言:"宦寺之患,自古爲昭,本朝法制森嚴,從無太監攬權害事。皇太后垂簾聽政,一稟前謨,毫不寬假,此天下臣民所共知共見者。乃有總管太監李蓮英,秉性奸回,肆無忌憚。其平日穢聲劣迹,不敢形諸奏牘。惟思太監等給使宫禁,得以日近天顔;或因奔走微長,偶邀宸顧,度亦事理所有。何獨該太監誇張恩遇,大肆招摇,致太監篦小李之名,傾動中外,驚駭物

聽，此即其不安本分之明證。《易》曰'履霜堅冰'，漸也。皇太后、皇上於制治保邦之道，靡不勤求夙夜，遇事防維。今宵小横行，已有端兆。若不嚴加懲辦，無以振綱紀而肅群情。"疏上不報。

先謙歷典雲南、江西、浙江鄉試，搜羅人才，不遺餘力。既莅江蘇，先奏設書局，仿阮元《皇清經解》例，刊刻《續經解》一千四百三十卷。南菁書院創於黄體芳，先謙廣籌經費，每邑拔取才士入院，而督教之，誘掖獎勸，成就人材甚多。開缺還家，歷主思賢講舍，嶽麓、城南兩書院，其培植人才，與前無異。三十三年，總督陳夔龍、巡撫岑春蓂奏以所著書進呈，賞内閣學士銜。宣統二年，長沙饑民鬨圍撫署，衛兵開槍擊斃數人，民情愈憤，匪徒乘之放火燒署。省城紳士電請易巡撫，以先謙名首列，先謙不知也。總督瑞澂奏參，部議降五級。同鄉京官胡祖蔭等以冤抑呈遞都察院，亦不報。國變後，改名遯，還居鄉間，越六年卒。著有《尚書孔傳參正》三十六卷，《三家詩集義疏》二十八卷，《漢書補注》一百卷，《荀子集解》二十卷，《日本源流考》二十二卷，《外國通鑑》三十卷，《虚受堂詩文集》三十六卷等。

王先謙在編《駢文類纂》之前曾於光緒八年編《續古文辭類纂》，王湘綺謂王氏"《經解》未能抗行芸臺，《類纂》差足比肩惜抱"。《續古文辭類纂》主要是以姚鼐爲準繩，其例略云：

辯論類元六十四，續四十二；序跋類元二十八，續一百四；奏議類元八十三，續無；……書説類元八十五，續書六十四，説無；贈序類元五十三，續二十七；詔令類元三十六，續無；傳狀類元十八，續三十三；碑志類元一百，續八十；雜記類元七十六，續七十五；箴銘類元二十四，續九；贊頌類元六，續贊六、頌無；辭賦類元五十八，續無；……哀祭類元三十八，續十七。

《駢文類纂》基本沿用《古文辭類纂》《續古文辭類纂》的義類編排順序，但是在辭賦類，《駢文類纂》與《古文辭類纂》略有不同，《續古文辭類纂》未續辭賦類。王先謙在《續古文辭類纂》例略中自注云："風雅變體，取工駢儷，國朝諸家，尤罕沿襲，間有述作，不復甄采。"王先謙對姚鼐把辭賦類列入古文辭類的觀點不認同，明確指出辭賦類屬於"風雅變體，取工駢儷"。因此，王先謙將辭賦類列入《駢文類纂》。

《駢文類纂》序目云：

長遊藝林，粗涉文翰，見夫姚氏《古文類纂》兼收詞賦，梅氏《古文詞略》旁録詩歌，以爲用意則深，論法爲舛。駢文之選，莫善於王聞修《法海》、李申耆《文鈔》，傾瀝液於群言，合爐冶於千載。顧王則題目太繁，李則限斷未謹，所居之代，抑又闕如，不足綜古今之蕃變，究人文之終始。美猶有憾，斯之謂與。屏居多暇，舊籍盈几，輒復甄録尤異，剖析條流。推賓谷正宗之旨，更溯其原；取姬傳類纂之名，稍廣其例。

王先謙《駢文類纂》的“類纂”二字緣起於姚鼐《古文辭類纂》，其編選目的有二：一是糾正王志堅《四六法海》“題目太繁”的不足；二是彌補李兆洛《駢體文鈔》“限斷未謹”的遺憾。王志堅《四六法海》將駢文分列爲敕、詔、册文、赦文、制、手書、德音、令、教、策問、表、章、劄子、狀、彈事、箋、啓、書、頌、移文、檄、露布、牒、詩文序、宴集序、贈别序、城山序、記、史論、論、碑文、志銘、行狀、銘、贊、七、連珠、志、哀册文、吊祭文、判、雜著等四十二個門類。與姚鼐的《古文辭類纂》相比，《四六法海》的分類就顯得煩瑣而無序。李兆洛《駢體文鈔》所選的文章上起戰國，下止於隋代，在分類雖避開煩瑣，但是“限斷未謹”，而且“所居之代，抑又闕如”，因而“不足綜古今之蕃變，究人文之終始”。王先謙認爲清代的駢文應該放在駢文發展的歷史脉絡上來審視，既不能歸類太簡，也不能人爲截斷。因此，“推賓谷正宗之旨，更溯其原；取姬傳類纂之名，稍廣其例”成爲《駢體類纂》編選的目標和追求，姚鼐的《古文辭類纂》也爲《駢文類纂》提供了範例。此外，散文的續接任務業已完成，駢文也應該有所總結，使駢散二體平衡均勢發展，《駢文類纂》的編選實質上也反映出王氏的文體均勢觀。由於王氏生活的時間節點具有特定的歷史意義，因此，其所編選的《駢文類纂》亦具備駢文選本的完整性。

二、宗旨·標準

《駢文類纂》序目言“推賓谷正宗之旨，更溯其原”，王先謙在此處提出駢文正宗的概念，“賓谷正宗”是指曾燠的《國朝駢體正宗》。光緒十五年，王先謙編定的《國朝十家四六文鈔》，其序亦以“推求（駢文）正宗”自命：

余曩類纂古文，庚續惜抱，既念駢儷一道，作者代出，無忝古人，而標幟弗章，聲響將閟。故復采榦遺集，求珠時髦。不使西河侯君失文漢代，東海何生缺美蕭選。蔚宗述悼於莫知，表聖纏憾於既往。都爲一集，共得十人，網羅衆家，竊附全椒之例；推求正宗，或肖南城之心。庶幾體則不廢，江河導其古流；光景常新，日月並爲靈物云耳。

“全椒之例”指的是吴鼒的《國朝八家四六文鈔》，“南城之心”即曾燠的《國朝駢體正宗》。《十家四六文鈔》所選“十家”分指劉開、董基誠、董佑誠、方履籛、梅曾亮、傅桐、周壽昌、王闓運、趙銘、李慈銘。吴鼒《八家四六文鈔》中所選的“八家”指袁枚、邵齊燾、劉星煒、孫星衍、吴錫麒、洪亮吉、曾燠、孔廣森。由於選者所處的時代關係，顯然“十家”是對“八家”的一種補充，“不使西河侯君失文漢代，東海何生缺美蕭選”。這裏體現出王先謙對當代駢文的全域審視。

曾燠的《國朝駢體正宗》雖選了四十餘家，但是想要推求駢體正宗顯然存在歷史局限性。一方面，後出轉精的一些駢文大家難免缺席選本；另一方面，推求文體正宗不能只局限於當代而不溯源流。無論是吴鼒的“八家”，還是王先謙自編的“十家”，都達不到推求正宗的目的。因此，編纂一部上起先秦、下迄晚清的駢文選本就勢在必行。由於李兆洛的《駢體文鈔》存在“限斷未謹”的問題，王先謙没有像對待姚鼐的《古文辭類纂》一樣，直接在《駢體文鈔》上進行續接，而是選擇另起爐灶，重新定選：

> 文章道岐，何莫不然？是以學美者侈繁博，才高者喜馳騁。往往詞豐意瘠，情竭文浮，奇詭競鳴，觀聽彌眩，軌轍不修，風會斯靡。故駢散二體，厥失維均，而駢之爲累，尤劇於散。

王先謙在《國朝十家駢體文鈔》序中所舉“文章道岐”之弊主要表現在“詞豐意瘠、情竭文浮、奇詭競鳴、觀聽彌眩”，這中間包涵駢散二體的通病，且駢體尤爲嚴重。駢文的基本形態特徵除“對仗”以外，對於“藻飾”“聲韻”“典事”都很講究，“詞豐意瘠”“情竭文浮”“奇詭競鳴”“觀聽彌眩”的弊病比散文更嚴重。要扭轉這種局面，必須通過選本來修正軌轍，糾正風氣。其所宣導的健康駢體應當是“詞潔意雅”“情茂文實”的駢體風格，在思想内容上要講究“原道征聖”“宗經正緯”。

曾燠《國朝駢體正宗》序云：

> 有如駢體之文以六朝爲極則，乃一變於唐，再壞於宋，元明二代則等之自鄶，吾無譏焉。原其流弊，蓋可殫述。夫駢體者，齊梁人之學秦漢而變焉者也。後世與古文分而爲二，固已誤矣。歲曆綿曖，條流遂紛……國朝雲漢爲章，璧奎應象，人稱片玉，家有聯珠，唯駢體别於古文。相沿既久，或以篆刻太工，爲揚雄之小技，喻言雖妙，類莊子之外篇。顓門之業不多，具體之賢遂少。豈知古文喪真，反遜駢體，駢體脱俗，即是古文。跡似兩歧，道當一貫，近者宗工疊出，風氣大開。

曾燠《國朝駢體正宗》雖然不足以代表清代駢文的整體面貌，但是其駢體正宗理論却值得推求，這給王先謙編纂《駢文類纂》提供了價值取向。所選駢文必須爲駢體正宗，雕蟲小技或者旁門左道的文章都不能入選。關於什麽樣的文章才算是正宗駢文，曾燠在序裏没有給出明確的標準。王先謙在《國朝十家四六文鈔》序中云："夫詞以理舉，肉緣骨附。無骨之肉，不能運其精神；寡理之詞，何以發其韻采？體之不尊，道由自弊。"這裏對詞與理、肉與骨、體與道的關係有一個遞進式的比附。文體如人體，詞與理就如同肉與骨的關係，詞豐理寡亦如肉贅而骨弱，人體羸弱不振則精神萎靡，文體羸弱不振則文道不濟。

駢文正宗理論將駢文帶到尊體復古、駢散同源的道路上來。曾燠亦强調"古文喪真，反遜駢體，駢體脱俗，即是古文。跡似兩歧，道當一貫"。曾燠認爲六朝駢文雖然是駢文的極致，但是六朝駢體却是齊梁人學習秦漢文之後的變體。這種駢體復古理論與散文復古運動有相似之處，其實質是要打通駢散界限、匯合駢散淵源。王先謙《駢文類纂》通過推求駢體正宗，突破時空阻隔，故其序目云"使異代之上，晤言若親；寰海而遥，光氣不隔"。王氏的駢文正宗標準體現在"雅""潔"二字上：雅既是思想上的，也是内容上的，即駢文同樣也承擔着文以明道的使命，不能走上奇詭怪誕的旁門左道；潔既是文字上的，也是修辭上的，即駢文辭藻必須氣韻生動、感情充沛，不能生硬堆砌、無病呻吟。

三、版本・體例

《清王葵園先生先謙自定年譜》中王先謙自述云：

> 光緒二十七年辛丑六十歲，是歲刻《駢文類纂》四十四卷成，自爲序例。

目前比較通行的版本是光緒壬寅年（1902）思賢書局刊刻的四十六卷本。王先謙自編年譜中明確"刻《駢文類纂》四十四卷"，但是在序目中又自云"凡類十五，卷四十有六"。這兩者的自相矛盾主要是因爲"序跋"和"箴銘"兩類中存在分卷的誤差。序目中列"序跋類四""箴銘類一"，但是在實際分類中又把"序跋類分爲五、箴銘類分爲二"，這就導致序目和内文中存在卷數的差異。當然，由於筆者所見到的是光緒壬寅年的刊本，作者在自定年譜中所指的光緒辛丑年刊定四十四卷本或許是最初的版本設計。

浙江古籍出版社 1998 年編選《新編小四庫》時將王先謙《駢文類纂》列入集部，選用思賢書局光緒壬寅年（1902）版本進行縮印，該書對原書作縮小拼貼，並且編制了詳細的目録。目録之後有"駢文類纂四十六卷"及"光緒壬寅歲思賢書局刊"小篆字樣。書後附有《駢文類纂》作者索引。

吉林人民出版社 1998 年出版了任繼愈主編的《中華傳世文選》叢書，該書把王先謙《駢文類纂》作爲駢文選本的代表，對《駢文類纂》進行點校整理，編成横排簡體標點本。全書在編排體例及卷次上基本維持原書的格局，編者的序目、文字點評都予以保存，但是删除了王氏的圈評及標點。

《駢文類纂》將駢文義類分爲論説、序跋、表奏、書啓、贈序、詔令、檄移、傳狀、碑志、雜記、箴銘、頌贊、哀弔、雜文、辭賦等十五類。

論説類三，分爲文論、史論、雜論，主要選《文心雕龍》《史通》以及史書上的論説類文章。值得注意的是，王先謙將劉勰《文心雕龍》五十篇全部選入，而且排在全書的卷首。這裹反映出王先謙對劉勰文學觀念的認同，其在論説類序目中云：

> 斯文肇興，體隨時變，趣尚偏異，流失遂生。達識雅材，掎摭利病，彦和、子元，冠絶倫輩。山谷之論，河間之評，二家並重，學者攸資。彦和書宜全讀，子元頗有芟取。

王先謙"體隨時變，趣尚偏異，流失遂生"的理論就是對劉勰文學理論的繼承。《文心雕龍·時序》篇云："時運交移，質文代變。古今情理，如可言乎！""故知文變染乎世情，興廢系乎時序，原始以要終，雖百世可知也。"王先謙以劉勰的《文心雕龍》全書作爲《駢文類纂》的卷首，至少表達了三層寓意：一是對劉勰"質文代變"觀念的强烈認同；二是把劉勰的文章作爲六朝駢文的標杆；三是以《文心雕龍》作爲《駢文類纂》的理論綱領。

序跋類標目爲四，實際分目爲五。明代王志堅《四六法海》目録列"詩文序""宴集序""贈别序""城山序"，這中間雖然都是以序名，但是分屬於四個不同的類别。王先謙依照《古文辭類纂》把序跋類和贈序類單列，實質上是將詩文、宴集、城山三類合爲一類。故其在序跋類序目中云：

> 案《法海》録序，以詩文、宴集區爲二門。余謂應奉之製，唯主頌颺，陪從之篇，尤重肅穆，爰就其中，合采前美，昭示後儀。若尋常詩文、序跋，亦分兩事：一曰酬應之作。挹清黄憲之坐，問奇楊雄之亭，誼重淵源，感深投分。迨叢蘭有已敗之色，而卷葹餘不死之心，期以片言，諧之千古；它如紀榮遇於畢生，述明德於既往；貞烈之曜，履苦而説甘；述作之工，推微以致顯。皆義主表章，而事緣請屬。此以情爲根，而文周其用也。一曰揆張之作。必植柢忠孝，通鑰經史。藝林萃藪，洪纖皆適用之資；國士遺編，顯晦歸後賢之責。此以文爲本，而情暢其流也。至於觸感無聊，伸紙寫臆，屏居生悟，緣虚入實，泛長風而不息，則回戀故巢；望晨星之漸稀，則感傷知己。亦有朋好往還，襟情契結，登降巖壑，興寄園亭，歎逝者之如斯，撫今歡而易墜。相與招繪事、賦新詩，更揮發以詞章，庶昭宣其情緒。一卷之内，陳迹如新；百年之間，古懷若接。皆無假故實，自達胸懷。由耳目以造性靈，驅煙墨以籠宇宙，文之爲道，斯其最勝者與。

表奏類九。《駢文類纂》在表奏類選文中除收表奏以外，還有疏、書、劄子、啓、狀、對，類似於公文寫作中的上行文。雖然名目不一，但實質是相通的。王先謙在序目中列舉歷代表奏名目之變化，重在把握表奏文的本質：

> 敷奏始於《尚書》，上書沿於戰國。秦並區宇，列爲四品：表以陳事，章用謝恩，劾驗政事曰奏，推覆平論曰駁。《漢》云封事起自宣帝，不關《尚書》；亦曰上疏用之王侯，達於天子。總駁於議，而典午古今尺議，尚以駁名。陳謝用章，而齊陳賀慶表文，亦有章號。魏國奏事，始或云啓，唐世奏謝，兼稱爲狀，六代白簡，謂之彈事，蓋按劾之變名。宋朝上書或云劄子，是書札之譌字，並奏之流也。進言摛文，戰國爲盛，漢初沿其波；制策發問，炎靈肇端，歷代循其體。又有奏對、策對之異焉。本朝革華崇實，凡有進御，統謂之奏。平論大政，亦或用議，成書賀捷，皆上表文。殿試、朝考分題策疏。

書啓類四。書啓類之書與表奏類之書的本質區别在於其抒情性。表奏類之書要求典雅莊重，既不能違背尊卑禮制，也不能違背儒家中庸之道；書啓類之書可以直抒胸臆，渲染文學緣情的本色。故王先謙在序目中云："書啓者，通上下之辭也。皇儲貴冑降禮達誠，體性明睿，文詞雅潤，飛翰染楮，咸可覽誦。親貴酬獻，才雋歡陪。光生顧眄，情申慕戀。"從駢文的發展路徑來看，由於受到辭藻、音韻、典事的影響，六朝之後的駢文之路日趨狹隘。"情竭文浮，奇詭競鳴"已經成爲一種通病。王先謙通過選文的方式來表明，正宗的駢文是可以做到既"文詞雅潤、飛翰染楮"，又"光生顧眄，情申慕戀"。

贈序類一、詔令類四、檄移類二、傳狀類一、碑志類四、雜記類一、箴銘類一、頌贊類二、哀吊類三、雜文類三、辭賦類二。上述十一類王先謙基本上都以劉勰《文心雕龍》的論述作爲理論依據。無論是從駢體選文的範式，還是從駢體歸類的理論，劉勰的《文心雕龍》都是王先謙《駢文類纂》的一個重要理論支點。如其詔令類序目云：

> 《文心雕龍》云"昔軒轅、唐虞，同稱爲命"，"降及七國，並稱曰令"，"秦並天下，改命曰制。漢初定儀，則命有四品：一曰策書，二曰制書，三曰詔書，四曰戒敕。敕戒州部，詔誥百官，制施赦命，策封王侯"。體至晰也。

又如其檄移類序目云：

> 劉彦和云："移檄爲用，事兼文武"，"意用小異，而體義大同"。又云："檄者皦也，宣露於外，皦然明白也"，"或稱露布，播諸視聽也。"考文章緣起，馬超伐曹操，賈宏爲作露布，《雕龍》以爲檄之别稱，信有徵驗。

又如箴銘類序目云：

《雕龍》之論銘箴也，曰："箴全禦過，故文資确切，銘兼褒贊，故體貴弘潤。"又言："戰代以來，棄德務功，銘詞代興，箴文委絶。"

又如頌贊類序目云：

《雕龍》文贊，洋洋乎詞林之盛美，非凡品所庶幾焉。

又如哀吊類序目云：

誄與哀辭，彦和區分二事。其論誄也，曰："傳體而頌文，榮始而哀終。"論哀辭也，曰："以辭遣哀，蓋不淚之悼。故不在黄髮，必施夭昏。"……《雕龍》云："吊者至也，《詩》云'神之吊矣'，言神至也。"

又如雜文類序目云：

彦和論雜文曰："宋玉始造《對問》，東方廣爲《客難》，揚班之徒，迭相祖述。枚乘首製《七發》，子雲肇爲《連珠》。凡此三者，文章之枝派也，統以雜文之目，今依而次焉。"

王先謙在序目最後感歎道："文章之理，本無殊致。奇偶之生，出於自然。儷辭所肇，通變所宜，彦和辨之究矣。"通觀《駢文類纂》全書，王先謙自始至終都在有意識地踐行劉勰《文心雕龍·序志》篇提出的"原始以表末，釋名以章義，選文以定篇，敷理以舉統"的方法體例來爲歷代駢文做一個分類總結。如果説王先謙認爲劉勰《文心雕龍》是駢文正宗的一個起點，那麽《駢文類纂》堪稱駢文選本集大成總結。王先謙對《駢文類纂》的期許絶不是一家一派的駢文理論選本主張，而是放在整個駢文發展史上做宏觀的歷史叙述，希望跳出歷史圈看到一個完整的駢文原生態。當然，任何一個時代的學人都不可能真正跳出自己的歷史圈，王先謙也不例外，但是隨着歷史車輪的推進，王先謙的努力却讓當代人日益看到了這個駢文選本的歷史價值。

附録：

《駢文類纂》序目：少讀唐柳子厚《永州新堂記》，至於"邇延野緑，遠混天碧"，詫曰："此儷語也，而雜厠散文，深疑不類。"余兄敬吾先生聞之，曰："它日可與言流別矣。"長遊藝林，粗涉文翰，見夫姚氏《古文類纂》兼收詞賦，梅氏《古文詞略》旁録詩歌，以爲用意則深，論法爲舛。駢文之選，莫善於王聞修《法海》、李申耆《文鈔》，傾瀝液於群言，合爐冶於千載。顧王則題目太繁，李則限斷未謹，所居之代，抑又闕如，不足綜古今之蕃變，究人文之終始。美猶有憾，斯之謂與。屏居多暇，舊籍盈几，輒復甄録尤異，剖析條流。推賓谷正宗之旨，更溯其原；取姬傳類纂之名，稍廣其例。座中百琲，盡是明珠；機間九張，無非文錦。使異代之上，晤言若親；寰海而遥，光氣不隔。藻翰飛騰，屈、宋之芳無歇；商量遂密，葉（德輝）、張（祖同）之力爲多。凡類十五、卷四十有六，間亦區其義例，第其時代，爲上中下編云。

論説類三：一曰文論。斯文肇興，體隨時變，趣尚偏異，流失遂生。達識雅材，掎摭利病，彦和、子元，冠絶倫輩。山谷之論，河間之評，二家並重，學者攸資。彦和書宜全讀，子元頗有芟取。文饒《文章論》爲隱侯而發，而沈傳靈運、舉斯立言，子元以爲全説文體、備言音律，可爲翰林補亡。流别總説，次諸史傳，實爲乖越，以既爲體限，仍居史論之次。凡若此類，所宜旁通。一曰史論。終篇論事，發端馬遷。後來各家，沿襲成體，既趨偶儷，彌益煩蕪。故《史通》擬之高士綺紈、壯夫粉黛。但文之爲體，有舉莫廢。其有聯詞切理、比事愜心，未嘗不競賞巧工，傾目浮藻。又鴻儒考古激想，抽毫辨難，既紛溢爲繁縟，才力所極，自呈炳蔚。雖波瀾莫二，而涂軌已别。此則循載筆之往式，導史評之先聲者矣。趙、皮《書後》諸篇，或紬繹它作，更端引申，或留連前史，因事寄意，名同跋尾，義主衡論。今棄名取義，使以類從。一曰雜論。如稱舉時美，推核物情，針貶俗流，抽尋往籍，萃兹衆理，歸於一編，亦文林之柯則也。稚川《尚博》諸篇，與《解嘲》《賓戲》同科，蕭樓設論之目也。《博喻》《廣譬》，儷式《連珠》，以體不純，一總列於兹焉。

序跋類四：史家類傳，迺有序文，所以領厥宏綱，陳其命意。休文《恩幸》，昭明選之於前；唐宗《后妃》，志堅采之於後，並目序以論，亮爲舛矣。若私家撰述，條别實繁。觀華亭之弁言，亦龍門之遺意也。士衡標目《豪士》，指刺齊冏，賦酌雅文，序兼史筆，去賦存序，亦其類也。梁元志傳，因襲史裁，雖體殊識大，而例歸一貫。它若金石之刻，訂其舛僞；傳記之書，證其得失，並文人所有事，史籍所取資。案《法海》録序，以詩文、宴集區爲二門。余謂應奉之製，唯主頌颺，陪從之篇，尤重肅穆，爰就其中，合采前美，昭示後儀。若尋常詩文、序跋，亦分兩事：一曰酬應之作。挹清黄憲之坐，問奇扬雄之亭，誼重淵源，感深投分。追叢蘭有已敗之色，而卷葹餘不死之心，期以片言，諧之千古；它如紀榮遇於畢生，述明德於既往；貞烈之曜，履苦而説甘；述作之工，推微以致顯。皆義主表章，而事緣請屬。此以情爲根，而文周其用也。一曰掞張之作。必植柢忠孝，通鑰經史。藝林萃藪，洪纖皆適用之資；國士遺編，顯晦歸後賢之責。此以文爲本，而情暢其流也。至於觸感無聊，伸紙寫臆，屏居生悟，緣虚入實，泛長風而不息，則回戀故巢；望晨星之漸稀，則感傷知己。

亦有朋好往還，襟情契結，登降巖壑，興寄園亭，歎逝者之如斯，撫今歡而易墜。相與招繪事、賦新詩，更揮發以詞章，庶昭宣其情緒。一卷之内，陳迹如新；百年之間，古懷若接。皆無假故實，自達胸懷。由耳目以造性靈，驅煙墨以籠宇宙，文之爲道，斯其最勝者與。

表奏類九：敷奏始於《尚書》，上書沿於戰國。秦並區宇，列爲四品：表以陳事，章用謝恩，劾驗政事曰奏，推覆平論曰駁。《漢》云：封事起自宣帝，不關《尚書》；亦曰上疏用之王侯，達於天子。總駁於議，而典午古今尺議，尚以駁名。陳謝用章，而齊陳賀慶表文，亦有章號。魏國奏事，始或云啓，唐世奏謝，兼稱爲狀，六代白簡，謂之彈事，蓋按劾之變名。宋朝上書或云劄子，是書札之譌字，並奏之流也。進言摛文，戰國爲盛，漢初沿其波；制策發問，炎靈肇端，歷代循其體。又有奏對、策對之異焉。本朝革華崇實，凡有進御，統謂之奏。平論大政，亦或用議，成書賀捷，皆上表文。殿試、朝考分題策疏。觀乎人文，取存古式而已。夫元首居尊，群材效職。聖澤匝宇，則思極頌聲；飛龍在天，則恭陳符命。斯國家之鴻美，颺言之上式也。興利革弊，論政兩塗；薦賢劾奸，事君大道。上進之篇，其鉅者國華朝典，亦不遺祥異之微。慶賀之詞，其尤者豈樂上儀，且兼及起居之末。亦有榮被泉壤，義激朝端，器物寵頒，文事相接，並魚水生歡，鳧藻貢悃。位禄與共，辭受揣分而讓謝興；上膏猶屯，下情待抒而求請起；王廷有揚，詞筆兼需而對問重。流觀天澤，義云備矣。竹彈魁謝，詞詭體正，通天之奏，故土有懷。比士衡之吊魏帝，尚蓄餘思；似稚圭之禱漢宗，申衷冥漠。今各以類附焉。

書啓類四：書啓者，通上下之辭也。皇儲貴胄，降禮達誠。體性明睿，文詞雅潤。飛翰染楮，鹹可覽誦。親貴酬獻，才隽歡陪。光生顧眄，情申慕戀。或勝詭入饞，吴繁競進。榮辱倚伏，機穽俄生。蠖屈求信，雉離增歎。斯則皇軌不一，恒畢有之。至於折沖之事，經畫之宜，倚馬援毫，捉刀入幕。亦有請命鄰封，薦賢當路，推功閫帥，致美大府，並表裏史乘，裨助參稽。若文史爲用，理體滋繁，課實談虚，悉資考鏡。自餘雜述，總爲一編。謝惠儷言，盛於六代，體不可闕，略備前式。唐世温、段之徒，時復間作，並從斷棄。又其時風會波頹，文盛幹請，望門投謁，呈身貢函。昌黎不遇，三趨宰相之庭；薛逢乞恩，死作掃除之鬼。此類悉予删除，無俾害道。

贈序類一：以言贈人，荀子比之金珠，擇言而進，魯侯以侑觴酒。洎乎唐世，乃有序文，發攄今情，敦勉古義，斯朋友之達道也。獻壽有文，沿於明代，貴在不溢美，不虚稱，反是則濫矣。王氏《法海》贈别序，自爲編姚氏《類纂》，因之增入壽序，兹仍其例云。

詔令類四：《文心雕龍》云"昔軒轅、唐虞，同稱爲命"，"降及七國，並稱曰令"，"秦並天下，改命曰制。漢初定儀，則命有四品：一曰策書，二曰制書，三曰詔書，四曰戒敕。敕戒州部，詔誥百官，制施赦命，策封王侯"，體至晰也。案蔡邕《獨斷》云："策書，策者簡也，以命諸侯王、三公；制書，帝者制度之命也，其文曰'制詔三公'，赦令、贖令之屬是也。

詔書有三品，其文曰‘告某官，官如故事’，是爲詔書。戒書，戒敕刺史、太守及三邊營官，被敕文曰‘有詔敕某官’，是爲戒敕也。”其義頗異。考西漢賜書輒稱制詔，是詔兼制矣。武策三子，誼主申戒，是策亦敕矣。劉勰云“戒敕爲文，實詔之切者”，則敕即詔矣。漢高手敕太子，知此又不僅施州部也。逮及六朝，世異封建，禪代九錫，依仿策文。唐宋敕書，或施之一人，或專賜州郡，詔則遍諭天下，制以黜陟封贈，其大較也。然舉例覈文，隋高祖報李穆，應目以敕；唐太宗賜李靖陪葬，應稱曰制，而皆以詔名，知散文通矣。遷除用制，實病文繁。劉子元謂“褒貶之言，哲王所慎”，諒哉！其義兼戒勉者，取之餘，屏不録。制策以咨多士，勖其書，思對命，合於《釋名》“驅策諸下”之義。教令亦上臨下之辭，並以附焉。蔡邕《獨斷》云：“諸侯言曰教。”劉彦和云：“契敷五教，故王侯稱教”，“自教以下，則又有命”，“詔重而命輕者，古今之變也。”考六朝文例，有令無命。《雕龍》所稱，殆謂令耳。

檄移類二：劉彦和云：“移檄爲用，事兼文武”，“意用小異而體義大同。”又云：“檄者皦也，宣露於外，皦然明白也”，“或稱露布，播諸視聽也。”考文章緣起，馬超伐曹操，賈宏爲作露布，《雕龍》以爲檄之别稱，信有徵驗。魏晋以降，代有檄文，不名露布。彦和身居梁世，尚無殊解，然則露布爲獻捷專號，必在李唐之初乎。兹從其後起，分爲二流，以同在金革，仍總諸一例。本國伐叛，但云下符，其小征伐，則用移牒，皆檄之流也。稚圭《北山》，意嚴詞正，節壯高隱，義激頑夫，筆陣助其驅除，山靈增其颯爽。雖斯體之附庸，實文人之魁桀矣。甘亭移《牒城隍助驅貓鬼》，幽明一也，故並附焉。

傳狀類一：行狀者，生而顯貴，没申史官，具畢身之事實，備後來之甄録。沈約《齊司空柳世隆》、任昉《齊司空曲江公》兩狀，李氏《駢體文鈔》采之。鈔自類書，故非完本，不堪垂式，所宜割捨。傳之爲體，義通存没。蘇子瞻、方山子、歸熙甫、筠溪翁，皆在生存，便爲紀述，蘭成丘崇，亦其例也。

碑志類四：山川寺墓，刻石勒文，所以揮發冥靈，導揚徽烈。隋唐以往，釋老競鳴，宏闡教宗，於斯爲盛。曹頌王銘，信遺編之雙秀也。至於紀功述德，意主掞張，刊樹墓門，標題神道，皆以傳名業於靡湮，貫榮哀而同致。表之言表，碣之言揭，其義一而已矣。埋隧鐫詞，體幽用顯，但欲洛陽購紙，争讀太沖之文，豈待元武辨銘，共識甄邯之冢。

雜記類一：齊梁文苑，始創記體。樹寺造像，休文有作。孝標《山棲》，亦名曰志。志、記一也。雜記之流，蓋於兹托始。唐代亭堂石瀑，咸被文章，斯則記例宏開，不僅山川能説矣。又或追存曩迹，暢寫今情。逮乎國朝，其流亦夥。但遊集之記，恒與序相出入。董子詵《泛月艤舟挺序》，李悉伯《遊龍樹寺記》，即其證也。大抵專紀述者，乃登記目；綴吟詠者，方以序稱。此雖流别之至微，所當部居而不雜。

箴銘類一：《雕龍》之論銘箴也，曰：“箴全禦過，故文資確切；銘兼褒贊，故體貴弘潤。”又言：“戰代以來，棄德務功，銘詞代興，箴文委絶。”余謂語其體則箴峻而銘紆，言其用則銘廣而箴狹。六朝作者，競趨辭賦，彦和當日已歎箴銘罕施。今之爲銘者，時亦有焉，禦過之文，宜乎鮮矣。

頌贊類二：頌體權輿，並出周世。魯祀文公，奚斯有作，臣下褒揚，於兹托始。仲山出祖，吉甫贈言，朋友歸美，亦其肇端。考父述商，首闡前代之懿。三閭玩橘，爰及品物之微。後來作者云興，約歸四例。士龍頌漢，奏章通情，斯屬文之别調也。贊之於頌，名異實同。孝若《東方畫贊序》謂“慨然作頌”，末稱“用垂頌聲”，固已混同一致。彦和有云：“結言於四字之句，盤桓乎數韻之辭”，“其頌家之細條乎。”余謂自來贊文，先以論序前敷，宜以罄緒，不害爲煩，後約舉以媵詞，故不傷其促。末世儷之頌文，施用彌廣。子山諸贊，猶存古贊，《雕龍》文贊，洋洋乎詞林之盛美，非凡品所庶幾焉。

哀吊類三：誄與哀辭，彦和區分二事。其論誄也，曰：“傳體而頌文，榮始而哀終。”論哀辭也，曰：“以辭遣哀，蓋不淚之悼。故不在黄髮，必施夭昏。”余謂誄與哀辭，並哀逝之作。誄以累德，施之尊長而不嫌僭；辭以叙悲，加之卑幼而覺其安。許竹篔《高夫人哀辭》，炳焉述德之文，亦非不淚之悼。務盡今悲，稍變前式矣。蘭成《思舊》，雖以銘稱，亦誄之流也，故以次焉。《雕龍》云：“吊者至也，《詩》云‘神之吊矣’，言神至也。”故吊祭爲類。君道之吊莊，容甫之吊黄、馬，因文寄意，並吊之别體。

雜文類三：彦和論雜文曰：“宋玉始造《對問》，東方廣爲《客難》，揚班之徒，迭相祖述。枚乘首製《七發》，子云肇爲《連珠》。凡此三者，文章之枝派也，統以雜文之目，今依而次焉。”

詞賦類二：詞者，屈左徒諸人所造也。阮文達云：“子史篇翰，實有不同。楚國多材，靈均特起，賦繼孫卿之後，詞開宋玉之先。六藝於此，分途萬世，咸歸圍範。”劉孟塗云：“騷人情深，猶能有資於散體，豈芳草性僻，不欲助美於駢文。蓋徑有未窺，抑知者猶寡。”二賢之論，斯知要矣。賦造端於宋、荀，宏體於揚、馬。自兹以降，雖程材迭變，而意匠無殊。蓋駢儷之道，言哀不深，則情韻無抑揚之美；取材不富，則體製乏瓌偉之觀。自非抗心逸步縱獵詩流，鮮不騰誚於拙工，蒙羞於儉腹，故以終焉。

文章之理，本無殊致。奇偶之生，出於自然。儷辭所肇，通變所宜，彦和辨之究矣。引其端緒，尚可略言，古今文詞，遞相祖述。胎化因重，具有精理。魏文賦《寡婦》，安仁擬之；朱穆論《絶交》，孝標廣之，祖其題也。翰林墨客，續《子虚》以代興；梁王、陳思，共楚襄而迭起，祖其體也。長卿《上林》云“追怪物出宇宙”；子云《校獵》云“追天寶出一方”，孟堅《西都》云“仰悟東井之精，俯協河圖之靈”，明遠《河清頌》云“仰應龍木之精，俯協黽水之靈”，祖其句也。安仁《秋興賦》云：“善夫，宋玉之言曰：‘悲哉！秋之爲氣也，草木摇落而變衰。’”錢新梧《段公遺愛碑》云“昌黎韓子有言矣，‘事有曠世而相感者，忽不自知其何心'!"祖其語也。宋玉《高唐》云:"纖條悲鳴,聲似竽籟,清濁相和,五變四會。"《上林》云:"旖旎從風,蓟蒞卉歙。蓋象金石之聲,管龠之音。"太沖《吴都》云:"鳴條律暢,飛音響亮,蓋象琴筑並奏,笙竽俱唱。"祖其意也。案造句但可偶摹,無滯迹象;采語緣於興到,純任天機。意之爲用,其出不窮,貴在與古爲新,因規入巧。《上林》云:"視之無端,察之無涯,日出東沼,月生西陂。"馬融《廣成》云:"天地虹洞,固無端涯,大明出東,月生西陂。雖增改數字,變亦不善矣。"彦和《神思》云:"伊摯不能言鼎,輪扁不能語斤,其微矣乎。"子元《叙事》云:"能損之又損,而玄之又玄,輪扁不能語斤,伊摯所不能言鼎也。"則直鈔成文,索然意盡矣。苟得其妙,如屈平《遠遊》云:"下峥嶸而無地兮,上寥廓而無天,視倏忽而無見兮,聽惝怳而無聞。"長卿《大人》,全祖是篇,兼取四語,而旨各有適,文無相害。此意匠工拙之辨也。諸體成章,靡不相襲,雜文一類,繼者難工。自子建《七啓》,歸美當代,後賢有作,故步相追。詞擷華腴,義病重叠,華亭吴對,名去實存。稚存《七招》,性含變化,悉伯《七居》,超然意遠,其七家之高致乎?至於隸事之方,則亦有説。夫人相續而代異,故文遞變而日新,取載籍之紛羅,供儒生之采獵。或世祺懸隔,巧成偶儷;或事止常語,用始鮮明。譬金在爐,若舟浮水。化成之功,直參乎造物;橐籥之妙,靡間於含靈者也。漢息夫躬《劾伍宏》云:"霍顯之謀,將行於杯勺;荆軻之事,必起於帷幄。"晋鍾會《檄蜀》云:"投跡微子之蹤,措身陳平之軌,則福同古人,慶流來裔。"取人隱事而意旨躍,如此最優矣。自餘佳對,指不勝僂,義乖事舛,往往而是。《校獵》云"齊桓不使扶轂,楚嚴未足驂乘",尊皇抑霸,允矣慎旃。其它虚美之詞,不過曰"登三咸五,甄殷陶周"而已。若簡文《馬寶頌》云"堯舜不足憲章孝穆",《代貞陽候書》云"湯武方於兒戲",此屬詞失當也。其《與王太尉書》云"霜戈雪戟,無非武庫之兵",專耀齊威,非誇王衆。而子安《滕王閣序》云"紫電青霜,王將軍之武庫",以電易雪,指齊爲王,此繹文不審也。檿弧箕服,實喪周邦。二龍降庭,何預夏事。而駱賓王《代徐敬業檄》云"龍漦帝后,識夏庭之遂衰",此使典差繆也。長卿賦奏《大人》,則漢武意凌雲氣。厥初楊意之薦,惟見《子虚》之文,而《滕王閣序》云:"楊意不逢,撫凌雲而自惜;鍾期既遇,奏流水以何慚。"徒取對工,罔顧文義。此杜撰不經也。蘇老泉作《木假山記》,戴顒以黄鸝爲俗耳針砭,而戴帥初《通蘇教授書》,美以木假山之家世。陳其年《戴無忝詩序》,稱爲"鸝砭名家"。夫《木山》小文,何關世緒,鸝砭雅語,詎涉家聲。此任意牽附也。袁簡齋《賀湯平伊犁表》云:"金山擒車鼻,本文皇漏網之魚;渭橋謁單于,慰高祖平城之憾。"平城之憾,《漢史》可徵。漏網之魚,《唐書》未見。此隨筆增竄也。亦或調律太和,翻失古節,琢句凡近,使成律賦。凡此諸弊,大傷文格。鄙生沿習,未知所底。又如子山《司馬裔碑銘》,趙武、李變兩見;鼎臣《武成王碑銘》,春蘭秋菊重出。昔有茲式,蓋不相妨,苟其效顰,實鄰寒陋。若此之類,理貴善推。是故甄引舊編,取證本事,必義例允協,銖黍無爽。合之兩美則觀者雀躍,擬不於倫則讀者恐卧。可以印心源於三古,通慧業於萬流。《雕龍》謂“言對爲易,事對爲難”,亦極思之論也。至詞氣之兼資,乃駢儷之總轄,漢魏之間,其詞古茂,其氣渾灝,縱筆驅染,文無滯機。六朝以還,詞豐氣厚,羡文衍溢,時病煩蕪。宋元以降,詞瘠氣清,成語聯翩,衹形剽滑。明初劉宋,略仿小文,自時厥後,道益榛蕪。雖七子大家,闕爲斯式。華亭崛起晚末,抗志追摹,詞藻既富,氣體特高。《明史》稱工,非溢美矣。昭代右文,材賢踵武,格律研而逾細,風會啓而彌新。參義法於古文,洗俳優之俗調。選詞之妙,酌穠纖而折中;行氣之工,提樞機而内轉。故能洸洋自適,清新不窮,儷體如斯,可云絶境,洪、李之作無間然焉。幸榷陳之,用貽通識。光緒二十七年歲次辛丑秋七月。

作者簡介:

劉振乾(1985—),男,湖南邵陽人,廣西師範大學2017級博士研究生,編輯。主要研究方向爲中國古代文學。

清代駢文話敘録六篇

蔡德龍

内容摘要: 中國古代文學批評史中,四六話專著較少,清代出現的《四六金針》《四六話》《宋四六話》《四六叢話》《文筆考》《文章二論·駢體文》等六部四六話著作便顯得尤爲難能可貴。不過舊題陳維崧《四六金針》係後人僞造,編者在僞造此書時,删改未盡合理,出現了一些訛誤。閻湛庵《四六話》今不得見,但據流傳後世的張漢序言略可見該書之一斑。彭元瑞《宋四六話》、阮福《文筆考》資料豐贍,至今仍是四六文的重要資料庫。《四六叢話》享譽已久,但民國劉鐵冷編選的《四六叢話選刊》這一重要版本却爲人忽視。清末民初的孫學濂在《文章二論·駢體文》中對清代駢文進行分期,這對當下的駢文研究,也有啓發。

關鍵詞: 清代;《四六話》;駢文;敘録

基金項目: 國家社科基金西部項目"二百種清代文話敘録"(12XZW014)階段性成果;江蘇省高校青藍工程"中青年學術帶頭人培養對象"資助成果。

在中國文學批評史上,駢文話歷來少見,清人周中孚論及清以前駢文話云:"專論四六之書,自宋王銍《四六話》二卷、謝伋《四六談塵》一卷、洪邁《四六叢談》一卷外,絶不經見。"[①]清代駢文號稱"中興",然駢文話數量也不過十數種而已,彌足寶貴。本文擬在前人研究基礎之上,敘録其中的六種。

一、《四六金針》一卷,舊題陳維崧撰

按:陳維崧(1625—1682),字其年,號迦陵,江蘇宜興人,清初著名詞人、駢文家,亦工詩。此書有《學海類編》本,《四庫全書存目叢書》據之影印,《叢書集成初編》據之排印。

《四庫全書總目》認爲此書是托名陳維崧的僞作,其云:"此書載《學海類編》中,取元陳繹曾《文説》中所論四六之法,割剥成編,頗爲淺陋,必非維崧之筆。"[②]不過尚未展開論

① 周中孚《鄭堂劄記》卷一,《叢書集成初編》,中華書局1985年版,第5頁。

② 永瑢等《四庫全書總目》卷一九七《四六金針》提要,中華書局1965年版,第1805頁。

證。吕雙偉《〈四六金針〉非陳維崧撰辨》[1]則從《學海類編》多僞書、《四六金針》與《四六附説》的比勘等角度全面地考證了其僞書性質，辨之甚詳。今可以確定此書是編者據陳繹曾《四六附説》改頭换面而成，元明以來，書商將舊書割裂换名是常見之事[2]，此書或是出於明末清初書商之手。

《四六金針》編者在僞造此書時，删改未盡合理，出現了一些訛誤，吕雙偉文對此已有揭示，今還可補充的是：其一，《四六附説》分爲法、目、體、制、式、格六個部分，從六個角度論述四六文。《四六金針》則將“法”獨立出來改成了書序，這使得全書實際論述的有六個問題，而標題却只有目、體、制、式、格五個，名、實不符。其二，《四六附説》“法”字目下，分古、今二法，古法有“約事”“分章”“明意”“屬辭”四種，《四六金針》對此全部襲用未改；今法有“剪截”“融化”二種，其中“剪截”又分“熟”“剪”“截”三法，“融化”又分“融”“化”“串”三法。《四六金針》爲了顯示與其有别，刻意將“剪截”“融化”的名目删除，直接代以“熟”“剪”“截”“融”“化”“串”六法。從二法到六法，内容似乎有所增多，實則不然。而在改動過程中，由於編者删改痕迹未盡，使得《四六金針》内容出現了錯誤。《四六金針》中有“截剪事意有深長而非片語所可明白者，於是作者取古人事意與此相似者”[3]一段，段首一直以來語意不明。今與《四六附説》相校可知，“截剪”二字（《四六附説》作“剪截”）原爲獨立的名目，指“熟”“剪”“截”三法的總名，與“事意有深長而非片語所可明白者”等内容之間原有空格分開。《四六金針》將“剪截”“融化”名目删除，只保留具體的六法，却又在此處遺漏了“截剪”一詞未删，使其誤與下文相連[4]，造成語意不通。其三，《四六附説》原書有“四六其語，諧協其聲，偶儷其辭，凡以取便一時，使讀者無聱牙之患，聽者無佶屈之疑耳”[5]，被《四六金針》改爲“以對偶成文，諧協其聲，以便宣讀。捭聽者易曉，斯亦古文之一體也”[6]。《四六金針》憑空多了一句“斯亦古文之一體也”，或是據《四六附説》後文而來。在《四六附説》“法”字目下，有“串”字法：“連串兩句，融化明白。一段數聯，又須融化相串。篇串數段，仍須融化照應。脉絡貫通，語意瀏亮，渾然天成。則式雖四六文，與古文不異矣。”[7]“串”字法與其上的“融”“化”二法相連，指四六文中的對偶上下句要融爲一體，乃至聯與聯之間、段與段之間皆需串聯一體、融化無迹，不能有界畫分離的痕迹。這樣的話，雖是四六駢體，却也可以和古文一樣，做到全文渾然一

① 吕雙偉《〈四六金針〉非陳維崧撰辨》，《中國文學研究》2006 年第 4 期。

②《四庫全書總目》考辨了諸多集部僞書，參見柳燕《〈四庫全書總目〉集部研究》，湖北人民出版社 2013 年版，第 186—188 頁。

③（舊題）陳維崧《四六金針》，《四庫全書存目叢書》集部第 420 册，第 492 頁。

④《學海類編》刻印本及《叢書集成》斷句本《四六金針》，均將“截剪”一詞與下文相連。

⑤ 陳繹曾《文筌》，《四庫全書存目叢書》集部第 416 册，第 90 頁。

⑥《四六金針》，《四庫全書存目叢書》集部第 420 册，第 491 頁。

⑦《文筌》，《四庫全書存目叢書》集部第 416 册，第 91 頁。

體,脉絡貫通。這是從文法的角度,提出的四六逼近古文的具體方法。而《四六金針》直接在序文中加上"斯亦古文之一體也",顯得過於突兀,對於四六何以成爲古文一體,並没有做出解釋。

《四六附説》附於元代陳繹曾《文筌》之中,《文筌》樹立了古文、賦、四六等創作格式,是典型的古代文格著作[①]。從性質來説,《四六附説》實際上是古代不多見的四六格類著作,與王銍《四六話》、謝伋《四六談麈》等着眼於叙事與佳句品鑒的四六話差異很大。文格類著作對於寫作的指導更加具體,可操作性更强。《四六金針》改自《四六附説》,詳細地探討了四六創作格法,保留了原有的四六格性質。雖是僞作,但因其隨《學海類編》流傳而廣爲人知,清人又普遍相信其出自陳維崧之手,因此《四六金針》客觀上對於推動陳繹曾四六文論的傳播、清初四六文的繁榮起到了積極作用。

二、《四六話》卷數不詳,閻湛庵撰

按:閻湛庵,生平不詳,民國李敏修《中州藝文録》未録其人。據張漢《四六話》序文,知其爲汴城人。張漢《稽古堂詩集序》謂:"閻湛庵來秉孟津鐸,持《稽古堂》示予。"[②]知閻湛庵曾任孟津文教之官。閻氏所撰《四六話》不詳其下落,亦未見他書言及。唯張漢所撰序文尚存於《滇南文略》之中,得以知曉清代曾有此書,今將張序移録於此。張漢《閻湛庵四六話序》:

若夫子野歌風,梁園賦雪。鄒枚何在,憶筆劄以猶芬;杜李云亡,想文章而如見。慷當以慨,我思古人;《詩》變爲《騷》,誰稱作者?汴城閻孝廉湛庵,生於此地,韻想當年。出語不類尋常,欲參詩話;有才乃工四六,另置文壇。即形管已見一斑,比吉光才窺片羽。偶因答問,一溯源流。原夫天地玄黄之象,色已平分;陰陽奇偶之占,形元儷舉。字從天造,結繩想無字之初;言乃心聲,《斷竹》啓二言之始。(自注:古歌:"續竹、斷竹、飛土、逐宍。"此二言之始也。)寖開駢體,遂有長篇。艷乃盛於六朝,技復工於四傑。至宋則别爲一體,於明亦各有專家。且略前賢,以方時彦。風斯下矣,國有人焉。愛迦陵之排場,句嫌堆垛(自注:陳太史維崧);奉慕廬爲定論,語抉精微(自注:韓宗伯論迦陵四六一則甚當)。酌乎亦今亦古之間,味在有文有情之外。西堂工爲富麗,略近癡肥(自注:尤太史侗);紫滄大有丰神,間入嫵媚(自注:汪太史)。難於挺拔,久重我家匠門(自注:家太史大受);擅其風流,當數吾鄉官渡(自

① 《文筌》具有文格性質,詳參拙文《文話的辨體與溯源》,《文學評論叢刊》第12卷第2期,南京大學出版社2010年版。

② 李敏修輯録、申暢等校補《中州藝文録校補》卷二二,中州古籍出版社1996年版,第424頁。

注：王太史思訓家滇之官渡）。一不爲少，誰當與日容其名；我若無卿，人或許月槎獨步。[1]

張漢（1680—1759），字月槎，號莪思，雲南石屏人。康熙五十二年（1713）進士，官翰林院檢討。乾隆元年（1736）舉博學鴻辭，再入翰林，有《留硯堂詩選》《留硯堂集》等傳世。《閻湛庵四六話序》將駢文萌芽追溯至上古《斷竹歌》，爲他人所未道。另值得注意的是，此文"且略前賢，以方時彦"，對清中葉以前的駢文作者進行了評論，顯示了清人在駢文批評上的總結意識。他評論的陳維崧、尤侗等人，久以駢體著稱，而汪灝、王思訓等人駢文，則少有人稱道。汪灝（1658—?），字紫滄、安徽休寧人。康熙四十二年（1703）進士，官翰林院編修。編有《廣群芳譜》等。王思訓（1659—1728），字疇五，號永齋，雲南昆明官渡鎮人。康熙四十五年（1706）進士，授翰林院侍讀、編修，主編有《雲南通志》等，著有《見山樓詩文集》。另張大受（1660—1723），字日容，號匠門，江蘇嘉定人。康熙四十八年（1709）進士，官翰林院檢討，有《匠門書屋文集》等，沈德潛《清詩別裁集》謂其"駢語、韻語皆清新獨出"[2]。張漢評論的這數人，與其一樣，皆是進士出身，且均爲其翰林前輩。張漢雖也指出諸人或有"間入嫵媚""難於挺拔"等不足，但主要還是出於表彰的目的敘録於此的。而清初的駢文名家陳維崧、尤侗二人均曾在康熙十八年（1679）舉博學鴻儒，授翰林院檢討。由此可見，張漢在此梳理的實則是清代翰林院系統的駢文發展史，他將清代駢文的代表作家歸於翰林系統，當與自己"二入翰林"的出身有關。文末"人或許月槎獨步"一句更是將自己也續入該駢文譜系，表現了對自身駢文的高度自信。今傳張漢《留硯堂集》三卷，其中兩卷均是駢體文，一卷是集句詩，未收録散體文，亦可見其獨重駢文之意。

三、《宋四六話》十二卷，彭元瑞輯

按：彭元瑞（1731—1803），字掌仍，一字輯五，號雲湄、芸楣、潛源等，南昌縣人。康熙四十五年（1706）進士，直内廷。歷官禮、兵、吏等部，又曾任《高宗實録》總裁，有《恩餘堂經進稿》等傳世。此書收入道光二十六年（1846）潘仕成輯刻《海山仙館叢書》中。排印本有商務印書館1939年《叢書集成初編》、臺灣廣文書局1971年版、鳳凰出版社2013年《歷代文話續編》本等。

彭元瑞在自序中介紹了此書的編纂緣起："予撰《宋四六選》，泛觀宋人書，其中間及

① 張漢《閻湛庵四六話序》，《滇南文略》卷四三，《雲南叢書》第38册，中華書局2009年版，第20090頁。按：張漢《留硯堂集》卷下亦收録此文，唯版面漶漫不清。

② 沈德潛《清詩別裁集》卷二二，上海古籍出版社2013年版，第880頁。

駢體……愛不能割,積成巨帙,略以文體詮次,凡十二卷。"[①]他在編輯選本《宋四六選》時積累了大量有關宋四六的文論材料,便將材料分文體收録。《宋四六選》二十四卷,由彭元瑞與曹振鏞合作編選,在乾隆四十二年(1777)所刊的重校本《宋四六選》頁面中,已經有"《宋四六話》嗣出"的預告了(見圖1)。而曹振鏞爲《宋四六話》撰寫《題識》是在嘉慶八年(1803),《宋四六話》出版更是遲在道光二十六年(1846),説明《宋四六話》在編成數十年之後才得到出版。《宋四六選》選録六種文體,卷一録詔、卷二至卷四録制、卷五至卷一〇録表、卷一一至卷二三録啓、卷二四録上梁文、樂語。《宋四六話》大致以宋四六選的分體爲基礎:"編次略依前選,餘皆補前所無。"(曹振鏞《宋四六話題識》)前九卷論制、誥、表、啓,與《宋四六選》一致,卷一〇至卷一二論賦、檄、露布、判、設論、祝文、青詞、道場疏、開堂疏、樂語、上梁文、雜文、散語、諧談等,除樂語、上梁文外,皆是新增體類。

《宋四六話》廣泛收録對宋代四六的評論資料,内容以佳句評賞、四六本事記録爲主,間有少量討論四六文理論的。陸以湉《冷廬雜識》卷六《宋四六》條便提及其書選録的名篇佳句在當時産生了很大影響:"彭文勤公有《宋四六選》一書,又采諸家書爲《宋四六話》,名篇傑句,美不勝書。兹録其爲時傳誦者。……"[②]《宋四六話》資料來源非常廣泛,有筆記,如《困學紀聞》《夢溪筆談》《玉堂雜記》等;有文集,如《攻媿集》《李忠定公集》《南湖集》等;有四六話,如《四六話》《四六談塵》《辭學指南》等;有詩話,如《後山詩話》《紫微詩話》等;有史書,如《宰輔編年録》《三朝北盟會編》等。引書以宋代文獻爲主而不限於宋,如元代官修《宋史》、明代王維儉《宋史記》等,皆非宋代文獻。書前所附的曹振鏞《題識》統計了引書數量:"凡有關於宋人駢體者,遍加捃采,所引書百六十九種。"劉咸炘認爲彭元瑞《宋四六話》在文獻採録的廣度和數量上超越了孫梅《四六叢話》:"輯選之餘,亦資考覽,大勝孫梅。"[③]因其對宋代四六文批評文獻作了近乎竭澤而漁式的輯録,時至今日,《宋四六話》仍是研究宋代四六文的重要資料庫[④]。不過囿於體例,此書只是宋四六的研究資料彙編,未有彭氏本人的原創見解。

① 彭元瑞《宋四六話》,道光二十六年(1846)《海山仙館叢書》本。

② 陸以湉《冷廬雜識》卷六,上海古籍出版社 2012 年版,第 220 頁。

③ 劉咸炘《推十書》(增補全本)丁輯第 2 册,上海科學技術文獻出版社 2009 年版,第 640 頁。

④ 如曾棗莊《宋文通論》認爲《宋四六話》:"所録資料既分體,又於各體内按時間先後編排,並一一注明出處,有此一編,可省大量翻檢之勞。"上海人民出版社 2008 年版,第 371 頁。

圖 1:乾隆四十二年(1777)重校本《宋四六選》,有"《宋四六話》嗣出"字樣

四、《四六叢話》三十三卷,附《選詩叢話》一卷,孫梅編撰

按:孫梅(1739—1790),字松友,號春浦,歸安人,浙江烏程籍。乾隆二十七年(1762)南巡,召試,録爲二等。乾隆三十四年(1769)進士,官太平府同知。工詩、古文辭,另有《舊言堂集》傳世。

中國文學批評史上,四六話向來少見,《四六叢話》是其中分量較重者。清人周中孚説:"專論四六之書,自宋王銍《四六話》二卷、謝伋《四六談麈》一卷、洪邁《四六叢談》一卷外,絶不經見。吾鄉孫同守梅著《四六叢話》三十二卷(按:應爲三十三卷),分門別類,博采群書,洋洋乎大觀哉!同守卒後數年,爲儀征阮學使元刊行,學使系同守丙午分校所得士。"[①]宋代始有四六話,其中洪邁《四六叢談》本無其書,是後人從《容齋隨筆》中輯録論四六之語而成。王銍、謝伋二人主要關注四六創作本事和對佳句的品鑒,這也是四六話初興時期的特色。直到與孫梅同時的彭元瑞,其所編的《宋四六話》仍是此種風格。對傳統四六話的這種特點,民國時期位於北平的樸社在編選的《四六叢話叙論》序文中有較好的評騭:"大率摘舉工巧之聯,以資談助,如詩家之有句圖而已。均未能網羅百家,求其

① 周中孚《鄭堂劄記》卷一,《叢書集成初編》,中華書局 1985 年版,第 5 頁。

淵博；亦不遑匯通一貫，闡其精微也。”[①]民國初年孫學濂也指出：“宋人《四六話》《四六談麈》，津津摘句，了無高論。”[②]孫梅其書則擺脱原有四六話的散論特點，有鮮明的系統性和原創性。

其一，系統性。全書三十三卷，先文體而後作家，前二十七卷分論諸體，涉及選、騷、賦、制敕詔册、表、章疏、啓、頌、書、碑志、判、序、記、論、銘箴贊、檄露布、祭誄、雜文、談諧等，第二十八卷總論。第二十九至三十三卷，論歷代四六名家，涉及文選家、楚辭家、賦家、三國六朝諸家、唐四六諸家、宋四六諸家、元四六諸家等。在古代詩文評史上，《文心雕龍》之後，類似孫梅《四六叢話》這樣體系周全的著作並不多見，更多的是《四六話》《四六談麈》這樣隨機論述、没有體系的劄記式著述。劉咸炘認爲此書“掇集宋人説部，分編雜亂無次”[③]，似非的論。孫梅將古代四六文評資料散入相關文體與作家論之中，其實已經作了整理工作，非隨手抄録而成書者可比。

其二，原創性。《四六叢話》既廣泛徵引諸家之説，又有孫梅的原創性思考。在文體論部分，孫梅先陳述自己關於文體的看法，探文體源流、論體制特徵、叙文體流别，其後再廣引諸家評論此體之説。《續修四庫全書總目提要》在論其删節本《四六叢話緣起》時説：“雖松友文士，考證非其所長，故其於四六諸體，源流得失之弊，往往不能窺其要領。”[④]指出《四六叢話》論銘、檄等文體的源頭不够準確。文體溯源而失誤處在書中誠或有之，但對於其廣泛而深入的文體論辨而言，可謂瑕不掩瑜。而其書倡言“有奇必有偶”，奇偶並尊，對清中葉以後的駢散合一思潮尤有先導之功。正如後人所言：“至《總論》一文，泯駢散之争，尤開清代駢散合一之風。”[⑤]

《四六叢話》徵引大量四六文批評材料，文體論部分引述的筆記材料較多，作家論部分引述史書材料較多。書中援引自《四庫全書簡明目録》的評論尤多，這在當時的詩文評著作中不太多見，一定程度上推進了《四庫全書簡明目録》的經典化進程。但因其文獻來源不够廣泛，受到了後人批評。譚獻認爲此書：“大都以宋人説部餖飣稗販，其心光目力及唐而止。”[⑥]孫學濂雖表彰其對於傳統四六話局限於摘句的不足能“心知其意”，但同時也指出其文獻上的疏漏：“所收則多宋人筆記、説部，説皆卑淺，則由其引據之未博也。所列三國六朝作者，尤多罣漏，前後亦倒置，更不足爲訓矣。”

《四六叢話》的清代刻本有嘉慶三年（1798）吴興舊言堂本、光緒七年（1881）許應鑅重刊本。兩種版本共附有阮元、程杲、秦潮、陳廣甯、孫甯衷、許應鑅等人序跋，又有孫梅

---

① 樸社編選《四六叢話叙論》，1928 年版。

② 孫學濂《文章二論》，民國初鉛印本。

③ 劉咸炘《推十書》（增補全本）丁輯第 2 册，上海科學技術文獻出版社 2009 年版，第 637 頁。

④ 孫梅編撰，李金松校點《四六叢話》，人民文學出版社 2010 年版，第 720 頁。

⑤ 樸社編選《四六叢話叙論》序，1928 年北平出版。

⑥ 譚獻《復堂日記》，《補録》卷二，光緒十三年二月十八日，河北教育出版社 2001 年版，第 328 頁。

自序一篇。排印本有商務印書館 1937 年《萬有文庫》本、臺北世界書局 1970 年《中國學術名著》第三輯本、復旦大學出版社 2007 年《歷代文話》本、人民文學出版社 2010 年《中國古典文學理論批評專著選輯》本等。

因《四六叢話》篇幅甚大,清代、民國時期出現了選輯本。有嘉慶九年(1804)師範編選的《四六叢話緣起》、民國初年劉鐵冷選録的《四六叢話選刊》、1928 年位於北平的樸社輯録的《四六叢話叙論》等。師範《四六叢話緣起》與北平樸社輯録的《四六叢話叙論》類似,二書均删除了《四六叢話》中的引文,輯録每卷卷首的孫梅叙論部分而成。

《四六叢話選刊》則是對原書進行了删選。劉鐵冷,名綺,字文櫆,江蘇寶應人,《民權報》主筆,《小説叢報》創辦者之一,工駢文。劉鐵冷選輯的《四六叢話選刊》在民國時期有較大影響,曾先後三次出版。此書又名《精選四六叢話》,1917 年由藜青閣初版,又有 1919 年第二版、1922 年第三版。此本對孫氏原書作了删減,如孫書中引用的《文心雕龍》皆被删除,劉鐵冷《贅言》云:"彦和之《文心雕龍》,爲辨别文體之名著。開後世文話之先聲,研究古文者必讀之書也。《叢話》中略去之,以有專書,故非不列。"①

劉鐵冷《四六叢話選刊》有劉氏序文一篇,對駢文史、駢文批評史及《四六叢話》特色作了簡要的論述,駢文研究界多未關注此文。人民文學出版社《中國古典文學理論批評專著選輯》叢書有李金松校點本《四六叢話》,該版在附録中較爲全面地收録了《四六叢話》相關序跋資料,但對劉鐵冷序亦失收。今將劉序録存於下。劉鐵冷《四六叢話選刊序》:

夏鼎魯壺,樸不傷古;齊羅襄錦,纖乃稱今。是以周誥殷盤,鈎輈不厭;温詩李筆,繁縟見譏。譬諸川媚山輝,蘊懷自有珠玉;明眸秀輔,粉飾奚事鉛華。駢偶之文,隋唐而後,詞賦取士,律體風開;制誥掄才,例書端啓。句不知翦,失駢四儷六之真;語必集成,多削足適屨之病。興公錦段,漫付負販之裁;李氏襴褔,慘遭同館之割。雖有巧制,亦難成章。重以虎豹犬羊,文則皆鞟;蘭英瓊若,鬱而不芳。既無遷左之腴華,又乏庾徐之藻麗。韓歐繼起,駢散分途;胡汪並興,選騷絶緒矣。元承南宋,文不足徵;清尚六朝,作者輩出。天游才思,班馬之遺;亮吉詞華,江鮑之選。王曇則史腴經腋,袁枚則沉謝酣劉。其他或抱簡文之清思,或具彦升之簡練。各擅一藝,不讓三唐。古藻繽紛,湘綺則直追晋魏;清辭婉娓,樊山則近似李劉。比來響競鳴蟬,矢忘正鵠。風雲月露,驚同西子之妍;邱索典墳,鄙爲南華之僻。倚李杜以振藻,詩若羅胸;舉潘陸以方人,文未經目。名傳洛下,居然造鳳之才;書負車前,孰是雕龍之手?冷鑒於此,重刊是編。驅典籍之蟲魚,檢建章之門户。存兹五卷,莫贊一辭。夫昭明啓六代之風,彦和垂千秋之律。誠爲作家楷范,來哲梯桄。然謝伋之《譚》,僅詳

① 劉鐵冷《四六叢話選刊·贅言》,藜青閣 1922 年第 3 版。

造意；王銍之《話》，惟計遣詞。無當於文運之興衰、時風之好尚也。是書搜奇秘閣，擷翰苑之英華；繼美西周，垂詞林之月旦。黼黻絺繡，采挹虞廷；珠玉金荃，響嗣唐代。音雖不遺鄭衛，器則宜辨陶瓠。詩首雎麟，豈無至意？色惡朱紫，自有會心。所貴才士詞人，因時論事。毋爲膠柱之鼓瑟，而作嶂霧之司南。王構衡文，《修辭》何補？摯虞析派，後世所宗。能寢饋於斯文，自鑒觀而不爽。我慚黠鬼，徵名入翰墨之林；家有聯珠，探驪在良賢之士。丁巳七月既望，古邗鐵冷謹叙。①

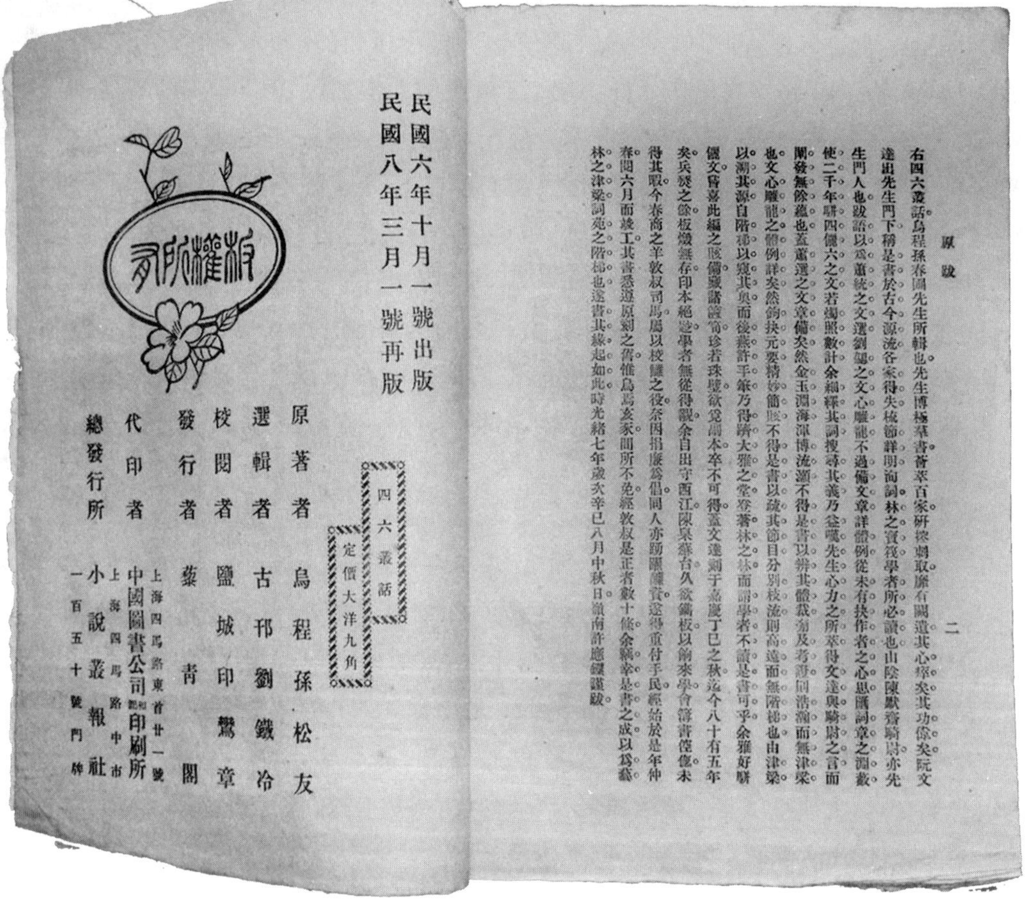
原跋　　二

右四六叢話。爲程孫春圃先生所輯也。先生博極羣書。薈萃百家。研揅蒐取。靡有闕遺。其心瘁矣。其功偉矣。阮文達出先生門下。稱是書於古今源流。各家得失。梳櫛詳明。洵詞林之寶筏。學者所必讀也。山陰陳默齋騎尉亦先生門人也。跋語以爲蕭統之文選。劉勰之文心雕龍。不過備文章。詳體例。從未有抉作者之心思。匯詞章之淵藪。使二千年騈四儷六之文。若燭照數計。余細繹其詞。搜尋其義。乃益嘆先生心力之所萃。得文達與騎尉之言而闡發無餘蘊也。蓋蕭選之文章備矣。然金玉淵海。渾博流灝。不得是書以辨其體裁。旁及考證。同浩瀚而無津梁也。文心雕龍之體例詳矣。然鉤抉元要。精妙簡賅。不得是書以疏其節目。分別枝流。則高遠而無階梯也。由津梁以溯其源。自階梯以窺其奧。而後燕許手筆。乃得躋大雅之堂。登著林之林。而謂學者不讀是書可乎。余雅好騈儷文。胥喜此編之賅備。覼縷諸篇。珍若珠璧。欲覓兩本。卒不可得。蓋文達刻于嘉慶丁巳之秋。迄今八十有五年矣。兵燹之餘。板燬無存。印本絕少。學者無從得覯。余自出守西江。陳臬臺台久欲鐫板。以餉來學。會籌書俊。僉未得其暇。今春商之羊敦叔司馬。屬以校讎之役。奈因捐廉爲倡。同人亦踴躍醵資。遂得重付手民。經始於是年仲春閏六月而竣工。其書悉遵原刻之舊。惟烏焉亥豕。間所不免。經敦叔是正者數十條。余竊幸是書之成。以爲藝林之津梁。詞苑之階梯也。遂書其緣起如此。時光緒七年歲次辛巳八月中秋日嶺南許應鑅謹跋。

民國六年十月一號出版
民國八年三月一號再版

版權所有

四六叢話
定價大洋九角

原著者　烏程孫松友
選輯者　古邗劉鐵冷
校閱者　鹽城印鸞章
發行者　藜青閣
代印者　中國圖書公司和記印刷所　上海四馬路東首廿一號
總發行所　小說叢報社　上海四馬路中市一百五十號門牌

圖 2：劉鐵冷《四六叢話選刊序》1919 年第二版版權頁

① 劉鐵冷《四六叢話選刊序》，藜青閣 1922 年第 3 版。

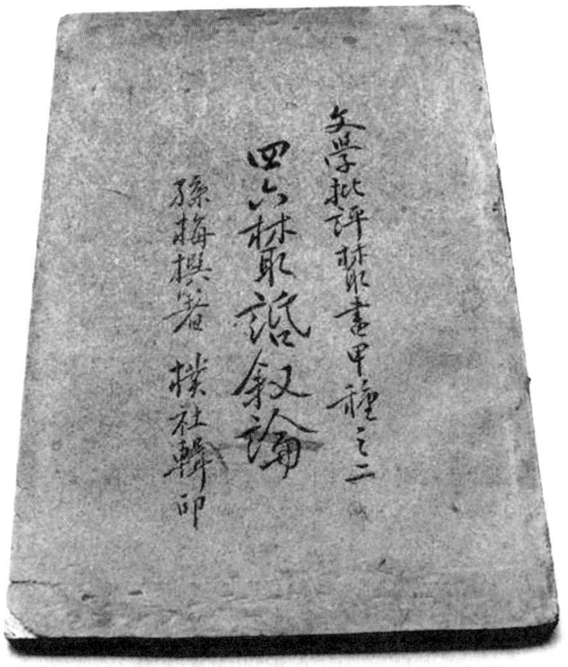

圖 3:北平樸社 1928 年出版的《四六叢話叙論》的封面

五、《文筆考》不分卷，阮福編撰

按:阮福(1784? —1854),字賜卿,號喜齋,江蘇儀征人,著名學者阮元之子,曾任甘肅平凉府知府等職。是書與《滇南金石録》合稱《小琅嬛叢記》,被收入《文選樓叢書》刊刻出版,《叢書集成初編》據之排印。

書首爲阮福序言一篇,次爲阮元《文言説》《書梁昭明太子〈文選序〉後》《與友人論古文書》《文韻説》四篇重要論文,次爲阮元《學海堂文筆策問》與阮福擬對,夾雜以按語。又附録《文筆考》四篇,出自南海生員劉天惠、梁國珍、番禺生員侯康、三水廩生劉光釗手。

阮元是清代重漢學、崇駢文的代表性學者,他不僅自己積極撰寫推重駢文的論文,將駢文視作"文"之正統,還在學海堂中教授其文筆理論,擴大駢文影響,此書便是師生間關於文、筆區别的問答記録。書中《學海堂文筆策問》云:"問六朝至唐皆有'長於文'、'長於筆'之稱,如顔延之云:'竣得臣筆,測得臣文是也。'何者爲文? 何者爲筆? 何以宋以後不復分别此體?"[①]阮福序文云:"家大人以此策問學海堂諸人,命福先對。爰考之諸書,得廿餘條,列之成篇。後堂中諸人所對亦皆精確,有福有而彼無者,福無而彼有者。"

① 阮福《文筆考》,《文選樓叢書》本,道光間刻本。

學海堂諸生中以劉天惠、梁國珍、侯康、劉光釗四人所對爲最,“福今將四君之作及福之所對,合録成册”,又以阮元有關文筆論的四篇文章冠首,編成此書。

阮元文筆理論在此書得到了集中展示,他將《易・文言》視爲“文”之典範,《文言説》云:“千古之文,莫大於孔子之言《易》,孔子以用韻、比偶之法,錯綜其言,而自名曰‘文’。”《文言》用韻、用偶,阮元據此將其視爲“文”的基本特徵,否則便是直言之言、論難之語。《書梁昭明太子〈文選序〉後》稱駢文“文統不得謂之不正”,以爲唐宋以來古文家所撰“非經即子,非子即史”,非《文選》所謂“文”。他從對偶這一標準出發,也提高了八股文的地位:“四書排偶之文,真乃上接唐宋四六爲一脉,爲文之正統也。”他在命阮福編輯《文筆考》的同年,還曾命學海堂諸生編輯《四書文話》,亦可視爲因重對偶而重八股的佐證。《與友人論古文書》云:“子、史正流,終於文章有别。千年墜緒,無人敢言。”他以闡幽發微者自居,將駢文而非古文視爲“文”之正統。阮元提出用韻、對偶之作爲“文”,而《文選》及後世四六文不押韻的也很多,爲解决這個矛盾,他在《文韻説》中專門予以解釋,指出其所謂“韻”不一定是句末押韻,“亦兼謂章句中之音韻”。

阮元考問諸生:“何以宋以後不復分别此體?”提問中已經藴含有宋以後古文獨盛導致文、筆混淆的判斷,故阮福擬對中開篇便回應説:“唐人每以文與筆並舉,又每以詩與筆並舉,是筆與詩、文似有别也。由唐溯晋,則南北朝文筆之稱多見於史,分别更顯矣。”他的擬對主體是從古代著作中輯録出文筆對舉的例子,共覓得29則文獻材料,史書有《漢書》《晋書》《宋書》《陳書》《梁書》《魏書》《北齊書》《南齊書》《南史》《北史》《唐書》11種;援引的其他著作則有王充《論衡》、陸機《文賦》、梁元帝《金樓子》、劉勰《文心雕龍》、杜甫《寄賈司馬嚴使君詩》、劉禹錫《祭韓吏部文》、趙璘《因話録》7種。在重要的材料後還附以阮福按語,如在徵引《金樓子》關於文、筆區别的論述後,加按語云:“福讀此篇,與梁《昭明文選序》相證無異,呈家大人。家大人甚喜,曰:‘此足以明六朝文筆之分,足以證昭明序經、子、史與文之分。而余平日着筆不敢名曰“文”之情益合矣。’”阮福擬對收録的古代關於文筆對舉的材料非常豐富,其後劉天惠等四人《文筆考》所用材料大致不出阮福輯録的範圍,劉天惠等人的論述均以阮元之説爲指歸,故作爲附録置於書後。阮福的擬對似是資料長編,四人的《文筆考》則是利用材料而立論的論文了。

道光四年(1824)十二月,阮元命阮福將相關資料匯總編輯而成《文筆考》,此書便成爲最集中反映阮元文筆理論的著作。書中既收録了阮元“文筆”説的代表性論文,又以阮福及學海堂諸生答問的《文筆考》附之,是對學海堂内部關於文筆討論的實録。出版後擴大了阮元文筆説的影響,對於清代駢文中興起到了重要的理論支持。羅繼祖爲《續修四庫全書總目提要》撰寫有阮福《文筆考》提要,他認爲阮福的擬對:“因其爲問對之體,雖聯綴而不成文章,然於後人考究文筆者,則頗可引爲憑藉也。”[1]其言不虚,後來研究文筆

① 中國科學院圖書館整理《續修四庫全書總目提要(稿本)》第36册,齊魯書社1996年版,第563—564頁。

理論者，如羅根澤《中國文學批評史》等均將阮福《文筆考》作爲重要的研究基礎。

六、孫學濂《文章二論・駢體文》

按：孫學濂，貴州遵義人，清末民國初年文章學家。《文章二論》上卷論散文，下卷論駢文，有民國初年鉛印本，藏於國家圖書館。後以《散體文》《駢體文》之名收録於《文藝全書》書首，由上海崇文書局1919年出版。

《文章二論・駢體文》專論駢文，其書也以駢體而撰成。此書既未品鑒四六佳句，也未從古代筆記、四六話中轉引抄録，均爲孫氏原創，殊爲難得。全書體系性較强，《源流第一》論駢文源流，《漢魏第二》到《明清第七》論歷代駢文，《體制第八》論文體，《局度第九》論格局，《思緒第十》論構思，《字句第十一》論字句，《騷賦第十二》論駢文與騷、賦關係，《集部第十三》論駢文總集、别集，《雜説第十四》雜論其他問題。

在文體源流上，孫學濂認爲駢文"源出於《詩》，句法取裁於《易・系》"[①]，給駢文以顯赫的出身。他回顧駢文史，以爲"王子淵出，而駢始多；曹子建出，而駢使工"。他從創作駢文的數量與品質的角度發掘曹植的意義："今觀其集，所載之賦四十篇，雜文九十三篇，無一非儷體，亦無一不摛藻調聲，遂爲後世駢文家不祧之祖。"認爲"晋初文辭之學，半守子建軌轍"。總體而言，他視漢魏爲駢文最高水準所在，《漢魏第二》認爲"漢魏諸家集儷體之大成"。他系統總結出漢魏駢文的九個優點：1."博通訓詁，故用字典確"；2."不以隸事爲長，故真意彌綸"；3."排不盡偶，駢不盡儷，故氣疏以達"；4."多識於鳥獸草木之名，故體物瀏亮"；5."達掌故，嫻令典，故言有典要"；6."以鏗鏘刻畫爲工，不以裁對巧捷爲工，故弗墜纖狹"；7."博稽名理，故言皆有物"；8."精熟於《三百五篇》及屈、宋之歌騷，淳於之語言，故諷喻温婉"；9."雖儷體而持重處則間以散行，故局勢峻整"。同時代罕有論者作出這樣全面而準確的總結。

孫學濂論駢文主張"自然"與"風骨"，反對人工雕琢。"語偶有排偶，實順自然之勢"，而當體制定型爲駢四儷六後，則成爲"有意爲之"的雕琢之舉，"故辭愈巧，而氣愈靡"。因此，他將四、六句的逐漸增多，視爲晋文不逮漢魏、東晋不逮西晋的主要原因。《雜説第十四》中强調"風骨無存，麗句清辭皆成卑弱"，他以"故駢文關鍵是在存骨"一句結束全書，亦見其推重風骨之意。

宋代開始出現四六話著作，宋人筆記、説部中也有大量議論駢文之語，孫學濂對此評價不高："宋人儷體不工，而乃好論儷體。……不外摘句，格律局度，都非所知。"他對明代駢文之於清代的先導之功特别予以表彰，强調清初駢文名家如毛奇齡、陳維崧等皆是由

---

① 孫學濂《文章二論・駢體文》，民國初年鉛印本。

明入清:"世謂齊梁以降,駢文莫盛於清代。抑知明人已導其先河矣!"指出明王志堅《四六法海》雖有帖括家習氣,"而梁陳隋唐駢文之佳者,亦賴以傳播"。又將清代駢文具體分爲三個階段清初、乾嘉、咸同,凡此,均對當下的駢文研究有所啓發。

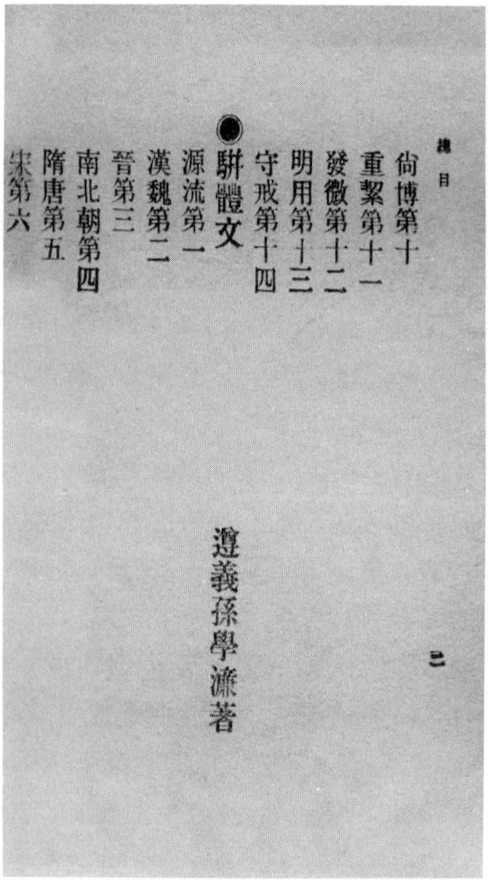
總目
尙博第十
重槩第十一
發微第十二
明用第十三
守戒第十四
●駢體文
源流第一
漢魏第二
晉第三
南北朝第四
隋唐第五
宋第六
遵義孫學濂著
二

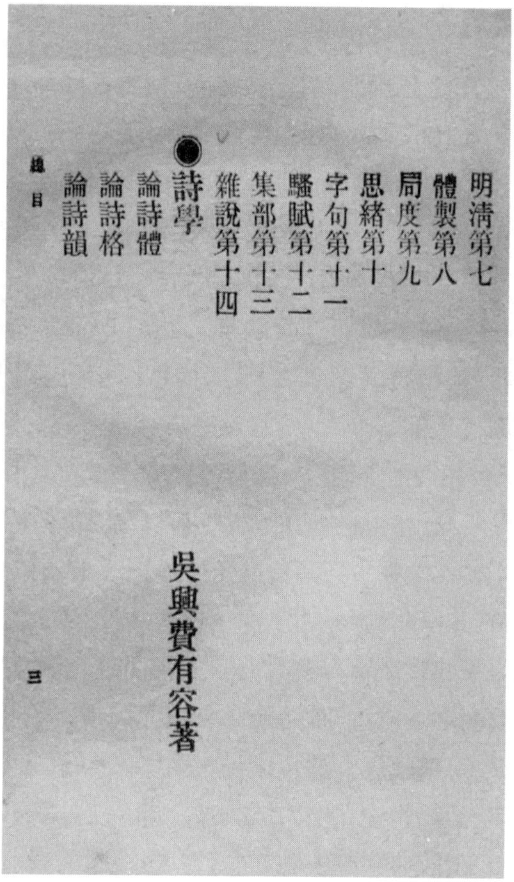
明清第七
體製第八
局度第九
思緒第十
字句第十一
騷賦第十二
集部第十三
雜說第十四
●詩學
論詩體
論詩格
論詩韻
總目
吳興費有容著
三

圖4、圖5:上海崇文書局1926年《文藝全書》版《駢體文》目録

作者簡介:

蔡德龍(1981—),男,安徽霍邱人,博士,江蘇第二師範學院文學院副教授。主要研究方向爲中國文章學。

朝鮮刻《儷文程選》殘本叙録

王瓊

内容摘要:《儷文程選》是朝鮮著名文士李植據趙仁奎《儷文編類》《儷語編類》、李天麟《八代四六全書》等書編成的駢文選本。其爲學人文書寫作和科場考試提供楷模之本而編纂,多收録實用文體,排版時駢句均並列而排,方便閲讀和模擬。《儷文程選》等朝鮮刻駢文選本反映了漢文駢體在朝鮮傳播情况。《儷文程選》全本藏韓國奎章閣,國内藏本不全。

關鍵詞:《儷文程選》;李植;高麗本

李植(1584—1647),字汝固,號澤堂,又號澤風子、澤臒居士,朝鮮京畿豐德郡德水人。朝鮮時期著名文學家。光海君二年(1610)二十七歲時登第。仁祖初選湖堂,歷仕清要,四典文衡,曾任吏曹佐郎、大司成、大司憲、大提學等職。李植自少博覽强記,十八歲時已通習《四書》,文章妙絶一世,精通漢文學,明末朝鮮與中國往來的外交文書多出其手①。疏秀通明,雅尚儉素,居驪江,與任叔英、吕爾徵、鄭百昌、曹文秀爲文酒之會,徜徉於江湖間,衆皆豔慕。② 李植《纂注杜詩澤風堂批解》是朝鮮文人批解、注釋杜詩的第一部個人著述,在朝鮮杜甫詩的傳播與影響史上有重要影響。時人申緯有詩云:"天下幾人學杜甫,家家尸祝最東方。時從《批解》窺斑得,先數功臣李澤堂。"③李植駢文、散文皆擅長,南龍翼稱"澤堂於行文儷文無不兼該,詩則格不甚高,而各體俱妙。曾自評其文:'吾文如刺客奸人,寸鐵殺人。'蓋謂切中妙處,詞簡而意精也。其警聯曰:'青山暫住非忘世,白髮新添不爲家'極其精到,令人諷誦不厭"④。李植與李廷龍、申欽、張維並稱四大文章家,李廷龍,號月沙,著有《月沙集》;申欽,號象村,著有《象村集》;張維,號溪谷,著有《溪谷集》,時稱"月象溪澤",金允植《雲養續集》云:"象村之文,熔煉淘洗,有明末清初文氣;月沙之文,不以雕彩爲工,行文馴熟,盡其所欲言而止。論者又言,溪谷天才優,

---

① 譚家健《駢文在朝鮮半島的傳播》,李懷亮,王永主編《中華經典海外傳播首屆國際學術研討會論文集》,光明日報出版社2016年版,第191頁。

②《朝鮮仁祖實録》卷四八,趙季、張景崑《〈箕雅〉五百詩人本事輯考》下,人民文學出版社2013年版,第922頁。

③ 申緯《東人論詩絶句三十五首》,《韓國文集叢刊》,首爾景仁文化社2002年版,第375頁。

④ 南龍翼《壺谷詩話》,趙季、張景崑《〈箕雅〉五百詩人本事輯考》下,第930—931頁。

澤堂人工勝。蓋各有所長也。”[①]李植著有《澤堂集》《澤堂先生遺稿刊餘》《纂注杜詩澤風堂批解》,除駢文選本《儷文程選》外,還編有字書《初學字訓增輯》、史書《野史初本》。生平事跡見《朝鮮仁祖實録》、李端夏《畏齋集·先府君行狀》。

《儷文程選》編纂注重實用和學習,便於學人公文書寫及科場考試。序云:世有汙隆,文有升降,文之不得不變,亦猶世之不能挽而回之也。況今君臣上下之間,交聘大小之際,辭命言語,必托於是,以至搢紳慶吊之禮,科場彀率之文,聲韻模範,各有定式,則此固館閣章布之不可闕焉不習者也。……抄取其尤雋永者數百篇,使學者常加誦讀,庶幾咀嚼英華,沿襲聲韻,爲模楷之本,然後博觀其餘,以備妝綴。[②] 朝鮮時期所編選的駢文選本有趙仁奎《儷文編類》二十卷、金錫胄《儷文鈔》二卷,柳近《儷文注釋》十卷,金鎮圭《儷文集成》等。[③] 李植有感於趙仁奎《儷文編類》、李天麟《八代四六全書》(即《語致録》)等卷帙浩繁,故在其基礎上編纂《儷文編類》。《儷文程選》完成於朝鮮仁祖八年(1630)年七月,李端夏《畏齋集·先府君行狀》云:“歲末下鄉,庚午正月還京。五月除大司諫即辭遞,拜兵曹參知。六月升參議。七月宣醞湖堂。府君在直所,特命往參。應制居第二,賜豹皮。是月作《路傍宅》五言古詩。是時宫禁中讒謗大行,以爲故住路傍,謗國造言,故作是詩求外補。連擬州牧不利,擬諫亦不受點。抄《儷文程選》四册,注解《哀江南賦》《益州夫子廟碑》,有題跋,印本行於世。八月遞職下鄉。九月遊堤川,爲老親措置避地針。十月還京參壽親禊。”[④]

《儷文程選》共收録駢儷文三百餘篇,依次爲制詔 31 篇,表 95 篇,啓 139 篇,狀 2 篇,書 2 篇,詞 1 篇,榜 1 篇,露布 3 篇,牒 1 篇,檄 4 篇,致語 3 篇,上梁文 7 篇,序 11 篇,碑志 6 篇,祭文 3 篇,連珠 9 篇;另有《儷文程選别集》4 篇。《儷文程選》的實用性,在版式上特徵明顯。在排版時,與駢文選本不同的是,散句單行,駢句均並列而排,方便閲讀和模擬駢句。

《儷文程選》卷前有仁祖九年(崇禎四年,1631)序,當爲此時朝鮮刻本。朝鮮刻本,又稱高麗本,刻印活字本較多,且印刷精良。孫從添《藏書紀要》説:“外國所刻之書,高麗本最好。五經、四書、醫藥等書,皆從古本。凡中夏所刻,向皆字句脱落,章數不全者,而高麗竟有完全善本。”[⑤]韓國奎章閣藏四部,一部全本五册十卷,鈐有“講院”“春坊藏”“弘文館”等印;卷前有崇禎四年(1631)鄭百昌序、崇禎辛未(1631)季秋晦德水李植所撰凡例。版式均爲開本 31.4cm×20cm,版框 22.1cm×15.5cm,半葉十二行,行二十字,四周雙邊,雙對魚尾。又《儷文程選别集》一部,開本 27cm×17.5cm;版框 22.3cm×15cm,四周雙

---

① 陳蒲清、[韓]權錫焕《中國古典文學精華》,岳麓書社 2006 年版,第 411 頁。

② 鄭百昌《儷文程選序》,轉引自鞏本棟《宋集傳播考論》,中華書局 2009 年版,第 115—116 頁。

③ 參見鞏本棟《宋集傳播考論》,第 114—118 頁。

④ 趙季、張景崑《〈箕雅〉五百詩人本事輯考》,第 922 頁。

⑤ 瞿冕良《中國古籍版刻辭典》,蘇州大學出版社 2009 年版,第 733 頁。

邊，鈐有“劇中有此閑”“震旦學會”“想白文庫”印。另外三部分别存四册（卷三至卷一〇）；一册（卷九、卷一〇）；二册。雲南大學圖書館、廣西師範大學圖書館存殘卷。《雲南大學圖書館善本書目》著録：“雲南大學圖書館藏殘存五册，缺卷一至卷二，朝鮮李朝李植選朝鮮刻本。”[1]廣西師範大學圖書館藏本存二册五卷（卷三至卷五，别集一、别集二），半葉十二行，行二十字，白口，四周雙邊，雙對花魚尾。開本28.9cm×19cm，版框22.6cm×16cm。《儷文程選别集》，開本29.5cm×19cm，版框22.7cm×16.1cm，皮紙。字大行疏，版式疏朗，書品寬大。有典型的活字本特徵，即版框介面處有縫隙，横排文字不齊，字體顔色不均勾。

廣西師範大學圖書館藏《儷文程選》殘卷收録文章104篇，其中卷三表45篇，卷四啓31篇，卷五啓25篇；别集一：庾信《哀江南賦》、王勃《益州夫子墓碑》；别集二：王勃《九成宫頌》《乾元殿頌》。所選多爲宋代文人作品，亦有少量其他時代作品，如《别集》一南北朝庾信《哀江南賦》、卷三明代吴澂《謝賜禮物表》。《儷文程選》試圖每類按照内容編排，無有嚴格規範，如卷三“表”類，總體按照内容編排：依次爲謝表、陳啓表、進書表，其中謝表最多，有中央官員謝表、地方官員謝表，謝賜賫表、謝賜書表等。錯亂之處如在陳啓表之後又有歐陽修《謝賜漢書表》《謝擅止散青苗錢放罪表》，可能是編者試圖將歐陽修表體文放在一處，或抄寫所本之此數篇文獻在一處。卷四、卷五以賀啓、謝啓爲主，間有上啓、通啓，薦舉啓。儘管試圖將同一作者歸於一處，但亦有例外，如劉克莊、文天祥等人啓文就在一處，而李劉、陸遊等人同類啓文則分列各處。李植編纂時，爲方便閲讀者學習模擬，“爲楷模之本”，在二級分類時，主要以内容分類爲主，同時盡可能將同個作家同類作品放在一處，在編排上試圖兼顧内容與作者，故二級分類較爲較爲混亂。《儷文程選》編選除依據趙仁奎《儷文編類》等朝鮮刻本外，亦參考宋類書《翰苑新書》和宋選本《五百家播芳大全文粹》等書，如文《林金部謝除浙西倉表》，不題作者，題“翰苑新書”，《謝賜玉帶代嗣秀王表》《賀葉樞密啓》《賀劉内翰啓》，不題作者，題“宋播芳大全”。此數篇文章選自類書《翰苑新書》和宋代總集《五百家播芳大全文粹》，這也反映了漢文典籍在朝鮮王朝時代的傳播情況。《儷文程選》所選文章標篇名和作者，作者以稱名爲主，如蘇軾、歐陽修、文天祥等；但亦有稱字者，如唐子西、劉改之等；稱號者，真西山、謝叠山、楊誠齋等。有題朝代者，如宋吕午；有題所據文本者。同一作者亦未統一，唐庚、唐子西；真德秀、真西山等在本書中同時出現。

别集四篇，其中李植爲庾信《哀江南賦》、王勃《益州夫子墓碑》作注。《哀江南賦》前有庾信小傳，用清晰簡要的文字説明庾信生平及《哀江南賦》述作之由。小傳云：“庾信，字子山。其先新野人，後徙江陵（即荆州古楚地），曾祖易有處士之行，祖黔婁有學行，官至太子侍讀，父肩吾八歲能賦詩，爲晋安王（簡文帝）國常侍，後被命與劉孝威、徐摛等

---

① 雲南大學圖書館編《雲南大學圖書館善本書目》，第386頁。

□□忠能，號高齋學士。晋安王爲太子，開文德，自置學士，肩吾與子信及徐摛子陵充其選，父子出入禁闈，恩禮莫比。信遷散騎常侍，聘於東魏，文章詞令盛爲鄴下所傳，還爲東宫學士，領建康令。是時，侯景叛亂，台城（即金陵宫城）被圍，簡文命信率宫中文武千余人營於朱雀□□凱桁御賊，爲臨賀王正德所誤而止。已而賊大至，信退，遁南塘，台城既陷，信奔於江陵依湘東王（即元帝）。王承制除御史中丞，肩吾先已奔江陵，未幾，卒。信居憂。是時三吴大亂，侯景遣將西向江陵，陷郢州。湘東遣將王僧辯敗景衆於巴陵。俄而武帝崩殂，簡文被弑，僧辯遂進軍金陵，與始興太守陳霸先合盟討景，景敗，誅元帝，即位。信轉爲左衛將軍，封縣侯，聘於西魏未久，西魏宇文氏受禪，國號周，周遂舉兵伐江陵，信被拘在長安。及江陵陷，元帝遇害，王僧辯、陳霸先等立元帝子方智（即敬帝）於金陵。未幾，僧辯爲霸先所殺，敬帝廢，陳氏代梁而王江南。信仕周，遷儀同三司，歷官至驃騎大將軍，司憲大夫，洛陽州長史。時陳氏與周通好，江南流寓之士，各許還國，惟信及王褒並惜而不遣，恩禮甚厚，遂作哀江南賦以致其意（哀江南三字出《楚辭》，言江南敗□可哀矣）。"今按此賦，侯景本懷朔人，故以戎狄稱之。金陵古吴地，故稱吴。江陵本楚都，故稱楚。東魏後爲北齊，故稱齊；西魏都關中古秦地，故稱秦魏，後爲周，故稱周。而所援比者，皆用其地，故事未嘗錯雜。[①]

《儷文程選》的編選及篇目，反映了漢文典籍和駢文在朝鮮王朝的流傳情况，體現了駢文在域外的影響力。李植《哀江南賦》注，體現了當時朝鮮文人對庾信《哀江南賦》的理解和認識。朝鮮王朝時期，漢文四大家"皆崇尚唐宋八大家的古文，提倡内容重於形式，文風醇正"[②]，李植長居清要之職，因學人公文寫作和科場考試需要編纂此書，駢文選本編纂與時代社會文化發展也有關係。

作者簡介：

王瓊，廣西師範大學文學院在讀博士，廣西師範大學圖書館副研究館員。主要研究方向爲魏晋南北朝文學。

---

① 李植《儷文程選别集》卷一，高麗活字本。

② 陳蒲清《古代中朝文學關係史略》，湖南人民出版社 1999 年版，第 87 頁。

論六朝駢文(外四篇)

孫德謙著　莫山洪整理

解題:本文原刊於 1924 年 2 月出版之《學衡》第 26 期,是作者討論駢文存廢的專門文章。作者以畫喻文,認爲駢文爲着色山水,六朝駢文尤其工於摹寫。文章的存廢,在於作家個人,不在文體自身。

近人喜語體者,以爲用此則生,文言則死。其排斥駢文尤甚。此大謬不然。夫文之生死,豈在體製!以言語論,凡人言語,有同説一事,一則娓娓動聽,栩栩欲活;一則不善措辭,全無生氣。烏在一用語體,其文皆生耶?若如文章,六經尚矣。諸子百家,以及歷代史書,能卓然盛業,傳之不朽者,固無論已。古文家凡其入情入理,可泣可歌,苟是死板文字,何能傳世而行遠?故讀諸葛武侯《出師表》,覺其忠義之氣,躍然紙上;讀李密《陳情表》,使人孝養之心,油然而生。其文死乎?否乎?人之爲文,在善叙事。譬如作游記文,能狀山川情景,使讀之者心曠神怡,如置身於其中;作節烈傳記,述其一言一動,只知有殉夫之志,往往令人不忍卒讀,泣下沾襟。夫文至可以感人若此,猶得以一涉文言,黜之曰自古皆死耶。駢文之體,固是以辭藻勝。然六朝工於摹寫,如劉孝儀《使還與永豐侯書》:"馬銜苜蓿,嘶立故墟;人獲蒲萄,歸種舊里。"真一幅子卿歸國圖也。庾子山《爲梁上黄侯世子與婦書》:"想鏡中看影,當不含啼;欄外將花,居然俱笑。"此種文,何等活潑,直入畫境。夫文能妙達畫理,豈猶垂垂欲死耶?六朝名家,其他亦多類是。蓋嘗取喻於畫,駢文如着色山水,非如古文之猶可淡描也。至昭明《謝勅賚地圖啓》:"域中天外,指掌可求;地角河源,户庭不出。"庾肩吾《謝歷日啓》:"初開卷始,暫謂春留;末覽篇終,便傷冬及。"此兩文皆駢體也。明白如話,其可謂之死耶?嘗謂生死之説,不在文體。《易》所云:"神而明之,存乎其人耳。"是故語體也,駢體也。苟非其人,將如庸醫殺人,使人不生不死,而卒至於死。取彼去此,非爲一偏之見哉!

駢體文林序

孫德謙著　莫山洪整理

解題：本文原刊於1924年1月出版之《學衡》第25期，是作者爲朱啓勛（字又笏）《駢體文林類鈔》所作的序。文中稱許六朝駢文，認爲作駢文者，當學六朝。在描述了駢文的發展演變並談及駢散之争時，又稱"文無駢散，期之實用"，表達了作者駢散融合的觀點，也體現了作者講究實用的文學觀念。

先師益吾祭酒，撰輯類纂，包該古今，區明事例。恢嘉平之指，别録麗辭；嘆仲言之遺，兼甄時秀。籀其歸趣，才氣爲宗。蓋知齊梁六朝，無傷其風月；王楊萬古，不廢於江河。所以承學治古文者，信崇厥體，無復襲起衰之説，受蔽東坡；持相難之言，致攻南郡也。宜兴朱又笏先生鳩集駢體，名曰《文林》。斷自炎漢，下訖同光。遠紹旁搜，可云富矣。若夫相雜爲文，義著經誥，迭用奇偶。豈事强分斯則，闕雕龍之心；仰徵叠璧，耀靈蛇於掌。自得元珠，尤所謂獨照之匠，知言之選者焉。夫駢偶之文，六代尚矣。其琢辭新鍊，造字精奇。意通於比興，氣行乎逸宕。得畫理者，山川寫其幽；練世情者，風雲狀其幻。凡晋宋以來，顔謝騰聲，任沈齊譽。醴陵擅藻豔之美，蘭成盡開闔之能。名家響臻，於斯爲盛。嘗謂作駢文者，必取裁於此，亦猶詩學三唐，詞宗两宋，乃爲善耳。先生往規汉武，囊括歷朝，豈以事貴窮源，禮隆務本。欲令嗜古之士，識正變於風雅，考升降於質文乎？是知義山自叙，甲乙標題，法海博蒐，金元刊棄，不足與同語矣。抑吾聞之，史之爲體，通古斷代，二者而已。選文之例，剏自昭明。説者謂其罣牢百家，綿亘千祀與。子长《史記》，網羅舊聞，首五帝之紀，整齊世傳，成一家之言。殆無以異，蓋通古之史也。其後姚粹吕鑑，各囿本朝。以史而論，並爲斷代。雖天爵文類，經國爲多。足備史氏要删，亦復範圍不越。夫文之將史，軌轍匪殊。苟師延壽南北，上起永初，以見之施行者，都爲一集。若宋明禁供之詔，梁元課耕之令。暨夫希逸求賢，子才置學。德璋敷奏，議刑法之書；上恢上言，請文華之苐。諸如此者，務與史事相關。庶得文無駢散，期之實用。或如左思作賦，先相非貳者，莫不斂衽贊述乎？先生擇言尤雅，善司馬之裁；録遠欲詳，從獲麟爲始。其諸叔皮後傳，子高續篇，寓之駢文，有樂乎是與。知幾有云：非復史書，將成文集。以觀先生，翩其反矣。且其芟截漢初，獨先孝武者，彼觀其意，可得而言焉。漢當武帝以前，不專儒術。其文如鄒汤諸子，辭氣縱横，戰國餘風，猶未釐革。自表章六藝，别白一尊。仲舒之文,本乎《春秋》,大義自是。稚圭得失,則順考諸詩;中郎誄铭,則製式於禮。自成漢制,蔚然經籍之光,以故更生校書,九家列其後;孟堅論世,三代參其同。不然,文景之時,辭人並出,若賈山輩,非不富於材華爾,其《過秦》發端,至言傑作,八荒四海,純用偶章。飾翠被珠,輒多麗句。駢體初祖,詎可或遺。暨陽之所撮鈔,先生豈遜其識鑒乎?乃開宗明義,詔冠賢良,以爲文學彬彬,孳多於世。實由武帝崇儒所致。先生尊經,於兹見矣。特是搜采英華,群言所萃。其書散亡,僅存序目。非《説文》之蓋闕,如《酒誥》之俄空。倘以有録無書,就其篇第,或同廣微矢詠,盡取補亡。明遠頌清,先從捃逸。則治駢體者,殆寝其中。聽季子之歌,於焉觀止;見敬仁之作,便足参微,不其善乎?乙盦尚書,淵聞碩學。知余夙深鑽閲,謂可揭其指歸。其子積丞,尚書高第,泫然手澤,授而讀之。爰迺懷鄴下之賢,興嗟美志;雜郢中之和,敢忝知音。不揣庸疏,勉焉喤引。亦恐燕璞徒炫,齊竽濫吹焉爾。

吴郡駢體文徵序

孫德謙著　莫山洪整理

解題：本文原刊於1921年出版的《亞洲學術雜志》第2期，是作者爲曹允源《吴郡駢體文徵》所作的序。作者在文章中强調自己的駢散態度，認爲駢與散都是自然的現象，稱"文無駢散"，表現出其駢散融合的文學觀念。對於常州駢文家，作者特别推崇孫星衍和洪亮吉。

昔者宣尼有言，物相雜謂之文，蓋日月代明，山川交遣。文章之道，奇偶相生，斯自然也。李唐而後，今體始更。仲塗振復古之聲，子瞻刱起衰之説，於是承學之士，鑚厲孤行，言乎齊梁，群焉蚩鄙。嗚呼！是豈然哉。夫文無駢散，各有攸能。六代之中，苟馳夸飾。士恢病其華僞，彦和謂之訛新，則亦有也。其善者爲之，伏采旁流，得比興之妙；潛氣内轉，極抗墜之能。子桓所謂辭義典雅，足傳於後者矣。選樓之建，肇自昭明。觀其罩牢百家，網羅八代，搜采英雋，是曰知言。自兹以降，遞相師祖。竇臣諸子，斷代爲編。體既殊歸，文亦雜録。有明之世，太原法海，純用麗辭，文孝嗣音，於是乎在。爰逮我朝，撰輯益富。曁川則榮古，賓谷則揚今。全椒異家，淵源師友；復莊類苑，分别部居。析其條流，可略而言焉。夫孝侯風土，承祚耆舊。紀其聞見，斐然有述。蓋生斯鄉者，童年釣游，尚戀其山水；故都文獻，豈等乎煙雲。古者子由類吴興之詩，仲元纂滁陽之集，誠知其可緩也。唯夫最録偶章，曠世尠覯，陳留創作，别囿常州。丁燧掇東越之英，曾紘廣西昌之派，亦可謂自闢户牖，茂緒攸先者矣。同郡曹復盦觀察，長於駢文，類稿一編，卓乎不朽。嘗取而讀之，標格清新，詞旨遒麗。北江甘亭，兼擅其勝。每嘆吾吴人文，夙稱皋藪。以論駢體，自有顓家。特無樂圃其人，爲之糾聚。用是瞑鈔昕寫，擷藝苑之華；煅歲錬年，定禮堂之本。凡自顧炎武以下，得若干家，合若干卷，各爲小傳，叙其生平。鑒識之精，志趣之正，莫不歛衽贊歎焉。世有恒論，皆謂吴中文史，昔盛今衰。榷而爲言，不逮常州遠甚。此實不然。亭林以勝朝遺逸，志節同欽。國史儒林，蔚然稱首。其學博極古今，會通經史，郡國考其利病，音韻研其深微。雕琢辭章，綴緝故實，則不屑爲也。然其文賈生俊發，多經世之言；越石清剛，行轢古之氣。夐乎所詣，弗可及已。斯固海内宗仰，豈與常州較短量長，同年而語哉。常州駢儷文字，首推孫洪。淵如風骨遒上，思至理合。稚存朴質若中郎，肅穆若燕公。山尊定評，吾何間然。聞夫荀慈太史，嘗主龍城講席。其時亮吉輩親從受業。夫理枝者循幹,沿波者討源。玉芝之文,體格高簡,神韻蕭疎。震陸機之才,且思焚硯;傳馬融之學,自善鼓琴。常州群彦響臻,其師承則在此。蓋猶歐陽夏侯,各自名家。而言尚書者,必本之伏生也。昔蕭氏選文,去取特嚴。自序故曰:老莊之作,管孟之流,蓋以立意爲宗,不以能文爲本,今之所撰,又以略諸。復盦此編,搦管和墨,抉雕龍之心;闡潛表微,秉獲麟之筆。虞山一老,以節行有虧,點世塵家,遂致擯棄。是則開卷伊始,冠以寧人。匪第讓功沈謝,標美辭宗;抑乃抗節夷齊,取先列傳。有助風教,於此可見矣。以余少好斯文,授簡命序。一言之贊,所不敢辭。語云:非附青雲之士,烏能施於後世。竊不自揆,亦欲與之並傳云爾。

復李審言論駢文書

孫德謙著　莫山洪整理

解題:本文原刊於1922年出版的《亞洲學術雜志》第4期,是作者與李祥探討駢文的回信。作者將六朝駢文與三種駢文即李唐科考文章、阮瑀書記文章、明清制舉文章作了比較,指出每一類型的特點,並力推六朝駢文之極盛。

審言足下:奉所惠貺,開牖蒙滯。豈直取娱,實獲宏益。僕於國朝作者,覽誦亦富。掎摭利病,敢申愚管。良由駢耦之體,極盛六朝。有所造述,度規乎上。不讀唐後,古人所嚴。後來英俊,持以衡較。益知先士盛藻,獨秀當時。不欲詭談稷下,憑臆是非。高議廷中,折衷同異者也。竊以麗辭之作,別有爲先。何則?李唐取士,詩賦專崇。音韻相諧,必求協律。承其流者,遂至驅染浮藻。矜鞶帨之雕華,芟翦前言;任衣裳之顛倒,限以科格。此誠無足怪也。若乃元瑜書記,致樂翩翩。入幕嘉賓,應時裁定。務爲妍巧,不必黄祖欲言;祇合鉤繩,豈容墨生自矯。斯又局於程式,蒙叟所謂無可如何者也。至若制舉之文,厥品斯下。揣稱銖兩,亦張纂組之工;雜引宫商,足入才調之集。如使語以齊梁,則非所知矣。作爲駢文,於兹三者,寧可涇渭自殽,異軌並往。輓近篇家,既未明辨,博觀往製,曾無先覽。平生慕悦,惟在晋宋。蔚宗季友,抑何峻逸。期以妙造自然,滌除綺靡之音,不與頹流同習,此則僕所謹謹者耳。足下道高萌外,識合郢中。知言通九變之長,飛翰極一時之隽。略陳固陋,思共商榷。如或謂然,當益求孤進矣。抑又聞之,子桓論文,以氣爲主,但清濁之差,猶易闚測。剛柔之質,自判陰陽。昔賢謂宣城撰史,創立文苑。其文氣體卑弱,適見世衰。豈知駢儷一家,無取雄偉。嘗試諭辟,犄足形容。逸士蕭閒,自具林泉之性;良媛貞静,詎假塗澤之華。諷高歷賞,微會此旨。至或遣辭,輒復抑之使沉。以爲六代文字,柔緩爲尚。舒揚其氣,不能節奏同檢也。足下聽真之士,亦許其先得我心乎?摇裂紙扎,不盡所懷。遲枉瓊瑶,慰其杼軸。孫德謙白。

復王方伯論駢體書

孫德謙著　莫山洪整理

解題：本文原刊於 1921 年出版的《亞洲學術雜志》第 1 期，是作者回復王方伯探討駢文的書信。作者對於文章駢散問題，以爲自然。又從駢文演變的情况出發，認爲一切當順應時代的變化，表現出比較開明的思想。

前者猥辱誨答，並示傑製，淵懷褒誘，教使刊定，謙何敢哉！唯是駢儷文字，夙所研閲，一共商榷。思遇其人，伏承不鄙，導之使言，許敬仁以參微，樂法深之設難，輒竭愚闇，願達者理董焉。文章奇偶，邃古已然。日月所以代明，山川所以並峙。自然成對，前喆稱之。先生偏重之誠。誠然國門高懸，莫得而增損矣。若夫宏綜歷代，兼攬異家，毛公傳詩，識九變之貫；孔昭纂論，通百氏之言。自非昭晰源流，鑽厲失得，何能詳辨體制，開牖冥蒙乎。時序才略，皎然可品。今之彦和，非先生而誰哉！但麗辭之作，六朝極軌。探本而談，東京自啓其漸。李唐以後，則别名之爲四六矣。是故有樂乎此者，不必遠紹旁搜。上自顔謝，下汔徐庾，棲息乎其中，乃爲得真傳焉。辟之詩學三唐，詞宗两宋，規守者正，憑托者高，則其美耳。豈在泛騖乎？文以抒發性靈，人之情性，剛柔判焉。毗陰毗陽，先生往證姬傳，洵通方之論矣。然以言駢文，則陰柔爲貴。何者？競學浮疎，争爲闡緩。梁簡文帝《與湘東王書》，雖病乎當時文體，失之懦鈍，實則六代作者，疎逸有致，簡緩爲節，此其所長也。蓋人固有睨視纓冕，惟愛蕭閒，取佩韋弦，自懲褊急者，駢偶之中，任沈爲傑。皆氣體散朗，紆餘生妍，生平慕悦，在兹彌篤，將性有偏至與。夫書不厭讀，文亦宜然。昔何休條其短長，高誘審其緩急。漢儒音讀，析理爲精。嘗爲賈生《過秦》，一往奔放。讀斯文者，苟非振吾之氣，與之節宣，必將垂翅不飛，負聲無力。至如宋來駢體，秀采外揚，潛氣内轉，往往尋變入節，極抗墜之能。奏雅終篇，絶繚繞之響。其間又須優游適會，從容率情，始足得之。故先生諷籀之説，豈不善美，猶覺未盡者也。范書序論，其體遒麗。常欲抄撮一編，以作軌範。先生取高前式，此可謂先得同然矣。從古文人，類熟一二要籍，爲取材淵府。亮哉斯談！卓乎不刊。博學詳説，孟氏所以重反約也；蘭成而下，各有專精。他若元凱耽思，衹癖《左傳》；中郎祕翫，迺匿《論衡》，以此可知。浮漂無歸，不足集益。往讀文心，謂貫練雅頌。總閲音義，鴻筆之徒，莫不洞曉。然則東莞論文，其《練字》一篇，意在假借形聲，必求精解乎？先生溯源小學，隔代同符。竊以雅詁而外，孳治許書，益之方言，考其異同。釋名窮其意旨，匪直京都諸賦，阻奥尠虞；綴慮遣辭，亦自成典雅矣。方今事變紛紜，趨新尚異。稽之墳籍，無足取裁。先生謂其因應萬端，難於該覈。斯則士衡有作，亦當嘆輪扁不言，非華説所能精矣。聞之風人長於比興，名家善於譬況。博觀前藻，都會此祕。試讀庾慎之《謝賚梨啓》，如云"事同靈棗，有願還年，恐似仙桃，無因留核"，其觸類達指，附理切情，宛轉關生，詎資故實。故凡古無今有，採伐靡從者，又有《周易》擬議，莊生寓言之道也。子元《史通》，别裁模擬，貌同心異，絶歎名通。先生詔以首基，歸之盡善。神明在人，吾無間焉。夫作爲文辭，其始事也，當如子雲厲學，萃千賦之長；董遇習勤，睹百遍之義。如是則不待寫仿，而暗與古謀。及裁製既成，取徵先士，玩其辭氣，往復諷吟。或彦伯流風，猶期足韻；或休文雌霓，正欲相要。有不善者，應時改定。謙嘗從事於斯，先生以爲然乎？頃歲以來，世運傾危。聖文埃滅，謙横經硜守。嗜古忘疲，但孟坚自娱。作賓戲之謬答，太常外訥，知吾論之更思，任臆狂言，不覺累幅。伏維鑒詧不宣。

作者簡介：

孫德謙(1869—1935)，字受之，一字壽芝，一字益庵，號龍鼎山人，晚號隘堪居士，江蘇蘇州吴縣人。自幼即好讀書，十八歲成諸生，學詞章治經而兼小學，通聲韻訓詁。其後兼治《文史通義》，年未三十，聲聞已著。宣統三年(1911)，離蘇赴滬。歷任東吴大學、大夏大學、交通大學、國立政治大學教授。著有《太史公書義法》《漢書藝文志舉例》《劉向校讎學纂微》《六朝麗指》《稷山段氏二妙年譜》《諸子要略》《諸子通考》等。

駢文研究法

劉麟生著　莫山洪整理

解題：本文原刊於1934年8月出版的《出版週刊》新89號。作者對駢文研究的方法作了比較全面地論述，指出駢文是一種介於詩與散文之間的美文。認爲對駢文的研究，既要明了駢文史，又要從駢文的對仗、句法、用典、音韻、煉字以及風格等方面進行。作者還列舉了駢文研究的一些基本書籍，對於研究駢文，有着極大的價值。

在這個高唱改良文學的時期中，似乎没有提倡駢文的必要，何以呢？駢文是堆砌式的貴族文學，應在推倒之列，何能值得研究？關於這點，我們首先要説明貴族文學是怎樣的一件東西。

少數人所欣賞的文學，學者以貴族文學稱之。假定這個名詞是至當不可移易的，那麽我們便須認識兩點：(一)少數人所贊成的東西，不見得是壞的，這在政治學上，曾經有過熱烈的討論。發表少數人的意見(minority representation)是今後政治上的一種方略，姑且不必細論。説到文學方面，也何嘗不是如此咧？詞與駢文，比較總是欣賞的人較少。(二)少數人所欣賞的東西，往往後來成爲多數人欣賞的東西。駢文固然不見得有這種趨勢，然而駢文的支流餘裔，如賀聯挽聯以及懸掛的對聯，能够給人欣賞的地方，也着實是不少了。

其次要明白駢文是我國特殊的産物，介乎詩與散文之間，爲一種美文。平行的語氣，parallel construction是各國文字中所有的，然不過偶一見之，不能像中國的駢文，鴻篇巨制，都是以儷語出之。(《燕山外史》以駢文做小説，固不可爲訓，也可以看出駢文發揚的地步了)推其所以致此的原因，不外乎語言文字本身的關係。一音一字，易於整潔，這是第一個原因。偏重象形，讀文如讀圖畫，這是第二個原因。所以鹽谷温説："中國語單音而孤立之特性，其影響於文學上，使文章節潔，便於作駢語，使音韻諧協。"(《中國文學概論》)謝無量説："駢文律詩，實世界美文所不逮。"(《駢文指南》)劉師培所言："今與外域競長，惟資斯體。……非偶詞儷語，弗足言文。"(《中古文學史》)固然言之太過，然中國小説戲劇的發展，容有不逮西洋文學之處，至於駢儷的文字，爲我國所獨擅，也足以揚眉吐氣了！

不過駢文發達之後，濫用與劣作，也隨之而至；於是駢文的弊端，便發生了；堆砌庸俗，是最容易犯的毛病。清末書啓式的騈文，最無足觀，於是我們對於騈文，不得不有相當的研究法了。

（一）宜明了騈文的進化史。古代騈散不分，經書子書中，率多騈儷之句。《易·文言》和《老子》，最可以爲代表。文筆之分，始於南北朝。《文心雕龍·總術篇》云："今之常言，有文有筆。以爲無韻者筆也，有韻者文也。"《金樓子·立言篇》云："吟詠風謡，流連哀思者，謂之文。"到了唐宋的古文家，以復古爲散文，於是散文的獨立，更覺筆壘一新。進化是由簡趨繁的，文學也不能外是。散文發揚光大之後，騈文頓覺失色，然騈文的本質，並不因此而廢。宋人的流水四六，以散文的氣息行之，獨樹一幟，可以見得散文的發展，並不礙及騈文，而騈文的自然曉暢，也不是不可能的事了。

此外研究騈文，可注意者甚多：

（二）作對的原理。反對騈文的人，以爲事事求對，句句求偶，是近於矯揉造作的。其實也不盡然。《文心雕龍·麗辭篇》説："造化賦形，支體必雙；神理爲用，事不孤立。夫心生文辭，運裁百慮；高下相須，自然成對。唐虞之世，辭未極文，而皋陶贊云：'罪疑惟輕，功疑惟重。'益陳謨云：'滿招損，謙受益。'豈營麗辭，率然對爾。"東坡云："世間之物，未有無對者，皆自然生成之象。雖文字之語亦然，但學者不思耳。"（《冷齋夜話》）所以學者遇到難對之時，不妨窮搜冥索而得之，不應當失望咧。（作對的方法，古人所論甚多，請參閲拙編《騈文學》，商務印書館 1934 年版）

（三）句法的參差。騈文與四六文，是兩個大同小異的名稱。古代只有騈文，後人方稱四六。這是因爲後人的句子，多半是四字一句六字一句相間而用的關係。柳宗元《乞巧文》始有"騈四儷六"一語。李商隱的文集，叫作《樊南四六》，這是四六文正名定義的時期。古人作文，（騈文）不但不一定要多用四六句，並且也很多用散行的句子。這是與後人大不同的地方。四六句當然有四六句的韻味，然而多用也不免於單調，所以句法的長短，貴能參差才好。宋人的四六，往往句子過於冗長，《春在堂筆録》譏之，不爲無當咧。

（四）用典與不用典。絶對不用典，是古今中外很難做到的事，因爲一個典故，是一段小小有風趣的故事，用來覺得形容惟妙惟肖，可以省却無謂的閑話不少。我們只要典故用得貼切，用得生動，便不妨引用。不過不可以生吞活剥，以致失却文學上的風味。大抵熟典生用，生典熟用，是唯一的妙訣。庾信《謝明帝賜絲布等啓》："蓬萊謝恩之雀，白玉四環；漢水報德之蛇，明珠一寸。"何嘗不可以表現情感呢？而且典故也往往可以暗用的，如何遜《爲衡山侯與婦書》："心如膏火，獨夜自煎；思等流波，終朝不息。"用《莊子》《論語》如己出，何等的自然？（《誠齋詩話》所載，可以參考）此外騈文的極峰爲六朝，而六朝的佳句，往往絲毫不用典。如江淹的"春草碧色，春水緑波"（《别賦》）。庾信的"一寸二寸之魚，三竿兩竿之竹"（《小園賦》）。秀美天成，家絃户誦，並不借重用典，可見文學上的美麗，不在於有意用典，也不在於有意不用典，我們是可以想象而得的。

(五)音韻與押韻。押韻是在句尾表現,偏重於外形。音韻(rhythm)是貫徹於全句的當中,比較更加抽象些。駢文不是篇篇押韻,但是注重音韻,是不容辭費的。换句話講,韻文有兩種,可以駢,也可以散。但是音韻的效用,在美文上最爲重要,並且最容易發現。駢文的音韻,固然不能如詩詞那樣地容易表現出來,可是比較散文,是更加注重不少咧。

最重要而最簡易的方法,莫如調平仄。在近代散文中,調平仄也有相當的用處。可是在駢文中,調平仄便是絶對的科條了。不過古代的駢文,也不是常常調平仄的,這是因爲四聲的發現,是時代的進化使然。沈約謂“自靈均以來,此秘未睹”(《南齊書・陸厥傳》)、“獨得胸襟,窮其妙旨”(《宋書・沈約傳》),可以想見調平仄的妙用了。實則調平仄的辦法,也是我國文字音韻中獨傳之秘咧。

其次講求音韻的,不外以叠字(一名重言)雙聲叠韻作對,今舉例於下,以代解釋。

重言對重言:去白日之昭昭兮,襲長夜之悠悠。(宋玉《九辯》)

雙聲對雙聲:豈盧龍之徑,於彼新開;銅駝之街,於我長閉。(徐陵《與北齊尚書令求還書》)

叠韻對叠韻:皓齒粲爛,宜笑的皪。(司馬相如《上林賦》)

雙聲對叠韻:祥風翕以颯灑,激芳香而常芬。(王逸《魯靈光殿賦》)

押韻與音韻,可得而言者,就是各種的韻,能够代表各項不同的情緒。如平聲陽韻,仄聲遇韻,都是描寫舒徐開展的心理。至如入聲中各韻,很多的代表抑鬱淒惻的情思。曹植《洛神賦》,多押平韻,所以雖寫失戀,仍有行徐不迫之態。潘岳《射雉賦》,多用仄韻,所以雖寫遊獵,很多奧衍挺拔之味。這是可以爲例了。

(六)煉字。煉字可以使文章不致庸熟,而有清新之妙;同時也不可過於雕琢傷氣,生澀刺目。古來煉字的方法很多,有用典而實煉字者,王粲《登樓賦》“鍾儀幽而楚奏,莊舄顯而越吟”是也;有不用典而煉字者,劉令嫻《祭夫文》“雹碎春紅,霜凋夏緑”是也;有顛倒文法而煉字者,庾信《東宫行雨山銘》“草緑衫同,花紅面似”是也;有煉虚字而傳神者,綦崇禮《謝宫祠表》“雜宫錦於漁簑,敢忘君賜? 話玉堂於茅舍,更覺身榮”是也。宋人的四六,最工於煉虚字,可以爲法。

(七)作風的變異。駢文的作風,是多方面的。舉其犖犖大者,如庾信的清新蕭瑟,陸贄的明白曉暢,汪藻的穩貼沉痛。已經是美不勝收,於此可以看見駢文的充分發展了。初學研究駢文,最好專注力於六朝文。這是駢文作風的頂點,自無異議。李兆洛選《駢體文鈔》,不録六朝以後的文字,就是此意。論詞的人,往往説初學讀詞,暫時不必讀宋以後的詞,也是取法乎上僅得乎中的教訓咧。對於六朝的駢文,有根底的研究之後,自然不妨博覽。什麽唐代的凝重作風,宋人的奔放氣息,清人的雅麗筆法,都可以博觀約取了。

（八）基本的書籍。爲基本研究起見書籍是很容易尋覓的，而且不是很多。現在分別的叙述起來。

關於選本的——我們要曉得最早的總集，就是《昭明文選》。昭明太子選文的目標，是“事出於沉思，義歸乎藻翰”。所以他所選的，是偏於美文，而且上古的美文，既是駢散不分；所以《昭明文選》，不妨以古代駢文選視之。後來所謂“選學”“選體”，大都是與駢文爲近。所以研究駢文，《文選》是第一部必讀之書咧。此外有王志堅的《四六法海》、李兆洛的《駢體文鈔》、許槤的《六朝文絜》、陳均的《唐駢體文鈔》、曹振鏞的《宋四六選》、曾燠的《清朝駢體正宗》。至於專家的著作（别集），最可以看出作風，更是可以各從所好了。

關於評論的——最早的文學批評書，就是劉勰的《文心雕龍》，其中很多的地方，如《麗辭》等篇，便是論駢文的。而且此書的本身，便是很好的駢文，所以應當熟誦。孫梅的《四六叢話》材料極爲豐富，孫德謙的《六朝麗指》持論很爲精粹，以及近人謝無量的《駢文指南》、錢基博的《駢文通義》（油印本），都可以一閱。

關於類書的——類書是做駢文的工具書。專門恃此，必有“獺祭魚”之誚，所以類書不是可以倚畀太重。然而較精的較雅的類書，如王應麟的《小學紺珠》（洋逮秘書本）、徐堅的《初學記》、清康熙編刻的《淵鑒類函》，是不可以不備的。其餘或卷帙過繁，或選輯太陋，不必枚舉了。

作者簡介：

劉麟生（1894—1980），字宣閣，筆名春痕，安徽省無爲縣人，教授、編輯。畢業於上海聖約翰大學政治系，1927年任南京金陵女子文理學院教授。抗日戰爭期間，輾轉四川等地，以賣文爲生。後赴臺灣，於1959年任職於臺灣“駐美大使館”。其後定居美國，病逝於三藩市。著有《中國文學史》《中國駢文史》《駢文學》《中國文學ABC》等。

駢散之争述評

陳競著　莫山洪整理

解題：本文原刊於《廣州大學學報》1937 年創刊號。作者對歷史上的駢散相争作了比較全面地描述，對文學史上的駢散相争作了一個大致的梳理。作者將歷史上駢散相争的派别分爲倡導駢文的、反對駢文的和駢散結合的三個派别，將之稱爲極端派和折衷派。對折衷派給予一定的贊賞，表現出比較寬泛的文學文體觀念。

意授於思，言授於意，騰諸脣吻者爲語，載諸篇簡者爲文。言有雅俗之殊，斯文有文質之異，或出之以儷詞，或述之以散筆，抒情各如其意，狀物逼肖其真，方式不同，作用則一，文之代語，全出自然，初非造作，故一人之書，駢散兼有，一書之文，奇偶互見。（參看黄先生《文心札記·麗辭篇》）蓋上古之時，世質民淳，斯文未作，文字本以代結繩之用。一字但指一事，一文但象一形，辭句之組織，必極簡略，加以刀筆自操，刻削爲苦，故其爲文，達意便已，不肯辭費，奇散之文，其時自多。洎夫文化孟進，世日尚文，辭令務極其雅馴，記載力求其翔實，且篆刻之事，職有專司記言記事，不敢自逸，駢偶之文，亦隨語言而俱有。是則散文之起源雖古，非以避俳。駢體之接踵而興，詎爲逞學，皆隨語言而異，自難加以軒輊者矣，後人好異甘酸，喜立門户，嗜綺麗者以沉思翰藻爲宗，力排散體不得爲文；重質素者以據事直書爲主，痛詆駢偶爲俳優。蕭選一序，宗駢者奉爲玉律金科，韓子之文，嗜古者謂爲衰起八代。嘵嘵争辯，自六朝迄今而未已，莫不持之有故，言之成理，聽者瞀惑，莫知所從。兹略述各家之異同，或掇其數語，或録其一章，略加按語，用申鄙見。非敢自謂中肯，聊以述吾所聞。

孔子序《易》《文言》《繫詞》，中多駢語，而厥流未暢，詩有六義，其一曰賦，厥後附庸，蔚成大國，荀卿屈宋表之於前，賈馬繼之於後，摛情狀物，備極敷寫之能，儷句駢辭，若中原之有菽，賦遂離詩，别自爲體，駢偶之體實成立於戰國，而盛極於西京。然皆“爲情造文，要約寫真”，故“叙情怨則鬱伊而易感，述離居則愴怏而難懷”（文心辨騷篇語），雖曰技術之工，實亦言之有物，與夫“爲文造情，淫麗煩濫”夸飾過甚者殊科。故能繼規風雅，衣被詞人，爲情韻文之祖。東漢至於南朝，操觚者競尚華辭，偶句之用徧及各體。而其弊亦漸滋，鍾嶸元糾其失曰：“觀古今勝語，多非補假，皆由直尋。顔延謝莊，尤爲繁密，於時化之，故大明泰始中，文章殆同書鈔。近任昉王元長等，詞不貴奇，競須新事。爾來作者，寖以成俗,遂乃句無虚語,語無虚字,拘攣補衲,蠹文已甚。”(《詩品》)又曰“古詩頌皆被之金竹,故非調正音,無以諧會。今既不被管弦,亦何取於聲律邪?齊有王元長者,嘗謂余云,‘宫商與二義俱生,自古詞人,俱不知之,惟顔憲子乃云“律吕音調”,而其實大謬。唯見范曄謝莊,頗識之耳’。嘗欲進知音論,未就。(中略)於是士流景慕,務爲精密,襞積細微,專相陵架。故使文多拘忌,傷其真美”。(《詩品》)

夫文之爲用,叙事抒情,務得其真,雖間或“全借古語,用申今情”,援引古實,以比近事;節以聲律,俾便脣吻,原未可非。而故爲繁密,以矜才學,競夸音調,使多拘忌,傷美蠹文,元長休文輩真不得辭其咎矣。考顔謝之弊,原自陸機王沈之言,作俑范曄。後者鍾嶸,陸厥曾言之,前者則鮮知之者,故並述焉。士衡爲文,務極繁富,其弟士龍每以清省爲言。與平原兄書曰:“兄文章之高遠絶異,不可復稱言;然猶皆欲微多。但清新相接,不以爲病耳。若復令小省,恐其妙欲不見,可復稱極,不審兄猶以爲爾否?”蓋子機作,實有微辭,“清新相接不以爲病”,乃“崇友於”(彦和語)也。試讀《豪士賦序》,中多剩語,删之不失原意,存之反爲贅肬,孰謂“人不厭其多”耶?陸盛負文名,爲時宗匠,顔謝沿其流而彌失,“書鈔”之譏,所以不能免也。蔚宗《獄中與諸甥姪書》,自謂“性别宫商,識清濁,斯自然也。觀古今文人,多不全了此處;縱有會此者,皆不從根本中來。吾思乃無定方,特能濟艱難,適輕重”。其所作後漢書各序贊,麗句繽紛,宫商相叶,知其於斯道真有獨得,言大而非夸也。沈約衍其説而立“四聲”“八病”(平頭、上尾、蜂腰、鶴膝、大韻、小韻、正紐、傍紐)之名。謂“欲使宫羽相變,低昂舛節。若前有浮聲,則后須切響。一簡之内,音韻盡殊,兩句之中,輕重悉異。妙達此旨,始可言文。(中略)靈均以來,多歷年代,雖文體稍精,而此秘未覩。至於高言妙句,音韻天成,皆暗與理合,匪由思至。張蔡曹王,曾無先覺,潘陸顔謝,去之彌遠”(《宋書・謝靈運傳》)。然陸厥鍾嶸皆不以約言爲然。陸以“自魏文屬論,深以清濁爲言,劉楨奏書,大明體勢之致,岨峿妥帖之談,操末續顛之説,興玄黄於律吕,比五色之相宣”,苟此秘未覩,兹論爲何所指?此駁其自矜獨之説也。鍾謂“文製本須諷誦,不可蹇礙,但令清濁通流,口吻調利,斯爲足矣,‘至平上去入,則吾病未能,蜂腰鶴膝,閭里已具’”。此駁其浮聲切響之説也。蓋厥嶸於約之聲律説根本承認,獨不可自誇心得,及拘忌過甚耳。《文心雕龍・聲律》篇亦與沈説相首尾,説者謂其逢迎休文之意,不足信也。

聲律之講求既至,駢文之勢益張,文筆之分遂起,以爲有韻者文也無韻者筆也。然屏散文於文學範圍之外,而以聲偶之作爲純文學之文。劉彦和尚不若昭明之厲。麗辭篇雖以爲“造化賦形,支體必雙,神理爲用,事不孤立。心生文辭,運裁百慮,高下相須,自然成對”。而歷舉唐虞三代之儷詞以實其説;然而其斷語則曰“契機者入巧,浮假者無功”。又曰“若氣無奇類,文乏異彩,碌碌麗辭,則昏睡耳目,必使理圓事密,聯璧其章,迭用奇偶,節以雜佩,乃其貴耳”。則於駢文之利弊皆明言之,不小瞻徇。黄先生釋之曰:“彦和此篇（麗辭）所言，最合中道。一曰‘高下相須，自然成對’，明對偶之文，依於天理，非由人力矯揉而成也。次曰‘豈營麗辭，自然對耳’，明上古簡質，文不琱飾，而出語必雙，非由刻意也。三曰‘句字或殊，偶意一也’，明對偶之文，但取配儷，不必比其句度，使語律齊同也。四曰‘奇偶適變，不勞經營’，明用奇用偶，初無成律，應偶者不得不偶，猶應奇者不得不奇也。終曰‘迭用奇偶，節以雜佩’，明綴文之士，於用奇用偶，勿師成心，或舍偶用奇，或專崇儷對，皆非爲文之正規也。”（《文心雕龍札記》）由是知彦和對於駢散之見，不爲偏袒矣。昭明則不然，其選文但取“沉思翰藻”，非此不録。《文選序》云：“若夫姬公之籍，孔父之書，與日月俱懸，鬼神争奥，孝敬之準式，人倫之師友，豈可重以芟荑，加以剪截。老莊之作，管孟之流，蓋以立意爲宗，不以能文爲本，今之所撰，又以略諸。若賢人之美辭，忠臣之抗直，謀夫之誥，辯士之端，冰釋泉涌，金相玉振，所謂坐狙丘，議稷下，仲連之却秦軍，食其之下齊國，留侯之發八難，曲逆之吐六奇，蓋乃事美一時，語流千載，概見墳籍，旁出子史，若斯之流，又亦繁博，雖傳之簡牘，而事異篇章，今之所集亦所不取。至於記事之史，繫年之書，所以褒貶是非，紀别同異，方之篇翰，亦已不同，若其讚論之綜緝辭采，序述之錯比文華，事出於沉思，義歸乎翰藻，故與夫篇什雜而録之。”《文心》有“宗經”篇，而《文選》以尊經不敢選録，是何異敬鬼神而遠之乎？《文心》有史傳諸子篇，而《文選》於諸子，則謂其以立意爲宗，不以能文爲本，略之。於史傳則或謂其事異篇章，或謂其方之文翰，亦已不同，而不取。惟録贊論序述之沉思翰藻者，文學之見愈狹，而取材亦彌少，與彦和之論不甚大相徑庭。夫文章以立意爲主，意高則文美，理拙則文卑。諸子既以立意爲宗，文自可取，必謂其無韻爲筆，亦不俱然。《道德》五千言，備極聲偶，《淮南》内外篇，幾皆儷語，何爲一字不録。史傳之文，以事異篇章不取，尚録其贊論序述之沉思翰藻者，《道德》《淮南》非沉思翰藻之尤者乎？而獨見遺，去取之義例，既無準的，其説自無以自圓矣。

蕭《選》出而純粹文學之界愈嚴，末流之弊，競尚文華，毫無意境，流而入史，蕪累彌甚。劉子玄糾之曰：“自兹以降，史道陵夷，作者蕪音累句，雲蒸泉涌。其爲文也，大抵編字不隻，捶句皆雙，修短取均，奇偶相配。故應以一言蔽之者，輒足爲二言，應以三句成文者，必分爲四句，彌復重沓，不知所裁。”（《史通・敘事》）駢文易犯之弊，大率如此，子玄之言，固可痛砭百世，不獨其時已也。至於以貪對語儷辭而舍謚呼名（見《史通・雜説》原注）避平頭上尾，而一人自稱，我予互易（同上），若斯之論，爲例亦夥，皆爲《史通》所駁。蘇綽欲矯華靡輕薄之習，出之以質樸，遂“粃糠魏晋，憲章虞夏”，雖有譏其“屬詞有師古之美，矯枉非適時之用”者（《王褒庾信傳》）。然亦可見駢文流弊已甚，故引起反響也。自是李諤亦有請正文體之書曰：“魏之三祖，更尚文詞，忽君人之大道，好雕蟲之小藝。下之從上，有同影響，競騁文華，遂成風俗。江左齊梁，其弊彌甚。貴賤賢愚，唯矜吟咏。遂復遺理存異，尋虚逐微，競一韻之奇，争一字之巧，連篇累牘，不出月露之形，積案盈箱，唯是風雲之狀。世俗以此相高，朝廷據此擢士，利禄之路既開，愛尚之情愈篤。於是閭里童昏，貴游總丱，未窺六甲，先製五言。至如羲皇舜禹之典，伊傅周孔之説，不復關心，何嘗入耳？以傲誕爲清虚，以緣情爲勳績，指儒素爲古拙，用詞賦爲君子，故文筆日繁，其政日亂”（見《隋書》）。其歷斥當時文風，朝野好尚，最爲痛切，然不滿者只在遺理存異，尋虚逐微，風雲月露之文，非謂駢文可一概排斥也。（諤書句句俱駢亦其一證）與梁裴子野《雕蟲論》所譏“閭閻少年，貴游總角，罔不擯落六藝，吟咏情性。學者以博依爲急務，謂章句爲專魯，深心主卉木，遠致極風雲”者，幾無二致。

唐世陳伯玉韓退之，懲駢文之蕪累卑弱，振之以清剛古峭，號爲古文，亦未嘗概謂駢體不得名文也。籍湜李翺之徒，推衍昌黎之説，遂多矯枉過正之作，然不能折人之口，而服人之心，裴度《與李翺書》，是其徵也。裴書曰：“觀弟近日製作大旨，常以時世之文，多偶對儷句，屬綴風雲，羈束聲韻，爲文之病甚矣，故以雄文遠致，一以矯之，則是以文字爲意也。且文者聖人假之以達其心，心達則已，理窮則已，非故高之下之，詳之略之。昔人有見小人之違道者，恥與之同形貌，共衣服，遂思倒置眉目，反易冠帶，以異。不知其倒之反之非也。雖非於小人，亦異於君子矣。故文之異在氣格之高下，思致之淺深，不在磔裂章句，隳廢聲韻也，人之異在風神之清濁，心志之通塞，不在於倒置眉目，反易冠帶也。”不可以文字爲意，及文之異在氣格高下，思致淺深，不在磔裂章句，隳廢聲韻，二語最精，不獨散文家不可以文字爲意，即駢文家亦不可以文字爲意；磔裂章句，隳廢聲韻，固不可，即務爲精密，襞積細微，文多拘忌，亦不可也。彼畸輕畸重，互相非難者，聞之亦可以釋然矣。故翺答王載言亦曰：“溺於時者曰‘文章必當對’，其病於是者曰‘文章不當對’，皆情有所偏滯，而未識文章之所由也。”“古之人能極於工而已，不知其對與否也。”“《詩》曰‘憂心悄悄，愠於群小’，此非對也。又曰‘遘閔既多，受侮不少’，此非不對也。”“學者不知其方，而稱説云云如前所陳者，非吾所敢聞也。”以工不工别文之優劣，不以駢散爲準，最爲有見，與李德裕所謂“古人辭高者，蓋以言妙而工，適情不取於音韻；意盡而止，成篇不拘於隻偶”之説，皆深中覈要。黄先生云“翺方以古文自矜，而其言乃若此，知其服膺晋公所誨矣。今觀唐世之文，大抵駢散皆有，若敬輿之《翰苑集》，皆屬駢體，而肫摯暢達，後世誦法不衰。即韓柳集中，亦有駢文，樊南之文，别稱四六，則爲古文者，亦不廢斯體也”（《文心雕龍札記·麗詞篇》）。然則唐世駢散固並行，不甚相非也，洎淺學之徒，震於蘇氏稱韓文起八代之衰，因奉之爲不祧之宗，益以柳歐三蘇王曾，號爲古文八大家，朝夕研誦，字模句仿，沾沾自喜，謂其可以載道，遂目駢偶爲俳優，力抑之爲不值一錢。故袁枚答友人論文書，力斥其謬，以韓柳爲文中五霸，駢散各有其用，大爲駢文張目。其書曰：“足下之答綿莊書曰‘散文多適用，駢體多無用，文選不足學’，此又誤也。夫高文典籍用相如，飛書羽檄用枚皋，文章家各適其用，若以經世而論，則紙上陳言，皆爲無用。”此駁駢文無用之説也。又曰：“古之文，不知所謂駢與散也。《尚書》曰‘欽明文思安安’，此散也。

而'賓於四門,納於大麓',非其駢焉者乎?《易》曰'潛龍勿用',此散也,而'體仁足以長人,嘉會足以合禮',非其駢焉者乎?"此謂古人作文,初無駢散之見梗於胸中,故奇偶無定,舉經典以爲證,其説最精。又曰:"足下云云,蓋震於昌黎起八代之衰一語,而不知八代固未嘗衰也。何也?文章之道,如夏殷周之立法,窮則變,變則通。西京渾古,至東京而漸漓,一二文人,不得不以奇數之窮,通偶數之變。及其靡曼已甚,豪傑代雄,則又不屑雷同,而必挽氣運以中興之。徐庾韓柳亦如禹稷顔子,易地則皆然也。"否認昌黎文起八代之衰一語,指出古文家之病源,而以駢散互有盛衰,緣文人好奇,不屑雷同,非其衰只在駢,而興在唯散,尤爲切中情理,使嗜古者無從置喙。至謂"韓柳亦知其難,故鏤肝鉥腎,爲奥博無涯涘,或一兩字爲句,或數十字爲句,拗之鍊之,錯落之,以求合於古,人但知其獨造,而知不其功苦,其勢危也,誤於不善學者,而一瀉無餘。蓋其詞駢,則徵典隸事,勢難不讀書,其詞散,則言之無物,亦足支持句讀。吾常謂韓柳爲文中五霸者,此也",則直搗古文家之巢穴,謂其末流欲以質素,蓋其弇陋,雖意有所偏,而理則不爽。彼桐城派以駢文不能盡達"來如雲興,聚如雲屯"之意者(梅曾亮《管異之文集書後》語),蓋亦未之思矣。嘗試言之,《老子》《繫辭》,皆闡哲理,魏晋辯難,大率玄旨,胥用駢語,以達幽情,極流㥦之能,無難申之意,此駢文之用以析理也。酈道元之注水經,儷句繽紛,羊衒之記洛陽伽藍,偶語盈卷,而物無隱貌,事盡行間,此駢文之用以摹寫者也。《大唐創業起居注》,用駢文以入史,《文心雕龍》以偶語論文,陸宣公以儷文作奏議,咸達幽隱之情,歐陽(修)蘇(軾)王(安石)以駢體入表啓,大暢欲言之意,是則駢文無施不可,謂其不能達繁密之意者,亦猶謂古文不宜説理(曾國藩語)耳,皆誤以作者之工拙,爲文體之利弊也。然爲駢文者須有實學,始易動人,爲散體者稍具聰明,便可馳騁,人情每避難而趨易,故習古文者衆,而學駢儷者希,即黨古文者多而毁駢儷者亦夥。故阮元因起而力争,以爲"古人於籀史奇字,始稱古文,至於屬辭成篇,則曰文章。故班孟堅曰'武宣之世,崇禮官考文章',又曰'雍容揄揚,著於後嗣,大漢之文章,炳然與三代同風',是故兩漢文章著於班范,體制和正,氣息淵雅,不爲激音,不爲客氣。若云後代之文有能盛於兩漢者,雖愚者亦知其不能矣。近代古文名家,徒爲科名時藝之累,於古人之文有益時藝者,競趨之。元嘗取以置之兩漢書中誦之,擬之淄澠,不能同其味,宫徵不能壹其聲,氣體各殊,弗可强已"。是以古文之名爲不正,作者亦不及古人也。又曰"夫勢窮者必變,情弊者務新,文家矯厲,每求相勝,其間轉變,實在昌黎。昌黎之文,矯《文選》之流弊而已,昭明選序,體例甚明,後人讀之,苦不加意。選序之法,於經子史三家不加甄録,爲其以立意紀事爲本,非沉思翰藻之比也。今之爲古文者,以彼所棄,爲我所取,立意之外,惟有紀事,是乃子史之正流,終與文章有别"。(以上所引,皆阮元《與友人論古文書》)是以昌黎但矯文選之弊,未曾根本否認駢文之,而反詆古文不得爲文也。阮氏執此説最堅,故《書梁昭明文選序後》《文言説》《四六叢話序》,皆反覆闡明其意,且命其子福作《文筆對》,廣徵史傳,以明散體不得名文。今試將《學海堂文筆策問》所考按者述之約有七則:(一)有情辭聲韻者爲文,直言無文采者爲筆;(二)辭亦文類;(三)文者音韻鏗鏘,藻采振發之稱,辭特其句之近於文,而異乎直言者;(四)筆爲無韻著作之名;(五)筆爲記事之屬;(六)筆爲詔制碑版之屬;(七)詩即有韻之文,綜有所考,有文筆,詩筆,辭筆,三名。以詩辭皆文之屬爲文,而以記事之屬,詔制碑版之屬爲筆。其區别雖可得其大概,而亦未盡然,故爲章太炎所駁(見《國故論衡》)。如所引《梁書·劉潛傳》"潛字孝儀,秘書監孝綽弟也,幼孤,兄弟相厲勤學,並工屬文。孝綽常曰,三筆,六詩"。三即孝儀,六孝威也。上云"並工屬文",下即接之曰詩曰筆,是詩之與筆,皆得稱爲文也。舉此爲文筆之分,適見矛盾自陷。阮福亦有所不安,而釋之曰"上曰工屬文,下曰筆曰詩,蓋詩即有韻之文,與散體稱筆有别"。删去一"並"字,曲就文筆之説,謬矣。又《北史·蕭圓傳》"撰時人詩筆爲文海四十卷",筆既非文,焉能入文海,蓋文爲共名,筆爲别名,略有區别,通言則皆曰文,略别則曰文曰筆,彦和之所言是也。或文筆以連類而並舉,成一名詞,非若者爲文若者爲筆分爲二事也。拘則反失之矣。阮氏與桐城派之所謂文,皆失之偏,惟劉開、李兆洛、曾國藩得乎中和。李以爲奇偶不能相離,而可以互用。劉以爲"駢中無散,則氣壅而難疏,散中無駢,則辭孤而易瘠","文有駢散,如樹之有枝幹,草之有花萼,初無彼此之别,所可言者,一以理爲宗,一以辭爲主耳,夫理非不藉辭,辭亦未能外理,而偏勝之弊,遂至兩歧,始則土石同生,終乃冰炭相格,求相合而一之者,其唯通方之識,絶特之才乎?"(劉開《與王子卿太守論駢體書》)此以理辭分别駢散,而實則理非不藉辭,辭亦不能外理,不可歧而爲兩,其説甚是。曾氏云"自東漢至隋,文人秀士,大抵義不孤行,詞多儷語,即議大政,考大禮,亦每綴以排比之句,間以婀娜之聲,歷唐代而不改。雖韓柳鋭志復古,而不能革舉世駢體之風。此皆習於情韻者類也。宋興既久,歐陽曾王之徒崇奉韓公,以爲不遷之宗。適會其時,大儒迭起,相與上探鄒魯,研討微言,群士慕效,類皆法韓氏之氣體,以闡明性道,自元明至聖朝康熙之間,風會略同,非是不足與於斯文之盛,此皆習於義理者類也"(《湖南文徵序》),其於駢散源流言之綦詳,而未爲左右袒,以情韻義理别駢散,亦比劉氏爲優。至其謂"司馬遷之文,積句皆奇,而義必相輔,氣不孤伸,彼有偶焉者存也"(《送周荇農南歸序》),"一奇一偶者,天地之用也,文之爲道,何獨不然"(同上),亦主奇偶互用,奇中有偶,偶中有奇,與李兆洛《駢體文鈔序》之意無二致。蓋曾氏文學眼光遠大,遠非昭明姬傳所可及,故其撰《經史百家雜鈔》,既不若《文選》之屏棄經子史,亦不若《古文辭類纂》之嚴拒駢體,遂爲習文者之善本,雖厥後劉師培復揚阮氏之波,欲屏散體於文外,爲《文學辨體》,將阮福《文筆對》類分之,一一加以按語,而斷之曰"合前各證觀之,知散行之體,概與文殊。唐宋以降,此誼弗明散體之作,亦入文集,若從孔子正名之誼,則言無藻韻,弗得名文,以筆冒文,誤孰甚焉"。然曾氏之説,究不能奪也。

文筆之説,起自南朝,不過略爲區别;至阮劉而界綫劃然,不相雜越,且以此爲抵禦古文家武器。章太炎先生出,一概摧陷廓清之,不獨以古文駢文之名不能成立,即文章之號亦所不取,故别建文學之稱,而定其義曰“文學者,以有文字箸於竹帛,故謂之文。論其法式,謂之文學,凡文理,文字,文辭,皆稱文”。其所以不取文章之名者,蓋懼彼“惡夫沖淡之辭,而好華葉之語”者,改文章爲彣彰,而起異議也。“是故権論文學,以文字爲準”。章氏既以此爲根據,故引《論衡》之説以見“文與筆非異塗。所謂文者,皆以善作奏記爲主。自是以上,乃有鴻儒。鴻儒之文,有經傳解故諸子,彼方目以上第,非若後人擯此於文學外,沾沾焉惟華辭之守,或以論説記序碑志傳狀爲文也”,以破文筆之分及昭明文選序之説曰“自晋以降初有文筆之分,《文心雕龍》言,今之常言,有文有筆,有韻者文也,無韻者筆也。(中略)然《雕龍》所論列者,藝文之部,一切並包。是則科分文筆,以存時論,故非以此爲經界也。昭明太子序文選也,其於史籍,則云‘不同篇翰’,其於諸子,則云‘不以能文爲貴’,此爲裒次總集,體例適然,非不易之定論也。《抱朴子·百家篇》曰‘狹見之徒,區區執一,惑詩賦瑣碎之文,而忽子論深美之言,真僞顛倒,玉石混淆,同廣樂於桑間,均龍章於素質’,斯可以箴矣。且沈思孰若莊周,翰藻孰若《吕氏》《淮南》,總集不摭九流之篇,格於科律,固不應爲之辭,誠以文筆區分,文選所集無韻者猥衆,寧獨諸子,若云文貴其彣邪,未知賈生《過秦》魏文《典論》,同右諸子,何以獨堪入録。有韻中既録漢祖大風之歌,即古詩十九首亦入選,而漢晋樂府,反有憖遺。是其於韻文也,亦不以節奏低昂爲主,獨取文采斐然,足燿觀覽,又失韻文之本矣。是故昭明之説,本無以自立者也”,其原本彦和昭明之意,是爲得之,而即以文選體例反攻昭明之説,更爲切中要害,章氏因之又駁阮氏文筆文辭之説云“近世阮元以爲孔子贊易,始著《文言》,故文以耦儷爲主,又牽引文筆之説以成之。夫有韻爲文,無韻爲筆,則是散駢諸體,一切是筆非文,藉此證成,適足自陷(中略)或舉論語言辭達者,以爲文之與辭,較然異職。然則文言稱文,繫辭稱辭,體格未殊,而題號有異,此又何也?(中略)屈宋唐景,所作既是韻文,亦多儷語,而漢書《王褒傳》已有《楚辭》之目,王逸仍其舊題,不曰楚文,斯則韻語耦語,亦既謂之辭矣。(中略)由是言之,文辭之分,適以自陷”。其所稱引皆塙乎不拔,阮氏又何以自解乎?曾國藩分文爲情韻義理二種,後有因之分爲文辭學説者。章氏亦不以爲然,而駁之曰:“或言學説文辭所由異者,學説以啓人思,文辭以增人感,此亦一往之見也。何以定之?凡言文者,包絡一切箸於竹帛者而爲言,故有成句讀文,有不成句讀文。兼此二事,通謂之文,就有句讀者謂之文辭。諸不成句讀者,表譜之體,旁行邪上,條件相分,會計則有簿録,算術則有演草,地圖則有名字,不足以啓人思,亦無以增感,此不得言文辭,非不得言文也。諸成句讀者,有韻無韻則分。諸在無韻,史志之倫,記大傀異事則有感,記經常典憲則無感,既不可齊一矣;持論本乎名家,辨章然否,言稱其志,未足以動人,過秦之倫,辭有枝葉,其感人顧深摯,則本諸縱横家,然其爲論一也。不得以感人者爲文辭,不感者爲學説。就言有韻,其不感人者亦多矣。(中略)斯不可以一端論。又學説者,非不往不可感人。凡感於文言者，在其得我心。是故飲食移味，居處緼愉者，聞勞人之歌，心猶怕然。大愚不靈，無所憤悱者，覩眇論則以爲恒言也。以文辭學説爲分者，得其大齊，審察之則不當。"其剖析之精，詞鋒之利，使人辟易莫敢當。至其分文爲成句讀，不成句讀二者，則圖表簿録皆得稱文，不獨駢散之争可息，即最近文言白話之争亦爲多事矣。其見突破前人，最不可及。黄季剛先生因之譏駢散二家之争持，皆有偏滯，而於阮李之不善立説，亦有所規。《文心雕龍札記・麗辭篇》云："文之有駢麗，因於自然不以一時一人之言而遂廢。然奇偶之用，變化無方，文質之宜，所施各別。或鑒於對偶之末流，遂謂駢文爲下格，或懲於俗流之恣肆，遂謂非駢不得爲文，斯皆拘滯於一隅，非閎通之論也。（中略）總之偏於文者好用偶，偏於質者好用奇，文質無恒，則偶奇亦無定，必求分畛，反至拘墟。（中略）近世褊隘者流，競稱唐宋古文，而於前此之文，類多譏誚，其稱述至於晋宋而已。不悟唐人所不滿意，止於大同以後，輕艷之詞，宋人所詆爲俳優，亦裁上及徐庾，下盡西崑，初非舉自古麗詞，一概廢閣也。自爾以後，駢散竟判若胡秦，爲散文者力避對偶，爲駢文者又自安於聲律對仗，無復迭用奇偶之能。以愚意論之，彼以古文自標櫫者，誠可無與諍難，獨奈何以復古自命者，亦自安於駢文之號而一不究其名之不正乎？阮伯元云'沈思翰藻，始得爲文，而其餘皆經子史'，是以駢文爲文，而反尊散文爲經子史也。李申耆選晚周之文，以迄於隋，而名之曰《駢體文鈔》，是以隋以前文爲駢文，而唐以後反得爲古文也。"以文質畫駢散之界，較之劉氏以理辭爲別，曾氏以情韻義理爲别者爲勝，而斥阮李之欲以自尊，而反以尊人，最爲嚴正。九原可作，吾恐二子則亦無以自解也。

總之自齊梁至今，文體之争，略爲三派，主沉思翰藻者，謂直言無文采者不得稱文。其説倡自昭明，至阮元劉師培，大闡厥旨。以雄詞致遠爲宗者，詆駢文爲下格，恥與爲伍，唐宋微露端倪，而茅坤姚鼐輩大揚厥波。謂駢散出於自然，奇偶可以迭用，所宜共功，不能歧視，則劉彦和實主其義，裴（度）李（德裕）曾（國藩）劉（開）述之，而黄先集其大成。前二者爲極端派，後者則折衷派也。大抵駢文聲韻深長，詞句對仗，便於記誦，易啓人感，此其所長也。而其流弊，則有堆積典實，貽書鈔之譏，多所拘忌，傷文之真美。散文句法錯落，氣疏以遠，章無贅句，字不虚下，抒情紀事，馳騁如意，此其所長也。及其末流，遂以鉤章棘句爲奇，佶屈聱牙爲古，以艱深之詞，文淺易之説，侈言義法，用掩空疏。惟主奇偶迭用者，兼有二者之長，而無其短，此非兩可之説，實有至理存焉。至於分文爲成句讀文，與不成句讀文，則更門户大開，不囿一隅，最爲閎通者矣。

作者簡介：

陳競（1906—1952），别號擇存，海南萬寧人。自幼讀書勤奮，1925年入北京大學學習，畢業後回海南省立第十三中學任教，再到廣東台山第一中學任教。1933年任廣東省財政廳秘書，兼任廣州大學教授。廣州淪陷后到廣東省國民大學任教，1951年受聘於海南大學。陳競精通詩文，於《説文解字》《文選》頗有研究，著有《中國文學大系》等。

八十年來日本報刊駢文研究論文索引(1934—2014)

譚家健輯録

1.柴田直雄:《南朝文學之概觀》,《世界歷史大系中國中世史》第1編,1934年

2.中村希男:《〈文鏡秘府論〉劄記》,《斯文》第17卷第2號,1935年

3.藤田亮榮:《關於新纂〈東文選〉》,《青丘學叢》第23號,1936年

4.曾了若:《隋唐駢散文體變遷概觀》,《史學專刊》第1卷第1號,1937年

5.原田季清:《駢文與小説之關係》,《臺大文學》第4卷第2號,1938年

6.鈴木虎雄:《徐庾的文章》,《支那學》第10卷第3號,1939年

7.鈴木虎雄:《六朝駢文史大要》,《史學雜志》第53編第1號,1941年

8.斯波六郎:《文筆考》,《支那學》第10卷增刊號,1942年

9.鈴木虎雄:《王勃年譜》,《東方學報》(京都)第10卷,1946年

10.端木游光:《論詩和駢文》,《黄河》1—2號,1947年6月

11.小西甚一:《〈文鏡秘府論〉考》(此爲專書),西大八州出版社1948年4月出版

12.綱佑次:《南朝文體之變遷》,《茶水女子大學人文科學部紀要》第2號,1952年3月

13.杉本行夫:《對偶之美的本質》,《日本文藝研究》,1953年3月

14.綱佑次:《南齊竟陵八友》,《茶水女子大學人文科學部紀要》第4號,1953年

15.大矢根文次郎:《永明文學的流派》,《東洋文學研究》第1期, 1953年

16.平岡武夫、今井清:《唐代的散文作家》(包括駢文在内),《唐研究》第3號,京都大學人文科學研究所1954年出版

17.綱佑次:《永明文學——以謝朓爲中心》,《茶水女子大學人文科學部紀要》第7、8、9號,1955、1956、1957年

18.綱佑次:《謝朓的傳記作品》,《茶水女子大學人文科學部紀要》第8號,1956年10月

19.户田廣浩:《〈文心雕龍〉之〈練字〉篇的修辭學考察》,《大東文化大學漢學會志》第1期,1958年1月

20.小尾一郎:《六朝文學的山水觀》,《中國文學報》第8期,1958年4月

21.高橋和已:《陸機的傳記文學(上、下)》,《中國文學報》第11、12期,1959年10

月、1960 年 4 月

22.綱佑次:《中國中世文學研究——以南齊永明時代爲中心(文集)》,《南山社》,1960 年

23.大野實之助:《關於四六駢儷——以樊南四六爲重點》,《漢文學研究》第 11 期,1963 年 12 月

24.森野繁夫:《梁簡文帝的文章觀》,《中國中世文學研究》第 5 期,1966 年 6 月

25.中澤希男:《〈文鏡秘府論〉校勘記》,《群馬大學紀要(人文社會科學篇)》第 15 期,1966 年 7 月

26.何明:《王闓運文學論》,《東方學報》(京都)第 37 期,1966 年 3 月

27.森野繁夫:《梁代文學的遊戲性》,《中國中世文學研究》第 7 期,1967 年 6 月

28.豐福建二:《江淹的賦》,《中國中世文學研究》第 9 期,1968 年 8 月

29.高橋和己:《江淹的文學》,《吉川博士退休紀念中國文學論集》,1968 年 3 月

30.林田慎之助:《裴子野〈雕蟲論〉考證》,《日本中國文學報》第 20 期 ,1968 年 10 月

31.森野繁夫:《陳代文學集團》,《支那學研究》第 34 期,1969 年 3 月

32.森野繁夫:《梁代文學集團中的吴均》,《日本中國學會報》第 20 期,1968 年 10 月

33.森野繁夫:《梁元帝》,《支那學研究》第 33 期,1968 年 1 月

34.林田慎之助:《蕭綱的〈與湘東王書〉》,《中國中世文學研究》第 7 期,1968 年 8 月

35.齊梁文學研究會:《〈宣德皇后令〉會讀記録(1)》,《中國中世文學研究》第 8 期,1970 年 9 月

36.森野繁夫:《齊梁以前的文學集團》,《中國中世文學研究》第 9 號,1972 年 7 月

37.小笠原博慧:《文朝的文學思潮》,《漢文學會會報》(國學院大學)第 22 期,1974 年 11 月

38.西紀昭:《詔令的文學性——傅亮的傷合》,《小尾博士退休紀念中國文學論集》,1976 年 3 月

39.森野繁夫:《潘岳的〈馬汧督誄〉》,《中國中世文學研究》第 13 期,1978 年 9 月

40.長谷川滋成:《六朝文傳:陸機、陸雲》,《中國中世文學研究》第 13 號,1978 年 9 月

41.松浦崇:《關於袁淑的誹諧文》,《日本中國文學會報》第 31 期,1979 年 10 月

42.王夢鷗:《貴游文學與六朝文體》,《池田末利博士古稀紀念文集》,1980 年 9 月

43.佐竹保子:《任昉的文章》,《日本中國學會報》第 32 號,1980 年 10 月

44.古田敬一:《孫德謙的駢文論》,《池田末利博士古稀紀念集》,1980 年 9 月

45.清水凱夫:《簡文帝蕭綱〈與湘東王書〉考》,《立命館文學》第 430、431、432 期,1981 年

46.佐竹保子:《任昉的奏彈文》,《東洋學集刊》第 45 期,1981 年 3 月

47.安藤信廣:《駱賓王試論》,《法政大學文學部紀要》第 26 期,1981 年 3 月

48.森野繁夫:《關於王融的〈三月三日曲水詩序〉》,《小尾博士古稀紀念中國學論集》,1983 年 10 月

49.清水凱夫:《昭明太子〈文選序〉考》,《學林》第 2 期,1983 年 7 月

50.波户岡序:《關於三善清行〈詰眼文〉的自我觀察——白居易〈齒落辭〉的投影》,《漢文學會會報》第 29 期,1984 年 2 月

51.鳥羽田重真:《南齊文壇小考》,《國學院雜志》第 86 期,1985 年 11 月

52.近藤光男:《阮元的"文選學"》,《茶水女子大學中國文學會報》第 4 期,1985 年 4 月

53.松浦友久:《"的名對"與"總不對對"》,《中國文學研究》第 11 期,1985 年 12 月

54.佐藤利行:《二陸的文章觀》,《日本中國學會報》第 37 期,1985 年 10 月

55.中野博:《關於庾信的〈思舊銘〉》,《中國文化》(漢文學會會報)第 43 期, 1985 年 6 月

56.安藤信户:《關於庾信的賦》,《法政大學文學部紀要》第 31 期,1986 年 3 月

57.中森健二:《關於沈約的〈奏彈王源〉》,《學林》第 7 期,1986 年 1 月

58.伊藤美重子:《敦煌資料所見"兒郎偉"——驅儺文、降車詞、上梁文》,《茶水女子大學中國文學報》第 7 期, 1988 年

59.中森健二:《謝朓的文學(上、下)》,《學林》第 8、9 期,1986 年 8、9 月

60.福井佳夫:《關於碑的文體——以蔡邕的作品爲中心》,《中京大學文學部紀要》第 22 期,1988 年 1 月

61.乾綜俊:《謝靈運與謝朓》,《東洋學集刊》第 59 期,1988 年 5 月

62.道坂昭廣:《王勃試論——其文學之淵源》,《東方學》第 76 期,1988 年 5 月

63.金子真也:《聲律説與空海》,《中國語學》第 233 期,1986 年 10 月

64.釜谷武志:《關於漢魏六朝的銘》,《中國文學報》第 40 期,1989 年 10 月

65.福井佳夫:《關於六朝的書簡文的書試——以昭明太子〈二月啓〉爲中心》,《中國詩文論叢》第 8 期,1989 年 10 月

66.甲斐勝二:《顔延之小論三題》,《福岡大學綜合研究所報》第 115 期,1989 年 1 月

67.佐藤正光:《宣城時代的謝朓》,《日本中國學會報》第 41 期,1989 年 10 月

68.福井佳夫:《關於序的文體——以六朝别集爲中心》,《中京大學文學部紀要》第 25 期,1990 年 12 月

69.齋藤稀史:《"居"的文學——以六朝山水隱逸文學爲視角》,《中國文學報》第 42 期,1990 年 10 月

70.松岡榮志:《陽休之與祖宏勳——與陶淵明的距離》,《中國文化》(漢文學會會報)第48期,1990年6月

71.福井佳夫:《關於孔稚珪的〈北山移文〉》,《中京大學文學部紀要》第24期,1990年7月

72.福井佳夫:《關於曹丕的〈與吴質學〉》,《中國中世文學研究》第20期,1991年3月

73.加藤國安:《庾信〈哀江南賦〉論》,《東洋學集刊》第66期,1991年11月

74.松岡榮志:《關於顔延之〈陶征士誄〉》,《竹田晃先生退休念東方文化論叢》,1991年9月

75.向島成美:《鮑照的對句表現之考察》,《日本中國學報》第43期,1991年10月

76.福井佳夫:《關於江淹的〈詣建平王書〉》,《中國詩文論叢》第10期,1991年10月

77.福井佳夫:《關於丘遲的〈與陳伯之書〉》,《中京大學文學部紀要》第26期,1991年7月

78.福井佳夫:《美文、四六——六朝美文學序説(1)》,《中京大學文學部紀要》第27期,1992年11月

79.土屋昌明:《關於庾信的自傳〈哀江南賦〉》,《國學院中國學報》第38期 ,1992年10月

80.森野繁夫:《謝朓研究——宣城郡與謝朓》,《中國中世文學研究》第22期,1992年4月

81.幸福香織:《關於"文筆説"》,《中國文學報》第49期,1994年10月

82.楊莉莉:《關於對聯的發生》,《名古屋大學中國語言文學論集》第7期,1994年8月

83.福井佳夫:《六朝美文的詩化考察》,《中京大學文學部紀要》第29期,1994年11月

84.谷口明夫:《關於〈陸宣公集〉的注解(上)》,《中國中世文學研究》第25期,1994年1月

85.泉田直枝:《〈哀江南賦〉論》,《中國文學報》第49期,1994年10月

86.長田夏樹也:《正院本王勃詩序的研究(1)》,《外國文學研究》第30期,1994年

87.闕直木:《關於柳宗元的〈逐畢方文〉》,《[日]湘南文學》第29期,1995年5月

88.福井佳夫:《關於六朝美文的個性評價》,《中京大學文學部紀要》第31期,1996年

89.福井佳夫:《關於江淹的〈恨賦〉》,《東方學》第91期,1996年1月

90.加固理一郎:《李商隱駢文與詩的關係》,《中國文化研究》第54期,1996年

91.佐竹保子:《從"廣義"的駢文到"狹義的駢文":"設論"的融合》,《中國社會與文化》第12期,1997年6月

92.福井佳夫:《六朝四言詩的衰微與美文的關係》,《日本中國學會報》第47期,1997年

93.道坂昭廣:《關於初唐的序之研究》,《中國文學報》第54期,1997年4月

94.稀代麻也子:《關於沈約的〈修竹彈甘蔗文〉》,《中國文化:研究與教育》第56期,1998年

95.井上一之:《賦的聲律化:以沈約的〈郊居賦〉爲中心》,《中國詩文論叢》第18號,1999年4月

96.石本道明:《神的官僚化:宋代祝文的文學發展》,《國學院雜志》第100卷第11號,1999年

97.森野繁夫、先坊幸子:《六朝文人傳:任昉》,《中國中世文學研究》第38號,2000年7月

98.釜谷武志:《〈歸去來兮辭〉的"辭"》,《中國文學報》第61號,2000年10月

99.東英壽:《歐陽修的駢文觀》,《鹿兒島大學法文學部紀要》第52號,2000年

100.康林:《山上憶良〈沉屙自哀文〉的翻譯》,《中京大學文學部紀要》第35號,2000年

101.井上博文:《鮑照〈河清頌序〉譯注稿》,《中國詩文論叢》第20集,2001年

102.通口泰裕:《庾信研究文獻目録初稿》,《築波中國文化論叢》第21號,2001年

103.佐藤道生:《〈本朝續文粹〉解題》,《日本漢學研究》第3號,2001年

104.福井佳夫:《關於駢體文的體制》,《中京大學文學部紀要》第36卷第3、4號,2002年

105.大上正美:《言志的文學:阮籍與嵇康》,《大東文化大學漢學會會志》第41號,2002年

106.井上博文:《關於鮑照的〈河清頌〉》,《中國詩文論叢》第21集,2002年

107.森野繁夫:《六朝文人傳:沈約》,《中國中世文學研究》第41號,2002年

108.松浦史子:《江淹"五色彩筆"新考》,《中國詩文論叢》第21集,2002年

109.佐藤浩一:《杜甫的"文":典型化與對偶化的思考》,《中國詩文論叢》第21集,2002年

110.福井佳夫:《漢末魏初的遊戲文學》,《中京大學文學部紀要》第38卷第1號,2003年

111.佐竹保子:《郭璞〈客傲〉譯注》,《東北大學中國語言文學論集》第8號,2003年

112.道坂昭廣:《關於王楊盧駱的並稱》,《京都大學綜合人間學部紀要》第10卷,

2003 年

113.佐竹保子:《陸機的“天人對”:先秦至西晉的對偶樣式》,《東洋學集刊》第 89 號,2003 年

114.鷲野正明:《徐渭的古文辭批判》,《中國文化與教育》第 61 號,2003 年

115.西尾隆盛:《禪林四六文小考》,《中國文學論叢》,2004 年

116.福井佳夫:《六朝修辭主義文學的遊戲性(文學遊戲論 8、9)》,《中京大學文學都紀要》第 38、39 卷,2004 年

117.山川英彦:《王勃傳記資料集》,《神户外大論叢》第 55 卷第 1 號,2004 年

118.高直:《中日書信的文化比較》,真勇章《東疆學刊》2004 年第 4 期

119.福井佳夫:《西晉的遊戲文學(上、下)》,《中京大學文學都紀要》第 39 卷第 3 號、第 40 卷第 1 號,2005 年

120.福井佳夫:《六朝的遊戲文學》,《中京大學文學部紀要》第 40 卷第 2 號,2005 年

121.道坂昭廣:《六朝的謝啓》,《中國文學報》第 69 期,2005 年

122.佐竹保子:《〈天台山遊賦〉序文檢討》,《東北大學中國語言文學論集》第 10 號,2005

123.佐竹保子:《〈天台山遊賦〉的修辭》,《東洋學集刊》第 93 號,2005 年

124.森野繁夫:《梁末時期的庾信》,《中國中世文學研究》第 48 號,2005 年

125.上原尉暢:《關於王褒的〈四子講德論〉》,《東北大學中國語言文學論集》第 6、7 號,2005 年

126.陳松雄:《六朝麗辭興盛之原因及其表現之特色》,《大東文化大學漢學會倵》第 45 號,2006 年

127.森野繁夫:《庾信〈哀江南賦〉譯注》,《中國古典文學研究》(廣島文學)第 4 號,2006 年

128.佐藤利行:《陸機的書簡》,《廣島大學大學院文學研究科論集》第 66 卷,2006 年

129.森野繁夫:《西魏之庾信:“三年囚於别館”的時朝》,《中國中世文學研究》第 50 號,2006 年

130.福井佳夫:《四六駢儷文的代表:〈古事記序文〉的文學評價》,《中京大學文學部紀要》第 41 卷,2006 年

131.森野繁夫:《六朝文人傳:徐陵》,《中國古典文學研究》(廣島大學) 第 5 號,2007 年

132.佐竹保子:《〈天台山遊賦〉的理想境界描寫》,《立命館文學》第 598 號,2007 年

133.佐藤正光:《謝惠連〈雪賦〉與謝莊〈月賦〉》,《立命館文學》第 598 號,2007 年

134.武井滿乾:《梁蕭統〈陶淵明集序〉譯注》,《中國學研究論集》第 18 號,2007 年

135.福井佳夫:《六朝文人的多面作風的考察》,《立命館文學》第598號,2007年

136.森野繁夫:《徐陵與庾信》,《中國中世文學研究》第52號,2007年

137.森野繁夫:《六朝文人傳:王褒》,《中國中世文學研究》第53號,2008年

138.福井佳夫:《蕭統〈文選序〉的文章》,《中國中世文學研究紀要》第53號,2008年

139.福井佳夫:《蕭統〈文選序〉的劄記》,《中京大學文學部研究紀要》第43號,2008年

140.福井佳夫:《〈十二月啓〉譯注(六朝書簡論)》,《中京大學文學部紀要》第43卷第1號,2008年

141.興膳宏:《關於〈帝德録〉的駢文理論》,《中國文學理論研究集成》第2號,清文堂,2008年

142.沈秀蓉:《韓愈對時文的批評》,《中國學術年刊》第30期秋季號,2008年

143.岡本不二明:《黄庭堅〈跛奚移文〉小考》,《中國文史論叢》第4號,2008年

144.後藤昭雄:《平安朝的漢文諷誦文:〈少將滋乾之母〉》,《懷德》第76號,2008年

145.森野繁夫:《關於沈約〈宋書謝靈運傳〉》,《中國中世文學研究》第55號,2009年

146.森野繁夫:《北周時期的庾信》,《中國中世文學研究》第56號,2009年

147.後藤昭雄:《平安朝中期對〈文選〉的接受》,《文學》第10卷第3號,2009年

148.岸田知子:《關於空海的文章二題》,《中國研究集刊》第50號,2010年

149.林曉光:《關於漢魏六朝的"頌"》,《六朝學術學會報》第12號,2011年

150.阿部順子:《阮籍的研究》,《藝文研究》第32輯,2011年

151.佐伯雅萱:《關於簡文帝的文學集團》,《中國中世文學研究四十周年紀念文集》,2011年

152.福井佳夫:《關於沈約〈宋書·謝靈運傳論〉的文章》,《中京大學文學部紀要》第46卷第1號, 2011年

153.福井佳夫:《裴子野〈雕蟲論〉劄記》,《中京大學文學部紀要》第46卷第2號,2012年

154.福井佳夫:《關於裴子野〈雕蟲論〉的文章》,《中京大學文學部紀要》第47卷第1號, 2012年

155.井上一之:《〈文選序〉研究》,《中國詩文論叢》第31集,2012年

156.道坂昭廣:《王勃〈滕王閣序〉"勃三尺微命,一介書生"句解讀》,《歷史文化社會論講座紀要》第10號,2013年

157.大上正美:《司馬昭與竹林七賢》,《三國志研究》第8號,2013年

158.道坂昭廣:《關於正含院藏〈王勃詩序〉中的〈秋日登洪都府滕王閣餞別序〉》,《敦煌寫本研究年報》第7號,2013年

159.河野哲松:《杜甫的竹林七賢觀》,《人文研究紀要》第 77 號,2013 年

160.森野繁夫:《簡文帝的文章觀》,《當代文學論集》第 42 號,2013 年

161.土屋聰:《從北魏墓志銘探討南齊聲律理論之反映》,《中國文學論集》第 43 號,2014 年

162.福井佳夫:《李鍔〈上隋文帝革文華書〉的文章研究(附劄記)》,《中京大學文學部紀要》第 2 號,2014 年

163.山田大和:《韋應物〈冰賦〉之諷喻性研究》,《中國中世紀文學研究》第 63—64 號,2014 年

164.道坂昭廣:《試論騈文在日本的傳播(序論)》,《騈文研究》第 1 輯,廣西師範大學出版社 2017 年 6 月

165.道坂昭廣:《王勃集與王勃文學研究》(專著),《東京研文出版社》,2016 年

説明:

本索引摘自《東洋學文獻類目》,日本京都大學人文科學研究所編輯出版,中國國家圖書館收藏,始於 1934 年,止於 2014 年。

作者簡介:

譚家健,中國社會科學院文學研究所研究員、研究生院教授,曾兼任中國騈文學會會長、中國古代散文學會會長,曾任新加坡國立大學中文系客座教授、馬來西亞新紀元學院中文系客座教授。

韓、新、馬、印、泰之駢文論文拾零

譚家健輯録

1.李家源:《漢文文體分類研究》,《亞細亞研究》第3期,1960年6月

2.全圭泰:《韓國古代諧謔文論考》,韓國《人文科學》第24卷第25期,1971年6月

3.金鎮英:《李奎報的文學世界》,《朝鮮學報》第113期,1984年10月

4.静永健:《新羅文人崔致遠與唐末即度使高駢的前半生》,《文學研究》第105輯,2008年

5.濱田井策:《新羅遣唐使崔致遠》,《朝鮮學報》第206輯,2008年

6.李時人:《新羅崔致遠著述及其歷史文化價值》,《唐代研究》第16卷,2010年

7.曹虹:《學術與文學共生——論儀征派"文言説"的推衍與實踐》,《中國散文研究集刊》第1輯,韓國中國散文學會2011年12月出版

8.徐中原:《淺論王褒、庾信入周後的駢文創作》,《中國散文研究集刊》第4輯,韓國中國散文學會2014年12月出版

9.佘莉:《論劉師培六朝文觀的轉型》,《中國散文研究集刊》第4輯,韓國中國散文學會2014年12月出版

10.譚家健:《朝鮮半島駢文述略》,《中國散文研究集刊》第5輯,韓國中國散文學會2015年12月出版

11.陳彝秋:《〈東文選〉表箋類寫作背景略論》,《中國散文研究集刊》第5輯,韓國中國散文學會2015年12月出版

12.權赫了:《海東"王駱"任叔英駢文創作論》,《中國散文研究集刊》第5輯,韓國中國散文學會2015年12月出版

13.郭醒:從〈龍筋鳳髓判〉到〈事類賦〉——駢文類書小議》,《中國散文研究集刊》第5輯,韓國中國散文學會2015年12月出版

14.許結:《辭賦駢句"事對"小議》,《中國散文研究集刊》第5輯,韓國中國散文學會2015年12月出版

15.楊明:《略談南朝駢文難讀——以任昉文爲例》,《中國散文研究集刊》第5輯,韓國中國散文學會2015年12月出版

16.吴洙亨:《(朝鮮)正祖與陸贄奏議文》,《中國散文研究集刊》第6輯,韓國中國散

文學會 2016 年 12 月出版

17.譚家健:《關於魏晉駢文的若干問題》,馬來西亞《學文》2013 年第 4 期,馬來西亞博托拉大學出版

18.譚家健:《關於南北朝駢文的若干問題》,馬來西亞《學文》2014 年第 4 期,馬來西亞博托拉大學出版

19.譚家健:《馬來亞早期駢文舉隅》,馬來西亞《東方日報》2016 年 2 月 28—29 日

20.譚家健:《馬來亞近代駢文舉隅》,馬來西亞《東方日報》2016 年 7 月 15—16 日

21.譚家健:《馬來西亞當代駢文述略》,馬來西亞《學文》2016 年第 2 期,馬來西亞博托拉大學出版

22.譚家健:《王勃駢文縱横談》,馬來西亞《學文》,馬來西亞博托拉大學 2017 年 5 月出版

23.譚家健:《新加坡近代駢文舉隅》,新加坡《南洋學報》第 70 卷,2016 年 12 月出版

24.譚家健:《印尼駢文舉隅》,印尼《國際日報》2016 年 2 月 16 日

25.譚家健:《泰國駢文舉隅》,印尼《國際日報》2016 年 12 月 17 日

26.譚家健:《越南才女段氏點的小説與駢文》,印尼《國際日報》2017 年

作者簡介:

譚家健,中國社會科學院文學研究所研究員、研究生院教授,曾兼任中國駢文學會會長、中國古代散文學會會長,曾任新加坡國立大學中文系客座教授、馬來西亞新紀元學院中文系客座教授。

2017年國内駢文研究索引

尹華君整理

一、著作類

1.于景祥:《駢文史話》,遼海出版社

2.莫道才:《駢文學探微》,廣西師範大學出版社

3.莫山洪:《駢文學史論稿》,廣西師範大學出版社

4.莫道才:《駢文研究》第一輯,廣西師範大學出版社

5.曹虹:《省思與突破:第四届駢文國際學術研討會論文集》,江蘇人民出版社

二、古籍類

1.《柏梘山房文集》十六卷《駢文》一卷,國家圖書館出版社,影印清代詩文集珍本叢刊438、439

2.吴鼒編,陳志揚、王俞點校:《八家四六文鈔》,九州出版社

3.許槤評選,沈泓、汪政注:《六朝文絜》,浙江古籍出版社

4.王勃著,汪政、沈泓選注:《王勃文銑》,浙江古籍出版社

三、論文類

1.龍正華:《20世紀以來北朝駢文研究綜述》,《佳木斯大學社會科學學報》2017年第3期

2.李偉:《辭不尚奇,切於理也——唐末五代小品雜著的内容特徵與文學特色》,《中南民族大學學報(人文社會科學版)》2017年第3期

3.張作棟:《從四六到駢體——論孫梅〈四六叢話〉在乾嘉駢文演進中的推動作用》,《台州學院學報》2017年第4期

4.楊旭輝:《傳統審美思維視野下的清代駢文理論與駢文修辭美感特質》,《蘇州大學學報(哲學社會科學版)》2017年第1期

5.張超:《初唐詔敕文語言風格探析》,《現代語文(學術綜合版)》2017年第8期

6.程霞:《對南朝文學形式主義美學風格的審視與思考》,《華北水利水電大學學報(社會科學版)》2017年第1期

7.卞東波:《〈皇朝駢文類苑〉的編選特色與清代的駢文新風》,《暨南學報》2017年第1期

8.張弘韜:《韓柳古文與駢文的異同及新變》,《周口師範學院學報》2017年第3期

9.吴禮權:《漢語的特點與古代韵文創作》,《北華大學學報(社會科學版)》2017年第3期

10.陳曙雯:《經古學與19世紀書院駢文的發展》,《中山大學學報(社會科學版)》2017年第3期

11.鍾濤、岳贇贇:《蔣士銓〈忠雅堂評選四六法海〉評點刍論》,《青海師範大學學報(哲學社會科學版)》2017年第4期

12.劉濤:《六朝駢文形式美的建構及其藝術缺陷》,《中國文學研究》2017年第3期

13.莫道才:《六朝詩賦文的同步駢化與文體互融》,《求索》2017年第4期

14.祝尚書:《論初唐四杰駢文的"當時體"》,《文學遺産》2017年第5期

15.許松、程興麗:《論敦煌變文駢句的個性與功能》,《敦煌研究》2017年第1期

16.劉桂鑫:《論劉宋文學的轉關》,《廣西民族師範學院學報》2017年第1期

17.高琳:《論民初駢體小説的消亡》,《華北水利水電大學學報(社會科學版)》2017年第4期

18.張作棟:《論彭兆蓀崇雅反俗的駢文尊體思想——以〈南北朝文鈔〉爲中心》,《蘇州科技大學學報(社會科學版)》2017年第5期

19.張明强:《論清初駢文家地理分布與地域駢文流派》,《廣西師範大學學報(哲學社會科學版)》2017年第5期

20.丁放、韓文濤:《論清詞與唐詩》,《江淮論壇》2017年第2期

21.于景祥:《論〈孫子兵法〉的文體價值》,《文藝研究》2017年第2期

22.劉濤:《論徐陵庾信的駢文文體特徵》《韓山師範學院學報》2017年第4期

23.景紅録:《李商隱的幕府生涯及其影響研究》,《河南工業大學學報(社會科學版)》2017年第2期

24.胡傳志、盧嬌:《陸游〈入蜀記〉引據詩文的價值》,《安徽師範大學學報(人文社會科學版)》2017年第6期

25.張彦:《梁章鉅〈退庵論文〉的文筆駢散之辨及其意義》,《廣西師範大學學報(哲

學社會科學版)》2017 年第 5 期

26.孫少華:《“擬作傳統”與“文學缺席”——郤正〈釋譏〉的文體考察與文學史定位》,《中山大學學報(社會科學版)》2017 年第 2 期

27.張超:《駢體散化:初唐詔敕文體風貌研究》,《重慶師範大學學報(哲學社會科學版)》2017 年第 3 期

28.蔡德龍:《〈駢文叢話〉:“駢文學”的初步構建與駢文特徵的系統總結》,《中國文學研究》2017 年第 4 期

29.李生龍:《駢文之辨體及其與句格、風格之關係》,《廣西師範大學學報(哲學社會科學版)》2017 年第 5 期

30.徐昌盛:《駢文國際學術研討會暨第五屆中國駢文學會年會召開》,《文學遺産》2017 年第 6 期

31.蕭虹:《清代博學鴻詞科與駢體公文的寫作》,《佳木斯職業學院學報》2017 年第 10 期

32.吕雙偉:《清代駢文對辭賦的擴容》,《中國文學研究》2017 年第 4 期

33.曹虹:《清代文壇上的六朝風》,《安徽大學學報(哲學社會科學版)》2017 年第 1 期

34.雷斌慧:《全祖望與胡天游交惡論》,《寧波大學學報(人文科學版)》2017 年第 1 期

35.王榮林:《孫德謙論“潛氣内轉”述評》,《鹽城師範學院學報(人文社會科學版)》2017 年第 4 期

36.趙益:《孫德謙“説理散不如駢”申論——兼論駢文的深層表達機制》,《文學評論》2017 年第 4 期

37.周劍之:《宋代駢文“應用觀”的成型與演進》,《華東師範大學學報(哲學社會科學版)》2017 年第 2 期

38.熊禮匯:《試論李白駢文的美感特質》,《廣西師範大學學報(哲學社會科學版)》2017 年第 5 期

39.查屏球:《石勘亦有磨變時——李商隱〈劍州重陽亭銘〉文本的遞變》,《古典文學知識》2017 年第 6 期

40.劉暢:《桐城派對駢文態度的演變及原因初探》,《名作欣賞》2017 年第 8 期

41.孫英鳳:《唐初駢文的發展與自贖》,《中國校外教育》2017 年第 6 期

42.翟景運:《唐代古文的艱澀文風及其影響》,《東方論壇》2017 年第 5 期

43.鍾芳勤:《〈滕王閣序〉語言風格與表現手法評析》,《語文建設》2017 年第 33 期

44.任利榮:《晚明江南書坊經營實態——以南京車書樓爲考察中心》,《中國出版史

研究》2017年第1期

45.張明强:《魏禧佚文七篇考論》,《南昌大學學報(人文社會科學版)》2017年第4期

46.于景祥:《王文濡的駢文史論》,《社會科學輯刊》2017年第6期

47.李金松:《汪中與武昌——讀〈黄鶴樓銘〉〈漢上琴臺之銘〉》,《文史知識》2017年第3期

48.力之:《〈與嵇茂齊書〉非吕安作辨及辨之方法問題——〈文選〉所録駢文名篇作者考辨之二》,《中山大學學報(社會科學版)》2017年第6期

49.徐艷:《永明聲律新論——聲律與詩性内容表現的關係》,《上海大學學報(社會科學版)》2017年第1期

50.譚家健:《越南李朝、陳朝、後黎朝駢文述略》,《職大學報》2017年第4期

51.王澍:《"以文爲詩"的四種型態》,《求索》2017年第8期

52.吕雙偉:《曾國藩與晚清湖湘駢文批評的崛起》,《文學評論》2017年第6期

53.龍正華:《再論駢文的界定》,《廣西科技師範學院學報》2017年第2期

四、博士碩士學位論文

1.于子吟著,于景祥教授指導:《漢魏六朝序文研究》,遼寧大學碩士論文

2.劉新新著,于景祥教授指導:《南朝墓志研究》,遼寧大學碩士論文

3.李名山著,于景祥教授指導:《南朝詔書類文體研究》,遼寧大學碩士論文

4.黄慶豐著,丁曉昌教授指導:《〈全唐文〉公文研究》,南京師範大學博士論文

5.張進超著,郭醒教授指導:《三國時期文章的駢偶化研究》,遼寧大學碩士論文

6.王安礎著,歸青教授指導:《禪讓文章研究》,華東師範大學碩士論文

7.徐朦朦著,李丹教授指導:《蘇頲駢文創作研究》,四川師範大學碩士論文

8.張琳著,李静教授指導:《沈與求及其〈龜溪集〉研究》,吉林大學碩士論文

9.朱家慧著,王莉教授指導:《魏晋南北朝令文研究》,安徽大學碩士論文

10.劉潔著,于景祥教授指導:《魏晋南北朝奏事文研究》,遼寧大學碩士論文

作者簡介:

尹華君(1975—),男,湖南洞口人,廣西師範大學文學院在讀博士生,湖南科技學院人文學院講師。主要研究方向爲中國古代文學與文獻。

清代駢文研究的新突破
——評路海洋教授的《清代江南駢文發展研究》

吕雙偉

内容摘要:駢文在清代才名實合一,以駢文命名的别集、總集才出現。創作復興,批評更是集歷代之大成。路海洋教授的《清代江南駢文發展研究》以文本細讀爲基本方法,從社會、地域、家族等角度多維探究了清代江南七府一州駢文家的生平經歷、理論批評、作品特色與歷史地位等,視野開闊,闡釋翔實,充分展示了清代江南駢文的巨大成就。在前人很少對清代駢文家進行個案研究的背景下,該書大爲拓展了已有研究的内容,促進了清代駢文研究的發展。

關鍵詞:清代;駢文;江南;發展

駢文是中國古代文章中的特殊體類,極具漢語言文字與文化特色,在傳統書寫中占據重要地位。自東漢末至唐代中葉,文章語言的表達形式主要是駢體。中唐文學、文化開始歷史性地轉换,儒學復興思潮推動了文章領域内由駢體向散體的變革。重視思想性表達與傳播,而不是語言形式美的自矜與自足,成爲中唐古文運動思想的主流。經過宋代歐蘇古文運動的推波助瀾,晚唐五代時駢體普遍性的讓位於散句單行的古文,駢體主要退縮到廟堂公牘和交際應酬之中。此後,散體則成爲宋元明的主要文章形態,駢文衰微。清代駢文復興,取得了杰出的成就。因此,錢鍾書先生云"駢文入清而大盛,超宋邁唐"①。十餘年前,吴承學先生也指出:"從文體研究來看,除了桐城派的古文之外,清代駢文和八股文的研究都非常薄弱。清代駢文的成就相當高,非常值得研究。"②確實,清代獨立成書的駢文别集、總集較多③,成就斐然。無論在文體、内容和風格上,都可以媲美六朝;對駢文地位、屬性、風格和價值等的批評,斷制鮮明,觀點深刻,當之無愧地集歷代之大成。可惜,由於歷史、政治及文體本身深奥等原因,駢文研究,特别是清代駢文文本

① 朱洪國《中國駢文選》卷首,四川文藝出版社 1996 年版。

② 吴承學《清代文章研究的歷史與現狀》,《文學遺産》2006 年第 1 期。

③ 根據《清人别集總目》統計,以"儷體""四六""駢體""駢文"等命名的别集有 185 種,這還不包括以"乙集"命名的駢文别集或以"文集"命名但包含駢散兩體的别集,以及該書没有收録的清人文集。保守估計,清人駢文别集當在 200 種以上。參李靈年、楊忠《清人别集總目》,安徽教育出版社 2000 年版。

研究非常薄弱。

海内外已有的清代駢文研究專著,之前僅有陳耀南《清代駢文通義》,何祥榮《四六叢話研究》,曹虹、陳曙雯、倪惠穎《清代常州駢文研究》,吕雙偉《清代駢文理論研究》,顏建華《清代乾嘉駢文研究》,楊旭輝《清代駢文史》等六本,多集中在理論批評、常州駢文或發展史勾勒上,作家作品研究較爲簡略,大量的清代駢文别集還無人觸及。直到路海洋教授新著《清代江南駢文發展研究》①的出現,才改變了文本研究相對薄弱的局面。《研究》首次大規模地以作家作品爲綫索,詳細分析了清代江南七府一州駢文的發展特徵,揭示了被遮蔽或被忽視的多位駢文家風貌,指出了清代江南駢文繁榮的原因,堪稱清代駢文研究的新突破。

一、駢文地域研究的新發掘

清代江南地區是詩詞文賦、小説戲曲創作的中心。底藴深厚的文化,發達繁榮的經濟和清秀美麗的山水等爲文學、學術的繁榮提供了良好的條件。與生俱來的對形式美與學問的追求,導致江南地區成爲駢文發展最爲適宜的土壤。江南地區深厚的家族涵養、廣泛的師友交遊和深邃的學術思想等也爲駢文的可持續發展提供了條件。從地域上説,清代駢文作家主要集中在今天的江浙皖贛一帶,特别是江蘇的常州、蘇州、揚州和浙江的杭州、嘉興、湖州。晚清時,湖南、廣東駢文振起,但成就無法與清代前中期的江浙媲美。可以説,没有江南駢文的興盛,就没有清代駢文的復興。地域,無疑是拓展清代駢文的重要方面。從地域的角度來研究清代駢文,民初學者已發其端,主要楬櫫對象是常州派和揚州派,雖有獨到深刻點評,但具體分析不够。劉麟生《中國駢文史》把清代駢文分爲博麗、自然、常州、六朝和宋四六五派,謝鴻軒《駢文衡論》又加上儀徵派,分類標準不一,但提出常州、儀徵爲地域性的駢文流派則同。張仁青《中國駢文發展史》綜合諸家觀點而分清代駢文爲六朝、三唐、兩宋和常州、儀徵五派,莫道才《駢文通論》、于景祥《中國駢文通史》等都將常州派列爲駢文流派之一,都從地域性的角度對其作了點評。吴興華的《讀〈國朝常州駢體文録〉》運用中西文論,重點分析常州駢文的形式特徵。② 曹虹、陳曙文、倪惠穎合著的《清代常州駢文研究》③是中華人民共和國成立以來第一部清代駢文研究專著,也是從地域角度來觀照駢文的首部專著。其中,對常州駢文興盛的時代條件與區域因素,對洪亮吉、孫星衍、邵齊燾、劉星煒、楊芳燦、張惠言、李兆洛、方履籛、董祐誠等常州駢文家的成就都作了簡要闡釋,將常州駢文研究推進了一步。路海洋教授繼承前輩時

① 路海洋《清代江南駢文發展研究》,中國社會科學出版社 2016 年版。下文簡稱《研究》。

② 吴興華《讀〈國朝常州駢體文録〉》,《文學遺産》1988 年第 4 期。

③ 曹虹、陳曙文、倪惠穎《清代常州駢文研究》,江蘇人民出版社 2010 年版。

賢的相關研究成果，在自己對常州古文與駢文研究的基礎上，拓展空間，對清代江南駢文進行專題研究，取得了不俗成就。

路海洋教授十多年來耕耘在清代駢文，特別是文本研究領域。2008年，他以《社會·地域·家族：清代常州古文與駢文研究——以陽湖、武進爲中心》爲博士學位論文，對乾嘉道時常州駢文興盛的地理人文背景、家族文化助力及代表作家，如洪亮吉、孫星衍、劉嗣綰、方履籛、董基誠、董祐誠的駢文特徵等作了逐一探討，較爲全面地展示了常州駢文代表作家的不同風貌，也比較細緻地分析了常州家族、地域文化特徵與駢文創作繁榮的關係。在此基礎上，《研究》以清代江南環太湖的蘇州、松江、常州、鎮江、杭州、嘉興、湖州七府及太倉州爲對象，以府州的代表性駢文家爲綱目，以清代初期、中期和後期爲綫索，全面細緻地闡釋各個府州的代表性駢文家成就，指出其駢文史地位，堪稱駢文地域研究的力作。《研究》分爲"總論""沿襲振起：清初江南駢文""創辟鼎盛：清中葉江南駢文""承衍漸衰：清代後期江南駢文"四個部分，對清代江南駢文發展的背景、總體面貌、蘇州、常州、杭州等地代表性駢文家的作品特徵、文學史地位等作了較爲全面的論述。概論中對清代江南駢文興盛局面的形成、興盛的外部環境，包括地域文化助力、宗親婚姻網絡形成的血緣、姻緣關係、師友交遊等方面作了論述。除了自然環境秀美、經濟繁榮、教育、科舉發達、綺麗文學傳統等有利於文學發展的普適性原因外，還指出獨特的原因："尤其是清廷壓制與引導並行的政治、文化政策，清代江南地區考證學的鼎盛和江南作家在地緣與親緣上的緊密關聯，明末陳子龍、張溥等對駢體文的重視提倡等。"[①]"作爲清代駢文主體的江南駢文之興起、繁盛，實際是江南地區以陳子龍、陳維崧爲代表的駢文理論家、創作家，緊握文學史演進大勢，前後相繼、共同努力的結果。"[②]確實，與詩歌、古文、小説、戲曲相比，駢文表情達意最爲含蓄蘊藉，可以旁敲側擊，借古諷今而化雪無痕等。在清廷的高壓政策下，這種文體最安全，更好抒發難言之隱與憤懣之心。這無疑是清代駢文到乾嘉時達到鼎盛的原因之一。

雖以江南地域駢文爲對象，但《研究》還對學界從流派、體派的角度來界定清代駢文的做法加以反思。常州派、儀徵派的稱呼是否體現了清代駢文的實際？"用流派或體派的方式概括清代駢文是否合適？"認爲這樣"其精確性顯然難以保證"。"清代江南駢文發展的流派、體派特徵並不突出，但它的地區群聚特徵却頗爲明顯"。[③] 確實，駢文作爲一種寬泛的文章體類，可以包含辭賦、序跋、雜記、哀誄、碑志、書啓等文體，不同的文體，語言、結構和表達等存在差异，能否用特徵趨於一致的流派或體派來概括清代駢文，值得思考。用常州駢文群體或駢文集群來稱呼常州駢文派，可能更加合適。此外，在研究清

① 路海洋《清代江南駢文發展研究》，第17頁。
② 路海洋《清代江南駢文發展研究》，第29頁。
③ 路海洋《清代江南駢文發展研究》，第44頁。

代江南駢文時,《研究》能超越地域限制,將視野放到整個清代駢文領域,概括其特徵。如認爲:"復古與創新是清代駢文的兩個基本特徵。這裏所説的復古是指承衍前人、仿傚學習,但其根本目的與清詩、清詞的復古一樣,並不在於泥古、襲古以致成爲所仿傚對象的投影或複製品,而是在於尋找創變的規律與契機,自我樹立。"①

二、駢文文本探究的新開拓

駢文講究駢儷、隸事、聲律、藻飾,特别重視以學爲文,鋪陳典故,排比辭藻,這對於今天的研究者而言,往往顯得深奥晦澀,故文本細讀、理解始終是横亘在研究者心中的一大障礙。如果文本分析和闡釋不清,文體特色就不彰,作者意圖和思想也就不明,駢文研究就難以推進和深入。因此,對駢文文本的全面賞析和深入闡釋,是駢文研究,包括清代駢文研究亟待解決的迫切任務。民國時期是清代駢文研究的開創期,當時涌現的駢文著作多涉及清代駢文。在吸收清人駢文批評理論的基礎上,他們對洪亮吉、汪中、袁枚等大家作了簡要介紹或印象式點評。如謝無量《駢文指南》,金秬香《駢文概論》,錢基博《駢文通義》,瞿兑之《中國駢文概論》,劉麟生《駢文學》和《中國駢文史》,蔣伯潛、蔣祖怡《駢文與散文》等。這些隻言片語式的點評,雖多畫龍點睛,新見迭出,啓發了後來研究,但缺乏推理過程和對作品的細微闡釋,還不能算是個案研究。

《研究》對江南約35位作家的文本作了較爲詳細的闡釋,很多是首次闡釋,多言之成理,概括精到,特别是對思想内容與藝術特色條分縷析,藝術性與審美性融合,從而深化了清代駢文文本研究。作者自言:"文學内在構成,也就是文學的本體研究,是本書的核心構成要素,爲了達成這一目的,文獻考索與理論探討相結合、歷時考察和共時探析相結合、個案研究和綜合分析相結合、主題揭示與藝術品鑒相結合,就成爲本書必然採用幾個的基本研究方法。"②運用多種方法,對駢文作品進行藝術品鑒,特别重視對其語言、意象、意境及風格的品味,以期達到博採、精鑒、深味和妙悟的境界。因此,全書最大的特色就是對清代幾十位駢文家的作品作了迄今爲止最爲詳細的藝術分析。

首先,《研究》將清代江南駢文作家分爲三大類:"既包括江南駢文創作的一流大家(如陳維崧、邵齊燾、孫星衍、洪亮吉、吴錫麒、袁枚等),又包括一批創作名家(如尤侗、吴兆騫、吴農祥、陸繁弨、章藻功、黄之雋、杭世駿、彭兆蓀、吴慈鶴、袁翼、楊芳燦、李兆洛、劉嗣綰、方履籛、董基誠、董祐誠、王曇、查揆、黄安濤、金應麟、黄金臺、趙銘、徐錦、張鳴珂、孫雄、孫德謙等)以及其他的代表性作家(如趙懷玉、張惠言、陸繼輅、王芑孫、徐雄飛、洪

① 路海洋《清代江南駢文發展研究》,第41頁。
② 路海洋《清代江南駢文發展研究》,第13頁。

齮孫、楊揆、郭麟、沈清瑞、黄兆熊、龔自珍、譚獻、俞樾、屠寄、湯成彦、繆德棻、繆荃孫、馮煦等）。”[①]能够果斷地將此時此地的駢文家分爲一流大家、創作名家和其他代表性作家，體現了作者閲讀文本的精勤與判斷的勇氣，表現了作者在學術研究中敢於斷制的魄力。雖然個别作家容易帶來定位的不準，如王芑孫、徐雄飛的駢文成就似不低於“創作名家”中的黄安濤、徐錦等，但這個論斷無疑爲後來的研究提供了參考。

其次，《研究》對幾十位駢文家的生平、理論主張和文本特徵等，以個案研究的方式，作了全面細緻的闡釋。如從洪亮吉的生平、師友交往和文化環境入手，分析其駢文清新尚氣、駢散兼行、淵博雅致、雄渾放達和求新愛奇的特徵與形成原因；從語言上的句雕字琢、工於屬對，典故運用上的渾融無迹，句式上的駢散交融，篇章安排上的曲盡抑揚，議論的超卓，抒情寫景的會通婉轉，造境的奇邁等七個方面來概括洪亮吉的駢文創作特徵。與民初學人相比，如謝無量以胡天游、邵齊燾、汪中、洪亮吉爲乾嘉駢文四大家，並分别以“閎麗”“清簡”“蓄氣深厚而近於狷潔”“造句多奇而近於疏縱”[②]概括四人的駢文特徵，就有簡略與詳實之别。如果説洪亮吉的駢文研究已有曹虹等《清代常州駢文研究》、楊旭輝《清代駢文史》等成果參考，那麽吴農祥、章藻功、劉嗣綰、彭兆蓀、湯成彦、繆荃孫等人的駢文特徵，則是首次揭示，具有導夫先路的意義。如乙編第二章“清初杭州府駢文創作群落的特然振起”包含三節，分别爲“被遺忘的清初駢體名家：吴農祥”“‘自許儷語爲海内少雙’的駢文家：陸繁弨”“被‘遮蔽’的清初儷體宗匠：章藻功”，抓住了清初杭州府最具代表性的三位駢文家，對其人其文進行詳細分析。丙編第一章對杭世駿、袁枚、吴錫麒、王曇、查揆、胡敬、孫梅、徐雄飛、黄安濤等人的經歷與駢文特色都作了個案分析。除了袁枚、孫梅外，其他作家駢文都是首次研究。丁編對清代後期江南駢文家的創作作了闡釋，金應麟、龔自珍、譚獻、趙銘、徐錦、黄金臺、張鳴珂、湯成彦、繆荃孫等人都是首次得到關注和闡釋。對於無人探究的清代駢文家，《研究》多能做到獨具慧眼，概括精闢。如指出吴農祥的駢文散佚雖多，但仍有《流鉛集稿本》上册16卷121首行世。全文從“吴農祥其人”“吴農祥駢文創作概况”“吴農祥的駢文主張”“吴農祥駢文的風格特色及其淵源”“吴農祥駢文的藝術成就”五個方面來細緻闡釋其人及駢文特徵。指出其駢文琢詞精巧、屬對工緻、音節諧暢、叙事簡雋清暢、議論閎博暢達，形成了以雅飭清暢爲主體的多種風格特色。認爲這是他在取則古人、轉益多師又自我創辟的結果；地位雖不及陳維崧，但足可與吴綺、章藻功、陸繁弨、尤侗頡頏並駕，堪稱清初駢體文名家。對於章藻功，《研究》指出章氏論文主張“神清”“氣動”“字潔”“語生”和“取典雅訓”“對仗空靈”；除了取則庾信、徐陵外，還應包括陳琳、阮籍、曹植、王粲、潘岳、張華、陸機、左思等魏晉作家；章氏駢文形成了工切細巧、清健平暢的風格，就其範式傾向而言，顯然近於兩宋；而用典靈

---

① 路海洋《清代江南駢文發展研究》，第3頁。

② 謝無量《駢文指南》，《謝無量文集》第7卷，中國人民大學出版社2011年版，第233頁。

活生新、對仗巧妙工切,行文句雖偶出,義屬散行,達到儷體散趣之境界。這些都較爲深刻地説明了吴農祥、章藻功的駢文特徵,可資借鑒。

對清代江南大量駢文别集和總集的研讀和闡釋,需要全面且深厚的學識才力。正如羅時進先生指出:“對相關史料,包括歷史、地理、家族等文獻和大量總集、别集都盡可能詳盡占有,故能言之有據,不凌空虚蹈。而在‘社會、地域、家族’三者會通的視野中,清代江南駢文盛衰流變之狀井然呈現,比較全面和邏輯性地表現主旨,既見知識的廣博,亦見學術的專深。”①

三、清代江南駢文史的新呈現

通過對清初、中期和後期的引論與詳細的個案研究,展示了清代江南七府一州駢文發展的成就,客觀上呈現了清代江南駢文發展的基本面貌,是《研究》的又一特色。相對於已有的清代江南駢文研究成果,本書呈現的作家最多、作品最豐富,闡釋也最翔實。

民初錢基博在叙述駢文流變時,對清代駢文名家代表特徵有過點評,如認爲“胡天游駢文有大名,殊不逮所聞。觀其沉吟鋪辭,句無虚語,語無虚字;而振採失鮮,負聲無力,頗乖秀逸,蹈於困躓”,“(邵齊燾)才氣苦弱,故務其清捷,殊得風流媚趣;課其實録,則清便婉轉而未爲剛,藻綺映媚而未爲豐”,“吴錫麒文秀而質羸,機利而調靡,是能手,非高格。而汪中指事殷勤,情兼雅怨;體視吴爲疏,氣方邵則茂;尚淡雅,不貴綺錯;而優遊案衍,事外有遠致,使人味之亹亹不倦”,“然余誦其(孔廣森)文,博喻釀採,志慕鴻裁;而才力沉膇,垂翼不飛,沉博而未昭彰,藻密而欠軼蕩;未見鋒發而韵流,徒以辭累而意隱耳。方汪氏遜其雋永,比洪亮吉又未奥衍。洪亮吉思捷而才雋,理贍而辭堅,尚氣愛奇,動多振絶。汪中不如其雄,孫星衍視之爲靡。吾郡駢文,孫、洪齊名,然孫不如洪。亮吉卓卓,信含异氣,筆墨之情,殆不可勝;而孫才力苦弱,時有齊氣,獨《國子監生洪先生暨妻蔣氏合葬壙志》及《祭錢大令文》,有逸氣,但未遒耳。洪氏俶儻,故響逸而調遠;孫則清弱,斯文秀而質羸”。② 這種評點方式,是著者多年沉潛於清代駢文别集之後的心得體會,堪稱畫龍點睛,但具體闡釋不够,離文學史叙述還有距離。張仁青《中國駢文發展史》和陳耀南《清代駢文通義》,對清代駢文大家,多列舉其人其作,加以點評。如對陳維崧、吴綺、章藻功、邵齊燾、汪中、孔廣森、胡天游、吴錫麒、曾燠、袁枚、洪亮吉、孫星衍、阮元等駢文名家,張仁青以每人的　至兩篇作品全文爲例,簡評其創作特徵與藝術特色;其評論雖多來源於民國學人,但也融入了自己的理解。如説邵齊燾的駢文“取法魏晋,終篇或不用一故

① 羅時進《清代江南駢文發展研究序》,中國社會科學出版社 2016 年版,第 3 頁。

② 錢基博《駢文通義》,上海古籍出版社 2012 年版,第 112—113 頁。

實,不敷一藻采,而筆法顯動,文氣疏宕,令人讀之,有娓娓忘倦之樂"[①]就吸收了錢基博的評價,但褒貶態度不同。陳耀南既對清代駢文代表作家作了簡要評價,又列舉各期作家生平、作品或理論主張,一一加以簡要介紹。如評袁枚曰:"思逸而俊,文健以靈,運常見之典,抒動人之議,圓轉如珠,神氣自王。而下筆既易,時涉熟滑,高者與洪邵比肩,下者乃與陳、章同病。後學刻鵠,其弊益多,亦俗調之累也。"[②]辯證説明袁枚駢文的優缺點,值得思考。張仁青、陳耀南的清代駢文史研究雖多提要鈎玄之論,但多爲概論,較爲簡略,具體分析作品、歸納作品特徵不够,這給後人留下了拓展空間。

當代學人曹虹、楊旭輝對常州駢文有較爲深入的研究。曹虹等的《清代常州駢文研究》重點在對常州駢文群體出現的原因、背景及其與學術思潮、家族教育、鄉黨交遊的關係等進行深入探究,對文本的闡釋不多。楊旭輝已經對雲南、浙江以及松江、蘇州、常州、揚州駢文作家群落的代表作品作了思想内容及藝術特徵分析與點評,但全書三編内容體例不太一致,對江南駢文家的研究範圍不廣,文本闡釋也不够豐富。[③]在此基礎上,《研究》一方面對清代江南駢文發展的三個階段進行概論;另一方面主要通過文本闡釋,盡可能地指出作家作品特色,從而呈現了更爲豐富、更爲具體的清代江南駢文發展概貌。

在三個階段的"引論"中,可以看出作者對江南駢文發展概況的把握及作者的獨到之見。如引論"清初江南駢文與清代駢文史的恢弘開局"中,指出清初杭州府駢文之所以能獨占鰲頭,與西泠諸子群體性承衍明末陳子龍諸人駢文之脉有根本的關聯;同時,他們通過理論探討和創作所形成的總體氛圍,又影響了一批駢文家,吴農祥、王嗣槐、吴任臣、徐林鴻、陸繁弨及其弟子章藻功、洪昇等即其代表。引論"清中葉江南駢文與清代駢文的鼎興"中,指出清代中葉江南駢文的創新是多方面的,其中特别值得注意的是文體上的創新。"主要指的是以洪亮吉爲代表的山水遊記(序)創作及以吴錫麒爲代表的圖序(記)創作。"[④]引論"清代後期江南駢文與清代駢文史的最後輝煌"中,指出清末的江南駢文在題材上有了新的拓展,反映社會現實、批評社會弊端,首次成爲駢體文非常重要的表達對象,而駢文的文體價值也因而得到了整體性的提升。這些都是對清代駢文史認識的深化。此外,江南地區的代表性駢文家,如陳維崧、章藻功、吴兆騫、陸繁弨、洪亮吉、孫星衍、杭世駿、袁枚、吴錫麒、王曇、楊芳燦、董基誠、董祐誠、方履籛、邵齊燾、彭兆蓀、吴慈鶴、金應麟、譚獻、趙銘、黄金臺、湯成彦、繆荃孫等都得到關注,其生平、駢文批評、思想内容、藝術特色和文學史地位等得到較爲全面細緻的分析,這些客觀上構成了一部清代江南駢文發展史。如《研究》指出:孫星衍駢文總體上有古奥淵雅、煉意深雋之風格,不管是

① 張仁青《中國駢文發展史》,浙江大學出版社 2009 年版,第 424 頁。
② 陳耀南《清代駢文通義》,臺灣學生書局 1977 年版,第 35 頁。
③ 楊旭輝《清代駢文史》,人民出版社 2013 年版。
④ 路海洋《清代江南駢文發展研究》,第 179 頁。

敘史陳義，還是抒情寫景，都能瀟灑自如，超邁絶特；方履篯的駢文汲取楚騷、漢賦之外，還傚仿洪亮吉並由之上溯魏晋六朝、師承楊芳燦並由之推溯初唐諸家，形成了華麗而剛健雄肆的風格；董基誠、董祐誠駢文寫景清雋、抒情沉鬱、議論精卓，又學習漢魏六朝和洪亮吉、劉嗣綰的駢文風格；杭世駿的駢文分爲正格之文和變格之文，前者或清逸空靈、或簡雋古雅、或縱肆横逸，後者在使用長對、駢散交融、以意統文等方面實踐成功，較早體現了駢散交融思想；彭兆蓀駢文即精熟《選》理、宏博沉麗，以散運駢、辭茂氣盛和諸法兼擅、尤工議論；楊芳燦駢文在形式上存在着格式化的傾向，即便在格套的束縛下也能創作出文采、意境俱佳的作品；湯成彦駢文情感濃郁而抒寫有度、自持有道，做到了情感真切而蘊借深沉，具有較强的藝術張力，又結構脉絡清晰、層次井然、主題突出，語言清健雅正、駢散交融，等等。這些文本分析和藝術概括，豐富了楊旭輝在《清代駢文史》中對某些同題作家的論述。這種扎實的文本細讀和理論概括，客觀地展示了清代駢文復興的具體成就，勾勒了一幅江南駢文分佈地圖。陳廣宏先生評曰："從他所描繪的這一幅清代江南文學地圖，至少我自己已可感受到，在這樣一個文化累積深厚、甚至是整個東亞社會認同的文明高地，精英文人如何將蘊涵從天文至人文豐富信息的駢文，視作某種自我確認的表現。"①

當然，《研究》也有值得完善之處。一是作者在餘論中指出，江南駢文家與外域駢文家之間的互動交流没有深入探討。確實，除個别地方有歷時性聯繫和共時性探究外，絶大部分都是以一個作家的生平、理論、思想内容和藝術特色爲標題，雖問題意識鮮明，但似乎顯得有些單調？如何整合七府一州駢文家的共性，區分其個性，展示其同异，似乎需要認真考慮。二是書名爲《清代江南駢文發展研究》，但多是呈現作家作品的思想内容和藝術特色，有些分析話語意思相近，略顯重複，而前後勾連、承繼的特點概括不够。這導致全書文本分析雖較爲深入，藝術特徵把握較爲具體，理論建構也初具規模，但離建構獨到的話語體系尚有距離。從駢文的文體屬性，即對偶是否工整、用典是否精確、聲律是否和諧、辭藻是否清新或華艷、句式是否靈活多變等來研究駢文，是必須走的一步，但似乎可以提升和深化。清代江南駢文在初期、中期和後期，風格上應有不同。清初整體上崇尚齊、梁、初唐體風格，講究駢四儷六，錦心綉口，形式工整，句式主要是聯句，尤其以四六隔對爲主，隸事豐富，聲律嚴格，具有鮮明的藻飾特徵。當然，以四六隔對爲主並不意味着文章就不用其他聯句或散句。如果那樣，駢文會凝滯呆板，缺乏氣韵。正如《研究》指出，"在保證以四字、六字句爲駢文創作主體句式的前提下，不同程度地加入其他字數的聯句以及散體句子，乃是清初駢文創作發展的大勢。這一時期的駢文名家如陳維崧、尤侗、吴農祥、章藻功等，在駢文句式方面都有不同程度的嘗試"②。以四六隔對句式爲主，

① 陳廣宏《清代江南駢文發展研究序》，中國社會科學出版社 2016 年版，第 2 頁。

② 路海洋《清代江南駢文發展研究》，第 147 頁。

是清初駢文形式上的一個顯著特徵。但在嘉道以後崇尚駢散不分的漢魏、晋宋體駢文家看來,這種工整精緻的四六駢體屬於俗體、俗格,因此造成了清初駢文名家在嘉道以後整體上地位不高,有些甚至聲名不彰,遭到遮蔽或忽視。[①] 如《吴山伍公廟碑文》是陸繁弨唯一入選晚清姚燮《皇朝駢文類苑》文章。該文不僅思想深刻,論點鮮明,而且較少駢四儷六句式,多爲單句對和散化語氣行文,形式上符合晚清規避四六駢體的潮流。

清代駢文研究"後發"多年,没有詩詞、戲曲、小説研究領域成熟,成果積澱不够,可資借鑒的文獻與話語都不够,因而研究難度較大。又自民初以來,清代駢文研究對象主要在理論批評領域,對駢文體類、文本的解讀和闡釋較少,對發展演變的分析更少,因此《研究》重視對文本的發掘和藝術特徵的歸納,就具有十分重要的意義。1982 年,郭紹虞在《駢文文法初探》一文中指出,古人利用漢字單音和思想上的一些辯證觀點等,"終於創造了世界上各民族中所没有的一種特殊文體。這就是我們祖先所遺留的一些業績"[②]。强調駢文的民族特性及研究的必要性。最近二十年駢文研究雖取得了突出成績,但相比詩詞曲仍較爲滯後。期待在《研究》的啓發和引導下,學術界有更多清代駢文研究論著問世。

作者簡介:

吕雙偉,湖南師範大學文學院教授,博士生導師。

① 參看吕雙偉《陳維崧駢文經典地位的形成與消解》,《文學遺産》2018 年第 1 期。

② 郭紹虞《照隅室語言文字論集》,上海古籍出版社 2009 年第 2 版,第 401 頁。

駢文國際學術研討會暨第五屆中國駢文學會年會綜述

王正剛

2017年7月7日—9日,由中國駢文學會、湖南師範大學文學院、湖南師範大學中國辭賦研究中心聯合主辦的“駢文國際學術研討會暨第五屆中國駢文學會年會”在長沙湖南師範大學召開。來自中國社會科學院、中國藝術研究院、南京大學、復旦大學、日本京都大學、韓國學中央研究院等國内外30多所高校、科研機構的80余位學者參加了會議。會議共收到論文50餘篇。在大會開幕式上,中國駢文學會會長曹虹致辭稱:“湖南是屈、賈之鄉,湖南師範大學素是辭賦和駢文研究的重鎮,在此召開駢文會議,具有重要意義。”曹虹會長回顧了駢文學的研究概況、研究方法及研究成果,簡述了本次大會學術年會論文的研究範圍與特點,與會學者主要就駢文文本研究、駢文文體研究、駢文作家(家族/地域)研究、駢文理論批評研究及域外駢文研究等多方面的問題展開了研究討論。

一、駢文文本研究

熊禮匯(武漢大學)《試論李白駢文的美感特質》採取按文體分類(單論書體、贈序)選擇名篇逐一言之的方法,結合初唐四傑、張説、蘇頲等人的文論觀點,論述李白駢文的美感特質,從唐代所謂新駢文的審美要求出發,充分、準確地認識了李白駢文審美特質及其存在的文學史意義。許東海(臺灣政治大學)《駢儷・聲律・焦慮:李白供奉翰林的行樂演繹及其貴遊困境隱喻》認爲李白供奉翰林時的一系列作品具體借由駢儷、聲律、焦慮三者綰合又彼此互涉,從而映現詩仙李白供奉翰林文學侍從短暫生涯,並且深具行樂與失樂彼此互涉,又表裏相應的“美麗與哀愁”的貴遊困境隱喻。何祥榮(香港樹仁大學)《沈約駢文與南齊永明文學新變》打破過去對沈約的文藝觀的研究,多側重在其詩歌審美方面,側重探討沈約的文藝審美觀與駢文修辭的關係,以沈約的駢文作品爲基,考究他對其審美觀的實踐程度以及其對開拓永明文風新變及駢文修辭形態的確立的貢獻。陳鵬(河南師範大學)《論六朝碑文的駢化及其藝術特質》認爲相對散體碑文,六朝駢體碑文更能發揚以形式爲主的特質。到了明清時期有意或無意地忽略了六朝是一個叙事文體相對邊緣的時代。再加之六朝碑文中的叙述部分在後來被《藝文類聚》等類書收録時多有删節，叙事顯得更爲不够清晰生動。明清碑文批評以今律古，嚴分正變，無疑影響了對六朝碑文客觀公正的評價。劉寧（中國社會科學院）《柳宗元〈南霽雲睢陽廟碑〉的駢體寫作用心》認爲柳文采用通行的駢體，是唐代翰林學士撰寫王言朝命的通行文體，用這樣的文體創作，呼應了中央朝廷對忠臣的褒揚之義，然而遲至五十年之後的元和年間，這些忠臣祠廟才得以樹碑，反映了安史之亂後朝野對待忠義之士的複雜態度。趙伯陶（中國藝術研究院）《蒲松齡的駢文芻議》介紹蒲松齡創作的碑記、序跋、題詞、代擬公文、書啓、婚書、雜文乃至擬表、擬判等文類中，以駢體創作的一些得意之作，並對其地位作了分析。吕雙偉（湖南師範大學）《陳維崧駢文經典地位的形成與消解》以陳維崧駢文經典地位的形成與消解的過程，反映了清代駢文宗尚從齊梁體到漢魏體的轉向，凸顯了清代駢文從駢四儷六、工整富贍到駢散交融、簡質清剛的演變。這一過程表現了駢文的複雜性、流變性，爲今天建構符合實際的駢文學提供了參考。陳松青（湖南師範大學）《才子之文——易順鼎辭賦、駢文的情感特質與風格轉變》指出以易母去世爲界，易順鼎的辭賦、駢文創作分爲前後兩期。前期規摹六朝、唐人，典麗精工，濟以古奥新鮮，後期則忌用僻典，用語淺近，散句、長句增多。其原因，有個人際遇的變化、清末民初文風趨俗、接受譚獻等人的影響下對駢、散文觀念的調整等。莫山洪（廣西師範學院）《論劉麟生"美文"視野下的駢文研究》認爲劉麟生駢文研究在以駢文爲"美文"的基礎上展開的，主要包括幾個方面：一是對駢文文體地位的認識，認爲駢文是中國語言文字所産生的獨特文體，是"美文"；二是對駢文的研究注重駢文的作法，從作法中把握駢文的"美"；三是以"美文"爲標準，全面梳理了中國駢文的發展演變史。劉麟生的駢文研究確立了駢文的"美文"觀念，奠定了現代駢文研究的基礎。此類研究能從具體作家、作品的創作實績出發，材料堅實，立論嚴謹，而且能以小見大，能從作家、作品中見出時代特色和文學風格，映襯其在文學史上的地位和影響。

二、駢文文體研究

侯美珍（臺灣成功大學）《明代鄉會試表文考試析論》運用歷史文獻分析法及統計法，探索詔、誥、表等公文在科場上的出題，以及作爲考試文體，如何影響考生的學習、備考。在文體學領域方面，由於先前未曾關注詔、誥、表文在明代掄才時産生的作用、演變，本課題裨補了學界以往對詔、誥、表等公文研究之不足，增進對科舉文體的認識。在科舉學領域方面，則有助於提升對科舉考試内容、特别是科場實施公文考試的研究。諸海星（韓國啓明大學）《由〈文體論纂要〉看蔣伯潛的文體分類觀念》論述了蔣伯潛的文體分類觀念，一方面採取前人的主張，注意於文章的程式和用途，同時也吸收現代文學分類法的長處加以重新整理、分類，並對所分各類文體，一一釋名、考訂源流、略述作法，可以説是具備標準條件的文體分類學的專著。尤其是中國古代文體分類學三個主要流派的命名及歸納,在民國以後發行的現當代中國文體分類學方面的著作中初次出現。沈如泉(西南交通大學)《試論唐宋募緣疏》認爲募緣疏出現於中晚唐,與唐代佛教寺院經濟密切相關。宋代是募緣疏進一步發展的時期,在南宋的部分別集、選本文體分類中,募緣疏已經被視爲一種獨特文體。就文章結構而言,宋代募緣疏由唐代的破題、入事、入意、頌官、發願、懇請檀越出資六部分簡化爲破題、入事、入意三部分。就語言表達而言,宋代募緣疏也由典雅鋪排轉爲通俗簡練。苗民(華僑大學)《從官場儀式化到世俗儀式感——宋代四六啓與明代四六啓社會功能的對比式考察》則對宋、明四六啓的功能演變作了概括,宋代以後,四六啓逐漸發展爲駢文中相對獨立的一個文類,成爲官場交際儀式化的一種基本表現形態,這也標志着駢文世俗化進程的開始。到明中後期,四六啓作爲一種維繫人際交往書信往來的禮儀規範,由於應用的泛化,更多地凸顯爲世俗儀式感的社會功能擔當。曹麗萍(國家圖書館)《宋代四六批評的新發展——〈新編四六寶苑群公妙語〉》認爲《新編四六寶苑群公妙語》的編選體例、理論構建等方面多有獨到之處,作者依托於南宋文章學繁榮的大背景,並大量借鑒融匯了其他文體批評的術語和理論,第一次自覺地對四六作法進行系統化的理論提升,初步搭建了較爲獨立完整的四六批評體系,代表了宋代四六批評發展的新水準。侯體健(復旦大學)《中山大學圖書館藏明鈔殘本〈新編四六寶苑群公妙語〉考述》對《新編四六寶苑群公妙語》的明鈔殘本作了考述,該書目前所存十三卷,除了作爲文話的卷一、卷二"議論要訣"與通行本重合外,其他十一卷均爲獨有。其中收録的真德秀、趙汝談、李劉、朱復之四人文章,有散佚之作10篇,可補文集之缺,尤以朱復之佚文6篇,最能提供諸多行履交遊資訊。該殘本對認識南宋駢文批評、駢文流播和相關作者交遊均有參考價值。戴路(復旦大學)《南宋後期薦舉官制與四六啓文的交際性》通過分析南宋後期薦舉官制的運作過程,認爲四六啓文發揮了充分的交際性。在舉改官、舉科目、舉自代等薦舉過程中,薦舉主體運用四六啓文請托、答謝與問候,選擇典故精確描述主賓關係,將瑣碎事務與功利意圖審美化,同時委婉陳述自身處境,使其成爲有效的交際符碼,也塑造了啓文的語體風格。李金松(河南大學)《從實用到審美:晚明時期駢文的嬗變》對晚明四六從實用到審美的嬗變作了探究,晚明駢文由實用性書寫向審美性書寫折轉,抒情性表達與自娱性增多。變化原因乃在於這一時期尚情的文學思潮的泛濫與當時人們極力追求享樂的社會背景下以文自娱文學風尚的影響,體現了這一時期尚情、尚俗、尚雅的文學精神,而且,揭開了清代駢文復興的序幕。孟偉(常熟理工學院)《〈國朝八家四六文鈔〉與〈國朝駢體正宗〉的編選、批評旨趣及影響》對《八家四六文鈔》與《國朝駢體正宗》的批評旨趣等作了對比研究,從選本編選來看,這兩部選本在選家身份、作品選録、編選目的等方面都具有較爲明顯的特點;從批評旨趣來看,它們肯定駢文地位、剖析駢文弊病、提出駢文創作主張,具有較爲重要的理論意義;從注本、評本、續書，以及相關評論來看，這兩部選本在後世都産生了較爲廣泛的影響。路海洋（蘇州科技大學）《論清代的駢體遊記》分析了清代駢體遊記的文體特徵、發展歷程和總體成就：乾嘉年間駢體遊記勃然興起，洪亮吉、吴錫麒堪稱此體開山宗匠。清代駢體遊記的興盛，既是清代駢文復興帶動和洪亮吉該體創作示範引導的結果，又與清代的駢散之争有着内在關聯。清代駢體遊記最善於模山範水、營造詩境，總體集復古與新創於一體，是中國駢體遊記的大宗。李生龍（湖南師範大學）《駢文之辨體及其與句格、風格之關係》認爲駢文實脱胎於"古文"。其路徑大致可描述爲"古文"中的文學類作品如辭賦，領先向駢的方向挺進，應用文體中文學性較强的文體如箴、銘、頌、書、序、章、表、誄、哀詞等相繼跟進，最後及於一切應用文體，包括公文。不同駢文體式的句格搭配、組合、運用大不相同，風格也大有差異。此次論文較多關注宋四六體和晚明駢體文創作，表現駢文研究内涵的不斷豐富，領域的不斷拓展，還有許多和駢文密切相關的文體有待學界去開掘其價值，如連珠、時文等。

三、駢文作家（家族/地域）研究

譚家健（中國社會科學院）《晚清民國湖南駢文舉隅》鉤稽了晚清民國湖南的駢文名家曾國藩、周壽昌、王闓運、譚嗣同、易順鼎、閻鎮珩、王先謙、皮錫瑞、傅熊湘等，展現了近代湖湘駢文的繁盛風貌。曹虹（南京大學）《中國歷史上的女性與駢文》分析了女性駢文的早期典範，指出晚清女性在家族學養的薰陶和社交活動的互動中體現出角色性别的獨特美感，其中有才德觀上的自立，對女性麗影的頌揚，有對書香生涯的沉潛，有對恬淡人生的醒悟等。孟飛（香港浸會大學）《從"鏈體"結構看陸贄駢文的功能突破》抓住陸贄奏議兼顧内容與形式，議論深刻、説理明晰的特點，以德國漢學家瓦格納教授提出的"鏈體風格"和我國古代文體"連珠"體的相關研究爲背景，從句式結構和語意邏輯的角度出發，對陸贄駢文特質形成原因展開分析。周曉明（中國駢文網）《淺論〈書譜〉的駢文藝術》以孫過庭的《書譜》爲例，發掘其中的駢文藝術，《書譜》將漢語言和書法理論有機的結合，得到了後世衆多書家的贊歎和推崇，其創作理念被廣泛吸收，闡發。韋異才（武漢大學）《論杜甫近體詩歌的駢化現象》以杜甫所作近體詩中 68 首駢化作品爲例，指出其首聯用駢語强化了格律詩的内在特色，而尾聯慣用的數字對、流水對和反對，打破了一味用正對的僵板，取得了奇崛的藝術效果的特點。杜詩中駢化的五律、七律頗多佳構，絶句則因詩而異，排律的藝術效果略有遜色。肖獻軍（湖南科技學院）《論元結散文自我創變過程中的駢散互融現象》指出元結進入官場後開始用大量的駢句寫作表、狀及寫景抒情作品，並在創作中對駢文句式進行了改造，把詩化的駢文改爲散文化的駢文，且在駢文中少用典故。經過改造後的駢文抒寫自由，能承載更爲廣泛的内容，影響着韓、柳對駢文的革新。李偉(濟南大學)《摭意必深與聲韻之美——孫樵古文的藝術創變及其理論觀念》認爲孫樵古文創作大體繼承了韓柳古文中彰顯的關注現實、切於世務的文章品格,在此基礎上突破傳統古文的文體創作藩籬,體現出"摭意必深"的古文藝術境界;同時輔之以大膽吸收駢文聲律的特色,運用於古文創作中,在外駢内散的藝術結構中别有聲韻之美。汪孔豐(安慶師範大學)《清代桐城麻溪姚氏家族的駢文思想與創作》認爲麻溪姚氏是明清時期桐城地區享有盛譽的文化家族。擅長詩、古文辭、經術的同時,其駢文思想與創作也不容忽視。以姚元之、姚永朴、姚永概等爲代表的姚氏文人也提出了奇偶駢散互用相成的觀念,顯示出這個家族在文學觀念上的開放性與靈活性;就創作而言,這個家族還是以古文爲主,不過其古文中間或有駢句儷語,顯示出駢文滲透的痕迹;此外,姚範、姚柬之、姚濬昌等人也有駢文創作,顯示出他們駢散兼擅的一面。潘務正(安徽師範大學)《〈暢叙譜〉著者考》提出此書乾隆刻本及顧沅《生花管》叢書本著者均署爲"糟邱寓公",從經歷、嗜好與志向來看,此人即沈德潛《懷友十二章》中的"馬寓公"。《暢叙譜》一書非尋常酒政之作,而是一部深懷隱衷的奇書。除了文學史上常見的駢文家外,與會作者挖掘出不少以往被疏漏的駢文家,如以地域爲關聯和以女性身份進行駢文創作的作家群,以散文/古文家身份、以書法家身份進行駢文創作者,開拓了駢文作家研究的新局面,讓人耳目一新。

四、駢文理論批評研究

徐寶余(韓國全南大學)《駢文文氣論》注意到徐庾文評中存在着以氣論文的現象,通過駢文理論中有關氣論的梳理,可以發現它既是對古文家長期批評駢文"氣弱"的一個響應,同時也是在融合駢散的觀念下借古文理論以充實駢文理論的一個舉措。駢文理論家們如孫梅、朱一新、孫德謙、孫學濂諸人在氣盛言宜方面也發現了古文之氣與駢文之氣的差異,"潛氣内轉"理論正是在這時被得以借用,加以發揮。蔣振華(湖南師範大學)《六朝道教駢文的文學史意義》指出六朝道教駢文創作是整個六朝時文——駢文熱潮中的一股重要涌泉,表現出以賦體馭駢和遵駢文之正的理論意識與創作實績。葛洪、郭璞、顧歡、陸修静、陶弘景等道教人物更是當時的駢文高手,須引起學界的重視。徐昌盛(湖南師範大學)《魏晋賦論的新發展及其學術動因》指出,魏晋時期,賦體分類在功用區分的基礎上正式出現了題材分類,這與古文經學地位的提高促進小學的發展有關。賦體内容也從反思虚誕中提出了征實的要求,既反映了古文經學的主體地位,又體現了史學發展的新貌。劉濤(韓山師範學院)《南朝駢文隸事及其深層文化意藴》通過考證得出齊梁以前,駢文隸事總數相對較少,技巧也較爲粗淺。齊梁以後,隸事數量大增,技巧也由粗淺走向精湛。南朝駢文隸事既可充實文章内容、提高表現力,又可裝飾文章形式、增强審美性。其文化動因在於尊經崇古的心態、重形式的文學審美取向與重博學的社會文化風氣。莫道才(廣西師範大學)《論初唐北方駢體文風在嶺南之播衍》指出初唐時期北方駢體文風在嶺南地區播衍主體有兩類:一是南遷的北方文人,二是嶺南土著文人。其特徵在於:一是北方駢文與嶺南駢文交相影響,二是流寓嶺南的北方文人作品教化色彩濃厚,三是多因佛教播衍。東莉(安徽大學)《經典追認與理論抽繹——初唐諸史文苑列傳在駢文發展史上的意義》指出對初唐時期史著修撰的相關内容進行研討,不僅可以觀察到初唐史官通過追認經典作家、作品的方式,勾連出的駢文發展譜系;還可以領會他們對於駢文發展理論的雙向抽繹,進而更爲清晰地認識初唐諸史文苑列傳在駢文發展史上的意義。翟景運(青島大學)《庶族文士與貞觀時代的諫諍之文》認爲貞觀年間的諫諍之文,因爲作者對唐太宗感恩報恩、通過建功立業而抬高門第,此類文章"切直""矜慎"兼具的情感特色,以史爲鑒和注重實用的寫作精神,以及對北朝駢文文風的肯定與繼承,都與他們特殊的社會地位和歷史境遇有直接關係。張明强(貴州師範大學)《明末清初文壇"六朝轉向"與駢文演進》指出元明以來,駢文表現爲程式化和世俗化,因襲熟濫,處於沉寂期。明末《文選》受到前所未有的重視,明末陳子龍、李雯等幾社諸子其駢文力圖擺脱當時駢文應俗、平庸的格調,顯示雅化傾向。沿着由俗趨雅、由程式化向個性化、風格化轉變,陳維崧、吴兆騫、吴農祥、毛奇齡、吴綺等承其緒而起,基本完成了自明代以來駢文由俗趨雅的轉變。倪惠穎(江蘇省社會科學院)《論畢沅幕府與乾嘉駢文復興》指出畢沅幕府内外形成樸學研究與駢文成就互爲表裏的創作生態,一掃以理學爲基礎的八股文和古文的空疏腐朽之氣,也將駢文從應酬俗套的窠臼中拉了出來,畢沅幕賓汪中、洪亮吉、孫星衍等都十分重視駢文對個人情感的藝術抒發,這些駢文家的學養和六朝式的審美情感奠定了乾嘉駢文風骨建立的基礎。鍾濤(中國傳媒大學)《蔣士銓〈評選四六法海〉評語論駢文風格》指出其評語關注較多的是駢文的風格特徵,包括文章語言特色、整體的格調氣韻等,反映了蔣士銓對駢文審美風格的認識。蔣士銓評語常以"清""雅"論駢,在品評駢文時反復强調"清""雅"這些審美範疇。推重駢文的遒逸之氣,重視駢文的風骨,是蔣氏評語的突出特點。王正剛(桂林旅游學院)《駢文中興視域下的清代駢文文集序跋》認爲清代駢文文集序跋作爲見證並記録清代駢文中興的第一層位的文獻史料,其豐富多樣的文體形式,獨具特色的創作群體及其初具系統的理論内涵,無一不反映出清代駢文中興的影響,而清代駢文文集序跋亦爲進一步研究清代駢文中興提供了豐富的文獻旁證和案例。論文集中於駢體文學與文化傳播的關係,駢文的文學史意義、文化内涵,駢文文風和歷史社會政治演進等關係論述。還有陶原珂(學術研究雜志社)《〈駢體文鈔〉的文類觀》(摘要)和洪偉(義烏工商職業技術學院)《李兆洛文集的成書與流傳》(存目)擬對李兆洛的《駢體文鈔》進行相關研究。

五、域外駢文研究

道坂昭廣(日本京都大學)《有關日本平安時代詩序簡介——以〈本朝文粹〉所收詩序爲中心》以《本朝文粹》所收詩序爲切入點,認爲中國詩序已經散化,但日本仍然保持駢文,顯示了文體觀念的不同,表現在詩序創作場景、參加者的階層、文學作品的表達重點和主題、詩與詩序的關係方面的不同。金乾坤(韓國學中央研究院)《高麗前期駢體文與古文的對立》指出高麗前期,因《文選》和遣唐留學生帶回的晚唐風的影響和科舉制度的實施以及歷代"好文之主"的文學獎勵政策,駢文大行其道。與此同時,高麗重視儒家經典的傳統一直没有中斷過,這使得古文也依然有所發展,並且出現了金黄元、金富軾等傑出的古文家,行成了古文與駢文對立並存的局面。魚江石(韓國忠北大學校)《高麗末期稼亭李穀的表箋文研究》對高麗末期文人稼亭李穀表箋文的風格進行了考察。高麗的表箋文,都是以高麗國王的名義呈上的。但稼亭的表箋文,却是以元朝官員的身份呈上的。因此可以説,稼亭所撰寫的這種表箋文是很特别的。朴用萬(韓國學中央研究院)《十七世紀朝鮮文人對駢文的認識與創作實踐——以南龍翼的〈儷評〉爲中心》指出十七世紀,朝鮮文壇出現了專門的儷文選集,一部分個人文集中也出現了"儷文"條目,南龍翼的《儷評》就是在這一時期出現的。《儷評》簡單概括了中朝駢文的發展史,認可了徐庾體和館閣體駢文各有其文學價值,並對兩種類型的駢文的特徵進行了闡述。孫福軒(浙江大學)《越南科舉與駢文創作論》認爲中國的科舉制度東傳至朝鮮、日本,南傳到越南,促成了漢文化圈的科舉取士制度。相較於同時期的中國科舉試賦,越南課藝駢文與科試駢文的創作特徵,更爲突出其應用性,乃是模仿中國唐宋元明之體,綜合中國歷代四六文體,合而成之的一特色文體。其對詞章之學的促進、經史之學的滲融、四六批評體系的構建以及由模擬到自立的變化,均有一定的積極作用。丁瑩(湖南師範大學)《高麗中後期李奎報外交文書淺論》對高麗中後期李奎報外交文書的駢體文風作了分析,崔瀣的《東人文四六》中便收録了李奎報的 42 篇駢文。《東國李相國集》第二十八卷中,收録了他寫的外交駢體文書 27 篇。通過對其駢體藝術特徵的研究,進一步了解李奎報駢文的豐富内容,理解其文學思想,同時也可從側面把握高麗中後期駢文發展的趨向。域外駢文研究文章填補了駢文學界對域外駢文研究的空白,提升了駢文乃至中國文化在國際上的影響力。

大會還進行了分組討論,並在討論形式上進行了創新,每一個參會者都能得到至少一次評點與會學者論文的機會,而自己的論文也會相應地得到他人的評點,使會議的學術氛圍更濃,專業性更强。在會議閉幕式上,肖獻軍博士(湖南科技學院)、路海洋博士(蘇州科技大學)分别彙報了本小組討論情況。譚家健先生、鄭幸雅先生、成松柳先生發表了駢文研究感想。駢文學會副會長于景祥教授作大會總結發言，他認爲此次會議考釋、探討了從先秦至近現代駢文寫作、傳播、接受，文體、文法、文論，歷代駢文作家作品研究、域外駢文研究，關涉政體、經術、理學、道學、書學、禮俗各個領域，會議成果豐碩，主題豐富，視野開闊，方法多樣，特別是對域外駢文研究開拓較大，充分展示了近年駢文研究的新氣象。

會議期間，由駢文學會副會長莫道才教授主編的第一本駢文研究學術刊物——《駢文研究》，得到了與會專家的一致好評和支持。會議還增補了駢文學會常務理事數名，安排了下屆駢文會議的籌備事項等工作。

作者簡介：

王正剛，1978年生，男，湖南邵阳人，博士，桂林旅游學院講師。主要研究方向爲駢文。

駢文學史研究的拓荒之作
——讀莫山洪先生的《駢文學史論稿》

王正剛

"'駢文學'一詞的出現最早可追溯到1927年李審言的《駢文學自序》。"①李審言認爲駢文的發展和研究"多僞體""背師法",故"撰爲此書……名之曰《駢文學》,又曰《駢文研究》",②而稍後1934年劉麟生出版《駢文學》一書則爲學界所周知。駢文學是以中國古代文學中特有的駢文之理論爲研究對象的文藝學分支學科,研究内容涉及駢文批評、文體結構、美學特徵、發生發展等理論,但不包括對具體駢文作家作品的研究,駢文學史研究即是對駢文理論批評等文學現象進行歷史性研究,是有關駢文學術史的總結探索。在相當長的時間内,駢文學研究在古代文學研究中處於邊緣地位,駢文學理論研究更顯薄弱。從數量上看,有關駢文學史、駢文批評理論著作不到十本而已。從研究内容來看,單篇論文大多似殘從小語,從單一的批評範疇角度展開,有一定深度而缺乏史學眼光和綜合積累;專著類或着力於某個時代、或選取駢文選本、或針對一部駢文理論專著論述,缺乏對駢文學史全面的梳理和系統的闡述。

最近,廣西師範學院文學院的莫山洪先生出版的《駢文學史論稿》(廣西師範大學出版社2017年6月版,以下簡稱《論稿》)彌補了駢文學史研究的空白。莫山洪先生自1994年發表《駢文研究芻議》(該文被人大複印資料中心《中國古代、近代文學研究》全文轉載)以來,二十餘年筆耕不輟,孜孜於中國駢文學史理論體系的建構,其間師從著名唐代文學研究專家劉學鍇、余恕誠老師,以"文章駢散對立與互融的歷史演變"爲選題,順利完成博士學位論文答辯,該論文經修改後,2010年以《駢散的對立和互融》爲名由齊魯書社出版,余恕誠先生在該書序言中明確指出:"文章駢散對立與互融現象,學界雖早已有所論述,但如此歷時性、系統化加以揭示,尚未曾有。"③而《論稿》在提煉前期學術積累,堅持歷時性、系統化研究的同時,融入新時期駢文學研究的新觀點和方法,文獻翔實、論述精當、結論合理、邏輯嚴密,其中對唐代反駢觀念和駢散相争美學價值的論述,宋詩話

① 莫道才《駢文通論》,齊魯書社2010年版,第2頁。

② 李審言《李審言文集》,江蘇古籍出版社1989年版,第898頁。

③ 莫山洪《駢散的對立與互融》,齊魯書社2010年版,第2頁。

對四六話的影響,民國駢文學的轉型的闡述獨到而精當,是一部很有價值的駢文學史研究的拓荒之作。全書内容以研究對象産生的時間爲順分爲六章,分别是:《草創時期的六朝駢文學》《粗具規模的唐代駢文學》《四六時代的宋代駢文學》《日臻完善的清代駢文學》《轉型時期的民國駢文學》《亟待突破的當代駢文學》。《論稿》前有"導論"——駢文理論的歷史演進;後有"餘論"——反駢的歷史嬗變。著作特點鮮明,一是框架宏大,體系完備;二是點面結合,以點帶面;三是開拓空間,關注嶺南;四是視野通透,方法獨到。

一、框架宏大,體系完備

《論稿》從駢文學的産生到當代駢文理論的演變進行了全面的梳理,並將之以時間先後爲序,分爲"草創時期""粗具規模""四六時代""日臻完善""轉型時期""亟待突破"六個階段,把駢文學史的軌迹簡約而準確地勾勒出來,形成相對完善的駢文學史,框架宏大,這也是與駢文學史的發展歷史相符的。《論稿》研究時間從漢魏六朝延續到當下,體現了莫山洪先生勇於打通古代、近代、現代文學研究中的時間壁壘,融古今於一體,歷時性强。《論稿》除了時間體系完備外,論述中兼顧歷代反駢理論的嬗變,比之其他理論批評僅爲駢文立論辯護更顯其相容性和全面性。在内容上有對不同時代駢文理論的精准概述,有對重點駢文理論著作的詳細剖析,有對名家名篇的定點介紹,亦有"駢文作法研究"這種開拓全新研究内容和方法的嘗試,思路新穎,體系完備。

二、點面結合,以點帶面

《論稿》全面展示駢文學的發展歷程及各個階段的特點,既有對駢文學史全面描述的部分,在具體的論述中又突顯了各個階段的駢文學發展之前後相繼的進程,這樣就有了駢文學史前後勾連的"面"。同時,在每一章節中,作者又通過具體的人物及其觀點,展示每一時期駢文學的特點,從而實現了"點面結合"的特點。而且《論稿》截取的研究點創新價值高,往往能填補學術空白,如對唐代駢文學的研究取點就有獨到之處。莫山洪先生曾長期在柳州工作,現任中國柳宗元研究會副會長,《論稿》對柳宗元駢文理論評價甚高,認爲柳宗元駢文理論批評在駢文學中應占據重要地位,他的《乞巧文》闡述了駢文的句式、辭藻、聲律的特點和要求,"柳宗元對駢文的批評,可以説是在駢文學史上第一次全面地揭示了駢文的基本特點,爲認識駢文提供了全面的幫助,後世以'四六'爲駢文定名也正是基於對其句式的認識"(《論稿》第88—89頁)。後李商隱名其集爲《樊南四六》,"薛逢有《四六集》一卷,李巨川有《四六集》二卷,崔致遠有《四六》一卷"(《論稿》第96頁),反映出"四六"稱謂在晚唐爲士人逐步接受,進而演化爲宋代之"四六"體。這種點面結合,以理論和實證相輔相成的研究方式極具説服力。

三、開拓空間,關注嶺南

《論稿》着力於拓展駢文研究的地域空間,目前學界駢文研究對湖湘、嶺南等地域着墨不多。莫山洪先生長期在廣西工作,一直關注嶺南駢文學的發展,並在《論稿》中首次揭示了少數民族文人的駢文觀。《論稿》的第四章專門開闢“壯族文人鄭獻甫的駢文理論”一節,對清代中葉以來嶺南地區尤其是壯族居住區的文人在駢文理論上的貢獻作了專門描述。沈雲龍主編的《近代中國史料叢刊》第二十二輯收録的鄭獻甫著作有《補學軒詩集》《補學軒文集》《補學軒文集續刻》《補學軒詩集續刊》《補學軒文集外編》。鄭獻甫的駢文理論集中在《詩文分體論》《與李秋航論四六文書》《爲張眉叔論四六文述略》《自訂散體駢體文序》《洪子齡大令淳則齋駢體文序》《補學軒散體文序・凡例》《補學軒駢體文序》《答友人論文書》等文獻中,其中一些文獻頗爲少見,具體内容涉及駢散關係、駢文利弊、駢文作家品評、駢文發展史等方面,對建構駢文學史有一定價值。(《論稿》第187—188頁)尤爲難得的是,在文獻考辨翔實之餘,莫山洪先生並未局限於單個作家理論闡發,而是見端知末,從鄭獻甫的駢文理論見出嶺南文化和中原文化的交融互動,展示在清代中葉嶺南文化已經與中原文化、與中華民族的核心文化呈現出同步發展的面貌。

四、視野通透,方法獨到

《論稿》研究視野通透,方法獨到,不囿於一時一體。研究時間跨越古今,對近代、現代、當代駢文研究着墨甚多。其中第五章爲民國駢文研究、第六章爲當代駢文學研究,約占全書篇幅的三分之一。這樣的做法,雖然有些冒險——畢竟很多研究尚未定型,但這却展示了作者對當下駢文研究的關注,同時也爲他人研究提供了相關的資料。這一章節,與其説是研究現、當代駢文學,不如説是爲當代駢文研究者提供更全面的研究史參考。在“宋四六”一章,莫山洪先生跳出文體局限,以跨學科的方法從宋代詩話切入,以《誠齋詩話》爲端口,挖掘詩話和四六話、詩詞和四六之間的淵源和關聯,認爲“四六話的產生,既是宋代四六繁榮所帶來的文化現象,也是詩話這一文論形式的興起附帶產生的一個特殊現象”,得出“四六話和詩話一樣,也是一種在漫談時參雜文論的一種中國古代文學理論形式”(《論稿》第127頁)的結論,令人耳目一新。在“民國駢文”一章,莫山洪先生對學界基本無人關注的“駢文作法研究”傾注熱情。從某種程度上説,在白話文已成文學主流的局面下推崇文言駢文寫作是和時代發展背道而馳,但理論的總結往往落後於文學創作現實也是客觀現象。且從大文化視角來説,作爲理論研究的“駢文作法研究”自有其獨特的價值：不但在民國，就算在當下、在將來，如何傳承、弘揚中國優秀傳統文化，提升民族自信心和自豪感依然是一個永恒的話題！莫山洪先生這種通透的研究視野和跨學科研究方法爲傳統駢文學研究開拓了新方向，提供了新思路。

當然，洋洋數十萬字的著作，不可能盡善盡美，《論稿》亦有可商榷之處。如"當代駢文學"一章，莫山洪先生對20世紀八、九十年代的駢文研究進行歸納整理時，囿於當時的條件，前期資料的收集有所欠缺。"自1990年至今，已發表駢文研究學術論文60餘篇"(《論稿》第260頁)事實上同時期，僅知網收録的相關研究論文就有近百篇，故此章有些論述和結論還是可以再商討的。

總之，莫山洪先生的《論稿》，框架宏大、點面結合、考辨翔實、方法獨到，集前人相關研究成果之大成，在注重描述"史"的特點的同時，亦注重具體駢文理論的叙述。《論稿》在駢文研究中第一次全面、深刻地楬櫫駢文學史的共時性和歷時性，從漢魏到當下，從中原到邊疆，既縱向摹寫了駢文學史的演進過程，從整體上予以觀照；又從横向截取關鍵人物、理論觀點、批評著作予以闡釋，經緯分明而又重點突出，完成了真正意義上的駢文學史建構，是駢文學史研究領域的新創獲。誠如莫道才先生在序言中所説，"讀此書，可了解駢文史之進程，亦可知駢文學術思想之發展……必將澤被學界"，因而必將在駢文理論研究乃至古代文學批評研究領域産生重大的積極影響。

作者簡介：

王正剛，1978年生，男，湖南邵阳人，博士，桂林旅游學院講師。主要研究方向爲駢文。

《省思與突破——第四届駢文國際學術研討會論文集》編後語

曹虹

書契以來,修辭尚矣。奇偶之生,出於自然。共樞機之默運,同橐籥之靡窮。源奥而派生,根盛而穎峻。豈徒體性之陶鎔,實亦文明之考鏡。江河不廢,光景常新。若夫近世以降,逸響未墜;廿載而來,研几日深。

唯歲次旃蒙協洽,玄月上浣。艤舟桃渡,招賢有南雍之居;講藝金陵,逸步來八方之友。楬櫫題旨,省思突破,慮有五塗,是爲倡議:駢文體式之再探討、中國文學史進程中之駢文與駢文史、漢文化圈中之駢文理論與實踐、駢文史上之金陵、百年駢文史撰著省思。篇成近百,勝義紛然。搦管吹豪,粲多士之彣彰;安學輔仁,澤名流之講習。限於幅狹,兹集未能備登;頗有佳制,另蒙他刊青睞,容惜遺珠,不失全璧。

今類其文理,稍加部居,分爲三欄。其一爲駢文歷史與典範:頗見選雋導華,辟奥窔於千載;沿流討源,傾瀝液於群言。其二爲駢文理論批評:期於璣鏡在握,閲文情而照深;辨理稠叠,戒虚枵而偏臆。其三爲域外駢文英華:緣於域内域外,千川共月,寰海而遥,光氣不隔。

譚家健先生業廣志專,大雅扶輪,開幕致詞,多所激勉,又允爲代序,尤深感戴。徐宗文總編敦心風雅,惠謀剞劂;張宗友博士素善讎討,整齊類例。時賢群公,贊明斯業,實堪感念,並志不忘。朝乾夕惕,積厚養以停蓄;日就月將,有真氣以鼓蕩,鳴條律暢,後有望焉。丙申仲秋,曹虹記。

作者簡介:

曹虹(1958—),文學博士,南京大學文學院教授、博導。主要研究方向爲中國古代散文史、東亞漢文學。

駢文國際學術研討會暨第五屆中國駢文學會年會開幕辭

曹虹

尊敬的各位領導、各位來賓、女士們、先生們:

在"荷香清露墜,柳動好風生"的夏日佳辰,中國駢文學會第五屆國際學術研討會在湖南師範大學隆重開幕了。我謹代表中國駢文學會和中國古代散文學會,向各位來賓表示熱烈的歡迎,向熱情主辦本次研討會的湖南師大的領導、師生和會務人員表示衷心的感謝。

駢文是凝結漢字文化優勢和修辭藝術的既古老又光景常新的文體,古往今來積累了豐厚的創作實踐與理論思辨成果,是博大精深的中華傳統文化的重要組成部分。駢文作爲漢語修辭藝術的代表,也傳布和滲透到古代東亞人從政習文的生活中,創造出東方世界精湛的文明成果,留下了以駢文典籍和藝術典範爲絲帶而聯結的漢字文化圈文體交流的寶貴經驗。

此時此刻,當海内外學術同仁從四面八方雲集於湘江岸邊,歡快相聚,我們不禁油然憶及中國駢文學會從 1996 年在美麗的桂林籌備並舉行首屆大會以來,已經走過了二十一年的歷程,其間又分別在貴陽、蘭州、南京舉辦過三屆,都試圖發揮出地理與人文交相輝映的意旨,更生動地理解駢文史上人傑地靈的神趣。本次研討會尤爲可喜的是,參加者的年齡覆蓋既有壯心不減的老一輩師長和中年學者,更有在 21 世紀得到學術培養和步入研究前沿的青年學者。從收到的論文看,不僅涉及從古代到近現代,從中國到域外的廣泛的時空場域,而且也有包括同題互勘、文史相兼、文獻實證、理論闡發等更具有洞見和對話潛能的專題或個案。從論文作者看,來自國内幾十所高校和研究、出版單位,並且仍一如既往地得到了臺灣、香港地區的學者出席,來自韓國和日本的學者人數有所增加。

中國傳統文化注重開物成務、立言見志。駢文的經世與審美就有其文化品格上的意義。湖南作爲富有特色的文化區域,在歷史上出現了兩位文化巨人,即楚之屈原、宋之周敦頤,一爲文學之鼻祖,一爲理學之開山。湖湘自清代道咸以來的百年間,曾國藩等名賢崛起,不僅事功卓著,其文學觀亦勁健爽朗。江蘇籍學者錢基博出於弘贊之心,20 世紀 40 年代撰《近百年湖南學風》一書,表彰這種地域特色的近代學風爲"宏識孤懷,涵今茹古,罔不有獨立自由之思想,有堅强不磨之志節"。今天,我們聚會在學科積澱頗有傳統的湖南師範大學,就駢文研究的相關問題,交流近期成果,檢證研究方法,展望前沿課題,正有必要在學風導向上吸納湖湘先賢的“獨立自由之思想”,更自覺地追求學術創新的品格和寬容研討的氛圍。讓我們思芳徽於往哲,借真氣以鼓蕩,視聽爲之發皇,襟抱得以超遠。共同努力,推動駢文研究一步一步地向前邁進。

2017 年 7 月 8 日於長沙

作者簡介:

曹虹(1958—),文學博士,南京大學文學院教授、博導。主要研究方向爲中國古代散文史、東亞漢文學。